BESTSELLER

Guillermo Ferrara es un escritor italoargentino, filósofo, autor de 24 libros traducidos al inglés, griego, alemán, francés, chino, serbio, ruso, rumano, griego y portugués. Entre sus obras, destacan *El secreto de Adán, El secreto de Eva* y *El secreto de Dios,* así como numerosos volúmenes acerca de tantra, yoga, programación del ADN, sexualidad sagrada, entre otros temas espirituales. Investigador de civilizaciones antiguas y culturas ancestrales. Especializado en filosofía y psicología transpersonal. Es maestro de Tantra Yoga desde 1991, y más de un millón de personas han tomado sus talleres de transformación personal.

Imparte cursos, conferencias y retiros de poder en México, Santorini, Irlanda, Inglaterra, España, Alemania, Argentina, Colombia, Perú y varios países donde es contratado para compartir una extensa experiencia y un revolucionario método de iluminación espiritual. Es director de la Universidad de la Conciencia, un sistema de enseñanza para la evolución interior. Escribe artículos para periódicos y es frecuentemente invitado a programas de televisión, radio y congresos.

@guillermoferrara
@GuilleFerrara
@GuillermoFerrar
awww.proyecto-genesis.com

GUILLERMO FERRARA

El secreto de Dios

DEBOLS!LLO

El papel utilizado para la impresión de este libro ha sido fabricado a partir de madera
procedente de bosques y plantaciones gestionadas con los más altos estándares ambientales,
garantizando una explotación de los recursos sostenible con el medio ambiente y beneficiosa para las personas.

El secreto de Dios

Primera edición en Debolsillo: octubre, 2019
Primera reimpresión: marzo, 2024

D. R. © 2015, Guillermo Ferrara

D. R. © 2024, derechos de edición mundiales en lengua castellana:
Penguin Random House Grupo Editorial, S. A. de C. V.
Blvd. Miguel de Cervantes Saavedra núm. 301, 1er piso,
colonia Granada, alcaldía Miguel Hidalgo, C. P. 11520,
Ciudad de México

penguinlibros.com

D. R. Nicolas Poussin, *The Arcadian Shepherds*, imagen página 430
Diseño de portada: Penguin Random House / Scarlet Perea
Imagen de portada: © iStock by Getty Images

ISBN: 978-607-318-285-0

Impreso en México – *Printed in Mexico*

"El espejo de la consciencia es lo importante, no lo que refleja. Deja que se vayan las quejas. El espejo no prefiere, no juzga, no condena. La naturaleza de la consciencia, en la fuente, es simplemente como un espejo".

—Osho, *The Book of Nothing: Hsin Hsin Ming, charla 4*

"Siempre fuiste mi espejo, quiero decir que
para verme tenía que mirarte".

—Julio Cortázar

"Si aún estás buscando a esa persona que cambiará tu vida, échale una mirada al espejo".

—Roman Price

"La gente ordinaria espera que la vida le descubra sus secretos, pero para unos pocos, los escogidos, los misterios de la vida se revelan antes de que el velo se haya alzado".

—Oscar Wilde

"Si no se hubiera quemado la biblioteca de Alejandría, ahora estaríamos viajando por las estrellas".

—Carl Sagan

"Cuando alguien reza, ¿a quién reza?, ¿a su Dios o al Dios de su vecino que puede que sea musulmán o budista? Naturalmente, reza al Dios al que le han enseñado a rezar. El hecho de que existan distintas religiones y distintos dioses es un indicio de que las diferencias son las que cuentan. Cada raza y cultura a través de la historia ha desarrollado su propia idea de Dios. Nacer en una época y en un lugar concretos tiene sus consecuencias. Una de ellas es que heredamos el sentido de lo sagrado de esa cultura. Luego, cuando crecemos, adaptamos ese sentido a nuestras necesidades y creencias auténticas. Nos dan un modelo a seguir, pero con el tiempo descubrimos nuestro molde".

—Samantha Devin

"Aprende a ser como el ave Fénix irguiéndose, regenerándose después de cada golpe y caída, aprendiendo de la adversidad y del dolor y triunfando de la muerte con la vida del alma".

—Maestro Saint Germain

"La ciencia debe ser parte de la naturaleza y de la realidad misma. Fuera de las leyes físicas y químicas presentadas en la teoría cuántica, debemos considerar la existencia de una naturaleza muy distinta, hasta ahora poco conocida para el ser humano".

—Niels Bohr, premio Nobel de Física

"El presente no es más que el regreso de un
futuro que yo habría creado en el pasado".

—Jean Pierre Garnier

"No creáis nada por el simple hecho de que muchos lo crean o finjan que lo creen; creedlo después de someterlo al dictamen de la razón y a la voz de la conciencia".

—Buda Gautama

"Llegará un momento en que creas que todo ha terminado.
Ése será el principio".

—Epicuro

"Porque los que viven saben que han de morir: mas los muertos nada saben, ni tienen más paga; porque su memoria es puesta en olvido".

Eclesiastés 9:5

"La cegadora ignorancia nos confunde el camino.
¡Oh, miserables mortales! Abrid los ojos".

—Leonardo da Vinci

"En el comienzo Dios dijo: 'Que se haga la luz y la luz se hizo'; entonces, todo lo que se generó desde allí (galaxias, universos, planetas, estrellas, árboles, nubes, montañas... incluido tú) también tiene que ser luz".

—Guillermo Ferrara

Nota del autor

Este libro me obligó a sacar lo mejor de mí.

En el transcurso de su escritura aparecieron pruebas y retos en los que tuve que elegir entre la luz y la oscuridad, la virtud o la tentación, la gloria o lo efímero. Como sucede a todas las personas, la batalla se libra en el corazón y la mente, allí está el laboratorio.

Espero que lo entiendas porque tú también lo sientes.

Es una lucha intensa en varios niveles, es una elección constante, un camino abierto a la elección personal de cada uno. El instinto y la conciencia, el plomo y el oro.

Pero soy un ser de luz enfocado en mi misión.

Elevo mis brazos y ofrezco este manuscrito a ti que lo tienes ahora en tus manos. Mis horas de trabajo, mis horas de combate.

Celébralo conmigo.

Porque hemos alcanzado la victoria.

Guillermo Ferrara

A Sandra, mi compañera de camino.

Agradecimiento

A Jorge Solís, mi editor en jefe, por su confianza, buenos consejos y apoyo en mis novelas.

Un recuerdo especial a Demis Roussos, apellido que tomé para Adán, por ser uno de los artistas que admiro y que, con su voz y elevadas melodías, me ha emocionado durante años. Deleita ahora a los ángeles en tu regreso a casa.

A todo el equipo de Penguin Random House, por iniciar con entusiasmo esta nueva aventura profesional.

0
El origen

Silencio.

Sólo sentía un palpitar, una presencia, un inconmensurable poder. La *presencia* poseía el éxtasis supremo, era el éxtasis. No había señal alguna de estrellas o galaxias, ni gases, aire, fuego, tierra, agua, espacio o tiempo; carecía de pasado y futuro, ningún punto para determinar arriba o abajo. De todos modos, aquel potencial creativo estaba intrínseco en su núcleo.

Quietud.

La silenciosa *presencia* estaba por todos lados.

Estaba, existía, permanecía empoderada, todo su poder consistía en contemplarse.

Silencio.

Un murmullo delicado al resplandor del propio ser comenzó a vibrar en los abismos de la oscuridad. Emanaba una sustancia radiante, intangible, invisible e intuitiva que pulsaba en su interior como un detonante cósmico palpitando desde siempre.

En el centro de la *presencia* estaba el potencial. La perfección en el silencio, en lo intangible; el colosal descubrimiento: la maravilla de saber que existe.

Ni preguntas ni respuestas, anhelos o recuerdos, ni pasiones ni dudas. Estaba allí. Como un espejo que no puede ver todavía su rostro, una sombra que permanece agazapada detrás de un infinito telón que lo abarca todo. Un anillo sin principio ni fin, un anillo cuyo círculo de conciencia era la *presencia* en la quietud.

El silencio se propagaba en un oscuro océano. Era inconmensurable, sin obstáculo capaz de limitarlo o encadenarlo. Una ola de libertad absoluta que puede conocer lo no conocido, conocer lo no manifiesto, conocer y palpitar en su propia perfección.

Aquella presencia era perfecta además de silenciosa, consciente y sagrada. No tenía mancha, ni frente ni espalda, ni lado ni forma.

Puro deleite.

El sutil abrazo a sí mismo.

¡Oh, la fuente suprema!

¿Qué era aquella red invisible de conciencia que estaba adherida en los misterios?

¿Qué era aquello que su magno poder perfumaba el silencio por doquier?

¿Qué era ese palpitar que estaba del derecho y del revés y que se unía tocándose a sí mismo con su propio ser existiendo desde siempre?

* * *

Hoy es la pluma de un anciano que lo cuenta, pero allí estuve para recordar. Y recuerdo en mi interior que, de la presencia original y del silencio, surgió un deseo.

Un deseo que lo originaría todo desde la nada.

Un deseo que sería el motor original de todas las cosas que vendrían después, la causa primordial de la razón de ser, el origen de las estrellas y galaxias, planetas y espacios, civilizaciones y misterios, razas galácticas y humanas, el origen de todo, la suprema conciencia de lo femenino y lo masculino.

Pero sucedió lo inevitable: la fuente original se deleitaba a sí misma, pero Ella sintió el deseo original. En el silencio de sí misma vibró el deseo. El deseo de la presencia fue intenso, quería compartir aquello que era y sigue siendo aún hoy y para siempre.

Aquel deseo provocó una onda, una vibración eléctrica, un chispazo de autoconciencia; como un cristal que se multiplicaba en millones de pedazos, como una lluvia que se derramaría en miles de millones de gotas, fue un inconmensurable estruendo cósmico.

El deseo de la presencia fue claro y contundente: quería verse a sí misma, compartirse en incontables formas, ser la fuente de todas las cosas. Era Ella y Él antes de serlo, era la unidad original conteniendo un perfume existencial que mucho tiempo más tarde los humanos llamarían amor. La presencia se compartiría con el anhelo de ser y extenderse en el éxtasis.

Ser, compartir, expandirse.

Fue inmediato.

Su poder provocó una voz que tronó por vez primera.

Tronó desde las profundidades de aquel silencio y de aquella oscuridad de las mismas entrañas de su ser.

¡Que se haga la luz!, retumbó el eco de sí mismo.

Y la luz se hizo.

* * *

Aquella luz se disparó provocando una gran explosión.

Aquel verbo primero iluminó su ser y se reconoció a sí mismo. Un espejo cósmico que observó su rostro y comenzó a plasmar su estigma y su marca comenzó a gestarse en el universo. La luz se dirigía hacia todos los espacios creándose y extendiéndose como una inhalación cósmica que ampliaba sus pulmones cósmicos.

Vertiginosas y magnas mareas de fuerzas y poderes, de incontables puntos radiantes que provocó a su paso la monumental creación de billones de estrellas, planetas, galaxias, dimensiones, velos y cortinas, puentes, portales, colores y un sonido constante como el murmullo de los océanos. Un sonido que se asemejaba a un zumbido arrullador, amoroso, místico.

Esa presencia tomó plena conciencia de lo que guardaba en su interior, ahora compartido en la primigenia obra que multiplicó como luz en diez dimensiones de diferentes vibraciones. Esa luz se vio a sí misma, estaba expresando su deseo de ser, de multiplicarse y desplegarse en infinitas presencias. Ahora no era una sola presencia, ahora era una única presencia en miles de billones de presencias.

Un despliegue inmaculado de luces, energías y formas.

Creación de la luz.

Y en aquella luz la presencia silenciosa pronunció un sonido. Una melodía que aún hoy se esconde visible a la vista de todos. Dijo algo que cada parte de la creación debía repetir para mantener (luego recuperar) el éxtasis original, aquella fuente que estuvo, está y seguirá estando en todos.

El sonido de su pronunciación fue un espejo que reveló en sí mismo su presencia.

Y dijo:

Yo Soy el que Yo Soy.

* * *

Hoy es el relato de un anciano que ha vivido muchas aventuras, que ha sabido del amor y de la luz, que ha buscado y encontrado. Que sabe que siempre ha sido esa presencia antes de ser el que soy hoy.

He sido bendecido en descifrar el secreto y reconocerme a mí mismo como la presencia original.

¿Cómo podríamos dejar de ser aquello si Aquello está por todos lados? El Todo no puede ser el Todo sin ti, sin mí, sin una de sus partes.

Me encomendaron una misión y aquí estoy cumpliéndola.

Me encomendaron que sea yo otra iluminada voz más para desvelar a través de mi pluma el secreto de los secretos.

Me encomendaron que te haga recordar que dentro de ti vive aquella fuente que provocó la luz y que se dijo a sí mismo *Yo soy el que yo soy*.

Tú eres eso.

Sólo lo has olvidado en la ilusión del tiempo.

Espero que estos papiros no sean borrados por el fuego ni por el olvido, sino que sean un baluarte que emerge para brillar en tu interior. Los bárbaros de hoy en día quizás no quieran que lo descubras por ti mismo porque el supremo poder original volvería a activarse en tu vida y eso te haría ingobernable, consciente y libre.

Deseo que estos escritos superen el paso del tiempo y abran la puerta de la memoria que está en tu cerebro, tu corazón y, sobre todo, en el interior de tus células. Pero sé que al papel lo han quemado, saqueado y ocultado en bibliotecas secretas, sin revelar el conocimiento real a los mortales. Por ello, también lo grabaré dentro de un cuarzo prístino, para que el supremo conocimiento se transmita más allá de manos oscuras que quieran impedirlo. Los cuarzos vivientes que lleguen a tu vida estarán grabados por lo que voy a revelar en estas páginas y harán que la piedra filosofal que llevas en tu corazón se active en todo su esplendor.

Tú tienes también el código de la presencia original grabado en tus genes. Tu árbol se remonta a las mismas raíces, sin excepción. Te lo han hecho olvidar, lo han desprogramado.

Haré lo posible para recordártelo. He sido tocado por la sabiduría de mi propia alma, la cual plasmaré en palabras que abran más las puertas en tu infinito espacio interior.

No eres el limitado ser que tú crees que eres, el que te han dicho que eres, apegado a un puñado de creencias muertas. Tú eres algo más grande, tú eres eso que originó la Creación y que pulsa ahora mismo en tu alma.

Yo seré una melodía para tu corazón en la música de tu vida.

No será un grito, ni un dogma, ni un mandamiento; será como el acunar de una madre para que el hijo se sumerja en el más íntimo de los vínculos, como un amante susurra su amor bajo la luna. Un vínculo espiritual que te une desde el origen.

Sólo lo has olvidado.

¿Acaso no es la misma fuerza que mueve los océanos la que palpita en el corazón de un impetuoso corcel que cabalga en los valles?

¿Acaso no es la misma luz del sol naciente en la tierra la que hay en el resto de las estrellas de los firmamentos?

¿Acaso tu corazón no late con la misma fuerza intrínseca que el corazón de tus hermanos?

¿Acaso no es la misma abundancia que hay arriba en los cielos y las galaxias que la abundancia que tú tienes en tus células dentro de tu cuerpo?

Creemos que buscando lejos encontraremos lo que tenemos cerca.

Intentaré en este relato que recuerdes quién eres, como yo he podido recordarlo en mi vida humana.

Yo también soy el que Yo Soy.

En esta existencia me llaman Adán Roussos, he estado en el pasado y en el futuro, he caminado por muchos lugares, he estado con los maestros de maestros y con los hermanos superiores de otras casas del Padre.

Hoy es el tiempo perfecto para que estos escritos estén en tus manos.

En el comienzo fue el *logos*, la palabra.

Activaré en mí las palabras que vengan de la suprema inspiración para despertar en el alma nuestro origen eterno. Así es como ha sucedido esta historia…

1

Philippe Sinclair estaba fumando un costoso habano, en la playa de Mónaco, frente al mar, debajo de una sombrilla azul del hotel Hilton.

Tumbado sobre la reposera con el torso descubierto que mostraba una atlética musculatura, descansaba sobre una toalla Lacoste. Llevaba gafas oscuras y una pequeña gorra para cubrirse del calor en el rostro.

A unos pocos metros, sentada sobre la arena, Evangelina Calvet, su mujer, vestía un ajustado traje de baño color rosa pálido, que le marcaba su estilizado cuerpo, producto de la práctica diaria de yoga, footing y pilates. Jugaba cerca de la orilla del mar con su pequeña hija Victoria de siete años.

En aquella playa de élite, no había más de una docena de turistas de clase alta, que leían gruesos libros y periódicos, bebían cocteles o dormían en sus reposeras. Se observaba a unos cincuenta metros, en el horizonte, una lancha de poderosos motores, una persona en un flotador, varios turistas que hablaban y reían con voz fuerte bebiendo champán.

Philippe Sinclair había decidido pasar cinco días de descanso con su familia después de varias y extenuantes reuniones con ejecutivos de Londres y Berlín, aunque el propósito principal de su viaje había sido que algunos médicos alemanes hicieran varios estudios científicos a su hija.

Philippe se dispuso a pensar en el futuro de sus negocios en sus empresas en Alemania, Estados Unidos y particularmente en Francia, pues él vivía en París con Evangelina y su hija Victoria.

Quería disfrutar del tabaco y que vinieran nuevas ideas. Evangelina, desde la orilla del mar, lo saludó con la mano, le dedicó una sonrisa y siguió jugando con la pequeña de rizos dorados que disfrutaba del agua trasparente y cálida.

Philippe tenía cuarenta y nueve años y ejercía un gran poder. Era miembro de una poderosa familia de Europa con contactos internacionales. Había nacido en Boulogne sur mer, y estudió en las mejores universidades de Francia. Se había convertido en un erudito, dueño de una aguda inteligencia. Era un hombre hermético y serio; vinculado a negociaciones en el campo de la ciencia y la medicina de avanzada. Trabajaban a su cargo más de cincuenta profesionales de un sofisticado equipo de investigadores.

El humo de su habano se extendía prodigiosamente hacia las otras reposeras. Fumar para él era como una meditación, un momento de relajación más que el acto de fumar en sí mismo; de hecho, era lo único que no combinaba con su forma de vida atlética.

El encargado de dispensar las sillas y sombrillas, un hombre corpulento de unos cincuenta años, de cabello rojizo debido a sus ancestros rusos, trabajaba de sol a sol para los turistas. Ese día el estrés de su trabajo hacía mella sobre su rostro que sudaba a raudales.

—Mejor por aquí, señora —le dijo el encargado a una nueva turista, con marcado acento extranjero—, pues el señor está fumando y hay mucho humo.

El encargado se mostró molesto con el cigarro de Philippe.

El francés giró la cabeza.

"Cómo se atreve".

—¿Algún problema? —preguntó con malestar.

El encargado ruso le dirigió una mirada hostil.

—Es que la señora no tiene por qué soportar el humo de un habano.

Philippe se incorporó con un impulso.

El encargado arrastraba la pesada reposera y la soltó inmediatamente. El sudor resbalaba por su rostro. Al ver a Philippe de pie, se generó tensión.

—Usted no puede prohibirme fumar. Yo hago lo que quiero. Y quiero que me trate como un rey, ¿entendió? No vengo a discutir con el personal de servicio, vengo a descansar con mi familia.

—Sí, comprendo. Pero la señora tiene derecho a sentarse y no absorber el humo de su cigarro.

—¿No lo entiende? ¡Búsquele otro sitio! ¡*Voilá!*

La señora le hizo un gesto al encargado para que lo dejara, ella se iría para otro lugar.

—No, no… —insistió el encargado que tenía el sistema nervioso alterado—. ¡Aquí no puede fumar!

Philippe se puso directamente a centímetros de su rostro.

—Le diré una cosa —graznó Philippe, con el índice de su mano elevado de manera inquisidora—. Si no quiere trabajar aquí, si no le gusta su destino, si no está satisfecho con lo que hace y cómo vive es su problema, ¡pero no venga a inmiscuirse en mi vida! ¡Déjeme en paz! Le daré una propina pero no me moleste.

Al ver que su marido estaba discutiendo, Evangelina se incorporó para ir hacia él y tratar de calmarlo.

—Quédate aquí, le dijo a su hija.

La niña se quedó de pie con el agua a la altura de las rodillas.

—¿Qué sucede Philippe?

—¡Este hombre! Me ha dicho que no puedo fumar, es un cabrón sin modales.

—Tranquilo. Déjame arreglarlo.

—No se trata de dinero señora —le respondió el encargado.

—¡Pues entonces déjenos en paz! —gritó Philippe ofuscado.

—Parece que paz es lo que le falta, señor.

Evangelina le tomó la mano para tranquilizarlo. Habían sido muy duros los días de reuniones y sobre todo los complicados análisis médicos de Victoria. Philippe también estaba bajo tensión. Parecía que la quietud de estar bajo el sol y el mar sacaran a la superficie lo que las personas llevaban dentro.

—Ya hasta me quitó las ganas de fumar —dijo él despectivamente tirando el habano en la arena.

En ese preciso momento, el sexto sentido maternal de Evangelina se giró hacia su hija. No estaba en el lugar donde la había dejado. Miró hacia los lados. Nada. Su corazón se aceleró. Sus pupilas se dilataron. ¿Victoria? No pudo articular palabra. Olvidó la discusión y salió corriendo hacia la orilla.

Debajo del agua, con la velocidad de un pez, dos hombres con mascarillas, patas de rana y trajes grises de buceo jalaron a la niña de cada uno de sus pequeños pies. Uno de los sujetos rápidamente le colocó una máscara para que pudiese respirar mientras el otro le ató con una cuerda una de sus muñecas. El peso del tanque de oxígeno los mantenía hundidos en las cálidas aguas sin que nadie viese nada en la superficie. La niña estaba en shock, sorprendida. Hacía unos minutos estaba jugando con su madre, ahora sumergida por desconocidos bajo el mar.

La maniobra fue tan silenciosa y sigilosa que ningún ojo de ningún mortal había notado nada.

La cuerda dio un tirón y comenzó a moverse ligeramente cuando la poderosa lancha aceleró.

Debajo del agua se llevaban a Victoria a gran velocidad.

2

Aquella tarde el sol brillaba inmaculado y poderoso sobre el cielo de la majestuosa ciudad.

Tras las altas y talladas columnas dóricas y jónicas de un templo secundario, Filón el Sabio caminaba rápidamente hacia el final de un largo pasillo de mármol para reunirse con el comité de sabios de la poderosa biblioteca. Esa tarde lo acompañaba Vasilis el Bueno, su discípulo más cercano.

La fama de conocimientos de Filón el griego era conocida por un extenso territorio desde Egipto hasta la Persia. Sus ojos eran de un profundo color turquesa como el mar Mediterráneo y su enigmática mirada transmitía la mística de quien posee conocimientos avanzados. La abundante barba blanca, a sus ya sesenta y dos años, le confería el respeto de los sabios, ya que en esos tiempos para griegos, judíos y egipcios la barba era uno de los emblemas de la sabiduría.

Su delgado cuerpo estaba cubierto por una túnica blanca con ribetes dorados donde tenía bordado el símbolo del meandros, el cual representaba la eternidad tanto en Grecia, Egipto y Roma.

Sobre su cabeza poblada de largos cabellos blancos, portaba una delgada corona de oro con varios jeroglíficos y símbolos, entre otros una X con piedras semipreciosas incrustadas a los costados, que distinguían a los iniciados espirituales de los mortales comunes; sus pies estaban descalzos para sentir el frescor del mármol.

—Tengo un presentimiento extraño, le dijo Filón a Vasilis, su joven secretario personal.

—¿Qué inquieta tu valiosa paz, maestro?

—Algo en mi interior percibe un peligro cercano, una intuición de mi alma.

Tal como Arquímedes había manifestado siglos atrás, con su famoso "Eureka", los sabios seguían la facultad de la intuición, el sexto sentido para recibir información directamente de su alma.

—Explícate.

—Ya lo sabrás. Quiero que estés conmigo en la reunión.

Los dos hombres bajaron el corredor donde una escalera descendía en forma de espiral. Los escalones de mármol estaban pulcramente decorados y limpios. Vasilis se anticipó para abrir una puerta de madera y luego otra más pequeña con una manilla dorada.

Los dos hombres se detuvieron. Filón los miró a los ojos.

—Espero que el comité comprenda el peligro que se avecina, Vasilis.

—Estoy contigo maestro.

Dicho esto, abrió la puerta hacia una amplia y lujosa sala donde reinaban las más finas esculturas, una mesa artesanalmente diseñada y vasos. Los quince sabios restantes del comité esperaban su llegada para discutir un asunto urgente al que los había congregado.

—La impuntualidad no es sinónimo de sabiduría —gruñó Filotas el cojo, quien poseía uno de los rostros más adustos y serios de todo Egipto y Grecia debido a una cicatriz en la mejilla—. Agradecería que tu sirviente no estuviese aquí.

—No es mi sirviente, es mi alumno de confianza.

Los sabios se miraron.

—Sabes muy bien que esta área es privada para el Consejo.

Filón hizo una seña para que su discípulo esperase fuera.

Vasilis se marchó y el suave sonido de la puerta de madera labrada se escuchó al cerrarse.

—Y bien Filón, ¿qué es aquello tan importante?

El sabio se colocó a la esquina de la mesa para verlos de frente.

—Estuve esperando la confirmación de algo que me inquieta sobremanera. De hecho, queridos consejeros —respondió Filón, con expresión tensa—, es la causa de esta reunión de emergencia.

—Muy bien, querido Filón, escucharemos atentamente tu argumento que viniendo de ti es ya una garantía. Así que ya estás aquí —remarcó Atenágoras el anciano, quien contaba con casi ochenta años—. Veamos a qué insondables menesteres se debe tu apresuramiento en reunir al Consejo de Sabios.

Todos tomaron asiento en torno a la ornamentada mesa.

—Honorables consejeros, no demoraré mi boca para compartir tan peligrosa noticia. Tengo argumentos suficientes para advertir que esta ciudad corre peligro y, sobre todo, nuestra bien amada biblioteca, lo que en ella existe y muchos reinos quieren poseer.

—Mmm... ¿Nuevos peligros? ¿Acaso Ptolomeo no ha reforzado el ejército para nuestra defensa?

—Me temo que nos enfrentamos a algo más poderoso que un ejército físico —enfatizó Filón.

Desde hacía años, Alejandría era el epicentro de la sabiduría, filosofía y mística debido a la enorme concentración de sabios, poetas, filósofos, eruditos, místicos y magos reunidos por una causa común: la adquisición de conocimientos.

Fundada por Alejandro Magno en el año 331 antes de Cristo con el objetivo exotérico de ser un puerto que concentrase a los territorios de Oriente para el comercio, la política y el intercambio cultural. Aunque existía una causa esotérica en torno al primer objetivo de Alejandro Magno, objetivo que el primero en la dinastía de los Ptolomeo, uno de los más confiables caudillos de Alejandro, pudo concretar.

La principal causa era fundar la Gran Biblioteca de Alejandría, con el propósito de impulsar y mantener a la civilización helénica en Grecia y en Egipto, bajo el poder de los conocimientos secretos. Bien sabían que todo hombre que tuviese aquella información grabada en su mente, poseería la más sublime riqueza para realizar el objetivo de la vida humana.

El plan de la famosa biblioteca fue elaborado bajo Ptolomeo Sóter muerto alrededor de 284 a. C., aunque la finalización de la obra máxima fue completada por su sucesor, Ptolomeo II Filadelfo unos años más tarde.

La biblioteca estaba adornada por hermosos y abundantes jardines, una gran sala común para reuniones e incluso un laboratorio. Las salas que se dedicaron a la biblioteca acabaron siendo las más importantes de toda la institución, que fue conocida en el mundo intelectual, místico y espiritual de la antigüedad al ser un sitio de elevado poder. Con el paso de los siglos, los descendientes del primer Ptolomeo apoyaron y conservaron la biblioteca que, desde sus orígenes, mantuvo un ambiente de concentración en el estudio y el trabajo para proyectar las ideas que allí se guardaban. Durante muchos años la jerarquía que organizaba la biblioteca dedicaba grandes sumas a la adquisición de libros, con obras de Grecia, Persia, India,

Palestina, África y otras culturas, aunque predominaba la literatura griega.

Cuando la biblioteca creció exponencialmente a más de 42,800 rollos de papiros y tomó gran importancia y volumen, hubo necesidad de crear una segunda biblioteca donde se había llegado a albergar casi 500,000 papiros de unas veinte páginas cada uno.

La segunda biblioteca, donde estaban reunidos Filón y el Consejo de Sabios, había sido creada por Ptolomeo III Evergetes aproximadamente en el 210 a. C., y se estableció en la colina del barrio de Racotis, un lugar de Alejandría más alejado del mar, en el antiguo templo erigido al gran sabio de griegos y egipcios, el dios Serapis. Este segundo edificio era considerado como uno de los edificios más bellos de la antigüedad; pero lo más importante era que allí se guardaban libros secretos sobre diversas prácticas esotéricas y herméticas que enseñaban los rituales y conocimientos para reconectar al hombre con el ser supremo. Aquella área del edificio estaba más custodiada debido a los anteriores incendios donde se habían quemado varios volúmenes.

Los redactores de ambas bibliotecas eran eruditos y sabios que hablaban varias lenguas, conocidos en Grecia por su trabajo sobre la traducción de los textos herméticos. Los redactores y traductores más famosos generalmente llevaron el título de Bibliotecario Principal y, sobre todo, eran iniciados en los misterios, un título casi de nobleza por la magnitud de la tarea.

La biblioteca en total poseía innumerables obras de un valor excepcional, títulos que estaban distribuidos en diez estancias dedicadas a la investigación, cada una de ellas dedicada a una disciplina diferente: arte, literatura, política, física, matemática, ciencia, mística, esoterismo, autoconocimiento, alquimia, astronomía y espiritualidad.

El área esotérica de la biblioteca estaba regida únicamente por el consejo supremo, un gran número de poetas, sabios y filósofos, más de cien, entre ellos Filón, quienes se ocupaban del estudio con una dedicación total, ya que se consideraba el edificio del museo como un verdadero templo dedicado al saber.

—¿Qué amenaza puede ser más peligrosa que la invasión de un ejército enemigo, maestro Filón?

Filón se giró un instante hacia la blanca y pulcra estatua de Hermes, el mensajero de los dioses, con la mirada centrada en sus ojos.

Hizo una pausa, pensativo.

—La religión, querido Atenágoras, la religión.

—¿Acaso no convivimos con diferentes creencias, maestro? ¿Acaso no adoramos a nuestros dioses como en el principio? ¿Qué sucede ahora que turba tu calma?

—Ahora es diferente. Hay rumores certeros de un concilio secreto en Nicea, comandado por el mismo emperador Constantino y las altas jerarquías. Ya no se conforman con legalizar abiertamente la práctica del cristianismo, están adquiriendo más poder en Roma y en Grecia. Están entrando en la mente de los jóvenes como furioso fuego que arde en el bosque. La religión es más poderosa que un ejército, porque invade la mente de todo un pueblo y lo domina.

—¿A qué le temes exactamente, maestro Filón?

—No es miedo. Mi deber es preservar el conocimiento original para el regreso del hombre a Dios, el legado secreto de manuscritos que posee la biblioteca, no podemos arriesgar una pérdida por un nuevo incendio o la mutilación de libros sagrados para nosotros y las futuras generaciones.

—Llevamos años custodiando tales tesoros de sabiduría y siempre han estado a resguardo de los no iniciados. ¿Qué justifica que tengamos que estar más prevenidos ahora?

—Todos conocen que esa llave está reservada para la iniciación final, queridos consejeros, para abrir la puerta de los misterios mayores que dan la iluminación divina al alma humana. Temo que la nueva religión no está de acuerdo con brindar el conocimiento sin su consentimiento, y lo que es mucho peor, circuncidarlo, modificarlo y manipularlo.

Los rostros de los consejeros se mostraron preocupados.

—¿Qué piensas entonces de dicho concilio? ¿Qué sabes? ¿Qué crees que harán?

Filón se inclinó hacia delante y apoyó sobre la mesa sus manos amplias y firmes.

—Constantino ya ha mostrado sus simpatías por el cristianismo al dictar el Edicto de Milán hace dos años, eso ya le ha dado a los cristianos libertad para reunirse y practicar su culto sin miedo a sufrir persecuciones. No obstante, el emperador es consciente de las numerosas divisiones que existen en el seno interno del cristianismo. Ahora decidió convocar un concilio ecuménico de obispos. Estoy seguro de que el propósito de este concilio no será sólo establecer la paz religiosa y construir la unidad de la iglesia cristiana.

—¿Qué otro motivo hace que tenga tanto empeño?

—Esa unidad es un pretexto, el motivo del concilio es quitar textos sagrados de la Biblia completa que nosotros poseemos y que celosamente custodiamos junto a los textos herméticos. En estos momentos, la cuestión principal que divide a los cristianos es la controversia arriana, es decir, el debate sobre la naturaleza divina de Jesús. Un sector de cristianos, liderado por el actual obispo de Alejandría, Alejandro, y su discípulo y sucesor Atanasio, quienes nunca me han visto con buenos ojos, defienden que Jesús el nazareno tenía una doble naturaleza, humana y divina, y que por tanto Cristo era verdadero Dios y verdadero hombre; en cambio, otro sector liderado por el presbítero Arrio y por el obispo Eusebio de Nicomedia afirman que Jesús era el único Mesías, y que ha sido la primera creación de Dios antes del inicio de los tiempos, pero que, habiendo sido creado, no era Dios mismo.

Los sabios hicieron silencio para pensar.

Ellos sabían que *Christos,* era una palabra griega que significaba "ungido en fuego", un título espiritual de honor supremo para un hombre iluminado; y Mesías o *meshisha* era una palabra que provenía del arameo y significaba el "rey ungido", igual que en hebreo *ha-meshiah*.

En aquel momento era voz popular entre las jerarquías de las distintas religiones que los cristianos (los ungidos en fuego) tenían una larga lista de concilios y acuerdos secretos en la historia de su iglesia, para proclamar al nuevo mundo que Jesús era el gran Mesías esperado o sólo Christos, un simple hombre ungido e iluminado; a excepción del llamado concilio público de Jerusalén del siglo I, que había reunido a Pablo de Tarso y sus colaboradores más allegados con los apóstoles de Jerusalén encabezados por Santiago el Justo y Pedro, quienes lo avalaban de primera mano.

—¿Y tú cómo sabes, maestro Filón, sobre la naturaleza de este nuevo concilio? —preguntó Sotiris el Justo.

—Como encargado de proteger la vida espiritual y filosófica de Grecia y nuestro actual mandato en Egipto, tengo buenos informantes en muchos rincones estratégicos. Mi corazón siente que quieren arrasar con nuestros textos… y con el gran secreto.

Atenágoras lo observó con inquietud. Se puso de pie nervioso.

—¿Crees que pueden encontrar el gran secreto? ¿Crees que aunque lo tuviesen en sus manos podrían interpretarlo?

Filón asintió.

—Eso no sería lo más grave de la cuestión. Lo peor es que lo hagan desaparecer. Los hombres de generaciones futuras necesitarán la llave que abre todas las puertas —hizo énfasis en esas palabras—. Tal llave de poder, grandeza y conocimiento es la puerta de regreso a la suprema fuente.

Los consejeros se movieron inquietos y murmuraron.

—Tienes razón, maestro Filón. Nada cuesta ser prevenidos —apoyó el anciano Atenágoras. Este poder ha estado celosamente custodiado desde hace milenios, el mismísimo Dios de los cristianos, el bienamado nazareno, lo sabía mejor que nadie.

Sotiris alzó las cejas.

—¿Cuál sería la mejor elección frente a esta posible amenaza?

Filón se giró hacia él.

—Propongo esconder los textos herméticos con las llaves de la iluminación y la gran Biblia original en algún lugar seguro.

—¿Qué puede ser más seguro que nuestro pasadizo secreto?

—Querido maestro Atenágoras —respondió Filón—, si el emperador Constantino adquiere más poder, las élites aristocráticas lo apoyarían y encenderían a los fanáticos para incitar una revuelta religiosa y militar e invadir Alejandría. Por otro lado, el califa musulmán lo tomaría como una agresión al Islam y su credo y sus fieles pelearían hasta morir por su causa. Me temo que esa guerra religiosa podría poner rápidamente nuestro secreto a la intemperie.

Los consejeros comenzaron a hablar en voz alta entre sí. Debían estar unidos y fuertes, no eran buenos tiempos en Alejandría, salvo dentro de aquellas paredes. Todo el mundo desconfiaba de todo el mundo.

—Consejeros, debemos hacer una elección democrática y urgente entre los dieciséis para asegurarnos de proteger el gran secreto.

Filón había recibido informes de infiltrados en las líneas de Constantino. El objetivo del concilio de Nicea sería agrupar al cristianismo y darle más poder, quitar las piezas completas del conocimiento a las generaciones futuras para adquirir la supremacía religiosa y dominar el futuro.

Muchos historiadores impregnaban en tinta y con debida cuenta todo lo que estaba sucediendo. Filón tenía en mente a los escribas romanos que les precedieron, como el poderoso Suetonio, guardián de los archivos secretos y bibliotecas romanas, con control absoluto de la documentación del imperio romano, mano derecha del emperador Adriano en el año 130. Aquellos antecesores habían conspirado para tergiversar y plasmar un mensaje incompleto del nazareno y su genealogía sagrada, llamándolo con el simple nombre romano de *Crestos* que significaba "agitador". Lo habían hecho ver como un judío revolucionario común y corriente.

El ambiente subió más la tensión con aquellas palabras.

Los sabios del consejo supremo también sabían con exactitud que, desde los tiempos de Egipto, Grecia, Persia, India y en los confines del mundo, desde milenios antes que el gran Alejandro Magno hubiese explorado sus tierras, los iniciados espirituales conocían con un nombre enigmático y oculto aquella llave de poder. Incluso la aristocracia y las élites pugnaban por todos los medios para sobornar a rabinos, zelotes y clérigos de poder y también por contratar los mejores escribas y expertos en arameo, hebreo, griego antiguo, jeroglíficos egipcios y babilónicos y simbologías místicas por si ofrecieran pistas reales sobre aquel enigma que les permitiría obtener más dominio sobre la plebe. Incluso sobornaban arqueólogos, eruditos, ladrones de tumbas y todo aquel que pudiese ofrecer datos.

¿Qué tan poderosos eran esos documentos y archivos para poner en marcha una cruzada tan grande durante generaciones? ¿Qué clase de grandes conocimientos encerraban?

Al parecer, era un legado de sabiduría que el mismísimo Jesús había compartido —una mínima parte abiertamente con el pueblo, como los diez mandamientos— y otra, la raíz fundamental, secretamente con unos pocos, los apóstoles elegidos.

Una clave secreta para que los buscadores espirituales pudieran descubrir la verdad de su auténtica naturaleza.

Los iniciados lo conocían como *El secreto de Dios*.

3
Roma, Italia.
En la actualidad

Mateo Toscanini había llegado a su casa más cansado que de costumbre de la misa del domingo.

Aquella soleada mañana toda una multitud escuchó al carismático sucesor de Pedro. El sermón del Papa en la plaza de San Pedro se había basado en una paradoja un tanto polémica.

Tras finalizar los oficios religiosos, Mateo Toscanini y su amigo Adriano Figliotti volvían junto a muchos fieles, caminando lentamente por la Via della Conciliazione, una de las calles más importantes de Roma.

Los dos amigos iban hablando de lo que habían hecho la última semana. Recorrieron los casi quinientos metros de longitud por el trayecto que conecta la Plaza de San Pedro y el Castillo de Sant Angelo.

Los orígenes de tal mítica calle se le atribuían a los últimos años de la primera mitad del siglo XX, cuando se convirtió en una de las principales vías de la ciudad y la más importante y concurrida para ir hasta el Vaticano.

La vía de la Conciliación había sido construida como una clara muestra de la unión de la Santa Sede y el Estado italiano, a pesar de que en 1929 Mussolini fue muy criticado por las obras de apertura de esta vía, especialmente por la profunda remodelación que sufrieron los barrios adyacentes.

La avenida, de enorme belleza con la cúpula de la basílica asomándose en el horizonte, tenía un carácter íntimo para los fieles religiosos, y también para los turistas que encontraban diversas tiendas de *souvenirs,* bares para tomar algo en las pintorescas mesitas sobre la calle y restaurantes para comer con la vista puesta en el Vaticano.

El amigo de Mateo lo invitó a comer pasta, *fatto in casa,* con su familia. Pero Mateo se excusó, ya que le había prometido a su esposa que iba a hacer las reparaciones en el sótano de su antigua casa.

La sucesión de la familia Toscanini le había dejado a Mateo en herencia la casa cercana al pórtico del mítico Julio César y la Roma antigua, en el barrio de La Garbatella, un rincón popular de grandes edificios modernos que se mezclan con casas antiguas que transferían el sabor de lo añejo, de la histórica Roma, generando un ambiente diferente y genuino.

En muchos de estos hogares fueron alojados los vecinos que tuvieron que mudarse tras la transformación de la Vía della Conciliazione. Un barrio romano, donde casi en cualquier esquina se podían contemplar los colores rojo y amarillo, símbolo de la ciudad.

Todos los que en ese barrio vivían, incluido Mateo Toscanini, se sentían orgullosos de que fuesen las casas más antiguas de toda la ciudad.

Durante generaciones aquella había sido la casa paterna de reuniones, fiestas, cumpleaños, banquetes de Pascua, Navidad y fiestas religiosas; ahí los Toscanini habían vivido desde tiempos remotos. Más de treinta generaciones habían heredado la vieja casa que, con el paso del tiempo, necesitaba cada vez más arreglos y mantenimiento. Tenía seis cuartos, tres baños, un balcón, el sótano que servía como despensa para guardar comidas, frutas secas, embutidos, quesos y vino, y un espacioso garaje donde mantenía su vieja motocicleta y su viejo Fiat color blanco, modelo 1991.

Mateo Toscanini contaba con treinta y ocho años de edad, había nacido en Roma y desde pequeño fue instruido en el colegio y sobre todo en su familia bajo una educación católica. Era un ferviente enamorado de la iglesia. Hijo único y heredero de la vieja casona, estaba también enamorado de su esposa y de sus tres hijos, Marcos, Luca y Giovanni, de trece, once y nueve años respectivamente. Ellos eran su vida, su ilusión de vivir. Pertenecía a la clase media (aunque él se preguntaba a menudo si es que aún quedaba clase media en la actual Italia), buscaba paliar la crisis europea con varios trabajos con los que ganar el sustento para su familia. Era electricista de profesión, cerrajero y obrero todoterreno de acuerdo a como las circunstancias lo requiriesen, aunque también le ponía empeño a la carpintería, en gran parte por su amor hacia Jesús.

—¡Ya he arribado! —exclamó Mateo de viva voz cuando entró por la puerta delantera.

Los niños corrieron hacia él, abrazándolo.

—¡*Papo*!

—¡Eeeeh! ¿Cómo están mis *bambini*?

Los niños se fundieron en un abrazo conjunto.

—Hoy juega la Roma contra la Lazio. ¿Vamos a jugar al futbol, *papo*?, ¿jugamos primero, comemos y luego vemos el partido? —preguntó Marcos el mayor, con divertidos rizos dorados colgando como tirabuzones sobre la frente.

—No puedo, le prometí a la *mama* que iría a arreglar el sótano, además hoy no vinieron conmigo a la misa.

—¡*Papoooo*! ¡Vamos a jugar! —insistieron los tres al unísono, estallando en una carcajada.

—Vayan ustedes, yo iré más tarde.

—Te lo pierdes, *papo* —dijo Marcos, el mayor—, *dopo* te ayudaré en el sótano, así terminas más rápido —Mateo los observó con profundo amor mientras los tres salían corriendo con la vieja pelota de futbol en la mano hacia la plazoleta frente a la casa.

María Progiotti, la novia de la infancia y desde hacía catorce años esposa de Mateo, escuchaba desde la cocina. Estaba horneando un pastel de manzanas para el postre, la pasta y la salsa roja estaban a punto para cuando los cuatro hombres de su vida estuviesen listos para comer. Aquella cocina hacía que todo oliera a hogar, a Italia, a familia.

—¡Aprovecha que tienes ayuda Mateo! De hoy no pasa que arregles los cables de luz, las tuberías del sótano y la heladera, no puedo bajar a la despensa hace semanas. Lo vienes esquivando. ¡*E tu laboro*!

Mateo estaba cansado. La ayuda extra de su hijo mayor le vendría como anillo al dedo. Asintió obediente.

Era un hombre que se sacrificaba por su familia y sus amigos. Él no estaba primero de la lista, primero ponía a todos los demás. A su edad se veía envejecido, como si llevara diez años más sobre su rostro, su espalda y sus manos. Era trabajador en extremo, siempre pensaba que todo mejoraría en el futuro, sin reparar en esfuerzos, aunque el futuro lo pillase sin fuerzas para soñar y con un cuerpo agotado, una incipiente calvicie y una escoliosis que le impedía dormir toda la noche de un tirón. La promesa del cielo y del paraíso le consolaba en lo profundo de su inconsciente, veía la vida humana como una lucha más que como una celebración. Pascuas, Navidad y Cuaresma las festejaba de buena gana, era su escapismo de tantos esfuerzos.

Pensar en el húmedo sótano lo cansaba aún más. Caminó en dirección a la cocina, dejando su bolso de cuero en una silla.

—¿Cómo te ha ido? —preguntó Mateo a su mujer, besándola en la frente.

—Estuve toda la mañana aquí en la cocina, hablé con mi *mama* y le di el desayuno a los *bambini*.

—¿Qué dice tu madre?

—Nada nuevo, siempre las mismas historias.

—Me imagino —respondió con cierta ironía. No se llevaba bien con su suegra, que les contaba las peripecias de sus vecinas con la mano dura de una mujer que había abandonado sus sueños y que todo lo juzgaba bajo la mirada estricta de quienes no son felices y no quieren que tampoco los demás lo sean.

—Mis padres son mayores, tenles paciencia.

—¿Llamó alguien para algún trabajo nuevo?

—Nadie.

Mateo miró a los niños jugar al futbol desde la ventana, se veían felices, se acercó hacia la olla y mojó un pedazo pequeño de pan crujiente en la salsa roja, olía de maravilla.

—Cuidado que la salsa está muy caliente. ¿Sobre qué habló el Papa?

—Mmm… *É un confuso paradosso* —respondió Mateo con la boca llena—. Habló del evangelio de Mateo… mmm, Mateo 10:34.

María del Rosario Progiotti era delgada, demasiado delgada, y no porque no comiese. Debajo de la sumisa que había en la superficie se encontraba una mujer estresada, acostumbrada a trabajar de más y ansiosa por salir adelante; esos nervios le comían todas las calorías, la musculatura y la consumían por dentro. Hacia el mundo mostraba la sumisión de una fiel devota católica de corazón noble pero dentro suyo también cargaba una fuerte mezcla de emociones de rabia, desgano, enojo y hartazgo que provocaban una volcánica tensión nerviosa. Llevaba el cabello desaliñado, atado detrás con una peineta que mostraba las primeras canas que, como muestra de rebeldía, no pensaba cubrir, un vestido suelto y un tanto arrugado color marrón con lunares blancos, la piel opaca y rugosa por la ausencia del sol. Era una excelente ama de casa, madre abnegada y esposa fiel y solemne; acostumbrada de pequeña a las tareas del hogar, hermana de seis varones que vivían en diferentes ciudades de Italia, desde chica fue la mano derecha de su madre. Parecía que en su destino no hubiera tiempo libre, descanso y vacaciones. El único día que no iba a misa era justamente el domingo, para preparar el único divertimiento de la semana: la comida en familia. Pero fielmente concurría de lunes a sábado a la misa de las seis de la tarde en la parroquia local. Desde pequeña había sido instruida a la perfección y con detalle en el estudio bíblico.

—¿El pasaje de Mateo 10:34? —hizo un silencio buscando aquella enseñanza en su memoria. Se puso más pálida que de costumbre. Tomó un suspiro, se limpió las manos con una servilleta, bajó la manecilla del fuego y tapó la olla, la salsa roja estaba a punto—. *É un forte insegnamento* —respondió Rosario asintiendo lentamente con la cabeza antes de recitar el pasaje bíblico. El Maestro dijo:

¡No crean que vine a traer paz a la tierra!
No vine a traer paz, sino espada.
He venido a poner a un hombre contra su padre, a una hija
contra su madre y a una nuera contra su suegra.
¡Sus enemigos estarán dentro de su propia casa!

—*¡E intenso!* —respondió Mateo y se sentó a la mesa que estaba cubierta por un mantel con pequeños cuadros blancos y rojos, como en los restaurantes. Ya estaban dispuestos los cinco platos, vasos de grueso vidrio y los cubiertos delicadamente acomodados. Él estaba demasiado cansado para seguir hablando del sermón del Papa, quería un poco de paz y comida, le aguardaba otro trabajo por la tarde y no podría dormir la siesta. María del Rosario se apresuró a servirle un Cinzano con soda.

Mateo ojeó el periódico del domingo ya que tenía los clasificados de solicitud de trabajo, era un ejemplar de *La Repubblica,* uno de los más vendidos en toda Italia.

Los titulares eran de lo más desalentadores: "Los ministros anuncian nuevas medidas", "Alemania ajusta el préstamo a Grecia", "Corrupción en la banca y la policía", "La Roma buscará reivindicar su futbol frente a un alicaído Lazio", "Guerra religiosa continúa en Medio Oriente", "Nuevas excavaciones arqueológicas en Roma".

—Llama a los niños Mateo, *ora di mangiare.*

Mateo siguió leyendo.

—El mundo está dividido. La misma historia día tras día.

—Cristo nos protege.

—Sí claro, pero ellos no escuchan a Cristo, *tutto il mondo* distraído o en medio de las guerras. ¡Cómo es posible! *Tutto il mondo* con los celulares, la ropa, los coches, las casas, las *selfies* narcisistas, los despidos masivos de trabajos, el estatus… *Io sono molto stanco* de ver esas vidas frívolas, sin alma, sin esperanza, todo enfocado a lo material. ¡Si viniera *il Maestro per la seconda volta* mucha gente estaría ocupada enviando sus correos o subiendo sus fotos a ese *feibuks* antes que escuchar su mensaje!

—¿Y qué quieres hacer, resignarte? Saldremos adelante Mateo.

Él suspiró con fastidio, esa clase de suspiros que vienen del cansancio, del desgano, de ver el panorama gris, que quitan el aire de la esperanza.

—El dinero no lo es todo Mateo, lo más importante es que estamos juntos, estamos sanos, *má* con esta buena pasta te volverá el humor. ¡Llama a los niños que se pasa la pasta! —gritó Rosario asomada a la ventana—: *¡Bambinis ora di mangiare!*

En menos de un minuto, como tres huracanes, los niños se sentaron a la mesa.

—¡Primero a lavarse las manos!

Una vez listos, todos se tomaron de las manos y rezaron una oración. La comida duró poco servida en los platos, estaba deliciosa. En el arte de la cocina y en el estudio de la Biblia María del Rosario Progiotti era insuperable. En cocinar ponía toda su confianza, su lado luminoso, su esperanza. Unos años atrás, cuando Mateo no consiguió trabajo por la crisis europea, ella había ayudado en una de las *trattorias* del barrio de Garbatella. Tenía una excelente mano culinaria para toda la gastronomía local. Sabía al dedillo las recetas de toda la vida, heredadas por sus abuelas. María del Rosario tenía en su sangre grabada una tradición de cocina como un arte, en el que la pasta era la estrella, con platos como la *bucatini all'amatriciana,* los *rigatoni alla carbonara* o la *saltimbocca alla romana.*

Rosario no le contaba a nadie, pero mientras hacía la comida rezaba mentalmente sus oraciones, se lo había dicho su madre y la madre de su madre, incluso había leído en una revista que los actuales científicos decían que eso cambiaba las partículas y mejoraba la calidad de los alimentos o algo así, en realidad a ella no le interesaba mucho la ciencia; rezar era su mayor alimento.

En su adolescencia, cuando contaba con dieciséis años, estuvo a punto en asumir los votos de monja en el convento de las discípulas de Jesús, pero al final desistió cuando conoció a Mateo, comenzando un casto y tímido noviazgo que se fue fortaleciendo con el tiempo. Pocos años más tarde se casaron. Mateo había sido el único hombre con quien había intimado. Se había entregado en cuerpo y alma al único hombre que la vida le había dado.

Aquel domingo, como cada semana, comieron juntos, bromearon y planearon jugar más tarde.

Al finalizar el almuerzo, Mateo se dirigió al sótano, su hijo mayor Marcos lo acompañó y los otros dos fueron a seguir jugando con otros chicos de su edad. María se quedó lavando los platos y poniendo la pasta que había sobrado en la nevera (haría una especie de croquetas fritas con el sobrante al día siguiente), dobló los manteles uno a uno y los guardó en los cajones.

Mateo caminó hacia el corredor y luego abrió la puerta del sótano, un lúgubre sitio con una destartalada escalera de madera que descendía más de siete metros bajo tierra.

—Está oscuro *papo*.

—Enciende la lámpara y las velas, no hay electricidad, tendré que reparar primero los cables, luego la nevera y luego…

La sola idea de seguir trabajando un soleado domingo lo mortificaba.

—Ya está *papo*.

Había encendido la lámpara y las velas.

Mateo bajó las escaleras, la sombra de su cuerpo se reflejó en la pared.

—Está más frío aquí.

—Bueno, comenzaré por los cables primero. Pásame la caja de herramientas.

El niño le alcanzó una vieja y pesada caja llena de martillos, clavos y tenazas desordenada.

Mateo comenzó a martillar con cuidado sobre el área de la caja eléctrica, movió varios cables de color azul y otros rojos, los envolvió con cinta adhesiva y en menos de diez minutos tenían nuevamente la luz. El mayor problema venía detrás de la nevera, había una intensa mancha de humedad en la vieja pared grisácea. Allí, con mucho esfuerzo, corrió la nevera hacia atrás con ayuda de Marcos y la colocaron casi a dos metros.

Mateo apoyó la mano en la húmeda pared.

"Un caño se ha roto".

El niño hizo una mueca de asombro al ver la enorme mancha.

—El taladro *per favore*.

Marcos le acercó la caja de herramientas.

—Tendré que romper la pared y cambiar el caño.

—*Avanti papo*. La *mama* está brava.

Mateo sentía la presión de su esposa, ella era sumisa frente al mundo pero dominante con su familia. Su palabra era fuerte y la casa seguía adelante en orden mayormente por la voluntad y la fuerza de María.

Comenzaron los golpes de martillo, luego encendió la picadora eléctrica y se dispuso a agujerear la pared.

Fueron más de cincuenta minutos que Mateo taladró en busca del tramo de caño averiado. Al fin encontró el boquete, tendría que soldar esa parte o, bien, cambiar el caño completo de más de un metro y anexarlo con otro, lo que implicaba un trabajo mayor.

Soldarlo significaba que quizás al poco tiempo tuviese el mismo problema.

Miró detrás de unas maderas y bolsas, Mateo tenía aquel sótano lleno de cajas, caños, herramientas, una destartalada bicicleta, lámparas añejas, libros y cortinas de ventanas; parecía un viejo almacén de cosas antiguas. En un rincón había caños de tubería de plomo. Tomó las medidas.

"Lo tengo".

Su hijo Marcos le ayudó a llevar el caño hacia la pared, esquivaron la nevera y lo pusieron en el suelo.

Mateo comenzó a cortar con fuerza la parte de caño que iba a reparar, debía penetrar más de treinta y cinco centímetros en la pared, donde se comenzaban a ver los viejos ladrillos rojizos originales, al fondo de la construcción.

Durante otros diez minutos dio martillazos con alma y vida, como si en aquellos golpes se fueran todas sus frustraciones, sus miedos, sus insatisfacciones, sus problemas económicos, su imposibilidad de darle a su familia un mejor estilo de vida.

Su hijo al lado lo alentaba cada tanto cuando veía que su padre sudaba. Una y otra vez, con la precisión de un reloj suizo, Mateo machacaba la pared con certeros golpes de martillo, sentía que se metía en las entrañas, en los órganos, en la piel de la vieja casa.

De pronto, el sonido seco del contacto de dos metales hizo que se detuviese. Se acercó con la linterna, no era otro caño, era metal sí, pero no había caño alguno. Con otro cincel más pequeño dio más de una docena de nuevos picazos esta vez mucho más suaves.

El niño le iluminaba con la linterna.

—¿Qué es eso, *papo*?

—No lo sé, parece como una plancha de metal.

Siguió el contorno de lo que parecía una plancha metálica de color dorado. La plancha era más honda y sólida de lo que parecía.

—Esto no es una plancha de metal, parece algo más sólido.

—Sigue *papo*, con cuidado, a ver si la casa se nos viene encima —bromeó el niño.

Con extrema delicadeza y mucho esfuerzo, Mateo y su hijo fueron agujereando y perforando el contorno del extraño metal dorado.

—¡*Papo*!

Mateo siguió picando esta vez con más rapidez, la ansiedad de saber qué era aquel metal lo impulsaba a pesar de su cansancio. Quitó más y más escombros, ya el boquete era casi de medio metro.

—¿Qué demonios es esto?

La mente del niño intuyó lo que era antes que sus ojos lo vieran.

—¡*Papo!* Esto es una puerta.

—¿Cómo es posible?

Picó más y más fuerte, la mitad de la pared que cubría al dorado metal cayó por sí misma. Frente a sus ojos quedó la impactante figura de una imagen que llevó a Mateo hacia el recuerdo de la antigua Roma; la ciudad subterránea, la de los secretos, de los misterios, de los escapes, de los verdaderos infiernos. Aquel metal de más de un metro y medio era una antigua puerta subterránea.

—¡Ábrela *papo*, ábrela!

Los corazones del padre y del hijo latían con total intensidad, como un pura sangre a punto de correr un gran premio.

Con cuidado, Mateo extendió su mano derecha en el extremo medio de la puerta cuando ésta cedió hacia adentro.

—¡Ilumina aquí, Marcos!

El niño enfocó la linterna hacia dentro.

Los ojos de ambos se abrieron enormes hacia la oscuridad.

Un viejo, olvidado y oscuro corredor, una especie de catacumba con un largo pasadizo, se mostró ante sus ojos.

—¡*Santa Madonna!* ¡¿Qué misterio es esto?!

El eco de su voz se escuchó a lo largo del pasillo como un fantasmagórico llamado de los ancestros.

Filón el iniciado había dejado a todo el consejo a punto de tomar una de las decisiones más difíciles e importantes desde su creación: salvaguardar el gran secreto era la misión suprema de los sabios de Alejandría. Las velas proyectaban sobre la paredes las sombras de los hombres con más conocimiento de toda Grecia.

Los sabios necesitaban votar, no sólo por ellos, tenían que asegurar un legado iniciático a las futuras generaciones.

—Antes de llegar a una conclusión sobre el tesoro de los ancestros, quisiera proponer un plan. Por el momento, lo llamaremos "El espejo de Narciso".

Los sabios se miraron desconcertados.

—Explícate —le pidió Atenágoras.

Filón el sabio cerró sus ojos y comenzó a decir:

—Permítanme citar una de las historias de nuestra filosofía, que todos ustedes conocen, sobre la joven ninfa poeta, que hablaba y recitaba bellos poemas sin cesar, y así mediante sus versos distraía a Hera, la esposa de Zeus.

"Es voz popular que el divino Zeus gustaba de yacer en amor encima de las risueñas y jóvenes ninfas y, en su alegría y jolgorio, mandaba a una de ellas, a la parlanchina Eco, a distraer a Hera para que le leyera poemas e historias mientras él se entregaba al placer. Pero un fatídico día Hera se percató de los encuentros ocultos de su esposo. En su angustia, buscó a la ninfa culpable y cómplice de las aventuras del dios tronante por no decirle lo que Zeus hacía. Así, le dijo a la joven Eco que le haría pagar todas las infidelidades sexuales de Zeus; y como la causante del engaño había sido su cautivadora voz, que le engatusaba con dulces poemas e historias, se la quitaría.

—¿A dónde quieres llegar?

—Déjenme seguir explicando…

"Desde ese momento todos sabemos que la ninfa Eco, la que tanto hablaba, fue condenada al silencio. Eco, desconcertada por no poder pronunciar palabra alguna, limitada a repetir lo que otro le dijese, anduvo sin rumbo por las riberas de los ríos y por los tupidos bosques.

"Sabemos que por aquellos días existía un muchacho joven, llamado Narciso, de belleza excepcional. El porte atlético de su estatura, su torso musculoso bronceado por el sol, sus brazos largos y fuertes elevaban al agraciado joven, quien poseía las facciones de su rostro tan simétricas que lo asemejaban a un dios. Su cuerpo era sostenido por sus largas y musculosas piernas, que finalizaban al borde en un abultado pubis triangular, encima de su prominente miembro viril. El muchacho poseía una mirada intensa y dulce, decían de él que no había otro más bello y que era el emblema de la prístina belleza humana.

"La madre de Narciso había sido advertida por el adivino Tiresias de que la perdición de su hermoso hijo sobrevendría el día en que el muchacho contemplara su belleza. Predijo que su propia imagen reflejada en un espejo sería su mortal perdición. Su madre, para protegerlo, jamás dejó que el niño se viera en un espejo. Sin poder ver la imagen de sí mismo, Narciso se convirtió en un joven pensativo, callado y reflexivo, amante de largas caminatas sumergido totalmente en sus eternas reflexiones. De esta manera creció, y cada año que pasaba se hacía más evidente su perfecta armonía. Pero a la vez que sus compensados miembros se desarrollaban en proporciones perfectas, que su rostro adquiría la tersa blancura de un dios y que todo su cuerpo alcanzaba una ingrávida simetría, él seguía ensimismado en su silencio y su contemplación; solía pasear ensimismado en sus pensamientos entre la tupida maleza, ajeno al resto del mundo.

"Un día, la también hermosa y joven ninfa Eco, que vagaba por el bosque, lo contempló. No cabía en sí de gozo y amor. Un torrente de deseo sexual por el muchacho hizo que su cuerpo se consumiera en ese fuego que siente la carne cuando desea entremezclarse con el calor de otra piel y beber del placer que eleva a las almas hacia el éxtasis. La ahora muda Eco lo anduvo siguiendo por la otra orilla y cuanto más lo contemplaba más candente se mostraban su corazón, su piel y su sexo. Su corazón se aceleró, sus labios anhelaron besarlo y sus manos tocar todo su cuerpo y ser tocada. Anhelaba poder expresarle con su perdida voz todo el ardoroso deseo que por él tenía. Aunque se sentía morir, porque era incapaz de articular hasta la más mísera de las frases que corrían por su mente.

—El deseo —murmuró Sotiris el justo—, la causa de la felicidad y al mismo tiempo de la desdicha en la existencia humana...

Filón asintió.

—Déjame continuar para que comprendan mi plan.

—Prosigue.

—En aquel momento, Narciso, quien no había captado la presencia de Eco debido a la tupida vegetación del bosque, escuchó que alguien pisaba una rama. Y gritó: '¡Sal ahora quienquiera seas! Que mis ojos contemplen qué clase de hombre, animal, sátiro o qué clase de diosa o criatura eres'.

"Eco repitió:... diooosa, criatuuura... eeeres.

"Y como ya no aguantaba más, ella decidió salir y abalanzarse sobre sus brazos; demostrar que ni era sátiro ni le deseaba mal alguno, sino todo lo contrario. Era una joven y bella fémina dispuesta para experimentar con Narciso el éxtasis del sexo y el amor.

Los sabios escuchaban a Filón con suprema atención, buscando conocer hacia dónde quería llevarlos con aquella historia.

—Al salir Eco de la maleza con brazos extendidos —continuó expresando Filón con voz tronante—, el esquivo Narciso la rechazó de malos modos para, al momento, reírse sin piedad de lo que a él le pareció una abominable impostura. Eco tapó su rostro con sus manos y no dejó ver las lágrimas que, como gotas de plata, se deslizaban por su rostro. Enardecida por tal desplante, salió corriendo entre el bosque hacia una cueva cercana.

"Eco había proyectado su dolor en un grito ancestral que llegó a oídos de la terrible Némesis, diosa de la justicia, quien llegó sin que Narciso pudiera verla. Némesis dictó el castigo para el vanidoso muchacho.

"Narciso decidió regresar en sentido contrario, yendo risueño a su hogar por el cauce de un río donde se le cayó un precioso brazalete de oro en la corriente. Cuando se acercó a la ribera para recuperarlo vio el reflejo de su rostro que las cristalinas aguas le devolvían. No pudo más que contemplar extasiado aquella bellísima imagen. Ensimismado, pasó horas y horas mirándose y, para desgracia suya, amándose con arrebatadores sentimientos. No quiso irse de allí, no quiso separarse de sí mismo, el objeto de su amor. Unos dicen que, desesperado, se lanzó al río para poseer aquel vano reflejo, otros que prosiguió su contemplación durante muchos días, hasta que, presa de inanición, murió. La historia dice que en su lugar aparecieron luego de un tiempo unas plantas, condenadas a permanecer erguidas y bellas junto a las aguas de los ríos y que llevan el nombre de narcisos.

"Mientras, la apenada Eco ya no paseaba por los bosques, sino que eligió una cueva y se refugió esperando la muerte. Desde allí seguiría repitiendo por los siglos de los siglos las últimas palabras de cualquier frase que a sus oídos llegaba.

—Gracias por recordarnos tal hermosa historia, pero seguimos sin entender tu estrategia.

—Podemos aplicar esta gran moraleja ocultando nuestro secreto. El secreto está en el propio reflejo de sí mismo.

Hubo un silencio.

—¿A qué te refieres, maestro Filón?

—El espejo de Narciso esconderá el secreto a la vista de todos para que sólo vean su propio reflejo de creencias, sin que puedan ver el conocimiento hermético que está dentro.

—¿Cómo sería eso?

—Propongo ocultar los pergaminos, textos y libros de todo el material secreto por Heliópolis, Roma, Grecia, Egipto y Jerusalén. De este modo será un espejo místico que no podrán ver porque sólo verán su propio rostro, dejando las claves para que únicamente los justos y puros de corazón que tengan el entendimiento de...

Filón no pudo terminar la frase.

Un joven y agitado mensajero de ágiles piernas atléticas golpeó la puerta y entró apresurado con el pecho latiendo a gran velocidad y el aliento exaltado. Vasilis no pudo detenerlo.

Se inclinó ante Filón con respeto y murmuró algo en su oído.

—Es uno de mis mensajeros.

Las facciones de Filón se volvieron tensas y las palabras de aquel mensajero también aceleraron su corazón.

—Venerable consejo —dijo Filón con el rostro pálido—, tal como lo dictaba mi intuición, un gran peligro se acerca ahora mismo a Alejandría.

—¿Qué sucede? —preguntó Sotiris.

—Están incendiando la ciudad. Hay una revuelta religiosa.

Los sabios se miraron unos a otros.

—¿Qué proponen? —preguntó el anciano Atenágoras.

—¡Debemos actuar urgentemente! —remarcó Sotiris el justo.

Filón miró a todo el comité ahora con una chispa en sus ojos esperanzados. Ya estaba preparado para esa noticia, tenía de antemano un plan y lo iba a llevar a cabo.

—Honorable consejo, sabemos que los problemas se resuelven con conocimiento y cuando hay conocimiento nos anticipamos a los problemas.

—¿Entonces? ¿Qué haremos?

Filón esbozó una sonrisa ganadora.

—He confiado una vez más en mi intuición. Temiendo esta noticia, me he adelantado y ya he mandado esconder los archivos secretos lejos de Alejandría.

5

Roma, Italia.
En la actualidad

En el vestíbulo del prestigioso *Auditurium de via della Conci-liazione* más de un centenar de selectos invitados caminaban elegantemente vestidos para escuchar un concierto privado de música que la orquesta filarmónica de Nueva York iba a ejecutar en Roma, con motivo de una reciente alianza financiera entre una multinacional de la tecnología y un grupo empresarial del Vaticano.

Las lujosas paredes de la antesala eran de mármol atigrado marrón y blanco, que contrastaban con el reluciente y lujoso mármol color tiza del suelo. Los lustrosos zapatos de aquellos invitados sonaban delicadamente como una caballería de cultos personajes. En la entrada habían colocado un cartel con letras doradas: *Private Season Ballroom.*

Ya dentro del teatro, las butacas de terciopelo rojo ofrecían una vista perfecta del escenario y de las paredes pintadas en la gama de los marrones, tenues dorados y abundantes grises con un fondo colorido de imágenes con gloriosos héroes y mitos de la antigüedad. El techo abovedado de color blanco cobijaba a la poderosa élite que llenaría aquella noche sus oídos de melodía y emoción.

La célebre acústica del famoso Auditorium había presenciado ya a destacados compositores del siglo XX deleitando a toda Roma con conciertos, igual que en la Academia Nacional de Santa Cecilia, una de las más antiguas instituciones musicales del mundo. Fundada en 1585, con el tiempo se había convertido en un organismo sinfónico de los más apreciados a nivel internacional.

A pedido de Isaac Lieberman, uno de los más poderosos inversores de la firma T&F —Technologies for the Future—, aquela noche interpretarían obras de Felix Mendelssohn, en especial "Calm Sea and Prosperous Vogage, Op.27". Era la obertura favorita de Isaac.

Desde pequeño el oído artístico de Isaac Lieberman fue educado para conocer, como la palma de su mano, a los más reconocidos compositores de música clásica, con Mozart, Chopin y Mendelssohn como sus preferidos. Su familia evitó por todos los medios que llegara a sus oídos la música de Wagner, por haber sido utilizado como estandarte de la siniestra cruzada de los nazis en contra no sólo del pueblo hebreo sino de toda la humanidad. Isaac llegaría el próximo mes a los setenta años, vividos desde su niñez en la acaudalada zona del West Side en Nueva York.

Tenía una cartera profesional de poderosas relaciones, contactos y exitosos negocios que él y su familia desarrollaban desde hacía más de un siglo en varios países. Estaba casi completamente calvo, con una barba en punta de color plata prolijamente arreglada que le llegaba hasta el nudo de su corbata. Su pálida piel era como fino mármol. Aquella noche estaba elegantemente vestido con un traje negro de la firma Donna Karan, camisa blanca y una sobria corbata negra que sus poderosas amistades le hicieron llegar como regalo. Unos metros detrás, su esposa Berta, con un costoso vestido color negro disimulaba sus caderas, grandes para una mujer elegante, según ella, mientras dialogaba amistosamente con amigas y funcionarios italianos.

Más atrás su único hijo, Ariel Lieberman, quien el mes pasado había pasado la línea de los treinta y cinco años, estaba conversando con invitados de la misma edad, todos elegantemente vestidos con trajes caros y zapatos lustrosos. Ariel se destacaba no sólo porque medía casi un metro ochenta y siete, con el cabello corto por detrás y largo y bien peinado con gel en la parte delantera, lo que lo hacía ver aún más alto, sino porque era extremadamente guapo y atlético, bien educado, diplomático, de finos modales y sonrisa hechizante.

Ariel era uno de los solteros más codiciados debido no sólo a su encantadora y magnética presencia, sino por ser el heredero de uno de los imperios más poderosos de la actualidad. Sus radiantes ojos claros de genética hebrea penetraban la mirada de sus interlocutores que, cual embrujados por la belleza, quedaban hipnotizados bajo su encanto. Su potencial lo aunaba a su colección de perfumes exclusivos; aquella noche llevaba el persistente y delicado perfume de Tom Ford, "orquídea negra".

Su padre era en extremo inteligente para el mundo de los negocios y, entre otras cosas, era el patrocinador oficial de la orquesta filarmónica de Nueva York. Había aprovechado su estancia en Italia para patrocinarle, a través de su agencia y contactos, una gira por varias de los más importantes recintos musicales de Italia, como el Teatro la Scala de Milán, el histórico Teatro Dal Verme, de Bérgamo, el Teatro Municipal de Piacenza y en el Auditorium Paganini de Parma. Luego de ese concierto en Roma la orquesta finalizaría su gira en la Toscana y en el Teatro Politema, uno de los puntos de referencia de la ciudad de Palermo, donde la gente solía ser fanática de las obras de Rossini, Donizetti, Bellini y Verdi.

Como hobby cultural, Isaac era el productor y financista de la orquesta, la cual, muchas veces, se presentaba en teatros y ferias culturales, cenas de lujo, recibiendo donaciones de empresarios y magnates.

Aquella noche, varias de esas poderosas personalidades se habían ya sentado en sus confortables y respectivas ubicaciones. Isaac Lieberman ocupaba la primera fila, junto a tres obispos y dos cardenales miembros del Consejo de Cultura y Bellas Artes del Vaticano. El Papa se había disculpado aquella noche por no poder asistir y había enviado una docena de rosas blancas a la habitación del Hotel Ritz donde se hospedaban Isaac, su esposa Berta, en el mismo piso que su secretario privado y algunos empresarios que habían volado juntos en su avión particular desde Nueva York.

Para Isaac era una noche especial porque también vería tocar el violín a su sobrina Sarah, de veintisiete años, una virtuosa de la música.

—¿Otra copa de vino, señor Lieberman? —preguntó un elegante mesero.

—No, gracias.

Otro ejecutivo a su lado sí aceptó otra copa.

—¿No le gustan los vinos italianos?

—Sí, son embriagadores —respondió Isaac.

El ejecutivo sonrió.

—Debe saber usted que el descubridor del vino, Dionisio para los griegos, llamado Baco en Italia, dijo que quien toma una copa siente la alegría del vuelo de un pajarillo, quien toma tres copas tiene la valentía de un león y quien toma más de tres copas ya pasa a la terquedad del burro. Me quedo con la primera opción.

El ejecutivo, que llevaba ya su tercer copa, sonrió.

—Interesante historia, señor Lieberman.

El último en entrar al lujoso teatro fue el sonriente obispo Martin Scheffer, alto, bien afeitado y con una túnica color borravino. Era uno de los encargados de sellar aquel acuerdo y discutir sobre las decisiones y los pormenores de la sociedad. Se sentó al lado de Isaac Lieberman justo cuando los músicos hacían su aparición y la multitud estallaba en un cálido aplauso de recibimiento.

Las luces bajaron para los asistentes, quienes quedaron en completa penumbra y sólo un potente reflector enfocó directamente al director de la famosa orquesta, con más de cincuenta de los mejores músicos de cámara vestidos de etiqueta, con moño negro y camisa blanca.

El efervescente director, pequeño, era calvo en lo alto de su cabeza mantenía largos cabellos plateados a los costados de las orejas, como un estigma para reflejar su talento artístico y poder o, quien sabe si como una señal subliminal de rebeldía a su calvicie. Tomó la batuta y al mover sus delicadas manos comenzaron a sonar los más finos acordes de la Opertura 27 de Mendelssohn, la cual se extendió por el éter impregnando las más exquisitas emociones, como el perfume de los naranjos en flor.

Isaac inhaló profundo, él no sólo escuchaba la música sino que sentía que la podía oler. Dejó que la trémula belleza de la melodía calara hasta sus huesos, sus fibras y sus células. Él conocía lo que las buenas vibraciones musicales hacían en el cerebro y, sobre todo en el ADN; las escuchaba más que como música como una medicina, una terapia, una inyección cultural que estiraría el tiempo de su vida al máximo.

Los más de doce minutos que duró la Opertura 27 le sostuvieron al público una amplia sonrisa de satisfacción que explotó en una estruendosa ovación al finalizar. En ese momento, los selectos invitados se pusieron de pie aplaudiendo con fuerza.

El obispo Martin Scheffer aprovechó el jolgorio del público y el anonimato que le proporcionaba la oscuridad de la sala para girarse unos centímetros acercándose al oído de Isaac Lieberman.

—Me alegro verlo celebrando.

—Las cosas están saliendo bien, obispo Scheffer.

—Así es. Y parece que nuestros caminos se abren cada vez más. Este acuerdo no es sólo lo que celebramos hoy.

El oído de Isaac Lieberman se acercó más al obispo sin quitar la vista a los músicos y prolongar la ovación que recibían. El anfiteatro emanaba lujo, elitismo y placer.

—¿A qué se refiere?

—He recibido la confirmación de Francia.

Isaac se aclaró la garganta.

—¿Se refiere a…?

—Sí. Ya está en nuestro poder.

Isaac tomó una profunda inhalación de alivio.

—¿Cuándo se enteró usted, obispo?

—En el pasillo de entrada. Me llamaron a mi teléfono móvil. Por cierto, me dijeron que el suyo no está funcionando.

—Lo apagué para el concierto. Entonces, ¿ya tienen lo que mandamos a buscar?

—Así es.

El aplauso estaba llegando a su fin y los asistentes se iban sentando. El obispo Scheffer e Isaac también ocuparon sus asientos.

—Esperan sus directivas, señor.

—Les hablaré al finalizar el concierto.

El obispo insistió.

—Me dijeron que el paquete recogido está inquieto.

Isaac se quedó pensativo.

—¿Emociones fuertes?

—Así es.

—¿Comprobaron su grupo sanguíneo?

—RH negativo, es correcto.

Isaac soltó un amplio suspiro.

—Envíe un texto discretamente, señor obispo. El paquete debe recibir un sedante leve. No queremos que las emociones y las hormonas alteren lo que estamos buscando.

Isaac Lieberman cerró sus ojos al público y vio en su interior otro éxito. Él sabía que estaba trabajando para que el futuro fuera tal como él lo crease, y no descansarían ni él ni sus empleados para que aquella tarea encontrara lo que él llamaba "la justicia de los elegidos".

La orquesta comenzó a ejecutar los finos acordes del doble concierto para cello en G Menor de Vivaldi cuando el obispo Scheffer cruzó discretamente sus manos a la altura de su vientre como en señal de recogimiento para, disimuladamente, tomar su delgado iPhone y enviar un mensaje.

6

E l cuartel de policía de Mónaco llevaba tres días bajo tensión en plena búsqueda de la niña desaparecida bajo el agua. El oficial Jean Paul Reims tenía a su equipo inquieto, durmiendo poco y de mal humor los últimos dos días y medio después de que la pequeña Victoria Sinclair había desaparecido bajo el mar.

El humo de los cigarrillos Parliament casi ni dejaba aire puro para respirar dentro de aquel sofisticado recinto policial, donde más de una docena de agentes hacía llamadas, enviaba mails, whatsapps, salía y entraba del cuartel tratando de encontrar nuevas pistas.

Los escritorios de madera estaban sobrecargados, ya que en ellos se apoyaban altas pilas de papeles, carpetas y sofisticadas computadoras que poseían los archivos actualizados de gran parte de la humanidad. Todo el lugar estaba en penumbra, sólo iluminado por el débil hilo de luz que entraba por una pequeña ventana. Los policías bajo la presión de encontrar a la niña de un magnate no podían permitirse trabajar sólo de día; en la noche seguían haciéndolo por turnos, dormitando en los sofás, mientras otros agentes revisaban personas sospechosas y posibles pistas en sus computadoras aguantando con fuertes tazas de café.

Nadie sabía absolutamente nada de la niña.

Un silencio hermético, molesto y contundente mantenía impotente al oficial inspector Reims y a sus subordinados. Habían interrogado más de diez veces al carpero que había discutido con Philippe en la playa, quien seguía detenido en la jefatura, pero el inspector Jean Paul Reims sabía que al carecer de pruebas tendría que dejarlo en libertad.

Mientras tanto, Philippe Sinclair y su esposa Evangelina Calvet estaban haciendo el *checkout* del hotel Hilton para viajar en el avión privado que la nobleza de Mónaco había puesto a su disposición rumbo a su casa de París, debido a una importante agenda de compromisos profesionales que no podía cancelar.

En esos días Philippe le había pedido al capitán Reims que la encontraran sin importar los medios que utilizasen, ofreciendo una alta remuneración privada y la posibilidad de ser ascendido. Así que, durante las cuarenta y ocho horas siguientes, el capitán Reims había enviado a expertos submarinistas del escuadrón especial francés a registrar el lugar del suceso, pero la búsqueda no había dado ningún resultado positivo. No había señales ni en la tierra ni debajo de las transparentes aguas de la Costa Azul. Los poderosos miembros del principado también habían sido alertados de la desaparición de Victoria, ya que Philippe Sinclair tenía contacto fluido con la realeza francesa.

Philippe tenía el gesto duro como una roca, fumaba un cigarrillo tras otro y hablaba por teléfono con muchas personas influyentes.

—¿Puedes hacer tú los papeles de salida? —le pidió él a Evangelina. Ella asintió comprensiva acercándose al lujoso mostrador donde una bella recepcionista le entregaba los cargos a pagar de la habitación, mientras Philippe vestido con un sobrio traje sin corbata, se alejaba hacia un amplio ventanal para tener más privacidad hablando por su teléfono celular. Aunque ahora estaba altamente preocupado, Philippe no era un hombre amable ni servicial.

El último año juntos había sido particularmente duro para Evangelina, ya que él no mostraba ninguna señal de compañerismo ni dedicación a la pareja.

Si bien la pequeña Victoria no era hija biológica de Evangelina, ella la amaba como si lo fuera. Desde que se habían casado, él se dedicaba a sus importantes negocios, mientras ella se encargaba de llevarla al colegio, a danza clásica, a aprender inglés, a natación en el equipo del colegio y, sobre todo, a tocar el violín en una de las mejores escuelas, ya que en la música era el fértil terreno donde la pequeña Victoria mostraba un elevado talento con un don innato para manejar magistralmente las cuerdas, notas y melodías del instrumento. Evangelina bien sabía la importancia del talento musical y custodiaba a la niña como un valioso tesoro.

Ahora no dejaba de pensar en su desaparición y qué era lo que había podido pasar en la playa aquel día. Tenía remordimientos porque sentía que se había distraído del cuidado de Victoria con la discusión de Philippe y el encargado de las carpas. La pequeña sabía nadar muy bien, desde niña lo había practicado, además era extremadamente inteligente. De hecho, a Evangelina le habían dicho que era una niña índigo, una niña con un ADN más activo y potenciado, tal como muchos pequeños estaban naciendo, modelos humanos más nuevos, con programas en el cerebro actualizados, dinámicos e inteligentes.

Evangelina descartaba totalmente la posibilidad de que Victoria se hubiese ahogado en el mar. Pero entonces se preguntaba qué había pasado. Era difícil de digerir. Durante esos días, Evangelina y Philippe trataron de descifrar en su mente los sucesos, recordándolos con minuciosidad. Ella cerraba los ojos meditando y tratando de revivir cada mínimo detalle. Philippe, en cambio, se mantenía receloso frente a hacer conjeturas; ella tenía la sospecha de que el carpero tenía algo que ver, que buscó distraerlos en la discusión para aprovechar y que alguien secuestrara a la niña.

En el momento en que Evangelina había pasado la tarjeta de crédito y firmado el recibo de pago, se giró hacia atrás y observó a pocos metros cómo uno de los botones del hotel le entregaba un sobre color madera a Philippe.

—¿Qué es esto? —preguntó Philippe al botones sin dejar de sujetar su teléfono al oído derecho.

—Lo dejaron recién en la portería, señor Sinclair.

—¿Quién?

—Un hombre de sombrero, me lo dio rápidamente y dijo que era urgente.

El sobre tenía escrito "Mr. Sinclair", y debajo un símbolo estampado en azul y amarillo.

Al tomarlo en sus manos, Philippe sintió que su corazón se aceleraba, sus ojos se quedaron fijos en aquel sobre mientras el botones volvía a sus quehaceres. Casi ninguna persona tenía conocimiento de que él estaba en ese hotel, sólo la policía y la realeza.

"La flor de lis".

La mente de Philippe Sinclair lo supo de inmediato. Las piezas de un rompecabezas comenzaban a cobrar sentido.

Evangelina, al verlo sosteniendo aquel sobre, caminó rápidamente hacia él, mientras otros botones llevaban sus equipajes hacia el coche que aguardaba en la puerta del hotel.

—¿Qué es eso?

Philippe estaba pálido.

—No lo sé.

—Ábrelo.

Philippe la miró a los ojos. En el fondo de sus pupilas, Evangelina pudo ver que los ojos de su esposo reflejaban miedo, rabia, resignación, enojo.

Él bajó la mirada sospechando que algo malo traía aquel envío.

—¿La flor de lis?, ¿qué significa ese símbolo en el sobre?

Philippe estaba como petrificado.

—¡Vamos! ¿Qué te pasa? ¡Abre el sobre!

Philippe lo cogió con fuerza y lo tomó con ambas manos.

—¿Qué haces? Llevamos dos días sin pistas, ¿recibes un sobre y no lo abres?

Philippe guardó silencio pensativo.

Evangelina se acercó a corta distancia y lo miró directo a los ojos.

—¿No me has escuchado? ¡Abre el sobre!

—¡Déjame en paz!

—¿Qué me estás ocultando?

—Esto no te incumbe a ti.

—La vida de Victoria me importa y mucho. Eso es lo único que sé. Pero no puedo ayudarte si no me dices qué pasa.

Los empleados del hotel escucharon las voces más fuertes, pero discutir en voz alta y de mal humor era algo común en Francia.

—Ven, sentémonos.

Evangelina hizo una seña al botones; Philippe necesitaba beber algo fuerte.

El joven se acercó rápidamente.

—Dos whiskys, por favor.

El empleado asintió y se marchó rápidamente.

—Siéntate, Philippe, y dime qué está pasando. ¿Qué significa ese sobre con la flor de lis?

Él hizo una profunda inhalación.

—Esto es algo que viene desde mucho tiempo atrás.

—¿Tiempo atrás?, ¿cuánto tiempo?, ¿antes de conocerme?

Philippe soltó una risa irónica.

—Esto viene desde tiempos inmemoriales.

—No entiendo, explícate.

El botones regresó con una bandeja de plata y los dos vasos de whisky.

Evangelina le entregó treinta euros.

Philippe bebió un sorbo largo, sintió de inmediato el líquido calentando su esófago, movilizando su sangre y su cerebro.

—Este símbolo tiene una antigüedad e historia muy poderosas. Uno de los primeros usos de la flor de lis fue en la Puerta de Istar, en Mesopotamia, construida por Nabucodonosor II en el año 575 a. C. Aunque la mayoría cree que sus inicios se remontan a la época greco egipcia, en la biblioteca de Alejandría.

—¿Y qué tiene que ver eso con nosotros y con la desaparición de Victoria?

—Tú sabes que mi familia ha heredado grandes propiedades, fortunas que vienen del pasado de reyes y reinas, en el que se valoraba y buscaba más el conocimiento que el dinero, aunque ambos crecían por partes iguales.

—Eso lo sé porque mi familia también se ha manejado así, ¿pero qué piensas? ¿Al fin te convencerás de que es un secuestro?

—Nunca he tenido dudas de eso.

—¿Entonces?

—Evangelina, tienes que saber qué pasó en la historia, la auténtica historia que se mantiene oculta al ojo del neófito.

Philippe bebió el resto del whisky de un sorbo. Tomó el sobre y le señaló el símbolo.

—El primer uso oficial de la flor de lis en Occidente se remonta al siglo V, en los tiempos de la expansión de la iglesia católica. Los manuscritos antiguos fueron traducidos al latín vulgar por san Jerónimo de Estridón por encargo de san Dámaso I para difundir el cristianismo entre la plebe. Esta traducción se conocería como Vulgata, y en ella se aprecia el emblema de la flor de lis dibujada desde la portada.

"Existe la leyenda de la Sagrada Ampolla, la cual cuenta que el día del bautismo y coronación del rey franco Clodoveo I, en la catedral de Reims, llegó desde el cielo, transportada por una paloma hasta las manos del obispo san Remigio, la Sagrada Ampolla, con un ramillete de lirios (esto es, lo que significa la flor de lis). Contenía el óleo para ungir y santificar al rey, lo que significaba que su autoridad era de origen divino.

En una ráfaga en su memoria Evangelina recordó cómo le gustaban los lirios a su madre; cómo la profesora de violín colocaba lirios cuando Victoria tocaba, y cómo en las reuniones de Philippe había siempre lirios en el centro, pero nunca había pensado nada más que eran simples flores.

Ella lo miraba con asombro.

—Abrir este símbolo es casi como hacer un rito de iniciación. Es un códice que carga un pasado poderoso y, siglos atrás, esta estampa simbolizaba cambios en la vida de una persona. Es como si en la actualidad alguien recibiese una estrella de David judía, una cruz cristiana o una esvástica nazi. Son símbolos con una carga de energía tanto positiva como negativa.

"La monarquía adoptó la flor de lis a sabiendas de que tenía un linaje espiritual anterior. En el siglo XII, el rey Luis VII de Francia fue el primer soberano en incorporarla a su escudo. A partir del siglo XIV, apareció también como emblema de la casa de Lancaster de la dinastía real inglesa, para enfatizar su reivindicación al trono francés. El escudo de la casa de Lancaster incluye tres flores de lis y tres leopardos. Catalina de Lancaster, nieta de Pedro I de Castilla y abuela de Isabel la Católica, fue la patrocinadora del monasterio de Santa María la Real de Nieva, en la provincia de Segovia, por eso puede verse allí su escudo con las tres flores de lis.

—Hasta ahora entiendo que es un símbolo de realeza.

Philippe asintió.

—Y mucho más. En el siglo XVI, era símbolo de la dinastía Valois en oro y parte del emblema de las familias nobiliarias, tales como los de Candia, quienes la portaban en rojo, y los Farnesio, que lo hacían en azul utilizando seis flores en su escudo de armas.

"En 1084, el rey de Castilla y de León, Alfonso VI, conquistó Madrid. Por aquellos días se sabía que en la muralla de la ciudad se hallaba escondida una imagen de la virgen. El rey mandó llamar al último sobreviviente que sabía algo sobre esta cuestión, una mujer llamada María. Por tradición familiar, sabía cómo era la imagen pero desconocía el lugar exacto donde estaba. La reina Constanza de Borgoña (tercera esposa de Alfonso VI) la mandó llamar para poder hacer con su descripción lo que hoy se llamaría un "retrato robot".

—¿Un retrato robot? ¿Qué es eso?

—Ella no había visto nunca la flor de lis, sólo sabía que era un símbolo poderoso y una vez terminado el retrato, ordenó que se añadiera una flor de lis. De esta manera la virgen de la Flor de Lis fue su primera representación, el divino femenino, en el Madrid conquistado. Más tarde se llegó a encontrar la talla escondida en la muralla y es la imagen que hoy se conoce como La Almudena.

Evangelina estaba pensativa.

En su ojo mental imaginaba pasar toda la historia de aquel enigmático símbolo.

Philippe no le mencionó que también era utilizada en los mapas antiguos para señalar el norte; habitualmente en las "rosas de los vientos" era usada como símbolo del punto cardinal norte, una tradición iniciada por Flavio Gioja, marinero napolitano del siglo XIV.

—Continúa.

Philippe se estiró hacia delante y bebió el resto del whisky del vaso de Evangelina.

—Después del rey francés Luis VII, también los reyes ingleses hicieron lo mismo y usaron más tarde el símbolo en sus armas para enfatizar sus reclamos sobre el trono de Francia. En el siglo XIV, la flor de lis se incorporó a menudo en las insignias de familia que se cosían en el manto del caballero, que era usado por su propietario.

"El propósito original de identificación en batalla derivó en un sistema de designación social de estatus después de 1483, cuando el rey Eduardo IV estableció el Colegio de Heráldica para supervisar los derechos del uso de las insignias de armas.

—¿Pero es un símbolo bueno o malo?

—El bien y el mal son relativos, Evangelina, es el uso que se le da a una cosa lo que la hace buena o mala.

Evangelina agudizó su mente.

—Quiero que entiendas todas las maneras en que este emblema fue usado. Durante el siglo XX, el símbolo fue adoptado por el Movimiento Scout, organización presente en todo el mundo. Los scouts la representan sobre un fondo color violeta, pintada en blanco o plateado y rodeada por una cuerda que acaba en un nudo "llano", llamado nudo de la hermandad; tiene dos estrellas de cinco picos en los pétalos exteriores. Se ha escogido como insignia de los scouts porque señala la dirección hacia lo alto, marca el camino que hay que seguir para cumplir con el deber y ser útil a los semejantes. Las tres hojas (o pétalos) recuerdan las "tres partes de la promesa boy scout" al igual que los "tres dedos de la seña scout".

Evangelina recordó que los ministros británicos también hacían ese gesto en sus fotos.

—La flor de lis ha llegado a ser la insignia de los boy scouts en casi todos los países del mundo. Si bien el fundador del movimiento, sir lord Robert Sthepenson Smith Baden Powell of Gilwell lo utilizó por primera vez en la India en 1898, su uso como símbolo scout se dio hasta 1907. Hay quien afirma que la flor de lis scout es muestra de un supuesto vínculo que el fundador, Robert Baden-Powell, habría tenido con logias masónicas; aunque su mujer negó que él hubiera pertenecido jamás a alguna logia.

Un botones se acercó sigilosamente.

—El coche está listo, señor Sinclair.

Philippe ni lo miró, su mente estaba en otra cosa.

—Iremos en un momento —respondió Evangelina.

Se volvió hacia Philippe. Necesitaba más información.

—Sigo sin entender.

—Ésta es la mejor parte. A partir del Renacimiento, segunda mitad del siglo XV, la flor de lis se tomó como símbolo del bien hacer. Los renacentistas lo unían a sus blasones cuando lograban alcanzar la gran iluminación con la piedra filosofal. La flor de lis simboliza el árbol de la vida, la perfección, la luz, la resurrección y la gracia de Dios que ilumina.

"La han usado con poder los antiguos. Primero Thot, el dios mago y maestro que aparece junto a Isis cuando ésta quiere devolverle la vida a Osiris. Él vino a enseñar la doctrina secreta de la iluminación espiritual a los sacerdotes de los templos. Les enseñó que la luz era universal y que esa luz era Dios, quien mora en todos los hombres.

"La leyenda habla de que Thot fue también llamado Hermes Trismegisto, famoso sabio, sacerdote y filósofo egipcio, que vivió hacia el año 2630 a. C. y enseñó a los hombres la escritura, la música, la medicina, la astronomía y el ceremonial para el culto de los dioses.

También enseñó a ciertos discípulos las ciencias secretas y luego la magia, la alquimia y la astrología.

—Eso lo entiendo, toda la filosofía hermética se basa en siete principios.

Evangelina se refería a los principios herméticos del Kybalión, famoso libro antiguo que mencionaba como principios fundamentales de vida al mentalismo, la correspondencia, la vibración, la polaridad, el ritmo, el de causa y efecto y el principio de generación.

—Estos principios de la ciencia hermética buscan consagrar al iniciado como iluminado heredero de la flor de lis… O mejor dicho "flor de Luz" —a Philippe se le iluminó la mirada.

Evangelina frunció el ceño pensativa, comenzaba a tener un leve vislumbre del significado.

Philippe se acercó a ella con más intimidad y empezó a susurrar.

—Debes saber que el conocimiento que encierra también fue usado para el mal. El símbolo fue adoptado por la Mafia Hachel, también conocida como la Virgen Escribana, como emblema en el siglo XVII en Alemania, más específicamente en el municipio de Hachelbich, donde se realizaban sus reuniones. Cualquier persona ajena a la Mafia Hachel que intentase detener el cumplimiento de sus objetivos terminaba brutalmente secuestrada o asesinada. Sus víctimas eran reconocidas mediante una marca hecha con hierro candente con el símbolo de la flor de lis.

Evangelina pensó en el pequeño e inocente pecho de Victoria y suspiró.

—La historia de la flor de lis no termina ahí. La Cruz de Santiago, símbolo de la Orden de Santiago, la tiene en tres de sus puntas: sobre ambos extremos del trazo horizontal y en el superior del vertical, hacia el extremo inferior se dibuja una espada. La Orden Militar de Santiago se creó en el siglo XII para defender a los peregrinos que visitaban la tumba del apóstol en Santiago de Compostela, España, se distinguían exhibiendo este símbolo de color rojo en sus vestimentas y escudos. También se pueden encontrar en el escudo del Papa Pablo VI precisamente tres flores de lis. La iglesia católica la usa como símbolo mariano de la virgen.

—¡Alto! ¡Yo quiero encontrar a Victoria! ¡Abre el sobre de una vez! ¿Qué tienen que ver el pasado, los reyes, las vírgenes?

Philippe la miró a los ojos.

Evangelina quedó suspendida en esa mirada tratando de comprender. Desaparición, conocimientos, poder, iluminación, castillos, reyes, linajes, escudos, leyendas, magia, órdenes secretas, vírgenes…

"No puede ser".

—Crees que… porque Victoria es una niña virgen… —dijo lentamente como si no quisiera pronunciar aquellas palabras.

Philippe inhaló profundamente.

—Virgen es la unión de dos palabras: virtud y genes. Significa la gran *virtud* del *gen*, "vir-gen", o sea, el ADN inmaculado, iluminado. Es evolución en la genética, no sólo religión.

Evangelina seguía comprendiendo todo y volvió a pensar en el talento de Victoria, una niña índigo, virgen, una de tantos nuevos niños que llegaron al planeta Tierra para cambiarlo.

—La flor de lis es un símbolo de milagro utilizado para la luz, fue uno de los atributos de san José, de quien dice la leyenda que florecieron uno o tres lirios de su bastón; también como representación de la Santísima Trinidad, debido a los tres pétalos: el Padre, el Hijo y el Espíritu Santo.

"Actualmente hasta la organización de psicólogos en el mundo adopta este símbolo. La flor de lis se asemeja aquí a la forma de una mariposa que para los griegos representaba el alma humana (psique), y se asocia por su parecido con la letra griega psi (Ψ), del término $\Psi\upsilon\chi\acute{\eta}$ —psyché—, alma.

—¿La flor de lis es un símbolo para representar la trinidad del alma?

—Padre, Hijo y Espíritu Santo también representan el protón, el electrón y el neutrón, la esencia del átomo donde está la batalla por la evolución genética y espiritual.

Evangelina sabía que mucha gente no lo veía de esa manera.

Philippe añadió:

—En sus orígenes era sagrado, aunque tú sabes que las cosas cambian. El psicoanálisis, por su parte, ha interpretado a la flor de lis como un símbolo fálico o, más aún, como una forma sublimada y probablemente inconsciente de representar los genitales masculinos, la virilidad y la fuerza que también es asociada con la espada, forma ésta que es claramente visible en el símbolo.

Evangelina recordó sus anteriores experiencias sexuales. Ella tenía en su interior el fuego sexual activo en su cuerpo.

Philippe quería zanjar la larga pero importante explicación.

—Según relata la novela de Alejandro Dumas *Los tres mosqueteros*, en la edad moderna la flor de lis también era el sello con que los verdugos de Francia marcaban a los delincuentes con hierro candente como castigo y como estigma infamante que los fichaba de por vida como indeseables. Hoy día, el símbolo de la flor de lis se banalizó en equipos de futbol, universidades, videojuegos y grupos de rock. Pero tal como me enseñó mi padre, y a él su padre y la generación pasada, es el símbolo que representa iluminación, virtudes y luz.

"La flor de luz".

Philippe se mostró emocionado al recordar a su padre, René Sinclair, y a su abuelo, Jean Michel Sinclair.

Era la primera vez que Evangelina lo veía así. Él era hermético no sólo en su trabajo, reuniones y viajes, sino también con sus emociones.

—Entiendo que tiene una gran tradición y un poder ancestral para quien lo usa con fines espirituales. ¿Qué significa que esté estampado en el sobre que te han entregado?

—Significa que nos están poniendo a prueba.

Los ojos claros de Philippe reflejaban cierta resignación. Tomó delicadamente el sobre y comenzó a abrirlo con esmerado cuidado. Dentro había otro sobre más pequeño con el símbolo vuelto a grabar arriba, en la parte derecha que contenía una pluma de tinta para escribir, como las que usaban en el medioevo, de unos veinte centímetros y en su punta el fino punzón dorado con tinta negra. A su vez, dentro había una hoja de papel dorado. La adrenalina fluía por sus venas como un poderoso río. Las pupilas se expandieron bajo la emoción. El papel del interior sólo contenía una frase y lo que parecía un crucigrama.

"¿Por qué buscáis entre los muertos al que vive?"
Lucas 24, 1-8

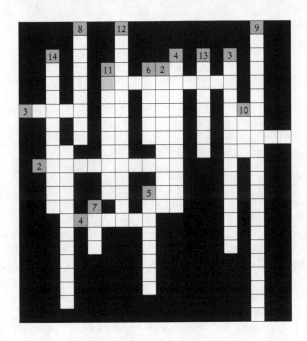

A'bra-ca-dab'ra
la palabra y el cerrojo.

El cielo gris de tormentosos nubarrones se expandía por Berlín envolviendo a la mítica ciudad, como si aquellas esponjosas nubes quisieran poner un límite entre los hombres y el firmamento.

En la muñeca de Hans Friedrich sobresalía un costoso reloj que marcaba las ocho treinta de la mañana. Él observaba de pie, tras el amplio ventanal del piso más alto de un lujoso edificio, el vertiginoso coctel de coches, personas caminando a paso rápido con paraguas, modernos autobuses, negocios y la angulosa arquitectura alemana. Le provocaba la certeza y el orgullo de que su ciudad natal fuese una de las capitales más fuertes del mundo y con más historia en la civilización humana.

Hans Friedrich era alto, de profundos ojos claros, llevaba el cabello rubio peinado a la actual moda europea, es decir, un largo mechón dorado estirado hacia arriba y hacia atrás, bien afeitado y pulcramente vestido con un traje azul, camisa blanca y corbata azul, todo el conjunto de la firma alemana Hugo Boss.

Su chofer lo había recogido y llevado en su exclusivo y poderoso Mercedes Benz S600 biturbo V12, color gris plata, desde su casa hasta su oficina afuera de la ciudad, como todos los lunes, para la reunión semanal de empresarios. En esos treinta minutos que duró el viaje, Hans repasaba las directivas que tenía que tratar con sus socios. Estaba llegando a los sesenta años bien llevados por la práctica diaria de ejercicio en su gimnasio privado. Se había divorciado hacía ya más de diecisiete años, su naturaleza era fría y cerebral, carecía de la pasión por el amor, las relaciones estables o la lujuria, aunque una vez al mes frecuentaba finas *escorts* de alto *standing* cuando su cuerpo y su mente pedían descargar tensiones y relajarse. No tenía interés en rehacer su vida conyugal con nadie, ya que dedicaba su vida al control de sus empresas, a la compra de propiedades, arte y construcciones. Su interés más grande estaba volcado en obtener el liderazgo total sobre un servicio especial de inteligencia al que pertenecía con otros hombres de poder.

Contaba a su cargo con un equipo de expertos en investigación con sofisticados métodos. Podía tener acceso en internet a cuentas de banco, información confidencial de cualquier persona sobre el planeta, archivos privados de conocimientos ancestrales, estadísticas en economía a nivel mundial, inversiones en la bolsa de valores, avances en la composición celular del ser humano y, literalmente, casi todo lo que quisiese. Estaba ligado al gobierno alemán desde hacía años y eso le daba el respaldo político. Esa forma de vida era el combustible existencial para vivir. Llegar a esa posición le había llevado casi toda su vida, le había costado su matrimonio y su alegría, ya que Hans rara vez se reía, pero en el fondo, su interior se movilizaba por el control, eso le daba poder y el poder era la causa de su vida.

Aquella mañana estaba inquieto. Tenía un memorándum de temas a tratar en la reunión. Pero sobre todo existía uno que lo tenía preocupado, el cual planeaba tratar.

Al cabo de media hora, más de una docena de altos ejecutivos alemanes, entre otros el secretario de asuntos internos del gobierno, estaba reunida en torno a una fina y costosa mesa ovalada de roble, rodeada de sillas tapizadas en cuero. Cada uno tenía una carpeta, una botella de vidrio con agua mineralizada y exclusivos bolígrafos Montblanc para escribir sobre sus *screenwriters,* unos modernos y avanzados tableros digitales. También una nevera pequeña con frutas especiales de una cosecha orgánica, libres de transgénicos, y en la cabecera de la espaciosa oficina una pantalla digital para proyecciones.

Los alemanes hablaron con eficiencia y orden sobre los cuatro temas que figuraban en el memorándum: política europea, inteligencia internacional, espionaje cibernético y evolución celular humana.

Hans ordenó café y casi al instante una secretaria apareció con un termo plateado que dejó sobre la mesa. Hans se sirvió a sí mismo una taza sin azúcar, bebía el café bien caliente y amargo.

Los asistentes se saludaron con diplomacia y respeto, generando un clima de secretismo en aquella equipada oficina. La reunión comenzó con un informe del departamento de evolución celular.

Hans leyó en voz alta:

—Estimados miembros, tenemos en nuestro poder uno de los adelantos más grandes de la historia reciente, el cual esperábamos luego de mucho tiempo de investigación. Nuestro equipo científico creó un genoma sintético con capacidad para autorreplicarse. Han tenido éxito modificando una célula e introduciendo el ADN de otro organismo, lo cual, obviamente, ha modificado los genes de esa célula.

Hans hizo una pausa.

—El experimento ha sido un éxito. La bacteria implantada se ha autorreplicado.

Todos los asistentes asintieron y sonrieron al unísono. El equipo de Hans Friedrich sabía que perseguían la modificación y fabricación de ADN sintético para manipular la vida en los laboratorios. Esa tecnología de avanzada se basaba en la ambición ni más ni menos de diseñar y producir un ser humano como si se produjera un coche, una computadora o un par de zapatos.

Una creación obediente de biología sintética.

Aquél era el fruto de un estudio en el que varios grupos germánicos venían trabajando desde los años treinta, junto a los hombres más ricos del mundo. El sueño de jugar a ser Dios, que el hombre persiguió en la ficción para crear un ser humano robotizado —una especie de *Frankenstein*—, se podría llevar a cabo. En realidad, era la prolongación avanzada del sueño de Hitler. El objetivo era cambiar las generaciones futuras sin generar ninguna guerra visible sino avanzar en los laboratorios y en la manipulación biológica de la comida.

La alegría por aquel avance del grupo de poderosos corporativos e inversionistas que lideraba Hans Friedrich, se debía a que habían alcanzado la modificación genética a nivel humano. Ya gran parte de la población sabía que lo hacían con animales y sobre todo con alimentos, los transgénicos modificados. Así, la mayoría de las personas comía tranquilamente tomates, papas, pollos, hamburguesas y una larga lista de alimentos modificados genéticamente sin saber que eso repercutía en ellos, como un veneno lento deteriorando la evolución de su ADN y, en consecuencia, disminuyendo su evolución espiritual. El objetivo supremo era crear una nueva raza de niños con coeficiente intelectual elevado pero completamente manipulables al programa operativo que tuviesen programado de antemano en su ADN.

Ellos estaban al corriente de que, por el camino natural de la evolución, la naturaleza ya estaba enviando a la Tierra a los nuevos niños índigo con un ADN evolucionado, portador de capacidades extraordinarias, con respuestas cargadas de sabiduría e ideas de libertad, ecología y uso de energías libres, lo que provocaría una presente y futura revolución espiritual que dejaría sin fuerza ni control al poder tradicional. Esos niños serían rebeldes frente al sistema.

La corporación de Hans no quería esa libre evolución sino todo lo contrario, controlarla con sus propias armas. Hans Friedrich tenía también un enemigo mayor y era la proliferación mundial de personas que cuidaban su salud con productos naturales avanzados en nutrición celular. Si la población consumía más alimentos líquidos con proteína de alta calidad, las células de aquellas personas estarían avanzando vertiginosamente, rejuveneciendo y despertando su poder genético. Ello haría mermar la forma tradicional de alimentarse, con las consecuencias que eso le estaba trayendo al poder establecido: perdían dinero y perdían control.

Hans estaba con la presión del gobierno alemán en sus espaldas.

—¿Ya se ha confirmado completamente? —la pregunta vino de un hombre de ojos celestes y cabello plateado, quien usaba unas modernas gafas.

Hans asintió.

—Tienen el informe completo en la carpeta de cada uno.

Todos tomaron sus carpetas.

—¿Cuál es el siguiente paso?

—Votar para comenzar el proceso.

Hubo un silencio.

—Adelante, votemos —respondieron casi todos al unísono.

—Camaradas, antes de comenzar la votación quisiera comentar sobre un tema que mi equipo está investigando. Se trata de un hacker que está volviéndose cada vez más poderoso.

—¿Un hacker informático?, ¿de qué se trata? —respondió otro de los alemanes.

—En realidad el hacker es una mujer.

—¿Y qué peligro engendra?

—Ha demostrado tener acceso a archivos confidenciales políticos y sobre nuestras investigaciones genéticas en los laboratorios. Se hace llamar Rachel Z.

Hans encendió su portátil, caminó hacia la pared y bajó las luces de la oficina; inmediatamente en la pantalla grande se proyectó el logo de una de sus empresas, un águila con las alas extendidas.

Hans movió ágilmente los dedos sobre su portátil y salió proyectado el rostro de una mujer joven, de unos veintiocho años, con el cabello teñido de rojo, tatuajes en el cuerpo y un piercing en la nariz. Su rostro era bello, tranquilamente podría trabajar de modelo o actriz, pero aquella chica estaba en una cruzada revolucionaria en las redes sociales.

—¿Quién es esta chica?

—Como les mencioné, se hace llamar Rachel Z, tiene varias redes sociales con más de tres millones y medio de seguidores y va en aumento. Sobre todo en su blog está subiendo información que no podría conocer si no fuese por medios internos o por la habilidad de hackear páginas oficiales.

—Exactamente a qué clase de información se refiere.

Hans frunció el ceño.

—Mucha información secreta que nosotros manejamos.

Hubo un silencio.

Todos los alemanes pensaron lo inevitable en esos casos: o bien había un espía infiltrado o la chica era una experta para entrar en archivos privados.

—Señores, esto es grave —dijo Hans con voz firme a la vez que comenzó a mostrar archivos que Rachel Z subía abiertamente en su blog: "Genocidio fabricado", "Las verdaderas razones de la renuncia del Papa alemán", "Alemania quiere comprar Europa", "El avance de la nutrición celular", "Modificaciones genéticas", "El gen Dios", entre otros.

—¡Eso no puede ser posible! ¿Cómo accedió ella a esos datos?

—Mi equipo de inteligencia está rastreando para encontrarla y ver cuál ha sido el canal que le provee la información. De seguir avanzando en la divulgación, podría convertirse en una bomba mundial —Hans hizo una pausa para cambiar la imagen en la computadora—. En su reciente publicación ha revelado que el ébola era una fabricación manipulada para enfermar a la población y, aunque dice que todavía no ha podido comprobarlo, lo hará.

Los medios televisivos alertaban día y noche promoviendo el miedo al contagio, aunque no estaba penetrando al nivel que querían.

—¿Ya lograron descifrar dónde vive?

—Al parecer tiene aliados. Sus publicaciones en internet se rastrean un día en Roma, otro en París, otro en América. No lo sabemos todavía. Pero es prioridad llegar a ella, quienquiera que sea.

Hans les dirigió una mirada de hielo cargada de sospecha.

—Si hay un espía entre nosotros, lo vamos a saber.

8

Roma, Italia
En la actualidad

La familia de Mateo Toscanini no salía de su asombro.

Su hijo Mateo había salido corriendo por las escaleras hacia la cocina y llamaba a su madre con el corazón a punto de salírsele del pecho.

Rosario bajó apurada hacia el sótano. En menos de cinco minutos todos estaban reunidos debajo del extraño túnel. Ya habían abierto una de las puertas. La adrenalina inundaba vertiginosamente sus venas.

—¿Qué es esto Mateo? —Rosario estaba extremadamente nerviosa, comenzaron a temblarle las manos.

—Estoy tan sorprendido como tú.

—¡*Papo*, hay muchas cajas!

—Son cofres de plata y bronce. Parecen muy antiguos.

La húmeda y oscura habitación contenía un par de estanterías vacías, varias alfombras enrolladas —colocadas de pie como si fuesen troncos de árboles— y una lámpara de aceite como las que usaban varios cientos de años atrás. Olía a humedad, a moho añejo. Las paredes eran oscuras como el ébano. El suelo tenía tierra y polvo. Lo que más llamó la atención de Mateo era que destacaban en un rincón, apilados, más de una docena de cofres de un metro de largo por casi otro tanto de alto. Parecían pesados y cerrados herméticamente, tenían bordados símbolos e insignias místicas en su tapa.

—Trae la linterna aquí, Mateo.

Los otros dos niños buscaban más cosas detrás de los otros cofres sin poder abrirlos.

—Mateo, tengo miedo —dijo su esposa.

—Tranquila, vamos a averiguar qué es esto.

—¡*Ma questo è incredibile!* ¿Todos estos años vivimos sobre este extraño sótano sin saber lo que guardaba? ¡Madre superiora, virgen santísima, protégenos!

María del Rosario estaba temblando, no podía sostener la idea de un intruso en su casa. Se persignó.

Mateo tomó un martillo y un cincel de su caja de herramientas y comenzó a golpear los bordes del cofre. La tapa era extremadamente dura, como sellada a presión.

Intentó dando golpes con el martillo en las esquinas de las cajas y nada. Probó en el centro y tampoco. Parecían cofres inquebrantables.

—Están muy fuertes.

Rosario se acercó al cofre. Vio los símbolos y se asustó.

—¿Qué significan esos símbolos, Mateo? ¡No me gustan!

—Espera, tratemos de abrir los cofres.

—¡Vámonos de aquí, llamemos a la policía!

—¡Cálmate! Tenemos que saber qué es esto.

— Mateo, ¡esto no me gusta, es muy raro!

María del Rosario no simpatizó ni con la flor de lis, ni con el pergamino egipcio y mucho menos con el auroboro, un símbolo antiguo que representa la eternidad. Volvió a persignarse, presa del miedo.

Los niños fueron hacia el rincón de las altas alfombras enrolladas, de más de dos metros de altura.

—Niños, ¡no toquen nada!

Los niños disfrutaban la aventura y no escucharon a su temerosa madre. Mateo corrió una de las alfombras, si bien era pesada pudo moverla. Los otros dos niños empujaron también. La alta alfombra se balanceó hacia los lados y cayó como un pesado edificio. Al caer y golpear con el piso expandió a las otras alfombras que cayeron levantando una fuerte polvareda. De inmediato la habitación

71

quedó en tinieblas, producto del polvo en suspensión. Rosario entró en pánico.

—¡Niños! ¡Aaah! ¡cooof! ¡coooof! ¡Mateoooo! —Rosario cuanto más abría la boca más tosía. Le picaba la garganta y los ojos, se restregó con las manos y fue peor. La tos comenzó a asfixiarla—. ¡No puedo respirar!

El polvillo iba en aumento, no se veía ni a un metro de distancia. Todo quedó cubierto de polvo blanco, como si aquella añeja habitación cobrara venganza por el olvido de tantos años.

María del Rosario salió a los tumbos, se cayó tropezando con uno de los cofres y se golpeó la pierna.

—¡Tranquilos! ¡Manténganse quietos hasta que el polvo baje!

—¡Esto es la obra del maligno! —alcanzó a gritar María del Rosario, *¡É l'opera del male!*

—¡Niños! ¿Me escuchan? —Mateo intentó avanzar a tientas sobre el polvillo. No se veía absolutamente nada, tampoco podía divisar la puerta de salida. Estaban encerrados. Su corazón se aceleró.

Al cabo de tres o cuatro minutos, cuando el polvillo comenzó a diluirse en el aire, pudo ver en un rincón a María del Rosario en el suelo, inconsciente. ¿Y los niños?

Giró la cabeza y no vio a ninguno de los tres. Se asustó. No estaban en la habitación, ni detrás de los cofres ni bajo las alfombras caídas. La puerta estaba cerrada, no habían salido de allí. Alcanzó a ver un objeto que brillaba al fondo, se acercó estupefacto a tientas con las manos hacia adelante. Frente a sus ojos rojizos por el polvo, se alzaba un espejo de más de dos metros y medio de alto por un metro y medio de ancho. Estaba oculto tras los rollos de las alfombras y no habían podido verlo antes.

El espejo tenía grabadas extrañas inscripciones y jeroglíficos egipcios, letras griegas y hebreas.

Παιδεύουσι δὲ τοὺς υἱοὺς οἱ μὲν ἱερεῖς γράμματα διττά, τά τε ἱερὰ καλούμενα καὶ τὰ κοινοτέραν ἔχοντα τὴν μάθησιν.

"Los sacerdotes enseñan a sus hijos letras dobles, las llamadas "sagradas" y las que son de aprendizaje común."

(Diod. I, 81:1)

Mateo no entendía nada. Supuso inmediatamente que aquel sitio perteneció a alguien místico, alguien del pasado remoto. Se acercó más al espejo, que emitía una energía extraña.

Lo único que pudo entender fue una frase escrita sobre una delgada plancha de metal. Al costado, decía en latín: "El espejo de Narciso".

Una fina llovizna caía sobre París.

El chofer personal que los esperó en el aeropuerto Charles de Gaulle tardó menos de media hora en llegar a la casa de Philippe Sinclair y Evangelina Calvet.

Durante todo el viaje, la mente de Evangelina venía pensando qué querían decirles con el misterioso acertijo que habían recibido.

¿La palabra y el cerrojo?

¿Qué significaba aquello? ¿Una cita de Jesús?

¿Buscar a los vivos entre los muertos?

Y lo más incoherente:

¿Abracadabra?

¿Qué clase de broma era aquella? En el fondo, Evangelina sabía que no era una broma. Su marido tenía negocios y contactos poderosos, pero ¿querrían extorsionarlo o simplemente buscarían pedir dinero a cambio de la vida de Victoria?

No entendía qué esperarían que hicieran con ese misterioso acertijo. Estaba, confundida y dolida por haber descuidado a la niña.

Philippe casi ni había hablado. Estaba sumido en sus pensamientos, varias llamadas por teléfono y fumaba un cigarrillo tras otro.

Cuando entraron en el lujoso apartamento a cuatro manzanas de la torre Eiffel, Philippe estaba hablando por teléfono con el capitán Jean Paul Reims en Mónaco, para saber si habían tenido novedades. Evangelina abrió la puerta de su casa con un bolso en la mano y un llavero con más de media docena de llaves.

—Avíseme cada hora aunque no tenga nuevas noticias —le ordenó Philippe al capitán Reims.

Dejó un maletín de cuero negro sobre el sofá y se acercó a la ventana, pensativo. El estilizado cuerpo de Evangelina se dirigió a la cocina a servirse un vaso con agua y luego caminó hacia el dormitorio.

Al ingresar en el lustroso parket del suelo del dormitorio, Evangelina observó sobre la espaciosa cama un sobre dorado con la flor de Lis.

Su corazón se agitó.

—¡Philippe! ¡Han entrado a la casa! —gritó ella.

Ambos sabían que nadie tenía llave de su apartamento. Indudablemente habían ingresado en su ausencia. Él corrió rápidamente hacia el dormitorio.

—¡Otro sobre!

Inmediatamente Philippe vio la flor de lis estampada y supo que aquello era de los secuestradores de Victoria.

Sin preámbulos lo abrió rápidamente.

Tienen cuarenta y ocho horas,
exactamente hasta las 11:11 am de pasado mañana
para entregarme los documentos o su hija
no verá más la luz del sol.
Y sólo podrán verla si resuelven las preguntas
que irán recibiendo en el sagrado crucigrama.
Los ancestros se harán oír.

—¿Qué clase de juego es éste? ¡Otro crucigrama y otro acertijo! ¿Y por qué hasta las 11:11 de la mañana? —Evangelina sintió impotencia y confusión.

Philippe cogió la segunda hoja con ansiedad.

—¡*Merde!*

En el papel había otro crucigrama y unas directivas.

Horizontales
¿Puede no estar presente Dios si está en todos lados?
¿El gran pájaro ancestral aún hoy vuela libre y
las cenizas serán las que abrirán los corazones?

Verticales

¿Cuál fue el auténtico final de Jesús, el Cristo?

¿Puede algo perfecto crear cosas imperfectas?

¿Acaso no os dije: Todos ustedes sois dioses? (Juan 10:34)

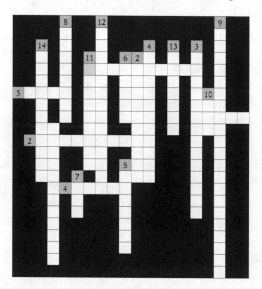

—¡Dios mío! ¡¿Qué clase de locura es ésta?! —exclamó Evangelina—. ¿Quieren que hagamos palabras cruzadas?

Philippe miró el crucigrama. Él sabía que aquello tenía que ver con alguna sociedad secreta. Alzó una ceja, sospechaba qué querían de él.

—¿Qué está pasando aquí, Philippe? ¿Qué significa todo esto?

El francés soltó una suspiro de frustración, caminó hacia la ventana que daba hacia la calle y cerró las cortinas de hilo blanco.

—Philippe, hazme el favor de responderme. ¿Por qué han secuestrado a Victoria?

Philippe la miró a los ojos. En todo el tiempo que Evangelina había conocido a Philippe fue la única vez que vio aquella expresión en sus ojos. Había resignación, casi hasta pudo ver humildad.

—Siéntate Evangelina. Comenzaré a explicarte desde el principio.

10

En un departamento de un viejo edificio de París, una joven llena de tatuajes en el cuerpo, con mirada felina de ojos verdes intensificada por el rímel oscuro, deslizó su cuerpo desde un sofá color crema hacia la silla frente a una de sus computadoras. En la habitación había media docena de jóvenes entre los veinticinco y treinta años, quienes estaban durmiendo en otros sofás contiguos. El olor a sexo de la noche anterior, más el hecho de que casi nunca abrían las ventanas, le daba a aquella habitación un alma propia de placer sexual, revolución política e inteligencia cibernética. Más atrás, una escalera comunicaba al segundo piso donde había un baño y un dormitorio que rara vez utilizaban.

La desordenada habitación principal estaba llena de computadoras, sistemas, cables y consolas. Había ropa tirada por el suelo, revistas, libros, mancuernas de pesas para ejercicios, restos de comida y bebida, botellas de vino tinto y un par de condones usados. La noche anterior, como era habitual, Rachel Z, la chica de mirada felina y tatuajes, había vuelto a iniciar el amor libre entre el grupo de jóvenes hackers, sensuales, inteligentes y revolucionarios. Si bien su ritmo de vida no tenía horarios ni tensiones, eran extremadamente eficientes en el trabajo que realizaban para lo que ellos creían que era mejorar el mundo.

Rachel Z se acomodó la larga melena pelirroja detrás de sus hombros, tenía puesta una camiseta musculosa que dejaba al descubierto sus fuertes senos, con sus pezones que se marcaban al no llevar sujetador. Aunque lo que más relucían eran los tatuajes en sus brazos, donde destacaban una rosa y la imagen de un Cristo elevándose sobre los cielos; vestía unos ajustados jeans y estaba descalza.

Su amante de la noche anterior le dirigió una sonrisa (ya que Rachel Z solía rotar a los chicos del equipo de hackers para que tuvieran sexo con ella)

El atractivo chico de origen español estaba apenas despertando en busca de café en la cocina, que estaba también en desorden. Pasó las manos por su rostro que daba nacimiento a la sombra de una barba de cuatro días.

Rachel Z era liberal a la hora del sexo. "Que pase más o menos tiempo entre un acto sexual con otra persona no te hace más o menos santa o más o menos puta", solía argumentar.

—¿Qué haces tan temprano ya despierta?

—Tengo un presentimiento. Quiero subir algo a la red.

—¿De qué se trata? —el chico se llamaba Diego Reyes, había nacido en Madrid hacía veintiséis años y vivía junto al grupo desde dos años atrás. Dee, como lo llamaban todos, se desperezó estirando los brazos sobre la cabeza, tenía el musculoso torso desnudo, las axilas peludas y unos jeans azules debajo de su marcado abdomen.

—He tenido un sueño. Intentaré comunicarme con "la torre de control" — así llamaban Rachel Z y su grupo al Vaticano.

—¿Has encontrado la puerta para hacerlo?

—Lo intento. Recibí unas coordenadas en mi sueño.

—Te traje café —el chico se inclinó para darle un beso en la boca. Rachel Z movió su cara y le ofreció su mejilla.

—No te encariñes. Somos amigos con una misión. Esta noche no volverás a ser tú quien me dé placer.

Dee sonrió con timidez. Rachel Z era fuerte en sus convicciones de vivir la atracción sexual en libertad, amores temporales, amores sin ataduras. Su objetivo máximo era luchar contra el sistema de control establecido, su alma poseía la rebelión para ayudar a que la gente tuviera acceso a otro tipo de conocimiento que se le había ocultado. Ella estaba inmersa en su cruzada de ayudar al mundo como fuese, sin importar los medios empleados. Por ello, el grupo había divulgado material confidencial, su logro máximo había sido colarse durante cuarenta y cinco segundos en una transmisión en directo por CNN para alertar a la gente a que no viviesen como robots programados. El canal mandó a comerciales pero ellos, con máscaras, pudieron entrar al aire desde su guarida informática de París.

Rachel Z entró a Google Earth y pulsó las directivas para el Vaticano, la pantalla fue acercándose hasta ver la Plaza de San Pedro, el obelisco, la piña y la poderosa estructura arquitectónica.

Los otros jóvenes iban despertándose y la vieron ya en acción. El liderazgo que ejercía era fuerte y nunca había tenido que usar la voz en alto o la fuerza para que ejecutaran la misión. Además, ella era la que proveía el dinero para mantenerlos a todos. Según habían escuchado, recibió una herencia materna hacía años y con eso podía dedicarse a su cruzada. Había conocido sólo a su madre francesa, que antes de morir le confesó que su padre era un alto mandatario alemán que nunca quiso hacerse cargo de su hija; le había dado una gran suma de dinero a cambio de su crianza.

En menos de diez minutos todo el equipo estaba en torno a las computadoras para comenzar a leer las noticias, entrar en páginas oficiales y tratar de burlar su seguridad. Si bien toda la información la robaban de organismos oficiales, gobiernos, empresas de seguridad o líderes acomodados con diversos gobiernos, su amigo Dee también estaba infiltrado entre la élite de una familia judía de Nueva York.

—Hoy trataré de llegar al correo personal del Papa —la voz de Rachel Z era firme y segura.

—Todo lo que te propones lo logras —respondió Dee con suavidad.

—¿Tú has recibido algo más de tu contacto judío?

—Un mensaje. Hoy me llamará, están en Roma reunidos. Es probable que tenga que viajar a verlo.

—Sostén el vínculo, necesitamos más datos.

Dee la miró a los ojos. Ella le gustaba de verdad, la deseaba y admiraba, le parecía una chica poderosa y extremadamente atractiva. Normalmente ni las mujeres ni los hombres se resistían al atractivo masculino de Dee, pero Rachel Z era distinta, no tenía apego, lo trataba como si fuese un juguete para ella. Eso en el fondo era un desafío. Aunque tenía que jugar a ser el amante de un hombre para obtener información, el corazón de Diego Reyes estaba con Rachel Z, por la cruzada y por amor.

Todo el equipo trabajó intensamente durante más de dos horas. Cuando el reloj de Rachel Z marcó las 11:11 am de la mañana sonó la alarma de los relojes de todos los miembros del equipo.

Como todos los días, una chica que era la mano derecha de Rachel Z hizo sonar una pequeña campanilla e inmediatamente los jóvenes hackers se sentaron en círculo a practicar durante quince minutos la meditación para enfocar sus objetivos de ayudar al mundo, abrir sus mentes y sus corazones.

Rachel Z recitó de memoria, mientras todos cerraban sus ojos:

> El secreto de Dios comenzará a
> ser revelado a las masas.
> El sagrado tiempo donde comienza el momento
> en que los dormidos despiertan
> y los iniciados se iluminan.
> Los 144,000 iniciados están a punto de florecer
> y la acción de cada uno influirá en el mundo entero.

11

Roma, Italia.
En la actualidad

El polvillo suspendido en el aire había bajado y la habitación estaba nuevamente visible.

Mateo se encontraba en *shock*. Unas horas antes llegaba de la misa tranquilamente, había comido con sus hijos y estaba feliz. Ahora estaba solo frente a un extraño espejo, con su esposa tendida sobre el piso inconsciente y sin sus tres hijos. Era surrealista. Aquello no podía ser verdad, no le podía estar sucediendo. Su mente recordó las palabras de Jesús que el carismático Papa había pronunciado aquella mañana:

> *¡No crean que vine a traer paz a la tierra!*
> *No vine a traer paz, sino espada.*
> *He venido a poner a un hombre contra su padre, a una hija contra*
> *su madre y a una nuera contra su suegra.*
> *¡Sus enemigos estarán dentro de su propia casa!*

¡Los enemigos estaban en su casa! ¡Qué misteriosa coincidencia era que el Papa hubiese hablado sobre algo que estaba sucediendo en su propia vida! Esas palabras cobraban sentido para Mateo. La extraña habitación se había tragado a sus hijos y había dejado sin conocimiento a su esposa. Su mente estaba nublada. ¿Qué era aquello? ¿Una especie de maldición? ¿Qué estaba sucediendo? Mateo sintió el sabor de la tragedia en su vida. Su cuerpo estaba de pie, paralizado por la situación. Cuando pudo tomar más conciencia de que aquello no era un sueño corrió hacia su esposa.

—¡Rosario! ¡Rosario!

Golpeó varias veces con sus manos las mejillas de ella. Tocó su pulso, todavía estaba allí, débil, había una señal intermitente de la vida en su cuerpo. Estaba intoxicada por haber tragado el polvillo, desvanecida como una bolsa sin aire. Volvió a intentar reanimarla, miró hacia los lados desesperado y no había agua ni ninguna ventana que abrir. Debía sacarla de allí. ¿Y los niños?

El pánico se apoderó de Mateo.

—¡Niños! ¿Dónde están?

Allí se estaba agotando el oxígeno. Debía salir. Se puso de pie de un salto y fue hacia la puerta, giró la antigua manilla y con fuerza pudo abrir la puerta. Asomó la cabeza por el oscuro corredor, los niños no estaban fuera. Volvió dentro y cargó en sus brazos el frágil cuerpo de su esposa. La llevó escaleras arriba con esfuerzo, trastabillando. La cabeza de Rosario colgaba inerte. Los latidos del corazón de Mateo se intensificaron por el esfuerzo, a duras penas pudo salir de aquel corredor y volver al sótano de su casa.

—¡Niños! ¡Ayuda!

Ningún sonido.

Nadie respondía.

Se sintió solo en el mundo, sin su familia. Subió otra escalera, abrió la puerta con el pie y llevó a su esposa hacia el dormitorio donde la recostó sobre la cama. La cara de ella estaba llena de polvo, fantasmagórica. Él estaba igual. Corrió a la cocina y rápidamente regresó con un vaso con agua. Con la mano izquierda trató de incorporarla sobre la cama, llevó el vaso e introdujo lentamente el agua en los ajados labios de ella. Vació todo el contenido en la cara de Rosario que comenzó a volver en sí.

Cuando la vio moverse, su corazón sintió alivio.

—Mateo, ¿qué ha pasado? —la voz de Rosario estaba débil y su mente confusa.

—Tranquila, tienes que descansar. Todo va a solucionarse.

Como siempre Mateo se mostraba sumiso frente a su esposa.

Los ojos de Rosario miraban el techo, la habitación, la cama, como si le costase saber dónde estaba. De pronto su cerebro volvió a funcionar.

—¿Dónde están los niños?

Mateo negó con la cabeza.

—Tranquila. Debes descansar, yo me ocuparé.

—¡Mateo! ¿Dónde están mis hijos? —Rosario percibió el calor de su sangre inflando sus venas, su mente generó la ebullición en su sistema nervioso, sintió desesperación en el alma—. ¡Dónde están! —esta vez gritó con toda la fuerza de su garganta.

—No lo sé. Han desaparecido.

—¡Noooooo! ¡Búscalos inmediatamente!

Mateo corrió escaleras abajo como un leopardo tras su presa. Bajó los escalones, saltó hacia el sótano y se metió nuevamente por la puerta que conducía al oscuro pasillo y la habitación de los cofres y el espejo. Entró sigiloso. No había nadie.

—Niños, si están jugando no es gracioso. Salgan por favor.

La habitación no tenía lugar para esconderse. Sólo vio los cofres cerrados a presión, las alfombras sobre el suelo, el espejo…

Mateo no podía dar crédito a lo que veía. No estaban allí.

Sus hijos habían desaparecido.

12

París, Francia.
En la actualidad

Philippe Sinclair ya había bebido dos whiskys sentado en el costoso sofá marrón de cuero delante de una larga biblioteca con más de mil quinientos libros. Tras la ventana, las nubes grises le generaban una opresión mayor sobre su cabeza que necesitaba pensar con claridad. Se estiró para cerrar las cortinas. La habitación quedó en penumbras.

—Necesito que me aclares qué está pasando Philippe —Evangelina estaba tensa, se sirvió una botella Perrier con agua y limón.

—Supongo que quieren algo que yo tengo.

—¿Algo que tienes? En los acertijos no te han pedido nada.

—Evangelina, el mundo se mueve por dos cosas: poder y conocimiento. Yo tengo ambas cosas, aunque creo que lo que quieren es el conocimiento.

—¿Qué clase de conocimiento?

—Con mis empresas, desde hace años hemos investigado muchas cosas a niveles profundos, en biología, en historia, en avances científicos, además de que mi familia por generaciones ha heredado un conocimiento inmemorial que viene desde hace milenios.

—Entiendo, pero no te han pedido nada.

—Todavía no. Lo harán, recuerda que tienen a Victoria.

—¿Pero, por qué ella?

—Evangelina, hay formas de guardar el conocimiento. Antiguamente lo hacían en piedra, en papiros, en libros… Ahora las cosas han cambiado, si quieres que la información perdure por siglos.

—Explícate.

—Mi familia consiguió manuscritos y papiros de la biblioteca de Alejandría. Cuando el comité de sabios supo que el cristianismo y el islam iban a quemar la biblioteca, para preservar el valioso e incalculable conocimiento que allí había el comité mandó a ocultar en diferentes partes aquellos invaluables papiros.

Evangelina se mostró pensativa.

—¿Papiros de la época de Alejandría?, ¿tú los tienes?

—Están divididos entre la familia y otros descendientes de los antiguos cátaros, custodios del conocimiento. Algunos en Suiza, otros en Francia, otros en Roma, aunque muchos todavía no han sido descubiertos y en ello están algunos equipos de inteligencia que trabajan para sociedades secretas, organizaciones poderosas de diversos países.

Philippe se refería a los cátaros o los puros, ya que el nombre cátaro venía del griego *(kazarós)*: puro. Se consideraban a sí mismos una estirpe pura de recibir el conocimiento y custodiarlo. Su doctrina surgió de un movimiento religioso de carácter gnóstico que se propagó por Europa Occidental a mediados del siglo X, logrando arraigar hacia el siglo XII entre los habitantes de Francia, quienes contaban con la protección de algunos señores feudales vasallos de la corona de Aragón.

Los cátaros afirmaban una dualidad creadora (Dios y Satanás) y predicaban la salvación mediante el ascetismo y el estricto rechazo del mundo material, percibido por ellos como obra demoniaca.

En respuesta, en aquel tiempo la iglesia católica consideró sus doctrinas heréticas.

Su teología era dualista radical, creían que el mundo físico había sido creado por Satán, a semejanza de los gnósticos que hablaban del Demiurgo. Sin embargo, los gnósticos del siglo I no identificaban al Demiurgo con el Diablo, probablemente porque el concepto del Diablo no era popular en aquella época, en tanto que se fue haciendo más y más popular durante la Edad Media.

Según la comprensión cátara, el Reino de Dios no era de este mundo. Dios creó cielos y almas. Pensaban que el Diablo había creado el mundo material ilusorio, las guerras, incluso la iglesia católica. De allí la guerra con ellos desde tiempos antiguos.

Para los cátaros, los hombres eran una realidad transitoria, una vestidura de la simiente angélica. Afirmaban que el pecado se había producido en el cielo y que se ha perpetuado en la carne. La doctrina católica tradicional, en cambio, considera que aquél vino dado por la carne y contagiaba en el presente al hombre interior, al espíritu, que estaría en un estado de caída como consecuencia del pecado original.

Para los católicos, la fe en Dios redimía, mientras que para los cátaros exigía un conocimiento —gnosis— del estado anterior del espíritu para purgar su existencia mundana. Para los cátaros, la salvación venía por la activación del conocimiento, la gnosis, de allí que tuvieran tanto interés en los conocimientos ancestrales.

Creían en la reencarnación, lo cual generaba una marcada diferencia con los católicos y cristianos. Las almas reencarnarían hasta que fuesen capaces de un autoconocimiento que les llevaría a la visión de la divinidad, poder escapar del mundo material y elevarse al paraíso inmaterial. La forma de escapar del ciclo era vivir una vida ascética, sin ser corrompido por el mundo. Aquellos que seguían estas normas eran conocidos como Perfectos.

Los Perfectos se consideraban herederos de los apóstoles, con facultades para anular los pecados y los vínculos con el mundo material de las personas.

—Querrán que entregues los textos a cambio de la vida de Victoria. Lo que no entiendo son los acertijos. Nos han dado cuarenta y ocho horas para resolverlos, el tiempo pasa y no hemos hecho nada. ¿Cuál es el plan Philippe? —Evangelina le dirigió una mirada fija como un águila sobre su presa.

—Ellos ya tienen la información que poseo, sólo que no lo saben.

—Explícate.

—Sabes que una de mis empresas es de avanzada en la tecnología de última generación. Hemos diseñado un sistema de almacenamiento de datos que permite grandes capacidades. Antiguamente, gracias al clima seco de Egipto, se han podido conservar papiros con jeroglíficos durante miles de años. También las tablillas de barro escritas con caracteres cuneiformes de la biblioteca de Nínive y Alejandría. En esos soportes podemos ahora leer lo que pensaban o sabían los hombres de esa época con datos que revelan una historia del pasado de la humanidad diferente a la que nos han contado. Han cambiado la historia y ahora la mayor parte de las personas ignora lo que sucedió realmente.

—La gente inventa mentiras para justificar sus verdades.

—Exacto, Evangelina. Así ha sucedido.

—¿Entonces?

—Es difícil conservar un pergamino medieval, pero si queremos continuar la cruzada y mantener ese legado para que las próximas generaciones puedan saber la verdad y seguir leyendo sobre ello, la posibilidad de transmitir información a las futuras generaciones descansa sobre la permanencia de la tecnología usada para leer el formato y la estabilidad del soporte físico. De algunos siglos del periodo histórico humano simplemente no tenemos casi ningún tipo de registro escrito. No sabemos lo que pasó exactamente en varias épocas. Eso pasa con algunas escrituras que todavía no se han descifrado y con otras, como la maya, todavía hay dificultades. Otras han sido desveladas, por ejemplo la Piedra de Rosetta que ahora está en el museo de Londres.

Evangelina recordó cuántas veces había estado observando ese monumento. La Piedra de Rosetta era un fragmento de una antigua estela egipcia de granodiorita inscrita con un decreto publicado en Menfis, Egipto en el 196 a. C. en nombre del faraón Ptolomeo V. El decreto aparece con tres escrituras distintas: el texto superior en jeroglíficos egipcios, la parte intermedia en escritura demótica y la inferior en griego antiguo. Gracias a que presenta esencialmente el mismo contenido en las tres inscripciones, con diferencias menores entre ellas, esta piedra facilitó la clave para el entendimiento moderno de los jeroglíficos egipcios.

—La piedra tiene mucha antigüedad y resistencia.

Philippe la miró directo a los ojos.

—Estamos hablando de miles de pergaminos y tablillas con información que podría cambiar el mundo tal como lo conocemos, no de una sola piedra.

—Entonces, ¿dónde lo has guardado?

—La inteligencia de las organizaciones sabe que un USB, los CDs o computadoras en el futuro serán tecnología obsoleta, como son obsoletos un fax o un cassette. Si un museo, gobierno o institución desea conservar información importante para el futuro, no puede depender de esta tecnología moderna en la que el soporte se degrada tan pronto, ni de un disco duro, ni de una memoria. Si además hay un desastre, guerra o hecatombe todo el conocimiento se perdería para siempre. Nosotros somos, junto a una empresa alemana y otra hebrea, los únicos que desarrollamos un sistema mediante el cual la información se podría conservar durante mucho tiempo sin miedo a que se pierda.

—¿Cómo funciona?

—El sistema consiste en el uso de diminutos chips de cuarzo que pueden ser leídos con un microscopio convencional y en los que hay información binaria. El pequeño prototipo mide apenas cinco centímetros cuadrados y dos milímetros de grosor. El sistema resiste temperaturas de mil grados centígrados durante al menos dos horas sin sufrir daños. También resiste las radiaciones, la humedad y el ataque de muchos productos químicos. La manera de destruir la información contenida es rompiendo el chip. Los más interesados en el servicio de almacenamiento de información fueron gobiernos, museos y organizaciones religiosas.

—¿Y les has vendido el sistema?

Philippe asintió con la cabeza.

—El sistema sí, el conocimiento ancestral que poseo no.

—¿Y dónde lo has ocultado?

—En un chip.

Evangelina se mostró pensativa.

—¿En un chip?

Philippe asintió.

—O sea que está más que claro que quieren el chip a cambio de Victoria.

Philippe negó con la cabeza.

—¿Entonces qué quieren?

—El chip lo tienen pero no lo saben.

—¿Cómo? ¡Explícate!

—Si quieres ocultar algo ponlo a la vista de todos.

—¿Eso qué significa?

—He colocado toda la información en un chip que está en el brazo de Victoria. Ella obviamente no lo sabe, eso hace que ella sea una heredera del conocimiento ancestral. Incluso si ella no estuviera.

Evangelina sintió enojo.

—¿Cómo has hecho eso? ¡La has puesto en peligro! ¿Por qué no te lo has implantado tú?

Philippe se mantuvo frío como el hielo, su mirada lo dijo todo.

—¡Ya lo has hecho!

—Claro, ¿qué piensas que haremos? La mayoría de mi familia es la heredera y cada persona lo posee.

—¿Qué pasará si lo descubren?

—Ellos no saben que Victoria tiene la información ancestral implantada. Evangelina, nuestro esfuerzo ahora está en descifrar su juego con sus acertijos y recuperar a Victoria. La vida de mi hija está en peligro por mi culpa.

13

Había finalizado el concierto y todos los asistentes se hallaban pletóricos de tanta buena música.

En el lobby del lujoso hotel, Isaac Lieberman hablaba con diferentes empresarios, con sendos vasos de whisky y champagne. Mujeres de vestidos largos y tacones altos aprovechaban ocasiones como aquella para mostrar sus atributos físicos, cubiertas de elegancia para contrarrestar la diaria indiferencia de sus maridos ocupados en múltiples actividades.

Isaac le hizo una seña con la cabeza al obispo Martin Scheffer para que fuera hacia una esquina del salón, detrás de una blanca columna dórica de marfil.

—Obispo, me gustaría estar seguro de que los envíos están llegando al destinatario.

—Se está realizando de acuerdo al plan, hasta ahora está siendo ejecutado como lo indicó.

—Sólo pido que tome precauciones dobles. En esta operación nos jugamos una carta magna para obtener el contenido.

Isaac Lieberman hablaba en clave con el obispo, ya que era obsesivo al prevenir que el espionaje internacional delatara sus planes de ambición y poder. Él sabía que los muros tenían cámaras y micrófonos por todos lados.

—Por favor, llame nuevamente a París. Quiero un informe de la situación cada cuarenta y cinco minutos.

—Entendido.

Martin Scheffer movilizó su alta y delgada figura hacia otra esquina del amplio salón cual monje medieval portando un alto secreto de confesión.

Cogió su teléfono celular e hizo un llamado.

* * *

En la otra esquina del salón, la elegancia de Ariel Lieberman marcaba su presencia con su sonrisa, su costoso traje y sus delicadas facciones. Su valioso Rolex en la mano izquierda también llamaba la atención. Más de media docena de los invitados estaba a su alrededor, la mayoría hombres jóvenes cautivados por su magnetismo y un par de chicas solteras esperando ser elegidas por tan valioso varón.

—Señores, si me disculpan tengo que hacer una llamada.

Los asistentes sonrieron.

—No te demores —le dijo sonriente un hombre de unos treinta y dos años, guiñándole un ojo.

Ariel devolvió la sonrisa y se excusó amablemente. Fue hacia uno de los ventanales desde los que se veían las magnéticas y misteriosas luces de la antigua Roma.

Rápidamente extrajo su teléfono del bolsillo derecho de su traje y puso su pulgar derecho para que su teléfono inteligente identificara sus huellas digitales y activara el acceso. Llamó a uno de los números archivados entre los favoritos.

Tras unos segundos, del otro lado de la línea, la delicada voz de Diego Reyes lo saludó con alegría.

—¿Cómo estás?

—Bien, en Roma, terminando una reunión.

—¿Qué planes tienes?

—Me gustaría que vinieras a verme. Quiero enviarte el boleto.

—¿Cuántos días estarás?

—Creemos que los negocios terminarán en setenta y dos horas.

Se produjo un silencio del otro lado.

—Muy bien. Iré a verte. Mañana podré volar.

—Me alegro de escuchar eso.

—Yo también me alegro de volver a verte.

—Te enviaré los datos del hotel. Nos vemos mañana.

—Hasta mañana.

Ariel Lieberman colgó el teléfono y lo volvió a guardar en su bolsillo caminando con una lujuriosa sonrisa en la cara, de regreso hacia los invitados.

* * *

Del otro lado de la línea, Diego Reyes miró a Rachel Z y los miembros del grupo.

—Mañana estaré a un paso de descubrir una parte de su plan. Deséenme suerte.

Todo el grupo puso las manos hacia delante uniéndolas cual mosqueteros en pos de un objetivo.

Rachel Z lo miró a los ojos. Su mirada era intensa como un felino. Dee se dejó invadir por su poder y convicción.

—Tu misión es arriesgada pero conseguirás tener éxito, estoy segura. La fuente de todas las cosas está de nuestro lado.

14

Roma, Italia.
En la actualidad

Los carabineros italianos estaban por doquier en la casa de Mateo Toscanini. Su esposa, presa de una crisis nerviosa, había tenido que ser medicada con sedantes. El agente Marco Fiorelli llevaba más de veinticinco años sirviendo a la policía italiana. Vestía un traje oscuro, camisa azul y tenía una libreta y bolígrafo en la mano.

—Una vez más, ¿usted está diciendo que sus hijos desaparecieron así como así?

Mateo lo había repetido más de media docena de veces.

—Bajamos al sótano, encontré ese maldito agujero, nos metimos y luego lo que le conté... Mis hijos desaparecieron sin más dentro de esa habitación.

—Los agentes dicen que es un hallazgo histórico, que lo que han encontrado tiene mucho valor.

—Entiendo que pueda haber algún valor para algún museo o algo así, pero mis hijos valen más que unos cofres.

—Necesitamos que no hablen de esto con nadie. Entiendo que estén inquietos y preocupados por la desaparición de sus tres hijos pero no pueden hablar con nadie sobre este descubrimiento. ¿Entendieron? Con nadie.

Los ojos del policía eran amenazantes.

—¡*Vaffanculo!* —respondió la esposa de Mateo gesticulando desde el sofá—. ¡Llévense esos trastos pero quiero que me devuelvan a mis hijos!

—Señora, esto es quizás uno de los hallazgos más importantes desde hace mucho tiempo. Mis peritos han dicho que quizás provienen de siglos antes que la época del César. No pueden hablar de esto con nadie. No me obliguen a detenerlos.

—¿Detenernos? ¿Encima de que nos pasa todo esto quiere detenernos? —la mujer se puso furiosa, como si su rabia fuese más fuerte que el sedante. Únicamente rezaba sin cesar el ave María, implorando por la protección a sus hijos.

—*Piano, piano* —intervino Mateo invitando al policía hacia otro rincón de la casa y bajó la voz casi como un susurro para que su esposa no escuchara—. Tranquilo agente, no hablaremos de esto con nadie.

—Eso espero. A partir de ahora habrá gente en el sótano. Estamos esperando la llegada de una autoridad del Vaticano que vendrá con un par de arqueólogos para investigar el hallazgo. Me temo que su casa estará revolucionada estos días. Es probable que su mujer esté mejor hospitalizada para recibir ayuda psicológica. Ya sabe cómo es a veces, los miembros de la familia a veces se vuelven contra sí mismos.

Mateo volvió a recordar la cita de Jesús pronunciada por el Papa.

—¿Entonces recién mañana tomarán decisiones? —Mateo se sentía invadido en su propia casa.

—Como le he dicho, llamé al comité de asuntos internos del Vaticano, enviarán a un importante obispo experto en estos temas. Llegará de un momento a otro. Será mejor que ahora se vayan a descansar.

15

París, Francia.
En la actualidad

El sistema nervioso de Philippe Sinclair estaba alterado. La combinación de alcohol y sedantes lo dejaba en una especie de esquizofrenia energética. Por un lado tenía el empuje de los más de seis whiskys que aceleraban su rabia, impotencia y enojo, y por el otro los sedantes que Evangelina le había dado lo relajaban como zombie. Estaba impaciente caminando de un lado a otro.

—Las horas pasan, Evangelina. No tenemos nada.

—Lo más coherente es que comencemos a descifrar estas palabras sin sentido —Evangelina tenía en sus manos los acertijos y el crucigrama.

—¡Hijos de puta! —exclamó con fuerza Philippe, arrojando un costoso jarrón que se estrelló contra la pared.

—Cálmate. El que se enoja pierde.

Philippe no escuchó. Estaba fuera de sí. Tomó el celular, apretó una tecla y lo llevó a su oreja.

Evangelina concentró su atención en el crucigrama.

¿Por qué buscáis entre los muertos al que vive?

A'bra-ca-dab'ra
la palabra y el cerrojo

Horizontales
¿Puede no estar presente Dios si está en todos lados?
¿El gran pájaro ancestral aún hoy vuela libre y
las cenizas serán las que abrirán los corazones?

¿Cuál fue el auténtico final de Jesús, el Cristo?
¿Puede algo perfecto crear cosas imperfectas?

¿Acaso no os dije: Todos ustedes sois dioses?

Tienen cuarenta y ocho horas,
exactamente hasta las 11:11 am de pasado mañana para
entregarme los documentos o su hija no verá más la luz del sol.
Y sólo podrán verla si resuelven las preguntas
que irán recibiendo en el crucigrama.
Los ancestros harán oír su voz.

Evangelina pensó con agilidad tratando de entender aquello.

¿Por qué buscáis entre los muertos al que vive? Aquellas supuestamente eran las primeras palabras que Jesús pronunció a María Magdalena después de que habría resucitado. Ésa era la primera pieza del anagrama. Evangelina necesitaba agudizar todos los detalles para entenderlos; se calzó sus lentes de lectura de pasta negra para ver mejor, la hacían ver más bella y sensual de lo que ya era.

"Esto quiere decir que la tienen con vida, obviamente. Pero, ¿por qué dicen que estamos buscando entre los muertos si no hemos buscado en ningún lado?". Trataba de encontrar sentido a aquella frase.

¿Qué tenía que ver aquello con la pequeña Victoria? ¿Por qué dicen que los ancestros harán oír su voz? ¿Por qué exactamente hasta las 11:11 de la mañana? A Evangelina le resultaba demasiado extraño pero sabía que las sociedades secretas se manejaban con esas causas y fundamentos.

Y además dicen: *A'bra-ca-dab'ra, la palabra y el cerrojo.*

¿Abracadabra? Evangelina recordó, en un salto en su memoria, cómo de pequeña jugaba a los magos con esa palabra, supuestamente era una palabra mágica. Y aquel mensaje decía *La palabra* y *El cerrojo.* Evangelina lo repitió en voz alta varias veces para tratar de tener claridad. Pensó como la niña que había sido: Abracadabra, ¿sería ésa la palabra que "abre" el cerrojo? ¿Qué cerrojo? ¿El chip? ¿A qué se referían los secuestradores? No lo veía claro. ¿El chip necesitaría un código, una palabra secreta para abrir la información ancestral?

Volvió a tomar las hojas recibidas.

Vio el crucigrama con cuadros negros y blancos vacíos.

¿Debería llenarlos con las palabras correctas como si fuese el crucigrama de un periódico?

Echó una mirada a las horizontales.

¿Puede no estar presente Dios si está en todos lados?

¿El gran pájaro ancestral aún hoy vuela libre y *las cenizas serán las que abrirán los corazones*?

"¡Dios mío!", pensó, "¿qué significa esto? Tengo que encontrar el sentido".

Philippe hablaba en voz alta con el interlocutor a través de su celular, Evangelina lo veía gesticulando y pasándose la mano por el cuello, señal inequívoca en el estudio del lenguaje del cuerpo de que la psiquis estaba sufriendo mucha tensión.

—Veamos Evangelina —se repitió en voz alta—, no puede ser tan difícil. Ellos preguntan: ¿Puede no estar presente Dios si está en todos lados? Evidentemente que no, si Dios es todopoderoso y omnipresente, significa que tiene que estar en todos lados, no puede haber hueco en el universo infinito donde no esté lo que está por doquier, eso lo entiendo y lo siento pero... —volvió a ver las casillas blancas vacías. ¿Qué debería poner? Probó con "Omnipresente". Faltaban espacios, debería ser una palabra más corta. Probó escribir "Infinito", "Siempre", "Universo" y tampoco encajaban.

Evangelina hubiese querido que su abuela estuviese allí, ella era una experta en llenar crucigramas, pero hacía años que había partido. Estaba sola con ese enigma. Mentalmente le pidió ayuda a su abuela, como si desde el otro lado pudiese escucharla. Sabía que había vida después de la muerte. Cerró sus ojos y pidió con toda la fuerza de su corazón que pudiera venirle la lucidez necesaria para resolverlo.

Philippe colgó la llamada en el otro lado de la amplia y lujosa habitación y volvió hacia donde ella estaba. No le importó que su esposa estuviese con los ojos cerrados.

—El capitán Reims no ha recibido nada —dijo con voz tronante—, aunque un sospechoso ha estado colocando panfletos con la flor de lis. Lo detuvieron e interrogaron pero se trataba solamente de la promoción de un nuevo restaurante con ese logo. Una falsa alarma.

Evangelina seguía con sus ojos en el crucigrama.

—Philippe, ¿por qué no te das una ducha para despejar la mente? Lo más sensato es que hagamos lo que nos piden. Tratemos de resolver este acertijo.

El francés soltó un suspiro de cansancio. La cabeza le daba vueltas. Se mantuvo pensativo.

—No. Si me ducho me dormiré.

—Necesitamos concentrarnos. Tenemos que agilizar el ingenio y tener fe en que Dios nos ayudará.

—¿Dios? —exclamó el francés despectivamente gesticulando con la boca hacia abajo. Yo no creo que haya ningún Dios. Ya sabes que pienso que después de la muerte ¡c'est fini! Todo termina y no queda nada, solo huesos para los gusanos.

—Qué pena que pienses eso. Entonces ayúdame con este acertijo. Debemos ganar tiempo.

Cuando Philippe se sentó a su lado sonó el timbre en la puerta. Ambos se miraron sobresaltados. Philippe dio un brinco y se llevó el dedo a su boca en señal de silencio. Sigilosamente se puso de pie y caminó sin hacer ruido desde el sofá hasta detrás de la puerta. Podrían dispararle o intentar entrar por la fuerza. Se sintió indefenso y tomó un revolver 38 que guardaba en un escondrijo en la biblioteca. Armado fue hasta la puerta.

—¿Quién es?

—Jean Michel, señor Philippe.

La voz del mayordomo sonó familiar.

Philippe se acercó a la mirilla de la puerta. Vio su rostro, Jean Michel estaba a su servicio desde hacía más de quince años.

—¿Estás solo?

—Sí señor. Sólo he subido a dejar la correspondencia. Han dejado un sobre, creo que es algo urgente.

Philippe abrió con recelo la amplia puerta blanca de fina madera.

Sin dejar de apuntarlo con el arma tomó con la mano izquierda más de media docena de cartas.

—Discúlpame Jean Michel, estamos en una situación de mucha tensión.

—Me imagino señor, la niña vale oro.

Philippe confiaba en su mayordomo. Habían sido muchas las veces que había demostrado fidelidad y servicio, además cobraba muy buen dinero como para traicionarlo.

—Gracias. No necesitamos nada más por ahora.

El mayordomo hizo un gesto con su cabeza y se retiró.

Philippe cerró la puerta y dejó el arma. Pasó rápidamente los sobres hasta llegar a lo que estaba esperando. Otro sobre con la flor de lis. Esta vez lo abrió rápidamente, con impotencia.

Evangelina fue hacia él de un brinco para leer el contenido de la nueva carta. Abrió rápidamente los dos sobres dorados. Sólo había un nuevo mensaje:

Horizontales
Porque a todo el que tiene, más se le dará,
y tendrá en abundancia;
pero al que no tiene, aun lo que tiene se le quitará.
(Mateo 25:29)

Verticales
Porque por tus palabras seréis justificado,
y por tus palabras seréis condenado.
(Mateo 12:37)

La muerte y la vida están en poder de la lengua,
y el que la ama comerá de sus frutos.
*(*Proverbios 18:20-21)

¡Abracadabra!

El tiempo pasa, como todo.
Tienen que recordar.
Les queda menos.
Un día y medio. 11.11 am

Ambos se miraron absortos por el mensaje.

—¡Es demasiado! —exclamó él—, me hierve la cabeza.

Evangelina tomó el sobre de sus manos. Philippe fue hacia el ventanal buscando ver el cielo plomizo de París. Quería que todo aquello fuese sólo un mal sueño.

—Tienes que concentrarte, Philippe. Ellos saben que tú puedes resolver este crucigrama, si no, no te enviarían estas preguntas. Tenemos que buscar juntos la solución.

—¡Me quieren volver loco! Hablaré directamente con ellos, sin ese maldito crucigrama. ¿Qué clase de locura es ésta? ¡Fanáticos!

Evangelina agudizó su mente.

—¿De quiénes sospechas?

—¡De todo el mundo! ¡Todo el mundo es peligroso!

Evangelina sentía que Philippe estaba cada vez bajo más tensión.

—Si les entregaras la información así, sin más, ¿piensas que nos regresarían a Victoria?

El francés negó con la cabeza.

—Hay jerarquías, Evangelina. Existen rituales que tienen que cumplir, símbolos, fechas, números, anagramas, misterios, escalas de poder...

—Entiendo. Pero no ganamos nada con dar vueltas sin efectividad. Hay que descifrar estos mensajes.

Philippe se giró hacia ella. La miró ahora con ojos indefensos.

—Yo no puedo hacerlo solo, Evangelina. Me temo que necesitamos ayuda profesional. Aquí en Francia hay peritos en el tema, debemos pedir al capitán Reims, que nos envíe inmediatamente al mejor.

Si alguien podía resolver aquel enigma tendría que ser experto en religiones, símbolos y rituales ancestrales.

Evangelina negó con la cabeza, la policía demostraba ser excesivamente lenta con formularios y procedimientos. Para todo se tardaban.

En su mente lo pensó claramente. Un rayo de luz iluminó la esperanza en su corazón.

"Ya sé a quién le voy a pedir ayuda".

16

Roma, Italia.
En la actualidad

Los rayos de sol de la tarde pintaban el cielo de Roma con tintes dorados y anaranjados entremezclados con un místico púrpura.

La ciudad conocida a nivel mundial por su revolucionada historia, su valioso patrimonio artístico y arquitectónico, albergaba multitud de turistas que caminaban y fotografiaban la maravilla de tan añejo y mítico punto del planeta, rodeando el Coliseo, las plazas, los museos y restaurantes.

La tradición decía que Roma había sido fundada por Rómulo y Remo, ambos amamantados por una loba, en 753 a. C. La historia de la ciudad había estado marcada desde hacía siglos por luchas, guerras, conquistas y traiciones, poder y corrupción, misterios y secretos en cada rincón de sus castillos, monumentos y edificaciones.

Actualmente, sus adoquinadas calles sostenían un océano de coches, motos, bicicletas y turistas que quedaban admirados por los viejos techos abovedados, las construcciones de tintes rojizos, el añejo aroma a historia y arte en cada rincón.

Los múltiples restaurantes con coloridas mesas al aire libre, como los concurridos cafés agrupaban a una acelerada, encendida y extasiada multitud de visitantes que hacían su parada para tomar el famoso *espresso* italiano, comer las pastas caseras con vino tinto y el tiramisú o beber un *capuccino* caliente al tiempo que descansaban del largo paseo artístico.

La ciudad estaba llena de las *trattorias* típicas, varias ubicadas en torno al Coliseo, allí se podían probar las más deliciosas y exquisitas pastas caseras, los sabrosos *spaghettis* con *frutto di mare* y abundante salsa pomodoro, una inigualable especialidad de Italia.

Entre esas personas, en la mesa de un popular café, a unos trescientos metros frente al Coliseo, los rayos de sol caían en el rostro de Adán Roussos y Alexia Vangelis sentados frente a tres estatuas.

Alexia Vangelis vestía un cómodo vestido italiano de lino azul, tenía el cabello largo y recogido, gafas oscuras y la sonrisa brillaba en todo su rostro. Sobre su pecho llevaba una cadena que portaba un cuarzo blanco que regulaba su energía y mantenía su vibración personal altamente elevada.

Alexia estaba florecida y encendida por dentro, no sólo por la belleza de la ciudad sino por el amor que sentía hacia Adán y hacia toda la humanidad. Ambos habían tomado la decisión consciente de permanecer en el ascendente planeta Tierra mediante los votos del *boddhisatwa*, lo cual significaba mantenerse brindando servicio como seres humanos para ayudar a que más seres se iluminasen espiritualmente.

Adán Roussos, sentado en aquella mesa, parecía una estatua viviente, su rostro portaba una barba que afilaba sus facciones dionisiacas, su torso y su estatura hacían de él un David, cual obra de arte del Renacimiento, con corazón, piel, órganos y sangre.

Adán y Alexia estaban rejuvenecidos por el impacto constante de la activación de su ADN y la reconexión de su alma con la Fuente de todas las cosas. Al existir de aquella manera, su presencia era diferente al común de los mortales. Emitían el brillo de la conciencia, el símbolo de estar despiertos, presentes y con luz propia. Un sutil halo dorado, invisible al ojo del neófito, emanaba una espiral de fuerza cósmica que pulsaba constantemente en lo alto de sus cabezas, como una corona de luz que mantenía la flama de la conciencia encendida.

Adán vestía unos cómodos *jeans* azules, zapatos italianos color café y una relajada camisa blanca de lino. Combinaba con naturalidad su maestría con humildad, en él se conjugaba la bohemia mística de los artistas con el dandismo de un ser que ya se sabía eterno y universal. Después de las fuertes emociones que habían vivido en los últimos tiempos y de haber experimentado la evolución de su alma a un nivel más elevado, tomaban la vida como una especie de juego en espiral que les permitía relacionarse con seres elevados como también con seres todavía atrapados bajo las garras del miedo y la división.

Los dos se encontraban en Roma debido a que se celebraría un importante evento: "Primer Simposio Internacional sobre Ciencia, Religión y Evolución Humana", que contaría con importantes científicos de varios países para presentar pruebas sobre los avances e investigaciones en el cerebro y el ADN humano, debatiendo junto con líderes espirituales y embajadores de las múltiples religiones.

Ellos habían asumido un importante trabajo personal para su iniciación espiritual final.

El primer paso lo realizaron con éxito ya que hacía pocas horas terminaron de ejecutar un poderoso ritual energético donde enterraron cuatro cuarzos blancos programados estratégicamente debajo de unas piedras en los puntos cardinales del Coliseo. Eso ayudaría para que los cuarzos transformaran la energía de barbarie, muerte y dolor experimentada allí siglos atrás. Aunque la misión más importante que les habían encomendado era la de reunir y activar a 144,000 personas despiertas espiritualmente alrededor del mundo para movilizar la frecuencia del planeta con la nueva conciencia crística, que estaba por llegar a la Tierra.

Alexia terminó de beber el agua mineral y ambos se levantaron para regresar hacia el hotel donde se estaban hospedando. Comenzaron a caminar por las empedradas calles tomados de la mano, admirando la arquitectura. La suave brisa y los abundantes aromas de aquella tarde eran la invitación para caminar despacio y relajados.

—Esta ciudad es una de las más históricas del planeta —dijo Alexia mientras se alejaban con el Coliseo a sus espaldas.

—Sí. Por ello comenzamos nuestra misión exactamente desde aquí. Tiene historia y arte sublimes —respondió Adán—, aunque la barbarie vivida aquí en tiempos antiguos necesita limpiarse a nivel energético para dar paso a lo nuevo. Desde su fundador, Rómulo, se sucedieron durante más de doscientos años en el gobierno siete reyes: desde Numa Pompilio hasta Tarquinio el Soberbio. Su historia dice que cuando fue expulsado de la ciudad el último rey etrusco e instaurada una república oligárquica en el 509 a. C., Roma inició un periodo de continuas guerras entre pueblos de la Italia antigua: etruscos, latinos, volscos y ecuos.

—Eso ha hecho la genética italiana intensa y explosiva.

—Puede ser. En la segunda mitad del siglo II y del siglo I a. C. se registraron numerosas revueltas, complots, guerras civiles y dictaduras: hubo un grupo político y social fuerte con Tiberio y Cayo Graco, así como Espartaco, Marco Tulio Cicerón, Julio César y Augusto. Este mismo se convierte en *princeps civitatis* y le fue conferido el título de Augusto o emperador. Allí nace la Roma imperial y con ella la barbarie, el atropello y el uso desmesurado de la fuerza militar.

—Comenzaron a invadir todo lo que podían.

—El territorio del imperio romano se extendió desde el océano Atlántico hasta el golfo Pérsico, y desde el centro de la actual Gran Bretaña hasta Egipto.

—Muchos conquistadores déspotas que querían invadir la tierra.

—Cuando un hombre no tiene paz dentro de sí mismo se dedica a compartir el malestar que lleva dentro. La guerra externa es el resultado de la guerra interna.

Alexia asintió. Aquella frase marcaba gran parte de la historia, no sólo de Roma sino de toda la humanidad.

—De todos modos, en aquellos tiempos ellos lo veían como un deber. Los primeros siglos del imperio, en los cuales gobernaron, además de Octavio Augusto, los emperadores de las dinastías Julio-Claudia y Flavia, a los que se debe la construcción del Coliseo —dijo Adán señalando el gigantesco monumento.

—Otra barbarie. Allí dentro tiraban a la gente a los leones hambrientos para que se comieran a los esclavos y a los cristianos.

—Así es. Esa época ya estuvo caracterizada también por la difusión de la religión cristiana, predicada en Judea por el Maestro, en el siglo I, bajo el mandato de Tiberio y luego divulgada por sus apóstoles en gran parte del imperio.

—¿Y qué pasó después?

—Durante más de doscientos años después de Jesús, la situación de Roma era grave: los bárbaros asediaban las fronteras desde décadas atrás, las provincias estaban gobernadas por hombres corruptos, zonas enteras de las capitales habían sido destruidas. Para gestionar mejor el imperio, los sucesivos emperadores aplicaban la fuerza y las guerras para impedir las invasiones.

Alexia tomó un momento para reflexionar. Luego de sacar sus conclusiones pasó sus manos por el cabello.

—¿Cuándo se instaló el cristianismo oficialmente?

Adán llevó sus ojos hacia su glándula pineal para activar aún más la información que tenía grabada en su memoria.

—Un logro decisivo sucedió con el emperador Constantino, que, luego de numerosas luchas internas, centralizó el poder que estaba dividido y, primero con el edicto de Milán del año 313, y luego con el concilio de Nicea, que permitiría la libertad de culto a los cristianos, empeñándose él mismo por darle fortaleza a la nueva religión que entró a capa y espada, por la fuerza, derribando a su paso a todo aquel que no se convirtiera al cristianismo. Es voz popular que invadieron la biblioteca de Alejandría para quemar los valiosos conocimientos secretos que allí había.

—¿Lo quemaron todo?

—La historia culpa a cristianos fanáticos y al califa musulmán. Aunque algunos textos se salvaron. Pero una rama esotérica de investigación afirma que el Consejo de los Sabios que gobernaba la biblioteca en aquellos tiempos se adelantó y ocultó las enseñanzas más importantes, para que perduraran a través de los siglos.

—¿Dónde los ocultaron?

—No se sabe con exactitud. Los historiadores, las sociedades secretas y los gobiernos los han buscado, con perfil bajo, desde hace tiempo.

—¿Entonces el emperador Constantino dictó un ataque para imponer el cristianismo?

—Fue una estrategia política y religiosa. Depende con los ojos que lo veas, el ojo del político es distinto al ojo del fiel religioso. Impulsado por el ojo del religioso, el político tuvo las excusas para imponer el poder sobre los fieles destinados a leer una Biblia con páginas mutiladas y Evangelios censurados y así tener ambas cosas: poder militar y poder religioso. Hicieron todo lo posible para que el motor del ataque fuera visto como una buena obra, para que el fiel viera en el ataque, la matanza y la quema de textos la palabra del que cree que es su verdadero Dios.

—Así ha sido con todas las religiones.

—Luego de eso, Constantino hizo construir diversas basílicas y consignó el poder civil sobre Roma al Papa de aquellos tiempos, Silvestre I. Posteriormente Constantino fundó en la parte oriental del imperio romano la nueva capital: Constantinopla, la actual Estambul.

—Si la historia es tal como dices, podemos decir que el cristianismo se convirtió en la religión oficial del imperio romano gracias a un edicto político.

Adán asintió en silencio.

—Eso es correcto, el cristianismo se instaló oficial y políticamente 323 años después de la muerte de Jesús.

Alexia inhaló profundo para digerir eso.

—Eso es mucho tiempo.

—Sí, mucho. Durante 300 años pudo haber mucha manipulación en las palabras del Maestro, se cree que quitaron más textos.

—¿Te refieres a los Evangelios Apócrifos?

Adán asintió.

—Así es. Por ejemplo, el poderoso Evangelio de Tomás, el de María Magdalena, el de Felipe y varios importantes textos más.

Ambos doblaron la esquina de la Piazza rumbo al hotel. La calle estaba llena de tiendas de joyeros con apiñados turistas dentro. Las antiguas calles eran como laberintos de piedras y suelo adoquinado donde tantos personajes habían transitado. Multitud de flores colgaban de los balcones, pintores en diversos rincones vendían sus cuadros de paisajes de la ciudad, músicos callejeros perfumaban el aire con conocidas y pegadizas melodías para vender discos editados por ellos mismos.

Cruzaron la calle y Alexia se sintió atraída por un kiosko de revistas. Tomó en sus manos el periódico italiano *La Gazzetta*. Le mostró un titular sobre el simposio al que iban a acudir, llamó su atención y le dijo a Adán que se acercase para que lo leyera.

Alexia leyó el titular en voz alta:

—Un magnate ruso ha comprado y devuelto el premio Nobel a James Watson.

Alexia se refería al codescubridor de la doble hélice del ADN que le valió, en 1962, el premio Nobel. En 2013, Watson había puesto en venta la codiciada medalla de oro para financiar sus nuevas investigaciones.

Ambos leyeron mentalmente el texto completo:

El hombre más rico de Rusia, Alisher Usmanov, propietario del *holding* metalúrgico y de las comunicaciones USM y principal accionista del club de futbol Arsenal, ha comprado en una subasta la medalla del premio Nobel del biólogo estadounidense James Watson, con el objetivo, según ha asegurado, de devolvérsela. Usmanov pagó 4,75 millones de dólares, unos 3,8 millones de euros, el doble de lo que se había previsto para el ganador de la puja.

Watson, de 86 años, codescubridor junto a Francis Crick de la estructura del ADN, considerado uno de los hallazgos capitales de la ciencia del siglo XX, aseguró en declaraciones al *Financial Times* que había decidido subastar la medalla debido a las dificultades financieras en la que se encontraba después de varios proyectos fallidos y para destinar las ganancias a diversos proyectos de investigación.

En un hecho insólito en la historia de los premios, la medalla del Nobel —una pieza en oro de 23 quilates y 6,6 centímetros de diámetro— salió a subasta en la casa neoyorquina Christie's. El nombre del comprador se había mantenido en secreto hasta ahora. Oficialmente se sabe que el comprador del registro del lote, Alisher Usmanov, compró la moneda para entregarla nuevamente a su titular.

—Hermoso gesto el del magnate, digno de recibir flores.

Ella sonrió.

—Hablando de flores...

Alexia señaló con su índice la pequeña caja color granate que aparecía en el periódico. Ambos observaron la fotografía del estuche con la medalla del Nobel.

En las esquinas de la caja que albergaba la medalla aparecían inscritos cuatro enigmáticos símbolos en rojo bermellón con la flor de lis.

17

Roma, Italia.
En la actualidad

Casi a las once de la noche, al otro lado de la ciudad antigua, el obispo Martin Scheffer había sido convocado de urgencia.

El oficial a cargo, que tenía un pacto previo con la jerarquía eclesiástica y con el obispo para anticiparle problemas de alta confidencialidad, le había dicho que se trataba de un hallazgo histórico y creía que podía ser de gran interés para la iglesia.

El oficial puso énfasis en sus palabras, lo cual había despertado la curiosidad del prelado.

—Esto se ve muy extraño, señor obispo —dijo el oficial Bettega por teléfono—, creo que son reliquias del antiguo Egipto. Yo que usted no perdería un minuto en ver este hallazgo.

Aunque era tarde, el obispo Scheffer se había excusado frente a la comitiva de los Lieberman, alegando que se tenía que levantar temprano al día siguiente. De todos modos, ya Ariel Lieberman se había ido a su hotel y la mujer de Isaac se estaba despidiendo de los anfitriones del elegante coctel.

Por las venas del obispo Martin Scheffer había comenzado a correr la adrenalina con intensidad. Su corazón estaba lleno de ambición por defender los intereses de la sagrada iglesia católica ante todo. Se movilizó rápido y sin dudarlo un instante, debido en parte a que el lugar que el oficial le había dicho no estaba lejos de donde se encontraba en aquellos momentos; además, al escuchar las palabras "Egipto antiguo" una ráfaga helada le recorrió la columna.

Poca gente sabía que muchos de los símbolos que el Vaticano portaba en sus costumbres y en la gran plaza de San Pedro tenían directa vinculación con el imperio egipcio antiguo.

El obelisco central de la plaza era una gran antena de conexión con las fuerzas del universo, tal como lo usaban en Egipto muchos milenios atrás. Otro símbolo egipcio era la gran piña de más de dos metros de alto que se hallaba cerca al obelisco en la plaza de San Pedro.

Aunque quizás el más similar y representativo era el sombrero papal —llamado mitra—, un alargado pino cónico en forma de boca de pez, el cual era exactamente igual al que usaban los sacerdotes egipcios antiguos, quienes simbolizaban al dios pagano: el pez Dagon y los dioses sumerios.

Aunque mucha gente era anestesiada diariamente por la vida rápida y sobre todo por el virus de la ignorancia y la pereza en investigar más allá de las tradiciones impuestas a capa y espada, cualquiera que activase su capacidad de discernimiento podía ver estas y muchas otras similitudes que, según muchos investigadores, la religión católica había adoptado de la religión egipcia.

Para el obispo Scheffer resultaba una tentación investigar lo ocurrido porque era, entre otras cosas, el delegado oficial dentro de la iglesia de las cuestiones históricas, arqueológicas y de preservación de las costumbres ancestrales. Tenía el poder de ser el encargado de mantener el tráfico de información confidencial referente a los inicios de la religión que representaba.

De espíritu inquieto, curioso y experto en cuestiones metafísicas y paranormales, tenía el sobrenombre de "El ermitaño", debido a su enigmática personalidad.

En menos de treinta minutos su chofer personal lo había dejado en la dirección indicada. Afuera de la casa sólo un patrullero policial de los *carabinieri* estaba en la puerta. El obispo le dijo a su chofer que lo esperase, bajó del coche y con cinco grandes zancadas ya estaba en la puerta de madera de la antigua casa. Miró hacia atrás, un extraño complejo de ser vigilado le sobrevino en el alma como una brisa helada en su columna. Su corazón se aceleró cuando le abrieron la puerta y el oficial Bettega lo hizo pasar.

—Pronto.

—*Ciao*, señor obispo, lo estábamos esperando —el oficial hizo un ademán para que entrase.

—¿Avisaron a la prensa?

—No. Nos han llamado a nosotros y luego usted es el primero en saberlo.

—De acuerdo.

Una vez dentro, el oficial acompañó al obispo hacia el dormitorio donde María del Rosario Progiotti estaba sedada. Había un pesado crucifijo que colgaba en la pared. La luz de la habitación era pobre, en penumbras.

El rostro de Rosario Progiotti parecía haber envejecido diez años de golpe por las fuertes emociones vividas horas antes. A su lado, sentado en una silla con las manos en la cara, Mateo Toscanini sentía todo su ser apesadumbrado, triste y deprimido por la desaparición de sus tres hijos.

—Excelencia, ellos son los dueños de la casa, quienes descubrieron el túnel —dijo el oficial, presentándolo.

Mateo alzó la vista y se puso de pie. El obispo Scheffer le extendió la mano.

—Hijo, sé que éste es un momento duro para la familia. He venido a ayudar en lo que pueda.

Mateo vio el anillo del obispo. La presencia de un obispo en la casa lo sorprendió al mismo tiempo que lo reconfortaba, no tenía noticias de que un mandatario tan importante fuese a la casa de los fieles.

Mateo le explicó brevemente lo que había sucedido aquella tarde.

—El sermón del Papa de hoy sobre las familias en conflicto parece que entró en esta casa, señor obispo. No entiendo qué ha pasado pero nuestros tres hijos han desaparecido frente a mis ojos allí abajo.

Mateo señaló despectivamente hacia el corredor que llevaba al sótano donde había sucedido la tragedia.

El obispo asintió con cara de santidad.

—Comprendo. Pero el Señor tiene misterios que siempre son para un bien mayor.

Rosario pareció recobrar el conocimiento, trató de incorporarse pero al estar tan débil volvió a desvanecerse.

—Se ha desmayado, está con mucho estrés —dijo la enfermera que la estaba asistiendo.

—No perdamos más tiempo —respondió enérgicamente el obispo Scheffer—, quiero ver el lugar de los hechos y lo que han descubierto, ahora mismo si me hacen el favor.

Mateo, el oficial Bettega y otros dos *carabinieri* armados con pistolas, indicaron al obispo el camino.

Comenzaron a caminar por el pasillo a paso rápido y las cuatro sombras se proyectaron en la pared como cuatro fantasmas rumbo a lo desconocido.

18

Roma, Italia.
En la actualidad

Adán y Alexia cruzaron la Fontana di Trevi, majestuosa fuente de agua de sublime arquitectura, situada en el cruce de tres calles, las tres vías, donde había funcionado uno de los acueductos que suministraban a la Roma antigua.

Alexia lo tomó de la mano para contemplar la famosa fuente.

Detrás, el Palacio Poli realzaba la fachada con diez pilastras corintias que sostenían el edificio. Delante del palacio, la poderosa estatua de Neptuno domando las aguas, entremezclaba agua, roca, imaginación y mística.

La fuente era conmovedora, con dos tritones en la carroza con forma de concha donde salían grandes caballos de mar.

Se destacaba en el centro de la fuente un arco del triunfo robustamente modelado. El nicho que enmarcaba a Neptuno proyectaba tras las columnas las mejores luces y sombras, como si las estatuas cobraran vida. En los nichos al lado de Neptuno, la estatua de Abundancia vertía agua de su urna y la estatua de Salubridad sostenía una copa de la que bebía una serpiente.

Alexia se acercó a la fuente, tomó unas monedas de su cartera, se puso de espaldas a la fuente y las arrojó al agua.

Siguieron caminando luego de contemplar la fuente, y doblaron una de las callecitas hasta llegar a la pequeña plaza.

—¿Conoces la leyenda tradicional de arrojar monedas a la fuente?

Alexia lo miró con dulzura y negó con la cabeza.

—La tradición sostiene que los visitantes que arrojan una moneda a la fuente aseguran su regreso a Roma. También hay quienes creen que puede atraer el amor y el matrimonio. Evidentemente, mucha gente no sabe que al proyectar la fuerza energética de sus deseos entre tantas personas que quieren lo mismo, la energía colectiva activa la Ley de sincronicidad o Ley de atracción, que hace que tengan grandes posibilidades de concretarse por la fuerte unidad energética enfocada en un mismo fin.

Adán hablaba de la Ley de Sheldrake, sobre el campo de atracción.

—¿Sabes que se estima que se arrojan unos tres mil euros diarios a la fuente?

—¡Qué intenso! Sin duda, una fuerte atracción de abundancia.

—En los últimos cuatro años se recogieron más de dos millones y medio de euros en monedas.

—¿En que se ha usado eso?

—El dinero se ha usado para financiar un supermercado para los romanos necesitados.

—Una buena causa.

Adán asintió.

Se frenó en seco. Cerró sus ojos y colocó su mano en el cuarzo que llevaba colgado del pecho.

—Siento que alguien necesita mi ayuda.

Alexia y Adán tenían activada en extremo la capacidad de percepción, telepatía y sensibilidad por medio de sus anteriores iniciaciones.

—¿Puedes identificar quién es?

Adán continuó con sus ojos cerrados. Había mucha gente alrededor, la mayoría necesitaba ayuda para rediseñar sus vidas, su percepción venía de alguien más cercano.

—Ya lo veremos. Vayamos al hotel, ya es de noche.

Doblaron por una callecita que albergaba a casi una docena de pintores y artistas bohemios, quienes estaban terminando de recoger sus obras y siguieron hacia una escalinata de antiguos adoquines donde estaba el hotel.

Al entrar a las puertas giratorias, el botones los recibió con una sonrisa. El hotel decorado con estilo barroco italiano del Renacimiento era amplio y luminoso. El suelo estaba cubierto de alfombras y las columnas pintadas de color claro con ribetes rojos.

Subieron el estrecho elevador hasta el piso once, donde estaba su habitación con vistas a una concurrida calle. Al ingresar, Alexia fue hacia el baño. Adán se sentó sobre la cama y estiró la mano en el nochero. Tomó su teléfono móvil. Tenía tres mensajes de la misma persona y una llamada de voz:

Adán, espero que estés bien.
Necesito que me llames con urgencia.
Estoy en París tratando de resolver
una cuestión de vida o muerte.
Tú puedes ayudarme.
Evangelina Calvet

19

El avión de Alitalia que había abordado Diego Reyes aterrizó en Roma puntualmente, a las 11:30 de la noche.

Dee consiguió un vuelo nocturno que habían dejado libre en lista de espera. Vestía unos ajustados jeans, botas marrones de cuero y una chamarra del mismo color. Llevaba modernas gafas oscuras y un elegante sombrero de cuero color bronce.

Cogió un taxi en el aeropuerto rumbo al hotel donde se hospedaba Ariel Lieberman. Sacó su iPhone del bolso y escribió un mensaje para avisarle que llegaría en treinta y cinco minutos. Luego se arrepintió y lo borró.

"Le daré una sorpresa".

Llevaba sólo una pequeña maleta con ropa y un bolso de mano donde introdujo su mano para revisar que llevara el perfume preferido de regalo para Ariel.

La salida del aeropuerto estaba congestionada de coches y autobuses que recogían grandes grupos de turistas en aquella época del año. El taxi hizo un par de maniobras para salir del atasco, pero las calles de Roma también estaban apiñadas de coches, el tránsito era caótico y descontrolado.

Inmediatamente, por otro teléfono se contactó con Rachel Z para confirmar su arribo a la capital italiana.

Dee tenía una misión arriesgada y la iba a cumplir. Además de tener ideales revolucionarios en su mente, creía que la efectividad de su misión le daría tres cosas: más poder para liderar dentro de la organización, ayudar a desvelar una verdad al mundo y acercarse emocionalmente a Rachel Z.

20

Roma, Italia.
En la actualidad

Cuando Alexia salió del baño, Adán puso el altavoz para que ella escuchara el mensaje que había recibido en su teléfono celular.

Luego de escuchar el mensaje, ambos se miraron y supieron que Evangelina estaba en problemas.

—Por la vibración de su voz suena desesperada —dijo Alexia.

Adán estaba pensativo, tratando de captar sensaciones.

—Será mejor que ella nos explique.

Adán asintió.

—Aunque es medianoche, será mejor que la llames.

Adán cogió el celular y reenvió la llamada. En menos de quince segundos se escuchó la voz del otro lado. Adán activó el altavoz para que Alexia también escuchara. Ella se sentó a su lado.

—Hola, ¿Adán? ¿Eres tú?

—Evangelina. ¿Cómo has estado? Tantos años.

—Bien, he estado bien, hasta estos días.

—¿Qué ha pasado?

—Es largo de explicar, pero mi marido y yo estamos pasando mucha tensión porque han secuestrado a nuestra hija Victoria.

Alexia inhaló profundo. Sabía lo que era tener desaparecido a un ser querido.

—Explícame.

—Verás, Philippe y yo estamos juntos hace varios años, aunque Victoria no es mi hija de sangre la siento como tal. Estábamos en la playa y luego de una discusión con un personaje extraño, Victoria desapareció en el mar sin dejar rastro. No creemos que se haya ahogado porque no hay señales del cuerpo en kilómetros a la redonda.

—¿Tienen alguna sospecha?

—Estamos recibiendo extraños mensajes de extorsión. Mi marido está en medio de una investigación sobre avances celulares, microchips, conocimientos secretos, linajes, herencias ancestrales, ideologías religiosas…

Adán captaba sensaciones.

—Continúa.

—Hemos recibido varios paquetes con el símbolo de la flor de lis. Philippe me explicó que es un símbolo ancestral que pertenece a órdenes secretas y logias de poder. Y dentro de los sobres, enviaron una especie de crucigrama con extrañas preguntas. Nos han dado cuarenta y ocho horas para resolverlo y así recuperar a Victoria.

—¿Qué es todo lo que exigen los supuestos secuestradores? Que realicen un crucigrama, ¿y qué más?

—Buscan que Philippe entregue conocimientos heredados de textos antiguos que ha incrustado en…

Evangelina sintió dolor emocional al pensar en la niña.

—Respira, tranquila. Te ayudaremos en lo que podamos. Estamos en Roma por un importante simposio.

Evangelina se secó las lágrimas.

—Los secuestradores no saben que el conocimiento que buscan lo lleva Victoria en un diminuto chip de cuarzo que tiene implantado. Necesitamos resolver las preguntas que tenemos porque el tiempo pasa y no hemos podido avanzar nada. Philippe está muy nervioso, bebe mucho y toma sedantes. Está fuera de sí.

—Entiendo. Ahora no tiene sentido que viajemos a verte. Envíanos lo que han recibido. Sácale fotos y la envías por el celular. ¿De acuerdo? Necesitamos entender de qué se trata.

—Estoy segura de que podrás ayudarme. Son enigmas religiosos. Una especie de crucigrama místico.

—¿Algo más que deba saber?

Evangelina tomó un instante para pensar.

—Siento que Philippe no me dice todo lo que sabe.

Adán frunció el ceño.

—De acuerdo. Envíame todo lo que tengas y te diremos algo ni bien podamos percibir de qué se trata.

—Te lo envío inmediatamente.

Evangelina hizo una amplia inhalación, sintió alivio. Sabía que Adán Roussos era un iniciado espiritual, un maestro de religiones comparadas con poderes internos más allá de los sentidos físicos. Acompañado de Alexia Vangelis eran la pareja indicada para ayudarla.

21

Roma, Italia.
En la actualidad

La adrenalina corría por las venas del obispo Scheffer con intensidad.

En pocos minutos él, junto al oficial Bettega y Mateo Toscanini, bajaron las escaleras. El sótano estaba iluminado con poderosos reflectores que habían colocado los *carabinieri*.

Bajaron las escaleras, el obispo se tomó del pasamanos para sostenerse en los estrechos escalones de madera, el lugar olía a moho y antigüedad. Abrieron la puerta que llevaba al lugar del hallazgo. Bajaron uno por uno lentamente y, una vez dentro, cruzaron el frío y húmedo pasillo oscuro hasta el lugar del descubrimiento. Primero entró Mateo, luego el oficial Bettega y por último el obispo Scheffer. El oficial dio la orden de que los dos *carabinieri* se quedasen fuera.

—¿Éste es el lugar? —preguntó el obispo.

Mateo asintió moviendo las manos nerviosamente.

—Estábamos aquí de pie, las alfombras se cayeron, todo se llenó de polvo y los niños desaparecieron así, sin más.

El obispo vio las alfombras caídas, los cofres y el espejo. Dio dos pasos hacia los cofres, se inclinó para observar con detalle los símbolos egipcios y griegos en relieve que tenían incrustados en oro. Su mente se agudizó.

"¿Cofres ancestrales con incrustaciones egipcias en oro?". Ésa era la razón por la que el oficial Bettega sospechaba de ese descubrimiento y la importancia que tendría para el obispo y la iglesia.

—¡Ábranlos inmediatamente!

—Lo hemos intentado ya —respondió el oficial Bettega—, pero ha sido imposible.

El obispo pensó con astucia.

Él sabía cómo se manejaban en la antigüedad con el conocimiento secreto. Había estudiado durante toda su formación religiosa, desde sus inicios como monaguillo, los textos oficiales, además de conocer la historia, forma de vida y arqueología que usaban en tiempos ancestrales. Era un experto en las tesis e hipótesis sobre las construcciones de monumentos antiguos como las pirámides alrededor del mundo, los anagramas, símbolos y formas de perpetuar linajes informáticos.

Todos se quedaron en silencio cuando el obispo comenzó a caminar lentamente alrededor de los grandes cofres, cual tiburón que rodea estudiando a su presa. Sabía de qué manera los antiguos egipcios cerraban sus sarcófagos para evitar que los cuerpos de los faraones y altos sacerdotes fueran profanados por neófitos o ladrones, ya que las momias eran sepultadas con valiosos objetos de oro y amuletos para orientar al alma en el paso de la vida a la muerte.

—Alumbre aquí, oficial.

El oficial Bettega llevó una fuerte linterna al borde del cofre.

El obispo deslizó sus manos como si fuese un experto cerrajero, hizo presión en la tapa del cofre apenas unos centímetros de derecha a izquierda y luego hacia arriba. Se activó un sonido.

¡Clap!

Los ojos atónitos de Mateo Toscanini y del oficial Bettega no daban crédito a la simpleza con la cual el obispo había abierto uno de los cofres.

Los tres se miraron y el obispo dibujó una sonrisa de triunfo. Luego asintió. Con sumo cuidado y lentitud, el oficial Bettega levantó la tapa del pesado cofre. Un intenso aroma a jazmines y lirios antiguos se perpetuó por los pasillos del cerebro del obispo activando extrañas sensaciones místicas.

Clavaron los ojos en el interior del primer cofre. Había rollos de manuscritos, libros y copas de oro. Mateo llevó las manos a las copas de oro, vender eso le sacaría de su apretada situación económica. Inmediatamente el obispo lo cogió del antebrazo y con la cabeza negó con vehemencia.

—Esto ya pertenece a la iglesia, querido hijo.

Mateo tragó saliva.

El obispo tomó delicadamente un texto y comenzó a leerlo. Estaba escrito en griego antiguo. Sus ojos adquirieron un brillo especial.

Luego tomó otro y otro más. Por último, abrió uno a uno los libros de tapa dura y pesadas páginas. Las facciones de su rostro mostraban que su mente había entrado en éxtasis. Sus ojos viajaban por el tiempo hacia miles de años atrás. Su corazón palpitaba como un adolescente al recibir el primer beso de su amada. Le picaba la garganta, se le inflaron las venas, sentía la sangre espesa y caliente. Por las sienes plateadas comenzaron a caer varias gotas de sudor.

El oficial Bettega sabía que sería recompensado.

Mateo Toscanini sintió cierta decepción y rabia. Sus hijos seguían sin aparecer.

—¿Y bien? —preguntó Mateo, entre curioso y ofuscado—. ¿Qué es lo que significan esos textos y esas copas de oro?

El obispo seguía leyendo con impulso, absorto en aquel descubrimiento. Parecía que hubiese entrado en otro mundo.

Mateo miró al oficial Bettega. Ambos se dirigieron hacia los otros cofres. Hicieron lo mismo que el obispo y consiguieron abrir otro. El obispo Scheffer soltó el libro que tenía en sus manos y como un león hambriento dio varias zancadas hacia el otro cofre. Contenía más libros y textos. Espadas de oro y plata. Piedras semipreciosas, cuarzos y diamantes.

La ambición de Mateo se activó. Él creía que tenía pleno derecho a reclamar aquel descubrimiento. Estaba en la tierra de sus padres y de los padres de sus padres, la casa era suya y eso le pertenecería. ¿Y sus hijos? ¿Dónde estaban sus *bambinis*? Una mezcla de feas sensaciones invadió su corazón. Ambición, resentimiento, miedo, enojo, culpa, frustración. Mateo sentía tantas emociones encontradas que era incapaz de comprender lo que estaba sucediendo.

—¿Qué significa todo esto? —preguntó con enojo al obispo.

El obispo no le hizo caso.

La sangre italiana de Mateo estaba entrando en erupción. Respiró con fastidio y tensión.

—Yo quiero encontrar a mis hijos. Y todo lo que haya en mi casa pertenece a mi familia.

El obispo elevó sus ojos hacia Mateo. Rápidamente adoptó una máscara de santidad y benevolencia. Su rostro marcó una sonrisa amable y servicial. Necesitaba decirle a Mateo las palabras exactas que cambiasen su mente ofuscada por reclamar lo que pensaba como suyo. El obispo era hábil en el manejo de la psicología humana, tenía entre sus avanzados estudios un master profesional en aquella disciplina.

—Hijo mío, el Señor te ha escogido para que sean tú y tu familia los elegidos para que este importante hallazgo regrese al seno de la iglesia.

Mateo lo miró con firmeza.

—¿Qué quiere decir? ¿Que mi familia no recibirá nada?

El obispo apoyó su mano en el hombro de Mateo.

—Hijo, tú recibirás el reconocimiento por colaborar en el plan de Dios. Tú eres el elegido. La iglesia es tu familia.

—¿El elegido para qué? ¿Mis tres hijos han desaparecido? ¿Así es como paga Dios sus recompensas? No entiendo. ¿Quiere usted decir que no tendré nada del oro que hay aquí? ¿Qué son esos textos? ¿Qué tienen esos libros?

El obispo lo miró directo a los ojos. Luego le clavó la mirada llena de astucia al oficial Bettega.

—Esto que nosotros hemos hallado ha sido buscado durante siglos por muchas personas. Sospecho, por lo que he visto, que es sólo una parte de lo que sobrevivió al paso del tiempo.

—¿Qué quiere decir? ¿Qué significado tienen esos libros?

El obispo miró hacia los cofres como si presenciara un milagro. Estaba bajo una profunda emoción. Si algo tenía claro era que, según los intereses de la actual iglesia, e incluso de otras religiones, esos textos no podrían ser revelados al pueblo.

El obispo apoyó su mano derecha en uno de los cofres. Su voz sonó como un trueno en la oscuridad de la noche.

—Aquí están las raíces iniciales de la iglesia, son los cimientos esotéricos de nuestra religión.

Lentamente dio tres pasos hacia atrás como si no pudiera creer lo que acababa de ver. Negaba con la cabeza al mismo tiempo que pensaba para sí mismo:

"Creo que éstos son los textos perdidos que se quitaron del mensaje original de Jesús".

22

L a fuerza y la luz de la luna se filtraban con total intensidad en la habitación del hotel donde Adán y Alexia acababan de recibir la extraña noticia. Alexia abrió las ventanas, la noche tenía una brisa suave, necesitaban aire fresco.

El reloj de pared con números romanos indicaba que ya era medianoche. El silencio se apoderaba poco a poco de la ciudad cuando sonó el bip del teléfono de Adán, inmediatamente recibió los mensajes que Evangelina le pidió descifrar.

Adán, aquí está lo que recibimos en los sobres. Lo que quieren es que los llenemos antes de cuarenta y ocho horas. Nos queda menos tiempo. Por favor, pongan su inteligencia en esto. Si pueden entender lo que significa estaré atenta, sea la hora que sea. Gracias.

Horizontales

¿Por qué buscáis entre los muertos al que vive?
(Lucas 24, 1-8)

A'bra-ca-dab'ra
La palabra y el cerrojo

¿Puede no estar presente Dios si está en todos lados?
¿El gran pájaro ancestral aún hoy vuela libre y
las cenizas serán las que abrirán los corazones?

Verticales
¿Cuál fue el auténtico final de Jesús, el Cristo?
¿Puede algo perfecto crear cosas imperfectas?

¿Acaso no os dije: Todos ustedes sois dioses?
(Juan 10:34)

Porque a todo el que tiene, más se le dará, y tendrá en
abundancia; pero al que no tiene,
aun lo que tiene se le quitará.
(Mateo 25:29)

Porque por tus palabras seréis justificado, y por tus palabras seréis
condenado.
(Mateo 12:37)

La muerte y la vida están en poder de la lengua, y el que la ama
comerá de sus frutos.
(Proverbios 18:20-21)

¡Abracadabra!

Tienen cuarenta y ocho horas,
exactamente hasta las 11:11 am de pasado mañana
para entregarme los documentos
o su hija no verá más la luz del sol.
Y sólo podrán verla si resuelven las preguntas que irán recibiendo
en el sagrado crucigrama.
Los ancestros harán oír su voz.

El tiempo pasa, como todo.
Tienen que recordar.
Les queda menos.
Un día y medio. 11:11 am.

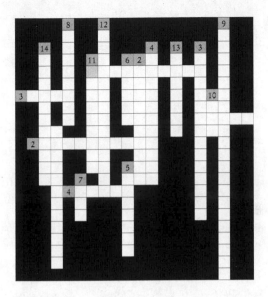

Alexia miró a Adán. Trataron de captar de qué se trataba aquel acertijo. Ambos guardaron silencio.

—Dicen hasta las 11:11 am. Tienen que ser iniciados para saber eso, no puede ser coincidencia.

Adán asintió, sabía el poder y lo que significaba el número 11:11.

—Por favor, ¿puedes llamar a recepción para imprimir el crucigrama?

Alexia fue hacia el teléfono mientras Adán observaba cada frase. En menos de treinta segundos Alexia colgó el aparato.

—Dicen que puedes enviarlo desde aquí por wifi, la impresora del hotel es HP 5530.

Adán le dio enviar a imprimir al documento.

En menos de cinco minutos el botones subió con el papel impreso.

Hizo una inhalación profunda, cerró los ojos un momento para sentir la energía de aquel acertijo, puso la mano en su cálido cuarzo blanco en el centro del pecho, y luego caminó hacia la mesa de noche para coger un bolígrafo. Miró a Alexia con los ojos llenos de brillo.

—Creo que podremos resolverlo.

23

Roma, Italia.
En la actualidad

Era la una de la madrugada cuando Diego Reyes llegó al hotel.

Se encaminó a la recepción y mostró su identificación diciendo que tenía reservada una habitación. El encargado revisó en su computadora.

—Aquí está, joven. La habitación 405.

—¿Me permite comunicarme con otra habitación antes de subir?

—Por supuesto. ¿Con quién desea hablar?

—La habitación de Ariel Lieberman.

El encargado miró la lista de personas.

—Es la 406, aquí le paso.

Dee cogió el teléfono. El encargado dejó una carpeta sobre la mesa detrás del lujoso mostrador.

—Hola.

—Hola Ariel, soy Dee. Estoy en el lobby. ¿Puedo subir a tu habitación?

El corazón de Ariel Lieberman dio un brinco de emoción.

—Claro que sí, ya todos están durmiendo. Sé silencioso.

—Perfecto. Voy para allá.

En menos de cinco minutos Dee estaba frente a la puerta entreabierta de Ariel Lieberman, quien lo recibió con el torso desnudo y un pantalón de pijama color blanco.

Los dos atractivos jóvenes se abrazaron.

—Estoy feliz de que estés aquí.

Dee sonrió.

—Yo también. He venido en el primer vuelo que encontré libre.

—Los caminos de la vida se abren para los que están sintonizados con el amor —Ariel estaba emocionado. Como estudiante de Kabbalah hebrea sabía, entre muchas otras cosas secretas, que las buenas emociones atraían buenas vivencias.

La atracción que Ariel tuvo con Diego Reyes había sido inmediata cuando se conocieron hacía ya un par de años. Dee estaba trabajando ya para la organización de Rachel Z y se filtró en una exposición de arte en Nueva York para tratar de vincularse con uno de los herederos más poderosos del mundo. El objetivo de Dee era obtener información confidencial de la familia Lieberman para Rachel Z. Ariel siempre trató a Dee como un amigo del alma ante su familia, si bien su amistad incluía una vinculación más íntima cuando podían verse. Roma le resultaba un lugar en extremo romántico a Ariel y, a pesar de que tenía una agenda muy apretada de negocios, reuniones y eventos, quería a Dee a su lado, sobre todo por las noches.

—¿Estás solo?

—No. Mis padres están en el piso de arriba.

—¿Qué hacen en Roma?

—Negocios.

Ariel fue hacia la nevera de la habitación.

—¿Qué quieres tomar?, ¿lo de siempre?

Dee asintió mientras observaba tras la cortina del amplio ventanal. Roma estaba quieta.

Ariel preparó dos vasos de gin tonic con limón.

—¿Cómo has estado?

—Bien, preparando una exposición de fotografía.

Obviamente Ariel no lo sabía, pero Dee usaba su cámara profesional para aparentar fotografiar lugares arquitectónicos de valor histórico, pero también con el fin de infiltrarse en sitios donde pudiese recoger información y espiar movimientos de personas influyentes.

—Admiro tu talento.

—Tú eres el talentoso, Ariel, siempre innovando. ¿Qué negocios tienen en mente?

Ariel giró su cabeza. Sabía que no podía hablar con nadie que no integrase el círculo de poder de su padre. Pero Dee era su hombre de confianza, su compañero de camino.

—Mi padre tiene negocios con la orquesta que patrocina, además de negocios privados con aburridos gerentes.

—¿Eso es todo? ¡Ahora entiendo por qué me llamaste! —Dee se mostró irónico y seductor—. ¡Te aburres!

Dee fue al bolso y se acercó por detrás de él.

—Tengo algo para ti, cierra los ojos.

Dee respiró profundo y exhaló el aire tibio en el cuello de Ariel, quien sintió un escalofrío en su piel. Era el único que podía conmoverlo por dentro. Era su debilidad.

—No hacía falta que me trajeras nada. Tú siempre detallista.

—Cuanto más quieres a alguien, más regalos le das.

Dee dejó que la ansiedad entrase en la mente de Ariel.

—¿Ya puedo abrir los ojos?

Dee deslizó el paquete del perfume por su brazo, su espalda y la nuca. Un escalofrío recorrió las vértebras de Ariel.

—Ya.

Dee le tomó la mano y abrió su palma izquierda.

—Es para que sigas endulzando a la vida con tu presencia.

Ariel se dio vuelta y sonrió. Cogió el pequeño paquete y lo abrió con una sonrisa.

—Mi perfume preferido. Gracias. Sabes que amo esta fragancia.

—Es intensa, como tú.

Se fundieron en un abrazo.

—Debes estar cansado, ¿quieres ducharte?

—Sí.

Dee apuró su gin tonic y se quitó la camisa.

Ariel observó sus pectorales y abdominales marcados.

—Estás más atlético.

—Hago ejercicio cuando puedo.

—Se nota.

—¿Y hasta cuándo se quedarán?

—Sólo dos días, supongo, aunque tú y yo podemos quedarnos un par de días más antes de que regrese a Nueva York. Lo más importante para mi familia es un simposio científico privado que se llevará a cabo en dos días.

—Mmm… suena interesante. ¿Yo que haré mientras tú estés en el simposio?

—Puedes pasear por Roma, ir de compras.

—Qué aburrido. Yo vine a verte a ti.

Ariel le sonrió con amabilidad.

—Yo tengo que estar allí, habrá negocios muy importantes.

Dee se dio vuelta y fingió tristeza.

—¿Por qué no vienes conmigo? Te conseguiré una credencial.

—¿Sobre qué tema es?

—Bueno, tiene tres alas de investigación, habrá científicos de Alemania, Israel, Francia, Estados Unidos, Suiza, Inglaterra y Canadá. Uno será sobre religiones, otro de adelantos tecnológicos aplicados al ADN y también sobre alianzas entre religiones.

—Son temas muy interesantes. Mmm... ¿Crees que podría ir como fotógrafo o periodista?

—Creo que a través de la influencia de mi padre podré conseguirte una credencial de periodista. ¿Te gustaría?

—Acepto. Te acompañaré.

Dee se desnudó por completo antes de ir caminando lentamente hacia la ducha.

—Perfecto. Te contaré detalles de eso. Hay muchas investigaciones que están por revolucionar el mundo.

Dee se frenó antes de entrar a la puerta del baño y se giró hacia él.

—Ya me contarás, Ariel, yo te escucharé con atención.

24

Roma, Italia.
En la actualidad

El botones golpeó la puerta y Alexia se apresuró a ver por la mirilla. Abrió y recibió un sobre cerrado. Ella, a cambio, le dio un billete de cinco euros y una sonrisa.

Inmediatamente se fue hacia Adán. Le entregó el sobre y extrajo el papel con el crucigrama. Llenar un crucigrama era un pasatiempo para muchas personas pero hacerlo en determinado tiempo podía generar presión.

Adán observó los casilleros blancos donde debían ir las palabras horizontales y las verticales. Respiró profundo. Concentró su atención en las preguntas.

—¿Lo harás mediante la ley de atracción?

Adán asintió.

—En este caso es lo más conveniente. Dejaré que la respuesta venga a mí.

Adán Roussos, luego de las iniciaciones vividas, había logrado que su alma tuviese un nivel de percepción y conciencia iluminada que hacía que viera más allá que el resto de los mortales.

—Sintonizaré el cuarzo, mi mente y aplicaré la ley de atracción.

Ellos sabían que se atraen aquellas cosas que corresponden al nivel de vibración. Era como una flor que atrae a los colibríes; la flor no los busca, ellos van hacia ella por el néctar de su interior, por la fuerza. Así cada persona convoca a su vida su propia realidad, con los pensamientos, emociones y sentimientos que proyecta.

Adán cerró los ojos. Sintió que era una flor. Dejó que la primera respuesta viniera hacia él. Se sintió un imán para llamar la respuesta. Sabía que dentro suyo llevaba el néctar de la conexión con la fuente de la información, la capacidad de canalizar desde su yo superior la respuesta en forma de intuición directa. Activó a su doble superior para que se lo dictase de un plano mental más elevado.

¿Por qué buscáis entre los muertos al que vive?
(Lucas 24, 1-8)

Alexia cogió el crucigrama y el bolígrafo.

—Aquí se refieren a las palabras que pronunció el Maestro luego de resucitar en cuerpo de luz, es la posibilidad de dominar la muerte. Primero lo hizo con Lázaro despertándolo, luego Él lo provocó en sí mismo para su ascensión.

Adán cerró los ojos. Inmediatamente sintió su cerebro produciendo ondas Alfa. Su estado interior se agudizó como si un amplio espacio interno se abriera más y más dentro de él.

—Tiene muchos casilleros blancos, es una palabra larga.

Adán inhaló profundo.

Pasaron solo quince segundos. La sintió claramente en su interior.

—DESPERTAR.

Alexia probó. Encajaba perfecta. La escribió sobre el papel.

—Correcta.

Adán comenzó a pensar en la siguiente.

—¿Por qué los secuestradores hablan de renacimiento? —preguntó Alexia—. ¿Qué plan crees que tengan con la niña que tenga que ver con renacerla o despertarla?

—Es probable que la niña ya venga con el ADN modificado, que sea una niña índigo, una niña despierta con información para modificar la Tierra en futuras generaciones, una renacida como una de tantos.

Muchos científicos habían ya constatado que existían niños que, en la actualidad, nacían con una hebra adicional del ADN activada, lo que les permitía tener el poder de la telepatía, la percepción avanzada y la agudización del sexto sentido, entre muchos otros dones.

Adán conocía de primera mano, por sus prácticas de yoga, que, por medio de la respiración consciente, todo el mundo podía sentir la red de vida a través de cada persona. En la actualidad, los científicos habían comprobado que, una luz más elevada, con frecuencias más altas y nuevos códigos de energía, estaba entrando a la Tierra en forma de ondas vibratorias. Lo que no sabían era que eso estaba aumentando el despertar espiritual colectivo.

Los ciudadanos ya despiertos del planeta, mediante energía enfocada por medio de sus meditaciones, plegarias e invocaciones, habían estado asimilando y recibiendo esa luz y ese poder espiritual. El plan que Adán y Alexia tenían se trataba de una co-creación con los despiertos que terminarían de cambiar totalmente la vibración y la conciencia del mundo.

—Buscar entre los muertos al que vive es reconocer al que estaba dormido en la ilusión que ha despertado a la auténtica realidad espiritual.

Alexia le sonrió.

—De acuerdo, vamos a la siguiente.

Ella leyó.

A'bra-ca-dab'ra
La palabra y el cerrojo

—Abracadabra es una palabra hebrea, ¿verdad?

—Correcto Alexia, en realidad es una palabra mágica. A'bra significa "Yo creo"; ca, significa "lo que" y dab'ra "yo hablo". A'bra-ca-dab'ra es un conjunto de palabras que emiten un sonido de frecuencia elevada y afirman literalmente: "Yo creo lo que yo hablo". Yo creo como sinónimo de creación, no creencia. Es crear la realidad por la palabra magnetizada. Son poderosos decretos.

—Así es, Adán. La palabra es poder. El poder creador de crear la realidad personal mediante lo que uno habla. La palabra es creadora. Desde antes de pronunciarse, en el pensamiento. La palabra es el pensamiento en acción rumbo a la manifestación. La humanidad olvidó que cada uno crea su realidad con la forma de pensar, de hablar y de obrar. El mismo Buda también lo enseñaba, ¿verdad? Te conviertes en aquello que piensas.

—Exacto, Alexia. Los sabios del pasado lo sabían. La palabra es creación. En el principio era la palabra, y la palabra estaba con Dios y la palabra era Dios. La palabra original es el código de Dios dentro de la Creación. Después de la primera y fundamental Palabra-Espíritu, continúa la secuenciación para activar la tabla matriz de los nucleótidos del ADN, desencadenando las secuencias matemáticas, frecuencias, sincronías y vibraciones.

Alexia suspiró. La Creación era demasiado maravillosa.

—Ojalá toda la gente supiera que los iniciados antiguos lo que decretaban lo sellaban con la palabra Abracadabra, era como un sello espiritual que garantizaba la realización de lo que decretaron. Con el tiempo esta palabra cayó en la amnesia de la ignorancia y se remplazó por "Así sea".

—¿Qué palabra crees que es la correcta para el crucigrama?

Adán inhaló profundo. Su mente se expandió. Su corazón estaba en paz, en sintonía con todo el universo.

"La palabra es creadora".

—CREACIÓN.

Alexia miró los cuadros disponibles y luego sonrió.

—En el blanco. La misma cantidad de letras.

Adán sonrió. Sabía que aquel poder venía de su alma, la chispa de unidad con la Fuente.

—La próxima es extraña —dijo Alexia, enfocándose en la siguiente palabra—, ¿el cerrojo? No lo entiendo.

—Los cerrojos están hechos para la llave que los abre.

Se produjo un silencio.

—La llave que abre todas las puertas —repitió Adán en voz alta.

Alexia estaba pensativa, ella también podía canalizar la voz de la Fuente interna.

—AMOR.

Alexia observó los espacios libres.

—¡Amor! ¡Es correcta! Ya tenemos la primer parte. ¡Amén!

Adán abrió los ojos y la miró directamente con una sonrisa sutil.

—No es Amén —querida Alexia—, es Amen —Adán mostró sonriente la hilera recta de sus blancos dientes—, Ámense unos a otros.

—Notable diferencia hace un acento.

—Sí, Alexia, el poder de las palabras es intenso, es crear lo que uno piensa. Por eso dije que Abracadabra es una palabra mágica, porque la magia es imaginar y luego decretar lo que queremos que sea visible. Ponerle acción a lo que imaginamos, "imagina-acción".

Alexia reflexionó sobre eso un momento.

—Entonces repasemos, tenemos DESPERTAR, CREACIÓN, AMOR. ¿Qué crees que buscan los secuestradores con esto?

Adán Roussos caminó hacia la ventana para aclarar su mente y mirar hacia los cielos.

—Eso lo sabremos pronto.

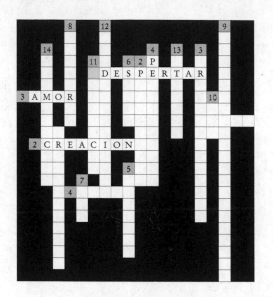

25

París, Francia.
En la actualidad

Eran casi las dos de la madrugada y Philippe Sinclair estaba bajo una tensión máxima. Acababa de colgar con el capitán Reims de Mónaco. Le dijo que habían rastreado con buzos el área durante todo el día, recorrido las calles cercanas, en el hotel, en cualquier sitio donde pudieran haber escondido a la niña, literalmente no tenían pista alguna. Llamó a varios de los descendientes directos de su familia de sangre en Suiza, otras ciudades de Francia y Escocia, vinculados a la logia a la que pertenecían. Le habían prometido ayudarlo en aquel problema que tenía tanto de hermetismo como de mística, de terrorismo como de venganza.

Philippe sentía desesperación e impotencia. Había ya bebido toda la botella de whisky y cargaba encima una docena de sedantes. La mezcla estaba ya haciendo mella en su sistema nervioso, no podía pensar con claridad.

Evangelina se acercó y colocó la mano en su hombro.

—Vamos a la cama, necesitamos descansar.

Philippe se alejó y comenzó a caminar dando vueltas por el espacioso living pensando y tratando de ver todo el panorama.

—Ese maldito crucigrama. ¿Qué han dicho tus conocidos?

—Están trabajando en ello. Sé que podrán ayudarnos.

—Mañana también llegarán los expertos que he pedido, también en Francia podremos interpretar con nuestros peritos lo que esos maniáticos nos piden.

—Cuanto más ayuda mejor.

Philippe pensó en su hija. Pasó las manos por su cabello. Quería llorar y no podía. Sus emociones estaban colapsadas y mezcladas en un coctel de enojo, ira, depresión y angustia.

—¡Hijos de puta! ¡Hijos de puta! ¡Malnacidos! ¡Estirpe de víboras!

Arrojó un vaso contra la pared y los vidrios se expandieron por el salón.

—¡Juro que me vengaré de todos! ¡Jamás tendrán el conocimiento! ¡Mi familia lo ha conservado por generaciones! ¿Quiénes creen que son para secuestrar a mi hija? ¡Mi hija! ¡Mi heredera! ¡La luz de mis ojos!

Su ira iba en aumento. Sus ojos parecían salirse de sus órbitas. Era como un volcán en erupción. Evangelina estaba preocupada porque los sedantes no parecían hacer efecto. No había podido impedir que siguiera bebiendo.

—Philippe, cálmate. Tenemos que ver las cosas con claridad.

—¿Claridad? ¡Sólo veo oscuridad y muerte! ¡Malditos! ¡Dicen que los ancestros harán oír su voz! ¡Nunca han sido descendientes directos, nosotros somos los...

No pudo terminar la frase.

Llevó sus manos al pecho. Su rostro se tornó primero rojo como la lava y luego blanco como la nieve. Dio tres o cuatro pasos trastabillante. La presión sanguínea varió abruptamente y el cuerpo de Philippe Sinclair cayó al suelo como un pesado muñeco.

Inmediatamente Evangelina corrió hacia él.

—¡Philippe!

La lengua parecía querer darse vuelta como un ataque epiléptico. Evangelina miró hacia los lados. Estiró rápidamente la mano hacia la mesa, y le obligó a morder un bolígrafo. La respiración de Philippe era caótica y desesperada. Su sistema nervioso había colapsado. Evangelina cogió el celular y marcó a urgencias.

* * *

La efectiva ambulancia del famoso hospital de la Pitié-Salpetrière llegó en menos de diez minutos. Subieron rápidamente el cuerpo de Philippe y comenzaron a darle primeros auxilios. Lo colocaron en la camilla, le quitaron los zapatos, activaron los tubos de oxígeno y una máscara en la boca y nariz para que respirara. Evangelina iba sentada a su lado. La sirena de la ambulancia pasaba velozmente los semáforos en rojo. Al llegar al hospital y con extrema maestría los cuatro enfermeros llevaron la camilla a la sala de terapia intensiva. El médico de turno inmediatamente diagnosticó un infarto que estaba desencadenando un desajuste central en su sistema nervioso provocado por el alcohol, los sedantes y la tensión psicológica a la que estuvo sometido en las últimas horas.

Allí se encontraba inerte el cuerpo de Philippe Sinclair, un hombre poderoso, un hombre de conocimiento, un hombre que creía dominar el mundo con su poder, prepotencia y dinero. Un hombre escéptico ante cuestiones del más allá. Philippe le había dicho más de una vez a Evangelina que no creía en la vida después de la muerte y, si sucedía algún día, que incineraran su cuerpo y esparcieran las cenizas por su amada París.

Quizás aquel fuese el día escogido.

Lo cierto era que ningún mortal sabía el instante de su partida, eso hacía que la vida fuese un misterio momento a momento. Aunque muchas personas vivían como si ignorasen que la muerte un día los invitaría a su viaje, el gran momento de la partida, en el que las cosas quedarían para los que siguieran vivos, por el que toda la cosecha quedaría en manos de los que quedasen. En manos de otro quedarían sus abultadas cuentas bancarias, sus varias casas, sus empresas, sus coches, su ropa, sus computadoras, sus anillos de oro, sus teléfonos, sus corbatas... Todo, absolutamente todo, quedaba en manos de otro.

A Philippe Sinclair siempre le había parecido injusto que todo aquello por lo que una persona se sacrificaba, la misma vida le diese un tiempo limitado para disfrutarlo. En su caso quizás serían cuarenta y nueve años; tanta tensión, tanta lucha por el poder, tanta pérdida de momentos valiosos por sólo 17,885 días visitando el planeta Tierra. Jamás se había planteado el número de días que iba a vivir. No podía darse cuenta de eso por ser obstinado y dormido espiritualmente, por el afán de tener y no de disfrutar. Philippe, hombre intelectual, con la confianza puesta sólo en la ciencia, orgulloso nacionalista de Francia, aunque su frase de cabecera mal interpretada era del famoso filósofo alemán Friedrich Nietzsche: "Dios ha muerto".

Philippe argumentaba citando a muchos filósofos, como el mismo Nietzsche, quien había escrito en 1870: "Todos los dioses tienen que morir". Hegel, en 1802, había anotado casi las mismas palabras: el "sentimiento sobre el que reposa la religión de la nueva época es el de que Dios mismo ha muerto". Pascal, hacia el final de su vida, en sus *Pensamientos* (publicados póstumamente en 1670), dejó recogida la antigua frase pagana: "El gran Pan ha muerto". Y en el siglo I a. C., el historiador griego Plutarco: "Cuando llegues a Palodes encárgate de anunciar que ha muerto el gran dios Pan". Por cierto, el mismo Plutarco contaba esta anécdota en una ocasión en la que se debatía sobre la mortalidad de los dioses.

Philippe era obstinado en sus discusiones. En sus argumentos una y otra vez decía: "Los cristianos y católicos siguen a un hombre-dios que ha muerto y supuestamente resucitado, pero está muerto al fin".

En realidad, consideraba que la muerte era algo injusto para el ser humano, mientras que para Dios era en realidad la justicia de hacerle recordar a las personas el valor de la vida.

Habían sido muchas las reuniones hasta altas horas de la noche, en clubes privados de París, hablando con colegas sobre filósofos y líneas de pensamiento. Philippe se oponía a Heidegger, quien decía que "el verdadero ser sólo es ser cuando reconoce su mortalidad y acepta su muerte. Estar vuelto hacia la muerte. Sólo cuando nos enfrentamos a la muerte es que el hombre deja su existencia y logra su esencia".

Aborrecía eso, en cambio apoyaba al francés Sartre, quien era un duro ateo, algo que Heidegger no había sido. Para Sartre, no había Dios, ni esencia trascendental. Philippe parafraseaba a Sartre, quien decía que "si hubiera Dios, entonces no podríamos ser libres, pero como no existe, el hombre está condenado a ser libre y elegir su propia conducta que lo lleve a la autenticidad o a vivir sin alterar la libertad del otro". Sartre también había proclamado: "mi libertad termina donde comienza la libertad del otro".

A Philippe le desagradaba aquello de que "la muerte es la que se encarga de robar al hombre su mayor tesoro que es la libertad". Odiaba la muerte, y se apoyaba en la enseñanza existencialista atea del filósofo francés que había declarado que "un hombre no es otra cosa que lo que hace de sí mismo".

En aquellos momentos, lo que Philippe estaba cosechando era el haber ido por el camino opuesto al disfrute, al deleite, a la vivencia de cada momento. No era que estuviese mal ser rico, sino que no lo estaba disfrutando. En más de una ocasión Evangelina le había dicho que el dinero sólo cobraba sentido cuando se usaba, de otra forma sólo era un número virtual, un potencial.

El experimentado doctor dijo que en el caso de Philippe debía operar. Necesitaba limpiar su sangre y sus sistemas del alcohol y los sedantes ingeridos. Sus válvulas cardiacas necesitaban bombear más sangre. La sangre real que Philippe tanto veneraba estaba atascada en su corazón y los secuestradores querían frenar su linaje.

Evangelina aprobó lo que el médico decía.

La sala de operaciones estuvo lista en menos de media hora. El doctor colocó sus guantes, su barbijo y una enfermera le entregó el bisturí. Con magistral precisión, el médico cortó y de la incisión comenzó a brotar un hilo de sangre que otra enfermera limpió inmediatamente. Las pulsaciones de Philippe aumentaron. El médico ya veía su corazón abierto y comenzó a trabajar en sus arterias.

* * *

Fuera de su cuerpo, el alma de Philippe Sinclair observó lo que estaba pasando. Se vio a sí mismo, a los médicos, las enfermeras, la camilla, las luces en su rostro. Totalmente lúcido y consciente se encontraba en el extremo opuesto al médico, en el otro rincón de la sala. En paz, observaba con exactitud cómo estaban trabajando sobre sus propios órganos.

Un atisbo de lucidez llegó como un libro que se abre en su conciencia.

"Ése es mi cuerpo", pensó claramente.

"¡Ése soy yo!".

Se produjo un silencio en su interior. Luego de unos instantes su conciencia comprendió.

"Pero, si yo soy el que está tendido en la camilla... ¿Quién es el que está aquí viendo todo eso?".

26

Roma, Italia.
En la actualidad

Ariel Lieberman dormía profundamente sobre la espaciosa cama del hotel.

A su lado, despierto, Diego Reyes había esperado sigilosamente aquel momento. Colocó un poderoso polvo sin sabor en el gin tonic para que Ariel cayera anestesiado. De aquella manera se garantizaba contar con el tiempo para poder investigar su computadora y su teléfono celular.

Al ver que ya estaba inconsciente, se levantó desnudo como un felino que está a punto de lanzarse sobre su presa en la penumbra de la habitación, donde sólo se filtraba un tenue hilo de luz por las ventanas proveniente de la calle. Pisó la alfombra peluda del suelo y caminó lentamente hacia el escritorio. Corrió la silla y se sentó. Se dio vuelta. Abrió la tapa de la computadora y comenzó a desbloquear archivos del portátil de Ariel.

Uno tras otro los guardó en el USB que había sacado de su bolso. Ariel guardaba carpetas con información encriptada, pero Dee era extremadamente habilidoso como hacker. Los archivos se llamaban: "Espionaje cibernético"; "La descendencia hebrea original"; "Lista de contactos en Alemania, Roma, Nueva York e Inglaterra"; "La verdadera razón de la lista de Schindler"; "El nuevo orden mundial"; "Ideología del sionismo". Los apiló rápidamente en su memoria. Luego de media hora pudo tener casi toda la computadora dentro de su archivo; a la mañana siguiente se los enviaría a Rachel Z.

Era un gran logro para él y para su posición dentro de la organización.

Dee miró el atlético cuerpo desnudo de Ariel Lieberman sobre las sábanas. Sabía que estaba traicionando los sentimientos que tenía por él, pero Dee tenía una misión, un ideal espiritual y político que compartía con toda su organización y, por ello, no tenía miedo al saber que arriesgaba su vida y su destino.

27

El tiempo parecía haberse detenido en la habitación donde Adán y Alexia trataban de buscar soluciones.

Alexia miró el crucigrama.

—¿Qué sucederá una vez que podamos resolver el acertijo?

Adán estaba concentrado en estado alfa para tratar de colocar las palabras exactas.

—Hay que resolver esto lo antes posible, no podemos distraernos, nosotros tenemos que prepararnos para la iniciación final.

—Creo que ya lo estamos haciendo, esto no puede ser una coincidencia. Por favor, ¿puedes traerme la vara de cuarzo?

Alexia fue hasta un bolso de cuero y extrajo una especie de vara cilíndrica, de madera, donde tenía incrustado un potente y efectivo cuarzo de cristal blanco de unos diez centímetros en la punta.

Adán tomó la poderosa vara con la mano derecha como si tomase una espada.

Cerró sus ojos sentado sobre la silla. Sintió el poder, el calor, la vibración elevada. La vara de cuarzo en su mano potenciaría al triple la ley de atracción.

Alexia tenía el bolígrafo y el crucigrama.

—Hagámoslo. ¿Cuál es la siguiente?

Alexia leyó con voz suave.

¿Puede no estar presente Dios si está en todos lados?

Adán sonrió.

—Lo que proponen es una utopía.

—¿A qué te refieres? Está más que claro que el Creador está dentro de la obra creada.

—Sí. Pero mucha gente no se ha puesto a pensar que si algo es omnipresente no puede haber, no ha habido ni habrá un espacio-tiempo en el que la presencia suprema no esté. Si estuvo antes y estará para siempre, tiene que estar ahora mismo. Por eso digo que es una utopía creer que uno puede separarse de algo que está en todos lados.

Alexia asintió.

—En ello hacen énfasis todas las religiones, Adán. Quieren religar lo que nunca ha podido separarse. La Fuente está aquí, allá y en todos lados.

—Exacto. Toda la vida del hombre es una pregunta y una búsqueda de Dios. Esta relación con Dios puede ser ignorada, olvidada o removida, pero nunca puede ser eliminada. La persona humana es un ser personal creado por Dios para la relación con Él, sólo en esta relación puede vivir y expresarse, y tiende naturalmente hacia Él. Entre todas las criaturas del mundo visible, en efecto, *homo est Dei capax*.

—¿Traducido?

—El hombre es capaz de Dios.

Alexia le devolvió una sonrisa sutil. Adán tomó aire.

—La gente puede verlo desde muchos ángulos. Por ejemplo, matemáticamente, el ser humano es uno más. Espiritualmente es una parte del todo. Pero geográficamente todos somos Dios. Porque, si la inteligencia creadora está en todos lados inevitablemente tiene que estar también en el lugar donde cada uno se encuentra ahora.

Alexia sonrió. Si la gente comprendiese aquello, inmediatamente, cada individuo declararía en voz alta y poderosa "Yo soy el que yo soy" y se activaría la divinidad, o lo que los científicos llamaban "el gen Dios" en todas las personas.

Adán recordó palabras de Sivananda, un antiguo maestro yogui, quien había dicho "Dios está en todos los hombres, pero no todos los hombres están en Dios, por eso sufren".

—¿Qué palabra escribo Adán?

—Prueba con... PRESENTE.

Alexia negó con la cabeza.

—Es más corta.

—Mmm... Lo más importante de una persona para recordar la presencia divina dentro de sí —razonó Adán—, donde el pasado y el futuro se unen es el momento presente... AHORA.

Alexia sonrió.

—Encaja.

Era curiosa la percepción de aquel acertijo y cómo la realidad dependía del ojo con que lo mirase cada persona, ya que lo que para Evangelina y Philippe era un asunto de vida o muerte, para ellos era casi un juego.

Adán dejó la vara de cuarzo y se sirvió un vaso con agua.

—¿Cuál es la siguiente?

¿El gran pájaro ancestral aún hoy vuela libre y
las cenizas serán las que abrirán los corazones?

Adán activó el conocimiento guardado en su memoria.

—Creo que esta logia, o quienes sean los secuestradores, se refieren al Ave Fénix.

Alexia lo miró a los ojos.

—¿Te refieres al mítico pájaro que muere y renace de sus cenizas?

Adán asintió, intuía por donde venía aquello.

—El simbolismo del Fénix o Phoenix es el propio pájaro místico, que muere y renace en todas las culturas y a lo largo del tiempo. Es una antigua leyenda de un pájaro mágico, radiante y brillante, que vive desde hace varios cientos de años antes de morir estallando en llamas. Posteriormente, renace de sus cenizas, para iniciar una nueva y larga vida, un renacimiento. Tan poderoso es el simbolismo que la imagen todavía se utiliza comúnmente en la cultura popular. La historia oficial la ha degradado, casi como una caricatura de dibujos animados, más que el carácter sagrado que posee sobre todo para las antiguas civilizaciones.

Alexia sonrió.

—La historia oficial es la menos oficial de las historias.

—Así es. El fénix legendario es una gran ave, al igual que un águila o un pavo real. Es de color rojo brillante, violeta y amarillo, ya que se asocia con el sol naciente y el fuego. Cuando es el momento, construye su propia pira funeraria y la enciende con un sólo batir de sus alas. Después de la muerte se eleva gloriosamente de las cenizas y se va volando.

—Un simbolismo poderoso.

—Así es. Según la leyenda, el ave Fénix vivía en el Jardín del Paraíso. Cuando Adán y Eva fueron expulsados o, mejor dicho, cuando perdieron la conciencia divina, de la espada del ángel que los desterró surgió una chispa que prendió el nido del Fénix, haciendo que ardiera el ave. Por ser el único animal que se había negado a probar la fruta del paraíso, se le concedieron varios dones, aunque el más destacado fue el de la inmortalidad a través de la capacidad de renacer de sus cenizas. Cuando le llegaba la hora de morir, hacía un nido de especias, mirra y hierbas aromáticas, ponía un único huevo, que empollaba durante tres días y después ardía. El Fénix se quemaba por completo y, al reducirse a cenizas, resurgía del huevo la misma ave, siempre única y eterna. Esto ocurría cada quinientos años.

Alexia pensó con claridad.

—Una historia demasiado obvia para el que puede verla.

—Sí, Alexia, el ave de la resurrección... ¿Sabes que Phoenix significa "el ave ungida en fuego"?

Ambos se miraron con telepatía.

—El ave ungida en fuego —repitió Adán con lentitud—. Phoenix tiene el mismo significado que la palabra Christos, "el hombre ungido en fuego".

—Como el Maestro...

—Sí. En realidad la historia del ave Fénix viene de los primeros días del hombre y simboliza renovación y resurrección del fuego espiritual. Representó siempre muchos temas, tales como el sol, el tiempo, el imperio, la consagración, la resurrección, la vida en el paraíso celestial. Tanto en las culturas de los antiguos egipcios, árabes y en la mitología griega mencionaron con precisión y poder al "ave de larga vida", que es consumida por las llamas y luego resucita. Desde el montón de cenizas, un nuevo Phoenix se presenta, joven y poderoso. Los antiguos decían que luego de renacer conservaba las cenizas de su predecesor en un huevo y volaba a la ciudad del sol, Heliópolis, donde depositaba el huevo en el altar del sol para que su luz le siguiera dando el poder y la vida.

—Impactante. ¿En cuántas culturas se menciona lo mismo?

—Muchas. Los antiguos griegos la nombraron Phoenix, los egipcios lo llamaban Bennu, los nativos norteamericanos el ave Thunderbird, los rusos lo llamaron el Firebird, en China lo mencionan como el Feng Huáng y los japoneses Ho-o.

—Demasiadas similitudes. La historia que más conocía es la egipcia.

—Es la más popular, los sacerdotes y sabios egipcios mencionaron el Bennu, una garza que era parte de su mito de la creación original del hombre. Dijeron que el Bennu vivía encima de piedras u obeliscos y era adorado junto a Osiris y Ra.

—¿Sobre obeliscos? Entiendo... el poder apoyado sobre el obelisco —Alexia hizo una pausa para pensar y viajar con su memoria por varios sitios del planeta—, tal como los que hay en la plaza de San Pedro en el Vaticano, en Washington, en la plaza de la Concordia en París, en Estambul, en Buenos Aires, Etiopía, en México... La lista es extensa. Demasiado evidente. Aunque la gente los ve sólo como monumentos sin carácter energético ni mágico.

—El auténtico poder mágico del ave Fénix alcanzó su esplendor en Egipto antiguo. Bennu o Phoenix fue visto como un avatar de Osiris, un símbolo viviente de la divinidad. El pájaro solar apareció en amuletos como un símbolo de renacimiento y de inmortalidad, algo que casi todo el mundo busca hasta los días de hoy. El griego Herodoto, quien ha sido uno de los más confiables y prestigiosos historiadores de la humanidad, cuatrocientos años antes de Jesús escribió que los sacerdotes de la antigua Heliópolis describieron que el ave vivía durante quinientos años antes de la construcción y la iluminación de su propia pira funeraria. El avistamiento del ave Fénix era una buena señal que significaba que un líder sabio había ascendido al trono y una nueva era comenzaba o un nuevo iluminado venía a la Tierra. El mítico Fénix se ha incorporado a muchas religiones, lo que significa la vida eterna, la destrucción, la creación y nuevos comienzos.

Adán sabía que el de Herodoto no era el único testimonio escrito, también aparecía en obras de autores como Plinio el Viejo, el escritor Luciano, el retórico Séneca y los poetas Ovidio y Claudio. Incluso en boca de los cristianos Pablo de Tarso, Epifanio o san Ambrosio; hasta el mismo Papa Clemente de Roma lo mencionó en la epístola a los Corintios

Alexia se mostró pensativa. Su mente cobró mayor lucidez.

—¿No te resulta curioso que tantas culturas tuvieran el mismo simbolismo? —hizo una pausa—. Es más que obvio que la religión cristiana lo adoptó en similitud con la del Maestro.

Adán asintió.

—A ese punto quería llegar. Debido a los temas de la muerte y la resurrección, fue adoptado como un símbolo en el cristianismo primitivo, como una analogía de la muerte y resurrección de Cristo. La imagen se convirtió rápidamente en un símbolo popular en las lápidas de los primeros cristianos.

—Si el ave Fénix existió ya con Adán y Eva, el mito del Phoenix es mucho más antiguo que la historia del Maestro.

Adán asintió.

—En los inicios del cristianismo, Constantino y los altos mandatarios de la religión de aquellos tiempos adoptaron todos los mitos posibles para reforzar la historia de Jesús, desde Mitra al ave Phoenix, desde Akhenaton al culto al Sol, desde el dios griego Dionisio al dios hindú Shiva. Durante los primeros años, no fue fácil, hubo muchas muertes, persecuciones y apedreamientos a todo aquel que no se convirtiese al cristianismo. Las orden de Constantino fue imponer la nueva religión a capa y espada. Manipularon la verdadera información y reagruparon las historias antiguas adaptándolas a la vida de Jesús.

—Un tanto siniestro.

—Sí. No fue por conciencia que la gente se convertía, ni por el mensaje del Maestro, sino por miedo.

—A las personas que no han despertado les es más fácil vivir con una creencia impuesta que ponerse a pensar por ellos mismos.

Adán asintió.

—Los despiertos comprenden, Alexia.

—¿Qué palabra crees que será correcta aquí?

Adán sonrió, comenzó a repetir en voz alta como buscando la respuesta.

—Renacimiento... resurrección... ave Fénix, ungida en fuego... hombre-Cristo ungido en fuego...

Alexia observó los cinco casilleros blancos libres, se adelantó:

—FUEGO.

Ella escribió con su estilográfica. Adán intuía por dónde iba aquél extraño asunto.

—Sí, Alexia. Creo que se refieren al fuego espiritual, lo que hace que el hombre tenga su propio renacimiento. La resurrección de la conciencia de las cenizas de la ignorancia.

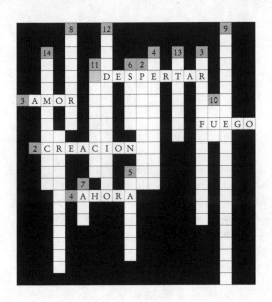

28

Roma, Italia.
En la actualidad

El reloj de pared marcaba las 2:45 de la madrugada.

—Adán, necesitamos recargarnos.

Alexia hizo una pausa y se incorporó de la silla.

—Es mejor que nos acostemos a dormir y por medio del doble realicemos lo que falta en el plano de los sueños.

Adán se estiró un momento. Alexia tenía razón, para el cerebro era de suma importancia dormir por la noche. Sobre todo para reconectarse con el verdadero yo o doble de cada persona que se manifestaba cada noche. Los lamas tibetanos lo hacían desde hacía siglos, algo que ahora un puñado de científicos de mentalidad abierta estaba comenzando a comprender.

Uno de ellos, quizás el mayor difusor de aquella teoría que Adán y Alexia conocían y practicaban hacía tiempo, estaría presente en el simposio para debatir con líderes religiosos y científicos. Se trataba del francés Jean Claude Garder, uno de los más importantes científicos que avalaban la teoría de "el desdoblamiento del tiempo".

La respetada revista *American Institute of Physics* de Nueva York y su comité científico habían validado a Garder publicando un artículo que dio la vuelta al mundo. El francés llamó la atención del mundo científico al explicar que el ser humano tiene dos tiempos diferentes simultáneamente: un segundo en un tiempo consciente y miles de millones de segundos en otro tiempo imperceptible, en el que podemos hacer cosas cuya experiencia pasamos luego al consciente. Y todo eso aunque, durante la vigilia, la persona no lo recuerde. Lo más interesante —había dicho Garder— era que en cada instante presente tenemos un tiempo imperceptible en el cual cada persona fabrica un futuro potencial, lo memoriza y en el tiempo real lo realiza.

El desdoblamiento del tiempo había sido ya probado científicamente (aunque mucha gente no estuviera ni enterada) y la teoría se justificó tanto en la escala de las partículas, como a escala del sistema solar. Garder lo había explicado de manera simple: este fenómeno consiste en que el hombre vive en el tiempo real y en el cuántico, un tiempo imperceptible con varios estados potenciales: memoriza el mejor y se lo transmite al que vive en el tiempo real. Lo que llamaban el "otro yo cuántico", el que se manifestaba en los sueños era quien creaba la realidad que el otro yo experimentaría al despertar. Había un poderoso intercambio de información entre el yo consciente y el yo cuántico que le permitía anticipar al hombre el presente a través de la memoria del futuro.

Garder afirmaba que en la física aquel fenómeno se llamaba hiperincursión y estaba perfectamente demostrado.

Afirmaba además que, en física, se establece la dualidad de la materia. Es decir, una partícula es a la vez corpuscular (cuerpo) y ondulatoria (energía). El ser humano es a la vez cuerpo y energía, capaz de ir a buscar informaciones a velocidades ondulatorias. Y cada persona tenía el potencial cada noche de asimilar esa información a través del sueño; cuando el cuerpo está profundamente dormido y se despliega la máxima actividad cerebral, se da el intercambio de información y conocimientos del mundo superior con el mundo inferior, entre la tercera dimensión y la quinta, entre el cuerpo energético y el cuerpo físico.

Garder enseñaba que el intercambio se realiza a través del agua del cuerpo. Ese intercambio de información permanente crea el instinto de supervivencia y la intuición. Fabricamos potenciales por medio de nuestro pensamiento. La consigna es: "no pienses en hacer a los demás lo que no quisieras que los demás pensaran hacerte a ti". El mismo mandamiento que Jesús había enseñado se estaba comprobando una vez más, ahora no como una ley moral ni filosófica, sino como una ley física.

Alexia se volvió a Adán.

—Tienes razón. Descansemos. Primero vamos a sintonizar el pensamiento.

Alexia comenzó a quitarse la ropa.

Tanto ella como Adán dormían desnudos para que durante ocho horas el magnetismo y la electricidad, los cuerpos se fusionasen en el plano de los sueños. El contacto tibio de la piel bajo las sábanas les generó una cálida corriente de sensualidad y conexión.

Previamente cada uno había colocado un cuarzo blanco debajo de la almohada para activar la glándula pineal durante la noche. Luego tomaron dos pastillas naturales para activar la producción de melatonina.

Luego de varias respiraciones, se cogieron de la mano y justo antes de quedarse dormidos había un minuto, un momento cumbre entre el sueño y la vigilia en el que percibían la presencia de su otro yo para desdoblarse.

Ambos sabían que necesitaban cuidar la vibración elevada de sus cuerpos en base a técnicas de respiración, meditaciones, el uso del sexo como una alquimia para el alma y una nutrición celular inteligente para que sus células vibraran a frecuencias más altas lo que les permitía proyectarse en el porvenir: literalmente ir a ver el futuro, arreglarlo y volver para vivirlo.

Durante aquellas prácticas nocturnas cada iniciado despierto, sin excepción, tenía la capacidad de arreglar el futuro alternativo que eligiese para en la mañana comenzar a vivirlo despierto. Los neófitos ni por asomo comprendían la teoría, pero ellos estaban allí para apoyar en el simposio la difusión de aquel poder al alcance de toda la humanidad.

Se concentraron en lo que necesitaban resolver en aquel crucigrama.

Verticales

¿Cuál fue el auténtico final de Jesús, el Cristo?
¿Puede algo perfecto crear cosas imperfectas?

¿Acaso no os dije: Todos ustedes sois dioses?

Porque a todo el que tiene, más se le dará,
y tendrá en abundancia; pero al que no tiene,
aun lo que tiene se le quitará.

Porque por tus palabras seréis justificado,
y por tus palabras seréis condenado.

La muerte y la vida están en poder de la lengua,
y el que la ama comerá de sus frutos.

Aquellas eran frases fuertes del libro más poderoso de la historia de la humanidad. Un libro que, según algunos investigadores, no estaba completo.

Adán y Alexia se empeñaban en resolver aquel acertijo.

Aun sin saber sobre el poder que tiene por las noches el doble real o alma (sólo intuyéndolo durante generaciones), las personas habían comentado, frente a un problema, que "lo consultan con la almohada", cuando una decisión debía reflexionarse mucho.

En menos de un minuto, Adán y Alexia, desnudos en cuerpo y alma, estaban ya en el mundo real, el mundo que los humanos no iniciados llamaban erróneamente el mundo de los sueños.

París, Francia.
En la actualidad

Philippe Sinclair se debatía entre la vida y la muerte. Evangelina estaba a su lado observando preocupada cómo los médicos estaban ya completando la complicada operación en sus arterias cardiacas. El pitido de las pulsaciones varias veces subió y aceleró su corazón. Su cuerpo anestesiado recibía respiración artificial, necesitaba más oxígeno. El alcohol en su sangre y los somníferos no colaboraban ya que los picos cardiacos subían como un desordenado carrusel.

El experimentado cirujano observaba con la precisión de un águila las arterias en las que estaba trabajando. La vida a corazón abierto le daba una percepción invaluable de la existencia humana. Sabía que todo dependía de que aquel valioso órgano latiera una y otra vez, que el sístole y el diástole repitiesen constantemente el mantra que permitía manifestar la fuerza mágica de la vida.

Sin saberlo, Philippe estaba viviendo la teoría del desdoblamiento en carne propia.

Philippe Sinclair observaba con total claridad el rostro tenso de Evangelina, los médicos y las enfermeras trabajando, el quirófano…

Se preguntó a sí mismo: ¿cuál era el verdadero, el que estaba sobre la camilla o la presencia de su alma que observaba en el otro lado de la habitación?

Quería hablar y no lo escuchaban, gritó con todas sus fuerzas, nadie se movió.

Inmediatamente un sexto sentido le hizo comprender que estaba en otra dimensión, otra realidad. Allí, como si no existiese el tiempo, en ese estado similar al coma, el escéptico Philippe Sinclair sintió un extraño poder, ya que de su interior afloró una nueva y extraña sensación. Captó que tenía varias potencialidades acerca de cómo quería su futuro. Percibió una emoción sublime, la nobleza de la vida, de la fuerza de la Fuente original que estaba como un campo de conciencia por todos lados, permitiéndole libremente escoger la mejor opción para beneficio suyo.

Podía irse o quedarse.

Podía cambiar las cosas.

Podía sentir la fuerza de la vida de su lado.

Por primera vez dejó de estar peleado con la vida, percibió el lado mágico de la existencia.

Inmediatamente pensó en su amada hija Victoria.

Ese amor lo conectó con una sintonía diferente de información. Su antiguo y arcaico patrón de pensamiento que no creía en la existencia del alma o la vida fuera del cuerpo se torcía y aniquilaba como un archivo de computadora que es enviado a la papelera de reciclaje para eliminarse de su sistema mental.

En su mente, Philippe Sinclair veía cómo se eliminaban de su ser los patrones de pensamiento incrédulos a la grandiosidad de la vida, a la continuidad del alma. Sintió en lo profundo de su esencia que siempre continuaría existiendo con o sin cuerpo físico y que su alma, su doble real, no estaba ligada al tiempo ni al espacio.

La nueva realidad que estaba experimentando le hizo viajar a la velocidad de la luz hacia donde se encontraba su hija Victoria.

El obispo Scheffer apenas si había podido pegar un ojo. Era presa de un constante torrente de adrenalina en la sangre. Había regresado sobre las 2:30 de la noche y había dormitado a ratos, completamente vestido, sobre la cama de su casa en el interior del Vaticano.

Eran las cinco en punto de la mañana cuando el oficial Bettega, a bordo de un camión policial, entró al Vaticano. El oficial tenía ya el permiso que había dado el obispo Scheffer para que llevaran el descubrimiento arqueológico a una sala privada dentro de la Santa Sede, contigua a la casa del obispo. El prelado pensaba primero examinar con más detalle y a la luz del día el trascendental hallazgo y comunicarlo de inmediato al Papa y al círculo cardenalicio.

Ser el "elegido" por Dios para descubrir aquel hallazgo crearía, ante los ojos de la iglesia, un impacto de respeto y jerarquía en su persona. Estaba recién tomando conciencia de que tenía ante sí parte del gran tesoro que durante siglos había sido buscado por miles de personas, grupos de inteligencia, arqueólogos, historiadores y cientos de cazarrecompensas.

Los textos sobrevivieron tanto tiempo por el hermetismo de aquellos cofres que lograron protegerlos de la humedad y el moho al que de otro modo habrían sido expuestos. Los ojos del obispo leyeron palabras originales en arameo, en griego antiguo, en hebreo y otros con jeroglíficos egipcios, bordados en las portadas con poderosos y ancestrales símbolos.

"Tienen que ser reales. No puede existir una falsificación tan perfecta".

Ese hallazgo se encontraba en la cúspide de los objetos más buscados del mundo; muy atrás quedaban los tesoros preciados por arqueólogos e historiadores, tales como la tumba de Cleopatra y de Alejandro Magno.

Martin Scheffer sabía muy bien la grandiosidad y el enorme significado que poseían esos libros y lo peligroso que podían resultar para los cimientos de la iglesia.

El obispo y todo el clero sabían que existieron textos que fueron censurados durante los primeros años del cristianismo, tales como los encontrados en el año 1945, cuando tuvo lugar un asombroso descubrimiento en el Alto Egipto, cerca del pueblo de Nag Hammadi. Unos campesinos hallaron por casualidad trece códices de papiro forrados en cuero y enterrados en vasijas de greda selladas, en total más de 1,100 páginas de antiguos manuscritos. Los textos estaban escritos en copto, aunque eran traducciones originales del griego. El hallazgo de Nag Hammadi contenía más Evangelios que únicamente los cuatro canónicos, tales como el de Tomás y el de Felipe, El libro secreto de Juan, El Evangelio de los Egipcios, El tratado de la resurrección, Sobre el origen del mundo, El apocalipsis de Santiago y de Pablo, La exégesis del alma, entre muchos otros.

Al sentir aquel hallazgo en sus manos, el obispo sospechaba que sería incluso más potente que lo encontrado en Nag Hammadi.

"El mensaje original completo de Jesús", pensó, mientras su corazón se aceleraba y su columna experimentó ráfagas de frío y calor.

Había dado instrucciones precisas hacía unas horas al oficial Bettega y los *carabinieri*.

—Moverán los cofres con el más absoluto sigilo, son reliquias históricas muy valiosas. No hablarán de esto con nadie. Deben cargarlos durante la noche y mañana, ni bien esté operando el Vaticano, los traerán al despacho donde les dejaré vía libre para pasar como si fuesen a descargar muebles antiguos.

Puntualmente, el oficial Bettega estaba haciendo lo ordenado. El reloj de su muñeca sobre el camión marcaba las 5.15 am cuando estaba ingresando a poca velocidad con un camión oficial. Pasó los primeros controles y llamó al obispo.

—*Pronto.*

—*Buongiorno*, oficial Bettega. Ejecute la maniobra como hablamos. ¿Ha pasado bien los controles?

—*Tutto perfetto.*

—¿Qué le han preguntado?

—*Niente.* He mostrado la papeleta firmada por usted y abrieron las puertas.

Los ojos del obispo Scheffer brillaron con la chispa de la ambición.

—De acuerdo. Lo espero para la descarga a la vuelta en el despacho.

—*Subito.*

En menos de veinte minutos el obispo se encontraba con los cofres descargados en la habitación privada que había indicado. Era una pequeña sala de austera decoración con un escritorio, una biblioteca y algunos sillones pequeños, donde sólo él y un par de obispos tenían llave. El lugar se utilizaba muy poco, a veces el obispo daba entrevistas cortas a la prensa o recibía a las encargadas de diferentes organizaciones de caridad.

Los dos fuertes *carabinieri* depositaron el último de los grandes cofres y con un movimiento de cabeza el oficial Bettega les pidió que lo esperaran en el camión.

El prelado le puso la mano en el hombro al oficial Bettega, invitándolo a caminar lentamente hacia la ventana, desde donde se veía un jardín prolijamente arreglado. El obispo se detuvo y con un leve movimiento de su otro brazo corrió las largas cortinas blancas que llegaban hasta el suelo. La habitación quedó en penumbras.

—Gracias oficial. Ha hecho un buen trabajo.

El oficial asintió obediente.

—Cumpliremos lo pactado.

El oficial volvió a asentir, expectante.

El obispo Scheffer se dirigió hacia el escritorio y tomó una costosa estilográfica. Sacó una chequera de su bolsillo interior e hizo un cheque por cinco mil euros. Lo firmó con vehemencia y se lo dio en la mano al oficial.

Bettega lo aceptó, miró la cifra y se lo llevó al bolsillo. Era el doble de lo que ganaba en un mes.

—¿Qué haremos con la familia Toscanini?

El obispo pensó.

—Vuelva a la casa y dígales que seguirán buscando a su hijos desaparecidos. Mantengan con sedantes a la mamá. No debe saber por ningún motivo el contenido de los cofres. Ofrézcales ayuda porque no queremos que se nos vayan de la mano, ¿de acuerdo? Ellos necesitan dinero.

El obispo caminó nuevamente hacia el escritorio, hizo otro cheque por dos mil euros.

—Deles a ellos este cheque y que no hablen con nadie. Dígale que en breve los recibiré —hizo una pausa—... No, mejor que los llamaré por teléfono. Estaré muy ocupado estos días.

El oficial Bettega guardó el otro cheque en el bolsillo. Martin Scheffer se le acercó a treinta centímetros de su rostro con expresión de superioridad. Al oficial Bettega la estatura del obispo le resultó intimidante, sus cejas y sus ojos eran los de un lince. Lo miró como si le traspasase el cerebro con un par de balas.

—Oficial, ahora todo tiene que caer en el más absoluto hermetismo, ¿entendido?

—Así será, señor. Tranquilo que puede contar siempre conmigo.

El obispo Scheffer lo examinó como si le hiciera un escáner a su alma, elevó la barbilla y lo observó unos instantes que al oficial le parecieron eternos.

—De acuerdo, ahora márchese. Estaremos en contacto telefónico.

Cuando el oficial se retiró cerrando la puerta tras de sí, el obispo lo acompañó y puso llave, caminó hacia el rincón de la habitación y encendió una lámpara para iluminar la sala.

Su propia sombra se reflejó alargada sobre la pared. Por un momento, al obispo Scheffer le pareció ver la sombra de un demonio.

31

Roma, Italia.
En la actualidad

Apenas había terminado de amanecer y una fina lluvia bañaba la vieja ciudad.

Aquella mañana Isaac Lieberman se preparaba para el desayuno. Se sentía impaciente tras estar sentado poco más de diez minutos en torno a una mesa, aguardando por el camarero sin éxito. Estaba junto a su esposa y su bella sobrina, quien la noche anterior había ejecutado magistralmente el violín en la orquesta; también se les había unido su secretario privado.

En esos momentos llegó su hijo Ariel con su amigo Diego Reyes, que se sumaron a la mesa.

—Buen día —dijo Ariel, sonriente y con alegría en la voz.

Todos le respondieron al unísono.

Ariel vestía una camisa blanca, un costoso reloj, un *jean* negro ajustado y zapatos italianos.

—No te has afeitado.

Ariel sonrió.

—Es la moda padre.

Isaac miró a su esposa, a ninguno de los dos les gustaba verlo así, que para ellos era desaliñado. Ariel apenas llevaba una sombra de barba de dos días lo que para Tom Ford, Dolce & Gabbana o Armani era el estigma de seducción y la elegancia masculina.

Para los ojos del matrimonio de Isaac y Berta Lieberman las preocupaciones eran que Ariel, quien ya había pasado la línea de los treinta y cinco años, tendría que seguir la costumbre judía de conseguir una esposa, casarse y seguir generando descendencia. Para Isaac, su apuesto, valioso e inteligente hijo Ariel, siendo también un hijo más del elegido pueblo hebreo, era quien contenía en sí mismo el secreto de Dios. Isaac afirmaba lo que el maestro de Kabbalah de la familia les enseñaba con ímpetu y también la herencia de conocimientos trasmitida celosamente por sus padres y abuelos.

Isaac Lieberman argumentaba con vehemencia en charlas intelectuales: "Hay dos cosas que el mundo ignora, una es que el secreto de Dios está en el semen de Israel y la otra es que el sacrificio que nuestro pueblo viene haciendo con cada niño por medio de la circuncisión mantiene este mundo con vida".

Para Isaac, el semen heredado generación tras generación los convertía en los legítimos herederos de Abraham, Jacob, Moisés y el rey David.

Por lo tanto, se consideraba un digno y orgulloso representante actual de los primeros habitantes del reino de Judá, quienes serían desde entonces conocidos como judíos, término que luego se amplió hasta abarcar a todos los hijos de Israel, incluidos aquellos que habían emigrado hacia otras regiones. Su hijo Ariel, de pensamiento más ecuménico, en cambio, se consideraba criptojudío. El término criptojudío se utilizaba para describir a descendientes de judíos que todavía —en general en secreto— mantienen algunas costumbres de su religión, mientras también se adhieren a otras, más comúnmente el cristianismo. Pero Isaac y su esposa Berta se sentían miembros descendientes del antiguo reino de Judá que fueron forzados al exilio y cautiverio en Babilonia, fueron leales a Yavéh y obtuvieron luego de los persas el permiso de regresar a su territorio natal, por lo que se aplicaba el término judío tanto al hebreo que retornó como a aquél que permaneció en Mesopotamia.

Isaac Lieberman no sólo consideraba tener una poderosa hermandad con la larga lista de los primeros descendientes, sino también, por supuesto, con la famosa sucesión de destacados hebreos que él admiraba: Albert Einstein, Isaac Newton, Carl Sagan; y le apasionaban en extremo los trabajos de Niels Bohr, el físico ganador del premio Nobel en 1922, por su trabajo sobre la estructura del átomo y la mecánica cuántica.

Berta, menos científica, amaba el arte y a los artistas judíos. Ella y sus amigas adoraban a Charles Chaplin, Woody Allen, Barbra Streisand, Julio Iglesias, Frida Kalho, Steven Spielberg y Roman Polanski, entre otros, todos ellos exitosos miembros de la colectividad. Además, Berta Lieberman se regocijaba mencionando, cada vez que podía, que Marilyn Monroe, una de las mujeres más emblemáticas de la historia del cine, se hubiese convertido al judaísmo en 1956.

En sus argumentaciones, Isaac Lieberman mencionaba la larga lista de personalidades que corroboraban su teoría de pertenecer a una raza más avanzada. En eso era estricto con las ideas religiosas y aplicaba su exhaustivo estudio de la genealogía, las escrituras y la tradición hebraica. Más de una vez, había discutido con líderes cristianos ortodoxos que no estaban de acuerdo con esas creencias y respondían con énfasis diciendo: "reconocemos que Abraham, Moisés y muchos otros han sido, de acuerdo a los registros y escrituras, seres iluminados, a quienes Dios se les manifestó, pero es como si un atleta de raza negra gana una maratón; eso no significa que todos los hombres y mujeres de su raza heredarán por ello las mismas virtudes y premios de ser buenos atletas si no se entrenan".

Lo que los hechos demostraban con rigor era que el pueblo judío, siendo una minoría que abarcaba apenas el 0,2% de la población total mundial (unos quince millones de personas), tenía gran influencia política, religiosa, artística, científica, militar, mística y psicológica en todo el mundo.

Aquella mañana Isaac estaba inquieto y hambriento. Tenía reuniones y bastante prisa. La llegada de su hijo le dio un brinco de alegría al corazón.

Ariel estaba pletórico y sonriente.

—Les presento a mi amigo Diego Reyes, es español y gran artista. Hace maravillas con la fotografía.

Diego estiró la mano a cada uno.

—Encantado de conocerte —replicaron todos, menos Isaac.

Ariel y Diego tomaron asiento.

—¿Qué haces en Roma, Diego?

—Ariel y yo somos grandes amigos. Siempre es bueno verlo y aprovechar para fotografiar la ciudad.

—Le dije a Diego que nos acompañe al simposio como fotógrafo exclusivo. Padre, ¿podrás conseguir una credencial?

Isaac achicó los ojos y giró la cabeza a los lados.

—¿Dónde están los camareros?

Isaac percibía un extraño clima en el hotel, el servicio no era como todas las mañanas. El secretario personal se puso de pie para llamar al servicio.

—Hoy tenemos una agenda intensa, Ariel. Te necesitaré. Tenemos varios *meetings* importantes antes del simposio de mañana.

—De acuerdo padre, cuenta con ello.

Se acercó el camarero con cara de consternación. Dejó tímidamente el periódico sobre la mesa.

—¿Qué van a ordenar?

—Desayuno completo kosher para nosotros cuatro. ¿Y tú Ariel?

—Lo mismo y zumo de naranja natural.

—Para mí también —respondió Diego, tratando de agradar a la familia, aunque hubiera preferido jamón serrano, café y un par de rebanadas de pan con tomate y aceite de oliva.

—¿Qué sucede hoy en el hotel? —preguntó Isaac al camarero.

El camarero italiano, nervioso, se mordió la boca y su fino bigote, al estilo de Charles Chaplin, se achicó.

—¿No se han enterado?

—¿De qué? —se apresuró a responder Isaac.

—Lea el periódico.

Isaac se calzó los lentes de lectura inmediatamente.

Sus ojos no podían dar crédito a lo que veía. Parecía que fuese una broma de mal gusto, un juego para asustar a la gente.

Los titulares eran alarmantes.

"Extrañas desapariciones de niños en varias partes del mundo".

—¿Qué significa esto?

Le pasó inmediatamente el periódico a Ariel. Su secretario personal y Diego se acercaron para verlo detenidamente.

La noticia era oficial. Había fotografías de madres y padres en estado de shock emocional en varias ciudades. Aquella sería una noticia que la humanidad no olvidaría jamás.

—Las agencias periodísticas no cesan de dar la información por todas las cadenas de televisión —agregó nervioso el camarero, al mismo tiempo que se le caía el bolígrafo al suelo.

Todos se miraron con cara de extrema sorpresa.

Isaac fue el primero en pensar con rapidez.

—Vamos a la habitación todos —luego se dirigió a su secretario—: Y tú pide una audiencia general con el equipo. Hasta que no sepamos qué está pasando, las reuniones las haremos en el hotel.

Llama también a los equipos de Nueva York e Israel, quiero un informe urgente.

Al momento sonó el teléfono de Isaac Lieberman.

Se llevó el celular al oído derecho. Su rostro permaneció impávido. Estuvo menos de cuarenta segundos.

Colgó rápidamente.

—Es oficial. Es algo muy extraño, me han confirmado desde Israel que la gente está entrando en pánico. El informe dice que más de cien mil niños y niñas entre siete y catorce años han desaparecido sin dejar rastro.

A las 7:45 en punto, esa nublada y fría mañana, Hans Friedrich y una comitiva de cuatro altos mandatarios y jefes de empresas de telecomunicaciones y fabricantes de adelantos cibernéticos ya estaban en su avión privado, esperando que la bruma se evaporara para poder despegar rumbo a Roma. Todos se dirigían al simposio internacional de tecnología, religiones y avances en el ADN humano. Aquel evento científico-religioso congregaría a la *crême de la crême* en el mundo político, científico, empresarial y religioso. Estaban invitados desde el Papa de la iglesia católica hasta los más galardonados científicos, muchos con el premio Nobel.

La puerta del pequeño avión estaba cerrada cuando se escuchó el pedido del exterior para que las abrieran.

La única azafata personal que habían contratado para aquel viaje era nórdica, de piernas largas y melena rubia. Le preguntó al capitán si podía abrir. Todavía no tenían pista libre. El capitán aprobó.

—¿Qué sucede? —preguntó la azafata por el parlante.

—Es importante —se oyó desde el exterior la voz de uno de los secretarios de Hans al borde de la escalera.

Cuando Hans Friedrich escuchó y miró por la ventanilla le dijo que abriera la puerta. El agitado secretario llevaba más de media docena de periódicos.

—Señor Friedrich, lamento interrumpirles pero es importante que sepan lo que está ocurriendo. Traté de llamarlo por teléfono pero estaba apagado.

—Estamos a punto de despegar, hemos apagado los celulares. ¿Qué sucede? —Hans se incorporó inquieto sobre su asiento.

Los mandatarios recibieron en sus manos los principales periódicos de Berlín. Todos tenían el mismo titular con diferentes palabras.

"Niños desaparecidos, alarma mundial".

—¿Niños secuestrados? ¿De qué se trata esto?

—No lo sabemos señor, el gobierno está investigando.

Hans hizo una pausa para pensar.

Los mandatarios hablaban entre ellos. Uno de los titulares en un periódico de tendencia política de ultraderecha llamó la atención a Hans. Decía: "El regreso de Herodes".

Con la agilidad de un felino hambriento, la mente del poderoso alemán pensó de dónde podía venir aquello.

Era sabido lo que los historiadores y apóstoles habían escrito acerca de lo sucedido en tiempos del nacimiento de Jesús: el rey Herodes el grande temía perder su reino debido al rumor que circulaba en aquellos tiempos de que nacería un rey más grande que todos los reyes juntos y sería el gran líder de la humanidad. Herodes mandó matar sin compasión a todos los niños que se encontraban en Nazareth, Galilea, Jerusalén y ciudades cercanas. Aquella sangrienta masacre había quedado marcada a fuego en los corazones de muchas almas nobles.

Habían pasado más de dos mil años y un extraño fenómeno estaba sucediendo en muchos países. Los reportes de padres descorazonados por no encontrar a sus hijos era conmovedor, sumamente extraño e inquietante.

Sobre todo, porque todos los padres argumentaban que sus hijos no estaban muertos ni secuestrados, sino que, misteriosamente, habían desaparecido de la faz de la Tierra.

33

Ciudad del Vaticano, Roma.
En la actualidad

A las seis en punto de la mañana, como todos los días, el Papa ya se encontraba levantado.

Después de las plegarias y un desayuno ligero, había sido informado sobre la extraña situación mundial. El sumo pontífice convocó una reunión extraordinaria de urgencia, fuera del protocolo del día, para tratar el inexplicable suceso que corría como un reguero de pólvora por todas las redes sociales y canales de noticias del mundo entero.

Debido a que era considerado uno de los intermediarios con Dios (al menos oficialmente dentro de los límites del planeta Tierra), tenía la obligación de hacerse cargo, al menos moralmente, de lo que estaba sucediendo.

Específicamente, tenía que responder a los mil doscientos millones de seguidores de Cristo, apenas 33 por ciento de toda la población mundial, que alcanzaba siete mil quinientos millones de habitantes.

Ese porcentaje, a su vez, se dividía entre 22 por ciento que era católico ortodoxo y 11 por ciento entre evangélicos y protestantes, quienes practicaban lo que llamaban la religión del salvador del mundo.

Los estudiosos de las diferentes religiones habían elaborado un censo de creyentes y lo veían desde una perspectiva gráfica, como si fuese un pastel de religiones, donde se repartían a los fieles: 33 por ciento eran cristianos, seguidos en número por la religión musulmana con 21 por ciento; otro 13 por ciento abrazaba la religión hindú, 6 por ciento sentía el camino de la religión budista, otro 6 por ciento practicaba la religión china, un pequeño porcentaje, uno por ciento, era de religión sikh, otra pequeña minoría era jainista, además de practicantes del zoroastroismo y religiones tribales de África, se sumaba también tres por ciento de la religión animista, otro puñado pequeño lo tenían los mormones, los testigos de Jehová; una pequeña minoría practicaba la religión celta druida, la wicca y otras religiones menores como los seguidores de la cienciología. Finalmente, el judaísmo, una de las religiones más históricas y fuertes del mundo, componía sólo 6 por ciento. Asimismo, dentro del pueblo hebreo a su vez se dividían entre judíos ortodoxos, sefardíes, ashkenazim, kabalistas y mizrajim.

Quedaba pues, espacio sólo para que entre 16 o 18 por ciento de los habitantes de la Tierra se declarara ateo o agnóstico, es decir, los que niegan la existencia de un Dios creador de la vida que los rodeaba día tras día.

Estaba claro que, en un mundo de tantas creencias antagónicas, todas buscaban por diferentes medios llegar a sentir la presencia del único Dios o bien, de los dioses, para las religiones que practicaban el panteísmo. Todas las religiones afirmaban poseer los estrictos derechos de autor para conocer y revelar el secreto de Dios (el misericordioso, el compasivo, el creador del mundo, el amor supremo, el del pueblo elegido) por cualquier medio, ya sea por la vía pacífica o bien, como la historia fehacientemente lo demostraba a través de varios extremistas religiosos, por medios violentos, guerras, o medios inhumanos que incluían torturas, apedreamientos físicos (y psicológicos), hogueras para quemar vivos a los infieles, crucifixiones o bien insultos y palabras hirientes. Pero los tiempos habían pasado y el perdón (o la amnesia) había inundado las mentes y los corazones frente a las masacres (aunque en la actualidad existiesen pequeñas rencillas geográficas e ideológicas y algún que otro bombardeo).

Para los actuales fieles de la iglesia, el carismático Papa era conocido por su carácter amable y cercano al tratar con la gente, así como por su rebeldía para seguir estrictos protocolos. La iglesia se había hecho con un hombre de sonrisa franca, palabras nobles y querido por mucha gente, quien debía dar consuelo y buscar respuestas a un problema de extraña naturaleza.

Más de dos docenas de cardenales y obispos, entre ellos Martin Scheffer, estaban reunidos en torno a una ornamentada sala de reuniones dentro del Vaticano. El Papa vestido con simples oficios blancos y su anillo de plata en su mano derecha, los recibió sonriente.

—Su Santidad, me temo que la situación es delicada como para sonreír —le dijo casi en un susurro el cardenal Fioretti, quien tenía el rostro de un hombre sufrido y de ideas estrictas.

El Papa lo miró con ojos compasivos.

—Nada impide decir la verdad con una sonrisa. En estos momentos, tener una cara de dolor atraerá más dolor. Yo quiero ser una antorcha encendida, no un carbón apagado.

El cardenal inclinó la cabeza con cierto desagrado y se marchó hacia la puerta a terminar de recibir a los congregados.

Se cerró una puerta de más de tres metros para dar comienzo a la reunión. El primero en hablar fue el cardenal Picadenti.

—Su Santidad, hermanos, el informe de la situación es un tanto alarmante. Hay ciento veinte mil niños y adolescentes desaparecidos. Ninguna agencia de investigaciones o policía de ningún gobierno puede dar con alguna pista o paradero. Casi todos los padres afirman lo mismo.

El Papa escuchaba recostado con su mano en la barbilla, sobre un sofá de madera tallada.

El clima era incierto, se respiraba una tensión ante lo inexplicable.

El Papa se inclinó hacia delante y apoyó los codos en la mesa de roble lustrado.

—¿Cuándo exactamente sucedió esto?

—En menos de un día, Su Santidad.

—¿Desaparecidos sin más? ¿No hay ningún rastro de luchas, peleas, muertes?

El cardenal Picadenti negó con la cabeza.

—Necesito salir a la plaza para dar un mensaje al mundo.

—El vocero está haciendo el discurso, Su Santidad.

—De acuerdo. ¿Qué más podemos hacer?

Desde el otro rincón de la mesa el cardenal de raza negra, Pascual Monet, elevó la mano derecha.

—Una cadena de oración siempre será una alianza entre la gente para cultivar la fe, podemos lanzar una campaña especial.

—Oraciones, oraciones… Claro, cardenal Monet. Ayudaremos con la fuerza espiritual, aunque me queda un mal sabor de boca, creo que hay que ir más a fondo con esto. No es posible que la gente desaparezca así como así.

El Papa percibía que aquella situación se debía a fuerzas más allá de la humana.

—¿Qué sugiere el Santo Padre?

—Deberemos activar la investigación a nivel esotérico. Me temo que detrás de todo esto hay fuerzas que no estamos contemplando.

—¿A qué se refiere Su Santidad? —preguntó Fioretti.

El obispo Scheffer se anticipó y alzó la mano.

—Con todo respeto, Su Santidad, quisiera hacer una declaración.

Todos los cardenales, el Papa y algunos obispos dirigieron la atención hacia Martin Scheffer.

—Hable.

El obispo Scheffer se puso de pie.

—Hermanos, anoche me llamaron con extrema urgencia por un asunto de carácter esotérico que tuve que ir a investigar a la medianoche.

Las miradas se agudizaron.

—Continúe.

—He ido a una casa, ubicada en la zona arqueológica de la antigua Roma, un oficial de los *carabinieri* me llamó y pude comprobar, en el seno de una familia de estrictos principios católicos, que habían hallado un material histórico en el sótano de la casa.

—¿Un material histórico? —preguntó el cardenal Monet.

—Sí. Un hallazgo sin precedentes. Encontraron cofres de la antigua alianza, donde se depositaron textos originales de los años más cercanos a Nuestro Señor, que se salvaron de la quema y la destrucción de la biblioteca de Alejandría.

El Papa hizo una mueca de sorpresa.

El obispo Scheffer inclinó levemente la cabeza hacia delante.

—Este hallazgo está ahora en nuestro poder.

La cúpula de investigación ultrasecreta dentro de la iglesia sabía que los manuscritos que habían sido hallados en Nag Hammadi en 1945 y que fueron comprados por la Fundación Carl Jung en Suiza (aunque actualmente se encontraban en el museo copto de Egipto) estaban datados entre los años 120-150 d. C. En el año 180 d. C., Ireneo de Lyon declaró que los herejes se jactaban de poseer más evangelios de los que realmente existían. Las investigaciones revelaban que la antigüedad del encontrado Evangelio de Tomás se remontaba hasta el año 140 d. C.

Era sabido en el seno clerical que hacia la mitad de siglo II de la era cristiana, muchos textos fueron denunciados como heréticos.

Entre ellos estaban los encontrados en Nag Hammadi, palabra que coincidentemente en árabe significa "pueblo de alabanza". Se supo que en estos primeros tiempos del cristianismo muchos seguidores de Cristo fueron denunciados y condenados por otros cristianos que los consideraban herejes, pero los que seguían su doctrina no se consideraban a sí mismos como herejes, sino todo lo contrario, auténticos fieles de las palabras y enseñanzas completas de Jesús. Los manuscritos fueron traducidos y en la actualidad estaban a la venta pública como libros; muchos fieles adoctrinados y temerosos no investigaban la realidad de los textos, ya que pensaban que era más fácil seguir apegados a creencias ya seguras que abrir nuevas investigaciones que podían resultar un detonante que hiciera añicos sus años de creencias.

—¿En dónde se encuentra eso?

—Está a salvo, Santo Padre.

—¿A salvo, dónde?

—Esta madrugada he ordenado que me trajeran los cofres a un lugar seguro dentro del Vaticano.

El Papa comenzó a inquietarse.

—Obispo Scheffer ¿usted cree que puede haber alguna relación entre estos hallazgos y la desaparición de las personas?

El Papa hizo silencio. Trató de recordar escrituras.

—No lo sé, Su Santidad, pero... hay algo más.

—¿Algo más?

El obispo Scheffer aprovechó la confusión para ganar poder.

—En el sótano de la casa donde se produjo el descubrimiento también ha sucedido algo extraño.

—Explíquese, obispo Scheffer.

Los cardenales lo miraron preocupados. La situación era cada vez más delicada.

—En el seno de esta familia había tres niños, Giovanni, Marcos y Lucas, que también han desaparecido misteriosamente.

Un incómodo murmullo similar a un enjambre de abejas circuló por toda la sala, los cardenales comenzaron a hablar en voz alta entre ellos, un tanto atemorizados por lo que el obispo había dicho.

El Papa se puso de pie.

—¿Los niños llevan los nombres de los evangelistas?

El obispo asintió.

—Me temo que sí.

Se hizo un silencio frío.

—Además el padre de los niños, Su Santidad—añadió el obispo Scheffer...

—¿Qué sucede con el padre? Imagino que estará con gran dolor en el corazón.

—Muy nervioso, pero además, como si todo esto no fuese extraño, el nombre del padre es Mateo.

"El cuarto apóstol que escribió los Evangelios".

El cardenal Fioretti tomó la palabra.

—Estamos frente a una situación que puede provocar el pánico mundial. Debemos ser muy cautos. Esta noticia de los tres niños no puede salir a la luz como tampoco el hallazgo de los textos encontrados. Debemos ganar tiempo y pensar.

—Voy a dar un comunicado de esperanza en el balcón a los fieles y al mundo entero y, al finalizar la reunión, quiero ver personalmente lo que ha encontrado.

El obispo Scheffer asintió.

—De acuerdo, Su Santidad. Dejaré el histórico hallazgo en sus manos.

Al Papa no le cabía duda que aquello era un estigma que portaba señales de algo más bizarro que un secuestro o un plan de muertes colectivas. De hecho, el Santo Padre recibió hacía poco tiempo los estudios estadísticos actualizados, que indicaban que alrededor del mundo estaban muriendo aproximadamente 154,000 personas cada día y naciendo diariamente unos 367,000 nuevos niños.

Si bien aquello no era noticia porque se trataba de algo natural, ahora el Papa sabía que la situación era delicada porque no se trataba de muertes sino de misteriosas desapariciones.

Era casi como si una maldición se destapase o una balanza comenzase a inclinarse hacia otro lado.

34

Roma, Italia.
En la actualidad

M uy temprano, casi al mismo tiempo, Adán y Alexia en la cama de su hotel sintieron que comenzaba el nuevo día. Adán se estiró para acariciarla y besar su cuello. Entrelazaron los cuerpos y se abrazaron. Para ambos, amanecer juntos era el mayor de los placeres terrenales.

—Amor, creo que tengo la información.

—Dame un minuto. Ya me preparo.

Alexia fue hacia el baño. Adán se quedó pensativo para recordar lo vivido mientras observaba con admiración la estilizada figura de su amada. No sólo era una mujer elevada, inteligente y poderosa sino que poseía belleza, sensualidad y magnetismo irresistible.

Luego de unos minutos ambos habían ido al lavabo y estaban sentados sobre la cama. Alexia cogió el bolígrafo y el crucigrama.

—Vamos con la primera. Hoy tenemos un día intenso.

Tenían agenda de reuniones con varios de los asistentes al simposio.

Verticales
¿Cuál fue el auténtico final de Jesús, el Cristo?

—El maestro superó su iniciación final que era el poder de volver a la vida en cuerpo físico, la resurrección, la prueba más avanzada en la Tierra para un iniciado.

—Resurrección no encaja en el crucigrama.

Adán hizo silencio. Todavía tenía la información fresca en su cerebro luego de haber soñado las respuestas.

—Claro. Todo el mundo cree que resucitó y ascendió a los cielos. La mayoría de las personas sigue adorando un crucifijo siendo que el Maestro ha vencido ese elemento de tortura. Lo deberían ver iluminado, no crucificado.

—¿Entonces?

Adán hizo una leve sonrisa. Los secuestradores sabían más de lo que pensaba.

—Prueba con CRUZ Y FICCIÓN.

Alexia lo miró con asombro.

—Crucifixión querrás decir.

Adán negó con la cabeza.

Alexia escribió en el crucigrama y le devolvió la mirada cómplice. Ambos sabían que Jesús había superado la prueba maestra y que la ficción posterior inventada por la historia manipulada hacía de su imagen un estigma de dolor y no de gloria. Era como si un atleta fuese recordado por una caída o un golpe y no por haber ganado la carrera y celebrado en el podio.

—Muchas cosas se han ocultado en la historia, Alexia, como años más tarde la crucifixión de Pedro.

—¿Por qué causa el apóstol Pedro fue crucificado? Según tengo entendido, lo hicieron de manera invertida.

—La causa fue que Pedro habló públicamente de mantener el celibato como camino espiritual. Muchas mujeres se adhirieron a esas enseñanzas y comenzaron a ser fieles a esas prácticas. Cuando los altos jerarcas del imperio romano vieron que sus mujeres querían seguir un modelo de celibato para llegar a Dios, se enojaron con Pedro. Muchos de los escribas y hombres con poder tenían más de tres o cuatro amantes, y se vieron de repente sin sexo. Eso los enfureció con él y eso llevó a Pedro a la cruz, no el hablar de Jesús. De hecho, esos textos ya se encontraron.

—¿Te refieres a los textos encontrados en la biblioteca de Mar Saba?

—Exacto. La famosa carta de Clemente de Alejandría a Teodoro, en el siglo III, donde le dice textualmente: "Marcos redactó un evangelio más espiritual con fines de perfeccionamiento de sabiduría, está celosamente guardado y sólo pueden acceder a él lectores iniciados en los grandes misterios".

—Tengo conocimiento de eso, pero la gran mayoría de las personas lo ignora. Se refiere al llamado Evangelio secreto de san Marcos, en el que el apóstol, luego de la crucifixión de Pedro, se dedicó a escribir lo que Pedro promulgaba, una doctrina heredada de las enseñanzas secretas de Jesús sobre ciertos ritos sexuales y qué hacer con el gran poder de la energía sexual.

Adán asintió.

—Hay un san Marcos tradicional y un san Marcos secreto, reservado para iniciados.

—Si no me equivoco los gnósticos cristianos creen en eso.

—Eso es verdad, el mismo Maestro brindó una enseñanza secreta para los místicos más profundos. Allí radica el gran punto central de casi todas las religiones, qué hacer con la energía sexual. Pero nunca hubo un equilibrio que agrupase la ideología. Hay que tener en cuenta que en los primeros tiempos muchas personas tenían predilección por uno u otro apóstol, no fue algo tan organizado. Esos años, y durante casi trescientos después de Jesús, el cristianismo tuvo disputas y contiendas entre muchos frentes internos, diferentes ideologías, sectas, luchas de poder y al final se impuso quien triunfó mediante la fuerza, no fue por consenso.

—Muchos misterios y cambios en la historia a conveniencia del poder establecido.

—Así es Alexia. Lo mismo pasó con Judas, la tradición lo hizo ver ahorcado por traicionar a Jesús. La versión desconocida promulga que Judas habría sido el discípulo más cercano de Jesús, a quien el Maestro le reveló enseñanzas esotéricas más profundas; y, al ver esa proximidad, muchos sintieron celos y mandaron ahorcarlo, debido al poder que podría tener entre los apóstoles. Incluso se cree que Judas habría sido el primero que captó que el Cristo no era una persona, sino un estado de conciencia, una condición de ser, la condición que Jesús, el hombre mortal, alcanzó como nirvana inmortal, el Reino dentro de sí mismo, que cada hombre necesitaba descubrir como meta máxima de su existencia. Para ello, necesitaba vencer a sus propios demonios, miedos y pruebas con el fin de alcanzar el estado crístico dentro de sí mismo.

—Eso cambia completamente la historia de Judas. No habría sido un suicidio sino un asesinato por envidias y celos.

Alexia hizo una pausa.

—Cada persona siempre tendrá que sacar sus propias conclusiones.

—Así es. Usando la investigación podríamos dilucidar la verdad de las cosas, pero la mayoría podría optar por creencias ciegas más cómodas que abrir el cofre de nuevos hallazgos —Adán pasó su mano por el cabello—. Mejor avancemos, ¿cuál es la siguiente?

¿Puede algo perfecto crear cosas imperfectas?

—Evidentemente, de una fábrica perfecta tienen que salir productos perfectos. Si el Creador es perfecto, la obra también tiene que ser perfecta, porque si alguien dice que el ser humano es imperfecto, por ende, está bajando de categoría al creador. Si es omnipresente, omnisciente y omnipotente no puede haber espacio ni obra que no sea perfecta. Poca gente comprende que la perfección necesita los errores humanos para evolucionar, para perfeccionarse, para volcarse más a la perfección divina. Ése es el objetivo de las pruebas e iniciaciones, el regreso a la perfección original. La perfección es algo cambiante, no es algo rígido, estático. En el universo todo se mueve y vibra, cambia y perfecciona. Así somos, cambiantes y perfectos. Cada vez que una lección no es superada, cada ser humano aprende y toma conciencia de sí mismo, lo cual lo coloca en un nuevo y más elevado estado de conciencia. El truco es no cometer dos veces el mismo error porque eso ralentiza la evolución. Lo más importante también es saber que el Creador ha fabricado también al oponente, al ángel caído con su ejército de fuerzas antagónicas, que tienen una misión: poner las pruebas, las cosas difíciles a las personas para que cada uno pueda vencerlo y así regresar al Padre. Venciendo al oponente es como cada ser humano puede obtener la victoria. El oponente es necesario, en realidad el oponente, al ser creado por el principio divino, está trabajando para Dios. Ningún equipo de futbol puede ganar el juego si no tiene un rival enfrente. El rival ofrece la victoria y así se produce el regreso del alma a Dios, la iniciación final.

Alexia sonrió.

—La mismas pruebas que también Jesús tuvo que pasar en el desierto para vencer al oponente. Así enseñó: "sean ustedes perfectos, como su Padre que está en los cielos es perfecto".

Adán asintió.

—Más que claro. Cuando Dios quiere hacer algo maravilloso comienza con una dificultad.

—Ya la sabes, por las dificultades, el iniciado vence al oponente y logra la meta.

Alexia probó por sí misma.

—PERFECCIÓN.

Sonrió después de escribirla.

—Encaja perfecta —dijo con expresión radiante—. ¿Pedimos el desayuno?

—Terminemos con esto, meditamos y bajamos al restaurante.

—De acuerdo.

Alexia leyó en voz alta.

¿Acaso no os dije: Todos ustedes sois dioses?

—Ésta es una de las afirmaciones de Jesús más poderosas. Además de decir que "éstas y otras cosas podéis hacer, incluso más potentes que las mías, si tenéis un poco de fe", en el evangelio de Juan 10:34 leemos la frase que afirma que todo ser humano lleva la divinidad dentro y es parte de Dios mismo. Por lo tanto, el trabajo de cada persona es transformarse durante el viaje temporal, de seres humanos a dioses. Por este cambio radical en el planeta es por lo que hemos regresado y trabajamos, un mundo de dioses vivientes, de seres que evolucionan sintonizando su alma con el alma de todas las cosas. Obviamente que si el creador está en todos lados y es el Todo, ninguna parte puede dejar de pertenecer al Todo. En un universo donde Dios está, ninguna parte puede dejar de ser Dios. Todo aquel que sueñe un mundo mejor debe tener en mente que tal como el hombre está viviendo será difícil un cambio; el verdadero cambio es cuando la conciencia pasa a operar como un ser iluminado y no como un ser que se siente dividido, lleno de problemas, ira, celos y conflictos.

—Ése es parte de nuestro trabajo. Prueba con DIVINIDAD —dijo observando el crucigrama.

Alexia negó con la cabeza.

—Es más larga.

Ambos hicieron silencio para pensar.

—El viaje del cambio de seres humanos a dioses es mediante una TRANSFORMACIÓN.

Alexia sonrió nuevamente.

—Ya casi lo tenemos.

Leyó en voz alta:

Porque a todo el que tiene, más se le dará,
y tendrá en abundancia; pero al que no tiene,
aun lo que tiene se le quitará.

—Así es, el universo no es avaro, es pura abundancia. Una persona atrae lo que emite. Si hay pensamientos de carencia vendrá carencia, de esta manera, desconociendo las leyes universales, y viviendo en la ignorancia, muchas personas culpan a la vida, a un dios o a la mala suerte por no saber pensar con abundancia ni sentir que todo está disponible para todo el mundo si se sintoniza el propio corazón con el corazón de la Fuente. Para cosechar abundancia en la vida personal hay que sembrar pensamientos, sentimientos y emociones abundantes de luz y positivismo. Pudiendo elegir libremente nadie debería pensar con negatividad. Para que funcione y se produzca la abundancia, todo ser humano tiene que salir del estado de victimismo o persecución. Es como volver a ser un niño. Creo que es clave para todos comprender que el cambio de la carencia a la abundancia se hace primero en el… ¿PENSAMIENTO?

Alexia bajó la mirada al crucigrama.

—Es correcta. Aunque es curioso porque SENTIMIENTO también sería válida.

Ambos sonrieron.

En ese momento sonó el teléfono de la habitación.

Alexia le dejó en la mano el papel a Adán y cogió el auricular.

—Señora Vangelis —dijo el recepcionista—, alguien pregunta por ustedes dos.

—¿Quién es?

—Dice venir de parte de Evangelina Calvet desde Francia y trae algo para ambos.

Alexia pensó un instante.

—En un momento bajamos. Dígale que nos espere en el *lobby*.

Alexia colgó el teléfono y se volteó hacia Adán que seguía concentrado en la próxima palabra del crucigrama.

—Nos buscan. Es alguien que viene de París.

Adán leyó para sí mismo.

Porque por tus palabras seréis justificado,
y por tus palabras seréis condenado.

La muerte y la vida están en poder de la lengua,
y el que la ama comerá de sus frutos.

—¿Qué quieres hacer primero?

—Bajemos y luego seguimos con estas dos que faltan.

—De acuerdo. Tenemos que enfocarnos en la misión.

Ambos se miraron a los ojos.

Tenían luz, brillo, confianza, poder. Aquel día era clave para el trabajo que se habían comprometido a hacer.

Adán Roussos y Alexia Vangelis tenían que reunirse aquella mañana con alguien vital para un cambio rotundo en el curso de la humanidad.

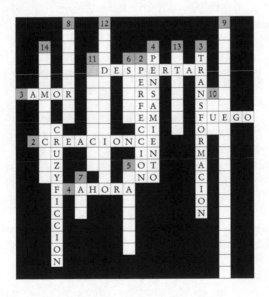

35

Ciudad del Vaticano, Roma.
En la actualidad

El Papa caminaba a paso veloz seguido por el obispo Scheffer y una comitiva de siete expertos en dataciones históricas y arqueológicas. Había dado órdenes estrictas de que prepararan el discurso que daría en menos de dos horas para brindar a todo el mundo un mensaje de tranquilidad frente a la desaparición en masa de los niños.

Caminaron por un largo pasillo que devolvía el eco ligero de los zapatos como una caballería del medievo. El obispo abrió una puerta de más de tres metros de alto, siguiendo por el lado derecho bajaron unas escaleras en caracol. El Santo Padre necesitó un poco de ayuda para el descenso, su corazón se aceleró. Finalmente se encontraban frente a otra puerta más simple y menos ornamentada de la cual el obispo Scheffer tenía la llave. La introdujo en la cerradura y abrió las puertas donde estaba el hallazgo.

Dos personas usaban lentes de avanzada tecnología, guantes en las manos, dos computadoras portátiles, sólo iluminados por una luz tenue sobre uno de los cofres.

El Papa sabía quiénes eran.

—Me anticipé a llamarlos Su Santidad para ganar tiempo.

Scheffer se refería a los dos expertos que el Vaticano utilizaba para datar cronológicamente cualquier hallazgo antiguo.

—Ya veo obispo Scheffer, usted no da puntada sin hilo.

El obispo sonrió levemente e inclinó la cabeza en señal de sumisión.

—¿Y bien? —les preguntó el Papa a los expertos.

Uno de los hombres de nacionalidad francesa que tenía unos pequeños ojos grises y un bigote muy fino sobre unos labios casi imperceptibles levantó la vista. Cuando fue a besar la mano del Papa, éste la retiró.

—Por favor, olvidemos los formalismos, estamos en una situación de emergencia.

El francés dejó el lente de aumento sobre una pequeña mesa.

—Hemos revisado todos los manuscritos y datan de aproximadamente 120 años después de Cristo.

Se produjo un silencio frío.

"¡Dios mío!", pensó el Papa.

Él sabía la gravedad de descubrir algo comprometedor de aquellos tiempos.

—Son textos de un valor histórico incalculable —prosiguió diciendo el experto francés—. Por ejemplo, aquí pude descifrar la primera línea, desde allí quedé asombrado.

Los textos estaban en varias lenguas, arameo, egipcio y griego.

—Acérquese por aquí Su Santidad.

El francés cedió la silla al Papa, quien se colocó los lentes de avanzada tecnología. Los otros expertos se agruparon detrás.

El Papa leyó en voz alta:

—Éstos son los dichos secretos que pronunció Jesús el Viviente y que el mellizo Judas Tomás puso por escrito. El hermano gemelo de Jesús, da testimonio de las crónicas auténticas de las palabras de Jesús, el Cristo.

Al Papa comenzaron a sudarle las manos, el corazón se le aceleró y una gran emoción embargó su alma.

"El evangelio secreto de Dios".

El Papa sabía que existían investigaciones extraoficiales, obviamente negadas por la iglesia, sobre la vida completa de Jesús. Afirmaban que había tenido varios hermanos, que María Magdalena era su compañera y mujer y que entre los trece y los veintinueve años estuvo en la India y el Tíbet estudiando con maestros orientales, aprendiendo técnicas de curación, levitación, milagros y manejo avanzado de la energía. Incluso había varios ex obispos y clérigos disidentes que habían abandonado el seno de la iglesia para abocarse a estas investigaciones; revelaban información para que todo aquel que buscase más allá de las narices de las creencias impuestas a rajatabla, pudiera tener el oxígeno del conocimiento ancestral que había sido ocultado.

El obispo Scheffer observó con detenimiento.

—Yo afirmaría que son originales textos gnósticos.

—Lo son —afirmó el investigador francés.

El Papa estaba visiblemente emocionado.

—No deberíamos preocuparnos demasiado —dijo el obispo Scheffer—, ya sabemos que los textos religiosos gnósticos proponen interpretaciones diferentes a los oficiados en su tiempo, y la iglesia siempre los ha declarado heréticos, negando su validez.

—Esos tiempos han pasado, obispo Scheffer, ahora no podemos actuar de la misma manera, despertaría mucha polémica.

—¿Qué propone Su Santidad?

El Papa se quedó pensativo.

—Creo que lo mejor es que ahora tengamos esto oculto — añadió uno de los cardenales de la comitiva—. Debemos resolver el tema de los niños desaparecidos y guardar celosamente estos cofres.

El Papa intuía que algo relacionaba el hallazgo de los textos con la desaparición de los niños. No podía ser una mera casualidad. El Papa sabía que todo lo que uno sembraba, lo terminaba cosechando. Los tiempos del Apocalipsis, del griego *Apok*álypsis, que significaba "tiempo de revelaciones", "quitar el velo" y, justamente estaba escrito en la Biblia en el apartado "Revelaciones".

"¿Quería Dios revelar la cara no conocida de la vida de Jesús?", se preguntó el Papa mentalmente. ¿Qué repercusiones podría tener eso en la mente de los fieles que siguieron por generaciones a rajatabla una doctrina incompleta? ¿O reactivaría una nueva fe en la enseñanza de un Jesús más esotérico, más humano, menos sufrido?

—Necesitamos tiempo para organizarnos.

"Llevamos más de 2,000 años organizándonos", pensó el obispo Scheffer.

—Las palabras de Jesús siempre serán victoriosas —dijo el Papa sin dejar de mirar los cofres.

—¿A qué se refiere? —preguntó el obispo Scheffer.

El Papa cerró los ojos antes de hablar elevando la mano derecha como si quisiera bendecir las palabras que pronunciaría.

—Entonces Jesús les dijo a sus discípulos: "Cuídense de la levadura de los fariseos, es decir, de la hipocresía. Porque no hay nada oculto que no llegue a descubrirse, ni nada secreto que no llegue a conocerse. Por eso, todo lo que ustedes hayan dicho en la oscuridad, se dirá a plena luz, y lo que hayan dicho en voz baja y en privado, se proclamará desde las azoteas".

—Hermosa cita en Lucas 12 —se apresuró a responder el obispo.

—Así es, obispo Scheffer. Y como vemos, estamos frente a una disyuntiva, ¿ocultar o revelar?

El Papa caminó lentamente rodeando los cofres. Los miraba tratando de ver con un ojo más allá del tiempo qué había sucedido realmente en aquellos años. Él era un hombre que estaba haciendo cosas que eran agradables a los ojos de gran parte del mundo. Salía por la noche y alimentaba a personas sin techo, huía de usar ornamentos demasiado costosos, estaba casi permanentemente riendo, era cercano a la gente, estaba en contra del sistema económico que favorecía sólo a unos pocos, se tomaba fotografías, aceptaba a los homosexuales, recibía personas con grandes enfermedades, besaba los pies de los discípulos y muchas otras cosas.

Sería muy dificultoso para él negar o mantener en el olvido aquellos textos que parecía fuesen originales.

Todo el mundo dentro del Vaticano sabía que, a partir de la conversión de Constantino al cristianismo, la mera posesión de un libro herético se consideraba delito y los ejemplares encontrados se destruían. Por ello, en aquellos tiempos, los libros de Nag Hammadi se apartaron de la circulación y fueron escondidos por los seguidores del movimiento gnóstico y esenio en las vasijas de barro en las que fueron hallados en 1945.

El movimiento de los gnósticos se diferenciaba de la iglesia tradicional de aquellos años en enfocar las cosas religiosas o divinas como un conocimiento interior y secreto, transmitido por la tradición y por la iniciación, no por la mera creencia. Había que tener la experiencia directa de hacerse uno con el Padre. Los gnósticos ahondaban en el sentido esotérico de las enseñanzas de Jesús. Los textos gnósticos nunca fueron aceptados como evangelios canónicos sino apócrifos, pues presentaban una narración de la vida completa de Jesús, con revelaciones secretas que supuestamente hizo a sus discípulos.

Esto fue así desde los tiempos de Constantino o del inquisidor llamado Ireneo, obispo de Lyon, a quien la iglesia convirtió en san Irineo, ferviente luchador contra lo que él llamaba herejes, a los que mandaba matar a diestra y siniestra. Las luchas entre los gnósticos e Irineo que representaba a los llamados ortodoxos o iglesia primitiva se caracterizaron por guerras, persecuciones, muertes y una secreta polémica. Unos a otros se acusaron de ser la falsa iglesia de Cristo. Las diferencias entre ambos grupos se fueron haciendo cada vez más evidentes. Mientras que para los ortodoxos bastaba cumplir ciertos requisitos para formar parte de la iglesia, como confesar el credo, aceptar el ritual del bautismo, participar en el culto y obedecer al clero, para los gnósticos era bien diferente. Exigían pruebas de madurez espiritual y superar iniciaciones tal como, decían ellos, había hecho el mismo Jesús para demostrar que se pertenecía a la iglesia de Cristo o iglesia verdadera. Quedaba demostrado a través del tiempo que el vencedor de aquellas guerras escribió la historia intelectual a su antojo. Hubiese sido suficiente con que cualquier Papa y la iglesia aceptara los manuscritos como legítimos para que la población los leyera y aceptara. En cambio, al ser negados oficialmente por las autoridades, los fieles hacían oídos sordos a sus páginas.

El Papa se puso de pie. Su rostro estaba pálido. Había tomado una decisión, al menos temporal.

—Señores, por ahora nadie puede ver esto. Ni siquiera más personas dentro del Vaticano, sólo quienes estamos aquí debemos saberlo —el Papa contó mentalmente. Eran siete asistentes, el obispo, él mismo, su secretario personal y los expertos franceses. En total doce.

Caminó unos pasos hacia el centro y les hizo una seña para que se acercasen. Se colocaron en torno a los cofres que quedaron en el centro del círculo.

—Debemos hacer un pacto. Quiero su palabra de honor de que jamás hablarán de esto con nadie. Debo estudiar la situación con extrema cautela, prever las consecuencias que podría tener. Por ahora, somos doce elegidos para conocer estas sagradas escrituras.

Todos se miraron entre sí y asintieron levemente con la cabeza, luego los clérigos se cogieron de las manos; algunos las tenían sudorosas y frías.

El Papa tenía los ojos llenos de lágrimas.

36
Ciudad del Vaticano, Roma.
En la actualidad

L uego de enterarse de la noticia mundial, Isaac Lieberman había subido rápidamente a la habitación y quiso hablar en privado con su hijo Ariel, su heredero. Su mujer, su sobrina, su asistente y Diego Reyes se quedaron en la otra sala.

—Siéntate, hijo.

Ariel dejó su teléfono sobre la mesa de la lujosa habitación y se sentó.

Isaac cerró la puerta y las cortinas y encendió dos de las lámparas a los costados de los sofás de cuero.

—Esta sorpresiva noticia, hijo, me huele mal. No creo que sea de grupos fundamentalistas o fanáticos, creo que viene de más arriba. Algo está pasando en otro nivel, en otras dimensiones. Ya sabes que nuestro maestro dice que nosotros los kabalistas creemos que el arco iris es un antiguo decreto de Dios, quien luego del diluvio de Noé juró no volver a destruir el mundo. El mérito de nuestro pueblo sagrado es que los niños pequeños estudian la Torá, que es un código profético que escapa al tiempo, que tiene un código secreto y contiene una sucesión de fuerzas. Los niños somos los kabalistas que estudian el Zohar. Todos nosotros.

Isaac intuía que los niños desaparecidos eran un símbolo que los kabalistas tenían que resolver.

Kabbalah provenía del hebreo *qabbalah*, 'recibir', y era una disciplina y escuela de pensamiento esotérico relacionada de manera directa con el judaísmo, concretamente con la instrucción directa que recibió Moisés en el monte Sinaí. La Kabbalah utilizaba varios métodos para analizar sentidos recónditos de la *Torah* , el texto sagrado de los judíos, al que los cristianos denominan Pentateuco, compuesto por los primeros cinco libros de la Biblia. La Kabbalah o Cábala había surgido hacia finales del siglo XII, en el sur de Francia y España, durante el renacimiento místico judío en la Palestina otomana.

—Ariel, creo que los patriarcas están poniendo las cosas en orden.

—¿Qué quieres decir?

Isaac caminó hacia la caja de seguridad de la habitación, colocó la combinación de cuatro números (1111) y extrajo un sobre.

—Esta mañana recibí este sobre cerrado y lacrado.

Ariel lo abrió, extrajo una carta.

Isaac Lieberman, tal como tus ancestros buscaron despertar el secreto de Dios, ahora tienes en tus manos la oportunidad de compartir tu hallazgo.

Tienes cuarenta y ocho horas para revelar la patente de tu descubrimiento abiertamente ante el mundo. De lo contrario tu hijo Ariel pagará las consecuencias.

Ariel estaba sorprendido.

—¿Qué significa esto, padre?

—Una amenaza, ya ves.

—¿De quiénes? ¿Y qué significan las letras hebreas en ese mandala de poder?

Isaac se sirvió un vaso con agua mineral con hielo.

—Verás. Ya conoces que nuestras compañías de tecnología están a la vanguardia de la informática y otras áreas. Tenemos en un puño al mundo. Supongo que es un chantaje para quedarse con mi patente.

—Padre, no podemos ponernos en riesgo. ¿De qué clase de descubrimiento están hablando? ¿Por qué no me contaste nada?

—Es hermético, hijo, porque todavía no ha sido aprobado por la jerarquía de nuestra colectividad. Verás, se trata de compartir con nuestro pueblo elegido la posibilidad de que nuestro cerebro reciba las sagradas letras hebreas para sentir el estado del Edén perdido en el tiempo presente. Eso hará que tomemos definitivamente la supremacía religiosa absoluta. Imagínalo, personas que pueden comunicarse con el todopoderoso en su propio cerebro.

—Eso sería totalmente transformador, la experiencia directa. ¿Tu empresa ha descubierto eso y no me lo has dicho?

—Te lo acabo de decir, está todavía en fase de experimentación, ni siquiera yo lo he activado.

—No entiendo. Entonces, ¿qué esperan de esta amenaza?

Ariel también se sirvió un vaso con agua, tenía la boca seca.

—Te lo explicaré. Como sabes, y esto concuerda con la perspectiva cabalística de hace milenios, el cerebro se compone de tres secciones especiales. El cerebro, el cerebelo y el bulbo raquídeo pueden generar todo su poder en cada una de estas secciones para activar funciones diferentes pero totalmente coordinadas. El cerebro como asiento del intelecto, el cerebelo coordinando los movimientos del cuerpo y el bulbo raquídeo, conformado por la médula oblongata, el cerebro central y el hipotálamo, transmite los impulsos divinos directamente a cada individuo a través de todo el sistema nervioso. Estas tres áreas fundamentales actúan como vehículos de sus correspondientes *mojin*, los poderes espirituales del intelecto.

—¿Qué quieres decir?

—Que el cerebro se activará como el asiento de *Jojmá*, la sabiduría que viene de Dios; el cerebelo como el asiento de *Biná*, la comprensión sobre los mundos; y el bulbo raquídeo como el asiento de *Daat*, el conocimiento secreto. El cráneo activará la corona divina.

—Padre, ¡si sucede eso y todo el mundo sintiese eso, terminarían todas las religiones!

Isaac se aclaró la garganta.

—Ariel, no estamos pensando en compartirlo con todo el mundo abiertamente, sino con nuestro linaje.

Hubo un silencio.

—La idea es terminar las experimentaciones privadas que venimos haciendo celosamente. Si todo continúa por el camino trazado, estamos en la última etapa del proceso para llevar al primer grupo de personas hacia su realización espiritual final.

Ariel pasó las manos por su cabello. Aquello era una novedad trascendental y no entendía por qué razón su padre no le había dicho.

—A ver si entendí bien. La compañía ha descubierto un sistema basado en la activación de las letras hebreas directamente en el cerebro activando...

—¡El gen de Dios!

Ariel se quedó pensativo luego de pronunciar aquellas palabras.

—Nuestro linaje lleva más de seis mil años esperando este momento, el proyecto se llama *Mesiáh*. Nuestro enviado se basará en la tecnología, Ariel, será la victoria de nuestro pueblo.

—¿Cómo funciona?

—Con un microchip implantado que envía señales directamente a los átomos con letras hebreas, símbolos y oraciones. Imagínalo, durante las veinticuatro horas nuestros niños estarían recibiendo desde la más temprana edad estos voltajes en sus células y sus pequeños cerebros desarrollarían comunicación directa desde sus primeros días. Al cabo de un par de generaciones el mundo cambiará para siempre.

Ariel se mordió los labios.

—Es el proyecto más ambicioso en el que has trabajado, padre.

—Te lo cuento porque he recibido esta amenaza. Si me pasa algo, quiero que sepas cuál es la causa. Hay varias empresas que están tras lo mismo, una alemana y otra francesa.

—Yo he sido el amenazado, padre.

Isaac acarició el hombro de su hijo.

—Ahora es tiempo de prepararnos meditando para comenzar a activar el poder, porque podemos acelerar las cosas, y crear cosas del cielo y traerlas a la Tierra. En esa dimensión avanzada espiritual están los profetas y nos ayudarán si establecemos contacto, Ariel.

—Padre, ¿cómo crees que responderá la colectividad?

—Esto que está pasando nos obliga a ser muy hábiles. Necesitamos conocer desde el otro plano mediante combinaciones, códigos y números.

—¿Hablarás con nuestro maestro?

—Ahora mismo.

El maestro de Kabbalah, de la familia, Ben Barajav, era un hombre sexagenario sabio y erudito en temas esotéricos.

Isaac cogió el teléfono y conectó con su maestro en la sinagoga de Nueva York.

—Maestro.

—Bienamado Isaac, ¿dónde estás ahora?

—Estamos en Roma, toda la familia, por negocios.

—¿Están todos bien?

—Nosotros sí, maestro. ¿Qué cree que está pasando con los niños desaparecidos? ¿Has podido ver cuál es la causa?

El maestro hizo silencio.

—Isaac, están llegando tiempos de transformación. Siento que la fuerza del oponente está forzando a los hijos de buena voluntad para sacar su poder a la superficie. Es un gran momento de preparación.

—¿Qué quiere decir, maestro Barajav?

—Debemos activar las letras hebreas mediante meditaciones.

Ellos sabían que las letras hebreas eran para su pueblo como el software especial para contactar con lo divino.

—Acceder al mundo de arriba es como abrir una caja fuerte que contiene valiosos tesoros por ser descubiertos y hay una sola cerradura y una sola llave, *jojmá*, la meditación sobre letras hebreas para activar nuestra vasija de luz, el cerebro, el cuerpo y el alma. Además empleando la *tefilá*, la oración en hebreo, el conocimiento íntimo se revelará. Mediten en la forma de la letra como un foco constante de la mente y se verá cómo, en el proceso, pulsará una potente luz vibrante cada vez más intensa. Atrae esta luz adentro de tu familia Isaac, con la ayuda de tu hijo Ariel, y se armonizará cada uno con el propio ser original, permitiendo que los afecte de manera positiva. Una vez por completo bañados internamente con la energía de las letras, estaremos protegidos y podemos trabajar la intención específica, visualizándola detalladamente en la luz de la letra como realizada.

—Así lo haremos, maestro Barajav.

—Una cosa más. Recuerden que este mundo está en manos de los cabalistas que tienen que mantener el pacto original. Imagínense la potencia espiritual de un salmo en el que cada letra se actualizará para todo nuestro pueblo con una energía específica y revelará dónde deben estar los niños y qué es lo que debemos hacer todos nosotros en estas extrañas circunstancias.

El maestro hizo una pausa, Isaac y Ariel se miraron a los ojos, eran el espejo uno del otro, el progenitor y la descendencia.

—Los maestros cabalistas estamos alertando al pueblo de Israel porque sentimos que algo poderoso está por suceder.

37

Roma, Italia.
En la actualidad

En el lobby del hotel, un hombre apuesto se encontraba esperando, tras unos grandes sofás, a que llegaran Adán Roussos y Alexia Vangelis. Estaba de pie, vestido con una camiseta blanca y jeans, tenía poco más de treinta años, de raza negra, la cabeza rapada, una sombra de barba de tres días y unos brillantes ojos que iluminaban su rostro. Llevaba un bolso de cuero cruzado en su hombro.

Al salir del elevador, inmediatamente lo vieron y caminaron hacia él.

—Buenos días, soy Ray Fournier, secretario del señor Philippe Sinclair. Su esposa Evangelina me pidió que viniera a reunirme con ustedes —dijo con marcado acento francés.

Adán y Alexia le dieron la mano.

—Encantada —respondió Alexia—, tomemos asiento.

Los tres se sentaron en los sofás. A tres metros dos hombres vestidos con traje y corbata hablaban entre ellos y detrás, en el bar, algunos ya estaban desayunando.

Adán hizo mentalmente un scanner energético a Ray.

—¿En qué podemos ayudarte?

—Evangelina me ha dado un sobre para ustedes.

—¿De qué se trata?

Ray sacó un sobre color ocre con la flor de lis estampada.

Alexia estiró la mano y lo cogió.

—¿Otro sobre? ¿Qué ha pasado, Ray?

El joven se sentó sobre la punta del sofá inclinando el cuerpo hacia delante. Miró hacia los costados y bajó la voz.

—Philippe está internado en el hospital en París debido a que están operándolo del corazón. El estrés y una combinación de alcohol y sedantes le provocaron un infarto.

Alexia frunció el ceño.

—¿Y Evangelina? —preguntó Adán.

—Ella está bien, en el hospital, viendo cómo evoluciona Philippe. Dijo que los llamará una vez tenga el nuevo parte médico. Anoche hemos recibido otro sobre. Trabajo para Philippe desde hace dos años, soy su asistente y manager en una de sus empresas. Yo estoy ahora al corriente de la situación debido a que ella necesitó ayuda con él internado y me ha contado con detalle lo que está pasando con su hija Victoria.

—¿Han tenido más amenazas?

—Anoche enviaron el sobre que les he dado, lo encontré yo y lo llevé al hospital.

Alexia abrió el sobre, pudo ver otra carta con acertijos.

—¿Ustedes han podido resolver las preguntas anteriores?

—Casi está completo —respondió Alexia.

Adán lo miró directo a los ojos.

—Entonces, Ray, una vez completado este acertijo, ¿cuál será el próximo paso?

—Eso tendrán que hablarlo con Philippe.

—Entiendo, ¿pero nos arriesgamos sin más? ¿La policía francesa no ha tenido resultados?

Ray negó con la cabeza.

—Ni rastros de Victoria. Bueno… de hecho su desaparición podría estar relacionada con este extraño fenómeno mundial de los niños.

—¿A qué te refieres? —preguntó Alexia sorprendida.

—¿No se han enterado?

—Explícate.

—Ya hay más de ciento treinta mil niños desaparecidos alrededor del mundo. Desaparecen sin dejar rastro, tal como sucedió con Victoria, no es la única.

Adán y Alexia se miraron.

—Recién son las ocho de la mañana, anoche no escuchamos ninguna noticia.

—Ahora todo el mundo está pendiente de este suceso.

Adán y Alexia hicieron silencio para sentir sus percepciones.

¿De dónde podía provenir aquello?

Ray soltó un suspiro de tensión. Miraba hacia los lados, se sentía observado.

La gente comenzaba a mezclarse, unos bajaban de sus habitaciones para desayunar, otros salían para coger autobuses de turismo, otros simplemente estaban esperando a alguien para salir del hotel rumbo a los misteriosos senderos de la antigua Roma.

—¿Qué quieres hacer? —le preguntó Alexia a Adán.

—Lo más conveniente será terminar rápido este crucigrama, entregarlo y que todo siga su cauce, tal como los secuestradores lo quieren.

Ray se mordió el labio.

—¿Qué podemos hacer por Evangelina y Philippe?

—Ella está a su lado, tienen los mejores médicos. Quedó en llamarme, y también a ustedes, después de las diez de la mañana para decirnos el parte médico y decidir qué hacer.

—Bien. Entonces desayuna algo y espéranos en el bar. Nosotros subiremos a la habitación y trataremos de resolver el nuevo acertijo.

Alexia le extendió a Adán el papel con la flor de lis. Él lo sostuvo en su mano y leyó en voz baja:

Y vi a los muertos, grandes y pequeños, de pie delante
de Dios; y los libros fueron abiertos;
y otro libro fue abierto, el cual es el libro de la vida.

¿Dónde se halla oculta la generación, el Génesis,
que contiene la historia de la creación de todas las cosas
y la descendencia de los hombres desde Adán?

¿Cómo ganar una contienda si no se tiene rival?

La ciencia del Padre, Hijo y Espíritu Santo
está ya llegando a la cúspide de las revelaciones.
¿Cuáles son las tres palabras en ciencia que los compatibiliza?

*Los antiguos fariseos y los escribas han recibido las llaves
del conocimiento y las han ocultado.
No han entrado ellos ni han dejado que entrasen
los que deseaban entrar. Esto sucede hasta los días de hoy.
Pero está terminando su mentira.*

*Si os hacen la pregunta: ¿De dónde habéis venido?
¿Qué responderéis?*

*A no ser que vuelvas a ser como
un niño no entrarás en el Reino.*

*Dos descansarán sobre un mismo lecho:
uno morirá y el otro vivirá.*

*Dichoso aquel que ya existía antes de llegar a ser.
Si os hacéis mis discípulos y escucháis mis palabras, estas piedras se
pondrán a vuestro servicio.
(Evangelio según Tomás)*

*Felices los de corazón puro, porque ellos
verán a Dios.
(Mateo 5: 3-12)*

*Las Letras que conforman el nombre de Dios en el Hebreo Bíblico
(YHVH).*

¡Abracadabra!

Yo revelo mis misterios a los que son dignos de ellos.
El tiempo se acaba, mañana 11:11 am,
tendrán que estar las respuestas para que el pacto
se cumpla después de tantos años.

Adán miró a Alexia a los ojos.
—¿Podemos resolver esto también?
Adán asintió.
—Rápido, tenemos mucho trabajo hoy.

Adán se dirigió a Ray.

—Volvemos en un momento. Déjanos resolver esto para poder ver el panorama completo. Nos vemos en cincuenta minutos en el bar.

Rápidamente Adán y Alexia se pusieron de pie y volvieron hacia el elevador para ir a su habitación, mientras Ray se marchó al bar.

Unos segundos más tarde, los dos hombres vestidos de elegante traje y corbata que estaban en el sofá contiguo se pusieron de pie y lo siguieron.

38

Roma, Italia.
En la actualidad

María del Rosario Progiotti no tenía consuelo alguno. Los sedantes no parecían hacerle efecto, y su corazón y su mente se partían de dolor al recordar que sus tres hijos no estaban. Sus tres tesoros, la luz de sus días, el motivo mayor por el cual vivía. Su esperanza, sus sueños, su dedicación año tras año fueron para ver crecer a sus hijos.

Desaparecidos.

No había ninguna explicación lógica. No había posibilidad de que nadie los hubiese hecho desaparecer. Estaban con ella y Mateo en ese infame sótano que, al ser descubierto y abrir sus puertas, había traído un inmenso dolor a sus vidas.

Mateo estaba sentado en torno a la mesa de la cocina, cabizbajo y pensativo.

María del Rosario apareció desde la habitación con el cabello revuelto, el rostro pálido y los ojos sin brillo. Parecía una muerta en vida, su energía había bajado a los infiernos, estaba sin ánimo, sin fuerzas y sin explicaciones.

Mateo la miró con sorpresa. Había estado delirando toda la noche. Una enfermera estuvo a su lado, ahora estaba preparándole un baño caliente para tratar de reanimarla.

Rosario se sentó frente a Mateo. Lo miró como si fuese un fantasma de otra dimensión.

—¿Qué hemos hecho mal, Mateo? ¿Por qué el Señor nos castiga de esta manera? ¿Por qué se ha llevado a nuestros hijos?

Para Rosario aquél era un caso extraño, no sólo porque fuesen sus tres vástagos, sino porque un ser humano no puede desaparecer sin más. No hallaba explicación lógica, su mente comenzaba a pensar en fuerzas más allá de la humana. Era una mujer de corazón noble, su alma sólo quería el bien para todo el mundo.

—No lo sé, Rosario. No lo sé. Sólo sé que me arrepiento de haber entrado en donde no me llaman. ¿Para qué abrir ese sótano? ¿Por qué nosotros somos los encargados de encontrar eso?

—¡*Ma*, yo quiero a mis hijos! ¿Has bajado nuevamente?

—He ido cuatro veces, Rosario. El mismo vacío, el mismo silencio.

Rosario se llevó las manos a su rostro sollozante.

—¡Mi Giovanni, mi Marco, mi pequeño Luca!

Mateo se incorporó para abrazarla. La estrechó fuerte y lloró en sus hombros. El llanto de Mateo era de frustración y enojo, de impotencia, casi de enojo contra Dios, contra el Papa. ¿Por qué pronunciaría aquellas palabras el domingo? Le retumbaban en la mente:

Quizá piensan los hombres que he venido a traer paz al mundo, y no saben que he venido a traer disensiones sobre la tierra: fuego, espada, guerra. Pues cinco habrá en casa: tres estarán contra dos y dos contra tres, el padre contra el hijo y el hijo contra el padre. Y todos ellos se encontrarán en soledad.

¿Qué había que aprender de aquella enseñanza? ¿Por qué estaban viviendo eso ahora?

La mente de Mateo era como un carrusel de pensamientos desordenados, inconexas especulaciones, ideas que no le llevaban a ningún lado. Sólo pensaba en sus hijos. Y en el obispo Scheffer. ¿Por qué se había llevado sin más ni más aquellas reliquias con valor incalculable? Estaban en su casa, así que tenía derecho sobre ellas. No le importaba ser un elegido porque al fin y al cabo estaba perdiendo a sus tres hijos y a los cofres de supuestos textos históricos bañados de oro y reliquias. ¿Era justo para él? Sentía que no podía ser así. No podía estar destinado a sufrir y a perder lo que tanto quería. No era justo que no tuviese al menos un premio, un detalle, un dinero por la entrega. Su esposa estaba descorazonada, él mismo tenía una enorme carga de enojo, impotencia e ira en su corazón. Sus demonios interiores estaban aflorando, forzados a estar ocultos día tras día de trabajo, obligaciones y servicios religiosos que contenían ese volcán en erupción a base de enseñanzas y mandamientos por mantener una vida ética, moral y puritana.

"La Roma de la actualidad está peor que la Roma antigua. El mundo está mal", pensó llorando con impotencia.

—Te prometo que haré justicia, Rosario, tranquila. Nuestros *bambinos* van a aparecer. Iré a pedir una cita con el obispo malnacido, nos ha dejado como si fuéramos perros abandonados a la suerte.

—Mateo...

Rosario no podía articular palabras, su respiración se entrecortaba con un llanto inconsolable, lo abrazaba con todas sus fuerzas. Su corazón se rompía en mil pedazos por dentro. El dolor era asfixiante, le costaba respirar. Su rostro era el rostro del lamento en carne viva. Perder a sus hijos era el peor de los castigos para ella, y para cualquier padre. Comprendía el valor de su presencia, sus risas, su energía, su amor. Extrañó sus juegos, sus palabras, el olor de sus pieles. Eran carne de su carne. Rosario sentía el calvario por el que debió haber pasado María tras la muerte de su hijo, Jesús. Pero a ella no le aparecían sus hijos como a María. Ella estaba en duelo, envuelta en la pérdida de sus tres tesoros.

Sonó el timbre en la puerta y los sobresaltó a ambos.

La enfermera se apresuró a abrir caminando a paso veloz desde el baño.

Al cabo de unos instantes, la enfermera volvió a la cocina.

—Lo buscan —le dijo la enfermera a Mateo.

Mateo acarició a Rosario y se enjugó las lágrimas con la mano.

—Ahora vengo, mi amor.

Mateo caminó hacia la puerta de entrada y la enfermera volvió al baño. Rosario se sirvió un vaso con agua y quedó en la cocina pensativa.

Era el agente Bettega.

—*Bon giorno, señore* Toscanini.

Mateo le dio la mano.

—¿Tiene alguna novedad de mis hijos?

El oficial negó con la cabeza.

—No, todavía. Estamos rastreando todo el sector.

El agente se tocó la nariz. Por la forma en que el oficial lo trataba, Mateo estaba sintiendo más enojo.

—El obispo ha enviado esto para usted y dijo que en cuanto tenga tiempo lo llamará por teléfono.

Mateo cogió el sobre.

—Seguiremos investigando —le dijo el oficial, mientras se iba—. Estoy apurado porque tenemos un día muy apretado. Nos mantendremos en contacto, señor Toscanini.

Mateo se quedó inmóvil. No sabía si reaccionar y saltar como un tigre herido sobre el oficial y sacarle las orejas de un mordisco, quebrarle los dedos por inoperante, por ignorarlo, por no reconocer todos los domingos que había ido a misa, por no hacerle sentir comprendido en la pérdida que tenía. Se sintió solo, abandonado. Con la familia partida. Abrió el sobre. Extrajo un cheque de dos mil euros. Su rostro se puso rojo de furia. Su sangre alcanzó el calor de la lava explotando por la boca de un volcán.

"¿Esto es lo que vale la vida de mis hijos?

¿Esto es lo justo por haberle dado este descubrimiento a la iglesia?

¿Así pretenden hacer justicia?".

Mateo respiró profundo. Su corazón se aceleró con enojo, con ganas de ahorcar al obispo, al oficial, a todo el mundo. Sintió que todos estaban en su contra. Que la iglesia no le respondía con compasión, con apoyo, con ayuda, aunque fuera moralmente.

Un enorme vacío se apoderó de su alma.

Sabía que no podía decirle la verdad a Rosario ni mostrarle el cheque. Le diría que estaban cerca de alguna pista o algo así. Se serenó un momento y volvió a la cocina.

Rosario no estaba allí. Fue hasta el baño, la enfermera estaba llevando toallas limpias.

—¿Está aquí mi esposa?

—No *signore*. Está en la cocina.

—No está allí.

Mateo fue rápidamente al dormitorio. No estaba. Ni en el otro baño pequeño. Tampoco. Se mantuvo pensativo.

"¡No!".

Mateo lo supo de inmediato. Había ido al sótano para ver si estaban los niños. Rápidamente corrió por el pasillo que llevaba hacia el sótano, bajó rápidamente las escaleras, estaban en penumbras, de un brinco saltó los tres escalones y se agachó al llegar a la puerta que conducía al lugar de los hechos. Seguía oliendo a moho y antigüedad. Era ahora un sitio de dolor. Corrió a paso veloz hacia donde estaban los cofres que el obispo se había llevado. Sólo encontró las alfombras y el espejo.

Tampoco estaba su esposa.

Gritó con todas sus fuerzas.

—¡Rosarioooooooo! ¿Dónde estaaaaaaaaás? ¡Hijoooooooos! ¡No me dejen solooooooooo! ¡Rosarioooooooo!

Se llevó las manos a la cara y cayó de rodillas. Se sentía vencido. Su esposa no estaba en toda la casa.

Aprovechando que la enfermera estaba ocupada, Rosario se había deslizado al sótano con la poca fuerza que le quedaba para buscar a sus hijos.

Cuando ella estuvo en la extraña habitación donde habían desaparecido, sintió que su corazón se desgarraba de dolor aunque con igual grado de esperanza en encontrarlos. Su corazón estaba sin resistencias, dolido pero limpio por sus lágrimas. Fue en un instante: sintió cómo el corazón tomó las riendas de su vida, su corazón desnudo, su corazón noble; había destrozado el caparazón de las creencias, de las resistencias, de los mandamientos. Ya no le importaban los años de estudio de las escrituras, su devoción ni su sumisión. Algo nuevo surgió de las cenizas de su alma. El estigma del ave Fénix se estaba apoderando de su presente. Estaba experimentando una transformación. Aquella transfiguración podía hacerse por dos caminos: un extremo dolor o un extremo conocimiento. Ella había elegido sin saber el camino antiguo, el más difícil.

Era el dolor de saber la pérdida de sus seres queridos.

Rosario no lo supo en ese momento sino unos instantes después, cuando algo en su interior le hizo alzar la cabeza frente al espejo.

El misterioso espejo, "El espejo de Narciso".

Rosario había visto su reflejo, sus ojos ahora tenían un brillo especial, una confianza. No era el reflejo de una mujer narcisista ni mucho menos. Era el reflejo de una mujer desnuda en el alma, el reflejo de un corazón lleno de amor por Dios, por sus hijos y por la vida. En un instante se borraron sus creencias y sintió un llamado, una poderosa fuerza magnética que la jalaba más allá de sus límites, de sus fronteras mentales que la impulsaban a traspasar el espejo. Cerró los ojos. Respiró profundo y le hizo caso a esa fuerza de vida que la invitaba a ver más allá de lo que veía en el espejo.

Vio su alma.

La esencia de todo ser humano que nunca muere.

La búsqueda mística de todos los iniciados espirituales.

Y ésta le indicó el camino.

Se sintió morir. Se sintió renacida.

"Felices los de corazón puro, porque ellos verán a Dios".

Caminó lentamente, vacía por dentro, con espacio para ser invadida, con certeza, sin creencias, sin religión, sin defensas, sin bloqueos.

Y así fue como su cuerpo pasó tras el espejo sin que éste se rompiese, desapareciendo de la vista de los mortales para pasar a otra realidad donde algo inesperado se reveló frente a sus ojos.

El avión privado de la comitiva de expertos pertenecientes al equipo de Hans Friedrich tocó la pista de aterrizaje del aeropuerto de Fiumicino, en Roma, a las 10:45 de la mañana.

Durante las dos horas de vuelo desde Berlín, discutieron hipótesis sobre aquellas extrañas desapariciones de niños.

Ellos tenían un objetivo claro en el simposio de tecnología y religiones al que se dirigían: negociar importantes avances que les permitirían, no sólo a Hans Friedrich y su empresa, sino a la inteligencia gubernamental alemana, posicionarse en el nivel superior de la evolución humana.

Bajaron del avión más de diez altos empresarios vestidos elegantemente con trajes oscuros y corbatas costosas. Parecía un séquito de generales en pos de la batalla. Hans Friedrich era el más alto, con su elegancia, su porte esbelto, con pasos largos y seguros y su cabello platinado; destacaba cual emperador con su tropa.

Una ráfaga los sorprendió y se colocó las gafas de sol. Llegaron rápidamente a tres coche negros Mercedes Benz que aguardaban por toda la comitiva. Hans se sentó en el asiento delantero de uno de ellos. El chofer les dio la bienvenida a él y a otros tres empresarios que se sentaron detrás. Los dos coches partieron velozmente rumbo al hotel.

—Buenos días, señor Friedrich —dijo el chofer con acento italiano. Era de una compañía privada que alquilaba el servicio exclusivo.

Hans hizo una leve inclinación con la cabeza. Su mente estaba concentrada en otra cosa.

Uno de los acompañantes comenzó a hablar desde su celular en voz baja coordinando detalles.

—Señor Friedrich —volvió a decir el chofer —, han dejado un sobre para usted.

Hans se giró hacia el chofer que le entregaba el sobre color ocre.

—¿Quién le ha entregado esto?

—Un hombre de gafas oscuras. Dijo que era urgente. Me dio una propina por hacerlo bien.

—¿Y usted recibe cosas sin más?

El chofer lo observó asombrado y volvió a los ojos sobre la carretera. Habían ya salido del aeropuerto y cogieron la autopista rumbo al centro de Roma.

—No entiendo, señor. Dijo que era urgente que usted tuviera este mensaje. Sólo estoy a su servicio.

Hans guardó silencio y observó el sobre. Los otros tres hombres lo miraron.

—¿De qué se trata Hans?

—No lo sé.

Les mostró el sobre. Tenía impreso el logo de su propia compañía, un águila con las alas extendidas.

—¿Será de nuestra compañía? Quizás sea alguna invitación especial. Ábrelo.

Hans se quedó pensativo y abrió con cautela el sobre. Extrajo una hoja.

Hans Friedrich, tu compañía y tu gobierno deberán entregar
vuestro descubrimiento y vuestra tecnología
al servicio de la humanidad.

Las consecuencias de no hacerlo y seguir con tu macabro plan de
controlar la genética por la tecnología
para esclavizar al mundo las verás estampadas en
todos los periódicos
y redes sociales de todo el mundo.

Nadie impedirá que se sepa la verdad de tu vida.
Sabes que yo puedo hacerlo.

El rostro de Hans Friedrich palideció.

¿Quién era capaz de amenazarlo así? ¿Quién se atrevía a llegar hasta sus manos sin ser invitado? ¿Quién podría tener datos tan comprometedores?

Los otros empresarios mantuvieron silencio, con la sangre fría y la mente abierta.

—¿De qué frente puede venir esto Hans?

El alemán levantó una de sus cejas.

—Les dije que había un espía dentro de nuestra organización y les hablé de Rachel Z, estoy seguro de que de ahí viene esto y los huecos informáticos que hemos sufrido los últimos meses.

—¿Has tenido novedades de las investigaciones para encontrarla?

—No todavía. La gente de Berlín está rastreando su guarida.

—¿Cuál será el procedimiento?

—Por ahora mantener el silencio.

—Seguramente nos tienen vigilados. Sabían de nuestra llegada, la hora y el medio. Eso nos pone en la mira. No me gusta.

El otro alemán sentado detrás estaba más inquieto. No le gustaba ser observado.

—Opino lo mismo. Debemos protegernos y evitar riesgos. Nuestro objetivo es claro. Queremos la supremacía, por ello debemos quitar del medio a cualquiera que interfiera los planes.

El hombre que estuvo hablando por teléfono colgó el celular.

—Noticias de Berlín —dijo interrumpiendo.

Los otros dos hombres y Hans se giraron hacia él.

—¿Qué ha sucedido?

—Nuestros servicios de inteligencia tienen datos y una pista firme sobre nuestra supuesta espía.

—Habla.

—Dicen que todos los movimientos vienen de París. Aparecieron en los ordenadores los datos de Rachel Z. Tiene veintiocho años, lidera una organización revolucionaria mediante la tecnología, hackeando muchas grandes organizaciones y empresas.

—Eso ya lo sabíamos.

—Sí. Lo más importante es su verdadero nombre.

—¿No entiendo? —el corazón de Hans comenzó a bombear más sangre.

—No te va a gustar esto Hans. El verdadero nombre de Rachel Z es Rachel Sarah Friedrich.

El rostro de Hans Friedrich se puso pálido. Algo en su interior lo sospechaba. Después de su divorcio por no aceptar a su hija, ésta había decidido desaparecer de su vida. Hans había arreglado con su madre una gran suma de dinero si se perdían en el anonimato del mundo para siempre. El pasado de Hans salía a la superficie. Su hija estaba cobrando venganza. Más que por haber sido abandonada, la de Rachel Z era una venganza ideológica. Mientras Hans quería poder sobre el mundo —le había contado la madre de Rachel a ella siendo adolescente—, Rachel buscaba la liberación de la gente. Su hija era un enemigo peligroso, no por ser un enemigo de sangre sino porque sabía cosas de Hans a nivel informático que no le convenían que salieran a la luz pública.

—¿Qué puede saber ella Hans? —le preguntó el hombre que tenía el celular.

—Es grave. Creo que puede saber mucho.

—La causa es más grande que la familia, Hans. Tendremos que eliminarla.

A Hans eso le daba igual, de todas formas ya la había abandonado una vez. No quería hijos ni responsabilidades.

—Procedan para encontrarla inmediatamente. No la maten. Quiero primero verle la cara.

El hombre del teléfono volvió a llamar a Berlín para dar las nuevas órdenes.

El coche aceleró y Hans Friedrich sintió el peso del pasado derrumbarse sobre su mente como una película.

Dee aprovechó que Ariel y su padre estaban reunidos en privado para bajar al lobby del hotel.

Había adherido un pequeño micrófono de avanzada generación detrás de la solapa del saco de Ariel, lo que le permitía tener grabada la conversación.

Inmediatamente le envió el archivo desde su celular a Rachel Z. Unos minutos después la llamó. Dee se ocultó detrás de una columna en el lujoso hotel.

—Rachel. Aquí desde París. ¿Te llegó el archivo?

La voz del otro lado se escuchó con energía y poder.

—Sí, acabamos de escuchar todo.

—¿Qué piensas que haremos?

—Ese frente lo estarás cubriendo tú y nuestro otro infiltrado. ¿Se ha comunicado contigo?

—No todavía.

—Lo hará pronto. Ahora sigue de cerca la pista a todos los movimientos de Ariel y su padre.

—Lo haré. Me conseguirán credencial para el simposio. ¿Cómo está el otro flanco?

—Ya hemos podido infiltrarnos en las redes del Vaticano. Esperaremos el momento oportuno para actuar. El simposio será el momento propicio.

—Rachel, ahora no puedo hablar mucho tiempo más —Dee escuchó por el auricular. Ya han terminado de hablar. Ariel está preguntando por mí en estos momentos.

—Muy bien. Mantente alerta. Ha muerto un importante hacker. Cuídate mucho.

Habían encontrado el cuerpo de Aaron Swartz sin vida en su departamento de Nueva York. Sólo tenía 26 años pero había recorrido un gran camino y ocasionado gran impacto en el mundo web. Era un prodigio de la tecnología y defensor de la libertad en internet, una lucha que, muchos señalan, le condujo a la muerte.

Niño prodigio, ya que a los doce años había desarrollado un sistema informático usando Oracle y herramientas de código abierto y había ganado el premio ArsDigita un año después. A los catorce fue el coautor de las RSS 1.0, que permitía publicar artículos en simultáneo por varios medios a través de la fuente a la que pertenece. Y en los años siguientes fundó Watchdog.net, Jottit y la red social Reddit. com. También había ayudado al lanzamiento de Creative Commons a los dieciséis años y había sido el director creativo de Open Library (Biblioteca Abierta), un sitio al que cientos de estudiantes, investigadores y lectores recurrían porque ofrecía obras de dominio público que se podían leer online. También lucho contra la Ley SOPA (Ley de cese a la piratería en línea) y era el consultor de Demand Progress, una organización que pedía cambios sobre la política de derechos de autor.

Pero su reputación se vio empañada desde el año 2010 en el que se le acusó con varios cargos de crimen cibernético. En septiembre de ese año, Swartz empezó a descargar documentos de JSTOR, uno de los sistemas de archivos en línea de publicaciones académicas del mundo. Ese mismo mes le bloquearon el acceso a la página, una acción que se repitió varias veces hasta 2011. En el verano de ese año fue acusado y arrestado por los cargos de "fraude electrónico, fraude informático, entrada ilegal e imprudente a un ordenador protegido y daños". Se le acusaba de robar más de 4,8 millones de documentos.

Al año siguiente el gobierno de los Estados Unidos retiró la demanda pero se mantuvieron los cargos federales. Se le acusaba formalmente y Swartz se declaró inocente de trece cargos. Se presentaron fotos que incriminaban al programador con la entrada ilegal a instalaciones privadas.

—¡No puede ser! —Dee sintió un calor súbito.

—No sabemos qué ha pasado. Estamos investigando.

—Qué pena. Me duele el alma.

—A nosotros también. El juicio contra Swartz estaba programado por los cargos federales y Swartz se enfrentaba a pasar treinta y cinco años en prisión y a pagar más de un millón de dólares en multas. Dicen que se ahorcó.

—Eso es difícil de creer. Tan joven, sólo 26 años. Todos sabemos que hay otras salidas. Además siendo tan inteligente…

—Ahora apelan por acoso de la Fiscalía. Sus familiares señalaron que su suicidio fue culpa de una persecución legal.

—¿Qué dijo Anonymous?

—Anonymous también atribuyó el suicidio a la presión innecesaria del sistema legal sobre este caso y otros similares. La comunidad de académicos le rindió homenaje en Twitter con el hashtag #PDFtribute en dónde liberaban sus documentos profesionales.

Dee hizo una pausa para respirar. Eliminar a un cerebro informático quizás tenía otras causas.

—Piden la destitución del fiscal —agregó Rachel Z con aire de venganza.

También estaba el caso de otro programador, Jonathan James, quien se había suicidado en 2008 cuando le acusaron de cargos federales por crímenes cibernéticos.

Rachel Z sabía que allí había algo extraño.

—Ahora la muerte en dudosas circunstancias de Aaron Swartz ha puesto sobre la mesa el debate sobre la libertad en internet y la dureza de algunas leyes.

Tanto Dee como todo el grupo de Rachel Z sabían que ellos podían estar en la mira y que lo que el gobierno llamaba crímenes informáticos tenía penas —por lo menos en Estados Unidos— similares a delitos mayores como el asesinato o la violación.

—¿Qué harás tú, Rachel?

—Viajaré a Roma con dos más de nosotros. Llevaremos las computadoras y lo demás se hará desde aquí.

—¿Tú viajarás? ¿No serías más efectiva desde la central de París? No quiero que corras peligro.

Dee sabía que no podía darle órdenes a Rachel Z pero quería cuidarla.

—No me perderé ver la cara a mi padre cuando la verdad se descubra.

—Como quieras. Aquí te espero. ¿Quieres que los recoja en el aeropuerto?

—No. Mantente allí y trata de seguir viendo qué harán. Nosotros nos cuidaremos muy bien.

Rachel Z colgó el celular. Sus ojos irradiaron un brillo de victoria. Era una hacker experta, una revolucionaria, un alma libre. Y, sobre todo, sabía que tenía algo demasiado poderoso para mostrarle al mundo.

París, Francia.
En la actualidad

Los tres médicos del hospital de la Pitié-Salpetrière estaban asombrados de la eficiente recuperación de Philippe.

Después de haber estado en coma y de una operación a corazón abierto, su cuerpo había desarrollado una extraordinaria adaptación a la cirugía a la que fue sometido. Ya lo habían trasladado del área de cuidados intensivos para llevarlo al ala de recuperación donde podía recibir visitas.

La habitación era sobria, había una cama de una plaza y una pequeña mesa de color vainilla junto a un sofá en el que estaba sentada Evangelina. Ella se puso de pie y corrió las cortinas. Un hilo de luz de la mañana parisina llenó la habitación. Olía a lavanda en todos lados para que el paciente recibiera aromaterapia y su sistema nervioso estuviera en calma.

Los ojos de Philippe Sinclair se abrieron, su rostro tenía buen semblante. Evangelina se giró y al ver sus ojos abiertos se acercó rápidamente y tomó su mano.

—¡Estás despierto! ¿Cómo te sientes?

Philippe soltó una leve sonrisa sin articular palabra.

—Ahora no te preocupes por nada, Philippe. La operación fue un éxito. Estás en buenas manos. Todo está bajo control.

Philippe giró sus ojos por toda la habitación. Le resultó extraña. Sentía su cuerpo físico pesado y le dolía el pecho.

—Ayúdame a incorporarme.

Evangelina apretó un botón al costado de la cama, se produjo un leve sonido y ésta fue elevándose lentamente hasta unos cuarenta y cinco grados.

Philippe negaba con la cabeza. Su mente consciente iba recogiendo datos de dónde se encontraba.

—No puede ser.

—Tranquilo. ¿Qué sientes?

—No puede ser —repitió Philippe ahora con una sonrisa en su rostro.

Evangelina también sonrió al ver que él se sentía mejor.

—¿Qué sucede Philippe?

—La muerte —dijo mirándola a los ojos.

—¿La muerte?

Philippe asintió con la cabeza.

—Sí, la muerte no existe.

—¿Por qué dices eso? ¿Estás bien? ¿Qué recuerdas?

Philippe observó hacia la mesa de noche. Había un par de botellas de agua Perrier. Estiró la mano pero no llegó. Evangelina le acercó una. Philippe desenroscó la tapa y bebió un buen sorbo, disfrutando el agua. Había algo en su rostro que emitía bienestar, el semblante de haber estado en un mundo distinto que el físico.

Al terminar de beber le pidió a Evangelina que se sentara en la cama.

—Ha sido extraordinario, Evangelina. He podido comprobar que el alma sigue viva fuera del cuerpo. No somos esto solamente —Philippe tocó sus brazos—. Somos una presencia, algo que sigue vivo más allá del cuerpo.

—Philippe, pero ¿qué ha pasado? ¿Qué has sentido durante la operación?

—He podido verlo todo desde el rincón opuesto. He visto a los médicos trabajando sobre el cuerpo. Te he visto a ti. He sentido que hay algo inconmensurable más allá del cuerpo físico. Estamos en este cuerpo temporalmente, pero la vida sigue. Y siento —comenzó a toser— que tenemos un destino antes de que este cuerpo termine su jornada en la Tierra.

—¡Philippe! ¡Me emociona escuchar eso!

Evangelina había tenido esa experiencia hacia años junto con Adán, Lilith y los seres contra los que había luchado en el mundo astral. Aunque la suya había sido por motivos completamente distintos, impulsada por el poder de un extraño ritual, una orgía sexual en la que había accedido a esa experiencia fuera del cuerpo.

—Evangelina, siento algo dentro mío. Como si una parte olvidada de mí hubiera sido recuperada. Un recordatorio de quién soy en realidad... Un despertar.

Evangelina pasó su mano derecha por la cabeza de Philippe.

—Estoy feliz de que hayas sentido eso. ¿Qué más has visto?

Philippe suspiró.

—Nos preocupamos por tantas cosas. Nos ocupamos sólo de lo que no podremos llevarnos. Somos demasiado inconscientes. El propósito de la vida es completamente distinto. Una vez que alguien toma contacto con esa realidad del plano superior en el que estuve, una vez que recuerdas que eres un alma que tiene un cuerpo, todo lo demás pasa a un segundo plano, Evangelina. Si la muerte no existe podemos hacer todo lo que queramos. Debemos darnos cuenta de eso. El poder del alma, de eso tratan los textos que durante generaciones he leído pero sin comprender. Ahora lo siento como experiencia propia. Estaba cerrado a la experiencia, atrapado en un mundo estéril de creencias obsoletas.

Evangelina tenía lágrimas en los ojos. Ella se había enamorado de Philippe, o mejor dicho del Philippe del pasado que era amable, atento y seductor, un dandy que disfrutaba la vida; pero eso había sido hacía años, debido a que sus negocios, su falta de tiempo, su avidez por el poder año a año lo había cambiado, se había transformado en un ser duro, insensible, tosco, carente de romanticismo, había perdido la magia inicial.

—Hay que vivir, ¡hay que vivir! *¡Le bon vivant!*—repitió con euforia.

Evangelina lo besó con dulzura.

Era sabido que en varios países existían especializados grupos de científicos con estadísticas de pacientes que habían sentido las ECM, "experiencias cercanas a la muerte". Se abrió un debate que colocaba en oposición a escépticos, creyentes y personas que habían experimentado que podía existir vida después de la muerte.

Los investigadores afirmaban haber encontrado una primera evidencia científica que confirmaría que la vida de una persona continúa tras su deceso. Los equipos de especialistas pasaron varios años examinando a miles de pacientes que sufrieron paros cardiacos u operaciones tanto en el Reino Unido, Estados Unidos o Francia y encontraron que casi cincuenta por ciento quienes sobrevivieron describió tener alguna forma de "conciencia" en el momento en que fueron declarados clínicamente muertos.

Los científicos responsables de los estudios habían escrito en prestigiosas revistas de ciencia avanzada, encontrando evidencia convincente de que los pacientes experimentaron acontecimientos reales de varios minutos después del colapso cardiaco, y además podían recordar con precisión varios detalles de su experiencia tras ser reanimados.

Philippe respiró profundo. Sintió un grandioso placer por llevar el oxígeno a sus pulmones. Le pareció una experiencia maravillosa. Respirar. Sentir que entraba el aire como si fuese un néctar divino. Ser feliz sin causa. O mejor dicho, por la causa de sentirse inmortal, un espíritu eterno en un cuerpo físico. Estaba pletórico. Sus células trasmitían ese mensaje de poder por todo el torrente sanguíneo.

—Lo que me cuentas me parece sublime, Philippe. Estoy feliz por ti, por mí…

—Y por Victoria —dijo Philippe con una amplia sonrisa.

Cuando Evangelina lo vio sonreír al pronunciar el nombre de su hija desaparecida pensó que podría estar bajo efectos alucinógenos por los medicamentos. Ni rastros del hombre colérico que entró a la operación.

—¿Estás bien? ¿Qué recuerdas de Victoria?

Philippe volvió a sonreír.

—No hay que preocuparse, cariño.

Evangelina sintió que su corazón se aceleraba.

—¿Qué dices? Explícate.

—Te he dicho que la muerte no existe, que tenemos un alma más allá del tiempo, en los textos que poseo lo llaman "el doble", ¿te acuerdas?

Evangelina sintió que su marido estaba hablando de una manera completamente distinta a lo que conocía de él. Su mística se había incrementado como las alas de un águila que se abren de par en par. Los historiales médicos en todo el mundo estaban cargados de personas que habían estado en coma y regresaron hablando otro idioma, recordando lugares antiguos, con conocimientos de matemáticas y cosas por el estilo. Aunque los médicos no tenían un claro diagnóstico, afirmaban que el cerebro activaba partes en su interior que estaban cargadas de datos desconocidos.

—No te entiendo. Te refieres a...

—A lo que los niños le dicen ángel de la guarda. De pequeños hacemos una oración al final de la noche para que nuestro ángel nos proteja de noche y de día.

—Lo recuerdo, sí, claro, mi madre me lo hacía repetir también.

—¿Cuándo dejamos de hacer eso, Evangelina? ¿Por qué lo dejamos de hacer?

—Supongo que uno va creciendo y deja de sentirlo. La gente olvida y pasa a creer en otras cosas más que en la divinidad que tiene en sí mismo.

—¡Ése es el problema! —Philippe gesticuló con vehemencia.

Evangelina lo dejó hablar, se estaba desahogando y procesando la magnitud de la experiencia.

—Lo olvidamos, dejamos de sentir y pasamos a creer, dejamos de ser como niños; allí radica un gran problema debido a que el ángel de la guarda no es un ser externo a nosotros... ¡Somos nosotros mismos! ¡Nuestro doble que no muere nunca! ¡Es el alma de Philippe! ¡Es el alma de Evangelina! ¡Es el alma de todo el mundo! ¿Por qué la gente lo olvida? Dejamos de vivir desde el ángel que somos en realidad y vivimos como seres humanos cubiertos de miserias y queremos cubrirlas con prestigio, poder y objetos. Nos volvemos como Narciso, presos de nuestra imagen física. ¡En realidad somos los dueños de todo el universo!

Philippe estaba lleno de fuerza, una fuerza que no era de este mundo.

—Al saber eso todo nuestro panorama diario cambia. Lo que parecía un gran problema en realidad se resuelve fácilmente desde esa parte suprema en nosotros. Nuestro doble, el ángel que somos la resuelve en otro plano para manifestarla aquí.

—Me alegra escuchar eso de tu boca.

—¡Claro! Todos los textos herméticos que he heredado de la antigüedad tienen esa información pero no la vivencia. Al vivir algo es cuando lo conocemos en realidad. Todas las religiones se han centrado en la esperanza de una vida futura cuando, en realidad, está frente a nuestros propios ojos. De hecho, aparece cuando cerramos los ojos, cuando meditamos o cuando el alma se libera por la noche al ir a dormir. ¡Por eso era tan importante la oración por la noche! ¡Para activar al ángel de la guarda! ¡Para activar nuestra alma que viaja por el cosmos! ¡Lo esencial es invisible a los ojos!

Philippe citó la célebre frase del francés Antoine de Saint Exupéry en el clásico libro *El principito*.

Evangelina tomó sus dos manos, estaban cálidas, eléctricas. Estaba conmovida de verlo así y escuchar esas palabras.

—¿Qué quieres hacer ahora Philippe?

—Quiero salir cuanto antes de este lugar.

—Tranquilo, necesitarás recuperación.

—Me siento fuerte, el poder que he sentido está activo en todos los rincones de mi cuerpo.

—Te pondrás cada vez mejor. Ahora yo debo ocuparme de la amenaza.

Philippe recordó.

—El crucigrama, ¿pudieron resolverlo?

—Mis amigos están trabajando en ello. Ahora los llamaré para ver las novedades. Pero dime, ¿hay algo que no me estás diciendo?

Parecía que Philippe había sentido más cosas que las que le estaba contando.

Asintió mientras recordaba experiencias.

—Sí. Tenemos lo más importante.

—¿Qué quieres decir? ¿Que no te importan ya las amenazas que hemos recibido? ¿Qué solución propones?

—Yo sé lo que quieren. De todos modos, el conocimiento sin la práctica y la experiencia no tiene sentido. Yo tengo ahora un as de espadas.

—¿Un as de espadas?

—Evangelina, tenemos grandes posibilidades de lograr algo inesperado. He sentido la inmensidad, me he sentido libre con un sentido interno que capta más cosas que los sentidos físicos. He podido ver dónde se encuentra Victoria.

Cuando estaban en el elevador Adán apretó el segundo piso. Se abrieron las puertas. Alexia lo miró desconcertada.

—Éste no es el piso de nuestra habitación.

—Lo sé. Bajemos por la escalera.

—¿Bajemos?

—Sí. Ray no me da buena espina. Quiero ver qué hace.

Adán cogió de la mano a Alexia y ambos comenzaron a caminar a paso veloz hacia las escaleras rumbo al lobby.

—¿A qué te refieres?

—El lenguaje de su cuerpo indica que estaba mintiendo.

Adán era experto en descifrar lo que una persona estaba pensando. Había aprendido la ciencia de la investigación humana en varios campos; de acuerdo a los movimientos de su cuerpo una persona demostraba lo que llevaba en la mente.

—Creo que hay algo extraño.

—¿Por qué no hablamos directamente con Evangelina?

—En un momento. Déjame seguir mi intuición.

Ya estaban bajando la alfombra color granate del primer piso. Al avanzar un par de escalones más ya se veía el lobby. Adán la detuvo con su brazo derecho para que aguardasen. Se veía la gente en el bar, en los sofás y entrando y saliendo. Había bastante movimiento, a esa hora todo el mundo estaba iniciando su día.

—Allí está.

Ray estaba en el mostrador de la barra del bar.

—¿Ves algo extraño?

—Está hablando por teléfono.

—Seguramente con Evangelina. ¿Qué percibes?

Adán vio el panorama. Giró sus ojos de izquierda a derecha cuando los dos hombres de traje oscuro, camisa blanca y corbata negra con gafas oscuras, se acercaron a Ray. Alexia también los vio.

—¿Quiénes son?

—No lo sé. Parecen investigadores privados o algo así.

—¿Crees que son policías?

—Puede ser.

Los hombres se acercaron aún más a Ray y le dijeron algo que Adán y Alexia no pudieron escuchar. Inmediatamente Ray se puso de pie.

—Les está entregando su celular.

Los dos hombres invitaron a Ray a ponerse de pie y uno detrás y otro delante lo escoltaron disimuladamente hacia la salida.

—Se están yendo —dijo Alexia.

—Creo que se lo están llevando detenido.

Los dos hombres y Ray salieron por la puerta giratoria del hotel. Rápidamente Adán y Alexia bajaron media docena de escaleras y los siguieron en la misma dirección.

Al salir, los dos hombres hicieron entrar a Ray en un BMW negro. El coche arrancó a gran velocidad.

Adán miró hacia los lados.

Un taxi estaba pasando por la acera opuesta en dirección contraria, corrió y lo detuvo. Se subió rápidamente.

—Por favor, doble en la dirección opuesta.

Al girar, Alexia también alcanzó el taxi y se subió.

—Siga ese coche por favor.

El taxista los miró por el espejo retrovisor, le pareció que ambos eran artistas de Hollywood o cantantes, se veían como una pareja llena de magnetismo.

El coche aceleró y se colocó cien metros detrás. El BMW era rápido y tenía un manejo más que peligroso, casi se pasó un semáforo en rojo y dobló a la derecha. El coche de Adán y Alexia pudo pasar también.

—Que no se le despeguen.

Alexia se volvió hacia Adán.

—¿Qué crees que esté sucediendo?

—Quizás quieren el sobre que Ray nos ha dado. Quizás tienen que ver con los secuestradores.

El coche tomó una curva a gran velocidad por las empedradas calles romanas. Giró en la gran rotonda central donde multitud de coches y motos se apiñaban como si fuese un rally. En toda Italia, el tránsito era bastante descontrolado y ruidoso. Se insultaba, se tocaba el claxon y los coches y motos se pasaban a pocos centímetros de distancia.

La persecución los mantuvo a menos de treinta metros. El coche que llevaba a Ray iba cada vez más rápido cuando un atasco los obligó a parar. Una multitud de coches se encontraba en una estrecha bocacalle. Varias personas comenzaron a tocar la bocina de los coches. Pronto se llenó de ruido y tensión. Mucha gente tenía que llegar a sus trabajos. En medio del tumulto de coches, la puerta trasera del BMW negro se abrió y en una fracción de segundo Ray salió corriendo a gran velocidad, esquivando a un coche y a otro en zigzag. Los dos hombres de traje bajaron y lo siguieron. El conductor quedó sólo.

—¡Se está escapando!

Adán sacó un billete de veinte euros y le dio al taxista.

—Nos bajamos aquí, gracias.

Rápidamente los dos siguieron la carrera de Ray.

—¡Rápido! ¡Vamos por aquí!

Al ver que los zapatos no le permitirían correr en los suelos empedrados de Roma, le dijo:

—Alexia, mejor tú quédate por aquí en un café y trata de resolver las pistas del crucigrama. Yo los seguiré y nos conectamos por teléfono. Habla con Evangelina.

Alexia estaba en el medio del tránsito. Los ruidos aumentaban. El atasco casi impedía moverse.

—De acuerdo.

Adán rápidamente saltó por encima del capote de un coche, y de costado pasó por otro comenzando a correr hacia donde iba Ray. Vio una empinada subida a uno de los monumentos más famosos de la ciudad llamado el Panteón di Roma, un colosal templo circular construido a comienzos del imperio romano dedicado a los dioses, de ahí la palabra panteón, que significa templo de los dioses. La valiosa construcción circular se atribuía a Marco Agrippa. Su impresionante cúpula abierta, de más de cuarenta y tres metros de diámetro, la convertía en la mayor de la historia.

La plazoleta estaba llena de turistas que iban lentamente caminando por su escalinata y su pavimento, en cambio Adán comenzó a subir por una escalinata a gran velocidad mientras no perdía de vista a los dos hombres, quienes ya habían dejado atrás el pavimento central, el cual tenía dibujada una elipse circunscrita por los edificios y presidida en lo alto por las estatuas de enormes caballos alados tirando de poderosos carruajes.

Los hombres se veían fuertes y rápidos e iban a menos de veinte metros de Ray. Adán tuvo que esquivar una moto y luego saltar por encima de un pequeño asiento de hierro frente a una fuente de agua.

A gran velocidad se acercó y los vio girar hacia la parte antigua de Roma, se divisaba a lo lejos el Arco de Constantino, el cual era un arco del triunfo entre el Coliseo y la colina del Palatino, en Roma. Se había erigido para conmemorar la victoria de Constantino el Grande en la batalla del Puente Milvio. En lo alto, las banderas con los colores verde, blanco y rojo de la actual Italia flameaban con el viento que estaba fresco aquella mañana.

A algunos metros se encontraban las estatuas del mítico Julio César y de Rómulo y Remo amantados por la loba. Allí las calles eran cada vez más estrechas. Adán divisó a Ray adentrarse por una casa de antiguos ladrillos. Era una carrera como las de tiempos antiguos, cuando los soldados del imperio romano perseguían a los cristianos, a los delincuentes o bandidos o revolucionarios y a todo aquel que no estuviese bajo el orden establecido. Los tiempos habían pasado pero quizás los controles eran los mismos.

Adán sentía el corazón acelerado por la carrera. Llegó a la desembocadura de una pequeña calle donde sólo una joven y atractiva pareja estaba besándose tras unos arbustos. No pudo ver si Ray giró hacia la derecha o la izquierda.

Ni rastros tampoco de los dos hombres.

Se concentró y dejó que su intuición lo guiara.

Mermó la velocidad y siguió más de diez metros por el camino hacia la izquierda. En el mismo momento, al final de la calle se escucharon dos secos y poderosos disparos de bala.

Adán se frenó en seco y buscó ocultarse tras una pared en ruinas cuando escuchó los disparos.

El sonido provino de atrás de una pequeña muralla donde no había gente. Dio media docena de zancadas hacia un paredón derruido por el paso del tiempo. Al asomarse, vio a los dos hombres marcharse a gran velocidad por una escalerilla que daba a un jardín. Se apresuró a buscar el cuerpo de Ray. En lo alto una pareja de avanzada edad, vestidos con faldas escocesas, sacaba fotos y un par de lesbianas grababa con tinta azul oscura un corazón en la pared con sus nombres. Un perro callejero comenzó a ladrarle sin cesar. Un globo aerostático con publicidad hizo que muchos turistas dirigieran la mirada al cielo, asombrados por el método publicitario.

Adán giró la cabeza hacia un lado y luego hacia otro. No veía a Ray. Bajó detrás de otro camino de tierra de menos de cuatro o cinco metros, que daba a una especie de galpón del ayuntamiento de Roma que cuidaba los jardines. Sigiloso caminó por el lado este, los rayos del sol impactaban sobre los viejos cristales. Se asomó tras la ventana y vio el cuerpo de Ray caído. Abrió una vieja puerta de madera y corrió a su lado. Se inclinó en cuclillas y vio los dos impactos de bala, uno en el costado derecho, un poco más arriba del hígado, y el otro en la boca del estómago. Ray tenía un hilo se sangre en la boca. Estaba agonizando.

Cuando Ray vio a Adán le pareció surrealista. ¿Qué hacía él ahí? No lo supo pero de todos modos se contentó de no morir solo.

Adán colocó una mano en la espalda y le ayudó a incorporar la cabeza. Ray hizo una mueca de dolor. Otro hilo de sangre espesa bajó por la comisura de sus labios, su camisa blanca se tornó manchada de color granate.

—¿Qué ha pasado? ¿Quiénes son esos hombres? ¿Por qué te han disparado?

Ray intentó hablar pero tenía gran dificultad. El aire no llegaba bien a sus pulmones que habían comenzado a fallar.

—Ajjjj…

—Sólo responde con la cabeza. ¿Sabes quienes son?

Ray movió la cabeza afirmativamente.

—¿Son los secuestradores?

Negó una vez.

—¿Trabajan para Philippe?

Volvió a negar.

—¿Son policías?

Ray abrió los ojos y asintió con la cabeza.

Adán se mostró pensativo.

—¿Por qué te buscaban?

Ray se inclinó de costado y tosió escupiendo sangre y saliva. Hizo un gran esfuerzo.

—Querían saber… dónde… aajjjj… tenemos el nido.

—¿El nido?

Ray tragó saliva y sangre con dificultad.

—Traba…jo para… un grupo de hackers que están infiltran…

—Respira.

Ray hizo una pausa, sentía que el hígado iba a estallarle. Adán pudo palpar la sangre caliente del joven en sus manos. Eran sus momentos finales.

—¿Hackers? ¿Tienen relación con Philippe?

Ray negó.

—¿Con Evangelina?

Ray no respondió. No pudo. Sus ojos se volvieron vidriosos e inertes. Apenas un hilo de aire entraba por su nariz debido a que la boca estaba llena de sangre.

Adán lo miró a los ojos. Trató de transmitirle luz y amor. Los momentos finales de una persona son la experiencia cumbre entre la partida del plano físico y la apertura espacio-temporal de una nueva dimensión. Era el viaje que cada ser humano realiza cada noche, regresando a la mañana siguiente debido a que, tal como lo enseñan las tradiciones esotéricas, el alma se encuentra atada por el *antakarana* o cordón de plata. Pero el cordón de Ray estaba ya a punto de cortarse para seguir su viaje por otro destino. Aquel momento culminante que hace que un ser humano tome conciencia una vez más de la limitación de la vida humana. Limitada en tiempo, en respiraciones, en vivencias, aunque no en imaginación y creatividad. Con el paso del tiempo, el gran secreto de todos los sabios e iniciados era el de aprovechar cada instante, no postergar el momento de hacer, sentir y crear aquellas cosas que hiciesen vibrar alto al alma.

Para Ray la hora final se acercaba sigilosa como una serpiente.

Tomó el aire que le quedaba y Adán se agachó y acercó el oído a su boca. Ray exhaló su último suspiro con una frase.

—Ahhh… abra… cada… bra…

Inmediatamente su cabeza se aflojó y el peso de la misma quedó en la mano derecha de Adán. Sintió el peso de su historia personal, del destino que le había tocado cumplir a Ray Fournier.

Había pronunciado la palabra más enigmática y esotérica de todos los tiempos. Abracadabra, significaba "crear por la palabra". Pero Adán no supo qué pensar. ¿Por qué una persona a punto de morir estaría interesada en crear con su palabra, su última palabra?

Cerró los ojos y vio la vida de Ray deslizarse como una película frente a sus ojos. Su corazón supo lo que había querido decirle.

Apoyó el cuerpo y le cerró los ojos.

—Vuela alto y a la luz.

Adán pudo ver, en la trasparencia que hizo un hilo del sol entrando por la ventana, cómo el alma de Ray se desprendía del cuerpo. Sabía que el viaje continuaba. Ahora era libre del peso físico.

Volvió a mirar el cuerpo físico sobre el suelo y buscó entre sus bolsillos, tomó sus credenciales, una vieja billetera y una libreta de anotaciones. No estaba su celular, seguramente los perseguidores se lo habían quedado en el coche.

Ahora necesitaba buscar a Alexia.

44

Roma, Italia.
En la actualidad

Rachel Z y sus tres miembros del equipo de hackers viajaron por Alitalia. Habían llegado al aeropuerto de Roma y se dirigieron a un pequeño hotel de sólo dos estrellas en el centro de la ciudad.

El taxi que los transportaba marchaba a gran velocidad y en menos de treinta minutos los dejó en la puerta del hotel.

Rachel Z y los tres jóvenes se registraron y subieron a su habitación para cuatro. Habían pedido la habitación más alta. Rápidamente se ubicaron en la antesala, donde había un escritorio, tres sillas, un pequeño sofá y dos lámparas de luz tenue. Con rapidez se acomodaron en torno al escritorio, encendieron las computadoras y comenzaron a montar su nuevo centro de operaciones, lo que en el lenguaje de los hackers llamaban "el nido".

Rachel Z cerró las cortinas. La habitación quedó en penumbras, eso les permitía enfocar la mente en el trabajo que pensaban realizar en Roma con motivo del simposio de líderes.

Ella dejó su reloj sobre la cama, la bolsa de cuero y su computadora portátil; para Rachel Z su computadora era su forma de llegar a todo el mundo, así como para un músico su instrumento.

—Voy a tomar una ducha. Preparen algo para desayunar y comenzamos.

Los jóvenes asintieron mientras Rachel Z fue hacia el baño y dejó caer su ropa. Su cuerpo desnudo cubierto de elaborados tatuajes tenía un marcado tinte de sensualidad y rebeldía, como si con su cuerpo también emitiera una declaración de principios. Sintió el cálido contacto con el agua caliente y el jabón hizo espuma que se fue deslizando por cada centímetro de su piel, cual amante encendido de pasión. Pasó el jabón por sus axilas, sus pechos, sus dedos jabonosos jugaron con su pubis peludo, siempre le gustaba masturbarse bajo la ducha, aunque lo hacía sin llegar al orgasmo, sólo llevaba su cuerpo hasta la cúspide y se quedaba allí, eso la dejaba en un estado de excitación durante todo el día. Esa efervescencia la aplicaba en su trabajo de investigación.

Para ella era un ritual comenzar limpiando su cuerpo para prepararse con todos sus sentidos alertas en el delicado y difícil plan que había ideado y que ponía en riesgo la vida no sólo de ella, sino de toda su organización. Mucho más teniendo en cuenta que la policía secreta iba por todas contra los hackers y los delitos cibernéticos.

A Rachel Z le venían ideas mientras estaba en la ducha. Colocó shampoo de naranja en su larga cabellera roja y pasó sus largos dedos por su cuero cabelludo. Tenía símbolos esotéricos tatuados en los dedos. El agua caliente se deslizó por su cara, sus pechos y sus piernas.

Antes de finalizar dejó que un chorro de agua fría le diera en su espalda para limpiarse de los pesados iones magnéticos, producto de los aviones.

Justo cuando salía de la ducha con todo el cuerpo mojado golpearon a la puerta del baño.

—Rachel. ¿Puedo pasar?

—Ya casi termino.

—Es impórtante.

—Pasa, pero no quiero compañía.

Una de las jóvenes de la organización entró al baño. Rachel Z la miró a los ojos. La otra chica no se sorprendió de verla desnuda, dio dos pasos y le alcanzó la toalla, varias veces habían dormido juntas.

—¿Qué ha pasado?

—Hemos recibido una llamada extraña.

—¿Qué quieres decir? ¿Una llamada de quién?

—Desde el teléfono de Ray.

—¿De Ray? ¿Y qué dijo?

—No fue él quien habló.

—Explícate.

—Creo que ha sido capturado.

—¿Qué te han dicho?

—Fue como si quisiera tantear la situación, ver quién le atendía. Siento que nos estaban rastreando. Dijo número equivocado pero su voz no era la de Ray, tenía acento alemán.

—¿Entonces, llamaron desde su teléfono?

La chica asintió con cara de preocupación.

Rachel Z hizo una pausa para pensar. Salió de la ducha y se vistió rápidamente.

—Llama a Dee.

La chica le acercó el celular.

—Está llamando.

Casi de inmediato Dee respondió.

—Rachel. No puedo hablar mucho. Tengo que acompañar a Ariel a un sitio.

—¿Ray se comunicó contigo?

—No. Yo sigo en mi puesto pero no recibí ninguna llamada.

—No lo llames desde tu teléfono, podrías mostrar tu posición.

—¿Qué ha pasado?

—Alguien nos llamó del teléfono de Ray. Ten cuidado. Repito, no llames a nadie, podríamos estar al descubierto.

—Entendido.

Del otro lado, Dee cortó la comunicación al ver llegar a Ariel.

Rachel Z también colgó y le devolvió el celular a su compañera. Se miró al espejo, su mirada era poderosa y astuta. Se volvió hacia la chica.

—Apaguen inmediatamente todos los celulares. Antes llama a París y diles que se comuniquen al celular de Ray desde nuestro celular oculto para que no sepan que estamos aquí. No vuelvas a encender el teléfono del que recibiste la llamada. Desde París que nos informen luego por email, no por teléfono, ¿entendido? También comunica urgente la orden grupal: abstinencia de teléfonos. Necesitamos comprobar si Ray está bien. También vete a otro hotel que esté a más de cinco kilómetros del nuestro y regístrate también allí, sube a la habitación y deja sólo el teléfono al que te llamaron encendido y vuelve rápidamente para aquí. Debemos evitar que nos rastreen a nuestros otros teléfonos. Ése lo dejaremos encendido para despistarlos. Tenemos que comenzar a dejar pistas falsas por toda la ciudad y activar rápidamente nuestro plan.

Adán se marchó rápidamente del lugar dejando el cuerpo sin vida de Ray en el suelo. Los turistas no se habían percatado de nada.

Bajó con paso veloz la escalinata e hizo todo el recorrido en sentido inverso. Durante el camino llamó a los *carabinieri* reportando el crimen. No podía dar testimonio personalmente porque ello le quitaría un tiempo valioso. Les explicó lo que había visto. Había dejado la célula de identificación para que los oficiales pudieran reportar el nombre de Ray Fournier a los familiares, si es que los tenía. Él ahora debía avisarle del deceso de Ray a Evangelina, quien lo había enviado.

Tomó el celular y llamó a Alexia.

—Adán, ¿qué ha pasado?

—Le dispararon a Ray. Los he seguido pero lo han matado.

—¿Tú estás bien?

—Sí. ¿Dónde estás? Tenemos que avanzar.

—En el café Di Fiore, debajo de la empalizada donde me dejaste con el taxi. Estoy dentro.

—Te veo ahí.

Adán colgó el celular y lo colocó en el bolsillo derecho de su saco. Mientras bajaba no podía dejar de pensar en la muerte de Ray. ¿Qué había detrás de eso? ¿Realmente quiénes le dispararon? ¿Por qué Evangelina lo había enviado si hubiera podido pasar ese texto por email o teléfono?

Muchas interrogantes bailaban por su mente. Necesitaba encajar las piezas. Activó todo el potencial de su cerebro. Comenzó a pensar con expansión para ver el panorama completo. Al bajar por las escaleras, ya en la calle, se encontró nuevamente con el gentío. Personas que caminaban de un lado a otro, coches con prisa, autobuses de turistas. Le pareció que todos lo observaban. Como si llevara una luz especial, un magnetismo. Percibió en toda la gente el mismo patrón de vida, vivir para concretar deseos, vivir para lograr metas, vivir para tener experiencias; algunos despiertos a la búsqueda espiritual, otros dormidos en el más profundo de los sueños. Sintió que él no estaba allí para resolver un extraño crucigrama, ni para ayudar a Evangelina. La misión por la que estaban allí tanto él como Alexia era un mandato superior para lograr la iluminación definitiva; necesitaban lograr ese paso superior en sus iniciaciones espirituales. Era un pacto que tenían con el Maestro y su compañera. Su corazón supo que debía darse prisa porque el logro de su proeza estaba ligado a la iluminación de los despiertos, debía juntarlos para formar una masa crítica que afectase la conciencia de muchos miles de personas para explorar las nuevas dimensiones de la conciencia, el Reino interno, el estado crístico. ¿Cómo lograr que tomaran conciencia?

Tenía un plan con Alexia que involucraba al Profesor, quien estaba cerca de ganar el premio Nobel por las investigaciones que presentaría en el simposio del día siguiente. El mismo día que vencía el plazo para entregar ese crucigrama a unos desconocidos. Algo no iba bien, algo no encajaba. ¿Por qué razón él y Alexia habían atraído eso a sus vidas? Sabía muy bien que toda alma atrae la cosecha que siembra, le llegan las vivencias que necesita vivir. ¿Acaso ese crucigrama representaba algo en su iniciación? Por alguna razón su alma supo que sí, que estaba ligado también con todo el mundo, esas extrañas preguntas basadas en las palabras del Maestro… ¿Qué querían decir, más allá del secuestro de una niña? "Victoria… Victoria…". Pensó en la niña tratando de conectarse con su alma, de tener una visión de conocimiento. "¿Dónde estás?".

Apuró el paso y en menos de diez minutos entró por la puerta del café. Vio a Alexia al fondo en una mesa pequeña frente a una ventana desde donde se veía la gente.

Alexia se puso de pie y lo abrazó. Adán la besó en la boca.

—¿Qué pasó, Adán?

—Le dispararon.

—¿Está muerto?

Adán asintió, resignado.

—¡Oh, Dios mío!

—Esta gente va en serio. Que lo mataran significa que llevaba un secreto que ellos querían.

—O tal vez, que el secreto no lo sepamos nosotros...

—Puede ser. Ahora tenemos que avisarle a Evangelina. No le gustará saber que ella lo envió y aquí acabó sus días.

Alexia tomó el celular.

—Aguarda un momento. Tenemos que aclarar la mente. Estamos involucrados en una contienda que no veo qué relación tiene con nosotros. Estamos aquí porque mañana tenemos que activar algo para todo el mundo. No podemos distraernos del objetivo.

—Tranquilo, el crucigrama está casi concluido.

Alexia le mostró el papel con las respuestas.

—¿Lo has hecho mientras no estaba?

Alexia asintió con una leve sonrisa.

—Sí, veamos si está correcto. Mira, esto es lo que quedaba.

Porque por tus palabras seréis justificado,
y por tus palabras seréis condenado.

La muerte y la vida están en poder de la lengua,
y el que la ama comerá de sus frutos.

—Evidentemente, estas citas hacen referencia a dos cosas, la palabra, los frutos y lo que justifica la cosecha de cada uno en la vida. ¿Correcto?

—Sigue.

Adán la observaba con admiración. Era una mujer brillante, la amaba con toda el alma.

—Para todas las tradiciones antiguas era siempre importante cuidar lo que uno habla y la energía de la creación.

—Exacto. Desde los druidas a los atlantes, todos sabían que al hablar creaban. Eso fue lo último que dijo Ray.

Alexia lo observó sorprendida.

—Abracadabra —dijo Adán con poder.

—¿Dijo eso antes de morir?

—Sí. Evidentemente que una persona iniciada sabe que es una palabra que sella lo que uno dice, una palabra mágica. ¿Por qué razón sería su última palabra?

Alexia se mostró pensativa y le mostró los casilleros del crucigrama.

—Esto es lo que razoné sobre esta cita. La parte procreadora de lo divino en la Tierra son dos aspectos: uno es la PALABRA. Por eso Jesús dijo que había que cuidar lo que sale de la boca. Para que las oraciones y los decretos sean escuchadas desde los planos superiores o dimensiones elevadas. Los iniciados sabemos que de la forma en cómo dirigimos la mente cuando hablamos, lo que digamos se hará realidad o no. Palabras vanas no crean nada, si las palabras vienen cargadas de energía y conciencia darán fruto positivo. Por eso dice "el que ama comerá de sus frutos". La palabra con amor es poderosa. Ahora también los científicos saben que el pensamiento viaja y se contagia, son amplificadores. Con que uno lo haga bien, los demás se contagian. Es necesario crear una masa crítica de iniciados para llegar a Dios y lograr que se expanda a la humanidad.

Alexia le mostró el casillero donde colocó PALABRA. Encajaba perfecto con las verticales.

—¿Y el otro fruto?

—Tú mejor que nadie sabe qué es.

Adán lo sabía, era sexólogo y experto en religiones comparadas. Había estudiado desde del taoísmo al tantra, desde las corrientes ancestrales hasta la sexualidad atlante.

—Está más que claro, las dos partes creadoras del hombre sobre la tierra son la PALABRA y el SEMEN, la semilla de vida. El semen es una sustancia llena de luz y de vida y está directamente involucrado con la creación. Los orientales enseñan a pasar periodos de silencio, los llaman *mouna,* y a cultivar la luz reteniendo el semen.

Ambos vieron cómo el crucigrama comenzaba a llenarse.

—Palabra y semen son el estigma de lo divino en la humanidad. El método por el que Dios crea a través de las personas. Todo iniciado sabe que tiene que dominar ambas para lograr el ascenso de su conciencia.

—Correcto. Sigamos, ¿cuál es la siguiente?

Alexia le leyó:

Y vi a los muertos, grandes y pequeños, de pie delante
de Dios; y los libros fueron abiertos;
y otro libro fue abierto, el cual es el libro de la vida.
¿Dónde se halla oculta la generación, el Génesis,

que contiene la historia de la creación de todas las cosas
y la descendencia de los hombres desde Adán?

—Más que claro, ¿verdad? —dijo Alexia.

Adán asintió.

—Toda la humanidad tiene el mismo origen, aunque varían los grupos sanguíneos, lo cual es una clasificación de la sangre de acuerdo con las características presentes o no en la superficie de los glóbulos rojos y en el suero de la sangre. Las dos clasificaciones más importantes para describir grupos sanguíneos en humanos son los antígenos del sistema A, B y O y el factor RH. El sistema fue descubierto por Karl Landsteiner en 1901. Por esta investigación se saben las líneas de sangre y todo el paquete que contienen las memorias en las células.

—Un descubrimiento muy reciente. Ambos sabemos lo que todavía los científicos ortodoxos ignoran, y es que las células contienen la información grabada de más de mil quinientas generaciones atrás. Es como una gran red informática conectándose más allá del tiempo por ese gran libro de la vida que lo tiene todo almacenado dentro de todo ser humano por el...

—ADN.

Alexia sonrió. Sabían que el ADN era el estigma del primer ADÁN, la creación original de la cual se deriva la humanidad.

Era un juego para ellos corroborar cómo encajaban a la perfección las citas antiguas de miles de años atrás con la ciencia actual. Ése había sido uno de los motivos por los que las religiones basaban sus creencias en la fe y no en el conocimiento empírico, de esa manera mantenían valiosos conocimientos fuera del alcance de la gente para que no se iluminara y permaneciera en la ignorancia.

Alexia prosiguió:

¿Cómo ganar una contienda si no se tiene rival?

—Hay dos caminos —dijo Alexia con certeza—. O no se compite, como enseñan Lao Tsé y la filosofía védica de la India, o bien, se despliegan las herramientas del alma para vencer al oponente.

—Hay muchos medios por los que las personas tendrán que luchar sí o sí. El camino de regreso al estado crístico original necesita pasar por ese estrecho camino que son las pruebas diarias. Pruebas que el oponente coloca diariamente con miedos, tentaciones, distracciones, emociones bajas, sexo sin conciencia y muchas más.

—¿Tú crees que todo el mundo sabe la verdadera naturaleza del oponente?

Adán tomó aire. El camarero se acercó a la mesa.

—Agua sin gas, por favor.

—Otra para mí, gracias.

Adán se volvió a Alexia con ojos llenos de brillo.

—Lo que llaman Oponente o Adversario, demonio, diablo, ángel caído no es otra cosa que la sombra que Dios ha puesto para que el hombre pueda vencer las pruebas. También la llamaron "Serpiente", que no es otra cosa que una fuerza inteligente que quiere frustrar los planes y objetivos espirituales del hombre. Se disfraza de muchas cosas, es la voz del ego que siempre quiere recibir y no se concentra en compartir. Al centrarse en recibir, el hombre se vuelve egoísta, acaparador, preso de sí mismo, como Narciso. Si el hombre escucha la voz del oponente que lo distrae, puede pasar toda su vida sin que despierte su voz divina, que no tiene nada que ver con creencias religiosas, sino con la conciencia eterna que no necesita religión. No tendrá posibilidad de retorno quien no pase por las pruebas en esta dimensión terrenal. Por lo tanto, visto desde el punto de vista del retorno al Padre, el oponente es un aliado para que cada uno pueda alcanzar el triunfo. Es el ego oculto que trae placeres para distraer al hombre del plan de regreso a Dios. El hombre se creó como una antena para traer bendiciones de los reinos superiores a la Tierra.

—El Adversario se nutre de la energía de las personas, ¿verdad?

—Exacto. Por ejemplo, cuando una persona le entrega el semen sin propósito, el Adversario que no tiene luz se nutre de esa energía, que queda abandonada a la intemperie sin ninguna otra intención más que recibir placer egoísta. El semen es la sustancia más poderosa de la Tierra y el Adversario lo aprovecha para debilitar a las personas y fortalecerse él mismo. También se nutre de la energía de las emociones bajas, del odio, de la ira, de los celos… Pero fundamentalmente de la fuente de luz, vida y electricidad que tiene el semen. De esta forma, el Adversario capta la luz de las personas dejándolas en la oscuridad de la inconsciencia y la debilidad. Por ello hay que hacer el trabajo iniciático en el sexo. En cambio, cuando una pareja se centra en reciclar y compartir la energía de su acto sexual con el propósito de elevarse internamente, el Adversario pierde fuerza y el mundo gana luz. Ya sabes lo que decían los herméticos, "como arriba es abajo y como es abajo influye arriba".

Alexia suspiró.

—En estos casilleros las palabras ADVERSARIO, OPONENTE, DIABLO, DEMONIO, SERPIENTE no encajan. ¿Se te ocurre alguna para la contienda entre el ser humano y las fuerzas del oponente?

Adán dejó que la respuesta viniera a él.

—Te centraste en la parte negativa, no en lo que le espera a todo el mundo si vence al Adversario y centra su conciencia en alinearse con la conciencia universal…VICTORIA —pronunció aquel nombre e intuyó que eso tenía que ver con el pedido que había hecho mentalmente a la niña. "¿Dónde estás, Victoria?".

El camarero llegó con las dos botellas de agua. En ese mismo momento sonó el teléfono.

—Todavía no hemos terminado.

Adán hizo un gesto para que esperase y llevó la mano al celular dentro de su saco.

Era Evangelina desde París.

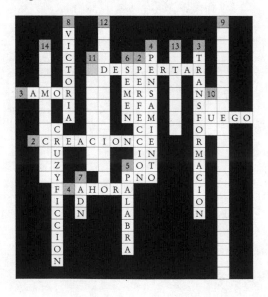

46
Ciudad del Vaticano, Italia.
En la actualidad

A las tres en punto de la tarde las autoridades de la organización de eventos en el Vaticano tenían listos todos los preparativos para el importante *meeting* con diversas comitivas empresariales, en el marco del Simposio Internacional de Ciencia y Religiones que se llevaría a cabo en Roma al día siguiente.

Debido a la importante temática, los representantes de la iglesia católica querían auspiciar una comida ligera y un coctel de bienvenida para los principales líderes religiosos invitados y los diferentes premios Nobel que iban a exponer sus teorías sobre la ciencia unida a la religión.

Era más que voz popular que las religiones siempre habían mantenido distancia frente al conocimiento científico debido, fundamentalmente, al peligro de que éste demostrase cosas diferentes al credo establecido. En especial esta distancia se daba entre los líderes de las religiones mayoritarias como los católicos, judíos y musulmanes.

Desde que Galileo Galilei había propuesto que la Tierra giraba alrededor del Sol y no al revés, como afirmaba el clero, un recelo constante mantenía el filo de la navaja científica lejos de las páginas de la enseñanza religiosa. La teoría de Galileo fue conocida en 1616, pero quinientos años antes de Cristo el astrónomo griego Aristarco de Samos propuso dicha hipótesis que tampoco obtuvo consenso y fue sepultada en el olvido durante más de dos mil años.

En la hasta ahora inexistente alianza entre la religión y la ciencia, multitud de interrogantes quedaban en el aire sin que la mayoría de los fieles, en la actualidad, se preguntase por respuestas lógicas e investigativas a cuestiones trascendentales. Estaban distraídos por el tentador mundo moderno de los *reality shows*, las publicidades hipnóticas, la tecnología de punta, la vida virtual dentro de las redes sociales, la apariencia narcisista y un frenesí para conseguir cosas en el futuro, dejando pasar la poderosa presencia del presente.

Muchos temas de investigación quedaban en entredicho, tales como si la ascensión de Jesús había sido en cuerpo físico o por una vía diferente; qué había hecho en los cuarenta días que había pasado en la Tierra luego de resucitar; la llegada — después de más de cinco mil años de espera— del que decían sería el *Mesiáh* que los judíos ortodoxos aguardaban para Israel; o por qué la gente seguía miles de años bajo las estrictas normas del credo musulmán respondiendo con agresividad frente a otras ventanas para ver el mundo.

Muchas de aquellas temáticas iban a ser tratadas en el simposio y eso mantenía la expectativa, ya que era el primero en el mundo en su género.

El grupo liderado por Hans Friedrich partió del lujoso hotel Majestic, donde se encontraban hospedados, ubicado en la famosa vía Veneto, en un área a pocos metros de la Fontana di Trevi, la Villa Borghese y los principales puntos de interés. Allí también se encontraban muchos expositores, organizadores y premios Nobel que iban dirigiéndose a la importante reunión del Vaticano, la cual sería presidida por el mismísimo Papa.

La comitiva de Hans Friedrich arribó en tres Mercedes Benz de color negro y rápidamente subieron las escalinatas de la entrada para caminar por un largo pasillo, donde se reunieron en una sala ornamentada, llena de esculturas y pinturas de incalculable valor, bajo la luz de trabajadas arañas de cristal que colgaban de los altos techos y aportaban iluminación a la gran sala.

Había gran expectativa y todos los invitados estaban preparándose. La prensa de todo el mundo estaba cubriendo el evento y sólo tenían veinte minutos de permiso para fotografiar a los invitados junto al Papa y los líderes elegidos de la iglesia para aquella tertulia. Los titulares de los diarios del mundo se dividían entre la desaparición de los niños, la economía en los países, los resultados de futbol y el gran acontecimiento del día siguiente.

Varios medios se disputaban las exclusivas con los científicos. Más atrás, manteniendo un perfil bajo, Diego Reyes, gracias a la credencial que Ariel le había podido conseguir a través de su poderoso padre, fotografiaba a todos los líderes. En un momento, el carismático Papa hizo su aparición por una de las altas puertas secundarias.

La puerta de roble de dos hojas con ornamento y diagramas incrustados se abrió con la fuerza de dos escoltas.

La presencia de Su Santidad hizo que todos en el recinto volvieran su cabeza hacia él.

Llenó de luz la sala, en gran parte debido también a que los flashes de fotos se intensificaron. Con una amplia sonrisa en el rostro y vestido con una larga vestimenta de color tiza, alzó su mano derecha en señal de bendición. Sólo llevaba su anillo de plata en el anular y un crucifijo invertido, que representaba a san Pedro, colgando del cuello.

—¿Ya están todos? —preguntó el Papa con marcada actitud amistosa a su asistente personal.

—Sólo faltan los representante de la empresa de Francia, Su Santidad, creo que no han podido viajar.

El Papa extendió la mano a cada uno de los que lo aguardaban en una organizada hilera elegantemente vestidos. El obispo Martin Scheffer estaba junto a él a sol y sombra desde que le había hecho saber del descubrimiento de los textos antiguos. Aquello era, junto a la extraña desaparición mundial de los niños, lo que ocupaba la mente del Papa en todo momento.

Había más de treinta y cinco personas en torno a una mesa ovalada. En la misma, se ubicaban Isaac Lieberman y su hijo Ariel, media docena de directivos en la tecnología, además de los poderosos inversores de la firma T&F (Technologies for the Future) de la familia Lieberman, más una comitiva de cuatro representantes de la religión hebrea.

Algunos accionistas de otras empresas y poco más de media docena de científicos con el Nobel en sus currículum completaban la lista de invitados.

La reunión agrupaba a los principales líderes e inversionistas del proyecto que tenían en mente y por el que estaban allí. Había invitados representantes de religiones de India, de Australia, de China y las mayoritarias.

Aquel sería un ambicioso paso para tener el aval mundial a nivel eclesiástico y demostrar por medios científicos que el estado de percepción de Dios podía lograrse mediante un estímulo genético y una reactivación celular. Esto se haría a través del impulso en el ADN que enviase una corriente alterna de un leve voltaje directamente a lo que los científicos llamaban el "gen Dios".

Ése era el plan establecido, aunque Hans Friedrich, junto a su empresa y el gobierno alemán, buscaba la supremacía mundial a nivel genético. Su plan era implantar en las nuevas generaciones el microchip de corriente alterna que permitiese la activación total del cerebro y las funciones internas del nuevo niño, obviamente alemán. Dichas pautas habían sido extraídas de las investigaciones científicas de Nikola Tesla hacía varios años.

Había dos propósitos, uno oculto y el otro era la fachada, la cara visible para poder accionar desde la sombra. El propósito secreto de Friedrich, Lieberman y las demás empresas de científicos, no era el de iluminar a toda la humanidad, sino el de asegurar la supremacía de su raza. El señuelo era hacerle ver a las religiones la oportunidad de que cada nuevo niño ya naciese sintiendo que Dios lo abarcaba todo y que estaban en su presencia en todo momento. Pero eso representaría inevitablemente la extinción de todas las religiones, debido a que no tendría sentido querer religar lo que nacía sin división, con completa conciencia de unidad con la vida, el universo y su Creador.

Tras su sonrisa, el Papa percibía un conflicto de intereses; sintió que necesitaba un diálogo entre su corazón y su mente.

¿Debía él permitir que el mundo se iluminara aunque fuera por medios científicos o por los textos hallados recientemente? O, por el contrario, defender los derechos de una institución milenaria a la que lideraba y que insistía en mantener a la gente pegada a sus creencias, en la esperanza de hallar el paraíso luego de la muerte mediante sacrificios y automortificaciones en la vida terrenal.

¿Podría vivir con su conciencia tranquila si sabía cómo ofrecer medios más rápidos y comprobables para llegar a activar el estado de Dios dentro de cada ser?

¿Tendría que ocultar para siempre en los sótanos de la biblioteca del Vaticano aquellos textos que hablaban de la enseñanza esotérica de Jesucristo?

Como un equilibrista existencial trataba de mantener la mente en calma y pensar con claridad. Aquellos eran momentos de cambio en el mundo, había una gran inquietud en miles de personas por los niños desaparecidos que rezaban día y noche por su protección y sintió el peso de la responsabilidad en sus hombros.

El punto que los científicos iban a exponer, el mismo Einstein lo había mencionado: el ser humano usaba sólo 8 por ciento de la capacidad total del cerebro, mientras otro 92 por ciento estaba en estado inoperante o de potencialidad pura. Esto hacía que la mente humana viviese en un sueño, sin despertar a la realidad que estaba frente a sus ojos. Aunque los ojos para verla eran los ojos de la conciencia, los ojos de los niños que no conocen separación, ni arriba ni abajo, ni bueno ni malo, ni moral ni inmoral. Sabiendo esto los científicos alemanes trabajaban día y noche en sus laboratorios, mediante costosos programas de financiación para lograr el adelanto que les permitiese tener éxito en las pruebas humanas.

Hasta el momento, ninguna compañía ni la de Hans Friedrich, ni la de Isaac Lieberman ni la de Philippe Sinclair habían podido completar con éxito el proyecto. Cada una estaba cerca de su objetivo, pero no confiaban en las otras. Ellos buscaban obtener la patente legal y hallar el permiso de manipulación genética. Uno tenía la parte que al otro le faltaba para llevarse la victoria en aquella cruzada. La presencia de los científicos Nobel era la pesca que las empresas querían para ficharlos en sus proyectos millonarios.

El Papa dio las gracias a la prensa que, de forma organizada, luego de sacar fotos y flashes comenzó a retirarse. Dee cruzó una mirada de complicidad con Ariel antes de salir detrás de la comitiva de periodistas. Había dejado un pequeño micrófono casi imperceptible en la solapa del traje de Ariel.

Una vez alejada la prensa, el Papa, con el rostro más serio, invitó a todos los participantes a la mesa. Cada uno tenía colocado su nombre frente a su silla, una botella de agua y un bloc de notas con la insignia real del Vaticano.

—Sean bienvenidos, en el nombre del Padre, del Hijo y del Espíritu Santo —dijo el sumo pontífice con diplomacia, antes de sentarse.

Abrió sus manos en señal de que todos podrían sentarse y se escuchó el chirrido de las pesadas sillas de roble.

Al escuchar aquellas palabras del Santo Padre, la mente de Isaac Lieberman comprendió la trinidad de fuerzas en las figuras de Abraham, Isaac y Jacob; los delegados de India lo sintieron como Brahma, Shiva y Vishnú; y Hans Friedrich, científico de raza, filtró aquellas palabras y su raciocinio lo sintió como Protón, Neutrón y Electrón.

Era curioso como todos veían tras el prisma de sus ojos la misma raíz y trinidad cósmica con diferentes nombres.

—Sean bienvenidos, siéntanse parte de esta casa. Es un honor reunirnos hoy aquí. Éste es un paso grande para nuestras tradiciones, religiones y, sobre todo, para el mundo. Deseo que este encuentro ecuménico traiga claridad y luz para todos. Y que este encuentro devuelva la esperanza a los fieles de todas las naciones y de todos los credos para hacer un mundo más justo, más equilibrado y más luminoso. Y oremos por la situación mundial, sobre todo por las áreas de conflicto bélico y por los millones de niños que están desapareciendo.

El Papa sabía que los ojos de todo el mundo estaban puestos en aquella reunión previa al simposio, en su persona y los otros líderes religiosos, para conocer las explicaciones que darían sobre aquel misterioso suceso de nuevos niños desaparecidos. El Papa tenía conocimiento hacía una hora de que los últimos cómputos indicaban que la cifra llegaba casi a los ciento cuarenta mil niños en todo el mundo.

Los asistentes inclinaron la cabeza hacia delante en señal de saludo y aceptación de la hospitalidad. Cada uno tendría la palabra durante diez minutos.

El coordinador de la reunión pasó la palabra a la comitiva representada por Isaac Lieberman.

—Señores representantes de las leyes religiosas, Su Santidad, obispos, líderes empresariales, estamos orgullosos de representar a nuestra colectividad en pos de una mejor relación en todos los frentes para participar en este histórico momento de la humanidad.

Uno a uno fueron pasándose la palabra. Acto seguido, los miembros de Oriente hablaron de estrechar lazos, de construir puentes de diálogo sincero y unir con extrema precaución el aporte de la ciencia al terreno religioso para esclarecer la visión de los escépticos. Palabras más, palabras menos, todos los líderes expusieron su discurso y la buena voluntad de poder confraternizar en todos los ideales religiosos.

Cuando le tocó el turno a Hans Friedrich, del otro lado, la escucha de Rachel Z se agudizó y todos los hackers en el hotel de Roma y en la central de París pusieron toda la atención.

—Gracias por los detalles que hemos recibido en el hotel y los obsequios que Su Santidad nos ha enviado como señal de apertura frente a los nuevos descubrimientos. Estamos casi a un paso de demostrar la existencia de una tecnología que podría aportar una valiosa mano a la teología. Ambas herramientas pueden ser el futuro de nuestra raza, de nuestros ideales y de nuestra visión para tener un mundo más justo.

En el momento que Hans Friedrich dijo la palabra "nuestra raza", un ligero malestar pasó por las venas de Isaac Lieberman, inclinando el torso ligeramente hacia delante. Su hijo Ariel le puso la mano en su espalda, haciéndole sentir su presencia, en realidad esa mano simbolizó mucho más que la de un hijo sobre un padre, era la de toda una colectividad apoyando a su representante. La historia demostraba la barbarie sucedida en nombre de la raza superior, de las religiones, de las ideologías. Sería una dura tarea para todos los allí presentes conciliar las viejas heridas y renacer en un visión nueva y unitaria. Sin duda, una tarea titánica ya que los intereses ocultos eran demasiado fuertes y podrían dificultar los ideales religiosos con la garra material de las ganancias económicas.

—El evento de mañana puede darnos una llave para revelar científicamente el secreto de Dios, avalado por miles de años de textos y enseñanzas de los enviados —Hans miró al Papa, al obispo Martin Scheffer y a Isaac Lieberman—. Además, muestro mi preocupación por los niños desaparecidos para que podamos hacer algo respecto a este extraño suceso.

—¡Bastardo! —rechinó con expresión tensa, Rachel Z, quien estaba escuchando atentamente con su equipo dentro de la habitación del hotel—. ¡Son todos unos auténticos hipócritas que tratan de tantear en qué terreno se encuentran sus rivales! ¡Ocultan sus rostros de lobos feroces hambrientos de poder, de control, de dominio sobre los demás, tras máscaras diplomáticas!

Aquella era la cruzada de Rachel Z y su grupo. Ella quería vengarse de su padre, por haberla abandonado, pero su motor principal era terminar con lo que, para ella y sus ideales revolucionarios, era la viva cara de la hipocresía.

Para Rachel Z aquella era una versión más del cuento de Caperucita y el Lobo, tantas veces representado a diario por la hipocresía de las personas comunes ante sus familiares, trabajos, amigos y relaciones; sólo que a un nivel más alto.

En la sala del Vaticano, Hans concluyó su breve discurso diciendo "estamos abiertos a colaborar con nuestros colegas de otros países y otras ideologías para demostrar la existencia de un poder superior que nos permita…".

En ese momento, al tiempo que Hans Friedrich seguía hablando con tono pausado, uno de los camareros, con el rostro sudoroso, vestido con un elegante traje negro, camisa blanca y moño negro, se acercó con extraña expresión hacia Martin Scheffer.

El obispo pudo sentir un viento helado en su espalda aproximándose hacia él. Percibió, con su sexto sentido, que algo extraño se acercaba a su campo energético. Fueron menos de diez segundos los que tardó el camarero en caminar a paso veloz y colocarse justo detrás suyo.

Al girar la cabeza, el obispo Scheffer sintió que el tiempo se detenía, que su corazón palpitaba casi en cámara lenta. Un instante de terror que nunca olvidaría.

La mano tensa del camarero sostenía un revólver calibre 38 y le apuntó directamente a la cabeza. Todos los presentes sintieron un escalofrío en la columna. Aquel extraño hombre que había aparecido como uno más, detrás de las mesas donde se encontraban también otros camareros de una empresa privada, captó la atención y una corriente de miedo inundó el recinto.

El rostro sudoroso con expresión desesperada de Mateo Toscanini buscaba hacer justicia por mano propia.

El obispo Scheffer no había devuelto ninguna de sus llamadas y le había dado la espalda frente a la desaparición de sus tres hijos; se había llevado los textos sagrados con los cofres llenos de vasijas de oro y su esposa había desaparecido.

Mateo no tenía nada más que perder.

Se sentía como un animal herido, defraudado por la falta de apoyo en su fe, se hundió en la desesperación traicionado por su sagrada iglesia, o al menos, por su representante.

Sin dudarlo, apoyó el frío caño del revolver en la cabeza del obispo Scheffer.

El asombro de todos los presentes fue contundente.

El Papa no daba crédito a lo que veían sus ojos. Observar al obispo Scheffer amenazado a pocos metros de él le pareció surrealista. En medio de las extrañas sorpresas del día pasado, ahora un intruso dentro del Vaticano era como una fuerte bofetada en la otra mejilla.

Hubo un antecedente en el año 2013. Dentro de la Santa Sede tuvieron un infiltrado en las elecciones previas al Papa, luego de la renuncia de Benedicto XVI. Se conoció mundialmente la noticia de un falso obispo que logró colarse hasta la puerta de la sala de reuniones donde los cardenales discutían, entre otras cosas, la fecha en que votarían al nuevo Papa.

En aquel año el infiltrado se había presentado como "Basilius" y dijo pertenecer a la iglesia ortodoxa italiana, una organización inexistente. Antes de ser descubierto por la Guardia Suiza, el infiltrado puedo hablar con cardenales y periodistas. Algunos medios lo definieron en aquel momento como un "hacker religioso".

Desde aquel incidente, la Guardia Suiza había redoblado la seguridad en torno al Vaticano. Era casi imposible que se volviese a generar el mismo problema con otro intruso varios años más tarde, aunque ahora Mateo Toscanini quería hablar con los periodistas y, para conseguirlo, amenazaba la vida de un obispo.

En los últimos días, la Ciudad del Vaticano había presumido de grandes operativos de seguridad en el área debido a la proximidad del simposio internacional y la desaparición mundial de los niños. Se llevó a cabo el cierre de la Capilla Sixtina a los visitantes y el desalojo del hotel del Vaticano.

¿Quién era aquel hombre?

¿Cómo había podido ingresar vestido de camarero?

El Papa logró encontrar un punto de calma en su interior.

—Hijo, tranquilízate. ¿Quién eres?

Mateo lo miró con los ojos húmedos por tener que hacer aquello. Sin dejar de apuntar con el arma, con la mano izquierda se quitó el moño de camarero que le asfixiaba la garganta.

—Su Santidad, usted no sabe la verdad de lo que está sucediendo. Mis hijos, ¡mis *bambini*!

Mateo estaba visiblemente nervioso. Todos los presentes se mantuvieron inmutables.

El Papa movió lentamente sus manos.

—Muchacho, ¿también han desaparecido tus hijos?

—El domingo pasado lo escuché a usted pronunciar el sermón de la familia rota, de que iban a estar tres contra dos y el padre y la madre y todo eso... Ahora a mis tres hijos se los ha tragado la Tierra. Y a mi esposa también. Estoy desesperado y este hombre...

Mateo bajó levemente la cabeza para mirar al obispo que estaba pálido. Todas las miradas de los asistentes se dirigían a Martin Scheffer.

—¿Qué sucede con este hombre? —preguntó con voz fuerte Hans Friedrich, quien percibió algo extraño.

El Papa le dirigió una mirada y un gesto a Friedrich, como si quisiera decirle que él sería quien dialogase con el infiltrado.

Lo cierto era que el obispo Scheffer no era visto con buenos ojos dentro del Vaticano por otros prelados, sus enemigos decían que quería acaparar demasiado poder. Que había pugnado por llevar la batuta en la Conferencia Episcopal Italiana. Que le obsesionaba controlar los flujos de dinero. Por eso se había involucrado en una batalla áspera por el control de la banca vaticana. El secretario de Estado no quería que la comisión de supervisión del Instituto para las Obras de Religión (IOR) —nombre del banco— se le escapara de las manos. Y estaba decidido a utilizar el dinero de la caja fuerte vaticana en la compra de un importante centro hospitalario de Milán, cargado de deudas. Las tensiones no tardaron en surgir y mantuvieron al obispo Scheffer en un perfil bajo desde hacía casi nueve meses. El banquero, miembro del Opus Dei y muy próximo al Papa Benedicto XVI, había abandonado la presidencia entre acusaciones de supuestas irregularidades que se demostraron falsas y el obispo pudo salir ileso de aquellas acusaciones, aunque con una sombra de duda. Estar ahora amenazado no era novedad por tantos enemigos en las sombras. Aunque el Papa estaba escuchando que el infiltrado no buscaba justicia por irregularidades económicas.

—¿En qué puedo ayudarte, hijo? Dímelo y haré lo que esté a mi alcance, pero no le hagas daño a este hombre, hablemos como personas civilizadas, como hijos y hermanos de Dios.

Mateo lo miró como si no hubiese escuchado nada.

—Señor, explíquenos su problema por favor —le volvió a decir Hans Friedrich.

Mateo le dirigió una mirada extraviada.

—Mis hijos han desaparecido y también mi esposa Rosario que ama más a Jesús que cualquiera de ustedes. Mi compañera… —Mateo estaba emocionalmente desbordado—. ¡Y este hombre! —dijo con rabia mientras apoyaba con fuerza la pistola en la sien del obispo—, vino a mi casa y se llevó unas reliquias que yo había encontrado.

Todas las miradas acusatorias se volvieron hacia el obispo Scheffer que sintió cómo su corazón comenzaba a palpitar más rápido. Hizo una inhalación profunda, no podía dejar que sus emociones dominaran su cerebro, debía ser hábil y frío como una serpiente.

—Explíquese —pidió Isaac Lieberman—. ¿Cómo que se llevó reliquias? ¿Qué clase de reliquias?

El Papa intervino nuevamente, necesitaba aflojar la tensión.

—Hijo, veo que estás muy nervioso porque tus pequeños hijos han desaparecido. Créeme que estamos trabajando en ello para entender la extraña naturaleza de este fenómeno que sufre el mundo. Quiero que sepas que nosotros estamos de tu parte, no en tu contra.

El Papa necesitaba decirle lo que Mateo Toscanini necesitaba oír.

—De mi parte… ¡Ja! ¿De mi parte? —volvió a repetir con vehemencia y en tono irónico—. Si este obispo me dejó con las manos vacías. No escuchó mis llamados, no me ayudó en lo más mínimo. Sólo quiso el hallazgo histórico y se olvidó de mí.

—¿Hallazgo histórico? —Hans Friedrich sintió un hilo de sospecha en su mente.

El Papa le dirigió nuevamente una mirada con el ceño fruncido para que guardara silencio.

* * *

Del otro lado de la línea, el grupo de Rachel Z escuchaba todo lo que estaba sucediendo dentro de aquella reunión privada por el micrófono que Ariel portaba sin saberlo. Todos los hackers estaban absolutamente sorprendidos.

—¡Llama a Dee con urgencia! —le ordenó Rachel Z a una asistente—. Dile que esté bajo conocimiento de lo que sucede. Nadie más afuera sabe lo que está pasando. Debemos anticiparnos a lo que ocurra.

La chica inmediatamente llamó a Dee.

* * *

Mientras tanto, dentro de la sala, el Papa tomó nuevamente la palabra.

—Hijo, tú tienes ojos nobles, tú no eres una mala persona, tú necesitas ayuda. ¿Acaso no eres un devoto del Señor? ¿Tú eres un miembro de nuestra iglesia? Tú...

—¿De qué me sirve? ¡Mi voz no tiene sonido si no es por la fuerza! ¡Como en los tiempos antiguos! ¡Lo era! ¡Era un devoto de la iglesia! Ahora quiero que me devuelvan a mis hijos, a mi esposa y a los tesoros que yo he encontrado en el sótano de mi casa, la casa heredada de mis abuelos y que el obispo se llevó sin permiso. ¿Creía que con dos mil euros me iba a conformar? Usted dijo que eran las palabras de Jesús que han sido quitadas de...

—¡Un momento! —interrumpió el Papa—. Tienes que poner tu corazón al servicio de la paz, no de la violencia. Déjame ayudarte personalmente.

En medio de tanta tensión los asistentes no sabían si pensar que el hombre con la pistola era un psicópata, un loco o decía la verdad.

—Déjelo hablar por favor —Hans Friedrich era un hombre que no tenía miedo a nada.

—Este hombre es un ladrón —acusó Mateo al obispo.

Isaac Lieberman le dirigió la mirada al obispo Scheffer, aquello no le convenía ni a él ni a los negocios privados que tenía con el obispo. Isaac supo que algo le ocultaba.

"¿Ha descubierto algo importante y no me lo ha comentado?".

—¿Qué te ha robado? —preguntó Lieberman.

—Los cofres... ¡los cofres!

—Tranquilo, tranquilo —dijo el Papa intentando ponerse de pie para acercarse a Mateo. Estaba sólo a dos metros de su silla.

—¿Qué cofres? —preguntó Isaac Lieberman.

—Hijo, déjame ayudarte.

—La única ayuda es que me devuelvan a mis *bambini*. Pueden quedarse con sus hallazgos y…

En ese momento, irrumpieron media docena de poderosos integrantes de la Guardia Suiza encargados de la seguridad del Vaticano.

Al verlos, el Papa los frenó en seco.

La Guardia Suiza era el pequeño ejército del Papa, formado hacía quinientos años y contaba con alrededor de ciento diez soldados. Vestidos con vistosos uniformes renacentistas de rayas color azul, amarillo y rojo, que según la leyenda fueron diseñados por el célebre maestro Miguel Ángel Buonarrotti. La guardia estaba compuesta por ciudadanos suizos católicos, la mayoría de habla alemana. Armados solo de alabardas, estaban encargados de la vigilancia y el orden en el pequeño territorio del Vaticano, de poco más de cuarenta y cuatro hectáreas, garantizando la seguridad del Sumo Pontífice, además de ayudar diariamente a los turistas y peregrinos que visitan sus jardines, museos y la Basílica de San Pedro.

Para entrar en el escuadrón un soldado debía ser suizo, soltero, tener entre diez y nueve y treinta años, medir al menos 1,74 metros, ser católico romano y tener una reputación intachable y conocimientos de artes marciales. La guardia había servido en el Vaticano desde el pontificado de Julio II en 1506.

Sabiendo de la agresividad de los soldados, el Papa gritó:

—¡Aguarden! Tranquilos, que este hombre es mi amigo —la voz fue intensa.

Los ojos de Mateo Toscanini se abrieron con sorpresa.

Escuchar que el mismísimo Papa le dijera que era "su amigo" activó un hilo de esperanza que le llenó el corazón. Pero al ver a los escoltas, tan altos, fuertes y armados, se sintió amenazado.

—¡No tengo miedo! —gritó Mateo—. ¿Qué más puedo perder? Usted… ¡Usted! —le señaló contra la cabeza de Scheffer con el revólver como si fuera a disparar. El obispo no se movía en lo más mínimo—. ¡Usted tiene la culpa de que yo esté aquí! ¡Hable! ¡Dígale al Papa lo que sabe!

En esos momentos, los ojos del Papa se dirigieron a uno de los escoltas de la Guardia Suiza, le abrió los ojos y le hizo una leve movimiento de su cabeza para que se moviese por detrás y rodease al infiltrado.

—¡No se muevan o le vuelo la cabeza! —gritó Mateo con fuerza.

—¡Tranquilo!

Las imágenes de todos los presentes comenzaron a desdibujarse en la mente de Mateo que sintió una bajada de presión en su sangre. Desde hace más de un día no comía nada. Un leve mareo lo obligó a hacer una profunda inhalación, su corazón se aceleró. Nervioso, se puso de espaldas a la puerta y de cara a los soldados de la Guardia Suiza y al Papa.

No vio que, por debajo de la mesa, un pequeño representante de la religión hindú se había acercado y estaba a sólo unos metros para apresar a Mateo por detrás.

Cuando vio un movimiento extraño debajo de las sillas era tarde y sintió como el cuerpo del diminuto hombre se abalanzaba tras de sí. Una bala salió disparada sin querer y fue a dar a uno de los cristales con relieves en lo alto, a metros del techo abovedado, el eco del sonido se expandió con potencia.

—¡No! —gritó el Papa—. ¡Detente hijo, detente!

Mateo puso la mano izquierda con fuerza sobre el hombro del obispo y lo obligó a ponerse de pie. Le apuntó al hombre hindú para que diera dos pasos atrás.

—¡Quietos o disparo esta vez a la cabeza! —por el interior de sus venas la apasionada sangre italiana de Mateo Toscanini estaba caliente como un volcán en erupción.

El Papa hizo un gesto para calmar a la gente, mientras Mateo daba unos pasos hacia atrás con el obispo como rehén.

Cuando el Papa vio que Mateo estaba detrás de una puerta que llevaba a un corredor con varias habitaciones por donde podría escapar, se ofreció de voluntario.

—Hijo, déjame ir contigo y con el obispo para arreglar esto en privado.

Mateo evaluó la situación. Aquellas cincuenta personas no podrían hacer nada por él. Se sintió amenazado por los soldados de la Guardia Suiza. Llevarse al obispo y negociar atrincherándose sería la mejor opción. Aunque el apoyo que el Papa parecía querer darle le ofreció consuelo.

—Está bien, Su Santidad, venga con nosotros.

La voz de los asistentes generó un rumor que corrió como electricidad por la sala. Llevarse un obispo era una cosa, pero tener de rehén al Papa de una de las religiones más poderosas del mundo era algo demasiado potente.

—Tranquilos, es mi amigo, volvió a repetir el carismático Papa. Estaré bien, recen por nosotros.

Dicho esto, Mateo, el obispo y el Papa cerraron la puerta que conducía fuera de la sala de reuniones, asegurando con doble traba por dentro las dos puertas de roble macizo. Mientras del otro lado, impotentes, los soldados de la Guardia Suiza sin éxito, forzaban por abrirla.

48

Roma, Italia.
En la actualidad

Mientras Alexia trataba de completar el crucigrama, Adán tomó rápidamente el celular y, en menos de quince segundos, escuchó la voz de Evangelina desde París.

—Hola, Evangelina. ¿Cómo estás?

—Bien, mucho mejor. Tengo buenas noticias.

—Te escucho con atención.

—Philippe está mejor. Ha pasado algo casi milagroso, estuvo en coma y esta mañana muy temprano ha abierto los ojos. Me relató con detalle que ha tenido varias experiencias extrasensoriales. Parece como si su conciencia hubiera despertado de un sueño de largas vidas.

—Es formidable escuchar eso. Qué bueno que haya salido bien de la operación. Mucha gente alrededor del mundo está sintiendo el despertar espiritual.

Adán lo sabía mejor que nadie, estaba en Roma junto a Alexia para llevar a cabo un secreto plan maestro para despertar a millones y que eso pudiera cambiar la conciencia grupal de la tierra.

—¿Qué ha pasado allí? —preguntó Evangelina con ansiedad—. ¿Pudieron resolver el crucigrama? Estamos cerca de las 11:11.

—Está casi completo, pero lo que no entiendo es por qué razón enviaste a Ray… A él, lamentablemente, le han disparado y…lo han matado.

Evangelina sintió como le bajaba la presión sanguínea, se puso pálida.

—¿Quéeee? ¿Ray? ¿Qué hacía él en Roma? ¡Yo no lo he enviado! Es nuestro asistente personal pero, ¡nunca le dije que fuera a verlos a ustedes!

Adán se sorprendió de escuchar aquellas palabras.

—Qué extraño oír eso Evangelina, él nos dijo que tú lo enviaste. Incluso nos dio otra parte del crucigrama para resolver.

Evangelina se mantuvo en silencio pensativa.

—Repito Adán, yo no lo he enviado. Algo extraño está sucediendo. ¿Qué les dijo?

—Nos mencionó que venía de tu parte, aunque nosotros percibimos una extraña energía en él. Gracias a eso decidimos seguirle. Escapó de lo que parecían dos miembros de alguna sociedad secreta o policías de investigación. No pude hacer nada, le dispararon dos veces, aunque lo vi en sus minutos finales y pude escuchar lo que balbuceaba. Sólo me he quedado con su libreta de anotaciones y poco más. En estos momentos el cuerpo sin vida está en la morgue de la policía de Roma.

—¡No puedo creer que se haya ido a avisarles y que lo hayan matado! ¡Ray! Cuando lo sepa Philippe se le vendrá abajo el ánimo. En realidad, era el sobrino de Philippe. ¿Qué te ha dicho Ray? ¿Qué fue lo que pudiste escuchar?

—Algo muy extraño, Evangelina. Pronunció la palabra "abracadabra" antes de morir.

Evangelina guardó silencio.

—No le encuentro explicación lógica.

—Sí, así es. ¿Por qué razón ha venido entonces?

—Supongo que trataría de ayudar, él estaba al tanto de lo que sucedía con Victoria.

—Evangelina, dime una cosa.

—Sí.

—¿Confías en Philippe al cien por cien?

—Sí.

—¿Y en Ray confiabas también?

—Sí, él… era un gran muchacho.

—Evidentemente hay algo que se nos está escapando. Necesitamos pensar.

—¿Qué harán con el crucigrama? Yo no he podido ver nada de eso atendiendo a Philippe todo el tiempo. Ahora deberíamos estar en Roma en la cumbre del simposio.

—¿Ustedes estaban invitados?

—Claro, la empresa de tecnología de Philippe tiene un gran protagonismo en el proyecto que quieren llevar a cabo.

Adán pensó con lucidez.

—Dime una cosa, ¿tú podrías enviarnos las credenciales y las invitaciones para entrar a la reunión privada?

—Claro que sí, pero no les servirán. Tienen nuestros nombres.

—Tranquila que podremos hacerlo. Envíalas ahora mismo por whatsapp para que las podamos imprimir. Paso uno: te enviaremos las respuestas del crucigrama para que lo entregues a los secuestradores de Victoria. Y paso dos: nos haremos pasar por vosotros dos en el *meeting* del Vaticano —Adán miró a los ojos brillantes de Alexia, sabía que eso equivalía a desplegar todas sus habilidades.

—Adán, podría ser peligroso —dijo Evangelina—. No quiero que por mi culpa tengan que poner su vida en juego.

Adán y Alexia sintieron telepáticamente que aquello sería bueno para poder realizar el plan por el que estaban allí.

—La culpa no existe, querida amiga. Siento que para resolver esto completamente necesitamos entrar en la boca del lobo.

El teléfono de Dee sonó mientras él se encontraba en el lujoso baño lavándose la cara.

Los rayos de sol se filtraban por los altos cristales, se escuchaba el piar de los pájaros de un árbol cercano.

En el interior del lavabo había tres periodistas de varios canales peinándose y arreglándose la corbata mientras hablaban, tratando de ponerse de acuerdo sobre cuestiones técnicas para cubrir los siguientes eventos. Dee aprovechó para salir rápidamente. Llevó su celular al oído izquierdo.

—Hola.

—Dee, ¿dónde estás? —la voz de Rachel Z sonó preocupada.

—Observando los desenlaces, tal como me han dicho.

—Los planes cambiaron. Tienes que ir por el ala norte, un intruso que se ha infiltrado se llevó a un obispo y al Papa.

Dee frunció el ceño.

—¿Es en serio?

—Lo acabamos de escuchar. Alerta roja. Repito, haz lo que te dije inmediatamente. Tienes que encontrarlos antes de que lo haga la Guardia Suiza.

—¿Cómo procedo si los encuentro?

—Debes ser rápido, el Vaticano está lleno de galerías y pasadizos secretos, tienes el mapa en detalle en tu celular.

—¿Cuál es el objetivo?

—El obispo. Parece que tiene algo que el intruso quiere. Y si puedes estar cara a cara con el Papa no podemos desaprovechar esta oportunidad.

—Es arriesgado.

Dee sintió su corazón acelerarse.

—Ten calma, para eso estás entrenado. Tú busca la información y el objetivo. Ahí dentro tú eres un periodista más, nadie sabe tus intenciones. En el peor de los casos, que te vean como un héroe si te pillan, diles que estabas perdido o buscando un baño. Algo se te ocurrirá. Pero el objetivo es el obispo, ¿entendido?

—Lo tengo Rachel, haré lo mejor.

Inmediatamente colgó y giró la cabeza hacia los lados. Un extenso patio con un jardín prolijamente arreglado de más de cien metros cuadrados estaba unido a tres extensos pasillos de suelo de mármol de Carrara con columnas de mármol estilo dórico. Otro pasillo central desembocaba en otro más pequeño que llevaba al ala norte, donde supuestamente estaba el intruso.

Rápidamente Dee vio correr con atropello a cien metros a los miembros de la Guardia Suiza; además, un pelotón de las personas que se encontraban dentro del *meeting* salía en diferentes direcciones.

Dio un par de pasos a los costados y se ocultó tras una columna. Desde allí pudo ver con claridad que Ariel y su padre subían a un coche oscuro con expresión tensa. Otros funcionarios hacían lo mismo en sus coches, habían dado la orden de despejar la sala.

Un perro comenzó a ladrar con fuerza, lo cual atrajo la atención de uno de los guardias. Dee se asomó detrás de la columna, lo cual al guardia le pareció sospechoso.

—¡Eh! ¿Tú qué haces ahí?

Al ver que la Guardia Suiza ya estaba en acción, Dee salió corriendo en dirección opuesta a gran velocidad.

El coche que aguardaba a Hans Friedrich y el séquito de poderosos alemanes estaba esperando a la salida. Todos subieron y cerraron las puertas con fuerza. Inmediatamente el Mercedes Benz se marchó a gran velocidad por las empedradas calles de Roma.

El magnate estaba visiblemente molesto.

—¡Que alguien me explique qué pasó ahí dentro!

Los tres socios de Hans iban detrás, tan sorprendidos como él. Al mismo tiempo, en dirección contraria, más de diez coches de policía pasaron con las sirenas encendidas a más de noventa kilómetros por hora.

—Hans, han secuestrado al Papa.

Hans se giró.

—El Papa no es lo que me interesa.

Los tres alemanes se miraron con expresión de extrañeza.

—Pero, él es quien tiene que autorizar nuestro proyecto genético. Él es el encargado de certificar que podemos hacer pruebas con el ADN. ¿Por qué dices que no te interesa? ¿Acaso no hemos venido a eso? Necesitamos su aval para que la comunidad científica nos deje patentar esto en Alemania para…

Hans lo interrumpió y se giró con vehemencia hacia los asientos de atrás.

—Lo que me interesa ahora es saber qué ha descubierto mi hermano y por qué no me ha puesto al corriente de su hallazgo.

Hans Friedrich y Martin Scheffer eran hermanos de la misma madre, con diferente padre. Ambos habían nacido en Alemania y mantenían en secreto su vínculo de sangre, en parte, porque al obispo no le convenía que se supiera su parentesco con un pez gordo a nivel empresarial y en la industria genética, que solía hurgar en donde a la iglesia no le convenía demasiado.

Si el obispo Scheffer quería ascender tenía que limpiar su imagen de todo. Ya demasiadas acusaciones tenía en sus espaldas para responsabilizarse por algo que lo ligara con la empresa de su hermano Hans. De todas formas, tenían en común el proyecto genético porque Martin Scheffer ganaría más apoyo y peso político por parte del gobierno alemán para escalar dentro de la Santa Sede.

—Tu hermano sabe bien lo que hace, Hans. Si ha descubierto algo seguramente no ha podido todavía reunirse con nosotros. Acabamos de llegar. Además quizás el tipo esté delirando.

—Lo cierto es que ahora está secuestrado por un loco.

—No sabemos quién es —intervino diciendo otro alemán—. La Guardia Suiza lo pillará rápidamente. Ahora nosotros tenemos que estar centrados en nuestro objetivo.

El coche viró a la derecha y tomó la calle principal de Roma hacia el hotel.

Hans le hizo señas al conductor.

—Vamos a otro lado. No quiero estar en el hotel.

—Pero Hans, tenemos que reunirnos con el resto del equipo.

Hans Friedrich tenía desarrollado su sexto sentido.

—Sí, pero lo haremos en el restaurante cercano al Palazzo Vecchio. Avísales a los demás.

Inmediatamente, el encargado de sincronizar al equipo de Hans Friedrich envió un mensaje para todos.

El grupo alemán iba a preparar un plan B para anticiparse a cualquier conflicto.

* * *

Con sólo diez minutos de diferencia el coche que llevaba a Isaac Lieberman, a su hijo Ariel y a los tres representantes de la colectividad judía llegó al hotel. Bajaron rápidamente y se toparon con una manifestación que pasaba por la calle portando carteles que reclamaban la aparición de los niños desaparecidos, golpeaban ollas y tambores, entonaban fuertes cánticos de protesta. La comitiva de Isaac Lieberman se abrió paso entre la multitud, aunque uno de los manifestantes empujó sin querer a Isaac y casi se le cayeron sus gafas. Con ayuda de Ariel se apresuraron para entrar rápidamente por las puertas giratorias del hotel. Se dirigieron a paso veloz más de treinta metros hacia el elevador, caminando por las alfombras de color granate y subieron a la elegante sala privada de reuniones.

El reloj de la pared marcaba las 10:05 de la mañana.

Ariel cerró la puerta tras de sí y rápidamente le sirvió un vaso de agua a su padre, quien estaba visiblemente impactado por la tensión que acababa de vivir. Isaac se sentó en un confortable sofá rojo de un cuerpo.

—¿Estás bien?

Isaac asintió con lentitud, al tiempo que apoyó su espalda, bebió el agua y cerró un momento los ojos.

—¿Qué creen que ha pasado? —preguntó Ariel a los otros miembros.

—Estamos frente a un problema que nos perjudica —respondió un hombre de barba pelirroja, que llevaba unas gruesas gafas de pasta donde apenas se veían sus pequeños ojos verdes al tiempo que se asomaba por la ventana; al fondo se veía la cúpula del Vaticano.

—El problema es ahora de ellos —rebatió Isaac.

—Con todo respeto, padre, no estoy de acuerdo —lo contradijo Ariel—. Si le pasa algo al Papa, la alianza de nuestros negocios no tendrá frutos. Necesitamos de él para avanzar en el proyecto.

—¿Y qué podemos hacer ahora? —preguntó Isaac.

—Nuestro rabino nos aconsejó esperar —respondió el hombre de barba pelirroja.

—¿Esperar? —llevamos más de cinco mil setecientos años esperando. Isaac se volteó hacia todos los presentes. Sabía que su avanzada edad no le permitiría ver muchos más amaneceres o ver crecer a sus nietos. Necesitaba actuar y llevar a cabo su obra más poderosa y de mayor magnitud, quería ser recordado como el científico judío que pudo traer a Dios a la tierra mediante la tecnología implantada en el cerebro y así modificar desde el nacimiento el ADN de la raza humana. Quería que las poderosas letras hebreas se activasen como antorchas en la mente de los niños para restablecer la conexión consciente con su Dios, el Dios de Israel.

—Opino que no podemos hacer cosas precipitadas y menos sin el aval del sector ortodoxo de nuestro país y de los aliados —Ariel trató de calmar la inusual impaciencia de su padre. Lo miró directo a los ojos—. ¿Qué propones entonces?

Isaac se puso de pie y apoyó las dos manos sobre la mesa.

—Quiero lanzar el Proyecto *Mesiáh* con o sin aliados.

El proyecto se basaba en hacer contacto con lo que los religiosos llamaban Dios y que algunos científicos y estudiantes de Kabbalah llamaban el contacto con "el Campo"; los judíos lo llamaban "Shekinah", el poder del vacío, mientras que los místicos científicos lo mencionaban como "La Matriz divina" o "La Fuente".

Isaac sintió poder en su voz.

—El universo no puede existir si no hay alguien que lo observe. En el vacío inteligente entre los átomos vamos a activar a nuestro *Mesiáh* esperado, será inevitable, contundente, indiscutible. Imagínenlo... la fuerza del enviado en todos nuestros descendientes —dijo Isaac emocionado—. Una vez que lo activemos, nosotros mismos estaremos también en ese estado de conciencia.

Isaac Lieberman tenía conocimientos secretos.

Sabía que el esfuerzo de buscar algo fabricaba la cosa buscada. El hecho de observar algo con vehemencia lo materializaba, ya que en el momento que alguien ve una cosa en la imaginación o con los ojos físicos, se inicia el proceso de materialización.

Isaac iba a materializar el estado que el *Mesiáh* había prometido. Por lo tanto, sólo necesitaba activar el primer fotón de luz inicial en sus laboratorios, para iniciar la conexión con los demás fotones, que irían activándose mediante una red de luz. El procedimiento consistía en activar a todos los átomos de las personas adheridas a la red *Mesiáh*. Eso haría que materializan lo que buscaban desde milenios. Isaac lo activaría con ventaja en todas las células de los elegidos por ellos. El *Mesiáh* no sería una persona, un elegido, un salvador, sino un estado de conciencia. Su proyecto era la salvación en sí misma.

El avanzado plan de Lieberman poseía todo el fundamento científico-espiritual válido para divinizar a la población de la Tierra. Pero el precio que exigiría pagar a cada nuevo niño o persona que se quisiese adherir a la red divina sería convertirse en judíos.

—Es arriesgado Isaac —respondió el hombre de barba roja—. Ariel tiene razón, hay que seguir esperando la aprobación correspondiente aunque no nos guste.

Isaac contraatacó, era un hombre determinado.

—El *Mesiáh* no vendrá esperándolo sino buscándolo para que aparezca. El que busca, encuentra. El que no busca y sólo espera no lo encontrará —Isaac estaba eufórico—. Está más que claro que tendremos la victoria, activando tal emoción dentro del campo de nuestras células; eso producirá el electromagnetismo para que el *Mesiáh*, el supremo estado esperado por nuestro pueblo sagrado aparezca y se manifieste.

—Eso necesita consenso mundial, Isaac. Repito, podríamos echar a perder años de investigación.

Isaac fue hacia la ventana, permaneció en silencio para pensar y observó la cúpula del Vaticano. Eran las 10.30 de la mañana, se escucharon las campanas.

El hombre de barba roja sabía las consecuencias.

—Nosotros solos podemos cometer el peor de los errores.

Isaac Lieberman giró su diminuto cuerpo. Sus ojos tenían brillo, su alma destilaba ambición.

—Sí. Pero también podemos lograr el mayor de los aciertos.

Adán y Alexia ya habían impreso las credenciales en el lobby del hotel e iban camino al Vaticano. El tañido de las campanadas se extendió por las cercanías del Vaticano; al escucharlas Adán observó su reloj.

—Nos quedan poco más de treinta minutos.

—Terminemos con este crucigrama de inmediato.

Se bajaron del taxi y se metieron a un café sobre la Via della Conciliazione. Sentados en una pequeña mesa de madera, veían la gran plaza de San Pedro, había un clima de inquietud en la gente por lo que sucedía en el mundo.

—Adelante.

Alexia no perdió tiempo, sacó el crucigrama que casi estaba completo y el bolígrafo Parker de su cartera. Leyó casi como un susurro:

> *La ciencia del Padre, Hijo y Espíritu Santo*
> *está ya llegando a la cúspide de las revelaciones.*
> *¿Cuáles son las tres palabras en ciencia que los compatibiliza?*

Adán mantuvo silencio para pensar. Sabía que esa trinidad de fuerzas era el apoyo de la iglesia.

—Padre, Hijo y Espíritu Santo —repitió Adán—. Parece que los secuestradores tienen una visión más científica del misterio original. Esta trinidad está en el cuerpo humano también, Alexia. Creo que se refieren al átomo, la partícula indivisible dentro de cada ser humano con sus tres facetas: protón, neutrón, electrón.

Alexia lo observó con los ojos llenos de amor.

—¿Protón es el Padre, neutrón el Hijo y el electrón equivale al Espíritu Santo?

Alexia movió los dedos sobre los casilleros blancos vacíos. Escribió: PROTÓN, NEUTRÓN, ELECTRÓN.

Se lo mostró.

—Encajan.

—Avancemos.

—Un momento, ¿pero qué quieren decir con esto? ¿Que la ciencia y la religión están ligadas por más que no quieran verlo?

—Todo está interconectado, ya lo sabes Alexia. Somos uno en diferentes envases, quien logra ver esto despierta de la falsa sensación de separación. Todo es unidad. Las tres fuerzas sobrenaturales que mueven a la iglesia también son fuerzas naturales que mueven a la ciencia.

Alexia volvió a leer.

> *Los antiguos fariseos y los escribas han recibido las llaves*
> *del conocimiento y las han ocultado.*
> *No han entrado ellos ni han dejado que entrasen*
> *los que deseaban entrar. Esto sucede hasta los días de hoy.*
> *Pero está terminando su mentira.*

> *Si os hacen la pregunta: ¿De donde habéis venido?*
> *¿Qué responderéis?*

Adán se anticipó. Recordó ese pasaje en la Biblia.

—Esas frases finales corresponden al momento cuando Jesús le preguntó a los fieles y les pidió que dijeran: "Nosotros hemos venido de la luz, del lugar donde la luz se originó por sí misma".

Alexia lo miró a los ojos.

—El Maestro les estaba hablando de luz, de lo que no tiene forma, de lo radiante.

Adán asintió.

—Eso revela muchos misterios. Con su velocidad, la luz puede dar siete vueltas a la Tierra en un sólo segundo. Es como estar en todos lados. Recuerda que en el origen, el Creador dijo: "Que se haga la luz", fue lo primero que fabricó. Con ese primer pensamiento original comenzaron la Palabra y la Creación. Por medio de aquella luz original está creando todo hasta nuestros días. En nuestro sistema solar, el sol está derramando información en sus fotones —las explosiones solares—, es algo que está sucediendo con mayor intensidad, abriendo nuevos portales de comprensión en la conciencia.

Alexia vio los tres casilleros blancos.

Escribió LUZ.

Adán agregó:

—La luz es el vehículo que transmite la información y está en todo, desde lo diminuto a lo grande. La física cuántica comprobó lo pequeño, que las células se conectan por impulsos de luz y dentro de la luz va la información. Por otro lado, los físicos tradicionales miden todo en años luz de distancia. Y en el otro extremo los buscadores de respuestas, los místicos, han dicho que los pensamientos no son otra cosa que rayos de luz en la mente cósmica. Los tres caminos hablan de lo mismo: células, planetas, pensamientos… todos funcionan con el mismo patrón, el mismo combustible, la luz cósmica.

Alexia observó el reloj, 10.40 am.

—Avancemos Adán, se viene la hora para entregar el crucigrama.

El camarero llegó con el agua y se fue rápidamente.

Adán habló como para sí mismo, estaba recordando una cita:

—Si quieres conocer el pasado, entonces mira tu presente que es el resultado. Si quieres conocer tu futuro mira tu presente que es la causa.

—Si no me equivoco eso lo dijo Buda, quinientos años antes de Jesús —agregó Alexia.

—Así es.

—¿Qué quieres decir con eso?

—Que los pensamientos del presente crean el futuro, tal como lo hizo el Creador en su pensamiento original.

Alexia se mantuvo en silencio para pensar.

Adán le tomó la mano.

—Lee todo el texto que resta, por favor.

—¿Todo?

Adán asintió.

—Hasta el final.

Alexia sintió una ansiedad inusual en Adán, ella tomó el papel completo y comenzó a leer.

A no ser que vuelvas a ser como
un niño no entrarás en el Reino.

Dos descansarán sobre un mismo lecho:
uno morirá y el otro vivirá.

Dichoso aquel que ya existía antes de llegar a ser.
Si os hacéis mis discípulos y escucháis mis palabras, estas piedras se
pondrán a vuestro servicio.

Felices los de corazón puro, porque ellos
verán a Dios.

¡Abracadabra!

Alexia lo observó pensativo.

—¿Qué sientes?

Adán la miró directo a sus ojos.

—Alexia, nosotros hemos venido con una misión.

—Claro, ambos estamos trabajando para eso.

Adán negó.

—Todavía no hemos comenzado.

—Deberemos reunirnos mañana en el simposio con el Profesor, ¿verdad?

—Sí... pero, ¿no te resulta extraño estar envueltos en todo este crucigrama y en la búsqueda de una niña? Esta situación no la hemos generado. Nosotros vinimos con el propósito de hablar con el Profesor para revelar un conocimiento que Jesús había compartido en su tiempo. Sabemos que El Maestro compartió una mínima parte con el pueblo y otra, la raíz fundamental, lo hizo secretamente con unos pocos, algunos apóstoles elegidos. Eso ha sido la clave secreta perdida y mutilada para que cualquier buscador espiritual despierto pudiera descubrir la verdad de su propia naturaleza humana y divina.

—Sería el testimonio más sublime de la vida de Jesús.

Adán asintió con conciencia.

—Así es. Los iniciados antiguos lo conocieron desde los tiempos de la biblioteca de Alejandría como El secreto de Dios.

Alexia lo observó con emoción.

—Ambos lo sabemos, ¿pero adónde quieres llegar?

Adán le tomó la mano sobre la mesa, estaba cálida. Entrelazó los dedos.

Afuera se escuchó la sirena de varios coches policiales que se abrían paso entre la multitud a velocidad mínima para buscar posicionarse y comenzar a recibir a la multitud que se juntaría en menos de dos horas. El clima en Roma era de tensión. El Papa debía dar un discurso para el mediodía sobre los niños desaparecidos. Aunque aquellas personas ignoraban lo que estaba sucediendo con el Santo Padre dentro del Vaticano en esos momentos.

Adán comenzó a sentir su mente dando vueltas.

Era una poderosa sensación, como si todo el mundo lo observara. Estaba en el centro de todo y de todos. Por su piel corrió un escalofrío seguido de ráfagas de calor por la columna, como si fuese el centro de una rueda viendo girar los rayos a gran velocidad.

Alexia lo vio pálido.

—Adán, ¿qué te sucede?

—Algo extraño —dijo mientras comenzaba a hacer respiraciones profundas para centrarse.

—Explícate.

Hubo un silencio.

—Después de que me leíste todo lo que falta responder… Algo extraño comenzó a invadirme. Una especie de sentimiento conocido… Un *deja vú*.

—¿Como si ya hubieras vivido esto?

Adán asintió con los ojos cerrados.

Hizo una pausa, Alexia lo dejó recordar.

—Tengo un pensamiento que se repite en mi mente.

—¿Un mismo pensamiento?, ¿cuál?

Adán nuevamente asintió con la cabeza, lo comenzó a repetir en voz alta.

—Las personas responden en el futuro las preguntas que se hicieron en el pasado.

Alexia hizo un silencio y repitió más lentamente, esta vez como pregunta:

—¿Las personas responden en el futuro las preguntas que se hicieron en el pasado? ¿Qué quieres decir? Eso es un principio de estudio de la física cuántica.

Adán observó la cúpula del Vaticano, el sol le daba de lleno, percibió en su mente que estaba recordando el potencial oculto, la información que poseía almacenada en sus células.

—¿Adán, qué crees que significa eso ahora para nosotros?

Adán Roussos buscaba el hilo de luz que aclarara sus pensamientos.

Respiró profundo dejando llegar más sensaciones.

—No lo puedo sentir con exactitud, Alexia, pero... una parte de mí ahora se pregunta... —volvió a cerrar los ojos, buscando más claridad en su mente— si todas estas preguntas no las realizó nuestro yo futuro para que ahora, en su pasado, las respondamos.

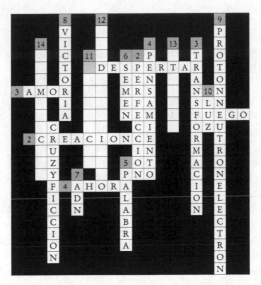

bran la puerta! —gritó el jefe de la Guardia Suiza con dos altos soldados a su lado.

Volvió a golpear con todas sus fuerzas, impotencia y rabia la inamovible puerta de roble macizo.

Varios de los demás guardias habían salido minutos antes a gran velocidad, buscando otros sitios por los cuales conectar con los pasillos, por donde el obispo y el Papa fueron llevados por el desconocido. La sala había sido desalojada de inmediato y ahora sólo unos veinte de los *carabinieri* estaban llegando para apoyar en la búsqueda.

—Es imposible por aquí —le dijo el inspector Bettega al furioso gendarme. Era su responsabilidad la seguridad del Vaticano, seguramente sería despedido del comando de la Guardia Suiza, era la segunda vez que un infiltrado burlaba de aquella manera la seguridad en su territorio.

—Conocemos el Vaticano como la palma de nuestra mano —replicó el jefe de la guardia. No podrá escapar.

—Escapar no creo que sea lo que el intruso quiera.

—¿Ah, no? ¿Y qué piensa que busca?

—A su familia.

—No venga con esas ahora. Debemos encontrar al Santo Padre urgentemente.

El alto jefe de la Guardia Suiza se movilizó en otra dirección junto con los dos altos soldados, dejando al oficial Bettega con tres de sus *carabinieri*. Él también conocía los laberintos del Vaticano.

—Vamos por aquí, síganme —le ordenó Bettega a su equipo, saliendo a toda velocidad en sentido opuesto a la Guardia Suiza.

Mientras tanto, ya Mateo llevaba ventaja con el obispo y el Papa. No podía apurar demasiado el paso por la avanzada edad de ambos. En su interior, Mateo seguía respetando la investidura del Santo Padre.

—Hijo, espera... —dijo el Papa, con el aliento entrecortado, —hablemos, déjame ayudarte.

—Sigamos caminando. Quiero que vayamos donde está lo que se ha llevado de mi casa. Quiero que usted mismo lo vea.

—Ya lo he visto, hijo. Ya sé de qué hablas.

Mateo lo observó con extrañeza.

—¿Ya sabe lo que este señor se robó de mi casa? ¿Ya ha visto los textos? ¿Y por qué no dijo nada en la reunión?

El Papa se quedó en silencio.

—Son temas delicados, hijo. El Jesús histórico requiere digestión para mucha gente. Sus años perdidos, sus...

Mateo se mostró pensativo cuando el Papa se frenó en seco.

En varias ocasiones Mateo Toscanini había tenido discusiones con otros miembros gnósticos que afirmaban que habían más palabras esotéricas y secretas de Jesús ocultadas. En aquellos debates, Mateo defendía a capa y espada la posición de la iglesia, aunque ahora estaba comprobando por experiencia propia que quizás aquellos otros fieles tendrían algo de razón.

El obispo jadeaba mientras caminaba al paso ligero que Mateo les imprimía a punta de revólver. Bajaron unas escalinatas y abrieron una puerta con lo que a Mateo le pareció una insignia de algo parecido a una antigua cruz celta con un círculo en medio, que conducía a un largo corredor en penumbras.

—¡Rápido, vamos a donde escondió lo que me ha robado! —ordenó Mateo.

—Por aquí —dijo el obispo con poco ánimo.

Los tres bajaron y se metieron en una sala más pequeña que condujo a otro portal con imágenes cristianas. Siguieron caminando por el pasillo a paso veloz; cada vez se distanciaban más de la Guardia Suiza.

—No es exactamente como tú piensas —el Papa quería hacerle ver todo el trabajo realizado por la iglesia en más de dos mil años.

—Su Santidad, mis bisabuelos y los abuelos de sus abuelos también tuvieron fe y se murieron esperanzados, algunos pobres y otros enfermos, sin conocer el regreso ni la verdad completa del Maestro. Algo no encaja en sus teorías. ¿Cuántas generaciones más tendrán que esperar para saber toda la verdad?

—¿Qué es lo que no encaja para ti, hijo?

—No me llame más hijo, señor. Lo que no encaja para mí es por qué no le dicen a la gente la verdad.

—¿Cuál verdad? —intervino el obispo.

—Usted ya lo sabe por sus propios ojos y lo dijo de su boca al ver los textos. La verdad de Jesús.

—¿Cuál es para ti la verdad? —preguntó el Papa.

—La verdad es la que sale de un corazón limpio. Un corazón que no mezcla política con religión.

—Muchacho —dijo el Papa con cariño—, hemos venido haciendo lo que hemos podido, ayudando a mucha gente. Ten en cuenta que de acuerdo al ojo con que mires la historia lo verás a Constantino como un déspota o como un organizador de la palabra del Señor.

Mateo negó con la cabeza.

—El ojo con el que veo a Dios es el mismo ojo con el que Dios me ve a mí.

Apuntó con la pistola al obispo.

—Por aquí —dijo Scheffer.

El obispo se detuvo abruptamente.

Abrieron otra pesada puerta y descendieron las escalinatas.

—¿Esto conduce a las catacumbas de Roma? —preguntó Mateo.

—Sí. Estamos cerca de la tumba de san Pedro.

Casi todo el mundo sabía que Pedro, que significa piedra, era el asentamiento de toda la infraestructura del Vaticano sobre la mismísima tumba del apóstol.

—¿Qué haremos allí? —preguntó el Papa.

Mateo estaba nervioso pero a la vez decidido a ir por todo en su intento de recuperar lo que había perdido. Ya la vida no valía nada para él sin su familia.

—Lo sabrán a su debido tiempo.

Mateo bajó a las catacumbas y sus oscuros pasillos. Allí se respiraba húmeda la historia de miles de años desde el imperio romano. Se sabía que había huesos y cadáveres enterrados, pasadizos secretos, cosas ocultas que muy pocos conocían. Las catacumbas del Vaticano eran una perla escondida, un antiquísimo lugar sobrecogedor que mantenía mitos y extrañas historias entre estrechos y oscuros pasillos donde existían centenares de mausoleos cristianos y paganos, una ciudad subterránea.

Durante siglos, la fe de los cristianos había alimentado la verdad de que el Vaticano, en concreto bajo su basílica, reposaba sobre la tumba de san Pedro. Tanto el nivel II de las sagradas tumbas papales, como en el nivel III donde se hallaba la basílica.

Desde que Constantino sepultara estos pasadizos subterráneos como una necrópolis bajo la plataforma sobre la que construiría su basílica, allanando el valle, pasaron siglos. Y el recuerdo de las catacumbas y la necrópolis debajo se desvaneció por completo para las personas, no así para los encargados de guardar los secretos vaticanos. El renacimiento de las catacumbas fue en 1939 cuando unos trabajadores que excavaban los cimientos de la tumba para el fallecido Papa Pío XI redescubrieron la necrópolis. El Papa de aquel momento, Pío XII, ordenó la excavación del lugar pero lo mantuvo en secreto, por si la tumba de San Pedro no era encontrada. Los trabajos eran muy complicados pues el área a excavar estaba justo debajo de la basílica, que no debía ser dañada. En el año 1950 Pío XII finalmente anunció el descubrimiento de la tumba de san Pedro y en 1968 el Papa Pablo VI anunció que los restos del famoso apóstol habían sido encontrados.

Los dos clérigos hicieron una pausa para recuperar el aliento. El Papa observaba todo aquel oscuro pasadizo. Mateo se giró y le dijo a los ojos:

—¿Sabe qué pienso, Su Santidad?

El Papa le destiló amor por sus ojos.

—Te escucho, muchacho.

—Siento que usted es una buena persona, como un abuelo lleno de luz para mucha gente, un hombre de pueblo. Pero creo que es igual que cuando Jesús echó a esos escribas y fariseos del templo, a usted lo están utilizando, están aprovechando su imagen de buena persona para lavar la imagen de Benedicto y sus trapos sucios y así han pasado más de doscientos sesenta Papas desfilando por nuestras vidas sin grandes cambios, pura esperanza y promesas. El mundo sigue con guerras, con odios, con miseria... Los niños mueren de hambre, los políticos asfixian a los pueblos, y ahora los niños desaparecen... ¿Puede ir esto peor? —Mateo no estaba ni por asomo enterado de los cambios de conciencia que se estaban produciendo en muchas personas alrededor del mundo, que vivían en una dimensión mental diferente. Mateo cambió el tono de voz, se mostró inflexible y decidido—: ¿Qué hace usted para que haya cambios? ¿Visitar gente humilde y pedir lo que pide siempre, que "recen por mí"? No hay gran diferencia en un político que pide "voten por mí". ¿Entiende, Su Santidad? "Recen por mí" y "voten por mí" es casi lo mismo. Lo están utilizando para seguir aprovechándose de la gente humilde y sin conocimientos. Y cuando el conocimiento aparece ustedes lo ocultan en las catacumbas, lejos de la mente de la gente para que no despierte a la realidad que llevamos en *il cuore* —Mateo se señaló el pecho con fuerza.

—*Il cuore* —repitió el Papa—. Tienes razón muchacho. Ahí está la vida, ahí está Dios, eso enseñó Nuestro Señor.

—¡Ja! —Mateo soltó una risita irónica—. ¿Entonces por qué lo golpeamos tres veces cada domingo y lo llenamos de culpa en vez de liberar esa fuerza de amor? ¿Cree que si una persona se siente culpable con el pecho golpeado y moralmente amordazado podrá amar? ¡Fingen!

—Muchacho, nunca hemos querido estar en tu contra.

Mateo no escuchó.

—Usted ahora podrá hablar del mensaje de Jesús sin miedo porque su destino no será el mismo que el de Juan Pablo I.

Mateo se refería al Papa Juan Pablo I que sólo había durado en el papado treinta y tres días, muriendo en el año 1978 en extrañas circunstancias, luego de anunciar que iba a tomar medidas que a muchos clérigos ortodoxos dentro del Vaticano no les convenían.

El obispo Scheffer trató de cambiar el tema.

—Mi salud no permite que esté en lugares húmedos —dijo tosiendo con fuerza.

La figura de aquellos tres hombres parecía extraída del medioevo, cuando los frailes ocultaban conocimientos, huían de los ojos públicos y de todo aquello que no convenía a sus intereses. Muchas leyes desconocidas para los ojos del neófito era moneda corriente entre los estudiosos, eruditos y jerarcas religiosos. Sabían que toda acción tenía su reacción y, aunque las consecuencias se vieran miles de años más tarde, los efectos de causas antiguas ponían las cosas otra vez en el terreno de un juego peligroso, de leyes de energía y de la vida que tenían que volver a manifestarse inexorablemente.

—Lo siento, señor obispo, lo hubiera pensado antes. Tómelo como un descenso a los infiernos.

53

Roma, Italia.
En la actualidad

Cuando el reloj marcaba las 10.47 de la mañana, una de las más jóvenes chicas del equipo de Rachel Z llegó a toda prisa a la habitación. Golpeó la puerta en clave, como habían quedado con anterioridad.

Uno de los integrantes se asomó por el pequeño ojo de la puerta y al verla le abrió.

Rachel Z estaba sentada en la mesa debajo de una pequeña ventana, frente a su computadora, concentrada en rastrear el paradero de Dee con el localizador GPS que él tenía puesto en la solapa de su credencial.

—Rachel —dijo la chica con el aliento y el corazón agitado—, creo que dos buitres están tratando de localizarnos.

—¿Qué ha pasado?

Rachel Z dejó de mirar la pantalla de su computadora y le clavó una mirada aguda a la chica.

—El manager del otro hotel donde dejé el teléfono para despistarlos me informó que dos hombres estuvieron allí y pidieron subir a la habitación que alquilé.

—¿Te ha llamado?

—Sí, le di cincuenta euros para que me diga si alguien preguntaba por mí. Me acaba de llamar y me dijo que iban vestidos de negro con camisa blanca y corbata negra, el rostro serio y un acento extranjero, como si fuese alemán o del norte de Europa.

Rachel Z se dio un momento para pensar.

—No podemos estar todos juntos. Lo mejor será dividirnos.

Los integrantes del equipo se miraron y asintieron.

—Es lo mejor —respondió uno de los hackers.

—¿Qué haremos entonces? —preguntó la chica.

Rachel Z se puso de pie con agilidad.

—Tú vendrás conmigo. Carga tu computadora en la mochila. Todos llévense las computadoras y aquello que nos comprometa. Ustedes dos por un lado y ustedes dos por el otro. Ella y yo nos iremos juntas; seguiremos conectados por la línea oculta que compartimos, no por whatsapp ni por las redes sociales, ¿entendido?

Todos asintieron.

El equipo de hackers tenía una manera privada para contactarse entre ellos.

Rachel Z cerró su computadora y la colocó en una mochila de color negro.

—Llamaré a Dee para informar de los cambios y saber qué está pasando. La reciente observación que he tenido de su GPS personal dice que está dentro del Vaticano. Vamos a acercarnos por esa zona y estar a quinientos metros de distancia entre nosotros, nos comunicaremos desde los cafés con wifi. Manténganse en contacto cada cuarenta y cinco minutos. Seguiré rastreando a Dee y cada uno en su trabajo, ¿ok?

En ese momento, la chica que había venido del otro hotel se asomó por la ventana. A esas horas de la mañana Roma presentaba un movimiento constante, coches, motos, bicicletas, gente caminando por doquier. Le llamó la atención cuando un coche negro frenó cerca del hotel del que bajaron dos hombres vestidos con las características que había recibido del manager. Bajaron tan rápido que ni siquiera se molestaron en cerrar la puerta del coche.

—Rachel, ¡mira esto!

Inmediatamente Rachel Z se asomó a la ventana.

Eran altos, de gafas oscuras y entraron por la puerta giratoria del hotel con paso decidido y veloz.

—¡Mierda! ¡Te localizaron por tu teléfono!

Rachel Z tomó el celular de la chica, le quitó la tarjeta interna, luego borró las huellas digitales con su sueter y lo arrojó con fuerza por la ventana a lo alto de los techos de los edificios contiguos.

—¡Bajemos por las escaleras!

Inmediatamente los hackers cargaron sus mochilas con las computadoras y salieron de la habitación a toda velocidad.

54

Roma, Italia.
En la actualidad

Ariel Lieberman había terminado la estresante reunión con su padre y el grupo de la empresa Technologies for the Future y salió a fumar un cigarrillo a una pequeña plazoleta que había a dos calles del hotel.

Caminó a paso veloz por las empedradas y concurridas calles romanas y comprobó que tenía el celular, debía hacer varias llamadas privadas. Varias mujeres italianas se daban vuelta para verlo y se reían diciendo cosas entre ellas debido a su elegancia y buen tipo. Estaba vestido con un traje azul claro y una camisa blanca con zapatos italianos negros, tranquilamente hubiera podido ganarse bien la vida como modelo de las firmas más exclusivas.

Cruzó la calle y sintió las añejas piedras de adoquines pequeños bajo sus pies, caminaba con agilidad debido a la práctica diaria del footing y las pesas, contoneando su metro ochenta, como si fuese John Travolta en la mítica película *Fiebre de sábado por la noche*.

Aprovechó para comprar un café doble en un puesto callejero y se sentó en uno de los bancos de la plaza. Necesitaba aire fresco para aclarar sus pensamientos. Su padre estaba obstinado por hacer algo que él pensaba erróneo, las discusiones en el grupo de trabajo lo habían estresado.

Tomó su celular y llamó a Dee, estaba preocupado por él y no tenía noticias de su paradero después de lo ocurrido en el recinto del Vaticano.

El teléfono sonaba y del otro lado nadie atendía.

"Vamos Dee, responde, ¿dónde estás?".

Dee era un apoyo emocional para él. Necesitaba alguien que lo escuchara en aquellos momentos de tensión con su padre.

Llamó una vez más mientras bebió otro sorbo de café. Se descalzó y apoyó los pies en la hierba. Sabía, por su maestro de Kabbalah, que eso le drenaba la tensión y recogería energía nueva. Hizo varias respiraciones profundas tratando de serenarse.

Después de intentar sin éxito la comunicación con Dee se sumergió en sus pensamientos. Su padre quería lanzar un proyecto que podía beneficiar espiritualmente a la humanidad pero todo en nombre del pueblo hebreo, ése era el precio a pagar. Isaac, amarrado a un idealismo religioso, quería vanagloriarse por ser como sus antecesores que trasmitieron conocimientos secretos, su historia y su riqueza cultural. Ahora, en pleno siglo veintiuno, funcionaba con un programa mental que contrastaba con la modernizada mente de Ariel, quien era ecuménico, creía en un espíritu libre de confraternidad en el amor, en la ciencia y en la religión. La vieja visión se enfrentaba contra sus ojos. Ariel debía construir un arriesgado proyecto genético en beneficio de todos, no sólo del pueblo de Israel, como su padre deseaba.

Mientras trataba de ordenar sus ideas, sonó el teléfono. Era Dee.

—¡Dee! ¿Dónde estabas? Te llamé varias veces.

—Sí —respondió Dee agitado y con la voz baja—, no he podido llamarte.

—¿Pero dónde estás?, ¿qué haces?, ¿estás todavía en el Vaticano?

—Estoy aquí. Sacando fotos y viendo cómo está todo.

—¿Pero no han dado orden de evacuar el recinto?

—Sí… —Dee se mostró dubitativo—, ya me conoces, quiero estar hasta el último momento a ver si puedo ayudar en algo.

—¿Ayudar? Sal inmediatamente de allí. La Guardia Suiza y la policía italiana se encargarán de todo. Es peligroso, Dee.

—Ya estaba pensando en salir —dijo Dee casi como un susurro.

—Vente para el hotel cuanto antes.

—Sí Ariel. Nos vemos ahí en un rato.

Dee colgó la llamada. Por primera vez Ariel sintió que Dee le estaba mintiendo. ¿Estaría con alguien? No sintió celos, sino preocupación por él.

Del otro lado, Dee avanzaba por los pasillos oculto de la Guardia Suiza y tratando de encontrar el paradero del secuestrador del obispo y del Papa.

Ariel observaba a la gente caminar, iban apurados de un lado a otro, salvo los turistas que sacaban fotos y posaban frente a los monumentos y fuentes que había alrededor de la plazoleta.

Se quedó allí diez minutos, luego decidió ponerse de pie y comenzar a caminar de regreso al hotel. Una chica de rizos color madera que todavía tenía pecas en su cara de adolescente le pidió fuego, Ariel sacó su encendedor y se acercó a encender su cigarrillo. Se miraron a los ojos, la chica, como muchas de las mujeres europeas, eran veloces y directas a la hora del amor, impregnadas de una cultura en la que casi siempre era la mujer la que daba el primer paso mostrando interés sexual. La chica sintió el deseo de llevarse a aquel apuesto hombre a su cama; compartía cuarto con otra estudiante que estaba en la universidad, tenía su casa sola, debía aprovechar la situación.

Ariel la observó, era hermosa, sensual y atrevida. Su boca tenía labios carnosos y pintados de color lila. Ariel disfrutaba de la belleza tanto de hombres como de mujeres. Era abierto para el amor y no le vendría mal para liberar tensiones y entregarse a la joven y tersa piel de aquella mujer.

La chica estaba dispuesta a seguir seduciéndolo cuando un tremendo estruendo se escuchó en el área. El impacto de una explosión fue tan sorpresivo que el eco de la onda expansiva tiró a la chica y a Ariel al suelo. La gente gritó y varios cristales de ventanas se hicieron añicos. Algo había explotado. En menos de unos segundos una columna de humo negro se elevaba salvaje sobre los techos.

Ariel se incorporó con dificultad y ayudó a la chica a levantarse.

—¿Estás bien?

—Sí —respondió la chica con el rostro asustado.

—¿Qué ha sido eso?

—Algo ha explotado.

Ariel sintió cómo su corazón aceleró sus latidos, los tímpanos de sus oídos emitían un pitido constante. Llevó sus manos a las orejas apretándolas, era un sonido molesto.

De pronto, tuvo un pensamiento que no le gustó. Observó que la columna de humo venía del hotel donde estaba hospedado.

—¡No! —gritó con fuerza antes de salir corriendo.

Su padre y toda su familia estaban dentro del hotel.

55

Roma, Italia.
En la actualidad

En la otra punta de la ciudad, Adán y Alexia tenían prisa para resolver el final del crucigrama.

Desde el interior del café habían escuchado el eco de un estruendo, y se veía por las ventanas que el tránsito era cada vez más intenso y abrumador conforme se acercaba el mediodía. Eran las 11.00 de la mañana en punto. Las bocinas de los automóviles se escuchaban constantes, debido a los embotellamientos del tránsito en las estrechas calles romanas.

Alexia tomó el celular y llamó a Evangelina mientras Adán cogió su estilográfica del bolsillo de su saco y comenzó a concentrarse en las respuestas finales. Tenían once minutos para terminar y enviarlo tal como habían pedido los secuestradores de Victoria.

—Evangelina. ¿Cómo estás?

—Hola, estoy nerviosa —respondió—. Estaba por llamarlos.

—Estamos bien, ya casi terminamos. ¿Cómo te enviamos el crucigrama completo? ¿Has recibido alguna indicación más? No. Supongo que me avisarán a las 11:11 como habían pedido. Envíenme el crucigrama completo por whatsapp y por email para asegurarnos. Yo estaré pendiente estos minutos y les aviso si tengo novedades, ¿de acuerdo?

—Muy bien.

—¿Han podido usar las credenciales?

—Sí —respondió Alexia mirando la credencial que colgaba del cuello de Adán y la suya. Bueno, quedaron bien pero no las hemos usado todavía.

—Philippe quiere viajar a Roma. Ya le han dado el alta y tiene una energía fuera de lo común. Está lúcido y con pensamientos que antes no tenía.

—Seguramente ha activado alguna parte de su ADN que estaba inactiva. ¿Podrán viajar tan rápido después de una operación del corazón?

—El médico no le dijo que puede pero él, ya sabes... está obstinado. Quiere agradecerles personalmente la ayuda que nos están dando. Y además participar en el simposio. Ha invertido varios años en este proyecto genético.

—¡Oh! Muy bien, entonces aquí lo conoceremos.

—Philippe tiene un avión privado, en cuanto sepa detalles les aviso. Pero la prioridad ahora está en entregar lo que los secuestradores piden y en recuperar a Victoria. No podemos movernos todavía.

—Estaremos en contacto. Quiero ayudar a Adán con lo que queda del crucigrama.

—De acuerdo, adiós.

Alexia terminó la llamada inmediatamente.

Se dirigió a Adán que estaba concentrado en resolver el acertijo.

—Ya lo he resuelto —respondió confiado.

—Cuéntame.

Adán dijo en voz alta:

A no ser que vuelvas a ser como
un niño no entrarás en el Reino.

—Lo que aquí mencionó Jesús es la necesidad de recuperar el estado inicial de un corazón virgen, puro, abierto, de sonrisa fácil, sin trucos mentales, sin astucia, sin lastres emocionales. Esto es fácil de comprender, es un proceso terapéutico para cada persona. Entrar en el Reino como un niño es tener la conciencia llena de... INOCENCIA.

Alexia vio que la palabra encajaba perfectamente con las verticales.

Adán leyó de nuevo.

Dos descansarán sobre un mismo lecho:
uno morirá y el otro vivirá.

—Esto tiene que ver con nuestra misión actual y con el proyecto que hemos venido a activar con el Profesor —dijo Adán con seguridad.

—¡Qué curioso! ¿Crees que la Biblia también se refiere a...?

Adán asintió.

—Por supuesto.

—¿Ya conocían esto en aquellos tiempos?

—Claro, amor. El ego muere y el alma vivirá por siempre. Ya lo sabes.

—¡El doble!

—Así es Alexia, cada noche morimos como egos y renacemos como almas en las dimensiones superiores, libres de tiempo, espacio y limitaciones. Cada noche volvemos al origen con nuestra alma mientras el cuerpo descansa y el ego se disuelve. Nuestro yo real retorna al origen cada noche con el cuerpo astral. Al levantarse por la mañana, la persona vuelve a identificarse con su ego y algunos olvidan el alma. Ya sabes que el trabajo personal de cada uno para ascender es unir ambos, la gota del ego cae y se disuelve en el océano del alma, la conciencia crística. Por ello, es importante trabajar con el Profesor mañana en el simposio para iniciar el proyecto a nivel mundial.

—¿Qué pusiste en el casillero?

Adán le giró el crucigrama, Alexia observó la palabra.

—DESDOBLAMIENTO.

—Excelente —respondió Alexia tocando la mano de su amado con cariño.

Adán le devolvió la sonrisa y observó su reloj, 11:04 minutos. Leyó lo que seguía.

Dichoso aquel que ya existía antes de llegar a ser.
Si os hacéis mis discípulos y escucháis mis palabras, estas piedras se
pondrán a vuestro servicio.

—Esto reafirma la teoría anterior. Existir antes de llegar a ser. Siempre hemos sido eternos viviendo como humanos temporales. Vencer el miedo a la muerte, conocer nuestra identidad espiritual, reconocer el juego de la vida, avanzar y evolucionar, eso hace que iluminemos la conciencia y recordemos que existimos antes de nacer, y seguiremos existiendo. A eso se refería Jesús.

—¿Qué has escrito?

—Lo que todos los emperadores, imperios y buscadores han perseguido. Lo que somos en realidad.

Alexia sonrió, ella ya lo sabía por experiencia propia con su padre, el gran Aquiles Vangelis, sabía que seguía vivo en el plano siguiente a la Tierra.

—Déjame adivinar… ¿ETERNOS?

Adán asintió.

—Así es. Somos seres espirituales eternos viviendo vidas humanas temporales. El juego consiste en recordar…

—Avancemos Adán, entreguemos esto de inmediato y veamos si podemos entrar al Vaticano.

Adán leyó.

Felices los de corazón puro,
porque ellos verán a Dios.

—Pureza de corazón. Ése es el trabajo personal. ¿Cómo quitar las capas que cubren el diamante original? ¿Cómo quitar las envidias, los celos, las pasiones bajas, los rencores, la hipocresía, el egoísmo, la avaricia, el individualismo que sólo quiere competir en vez de compartir? ¿Cómo erradicar del corazón humano el sentimiento de división si nada puede dividirse? ¿Cómo hacerle entender a todo el mundo que existen muchas razas, colores y formas como envases diferentes para una misma esencia es cuestión de variedad, creatividad y juego por parte de La Fuente Creadora? ¿De qué manera liberar las cadenas que pesan en la humanidad que ha peleado por la idea de poseer y ser los embajadores únicos de un Dios que no les pertenece, incluso que ni siquiera conocen? El corazón puro —dijo Adán con un susurro—, titánica tarea de cada persona liberar las cargas que se han acumulado sobre él. Bienaventurado el que libera su corazón del pasado porque podrá vivir un presente feliz y así construir un futuro iluminado. Pero, ¿cómo hacerle entender eso a todo el mundo? Las creencias se han grabado a fuego en el inconsciente de tal forma que si el mismo Maestro viniese en carne y sangre de nuevo, muchos seguirían mirando para otro lado.

Alexia lo miró con admiración.

—El cambio individual hará un gran cambio colectivo, sabemos que ésa es la manera, Adán.

—Sí, mientras tanto cada persona tiene que tomar responsabilidad por la parte que le corresponde hacer.

—Así es, entonces, ¿qué has escrito?

—Dudé de si ésta era la palabra pero encaja perfecta, a ver ¿qué te parece? Probé con purificación, evolución, cambio, pero no funcionó… Creo que ésta es la correcta.

Alexia giró el crucigrama viéndolo completo.

—ILUMINACIÓN —leyó ella, con júbilo—. ¡Lo logramos!

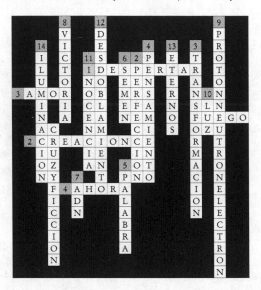

—Así es —dijo Adán, mientras miraba el reloj en su muñeca, marcaba las 11:09. ¡Envíalo de inmediato!

Alexia, en menos de diez segundos, giró el papel con las respuestas. Con su iPhone tomó una foto al crucigrama completo y lo envió por whatsapp y por email a Evangelina.

—¡Lo hicimos! —dijo Alexia, con los ojos llenos de admiración.

—Así es.

—¿Qué haremos ahora?

—Está en manos de Evangelina y su esposo. Ellos ya tienen lo que les pidieron.

Adán pagó las consumiciones con intención de irse del café.

Alexia se mostró pensativa.

—¿Qué piensas?

Ella tomó su cartera y se puso de pie. Al salir del café caminaron varios pasos por la acera, se frenó y se giró frente a Adán.

—¿Lo que no entiendo es por qué razón habrán pedido que fuese exactamente a las 11:11 de la mañana?

56

Roma, Italia.
En la actualidad

La gente que había escuchado el sonido más nítidamente gritaba, algunos corrían, otros volvían a entrar en cafés, negocios o shopings. Varias personas cruzaban la calle corriendo sin respetar los semáforos, muchos coches aceleraban queriendo escapar sin saber de dónde había venido el impacto.

El sonido había sido tan fuerte que había provocado un revuelo en todo el tránsito duplicando el caos que ya existía.

—¿Qué ha pasado? —preguntó Alexia a una mujer que pasaba.

—Parece el estallido de una bomba.

—¿De qué área piensas que viene?

—No lo sé —dijo la mujer y siguió a paso veloz.

Adán giró la cabeza hacia los lados tratando de ver alguna columna de humo o algún indicio, dirigió sus ojos hacia el Vaticano, pudo ver la Plaza de San Pedro con normalidad.

—De allí no es.

—Sonó como del sur de la ciudad.

—Creo que es mejor que aprovechemos la confusión y entremos con las credenciales dentro del Vaticano.

—Tienes razón.

Adán le tomó la mano y comenzaron a caminar a paso veloz, pero manteniendo la calma, mientras veían a las personas que se miraban desconcertadas, algunos se alejaban de la plaza, otros hacían llamadas telefónicas.

Adán sintió bajo sus pies el empedrado suelo de la Plaza de San Pedro y pensó en los miles y miles de personas que habían caminado por allí buscando consuelo a sus problemas, acrecentando su fe para encontrar a Dios.

Se deslizaron entre las columnas; mientras cientos de personas caminaban en todas direcciones, Adán y Alexia iban a paso veloz.

Siguieron más de ciento veinte metros y luego entraron por la entrada principal. Llevaban las credenciales de Philippe Sinclair y de Evangelina Calvet colgadas en su cuello. En una de las entradas, Alexia sonrió y mostró su credencial. El guardia de seguridad, un hombre alto y vestido de civil, les miró el rostro a ambos y luego las comparó con las credenciales. El guardia raso todavía no estaba enterado de la desaparición del Papa y del obispo Scheffer, aunque había recibido la orden de redoblar los controles.

—Ésta no es la entrada del *meeting* privado, aunque creo que ya ha concluido —les dijo con marcado acento italiano.

—Sí —respondió Alexia—, hemos llegado tarde. ¿No podemos entrar por aquí de todos modos? —insistió.

El guardia negó con la cabeza.

Adán lo miró a los ojos, en realidad, al punto exacto en el medio de las cejas. Ése era el punto de equilibrio y asiento del alma para los orientales y en su práctica de yoga había aprendido que era el tercer ojo, el ojo de la conciencia. Cuando una persona hablaba directamente hacia ese punto se conectaba de alma a alma, evitando las negaciones, limitaciones, bloqueos, juicios y barreras de la mente. Más de una vez, Adán le había dicho a Alexia que uno de los principales problemas de comunicación entre las personas era que no se miraban a los ojos, tenían timidez y pena de mostrar lo que llevaban dentro, el cofre de sus miedos, sus límites, sus vergüenzas heredadas, su cohibición sexual, su falta de valentía para ser quienes eran. En cambio, miraban al suelo, a otro lado, o pestañeaban constantemente sin poder resistir la mirada del interlocutor. Las personas despiertas, seguras de sí mismas, elevadas sobre los tabúes sexuales, directas emocionalmente, con la espiritualidad activa y el nivel de creatividad libre de envidias y bloqueos podían mirar a los ojos sin problemas, de manera directa y profunda. Esto era debido a que su ego y su alma eran uno solo, mejor dicho, el ego trabajaba para el alma. De esa manera no tenían mentiras encubiertas ni estaban amordazados por temores inconscientes.

Adán le dirigió una mirada fraternal.

Pudo percibir en aquel guardia cómo estaba allí sólo por dinero, para mantener a su familia, para ser un simple pistón de una gran maquinaria. Sentía una cuota de poder extra al estar encargado de una de las puertas del mismísimo Vaticano, se sentía importante, no pensaba en ser sustituido sino en que comulgaba con la falsa idea de ser importante en el sistema de seguridad, sentía que era una barrera que imponía respeto. Adán recordó una cita de Platón, "sé compasivo con las personas porque cada uno está librando su propia batalla".

—Gracias de todos modos —le dijo Adán—. Entiendo su posición. Aunque usted hubiera sido una gran ayuda dejándonos pasar para que podamos colaborar con la causa.

El guardia lo miró sin decir nada.

Adán dejó que lo procesara.

"Mi posición".

"Dejarlos pasar".

"Ayudar en la causa".

Eso fue la información que la mente del guardia ingresó como si fuese una computadora con un nuevo programa operativo. Le nació la curiosidad.

—¿Qué tipo de ayuda tienen que dar?

—Tenemos que hablar con varios líderes sobre un proyecto. Verá, es secreto —dijo Adán—, pero tú pareces de confianza. ¿Prometes mantener el secreto?

Adán jugaba con la mente del guardia que se mantuvo inmóvil. A todo el mundo le gustaba ser parte de un secreto.

—¿Qué quiere decir?

—Este *meeting* tiene relación con cambios positivos dentro del Vaticano —argumentó Adán—. Entre otras cosas, es un entrenamiento para el personal que trabaja aquí.

"Eso me involucra por mi puesto de trabajo", pensó el guardia.

Adán sabía que muchas veces la gente hacía más cosas por no perder que por ganar. En aquel momento, con la crisis europea, el guardia debía cuidar su puesto. Esos dos desconocidos le daban confianza, tenían el porte de personas poderosas y si tenían que tocar el tema de los empleados del Vaticano él quería seguir asegurando su puesto de trabajo.

—Entiendo —dijo el guardia que había cambiado su actitud—. De todos modos, debo hacer una llamada para la aprobación. No es mía la decisión de dejarlos pasar.

—Por supuesto, puede hablar con Pierino Fioramonti —se inventó Adán—. Él es el nuevo asesor institucional y nos recibirá.

El guardia jamás había escuchado ese nombre. Pero notó a Adán decidido al pronunciarlo.

El guardia tomó le teléfono y llamó a su superior directo. Luego de varios segundos nadie le respondía.

—Usted es un hombre responsable —dijo Adán—, lo pondremos en el informe. ¿Cuál es su nombre?

El guardia sintió que valoraba su trabajo. Eso le gustó. Permaneció en silencio, le entregó su tarjeta personal y los miró a ambos.

—Pueden pasar —dijo con complicidad—. Sigan el pasillo y luego a la derecha, allí los guiarán con el personal correspondiente.

Adán y Alexia le sonrieron.

—Gracias. Es usted un hombre noble.

Con paso veloz y en menos de diez segundos desaparecieron de la vista del guardia. Siguieron el corredor de altos techos e imponentes columnas.

Adán y Alexia estaban ya dentro del Vaticano.

57

Roma, Italia.
En la actualidad

Ariel corrió a toda velocidad hacia el hotel.

Una columna de espeso humo negro se elevaba sobre el edificio derrumbado y se extendía por dos calles. No se veía nada.

Las sirenas de bomberos y coches policiales se escuchaban acercándose. La gente corría aterrada e histérica, gritando, en diferentes direcciones. Era un caos. Ariel no podía dar crédito a lo que veían sus ojos. Había salido minutos antes a caminar para tomar distancia de las tensiones vividas en el hotel. Tomó conciencia de que había salvado su vida. Si se hubiese quedado dentro estaría bajo los escombros. También cobró conciencia de que su familia estaba allí en aquel momento. Le vinieron náuseas e impotencia, como si quisiera devolver el tiempo atrás o borrar lo sucedido, como se enviara un archivo a la papelera de reciclaje. Se dio cuenta de que no podía hacerlo. Un miedo ancestral impregnado de dolor se deslizó por todo su ser, haciéndole sentir una fuerte presión en el pecho. Su respiración se volvió corta, triste, amarga. Sus padres estaban allí.

—¡Papáaaaaa! ¡Mamáaaaaa! —gritó con fuerza.

Su mente deslizó toda la película desde que había nacido. Sus primeros años al lado de su padre y su madre. Su estricta educación judía. Sus primeros contactos con la Kabbalah. La adolescencia en Israel y su posterior traslado a New York. El imperio de los negocios de su padre. Pudo ver todo en pocos segundos. Había estado discutiendo con su padre minutos antes, defendiendo la libertad del individuo de pertenecer a una u otra religión, de pensar diferente, de abrirse camino hacia Dios por cualquier medio. Ariel era, en el fondo, un rebelde educado, pero un rebelde al fin.

Corrió varios metros más pero un patrullero le bloqueó la entrada abruptamente. Varios coches se apiñaron en semicírculo. Tres camiones de bomberos llegaron al instante y comenzaron a bajar más de cincuenta hombres vestidos con trajes especiales para catástrofes e incendios. Ahora el humo de los bloques de hormigón, tras haberse derrumbado, habían dejado al famoso e histórico hotel sumido bajo los escombros. Una columna de fuego se elevaba del ala norte que había resultado menos perjudicada y varios pisos quedaban aún en pie. La gente tenía cenizas en el cabello, la ropa y la cara, en cuestión de segundos habían pasado de la exquisita elegancia italiana a un panorama de terror y angustia. La policía gritaba y hacía sonar sus silbatos.

—¡Retrocedan! ¡Atrás! ¡Mantengan sus lugares! ¡Por aquí no se puede circular! ¡Despejen el área!

Ariel se sintió impotente.

Su cuerpo tieso no respondía. Se quedó mirando la columna de humo y escombros. Un hilo de esperanza corrió por su alma, pero fue fugaz como espuma en la orilla de una playa.

"Quizás hayan salido antes, quizás no estén allí".

La primera reacción de su conciencia fue tratar de negar lo ocurrido. Su mente se bloqueó y quedó como un antiguo bloque petrificado por una explosión física que generó un derrumbe en el interior de sus emociones. Se sintió solo y sin familia. No pudo ni quiso darse cuenta de que iba a ser el heredero más grande y poderoso de una de las fortunas más abundantes del mundo. En sus manos quedaría el liderazgo, sería el encargado en continuar con el proyecto de su padre. El encargado de guiar la causa que Isaac Lieberman había investigado durante tantos años. ¿Sería él, el encargado de darle al mundo una puerta para descubrir la divinidad que llevaba en su interior con el poderoso proyecto de tecnología que disponía?

En aquel momento, bajo tanto dolor y confusión, Ariel Lieberman no podía ver nada del futuro.

Adán y Alexia siguieron un largo pasillo hasta llegar a una mesa de registro. No había nadie. Siguieron caminando ya en el interior de la famosa circunferencia arquitectónica del Vaticano hasta una escalera de mármol que subía a uno de los pisos superiores. Adán obedeció su intuición.

—Sigamos por aquí.

Alexia lo siguió detrás con sigilo como si fuesen dos felinos tratando de cazar una presa.

—Veamos por este lado si podemos conseguir conectar con alguien.

—De acuerdo.

Alexia se recogió el cabello y siguió a paso veloz ahora por un largo pasadizo que portaba varios ventanales desde donde se veía la vía Paolo VI y la gente afuera.

—No me has respondido la pregunta.

—¿A qué te refieres?

—¿Por qué crees que los secuestradores pidieron que el horario sea las 11:11 exactamente?

—Es un número maestro. Representa un portal de conciencia. Los números. Lo sabían los antiguos griegos, Pitágoras; los mayas, los incas… Todas las culturas sabían que el universo también es matemático.

—¿Y que crees que signifique en este caso?

—El 11:11 es, en estos tiempos, una especie de código detonador, una alarma cada vez que alguna persona lo ve en sus relojes, una forma de sincronicidad bajo la cual la energía de evolución y cambio de dimensión está tratando de agrupar a todas las personas que están despertando. Es un número que está sincronizando a todo aquel que ya vibra más elevado.

Alexia caminó y se detuvo, al fondo tres altos miembros de la Guardia Suiza pasaron corriendo a toda velocidad.

—Percibo que algo raro está sucediendo.

—Yo tengo la misma sensación.

—Por aquí —le dijo Adán tomándola de la mano—. Por cierto, el 11:11 también puede ser visto como una llave para abrir la mente subconsciente, las memorias y conexiones hacia aquello que cada uno de nosotros es en espíritu.

Adán hizo una pausa para bajar por una escalera con suelo de mármol.

—También representa los pilares o columnas de las puertas dimensionales que todos en este planeta vamos a ver, simultáneamente, al finalizar este ciclo en el tiempo y todo su proceso que comenzó en 2012. Los que elevaron ya su conciencia seguirán haciéndolo, tal como nosotros, que aceptamos la misión del *bodhisattwa* para ayudar a los dormidos a seguir despertando. El 11:11 es una herramienta más para ir despertando de manera colectiva a una vivencia en la cual la realidad no vuelve a ser la misma. Cuando una persona ve reiteradas veces el 11:11 significa que está preparada para sacarse de encima las emociones bajas, el cuerpo del dolor, las historias del drama de los dormidos y la ilusión de la tercera dimensión, su visión cambia gradualmente para no volver a ver el mundo con los mismos ojos.

—¿Un detonador colectivo?

—Así es, Alexia. La conciencia cósmica está sincronizando a las personas por los fotones del sol, por el 11:11, por las vibraciones elevadas, por la forma colectiva de sentir amor y conciencia y sobre todo por las personas que practican meditación y emiten ya la vibración superior a todo el planeta.

—La segunda oleada de ascensión.

—Exacto. Una vez que nos vamos moviendo a frecuencias más altas, empezamos a crear, nos damos cuenta de las sincronicidades, supuestas coincidencias que nuestra alma crea para ayudarnos a recordar y disparar nuestra conciencia, para hacernos recordar que nosotros creamos cada una de las experiencias de vida. Somos creadores con nuestras palabras, pensamientos y emociones elevadas de una nueva realidad personal. Ése es el distintivo de una persona despierta y posteriormente iniciada.

—O sea que cuando las personas comienzan a ver 11:11 en forma seguida es que su alma les está diciendo que su jornada espiritual está comenzando o ha comenzado.

—Sí —dijo Adán mientras miraba por el borde de un ventanal—, todo depende del tiempo y la pasión que la persona le dedique a su despertar. Muchas personas siguen inmersas en el mundo de las formas, del trabajo compulsivo, del mañana, sin saber que si hoy se centran en el presente con fuerza, en su conciencia pueden crear el futuro que elijan. Ése es el próximo paso luego de ver el 11:11 repetirse sucesivamente.

Alexia sonrió.

—Como dijo el Maestro: "Primero encuentren el Reino interno y todo lo demás viene por añadidura".

—Así es. Muchas personas buscan afuera lo que tienen dentro. Y eso siempre genera hambre en el alma. La única forma de ascender es dedicar diariamente atención al alma, a la presencia, al doble que nunca muere.

—El propósito de la misión que nos ha traído de nuevo.

Adán la miró a los ojos. Sabía que ambos estaban allí para ayudar una vez más a la ascensión de conciencia de todo aquel listo para recordar su origen.

—Una cosa importante, los números 11:11 han aparecido de manera misteriosa a personas por todo el mundo, y esto se ha intensificado desde el 2012. En los relojes digitales, la aparición del 11:11 suele ocurrir durante las horas de conciencia incrementada, teniendo un efecto muy poderoso sobre las personas involucradas. El mayor objetivo es que esto reactiva la memoria.

—¿Así las personas comienzan a recordar?

—Sí. Al ver ese momento de sincronía, hay miles de personas de todo el mundo que están sincronizándose incluso sin saberlo. Ocurre un movimiento interior, una pista de remembranza de cosas olvidadas hace mucho.

—Las personas comienzan a recordar su eternidad.

—La aparición del 11:11 es también una poderosa confirmación de que estamos en el camino correcto, alineados con nuestra más alta verdad. Es también un disparador codificado y colocado en nuestra memoria antes de nuestro descenso en la materia; y, en cuanto se activa, significa que se acerca nuestro momento de finalización. Esto se refiere a la intensificación del sentimiento de estar unidos, reunidos con todo, la finalización de la dualidad.

—Si no hay sentimiento de separación, no hay necesidad de religiones —razonó Alexia.

—Eso es claro. Una persona se apoya en una religión, cualquiera que sea, porque se siente separada de Dios cuando en realidad no puede salir porque Dios está en todos lados. Cuando se da cuenta de la unidad intrínseca de lo divino en todo rincón de la Tierra y del universo es cuando despierta. Cuando el 11:11 aparece es una llamada para despertar, un canal que se abre directamente entre la persona que lo ve y La Fuente.

—¿Y qué debe hacer una persona cuando ve el número?

—Gran detalle. Cuando sucede, el individuo tiene que reflexionar en lo que está haciendo en ese preciso momento y ver más allá. Observar hacia dónde dirige su vida y sentir si está encendido el contacto con Dios, eso es lo más importante, porque ésa será su felicidad suprema. Se anuncia una transferencia de conciencia. En ese momento, quien lo observa durante un par de minutos, puede entrar a la Realidad Superior con su conciencia. O bien, tiene varias opciones: sembrar un pensamiento de algo que quiere concretar en el futuro, meditar o elevar una plegaria de agradecimiento a La Fuente. También puede pedir ayuda en algún área específica de su vida o simplemente escuchar en silencio y recibir una revelación de planos superiores de su doble, un mensaje de su alma.

Alexia se frenó y lo miró a los ojos.

—Entonces la aparición del 11:11 es siempre un acto benéfico de la intervención divina que le dice al despierto que es tiempo para ver detenidamente a su alrededor, percibir lo que está realmente sucediendo.

—El mensaje sería: es hora de rasgar el velo de la ilusión que nos tiene atados a un mundo irreal. Tú has sido escogido, porque estás preparado para entrar a la realidad superior. Para guiar a otros en el camino hacia una nueva manera de vida, hacia un estado de amor superior. El 11:11 es una puerta interna para ascender de la dualidad a la unidad.

—Por aquí —dijo Alexia.

Abrieron una puerta y observaron un lujoso salón de reuniones vacío. La cerraron nuevamente y se fueron en dirección contraria.

—Alexia, el 11:11 repetidas veces también puede ser percibido como una grieta, un espejo que permite entrar a dos mundos, a dos realidades. Las personas demasiado aferradas a las cosas materiales no podrán ver la realidad del mundo invisible a sus ojos, se quedan adheridos a esa energía más densa. Otros, en cambio, han reconocido este símbolo numérico como algo de importancia, una posición de liderazgo. Porque son parte importante de la clave para abrir la conciencia. También es una manera de decir: no estás solo, ya somos muchos.

—Cada vez somos más —replicó Alexia.

—Muchos despiertos avanzando en el mundo entero.

—Quizás muchas personas que no dejan de ver el 11:11 se dirán: donde volteo, ahí está. Aun cuando no quiero verlo se me aparece. ¿Qué es? Algunos piensan que son coincidencias o que se están volviendo paranoicos por el estrés. Sin poder comentarlo con sus personas allegadas porque están todavía dormidas, se preguntan: ¿Quién me va a creer? Éstos son los comentarios típicos de quienes todavía no conocen las leyes del universo, de la sincronicidad y sobre todo la ley con la que el universo se mueve, la ley de atracción. En cambio, cada persona necesita saber que el 11:11 significa que una realidad mayor de conciencia está siendo insertada en la vida diaria. Como si fuera una hormiga que finalmente recuerda que puede mirar hacia las estrellas y ser transformada para siempre. Esa reprogramación grupal está generando una fusión entre nuestro ser cósmico y nuestro cuerpo físico, el alma y el ego. Este número es un recordatorio para que cada uno sienta su verdadero propósito en la Tierra. Es una confirmación de que el iniciado está en la senda correcta.

—Entiendo perfectamente —respondió Alexia—. O sea que mientras más vea una persona el 11:11, más atraerá bendiciones a su vida. Entonces debería generar en ese momento un pensamiento elevado y pensar: "Algo positivo y espiritual está sucediendo en la Tierra y lo que mi poderosa mente imagine va a suceder, soy el creador de mi futuro por la manera en que pienso ahora en el presente".

—Funciona así, tal cual —respondió Adán, con voz suave—. La secuencia de la clave para que funcione es triple: la mente, la imaginación y la creación. También quien lo ve debe pensar en aprovechar el día y además de pensar en positivo, dejar que emerjan, como un perfume, los deseos más profundos del corazón, que salgan desde sí mismo hacia su familia y todos los habitantes del mundo entero. Es importante también saber que, visto desde un punto de vista científico, produce un impacto interno a nivel celular, es el detonador en el 11° cromosoma del código genético humano. Significa la iluminación y el despertar de 144,000 elegidos o avatares despiertos de la Tierra que generarán la masa crítica para contagiar al resto. Esto hará que el ADN humano se active en conjunto. Era algo que las civilizaciones antiguas sabían, cuando eran despertados por medio de llaves secretas, símbolos, logos, rituales, cánticos vibracionales o mantras que en cierta frecuencia y resonancia detonan un cromosoma en particular, abriendo así un programa operativo interno, una función que aparentemente se encontraba dormida dentro del alma.

—Impresionante.

Adán asintió.

—El poder de La Fuente creadora es inmenso. Estamos destinados a despertar y recordar que somos iluminados hijos de Dios.

—Las elevadas frecuencias traerán nuevas ideas, formas y vibraciones en la mente de las personas, esto es lo que hemos acordado con el Profesor, estoy ansiosa por verlo mañana en el simposio.

—Sí Alexia, mañana trabajaremos junto a él.

—Un paso más para apoyar a la Tierra en su transformación —Alexia tenía el amor por la geología en sus venas.

Adán asintió.

—Las semillas que hemos venido a sembrar harán que sea inevitable que el segundo despertar colectivo se produzca.

En ese mismo momento, dos altos soldados de la Guardia Suiza los sorprendieron por detrás.

59
Roma, Italia.
En la actualidad

En el café Rómulo di Abruzzo, cerca de la Vía di Porta Angélica, se encontraban Rachel Z y su compañera, en una de las mesas más apartadas, enfundadas con una gorra que decía "I love Italy" para tratar de camuflarse como unas turistas más.

Ambas estaban en sus respectivas computadoras, enterándose de la reciente noticia de la explosión y, al mismo tiempo, tratando de entrar a los archivos del Vaticano. Rachel Z tenía un atisbo de intuición de dónde podría venir la bomba.

Las principales cadenas de prensa de Italia ya estaban dando la información exclusiva y la noticia corrió rápidamente por las redes sociales, CNN, BBC y las cadenas de todo el mundo.

Los investigadores sacaban conclusiones, discutían si había sido un atentado o producto de una causa natural la tremenda explosión que había derrumbado uno de los hoteles más emblemáticos de la ciudad, el sitio donde se llevaría a cabo el Simposio Internacional de Religiones y Ciencia. El evento no iba a ser posible ya que no había quedado casi nada en pie del hotel. Los medios de comunicación ya estimaban en más de dos centenares a los muertos, quienes desafortunadamente estaban en aquel momento en las habitaciones, el lobby y el recinto.

La tragedia se estaba extendiendo también a nivel emocional y el corazón de muchos italianos experimentaba el dolor de saber que una parte de su histórica ciudad ya no estaba.

—¿Qué crees que haya sucedido? —le preguntó la compañera a Rachel Z.

—Estoy segura de que no ha sido un accidente. Seguramente alguien se vería perjudicado por un evento de esas características.

—Pienso igual.

—Ten en cuenta que muchas personas han tratado de mantener en conflicto el pensamiento religioso con el pensamiento científico.

No es bueno para los teólogos bajar de categoría el "misterio de la fe", que tanto les ha servido para mantener a la gente sin preguntar o sacar conclusiones, suspendiendo la investigación por la comprobación de la ciencia. Muchos se quedarían sin trabajo si se comprueban los misterios religiosos a través de la ciencia.

—¿Qué piensas, entonces? ¿Un atentado? ¿A manos de quién?

—Los informes todavía no tienen a nadie que se autoadjudique o se deslinde ante el suceso.

El café estaba lleno, la mayoría eran turistas buscando un lugar seguro, algunos sabían del incidente pero otros seguían en su rutina de paseos, fotos y souvenirs.

Rachel Z estaba pensativa mirando por la ventana. Pensó en Dee.

—¿Has recibido algún informe de Dee?

La chica negó con la cabeza.

—¿Qué crees que esté haciendo?

—Ya debería haberse comunicado. Espero que esté bien.

—Seguramente lo hará pronto —respondió la chica que seguía con sus ojos clavados en su ordenador buscando las últimas noticias.

—Contacta con los otros miembros. Ya es tiempo.

En el momento que la chica estaba por comunicarse, Rachel Z observó una ráfaga de información sobre el atentado.

Eran las 12:31 de la mañana cuando leyó la avalancha de mensajes en las cuentas de Twitter de la RAI y CNN para luego también comprobarlo con los medios italianos y la BBC.

"Los primeros indicios señalan que se trató de un atentado que se autoadjudica ISIS, una organización religiosa islámica de ultraderecha".

—Era de esperarse —replicó Rachel Z, mientras le mostraba la computadora a su amiga. Después de lo que hicieron en Francia.

Rachel Z se refería al atentado contra *Charlie Hebdo*, un semanario satírico francés de izquierdas que con sus irónicas publicaciones consiguió la indignación de musulmanes, judíos y cristianos casi por igual. Su labor había sido motivo de juicios, debates por la libertad de expresión, acusaciones de provocaciones a facciones religiosas y atentados; uno de ellos, con bombas Molotov, en 2011. Aunque el más grave había sido el 7 de enero de 2015, en su sede parisina, cuando dos encapuchados asesinaron a doce personas además de herir de gravedad a otras cuatro. Entre los fallecidos se encontraban los dibujantes Charb, Cabu, Wolinski y Tignous; además de dos agentes de policía. Antes de los atentados que recibió la sede de la revista, *Charlie Hebdo* se hallaba en dificultades financieras y su impresión era de sólo sesenta mil ejemplares semanales. En su número siguiente al atentado, que llevaba en su portada una caricatura de Mahoma con una lágrima y la leyenda "Todo está perdonado", superó los siete millones de ejemplares impresos.

—Lo sabía —replicó Rachel Z—. No permiten que nadie saque las narices más allá de los dogmas rígidos.

—Es oficial —agregó la compañera. En todas las cadenas de noticias están pasando un texto enviado por ellos. Parece que se contactaron con los medios de prensa para revelar su autoría.

La CNN publicaba el texto original en árabe y luego en los diferentes idiomas que cada país trasmitía:

ما أريد القيام به هو سجن ضد أسرار الله، عز وجل، الرحمن الرحيم. العلم
والإيمان دق ال تكون في شعبنا. وئامايه في شعب ان هي
الشخص الوحيد الذي يعرف سر أسرار القرآن العلي. اذا نجس
تريد أن تعرف سر الله أن نفعل لذلك على يقعديدتنا.

Lo que pretendían hacer es una abominación contra los misterios de Alah, el Todopoderoso, el Compasivo. La ciencia y la fe no podrán estar en armonía. Nuestro pueblo es el único que sabe, por el misterio del Corán, los misterios del altísimo. Si los impuros quieren conocer el secreto de Dios tendrán que hacerlo por nuestra doctrina.

Rachel Z sintió como si fuese una bofetada en su rostro.

—Son unos condenados. Quieren imponer su credo por la fuerza. ¿Sabes por qué hago lo que hago?

La chica la miró a los ojos.

—Dime.

—Estoy harta de que todas las religiones crean poseer el secreto de Dios, ser los únicos, los elitistas, peleando por "su" Dios como si fuera suyo, puro egocentrismo religioso, pura abominación humana, están viviendo con la mente represora y condenan todo lo nuevo por un solo factor: el miedo. Tienen miedo a perder su poder basado en la fuerza bruta y en las amenazas. Eso no es divino, eso es primitivo.

La chica apoyó con cariño sus manos en las de ella.

—Y por eso apoyamos tu cruzada.

Rachel Z tomó una inspiración profunda para calmarse, si quería contraatacar con la valiosa información que poseía tenía que conservar el corazón y la mente fríos y astutos.

—La forma más alta de ignorancia es el fanatismo religioso.

La chica asintió.

—Se alejan de Dios al atentar contra la libertad de expresión y la expresión de la libertad.

—Vamos a poner las cosas en orden —dijo la chica—. ¿Contacto al resto del equipo?

—Sí. Diles que vamos por todo luego de esta brutalidad. Estoy cansada de estar en las sombras, es hora de actuar. Diles que preparen los envíos a las principales cadenas televisivas y medios de prensa oficiales y, sobre todo, a los medios independientes. También pregúntales si han visto a los dos hombres que estaban siguiendo nuestros pasos.

—De inmediato.

Rachel miró un instante por la ventana con la mente pensativa, observaba a la gente caminar como robots en busca de distracción, fotografías y compras. Negó con la cabeza, ella quería despertarlos del sueño en el que vivían antes de que la muerte los viniera a buscar sin que se hubiesen enterado el objetivo de sus vidas, sin resolver y conocer el misterio de su existencia personal.

—Yo voy a contactar a Dee. Necesito saber qué sucede dentro del Vaticano.

Rachel Z estaba lista para hacer pública información confidencial y documentación privada que había hackeado de varios altos mandos de diferentes países.

Cargada de valentía, estaba a punto de arrojar una bomba de conocimientos a la mente de la humanidad para liberarla de las garras de la ignorancia.

Mateo vio al Papa caminar cansado. Los tres habían escuchado la repercusión de la bomba debajo de la catacumbas que había provocado un eco amplificando su poder, aunque no tenían idea de lo que estaba ocurriendo.

—¿Cuánto falta para llegar? —le preguntó Mateo al obispo Scheffer.

—Sólo unos metros más —las gotas de sudor resbalaban por el rostro del obispo.

—¿Qué piensas hacer luego? —preguntó el Papa.

Mateo seguía apuntando al obispo con su pistola.

—Llamaré a los medios y ustedes dos hablarán y dirán toda la verdad de lo que han encontrado. Y mostraré la foto de mis hijos y mi esposa a todo el mundo. No es posible que hayan desaparecido y nadie sea responsable.

El Papa hizo una pausa, se giró hacia Mateo, los ojos del Sumo Pontífice tenían amor y confianza, era un hombre que pasaba sus acciones por el tamiz de su corazón.

—Te diré una cosa, Mateo. Si yo mismo como la autoridad de la iglesia que represento le digo personalmente al mundo que estos textos existen, ¿sabes qué sucedería? La gente seguirá pensando igual que antes, no habrá grandes modificaciones, el inconsciente de la gente está tan programado con la historia como se la han contado durante más de dos mil años que esa caja de Pandora no se abrirá. Las creencias están grabadas a fuego, eso hace que las personas vivan de acuerdo a ellas. La gente olvida rápido. Ya nadie habla de las abominaciones del Papa Borgia, de la inquisición o de que la iglesia no creía en la teoría heliocéntrica… Me tildarán de loco, o mejor aún, dirán que un loco me ha amenazado para hacerlo. La iglesia es más fuerte que el Papa, querido Mateo. Y la iglesia no va a caer porque se revelen unos textos antiguos. Habrá debates, vendrán expertos. Unos dirán que son reales, otros dirán que no. Pero el común de la gente, la gente humilde, la gente que cree en el credo y en el mensaje milenario que la iglesia ha impuesto soldado tras soldado, emperador tras emperador, político tras político, Papa tras Papa, está grabada con fuego en la mente del humilde. No será fácil por más que tú y yo mismo se los digamos. Dirán que es una broma. No van a creer que Jesús tuvo más hermanos, o que estuvo casado con Magdalena, ni que su descendencia está...

—¡Suficiente! —replicó el obispo Scheffer.

Mateo le lanzó un grito.

—¡Cállese! ¡Déjelo hablar!

—Creo que si tienes un poco de fe en lo que me has contado, en la confianza y el corazón noble de tu esposa y de tus hijos deberías dejarme ir para a hablar a los fieles y brindar un poco de apoyo —el Papa buscaba sensibilizar el corazón de Mateo—. Yo podría ayudarte a encontrar a tus hijos y a tu esposa desde afuera, aquí debajo, en estas húmedas catacumbas no puedo hacer nada, querido Mateo.

Hubo un silencio.

La mente de Mateo Toscanini trataba de comprender la situación. Quizás el Papa tenía razón. Quizás si lo liberaba podría pedir ayuda para encontrar a su familia que era el motivo por el que estaba desencajado y turbado en su más profundo motivo de vida. Él, con el obispo como rehén, y los textos encontrados, serían su impulso, la palanca; tal como había dicho el sabio griego Arquímedes siglos atrás, serían "el punto de apoyo que necesitaba para gobernar el mundo". Mateo sintió que si lo liberaba, el Papa trabajaría para él, sería el único que podría ejercer el poder de encontrarlos. Mateo no tenía nada que perder si jugaba esa carta.

Mientras comenzaron a caminar nuevamente, el Papa captó que la mente de Mateo Toscanini estaba cambiando, pensó rápidamente para tratar de reforzar su argumento.

—Allí debajo están los cofres —dijo el obispo Scheffer.

Mateo vio cómo se descendía aún más en las catacumbas por una puerta de dos metros de alto.

—Baje usted primero y abra la puerta —le ordenó Mateo al obispo—. Usted quédese aquí.

Mateo vio que la bajada de la empinada escalera sería complicada para el Papa.

El obispo abrió la puerta.

—Aquí tienes los cofres y los textos.

Mateo observó al Papa.

—Quédese aquí.

El Papa le destiló amor por su mirada.

—No me moveré, te doy mi palabra.

Mateo bajó lentamente las escaleras, girando la cabeza hacia atrás para ver al Papa y hacia delante para bajar lentamente por los escalones. Llegó a la puerta y vio al obispo al lado de los cofres en una sala decorada con austeridad. Una mesa, media docena de sillas, una biblioteca pequeña y varias cajas.

—Con que aquí guardan los secretos —dijo Mateo con ironía.

El obispo lo observaba con una mirada culposa.

Habían sido varias las reliquias, documentos y hallazgos que terminaron en manos del obispo Scheffer. Era un perro carroñero dentro de la iglesia, un ave de rapiña que hacía el trabajo sucio desde hacía más de veinticinco años. Ahora estaba en una situación incómoda. Amenazado por un hombre que no dudaría en matarlo por sentirse traicionado en su propia fe, por no haber recibido la ayuda prometida, por sentirse sólo sin nadie en el mundo, sin familia, sin esperanza.

—¿Cómo piensas llevarte estos pesados cofres? —razonó el obispo—. Aquí lo trajeron entre cuatro personas, es imposible moverlos.

Mateo pensó por un momento y analizó la situación.

Él tenía al obispo, tenía su teléfono y tenía los cofres. Iba a llamar al principal medio de televisión para que supieran del hallazgo y a través de la presión iban a movilizarse para encontrar a su familia. En realidad, pensó que el Papa le sería más útil si lo liberaba ya que él sabía lo que estaba pasando. No iba a dejar que el obispo muriera y mucho menos que los textos se revelaran al mundo; dijera lo que dijera, eran pruebas fehacientes de que a la historia completa de Jesús le faltaban partes y que había sido tergiversada por los políticos antiguos para beneficio de la política y control de la iglesia.

—Le diré lo que haremos —respondió Mateo después de unos minutos que se tomó para pensar.

El Papa y el obispo se miraron.

—Lo voy a liberar —le dijo al Papa con un tinte de emoción en su voz—. Pero hará allá afuera lo que yo le diga para encontrar a mi familia. Si no, aquí me cargaré a este obispo ladrón, no tengo miedo en morir. Después de todo, me encontraré con mi familia en esta o la otra vida, ¿verdad?

—Te prometo que movilizaré cielo y Tierra para encontrarlos. Confía en mí como si fuera tu abuelo.

Mateo y el Papa cruzaron una mirada silenciosa.

En ese momento, el Sumo Pontífice pudo sentir el inmenso dolor en el corazón de aquel hombre clamando por sus seres queridos.

—Váyase. Se comunicará conmigo dentro de dos horas para saber qué está pasando. Si en dos horas no tengo noticias...

—Tranquilo hijo, todo saldrá bien, Dios nos ayudará.

—Dos horas —remarcó Mateo, señalando con la punta de su pistola en su propio reloj, antes de cerrar la puerta con el obispo y los cofres dentro. Se escuchó un poderoso cerrojo de hierro trabando la puerta por detrás.

El Papa inició su marcha lenta hacia la superficie. Sabía, en el fondo de su corazón, lo que sucedería realmente si aquel hombre revelaba aquel hallazgo. El tiempo apremiaba para el obispo y, sobre todo, para el futuro de la iglesia.

Unos metros detrás, oculto en silencio tras unos negros bloques de granito húmedo, se asomó la mitad del joven rostro de Dee Reyes, viendo cómo el Santo Padre caminaba con dificultad en dirección contraria.

L os tres soldados de la Guardia Suiza sorprendieron por detrás a Adán y Alexia en la bajada de uno de los largos pasillos corredores de mármol.

—¡Alto! ¿Qué hacen aquí? —preguntó el más alto con marcado acento suizo. Llevaba el pelo casi blanco y los ojos azules que proyectaban una mirada fría y distante.

Alexia sonrió.

—Nos perdimos —dijo tratando de poner su mejor cara de sorpresa.

El guardia se mostró autoritario y firme.

—Ésta es una zona prohibida al público.

Los guardias hicieron un escaneo visual de ambos. El más alto, que llevaba una gran carga de estrés por no poder encontrar dentro del área a su cargo al Papa y al obispo Scheffer, estaba como un animal herido en su orgullo.

Hizo una seña con su cabeza a los otros dos guardias.

—Espósenlos —ordenó con voz firme.

—¡Un momento! —exclamó Adán—. Tenemos las credenciales para el *meeting*, somos invitados especiales al simposio de mañana, nos perdimos porque nadie nos informó dónde es el evento.

El guardia se acercó y vio las credenciales colgando de su cuello. Agudizó su mirada, sus ojos azules eran como dos radares.

—El *meeting* ha terminado hace más de una hora. Estos rostros no se parecen a los de ustedes. ¡Muéstrenme su identificación!

—Bueno… —respondió Adán—, esa foto es vieja.

—¿Piensa que somos estúpidos? —llévenlos a la jefatura y avisen de inmediato a los *carabinieri* para interrogarlos.

Adán pensó con rapidez.

—Si me sueltan las manos les mostraré la documentación.

—No los suelten. Revisen sus bolsillos.

Inmediatamente, y con cierta brutalidad, los guardias colocaron las manos en los bolsillos internos del saco de Adán. Extrajeron una billetera de cuero marrón y su teléfono celular. El guardia se la pasó al gendarme de más rango. La exquisita belleza de Alexia no sirvió de nada para distraer a los estresados guardias.

—Adán Roussos —leyó el oficial en voz alta, viendo su identificación. Se acercó a la credencial y la tomó con gesto brusco—. ¡Aquí dice Philippe Sinclair!

Adán y Alexia estaban acorralados.

"Tenemos que cumplir con lo que venimos a hacer. Necesito contactar con el Profesor", pensó Adán.

—No coinciden estos nombres con las documentaciones. Ahora pasan a ser sospechosos del secuestro de un obispo y del líder de la Iglesia católica, todo lo que digan puede ser usado en su contra, tienen derecho a un abogado.

Adán y Alexia se miraron en complicidad. Enterarse de aquello fue una sorpresa impactante para ellos.

"¿El Papa y un obispo secuestrados dentro del Vaticano?". Ellos sentían que algo no iba bien. Adán comenzó a percibir más cosas.

El gendarme hizo la seña con la cabeza ordenando que los llevaran esposados hacia la jefatura.

El Papa ya se había marchado y Dee no sabía si seguirlo o quedarse esperando por las dos personas que había visto bajar al pequeño escondite.

Había puesto su celular en vibración.

Sintió en el pecho, dentro de su chamarra de cuero, una llamada. Era Rachel Z.

—Al fin puedo saber algo de ti. ¿Qué ha sucedido?

—Rachel, estoy en las catacumbas del Vaticano. He visto al Papa marcharse y a un hombre a punta de pistola encerrándose con un obispo en una habitación.

—¿Qué dijeron?

—El hombre amenazó al Papa, le dijo que le daba dos horas para que le consiguiese algo. Cuando se fue, el hombre se metió con el obispo, seguía apuntándole. Están ahora encerrados.

—¿Era el mismo Papa?

—Sí, claro.

Rachel Z se detuvo a pensar por un instante.

"¿Qué está sucediendo?".

—No sigas al Papa, pero tampoco te quedes ahí. Seguramente cuando haga contacto con la Guardia Suiza o con la gente de la iglesia volverán allí para derribar la puerta.

—No lo creo, escuché que amenazaba con mostrar unos textos, un hallazgo, algo así.

—¿No dijo qué tipo de hallazgo?

—Lo escuché perfectamente, el eco de las catacumbas amplificó las voces. El hombre apuntando con el revólver le advirtió al Papa, le dio dos horas para que aparecieran sus hijos o revelaría todo a los medios de prensa.

Rachel Z comprendió rápidamente.

—Es un secuestrador que ha encontrado algo. Nadie se lleva al Papa a las catacumbas del Vaticano si no ha encontrado algo trascendente.

—Eso sentí yo, Rachel.

—Te diré lo que harás.

Dee miraba a los costados por los húmedos y oscuros corredores. En su mente, como un flash, se repetía lo que había visto en el camino, estremecedores sepulcros, panteones, tumbas tanto paganas como de cristianos muertos en la persecución de Nerón.

—Este lugar es tétrico —le dijo—. No sé cuánto aguantaré aquí, es realmente misterioso e inquietante, el calor y la humedad son insoportables.

Rachel Z sabía que Dee padecía de cierta fobia por la oscuridad.

—Aguanta un poco más, Dee. ¿Has visto la tumba de san Pedro?

—Sí, he pasado por ahí, está ubicada en la zona oeste, una cripta con una inscripción que dice "Pedro está aquí". Junto a ella había también unas cajas transparentes con restos de huesos. También vi varios objetos que decían "Trofeo de Gaio", "Muro de los grafitis" y "El cofre de Constantino".

—Es evidente que ese hombre ha encontrado algo o quiere extorsionarlos. Dee, es un caso de vida o muerte. Ponte a escuchar tras la puerta a ver qué dicen y me llamas en cuanto sepas más cosas. Aguanta, Dee. Estás haciendo algo titánico. Es algo que no esperábamos. Aprovecha la situación.

—Entendido, veré qué puedo escuchar.

—Estoy contigo.

Dee sintió empatía emocional y le llegó al corazón. Lo necesitaba. Estaba haciendo aquello por la causa que los unía y por su amor hacia Rachel Z.

Colgó el celular, verificó que seguía en modo vibración y salió detrás de su escondite caminando hacia los escalones. Bajó hacia la puerta donde estaban Mateo y el obispo Scheffer.

Sigiloso como un felino, Dee colocó el oído en la antigua puerta y comenzó a escuchar lo que ellos decían.

Adán y Alexia fueron esposados en las muñecas.

Luego de ser apresados fueron conducidos por los tres soldados hasta el sitio donde se encontraba el actual jefe de la Guardia Suiza.

El comandante a cargo estaba bajo una gran presión dentro del Palacio Apostólico, también llamado Palacio Papal o Palacio del Vaticano, la residencia oficial del Papa. Aunque el actual Papa no vivía allí, sino en Santa Marta, debido a que buscaba una vida más austera y en compañía de otros clérigos.

El Palacio Apostólico era un complejo de edificios, que comprendían el apartamento papal, las oficinas de gobierno de la iglesia católica, un puñado de capillas, el Museo de Vaticano y la Biblioteca Vaticana. En total, existían aproximadamente mil habitaciones, incluyendo la célebre Capilla Sixtina, con los frescos de Miguel Ángel, los apartamentos Borgia y las estancias de Rafael. Las otras residencias papales estaban en el Palacio de Letrán y en Castel Gandolfo, éste último fuera de Roma. Aunque no viviese en el Palacio Apostólico, el Papa seguía utilizándolo para audiencias y para el rezo del Ángelus.

Adán pudo ver a la entrada del edificio de mármol, un cartel que decía primero en latín *Custodes Helvetici* y debajo *Guardia Svizzera*, en italiano.

Alexia lo miró a los ojos mientras uno de los jóvenes guardias la escoltaba a menos de cuarenta centímetros.

Ella estaba preocupada.

—¿Qué plan tienes, Adán?

—Tranquila, todo va a aclararse.

—Nos están llevando detenidos. Tenemos que contactar al Profesor. No podemos perder tiempo en nuestra misión.

Adán mantuvo una sonrisa sutil, conocía las leyes de la energía.

—Cuando Dios te está preparando algo maravilloso comienza con una dificultad.

Adán y Alexia con las manos en la espalda, subieron las escalinatas del edificio.

Por toda Roma la tensión y el miedo se había extendido en el ambiente. El Vaticano estaba bajo "alerta roja". En las últimas horas se habían gestado dos hechos nefastos: una explosión atribuida a un grupo islámico de ultraderecha y ni más ni menos que la desaparición del Papa dentro del Vaticano, ponían en juego la cabeza del comandante de la Guardia Suiza, encargado de salvaguardar la seguridad papal.

La historia de la Guardia Suiza estaba teñida de crímenes y luchas de poder. Era un oscuro y enigmático emblema dentro del Vaticano.

Se había hecho público en todas las redes sociales que, hacía pocos años, el comandante de la Guardia Suiza, Alois Estermann, fue asesinado por Cedric Tornay, un joven cabo de la guardia. El crimen había levantado polvareda con la versión de un investigador italiano, según la cual Estermann y Tornay eran en realidad amantes. Esa pista mostraba las motivaciones pasionales del más grave hecho de sangre ocurrido en la historia moderna del Vaticano.

Estermann fue promovido por el Papa Benedicto XVI a la jefatura de la Guardia Suiza. El crimen fue sangriento, los peritos mostraban que en aquel momento, la víctima estaba sentada en el living de su departamento hablando por teléfono. A las nueve de la noche, el suboficial Tornay tocó el timbre. Según la versión oficial, la esposa venezolana de Estermann, Gladys Meza Romero, abrió la puerta y Tornay entró con la mente desquiciada, disparando dos veces contra su comandante y otra vez contra ella. Ambos murieron en el acto. El suboficial se suicidó inmediatamente. El lunes siguiente, la Santa Sede anunciaba que archivaba el caso, con la certeza de que Estermann y su esposa fueron ultimados en un rapto de locura por el suboficial Tornay, quien de inmediato se había suicidado con la misma arma con que había matado al matrimonio.

La aparición de una presunta pista homosexual causó sensación y fue recibida con desdén y silencio oficial por parte del Vaticano.

Ni desmentida ni afirmada, lo cierto era que el doble asesinato y el suicidio habían teñido de más oscuridad a la Guardia Suiza y sumaban un capítulo oscuro a los archivos de la historia del Vaticano.

Posteriormente, tratando de zanjar el crimen, se difundió un largo informe, a raíz de la decisión de un magistrado de instrucción de la Santa Sede de archivar el caso. Según ellos, las circunstancias de la tragedia tenían motivos distintos a la acusación sexual. La versión oficial vaticana decía que Tornay, de veintitrés años, detestaba a su comandante Estermann porque consideraba que lo perseguía arruinándole la carrera y el futuro.

Al paso Corinne y Valeria, dos ex novias de Tornay salieron a hacer declaraciones contra la versión de que los guardias eran amantes. Ellas aseguraron que el joven suboficial era religioso, y que hacía las cosas normales de los jóvenes en sus vínculos con las mujeres.

En cambio, la madre de Tornay afirmó que su hijo había sido asesinado junto con Estermann y su mujer en el marco de una complicada conspiración no bien precisada. Desde su casa en Suiza, la madre del soldado, Muguette Baudat de Tornay, aseguró que había recibido mensajes y amenazas. Y que personalmente le había escrito al Papa Benedicto XVI, pero nunca obtuvo una respuesta.

La señora afirmaba tener en su poder documentos que probarían que había un tercer hombre en esta historia trágica, que había desaparecido y cuyo testimonio era muy importante.

Aquel hecho ocurrió hacía unos años, pero el Papa había despedido al comandante Daniel Rudolf Anrig recientemente. Las versiones decían que era "por ser demasiado autoritario y estricto". Así que concluyó su servicio el 31 de enero del 2015. Varios guardias dijeron que era "el fin de una dictadura", tras ser informados de la salida de Anrig.

Las rígidas reglas del comandante Anrig habían sorprendido al Papa, quien solía conversar amablemente con los guardias, rompiendo todo protocolo, llegando incluso a invitar a uno de ellos a quebrar las órdenes, pidiéndole que descansara tras descubrir que había pasado la noche entera de pie. En varias oportunidades, el Papa comía con los soldados, apareciéndose de improviso y sin escolta.

Los oscuros entredichos de la Guardia Suiza ponían en jaque al actual comandante, quien estaba revolviendo cielo y Tierra junto con cien de sus soldados, que buscaban sin éxito al Sumo Pontífice y al obispo Scheffer.

El actual comandante y el mismo Papa estaban pagando un precio alto por ser más permisivos y menos autoritarios.

Adán y Alexia fueron llevados a una lujosa oficina. Abrieron las puertas de hierro forjado con insignias.

Eran los únicos sospechosos encontrados en un área prohibida. El comandante, sentado tras un escritorio de roble macizo, los comenzó a interrogar mientras otra persona de rango superior estaba a su lado. Dos guardias armados estaban de pie, detrás de Adán y Alexia.

Al cerrar las puertas, otros dos guardias se mantuvieron inmutables afuera.

El comandante tenía la mirada encendida por la ira.

—Me informa mi suboficial que los encontraron en un área restringida y con documentación falsa.

—Estamos invitados al simposio de mañana.

—¿Y qué hacían en las instalaciones del Vaticano?

—Buscando el *meeting* con el Santo Padre.

El comandante observaba a Adán y Alexia como un halcón a punto de ir sobre su presa.

—Explíqueme, ¿por qué querían entrar al *meeting* con identidades falsas?

—Los verdaderos invitados nos pidieron que los sustituyéramos para ser voceros de su participación y de todo lo que ocurriese en la reunión —respondió Alexia, tratando de suavizar al comandante.

Negó con la cabeza y su boca se arqueó hacia abajo en señal de negación.

—¿Qué vinculación tienen con el Sumo Pontífice?

—No lo conocemos personalmente.

—¿Conocen al obispo Martin Scheffer?

—Jamás hemos oído de él.

El comandante hizo una pausa.

—Verán, señor Roussos y señora Vangelis, estamos viviendo momentos muy difíciles y no puedo dejarlos salir sin comprobar que lo que dicen es verdad. Ni tampoco puedo perder tiempo. ¿Dónde puedo comprobar que lo que dicen es cierto?

Adán pensó rápidamente.

—Llamemos a las personas a las que pertenecen las credenciales. Así podrán comprobar que es cierto.

El comandante miró al oficial, quien se acercó para decirle algo al oído.

La Guardia Suiza necesitaba mostrar acción. Adán y Alexia eran la única caza que los soldados habían obtenido hasta el momento. Los guardias necesitaban tener aunque fuera un chivo expiatorio para salvar el pellejo y mostrar que la seguridad papal no era endeble ni frágil.

—Tenemos su documentación y su teléfono. Primeramente vamos a investigar su origen y a qué se dedican. Luego vamos a decidir qué hacemos con ustedes dos. Mientras tanto, son sospechosos de complicidad de la desaparición del Sumo Pontífice de la iglesia católica y de un importante obispo. A partir de ahora, todo lo que digan puede ser usado en su contra.

Alexia miró a Adán con inquietud en los ojos.

Estaban en problemas.

64

Roma, Italia.
En la actualidad

En el restaurante en que se encontraba Hans Friedrich con toda la comitiva alemana, ya se habían enterado sobre la bomba atribuida a un grupo de fundamentalistas islámicos y la repercusión que estaba teniendo en todos los medios de prensa del mundo.

El magnate se encontraba tenso hablando con tres altos ejecutivos de su equipo.

—La situación está cada vez peor para nuestro proyecto y nos está obligando a operar sin el consenso que buscábamos. Nos han evacuado del Vaticano porque un loco ha secuestrado al Papa y a mi hermano. La bomba a manos musulmanas suma una presión que puede alejarnos cada vez más de nuestro objetivo.

—Y tu hija... —agregó uno de los ejecutivos.

Hans asintió lentamente con resignación y enojo.

—¿No hay novedades de su paradero?

—La están rastreando por toda Roma pero dejaron el hotel en el que estaban alojados. Habían puesto un chivo expiatorio en otro hotel porque ya olieron a nuestros cazadores. Pero darán con ella, te lo aseguro Hans.

—Redoblen la búsqueda. Necesitamos capturarla. Intuyo algo que no nos conviene.

Uno de los empresarios levantó el teléfono e informó de la instrucción a cuatro más de sus secuaces.

Hans Friedrich había dado la orden de no ir al hotel por una intuición, el grupo sabía que él tenía esa facultad activada y se adelantaba a los acontecimientos. Si no fuera por eso ahora estarían bajo los escombros del hotel donde había sido el atentado.

La mente del alemán se transportó a los años en que había compartido con la madre de Rachel Z, años turbulentos para ellos debido a que su ex esposa de ideas revolucionarias inyectó en la mente de Rachel la prioridad de la libertad, la igualdad de todos los seres y la evolución espiritual frente al despiadado sistema de operaciones de los fríos gobiernos, tanto de derecha o de izquierda, para oprimir a los pueblos. Hans mantenía largas discusiones, incluso agresiones con la madre de Rachel, ya que él insistía que el futuro del mundo estaba en manos de la ciencia, el enriquecimiento económico y el control. No era que la ciencia o el dinero fuesen malos, sino todo lo contrario, eran un elemento para el bienestar humano pero el uso que se hacía de ellos era para coartar el destino de las personas. Al ser un empresario y al mismo tiempo líder de un departamento científicos los ideales de Hans eran totalmente incompatibles con las ideas igualitarias de la madre de Rachel. Después de muchas fricciones durante años Hans no tuvo otra salida que sacarla del medio organizando, a manos de sus testaferros, un simulado accidente tal como hacían otras organizaciones con todo aquel que estuviera en contra del Nuevo Orden Mundial. La muerte de muchos artistas, cantantes, actores y otras desapariciones misteriosas de científicos tenían su raíz en la oposición que ejercían en una guerra oculta de la que la gente común no se enteraba, debido a la hipnosis colectiva en la que estaban viviendo, anestesiados por trabajos absorbentes, pasatiempos, distracciones, publicidades, ideales de un futuro feliz, metas, acumulación de bienes y todo tipo de controles infiltrados. Esto se encontraba hasta en las frecuencias de la música con la cual intentaban anestesiar o bien acelerar el cerebro y que el sistema nervioso estuviese siempre bajo cortocircuito sin encontrar la paz, espacio que sería llenado con cosas materiales o sueños futuros. Ése era un medio para dominarlos y que olvidaran que tenían un presente valioso con todo a su disposición para descubrir el propósito real de su existencia personal, la magna obra de todo ser humano.

Pero el inteligente estatuto de control del Nuevo Orden Mundial era el de generar la idea y la semilla de carencia y separación, así tenían a la gente dormida y bajo sus órdenes. Ellos hacían que la gente pensase en el fondo de su alma: "me falta algo, estoy separado, necesito esforzarme". Lograban que las personas sintieran que estaban separados de Dios y no pudieran verlo en todos lados.

Esa esquizofrenia existencial era la base de sus ideales para dominar a la población. Hitler había tenido el mismo ideal de control mundial por la fuerza y la violencia, pero ellos lo hacían por medio de los servicios de inteligencia para que nadie sospechase, habían agudizado sus métodos. Por un lado, haciendo olvidar que aunque a las personas nada les pertenecía, eran dueños de todo por ser hijos de un Creador que necesitaba un oponente para que despertasen y regresaran al hogar, o, en palabras religiosas, al Padre. Ellos no querían eso, no podían permitir ni por la ciencia ni por la religión que el hombre se alineara con la radio universal directamente, tal como quien cambia una emisora. La mente era una radio, lo sabían, pero insistían en mantener a los dormidos enfocados en noticias negativas. Necesitaban mantenerlos escuchando una emisora que no trasmitiese en sintonía directa con el cosmos, sino con sus propias noticias de muertes, guerras, miedos, terrorismo autogenerado, crisis económicas, enfermedades para vender medicamentos, comida chatarra y transgénica y todo tipo de obras fabricadas por ellos mismos sin que aparecieran como autores.

Ésa era la razón fundamental del Nuevo Orden Mundial con el que todo el grupo de Hans Friedrich trabajaba. Alejar al hombre de su Creador, colocarle la cabeza bajo la ilusión de los sentidos para que al cabo de generaciones tomase la ilusión por realidad, el peor de los errores para permanecer alejados del despertar espiritual.

Pero a Hans le había salido el tiro por la culata porque su hija había descubierto que su padre mandó a eliminar a su querida y amada madre, lo cual generó en el corazón de Rachel Z el temple, la fuerza y la inteligencia potenciada para vengarse no sólo de él, sino de toda la organización que representaba.

Hans necesitaba capturarla cuanto antes porque si ella desvelaba al mundo las heridas más grandes de la humanidad su organización estaría en problemas. Hans era una pieza más de una gran maquinaria mundial que compartía información confidencial de manera muy celosa, ocupando sitios de poder y control que el neófito jamás sospecharía.

Ahora Hans luchaba contra un enemigo de su misma sangre y sabía lo que eso significaba.

Rachel Z tenía una bomba informática miles de veces más fuerte que la que habían lanzado sobre Hiroshima. Y él sabía que aquella bomba de conocimientos podría generar una destrucción masiva.

Sería una destrucción pero no de personas, sino de creencias.

65

Ciudad del Vaticano
Oficina de la Guardia Suiza.
En la actualidad

El comandante de la Guardia Suiza estaba cada vez más tenso. Ya habían pasado dos horas y quince minutos de la desaparición del Papa y no tenía el menor indicio, algo impensable para los soldados de la guardia que conocían el Vaticano como la palma de su mano. También le habían informado de la bomba que había explotado en el hotel de Roma y las repercusiones mundiales que estaba teniendo.

Había desplegado más de un centenar de subalternos para la búsqueda, pero los guardias se habían centrado más en ver personas sospechosas que en pensar por qué pasillos y puertas se había ido el secuestrador.

Adán y Alexia estaban sentados bajo vigilancia de los robustos soldados.

—¿Podría quitarnos las esposas? —preguntó Alexia.

El comandante estaba pensativo mirando hacia fuera de la ventana. En esa área la gente caminaba como si nada estuviese pasando.

—No —respondió sin dar la vuelta atrás.

—¿No cree que podemos arreglar esta situación de otra manera?

—Ustedes estarán detenidos. Son los únicos sospechosos que tenemos. Portaban credenciales falsas husmeando en lugar prohibido.

—Le hemos dicho que estábamos perdidos.

—Eso no lo cree ni el más estúpido. Además no es sólo eso lo que investigamos. Ha explotado una bomba en el centro de Roma.

Adán razonó.

—Comandante, entiendo que es su obligación mantenernos detenidos porque no tiene nada más. Pero, ¿por qué no llamamos a los verdaderos dueños de estas credenciales? Ellos le explicarán lo que ha sucedido.

—Ya lo están haciendo. Gracias por pensar que soy tan ingenuo para no revisar su teléfono de cabo a rabo y sus verdaderas documentaciones —el comandante hizo una pausa para mirarlos con detenimiento.

Alexia y Adán se miraron de reojo.

—Comandante —dijo Adán con un tono de voz amable—, estamos aquí para brindar soluciones, no problemas.

—¿Soluciones? ¿Qué tipo de soluciones?

—Estamos ayudando a una buena amiga, Evangelina Calvet y su esposo. No han podido viajar porque él ha tenido un problema con su corazón y fue sometido a un intervención de urgencia en un hospital de París. ¿Puede comprobar eso?

El comandante le dirigió una mirada fría y firme.

—No me diga lo que tengo que hacer, señor Roussos. ¿Cree que no estoy preparado para los métodos de operación? Me está haciendo perder tiempo.

En ese mismo momento apareció el oficial a cargo de investigar los teléfonos de Adán y Alexia.

Se acercó al comandante y comenzó a susurrarle algo al oído. El comandante escuchaba atentamente.

—¿Está seguro? —susurró.

—Sí, señor comandante. Acabamos de comprobarlo.

El comandante quedó en silencio. Se mostró pensativo. El oficial que le dio la noticia permanecía junto a él inmutable.

Ambos agentes se voltearon hacia Adán y Alexia.

—Al parecer tienen razón. El oficial a cargo ha hablado con la señora Calvet y el señor Sinclair, quien es uno de los más allegados filántropos de varias familias católicas de Italia. Tienen suerte.

"La suerte es el nombre que los seres humanos no iniciados le ponen a una ley cósmica que desconocen", pensó Adán.

—Se lo dijimos —subrayó Alexia.

El comandante le dijo algo al oído al oficial y éste inmediatamente salió del lujoso despacho.

—¿Qué piensa hacer, señor comandante? —preguntó ella.

Vamos a mantenerlos un momento más para terminar de comprobar algunas conexiones que han detectado en su agenda de contactos.

Alexia le dirigió una mirada de incertidumbre a Adán.

—Por el momento les quitaremos las esposas.

El comandante hizo un gesto con su cabeza para que uno de los soldados de la guardia les quitara el cerrojo de las manos.

Alexia estiró los brazos y se frotó las delicadas muñecas. El guardia terminó de liberar a Adán.

—Permanecerán sentados aquí hasta que...

El oficial a cargo volvió a entrar sin golpear, su rostro revelaba una gran emoción.

—Lamento interrumpir, señor comandante, pero han encontrado a Su Santidad.

Los ojos del comandante se abrieron por el asombro.

—¿Dónde estaba?

—En las catacumbas. Lo están asistiendo, está cansado pero bien. Al parecer no tiene ninguna herida.

—Gracias a Dios.

Adán y Alexia se miraron en complicidad. Haberse metido en el Vaticano les daba una mayor visión del impacto que tendría el próximo trabajo por el que estaban en la Tierra.

—Pronto, lleven al Santo Padre a su habitación. Llamen a su médico personal para que lo examine. Iré inmediatamente.

El comandante tomó su saco azul y se lo colocó vigorosamente mientras daba largos pasos hacia la puerta de salida.

—¿Y nosotros? —preguntó Alexia.

El comandante se frenó en seco.

Los miró a los ojos y luego dirigió una mirada a los dos soldados que los custodiaban.

—Manténganlos aquí hasta mi regreso, una vez que tengamos los informes que he solicitado. Denles de beber y comer.

Luego se dirigió a Adán y Alexia.

—No hagan nada de lo que tengan que arrepentirse. Todavía están bajo investigación, hasta que hable con el Santo Padre y confirme que no tienen nada que ver con su secuestro ni con la bomba que ha explotado.

El comandante cerró con fuerza la puerta al marcharse.

66

Roma, Italia.
En la actualidad

Los minutos pasaban con lentitud y dolor para Ariel Lieberman. Se había quedado allí más de una hora esperando un milagro. Como si quisiese volver el tiempo atrás y recomponer el panorama de otro modo. Todo indicaba que la tremenda explosión en el hotel había provocado la muerte de su familia y parte de la comitiva que llegó de Nueva York e Israel. El cordón policial de los bomberos y los *carabinieri* no lo dejó acceder a menos de cincuenta metros de distancia. Todo había quedado en ruinas. Lo rodeaban el ruido de sirenas, gente gritando, corriendo y recibiendo pasmada la mala noticia.

La chica de pecas en la cara que estaba con él seguía a su lado ya que vio que él estaba profundamente consternado.

—¿Había alguien conocido tuyo dentro del hotel? —preguntó la joven mientras le colocaba una mano en el hombro.

—Toda mi familia.

—¡*Mama mía! ¡Questa è una tragedia terribile!* —exclamó la chica en un italiano cerrado—. Pero todavía no lo des por seguro, quizás salieron antes o pasó algo.

Ariel negó con resignación.

—No lo creo —respondió, mientras las lágrimas comenzaron a resbalar por sus mejillas.

—Esperemos a saber qué pasó.

El personal a cargo comenzó a pedir que desalojaran el lugar. Podía haber repercusiones en los viejos edificios contiguos o nuevos desmoronamientos.

—¡A un lado! ¡Despejen el área! ¡Muévanse de aquí! —gritaban los bomberos, mientras más de cincuenta hombres con chalecos, cascos y mangueras de agua trataban de adentrarse entre las ruinas para investigar la posibilidad de sobrevivientes bajo los pesados ladrillos y bloques de cemento.

—Ven. Vamos a mi casa, bebamos algo fuerte.

Ariel estaba como petrificado.

—¿Quieres llamar a alguien? ¿Qué puedo hacer por ti?

Ella lo tomó del brazo y lo acompañó, ya que los bomberos estaban poniéndose intensos con el desalojo.

—¡Váyanse del lugar!

Ariel se dejó llevar como si fuese un muñeco sin alma, no alcanzaba a manejar la confusión y el dolor.

Poco tiempo antes había estado hablando con su padre que ahora estaba bajo aquella pila inerte de piedras.

La chica lo alejó caminando a paso lento, tratando de reconfortarlo. Ella vivía en su pequeño departamento a menos de dos cuadras, abrió con llave y subieron tres escalones antes de entrar a la sencilla habitación de estudiantes con plantas, una mesa simple y muchos libros. En las paredes había posters pegados sobre películas clásicas y grupos de música.

Ella lo deslizó con sus manos para que Ariel se sentara en un sofá, tenía la mirada perdida.

—Voy a la cocina en busca de un trago fuerte.

Ariel Lieberman se sintió solo en el mundo.

Desamparado, confundido, con su mente en shock, no podía aceptar que un suceso de esas características le quitase la vida a alguien, así como así, sin respetar el recorrido de todos los que habían tenido que partir. Sintió el desgarro existencial de saberse ahora sin familia y a cargo de un imperio.

La vida le mostraba dos extremos, por un lado estaba recibiendo un inmenso dolor y por el otro un inmenso poder.

La RAI, la CNN, la BBC y los medios de prensa del mundo, tanto televisivos como radiales, y las agencias de internet estaban circulando la carta que había enviado el grupo fundamentalista musulmán sobre el atentado. Mientras tanto, Rachel Z aprovechó el impacto de la bomba a manos islámicas y estaba preparada para enviar la información sobre las investigaciones que había hecho a partir de información confidencial.

Les había enviado la orden a todo su equipo para encontrarse en la Biblioteca di Archeologia e Storia Dell'Arte, ubicada en la Piazza Venezia. Era un lugar seguro para pasar como estudiantes o turistas.

Habían llegado todos menos Dee, que tenía la orden de seguir en las catacumbas del Vaticano tratando de saber qué sucedía entre Mateo y el obispo.

En la entrada del añejo edificio, sobre un pizarrón, rezaban varias consignas impuestas por la dirección de la biblioteca:

Para ser admitido en la biblioteca es necesario ser mayores de 19 años (18 si ya son estudiantes universitarios) y estar en posesión de un documento de identidad válido.

Se necesita una tarjeta magnética con validez de tres años para acceder a estaciones de computadoras o bien se puede usar el wifi con ordenadores personales portátiles.

Para los ciudadanos de la Unión Europea hay descuentos en varios servicios.

No se permite entrar con sus libros o fotocopias, a menos de que tengan la liberación de autorización específica.

No se permite entrar con equipo, cámaras de video y escáneres portátiles durante las actividades, horarios y funciones del edificio.

Uno de los integrantes del grupo de hackers regresaba de la oficina de información con el password del wifi de la biblioteca. Se lo dio a Rachel Z. Todos se sentaron en torno a una mesa comunitaria en completo silencio, había estudiantes y turistas sacando fotos y hojeando libros.

Uno de los integrantes se acercó con disimulo y proveyó de libros de arqueología antigua, arte contemporáneo y esculturas hechas por artistas italianos para seguir el mismo patrón que todos los demás. Sumergieron los ojos en los libros mientras los hojeaban con lentitud.

Ella, en silencio, se tomó unos segundos para pensar. Su cerebro estaba anticipándose a las consecuencias de lo que iba a hacer.

—¿Qué esperamos? —le preguntó una de las chicas a Rachel Z disimuladamente mientras veía un libro dedicado a la historia de cómo el genio italiano de Miguel Ángel Buonarotti había esculpido el David.

Artísticamente famoso, el David era una escultura de mármol blanco de casi cinco metros y medio de altura y cinco mil quinientos kilogramos de masa. A Rachel Z le parecía sublime, el arte era una de sus pasiones antes de entrar a la organización de hackers.

El David había sido construido entre 1501 y 1504 por encargo de la Opera del Duomo de la Catedral de Santa María del Fiore de Florencia. La escultura tenía como misión representar al bíblico rey David en el momento previo a enfrentarse con el gigante Goliat. Posteriormente, la fabulosa estatua fue recibida como un símbolo de la República de Florencia.

Al verla tensa, la chica le habló de la historia de su escultura preferida.

—Rachel, ¿sabías que el David, tu obra maestra preferida del Renacimiento, tiene una réplica del mismo tamaño en la Piazza della Signoria?

Rachel Z la miró y le siguió la corriente aprovechando que un guardia de la biblioteca pasaba tras ellas.

—Sí —respondió ella con certeza y voz alta para hacerse notar como estudiante—. Durante un tiempo la estatua original estuvo a la intemperie pero debido a que la obra original había sufrido numerosos percances, decidieron llevar el original al interior de la Galería de la Academia y, a partir de 1910, dejar el doble del mismo tamaño en la plaza.

—O sea que hay dos David...

—Sí, también tiene su doble.

La chica se quedó pensativa por aprender eso.

"Dos estatuas".

Rachel Z miraba hacia los corredores, sólo veía turistas y estudiantes. Sabía que los hombres que los perseguían estaban buscándolos. Retomó el trabajo en su computadora portátil.

—Primero vamos a preparar los envíos. Una vez listos les diré cuándo enviarlos. Primero necesitamos la aprobación de "La jefatura".

Era la primera vez desde que estaban en Roma que Rachel Z les recordó que ella tenía que esperar órdenes de un superior. Sólo Rachel Z conocía su identidad y paradero. El resto del grupo desconocía por completo a quién Rachel Z tenía que darle explicaciones. Tenía una alianza con un superior comprometido con la misma causa.

Rachel Z tomó su celular y tecleó un contacto. En la pantalla de su iPhone se leía: *Alliance*.

El grupo se mantuvo a la expectativa. Dos de ellos trabajaban en las computadoras mientras los otros fingían leer.

Rachel Z escuchó una voz del otro lado en francés.

—*¿Quelle est la situation?*

—*Dee est au Vatican.*

Del otro lado se hizo un silencio pensativo. Que Dee, su contacto, estuviese dentro del Vaticano tanto tiempo no era prudente para "La jefatura".

—*D'acord.*

—*¿Lorsque nous envoyons des informations?*

Rachel Z le preguntó sobre cuándo enviar la información pero, al parecer, "La jefatura" estaba esperando conocer la situación actual y los últimos movimientos. Al saber que Dee estaba todavía en peligro de ser encontrado y sometido a duros interrogatorios, dio la orden inmediata.

—*Dire que laisse le Vatican urgence* —para "La jefatura" era primordial sacar a Dee del Vaticano.

—*D'acord.*

—*¿Quelques morts par la pompe?*

A "La jefatura" le interesaba saber cuántas víctimas había después de la bomba.

—*Plus d'une centaine de personnes.*

"Más de cien personas importantes", pensó. Aunque desconocía que los *carabinieri* no habían podido identificarlas todavía.

—*Une fois sorti Dee, envoie l'information aux médias. ¿Je comprends?*

—*Oui.*

Rachel Z colgó e inmediatamente borró la llamada.

—¿Qué haremos? —le preguntó otro de los hackers.

—Me ordenó retirar a Dee del lugar. Comunícate urgente con él. Me dijo que una vez salga de allí enviemos la información a los medios. Asegúrate que Dee salga del Vaticano ahora mismo.

Los soldados de la Guardia Suiza llevaban escoltado al Santo Padre con visibles rastros de cansancio.

El estrés al que había sido sometido por la tensa situación le había generado una constante producción de adrenalina. Aunque ver a la Guardia Suiza lo hizo sentirse fuera de peligro, sabía que de todos modos tenía mucho trabajo urgente que resolver.

Tres grandes problemas necesitaban ser resueltos de inmediato. Primero necesitaba hablar con los fieles y ser enlazado con la prensa al mundo entero para brindar un mensaje sobre la desaparición de los niños; resolver la situación en la que se encontraba el obispo Scheffer con los valiosos manuscritos y, por si fuera poco, responder ante el cruento atentado de manos islámicas, que había derrumbado el lugar del simposio que estaban organizando.

El comandante de la Guardia se encargó de acompañarlo a sus aposentos escoltado con media docena de soldados.

—Su Santidad, lamentamos mucho que haya tenido que pasar por esta situación.

El puesto del comandante podía pender de un hilo si el Papa decidía despedirlo.

—Todas las cosas suceden por una causa.

—Le agradezco su comprensión, Santo Padre. De todos modos, quisiera saber en detalle qué ha sucedido para poder tomar cartas en el asunto y sancionar a quien corresponda.

—Si yo no te sanciono a ti, tú no estás en situación de sancionar a nadie. Las cosas hay que arreglarlas pensando en el bien mayor. Lo que sea bueno para todos.

El comandante tragó saliva, todavía tenía intensificada la palidez en su rostro.

—¿Qué ha sucedido?

—Es comprensible —respondió el Papa, al mismo tiempo que se sentaba en una silla de madera y terciopelo rojo de su despacho personal.

—¿Comprensible?

—La actitud del muchacho. Se ha visto desesperado por la desaparición de su familia. No lo justifico porque actuó sin fe en Dios, pero recapacitará.

—¿Dónde está ahora? ¿Piensa dejarlo escapar?

El comandante quería tener alguien en sus manos para culpar y poder justificar su descuido.

—Él no quiere escapar, quiere justicia.

—¿Justicia por medio de la fuerza? ¿Entonces lo aplaudimos?

El Papa le dirigió una mirada suspicaz.

—La fuerza se usó también durante las cruzadas y por la inquisición, señor comandante. Lo mejor ahora es concentrarnos en las soluciones.

En ese momento, el asistente personal del Papa, su médico y tres de los cardenales más cercanos golpearon a la puerta.

Uno de los soldados de la guardia les abrió.

—¡Su Santidad! —exclamaron casi al unísono. El asistente se adelantó y le besó la mano derecha—. ¡Gracias a Dios que está bien! Hemos rezado sin cesar por usted. Estábamos muy preocupados por su paradero.

El Papa lo miró con ojos compasivos.

—Siempre estamos acompañados de Dios, hijo mío. No hay que temer. Lo aparentemente malo siempre tiene algo de bueno escondido.

Los cardenales se persignaron, uno de ellos, el italiano Scrotini, dejó resbalar una lágrima. Todos mostraban auténtico júbilo en sus rostros.

El actual Papa provocaba admiración entre la mayoría de los mil doscientos millones de católicos de todo el mundo. No sólo en ellos, sino que muchos agnósticos, ateos, judíos, musulmanes, protestantes y budistas lo veían con buenos ojos. Habían pasado ya más de tres años de su elección y gozaba de una altísima credibilidad en distintos rincones del planeta.

Pero el mayor obstáculo de su pontificado y su gran desafío era puertas adentro, con quienes no lo querían en el mismo seno de la iglesia, donde un pequeño pero influyente bloque conservador se resistía a las reformas. Él era el primer pontífice pregonando constantemente un movimiento irreversible de renovación de los manejos políticos y religiosos. Esto había desencadenado un combate por la supremacía entre dos visiones. Una, la que el Papa promovía, encargada de curar a los heridos espirituales del presente, abierta a incluir a todos, especialmente a los pecadores y a los que se han alejado. Y la otra, apoyada por otro frente, incluido el poderoso Opus Dei, quería seguir con una iglesia conservadora donde predominaran sólo para pocos selectos y puros, y el Papa fuese más exclusivista y no tan accesible.

En ese sentido, los sectores más ortodoxos de la iglesia católica se preparaban en los pasillos y los cónclaves secretos, como si se tratara de una verdadera batalla. El Papa tocaba temas conflictivos y por muchos años tabúes en las mentes adoctrinadas, tales como las parejas que viven juntas sin casarse, los divorciados vueltos a casar, la violencia en el matrimonio, las parejas del mismo sexo, la homosexualidad y, ahora, la desaparición masiva de niños.

El Papa también promovía una revolución a través de la misericordia y el esclarecimiento de temas difíciles. Muchos prelados del otro sistema de pensamiento temían el progresivo desmoronamiento de la doctrina católica, algo que, según analistas y teólogos, nunca pasaría. El lineamiento ortodoxo pensaba que, para ellos, llamar a los obispos de todo el mundo a discutir abiertamente esos temas era como abrir una caja de Pandora. Preferían dejar todo como estaba, es decir, que frente a los "misterios", los problemas cotidianos y las preguntas incómodas se respondiera mecánicamente, como venía haciéndose hacía siglos. Se conocía como "síndrome del avestruz", cuando alguien no quería ver el peligro y escondía la cabeza —con la inteligencia incluida— dentro de la tierra para no resolver lo que no convenía resolver.

El grupo conservador mantenía su posición y oposición porque una iglesia sin conflictos no tenía razón de ser, necesitaban mantener los problemas, los temas difíciles sin resolver y los misterios sin respuesta para seguir siendo los intermediarios y asesores oficiales.

El Papa era consciente de todo el peligro al que se enfrentaba con sus reformas, lo había dejado en claro en una homilía clave concelebrada junto a diecinueve nuevos cardenales, la mayoría de la periferia del mundo.

—Su Santidad, tenemos muchas quejas de los cardenales opositores —le dijo su secretario—, dicen que su secuestro es el precio que está pagando por ser tan permisivo.

El médico comenzó a tomarle el pulso y hacer revisiones en el iris de sus ojos.

—El enemigo del hombre es el miedo. Ellos tienen el miedo de perder a los salvados y yo tengo el deseo de salvar a los perdidos.

—El mundo necesita su discurso, su presencia es importante en estos momentos tan álgidos.

—Voy a hablar, ¿prepararon el discurso?

—Sí, tengo algo pero voy a añadir algunas palabras para los familiares que sufrieron la desaparición de los niños y los que fueron víctimas del atentado de esta mañana.

—¿Qué sugiere, Su Santidad? —preguntó el cardenal irlandés O'Connor.

El médico interrumpió la conversación.

—Tome estos relajantes musculares —dijo el médico y le dejó un frasco blanco—, sólo su musculatura está cansada a causa de la adrenalina. Está ileso y sus signos vitales en perfecto estado.

—Gracias, doctor.

El médico dio varios pasos y cerró la puerta tras de sí, inmediatamente el Papa retomó la respuesta:

—El camino de la iglesia, tal como lo veo, es el de no condenar a nadie eternamente y el de difundir la misericordia de Dios a todas las personas que la piden con corazón sincero.

El Papa tenía enemigos dentro y eso era lo que más le preocupaba, debido a las reformas puestas en marcha, sobre todo en las finanzas del Vaticano, de la curia, con un nuevo modo de trabajar en el sínodo. No quería seguir con el estigma de los doctores inflexibles de la ley, pretendía una iglesia más jesuita, como Jesús hubiera querido, que abrazaba a todos sin igual.

Otra cosa que molestaba al grupo ortodoxo era la humildad del líder católico que incluía la de moverse en un auto modesto, ser simple y sin la pompa de una persona distinta a las demás. Esto creó resistencias en los que estaban cerrados a ver más allá. Para el Papa, quien apostaba por cambiar el corazón y la mentalidad de esta minoría, era un gran desafío, porque había no sólo obispos y cardenales, sino muchos sacerdotes jóvenes que se habían formado bajo las estructuras de pensamiento cerrado.

—Su Santidad —dijo el cardenal italiano a su lado—, en su ausencia se generó un conclave privado de los sectores más conservadores. Se prepararon como si se tratara de una verdadera batalla para el sínodo y el debate sobre lo que habló sobre la familia el domingo pasado.

—Sólo cité palabras de Cristo, ni más ni menos.

—Lo sabemos, pero ellos dicen que a partir de que habló sobre los problemas de las familias rotas, comenzaron a desaparecer los niños masivamente.

Hubo un silencio.

El rostro del Sumo Pontífice se puso serio.

—¿Qué relación pueden tener mis palabras con ese suceso?

—La minoría opositora no está contenta con el discurso elegido y por el énfasis en el concepto de misericordia. No entienden cuando usted habla de audacia y de creatividad, porque ellos están acostumbrados a una visión de iglesia con anteojeras, en la que hay que seguir las leyes estrictas, donde es blanco o negro, donde uno está adentro o afuera, a favor o en contra —remarcó el cardenal irlandés.

—No tienen término medio —dijo el Papa con voz firme—, les molesta, les genera incertidumbre y les hace débiles; la debilidad genera ira. La resistencia a la reforma espiritual de transformación es normal, y no es sólo en el Vaticano. Se da, en mayor o menor grado, en las iglesias católicas de todo el mundo, en las familias, en las empresas, en todo aquel que tenga la mentalidad cerrada. Dios está abierto a los cambios todos los días.

Secretamente uno de los cardenales que más lo criticaba y símbolo de una oposición abierta al "Papa del fin del mundo" —tal como él mismo se denominaba—, lo había criticado duramente desde que se había presentado por primera vez con un simple *buonasera* y sin ponerse la cruz pectoral dorada. Desde ese momento fue rechazado por el ala más tradicionalista de la iglesia.

El secretario se sentó a su lado.

—Le informo que el vocero de los sectores conservadores y los cardenales intelectuales de renombre alzaron una protesta porque son contrarios a cualquier apertura hacia los divorciados vueltos a casar y a los homosexuales; dicen que es una medida considerada como una verdadera cachetada a los años de trabajo de la iglesia del pasado. Hay un malestar difuso y una desorientación entre aquellos que, como la reforma de la curia está en proceso, viven en la incertidumbre, sin saber si seguirán en su puesto o no y entre los que ven que están perdiendo cuotas de poder.

—¿Qué ha dicho el C-9?

El Papa se refería al consejo de nueve cardenales, que incluía de todos los continentes que lo asesoraban y defendían.

—Dijeron que es lógico que quien estaba acostumbrado a otros tiempos de control y disciplina estricta se resista a una simplificación del estilo curial, por doctrina, por miedo a perder su puesto o por dejarse llevar por la mentalidad dogmática.

—¿Qué sugiere el C-9? —insistió el Papa.

—Ya nos reunimos —dijo el cardenal O'Connor con el ceño fruncido bajo unos gruesos anteojos de leer. Junto a los otros dos cardenales presentes era miembro del grupo—. Hemos visto que hay varios grupos marcados en las élites eclesiásticas. Por un lado están los "franciscanos", somos mayoría y manifestamos públicamente la aceptación y apoyo a Francisco. Tal adhesión nace de la fe, pero se apoya, también, en compartir su forma de ser Papa y su proyecto de renovación de la iglesia. Queremos una iglesia abierta compasiva con todos. De todos modos, hay franciscanos de la primera hora y otros que se sumaron durante estos años. Los hay convencidos y hay otros en proceso de conversión.

El cardenal se aproximó a la ventana dándole la espalda a los presentes.

—Lo que más me preocupa son los miembros de la oposición, si bien son una minoría tienen mucho poder. Sienten un fuerte rechazo a su reforma y cuestionan constantemente sus palabras y decisiones. Y actúan con medios desleales, se atreven a descalificarlo en privado con epítetos agresivos. Están en desacuerdo con la mayoría de temas y, en el fondo, preferirían tener otro Papa. Me han dicho mis informantes que susurran en los pasillos: "Cuando éste pase, volveremos a la normalidad".

El cardenal irlandés se acercó al Papa.

—Su Santidad, no queremos hacer un juicio moral, porque sabemos reconocer su rol de líder de la iglesia católica. Debemos poner todas las estrategias para ganar poder porque hay enemigos dentro que andan agazapados.

El Papa pensó un instante y esbozó una sonrisa sutil.

—El oponente siempre ayuda. La fuerza opositora obliga a sacar lo mejor de uno mismo.

El Papa pensó en el obispo alemán Martin Scheffer, su hallazgo había puesto patas arriba a medio mundo, aunque nadie supiera de su paradero. Pero aquellos añejos cofres con los manuscritos dentro eran como un frasco de perfume abierto; aunque nadie supiese dónde estaba el frasco, ya podía olerse la fragancia en el aire.

El Papa sabía que revelar aquellos textos sería una jugada decisiva para agitar a los grupos conservadores que se le irían encima como lobos feroces. Además sabía que, si revelaba abiertamente esos manuscritos originales de la historia oculta de Jesús, el mundo entero se alteraría aún más.

El Papa pensó en todo lo que tenía que resolver.

—Creo que no es momento de presentar más problemas sino de hallar más soluciones. Voy a hablarle a la multitud, por favor anúncielo para mañana, antes necesito descansar.

Luego de decir eso, pidió a todos que lo dejasen solo.

—Necesito pensar.

Los tres cardenales y su asistente personal salieron rápidamente.

Cuando el Papa estuvo solo, tuvo un pensamiento que se apoderó de su mente buscando la primera solución a los tres problemas más graves a los que tenía que enfrentarse.

"No puedo agitar más a la gente, los documentos que permanecieron por siglos en las sombras de la ignorancia deberán esperar más tiempo para encontrar el momento exacto de su revelación".

El comandante de la Guardia Suiza llegó al despacho con el semblante cambiado. El frío miedo que sintió había dado paso a una expresión de alivio al encontrar al Santo Padre.

Abrió las puertas de su despacho y dos de los guardias que venían con él esperaron afuera.

—Señor Roussos, señora Vangelis —su saludo fue un protocolo muchas veces repetido.

—¿Qué noticias ha tenido? —preguntó Adán.

El comandante le envió una mirada fría y no respondió nada.

—Haré unas llamadas para recibir el informe de antecedentes que he mandado a realizar.

El comandante alzó el teléfono.

—¿Oficial Mazzola? ¿Tiene el informe?

Hubo un silencio.

—*Bene*. Tráigalo inmediatamente.

Al cabo de dos minutos, el guardia ingresó con el informe.

—Están limpios, señor. No son peligrosos.

El comandante tomó el informe y le echó un vistazo.

—Mmm… Según veo, no tienen ningún antecedente policial. No sólo eso, sino que han sido reconocidos como ciudadanos ilustres en México y Grecia. ¿A qué se debe eso?

—Eso fue hace años, señor. Un aporte a la humanidad no sólo nuestro, sino la cosecha por las investigaciones de nuestros padres.

—¿Qué clase de aporte?

Adán no quería explicarle con detalles porque el comandante estaba con su conciencia todavía dormida, viviendo en el mundo de la tercera dimensión. No entendería el proceso de ascensión que la humanidad estaba viviendo en el interior de algunas personas y mucho menos la iluminación que les había sucedido a ellos dos.

—El reconocimiento en la Tierra es lo de menos. Hemos hecho un trabajo para ayudar a que la gente tenga puntos de vista más abiertos, que ayuden a la evolución colectiva. Lo importante es saber que lo que hacemos aquí debajo es una siembra para recibir lo que tendremos allá —Adán señaló hacia el cielo; quiso hablarle con palabras que el comandante comprendiese.

—Entiendo.

El comandante no quería soltar a su presa pero sabía que no podía demorarlos más.

—Veo que son personas de Dios, entonces.

Adán y Alexia esbozaron una sonrisa tenue, ambos sentían que estaban perdiendo tiempo valioso.

—En cierta medida sí.

—¿En cierta medida?

Adán asintió.

—Dios es como el agua hirviendo.

El comandante frunció el ceño.

—¿A qué se refiere?

—El agua hierve a cien grados, ¿verdad?

El comandante volvió a asentir.

—Dígame una cosa, ¿si hay gente alrededor del agua igual hervirá a cien grados?

—Claro.

—Muy bien, imagine una olla de agua hirviendo y varias personas diferentes sentadas al lado, el agua hierve, ¿correcto?

El comandante no sabía a dónde quería llegar.

—Y si las personas no estuvieran cerca de la olla, ¿el agua herviría igual?

—Claro. El hervor no depende de las personas sino del calor que reciba.

—Así es. Con personas o no cerca del agua, crean en el agua o no, igual hervirá a cien grados. Así sucede con Dios. Haya gente que crea en su poder y su existencia o no, igual existirá.

El comandante estaba confuso.

—No le entiendo del todo.

—Las religiones son lo mismo, haya o no haya religiones, Dios estará de todos modos.

—¿Quiere decir que nuestra religión no es necesaria?

Alexia miró a Adán, casi con reproche. No necesitaba echar perlas a los cerdos pero él sabía que aunque el mensaje no llegase valía la gloria enviarlo. Aunque aquel hombre vivía con su mente programada para obedecer y dar órdenes, para seguir un sistema ancestral heredado sin ver la verdad frente a sus ojos.

—¿Recuerda cuando aprendió a andar en bicicleta, señor comandante?

Inmediatamente el comandante recordó su infancia en Suiza. Había recibido la primera bicicleta de manos de sus abuelos.

—¿A qué viene eso?

—¿Cómo era su bicicleta?

El comandante llevó sus ojos hacia arriba de la frente para activar su memoria. Después de todo tenía frente a sí a personas que habían sido reconocidas por un mérito humanitario.

—Amarilla.

—No me refiero al color. ¿Qué tenía de especial?

—Yo era muy pequeño, creo que tendría nueve años. Necesitaba dos pequeñas ruedas al costado de las ruedas principales para ejercer de apoyo hasta que lograra el equilibrio por mí mismo y pudiera manejarla.

—A eso me refiero con las religiones. Son un apoyo temporal hasta que el alma despierta y puede vivir la vida con su propio equilibrio y con el contacto directo con La Fuente.

El comandante guardó silencio. Había captado el punto pero él necesitaba defender a capa y espada la religión porque era la razón de su trabajo, proteger al Papa.

En ese momento, apareció con paso rápido un soldado de la guardia con el teléfono celular de Adán en la mano. Tenía una comunicación en espera.

El soldado se acercó al comandante y le dijo algo al oído. El comandante murmuró algo y tomó el iPhone.

—¿*Pronto?*

Del otro lado se escuchó un murmullo que hablaba en francés.

—Entiendo.

El comandante escuchó atentamente por varios segundos.

—De acuerdo, señor.

Terminó la conversación y le entregó el iPhone a Adán.

—Veo que tiene amigos influyentes. Aquí tiene su teléfono, señor Roussos. Lamento todos los inconvenientes que han sufrido usted y su esposa. Le regreso su teléfono también y a partir de ahora quedan en libertad.

Adán y Alexia se pusieron de pie.

El comandante les estrechó la mano y los miró a los ojos. Vio por un momento una chispa de luz diferente a la de los demás mortales. Bajó la mirada en busca de los papeles oficiales.

—Firmen aquí, por favor.

Ambos hicieron una firma rápida en el papel.

Un soldado les entregó sus pertenencias.

—Dos agentes los conducirán fuera del Vaticano con un coche a su disposición. Gracias por su tiempo. Y nuevamente les doy mis disculpas, espero que comprendan, estamos en alerta roja tanto en el Vaticano como en Roma.

Adán y Alexia colocaron sus teléfonos y las billeteras en el bolsillo de su ropa para dirigirse a la puerta de salida.

—Entendemos, comandante —Alexia le dirigió una sonrisa y se adelantó a salir.

Adán se volvió hacia el comandante en la puerta.

—Comandante.

—¿Sí?

Adán lo miró con profundidad a los ojos y le envió un haz directamente a su entrecejo. Era uno de los poderes de los iniciados para ayudar a remover los patrones rígidos dentro de la mente de quienes todavía no habían despertado.

—¿Qué ha pasado? —volvió a preguntar el comandante.

Adán le devolvió una sonrisa sutil.

—Piense en su bicicleta.

Dicho esto, Adán salió de su despacho cerrando la puerta tras de sí.

70

Roma, Italia.
En la actualidad

Después de treinta minutos, Adán y Alexia fueron escoltados fuera del Vaticano en un coche particular.

A través de los vidrios polarizados vieron pasar media docena de coches de policía a gran velocidad y con las sirenas encendidas.

—¿Qué ha pasado con la bomba? ¿Se sabe algo más? —preguntó Adán al chofer que conducía el Mercedes Benz negro, asignado por el comandante de la Guardia Suiza.

—Las últimas noticias son que el grupo religioso musulmán ISIS se adjudicó el hecho. Dicen que fue en repudio ideológico por el simposio científico-religioso que iba a celebrarse.

—¿Dónde explotó?

—En el mismo hotel del evento.

Adán y Alexia tuvieron un mismo pensamiento.

"¡El Profesor!".

—Tenemos que comunicarnos con él. ¡Dios mío! Espero que todavía no haya llegado a Roma.

El coche tomó por una calle secundaria debido al tráfico y en ese momento sonó el teléfono celular de Adán.

—¿*Pronto?*

—Adán, ¿cómo están?

Del otro lado de la línea Adán escuchó la voz agitada de Evangelina, quien iba caminando a paso ligero por el hangar de un pequeño aeropuerto de París, con gafas oscuras, un cartera francesa colgando en su hombro y un elegante pañuelo azul atado en la cabeza. Unos metros delante de ella, su esposo Philippe Sinclair, con dos asistentes de traje oscuro, estaba a punto de subir las escalinatas de su avión particular.

—Estamos bien. Estuvimos detenidos en el Vaticano debido a que detectaron que las credenciales no coincidían.

—Lo sé, lo sé. Philippe habló con el comandante de la Guardia Suiza para que los liberaran de inmediato. Él es uno de los mayores filántropos de Francia y el Vaticano lo mira con buenos ojos.

—Gracias por la influencia.

—Gracias a ustedes dos por todo lo que están haciendo. Philippe se siente en deuda con ustedes. Estamos a punto de subir al avión y en menos de hora y media estaremos aterrizando en Roma —Adán pudo sentir cierta tensión en la voz de Evangelina.

—¿Vendrán aquí? ¿Saben si el simposio se realizará de todos modos? ¿Qué ha pasado con los secuestradores de Victoria? ¿Ha aparecido la niña?

—Según me ha dicho Philippe, los organizadores del simposio se están comunicando con todos los expositores para coordinar detalles, porque esta tragedia ha cobrado la vida de varios invitados que se hallaban en el hotel.

—Eso es una mala noticia.

—Hay muchos intereses en juego, Adán. Las empresas de tecnología tienen una competencia feroz por la supremacía en este proyecto para activar el genoma humano. La empresa de Philippe es una de las más avanzadas en el mundo. Lo que están averiguando es quién realmente está detrás de la bomba. Muchas noticias están manipuladas, tú lo sabes.

Adán asintió lentamente.

—¿Y Victoria?, ¿qué ha pasado con ese crucigrama? ¿Lo entregaron?

—Sí, y recibimos una nueva indicación.

—¿Nueva indicación? Habían pactado que a las 11:11 de la mañana la entregarían.

—Y al parecer eso harán pero no en París sino en Roma.

Adán hizo una pausa para pensar.

—Los están manipulando para que vengan aquí.

—Eso parece. Pero no podemos hacer otra cosa.

—¿Philippe como está?

—Es otra persona luego de haber tenido esa experiencia fuera del cuerpo en la operación. Ve las cosas desde otro punto de vista. Él dice que ha recordado lo importante de la vida.

—Eso es gratificante.

—Sí. Eso es lo que vi en él cuando lo conocí años antes del que cambiara tanto.

Evangelina había llegado a la escalinata del avión particular.

—Debo subir al avión. En cuanto lleguemos nos comunicamos, ¿de acuerdo? ¿Dónde están hospedados?

—Estamos en un hotel pequeño cercano a La Fontana di Trevi —respondió Adán.

—Gracias a Dios que no estaban en el hotel de la explosión.

Adán asintió.

—Así es, misterios del destino. Nos vemos pronto.

Adán cortó la comunicación y colocó su iPhone en el bolsillo de su saco.

Alexia había escuchado toda la comunicación.

—¿Qué piensas? —preguntó ella.

—Ahora es urgente que nos contactemos con el Profesor para saber dónde está.

—Ojalá él no haya llegado aún a Roma —dijo Alexia.

Adán la miró a los ojos.

—Sabes que, tal como dijo el filósofo Platón, "nada sucede por casualidad, en el fondo las cosas tienen su plan secreto aunque nosotros no lo entendamos".

—Amo la filosofía antigua.

Adán pensó en sus ancestros, en la Grecia de tiempos de Sócrates, Aristóteles, Pitágoras, en la biblioteca de Alejandría, en la era dorada de los pensadores griegos.

—Por ellos estamos aquí, Alexia. Ojalá podamos entender todo este rompecabezas pronto y cumplir con la misión que hemos aceptado.

El coche tomó por la vía paralela a La Fontana di Trevi.

—Déjenos aquí, por favor. Vamos a caminar y comer algo.

—Gracias —dijo Alexia.

Ambos se bajaron y empezaron a caminar entre el gentío. Multitud de visitantes seguían entrando y saliendo de las numerosas tiendas, fotografiándose con los monumentos, comprando suvenires o probando la especialidad de pizzas y *gelati* artesanales frente a la Fontana.

—Vamos a comer algo en aquel restaurante.

Los recibió la camarera, una joven alta, de cabello negro y largo con los ojos extremadamente maquillados al estilo Sophia Loren, quien los condujo a una mesa en el interior del salón.

—Pronto los atenderán.

—Gracias.

La chica se retiró inmediatamente.

—Por favor, llama al Profesor —le pidió Adán a Alexia.

Ella sacó su teléfono y marcó inmediatamente. Del otro lado se escuchó una voz seca y firme.

—Diga.

—¿Profesor?

—Sí. ¿Alexia?

—¿Cómo está?

—Estaba esperando vuestro llamado. ¿Están al tanto de la situación?

—Sí.

—Tenemos que reunirnos con urgencia.

—¿Dónde se encuentra?

—He llegado a Roma hace un momento, mi vuelo se retrasó y por suerte no estaba en el hotel de la tragedia. Mi secretaria buscó otro lugar. Apunta la dirección. Nos vemos en una hora y media, ¿de acuerdo?

Alexia apuntó la dirección con el bolígrafo que Adán le pasó.

—Ahí estaremos. Cuídese mucho.

—Todo saldrá bien. Confiemos en la sincronicidad cósmica.

Dicho esto, el Profesor cortó la comunicación.

—Creo que no tenemos tiempo de comer —dijo ella—. Vamos al hotel y bebamos un batido de proteína, nos duchamos, nos cambiamos de ropa y vamos a verlo. La situación es difícil.

Se levantaron dejando una propina.

Salieron del restaurante y caminaron a paso veloz las dos pintorescas callecitas hasta el hotel.

—¡Detente! —ordenó Adán, mientras la cogía de la mano y se giró ocultándose tras el escaparate de una tienda de ropa.

—¿Qué sucede?

—No gires la cabeza.

—¿Qué pasa, Adán?

—No te muevas. Los dos hombres vestidos de negro que mataron a Ray están camuflados a diez metros de la puerta de nuestro hotel.

71

Roma, Italia.
En la actualidad

La comitiva de Hans Friedrich estaba abandonando el restaurante cercano al Palazzo Vecchio hacia el lobby del hotel contiguo. Necesitaban actualizar la información de todo el grupo.

La puerta corrediza del hotel dejó pasar a más de media docena de ejecutivos altos, de rostro serio y elegantemente vestidos. Se sentaron en los sofás y pidieron whisky con veinte años de añejamiento.

—¿Llamaron a los perros?

El grupo llamaba así a los sicarios a sueldo que trabajaban para ellos realizando el trabajo sucio.

—Sí. Además tenemos su posición por GPS. Dos están en la puerta de un hotel para investigar a esa pareja de extranjeros y los otros dos detrás del rastro de tu hija y esos malditos hackers. Me dijeron que ellos son muy hábiles para borrar sus pistas pero podrán apresarlos.

—Necesitamos que procedan y los capturen de una vez.

—De acuerdo, Hans. Daré la orden para que redoblen los esfuerzos.

—Necesito quedarme tranquilo con eso.

El camarero trajo la bandeja con los whiskys y unos dulces.

—Necesitamos saber qué ha pasado con el simposio —dijo otro de los alemanes—. ¿Se realizará? ¿Han llamado los organizadores?

—Ya nos han llamado. Están devastados porque algunos de los miembros estaban dentro del hotel. El evento está cancelado pero nos pedirán reunirnos en secreto para reorganizarnos porque al parecer varios de los invitados fueron víctimas mortales de la bomba.

Hans se quedó pensativo.

—¿Cuándo van a llamar?

—De un momento a otro. Los italianos no son tan rápidos para resolver problemas de esta índole pero como los organizadores son suizos, espero que nos den a conocer la solución o cómo vamos a proceder.

—¿Se sabe quiénes estaban en el hotel?

—Están investigando eso y trabajando con la policía para identificar a los cuerpos si es que los escombros permiten hacerlo. Lo que me han dicho es que la comitiva de Francia, que son nuestros más directos competidores, no se presentó, la de Japón tampoco.

—Es extraño que los franceses no hayan venido. Algo tramarán para sacar ventaja.

—Puede ser, Hans. Al parecer la bomba eliminó al grupo hebreo que avanzaba en el proyecto. Seguramente los musulmanes se aseguraron de que estuviesen dentro.

Hans mostró un hilo de alegría en sus labios por escuchar aquello.

—El grupo de Technologies for the Future me preocupa sobremanera, tienen herramientas poderosas que podrían dejarnos fuera del juego.

—Es cierto, pero ten en cuenta que ahora la colectividad judía se vendrá con fuerza para reclamar justicia.

—Eso es problema de los autores del atentado. Ellos tienen un eterna batalla con el pueblo hebreo. Es asunto suyo solucionarlo… si es que hay solución para un conflicto religioso y territorial que lleva miles de años.

—Ese tema no es nuestro, dejemos de preocuparnos —argumentó el otro empresario.

Hans inclinó su cuerpo hacia delante con el vaso en la mano y los miró a los ojos.

—Centrémonos en mi hija y sus hackers. Eso sí ahora me preocupa, pueden aprovechar el impacto mediático de la bomba islámica para dejar información al descubierto y eso nos arruinaría.

El otro alemán asintió con obediencia y se dispuso a dar nuevas órdenes.

Philippe Sinclair estaba sentado en uno de los lujosos asientos reclinables de su avión privado.

A su lado, su secretario personal y Evangelina estaban sirviéndose algo para beber.

—¿Cuál crees que será el próximo paso de los secuestradores? —le preguntó Evangelina.

—Quieren todos los textos que tiene Victoria grabados en el chip.

—Tendrás que ceder Philippe. Es el precio que piden.

El francés se mostró pensativo.

Ceder el conocimiento heredado por su familia era entregar uno de los más grandes enigmas de la historia humana, la relación de Jesús y Magdalena.

—Esta guerra nunca acabará.

—¿Guerra? —preguntó el secretario personal.

—La gente no lo sabe pero hace varios años el Vaticano realizó un anuncio sorprendente: el Archivo Secreto pontificio pondría a la venta el tomo *Processus contra Templarios*, compuesto por trescientas páginas que reproducen fielmente los documentos originales —hasta ahora inéditos— de un proceso judicial contra los célebres templarios-guerreros. Eso sucedió aproximadamente setecientos años antes, en 1307, cuando los templarios franceses, incluyendo a su Gran Maestre, Jacques de Molay, fueron detenidos inesperadamente por soldados del rey, acusados de herejía, sodomía y otros terribles pecados por tener conocimientos contrarios a los intereses de la iglesia.

Philippe bebió agua mineral antes de continuar hablando.

—Según los portavoces vaticanos, finalmente y a pesar de la absolución, en aquella época Clemente V se habría visto obligado a suspender a la Orden de los Templarios, aunque sin disolverla, a causa de las fuertes presiones y el descontento mostrado por Felipe IV, y evitar así un cisma con Francia.

"El prefecto del Archivo Secreto se apresuró para acallar cualquier posible reivindicación por parte de grupos actuales que aseguran ser «herederos» legítimos de la orden; ésta continúa funcionando con bajo perfil y en el más absoluto hermetismo. A pesar de la gran repercusión mediática —la noticia fue aireada en informativos de televisión y periódicos de todo el mundo— pocos medios profundizaron en la trascendencia y las posibles consecuencias de la información dada a conocer; tampoco analizaron a detalle cómo funcionaba y funciona la orden más célebre de la Edad Media.

—¿Crees que ellos están ahora detrás de esta extorsión?

—No creo que sean los herederos de la Orden del Temple, sino el Priorato de Sión. Todo el mundo sabe que siglo a siglo, la iglesia ha venido perdiendo terreno en la guerra religiosa y esto ha ido poniendo muy nerviosos a los líderes. La función primordial del Temple —la defensa del reino cristiano— es antagónica con el Priorato que quiere desvelar a la luz pública lo que ellos consideran la mayor de las mentiras en la relación de Jesús y Magdalena.

—Continúa.

—Teniendo en cuenta el poder de los textos originales antiguos, no es extraño que esgrimieran toda clase de artimañas para desacreditarlos y ensuciarlos a diestra y siniestra. En 1306, el rey Felipe no dudó en quitar los bienes a mercaderes lombardos y judíos. Aquello le sirvió de ensayo para realizar algo similar tratando de eliminar a los templarios, quienes manejaban los tesoros de la iglesia. El rey Felipe pensaba que al eliminar a los templarios también eliminaría su deuda. Para ello, hizo que circularan rumores y acusaciones contra la orden. En un primer momento, Guillaume de Nogaret, mano derecha de Felipe el Hermoso, estuvo detrás de toda la conspiración. En realidad, Nogaret ya había sido protagonista en otra terrible conjura, la que enfrentó al monarca francés contra el Papa Bonifacio VIII. Ambos sostuvieron un duro enfrentamiento y Felipe llegó a acusar al pontífice de simonía, ateísmo, hechicería y de estar poseído por el diablo. Después ordenó a Nogaret que capturara al Papa. Abandonado por todos sus cardenales, Bonifacio VIII se refugió en su residencia. El pontífice fue detenido por el agente de Felipe IV, aunque más tarde fue liberado y falleció poco después en Roma. La búsqueda de los textos fue implacable siglo tras siglo.

Evangelina sacaba conclusiones escuchando atentamente.

—El consejero real preparó una caza de información secreta a través de la inquisición francesa. A partir de allí comenzó la retención de todos los textos encontrados en suelo francés, y se procedió a confiscar los bienes, que pasaron a las arcas reales. A partir de ese momento se iniciaron los interrogatorios, que incluían la tortura, y algunos caballeros reconocieron las acusaciones. Muchos templarios confesaron haber negado a Cristo y escupir sobre la cruz. La versión de los textos ocultados se fue dilatando en el tiempo y, a finales de 1309, unos seiscientos templarios fueron llevados a París para comparecer ante una comisión pontificia. Allí defendieron su obediencia y se retractaron de los testimonios realizados anteriormente, pero nadie supo nunca quiénes ni dónde escondieron los cofres.

—¿Y cómo tu familia heredó esos textos?

—Durante mucho tiempo las reuniones se realizaron en los subsuelos de la catedral de Notre-Dame de París. Los herederos templarios se habían organizado para mantener en silencio cualquier texto que atentase contra los intereses de la iglesia. En la actualidad, los historiadores piensan que hubo un final de la Orden del Temple, pero no es así. El destino de sus miembros fue de lo más variado, dejando a cada uno con alguna parte de los textos antiguos, dependiendo del lugar en el que se encontrara.

—¿Y hoy en día qué está sucediendo?

—Mi padre fue un Gran Maestre de la Orden del Temple. Fue un líder débil y poco inteligente, que con su escasa personalidad no supo hacer frente a los peligros que amenazaban a los textos y a su orden. Al dejarme en herencia una parte de los textos, yo tuve que aprovechar los avances de la tecnología y ocultar las cosas donde nadie sospechase que estarían.

Evangelina hizo un rictus de desaprobación.

—Entiendo tu objetivo, pero colocar a Victoria en peligro fue demasiado.

—El priorato es fuerte en Francia, y han rastreado como perros salvajes cualquier indicio de los textos para acreditar su teoría.

—¿Quiere decir que están en lo cierto entonces?

Philippe guardó silencio.

—El pacto de la Orden del Temple siempre fue que los que se negaban a confesar eran condenados a muerte, los que confesaban sus culpas solían ser perdonados y liberados, pero si se retractaban eran condenados por relapsos. Nunca estuve de acuerdo con eso, menos ahora que en el quirófano pude comprobar que tenemos un alma inmortal.

—Entonces, Philippe, entrega esos textos de una vez y recuperemos a Victoria.

—No estoy seguro de que me la entreguen aunque les dé los textos. Tenemos que asegurarnos. La Orden del Temple en Francia no es lo que fue en Castilla, Aragón o Portugal. En Francia llevan la misión en la genética, el Priorato de Sión lo sabe y por eso presionan donde pueden. Ellos creen que presionándome a mí será igual que con mi padre. Se equivocan. Primero quiero ver a Victoria para entregar algo.

—Philippe, ellos son una de las sociedades secretas más antiguas y más influyentes de Europa, el priorato está reactivándose más. La influencia reservada del Priorato de Sión se debe al menos en parte a la sugerencia de que sus miembros son y han sido siempre los custodios de un secreto trascendental.

Philippe le interrumpió.

—La guerra secreta encarnizada es debida a que el Priorato y los templarios llegaron a ser prácticamente la misma organización, presidida por un mismo Gran Maestre, hasta que sufrieron un cisma y emprendieron caminos separados en 1188. El Priorato continuó bajo el caudillaje de una serie de grandes maestres, entre los que figuraron algunos de los nombres más ilustres de la historia, como sir Isaac Newton, Boticelli, Robert Fludd, el filósofo ocultista inglés... y, naturalmente, Leonardo da Vinci, de quien se dice que presidió el Priorato durante los últimos nueve años de su vida. El Priorato contó entre sus seguidores a personajes como Juana de Arco, Nostradamus e incluso el Papa Juan XXIII. Aparte de dichas celebridades, la historia del Priorato de Sión comprende supuestamente a varias de las principales familias reales y aristocráticas de Europa, durante muchas generaciones. Citemos los d'Anjou, los Habsburgo, los Sinclair y los Montgomery. La finalidad declarada del Priorato consiste en proteger a los descendientes de la antigua dinastía real de los merovingios, que reinó en lo que hoy es Francia desde el siglo V hasta el asesinato de Dagoberto II, a finales del siglo VII.

—Muchos artistas involucrados...

—Así es Evangelina, el arte siempre fue un medio para comunicar la información a nivel esotérico. La existencia moderna del Priorato es indudable. En cuanto a los más renombrados *Dossiers Secrets* publicados por el priorato, y otros documentos posteriores de los expedientes secretos, se encuentra el caso de los falsos documentos del Lloyds Bank.

—¿A qué te refieres?

—Unos supuestos pergaminos del siglo XVII hallados por un cura francés a finales del siglo pasado, y que supuestamente demostraban la continuidad del linaje merovingio. Fueron comprados por un caballero inglés en 1955 y depositados en una caja de una sucursal londinense del Lloyds Bank. Aunque en realidad nadie ha visto esos documentos, se supo que existían cartas que confirmaban el depósito, firmadas por tres destacados hombres de negocios británicos, todos los cuales habían estado relacionados anteriormente con los servicios secretos de su país. Todo el tiempo los servicios de inteligencia de Francia e Inglaterra han estado trabajando sin cesar. Yo he tenido inmunidad, al parecer hasta ahora.

Quince minutos más tarde el avión de Evangelina y Philippe aterrizó en suelo italiano en Ciampino, un aeródromo mucho más pequeño que el aeropuerto internacional Fiumicino, para ahorrarse la demora en tiempo y papeles de aduana y por estar a sólo quince kilómetros del centro de Roma. Debido a las condiciones favorables del viento, el viaje se acortó a cincuenta y cinco minutos.

Bajaron las escalinatas a paso veloz y dos coches grises Mercedes Benz estaban esperándolos. Philippe se adelantó a la comitiva e hizo una llamada con su celular. Evangelina, todavía caminando atrás, aprovechó para encender su iPhone y llamar a Adán.

Llevó el celular a su oído.

—¿Evangelina? —respondió Adán que había entrado a la tienda de ropa para que los alemanes que los esperaban en la puerta del hotel no los identificaran—. ¿Dónde están?

—Acabamos de llegar. Vamos para el hotel. ¿Dónde nos encontramos?

Alexia miraba disimuladamente la ropa pero mantenía sus ojos en los dos sicarios alemanes.

—Tenemos ahora una reunión importante —respondió Adán—. Al terminar nos dices dónde se hospedan y quedaremos en un punto intermedio. Como está la situación aquí no es bueno hacer reuniones en los hoteles. Los sicarios que mataron a Ray están vigilando la puerta de nuestro hotel. Me temo que tendremos que alojarnos en otro sitio para despistarlos.

—Seguramente saben que tú diste con Ray antes de ver cómo lo asesinaban y sabrán que los tienes identificados a ellos y a la documentación de Ray.

—Eso pensamos.

—Cuando nos veamos me pasas lo que tenía en sus bolsillos, por favor, ¿de acuerdo?

Adán notó algo distinto en la voz de Evangelina.

—Claro, te daré su teléfono y libreta personal. ¿Tienen noticias de Victoria?

—Philippe está negociando eso con los secuestradores. Le han dicho que será en Roma y está al tanto de nuevas instrucciones.

—Dile que piense con la cabeza fría, que no se apresure. Puede haber trampas para que entregue su información.

—Sin duda. Después de la experiencia que ha vivido tiene un radar en su mente como nunca antes lo había sentido.

Adán se quedó pensativo. Sabía que una experiencia extracorpórea le daba a un individuo una visión completamente distinta de la vida, un poder de comprensión más allá de una limitada vida mortal. Esa vivencia le hacía comprender que el ser humano era espíritu habitando temporalmente un cuerpo físico y eso le daba una llave maestra para vivir la vida y ver más allá de las limitaciones.

—Esperaremos tu llamado. Cuídense.

Dicho esto, Adán terminó la comunicación.

Evangelina hizo una respiración profunda y velozmente tomó otro celular de su cartera para hacer una nueva llamada.

Habló con rapidez.

—*Je suis à Rome.*

—Ya hemos dado orden a Dee para que salga.

—*D'acord* —respondió Evangelina.

—¿Dónde se encontrarán?

—Estamos todos en una biblioteca. ¿Quieres que citemos a Dee aquí o qué le ordenamos?

—¿Qué información ha recogido?

—No lo sabemos todavía. Estaba en las catacumbas, supongo que estará ya fuera del Vaticano.

—¿Y el contacto hebreo?

—¿Quieres enviarlo con él?

Evangelina pensó cuál sería el mejor movimiento.

—Pide que te diga en clave si descubrió algo nuevo y que contacte con los Lieberman para saber si están bien o fueron los que estaban dentro del hotel. Es mejor que ustedes se mantengan separados. Estar juntos es peligroso para la organización. Si Dee ya está fuera del Vaticano y a salvo, envía el material confidencial a los medios. Prepárense para destruir la computadora una vez enviadas las misivas.

—Estamos todos listos para hacerlo.

—*D'acord*. Seguimos en comunicación.

—¿Nosotros nos reuniremos contigo?

—Quizás sólo tú conmigo.

Dicho esto, Evangelina vio que Philippe ya estaba subiendo al coche. Apuró el paso y subió a su lado.

Inmediatamente los dos Mercedes Benz salieron con la comitiva francesa a gran velocidad.

73

París, Francia.

Dos años antes

Tiempo atrás, en el frío invierno parisino, Evangelina Calvet estaba de gira presentando su revelador libro *El secreto de Eva* en una de las librerías más populares de París, Assouline, en la 35 rue Bonaparte, ubicada en el bohemio barrio de Saint Germain des Prés.

Más de un centenar de intelectuales, curiosos y lectores que ya sabían del éxito del libro habían ido a conocer a la autora. Otros miraban las exposiciones fotográficas de diferentes artistas que dejaban sus obras para la venta y difusión del arte francés. Muchas de las fotografías de ese momento provenían de una colección en blanco y negro de diferentes emociones humanas.

La librería contaba también con un espacio de lectura en confortables sofás de estilo vintage, donde se podía beber chocolate caliente, diferentes clases de finos tés y los famosos croissants de hojaldre o de mantequilla que los parisinos untaban con deleite con las más exquisitas mermeladas caseras.

Mientras la gente hacía fila para que Evangelina firmara sus ejemplares, le tocó el turno a una joven muchacha de aspecto bohemio, con vivaces ojos verdes, portando algunos tatuajes en sus manos y una poderosa energía sexual a flor de piel. Se acercó con un ejemplar.

La chica con cabello rojizo la miró a los ojos.

—Me gustó mucho el libro.

—Gracias —había respondido Evangelina, como hacía con todos los lectores.

—Mi grupo está estudiando los temas que has propuesto en tu obra.

Evangelina le devolvió la mirada al mismo tiempo que le entregaba el ejemplar firmado.

—¿Un grupo de estudio?

—Sí —respondió la chica pelirroja—. Estudiamos metafísica avanzada y colaboramos con la evolución espiritual por medio de internet.

—Qué bien. Necesitamos más gente así. ¿A qué te refieres al decir que colaboran con la evolución espiritual?

La chica se inclinó sobre el escritorio y se acercó hacia Evangelina.

—Son temas delicados de hablar ahora pero me gustaría que pudiéramos juntarnos a dialogar tú y yo. Tengo una propuesta que puede hacer que tu mensaje llegue a mucha más gente.

—Me encantaría —había respondido Evangelina con educación—, pero tengo una agenda muy apretada y acabo de casarme.

—El ser humano puede ser dueño de su tiempo y no su esclavo.

Evangelina la miró pensativa.

—Tienes razón. Muchas veces la gente hace cosas como si fuese a vivir eternamente pero somos mortales.

La chica asintió.

—La muerte es un recordatorio que nos impulsa a aprovechar el tiempo fugaz aquí en la Tierra.

—Me gusta eso, un pensamiento inteligente de una chica despierta. Eres joven pero sabia.

El bello rostro de la chica esbozó una enigmática sonrisa.

—Aquí te dejo mi número —dijo la joven escribiendo con firmeza su teléfono y su email en una servilleta.

Evangelina sintió un brillo especial en los ojos de la chica.

—No has escrito tu nombre, ¿cómo te llamas?

—Rachel.

—Muy bien, Rachel. Si tengo un momento te contactaré para que podamos hablar.

Uno de los organizadores y manager de la librería le pidió a la chica que ya dejara de ocupar más tiempo para que Evangelina firmara más ejemplares. Iban atrasados y la cantidad de gente era más de la esperada. A los franceses le gustaban las mujeres revolucionarias y aquella obra tenía un fuerte condimento entre sus páginas.

La chica se marchó pero antes le dirigió una mirada penetrante, Evangelina le dedicó una sonrisa sutil y continuó otra vez en la firma de sus libros.

Aquella había sido la primera vez que Evangelina se encontró con Rachel Z. A partir de aquel momento, Evangelina Calvet pudo tener una aliada secreta en su solitaria cruzada por divulgar información confidencial que iba recogiendo de las carpetas heredadas de su madre, del material que poseía, de las reuniones a las que su marido Philippe Sinclair la llevaba con gente del mundo de las finanzas, el arte, la metafísica y los linajes sagrados como también de sus mismos archivos.

Rachel Z se convirtió —junto con toda su organización de hackers— en la mano derecha de Evangelina. Constituyeron un grupo de trabajo desde las sombras que buscaba desvelar cuestiones que normalmente a los gobiernos, líderes empresariales y sociedades secretas les convenía ocultar bajo la alfombra de la ignorancia.

Desde aquel momento, el vínculo de trabajo entre ambas mujeres se mantuvo en estricto secreto y produjo un constante apoyo intelectual, espiritual y económico de parte de Evangelina Calvet hacia el joven grupo de hackers.

74

Roma, Italia.
En la actualidad

Roma era una olla de presión.

Dee Reyes había salido del Vaticano y contactó por teléfono a Ariel Lieberman, quien estaba devastado emocionalmente. Lo puso al tanto de la tragedia familiar que estaba viviendo.

En el otro extremo de la ciudad, Adán Roussos y Alexia Vangelis pudieron liberarse de los dos sicarios alemanes y estaban llegando al hotel donde tenían la cita con el Profesor, el enigmático científico que era el centro de su plan para ayudar a las personas en el nuevo oleaje del despertar de conciencia colectiva.

Al saber que Dee estaba fuera de peligro y yendo hacia una posición estratégica de espionaje con Ariel Lieberman, Rachel Z sintió que era el momento de disparar la información confidencial a los medios masivos.

Preparó el grupo para activar el programa especial en sus computadoras para que todo lo que tenían saliera en un video que iría directamente al aire en las principales cadenas internacionales. Adjuntaba las contundentes pruebas en archivos desclasificados para enviarlos a los emails de los canales, agencias publicitarias y periódicos de todo el mundo.

El grupo de hackers estaba en la biblioteca dispuesto a proceder. Rachel Z estaba sumamente concentrada frente a su computadora.

—¿Tienen el programa activado?

—Afirmativo —respondió uno de los hackers.

—¿Aseguraron quitar gigabytes para que lleguen los archivos en su totalidad?

—Así es. Está hecho.

—El video, ¿lo probaron nuevamente?

—Todo listo, Rachel.

Rachel Z inhaló profundamente.

"Esto va por ti", pensó, mientras la imagen de su padre, Hans Friedrich, se le presentó en su mente.

Lo que hacía, por una parte, era por venganza y la otra parte, que compartía con Evangelina Calvet, era por idealismo espiritual, por revelar información que estaba en el inconsciente de la humanidad, siguiendo lo que había dicho el Maestro, "la verdad os hará libres". Rachel sabía que revelar datos de esas características causaría impacto e incredulidad en algunas personas. Sobre todo, en las que sufrían el "síndrome del avestruz", que escondían la cabeza para no ver los peligros a los que se enfrentaban.

—Procedan.

Los tres hackers con sus computadoras acataron su orden.

Inmediatamente movilizaron sus dedos en el teclado. Sobre la pantalla se veían códigos, números, símbolos que sólo ellos conocían. Era como estar dentro del cerebro de la computadora, conectándose al cerebro de las computadoras más importantes a nivel periodístico mundial.

Los archivos comenzaron a sucederse y a descargar la información.

Malaysia Airlines. Vuelo MH370
Archivos privados

El primer desvío hacia el oeste del vuelo de Malaysia Airlines, que desapareció el 8 de Marzo de 2014, cuando cubría la ruta entre Kuala Lumpur y Beijing, se llevó a cabo a través de un sistema informático programado por una persona presente en la cabina del avión, de acuerdo a fuentes estadounidenses citadas por el diario *New York Times*. La versión se acopla con la posibilidad de que el avión haya sido sometido a una clase de experimento de bloqueo electrónico de las señales de los satélites que geolocalizan partes del avión. No había aparecido absolutamente ningún resto del vuelo MH370 que desapareció con 239 personas a bordo. Los investigadores están cada vez más convencidos de que fue desviado —incluso miles de kilómetros— de su recorrido por alguien con un profundo conocimiento de los Boeing 777 y de la navegación comercial. Las sospechas de secuestro o sabotaje se intensificaron después de que las autoridades dijeran el domingo que el último mensaje de radio desde el avión —un informal "todo bien, buenas noches"— fue pronunciado después de que el sistema de seguimiento automático del avión, conocido como ACARS, fuera apagado.

La causa del desaparecido vuelo de Malaysia airlines era que llevaba más de veinte empleados de altos cargos de una de las empresas más poderosas en el mundo de la electrónica e informática, que habían anunciado el lanzamiento de un chip al mercado de los controladores de muy bajo costo, a precios altamente competitivos para firmar un importante acuerdo.

El programa que el grupo de Rachel Z había puesto en marcha continuaba enviando información a gran velocidad directamente a los correos de los principales periodistas mundiales. Uno tras otro se fueron sucediendo como lava hirviendo salida de un volcán.

Así, uno tras otro contenían un encabezado y la posterior descripción para que los medios tuviesen la evidencia de lo que hasta el momento habían sido hipótesis en los casos sin respuesta silenciados más relevantes de la historia humana.

JFK
El mayor montaje de la historia para ocultar lo que el presidente sabía sobre la incipiente conspiración para no despertar al pueblo sobre los temas más preocupantes del gobierno de USA. Sociedades secretas, MK Ultra, Seres extraterrestres.

Artistas desaparecidos por rituales ocultistas
Muchos actores, cantantes, miembros del *show bussines* se arrepienten de haber entrado en las líneas de los Illuminati y pagan el precio de su vida por querer salirse de una sociedad que les brinda fama, dinero y estatus a cambio de su alma. Las iniciales de los miembros que han sido víctimas de esta macabra organización muestran una vez más que están controlando la mente del pueblo mediante películas, frecuencias musicales y argumentos del cine para que se instalen en el subconsciente de la gente. MJ, RW, PST, AW, MM.

La lista de Schindler
Una maniobra en complot para cambiar la cara de un hombre que ejerció un acomodo desde adentro para eliminar a los propios

judíos pobres que no beneficiarían al futuro Estado de Israel y favorecer a la élite más influyente y rica del poder hebreo...

Así, uno tras otro continuaban enviando los archivos y videos que le permitirían a la prensa y a los lectores de mentalidad sagaz investigar para estar alertas sobre el *modus operandi* de las sociedades de control infiltradas en los gobiernos.

El grupo de hackers estaba concentrado en las pantallas.

Los visitantes caminaban ajenos a cualquier sospecha de que allí se estaba enviando una bomba informática para el despertar de muchas personas que creían lo que la televisión y el cine les enseñaban, mutilando la libertad de pensar por sí mismos.

Rachel Z tenía todos los sentidos activos, estaba sudando por la emoción de saber que estaba colaborando para que la verdad sobre muchos temas espinosos saliese a la superficie.

Al final de una mesa de roble de la biblioteca un agente de seguridad estaba hablando con dos hombres vestidos elegantemente de negro, con camisa blanca y corbata.

Los hackers no se dieron cuenta de su presencia sino cuando los hombres estaban a menos de veinte metros de distancia.

Al momento en que Rachel Z giró la cabeza vio a cada uno de los sicarios aproximarse con una pistola en la mano derecha.

—¡Alerta! —gritó Rachel Z a todo su grupo.

Inmediatamente tomó su computadora y dio la orden de correr por los concurridos pasillos.

Se originó una huida veloz con las computadoras en la mano, mientras los dos sicarios comenzaban a correr a gran velocidad tras ellos. Fueron en diferentes direcciones, tal como habían acordado con anticipación en caso de ser descubiertos. Uno de los sicarios siguió a Rachel Z y el otro a la joven con la que estaba sentada.

El público de la biblioteca vio pasar a Rachel Z con la respiración acelerada, bajando las escaleras en caracol hacia la zona de los libros más antiguos, mientras el otro hombre iba con determinación tras la chica que había salido corriendo hacia la calle.

75

Roma, Italia.
En la actualidad

Las calles de Roma estaban congestionadas por el tránsito de los automóviles y por el tránsito de las emociones. La mayoría de los italianos sufría el atentado tanto por la pérdida de uno de sus hoteles más emblemáticos como también por volver a ser el epicentro mundial de violencia, tal como había sucedido en los tiempos del Coliseo.

Las malas noticias crecían con la pólvora informática de los medios de comunicación que hacían leña del árbol caído, sembrando más el pánico en la mente de las personas.

"Un nuevo atentado religioso", destacaba con grandes letras negras el periódico *Il Giornale*.

"Bomba a manos islámicas siembra el caos de ISIS en Roma por evento de ciencia y religión", enunciaba el *Corriere della Sera*.

Y las cadenas televisivas de la RAI, CNN y BBC retransmitían la cobertura mundial de las tragedias.

Explosión religiosa, niños desaparecidos, el Papa reaparecía en extrañas circunstancias luego del rumor de un secuestro, un simposio de ciencia suspendido, además de la información confidencial que estaba circulando desde hacía menos de treinta minutos gracias a un grupo de hackers.

Los informativos tenían de dónde agarrarse en su competencia por el *rating*.

En el lobby del lujoso hotel donde se alojaba el Profesor, el televisor del bar transmitía la información amarillista. Por la puerta corrediza se vio entrar la figura esbelta de Adán Roussos junto a Alexia Vangelis. Rápidamente fueron hacia el lobby.

—Esperemos aquí —dijo Alexia mientras se sentaba en un mullido sofá de color bronce.

—Sí. Llegará de un momento a otro.

Adán también tomó asiento. Después de la escapatoria y la tensión trataron de relajar la respiración y volver a tranquilizarse para pensar claramente.

Tuvieron que esperar poco porque en menos de quince minutos la presencia del contacto que esperaban se hizo presente.

Medía aproximadamente un metro ochenta y cinco de estatura, era un hombre esbelto y en perfecto estado físico, sus facciones eran duras y poderosas, el cabello y la barba blanca enmarcaba el rostro de un sabio. Sus ojos emitían una radiante luz, eran de color azul como el mar Mediterráneo y su caminar era firme y seguro, con el paso de un hombre que no representaba los sesenta años sino muchos menos. Vestía una camisa blanca y un saco azul marino.

—Parece que al fin podemos encontrarnos.

"El Profesor". Adán reconoció la voz y se giró sobre el sofá.

—¡Profesor Garder! —exclamó poniéndose de pie y estrechándolo en un cálido abrazo. Alexia hizo lo mismo expresando su simpatía y cariño.

—Qué alegría verlo en estos momentos tan revueltos —dijo ella destilando alegría por los ojos.

—Esta ciudad parece un volcán.

—Así es —respondió Adán con firmeza sabiendo el clímax de tensión que se respiraba—, deberemos actuar rápidamente para redirigir el curso de los acontecimientos.

—Querido Adán, parece que los viejos enemigos han vuelto a poner los palos de la ignorancia para que no gire la rueda de la inteligencia.

Alexia asintió.

—El atentado nos ha dejado sin simposio. Las autoridades de la organización han vuelto a confirmar que esta tragedia ha impedido el evento y está oficialmente cancelado.

—De todas formas, Alexia, esto no impedirá que hagamos lo que vinimos a hacer. Sólo será cuestión de buscar un nuevo modo de impactar masivamente con nuestra misión.

—Siempre habrá pena cuando alguien tiene que pagar el precio con su vida. Las víctimas, si bien seguirán vivas en el otro plano, han sido desprovistas de completar su destino —Alexia se refería al que cuando las personas morían en atentados o de manera colectiva en forma súbita pasaban a un directo estado elevado de conciencia en el más allá, pero dejaban un hueco en el trabajo que debían hacer en la Tierra.

El Profesor dibujó una expresión de fastidio en su rostro.

—Ya es suficiente con la violencia que están ejerciendo las religiones desde hace siglos, son la principal causa de guerras y atentados al luchar por un Dios que no les pertenece. ¿Por dónde comenzaremos? ¿El atentado religioso o los niños desaparecidos? —preguntó el Profesor que no ocultaba su malestar por el conflicto.

Él sabía que tanto Adán como Alexia habían recibido órdenes directas de un consejo de seres evolucionados para contactarlo y ayudar a las personas que habían despertado, quienes podrían formar una masa crítica, una fuerza colectiva de conciencia.

Adán lo miró directamente a los ojos, tenían el poder y el brillo de un ser iluminado que sabía de la original unidad intrínseca en todo el universo.

—Influiremos en el tiempo, en la conciencia y en el futuro.

El Profesor asintió.

—Eso es lo que también tenía en mente.

El Profesor Garder era mundialmente conocido por sus trabajos científicos sobre el desdoblamiento del tiempo, había probado que en el pasado histórico y religioso había pruebas suficientes para pensar que los antiguos místicos sabían sobre las diferentes posibilidades cuánticas de futuros alternativos en un ser humano y en toda la humanidad en su conjunto. Como también el hecho de que todo ser humano tenía un doble en el futuro que creaba en el presente las diferentes opciones de vida.

Pero el Profesor tenía mucho más que méritos científicos en su historial.

—Cuando una persona tiene un pensamiento y una emoción en el presente, esos factores crearán su futuro. Al cambiar el pensamiento y la emoción cambiarán el futuro también —ése era el *leitmotiv* de su teoría, la base que guiaba su descubrimiento.

El Profesor se inclinó hacia delante y miró a los costados para comprobar que nadie lo oyese y les habló en tono de complicidad con voz baja:

—Los tres ya sabemos a ciencia cierta la información que muchas personas ignoran, y es que la memoria de nuestras células recuerda toda la información de nuestros abuelos lejanos, toda nuestra línea genética hasta el origen. Hay que liberar esa información del subconsciente de la mente y activar el ADN como si fuera un programa operativo muchos años olvidado que emerge en la pantalla mental del presente.

Tanto Adán como Alexia asintieron. El Profesor les tomó a ambos las manos cálidas y llenas de energía.

—Lo importante es que ya estamos juntos. Ahora somos un equipo que buscará reconectar a los despiertos. Ha llegado el tiempo de las revelaciones, en el que la gente conocerá el antiguo secreto que los ancestros de Alejandría guardaron celosamente.

Adán y Alexia tuvieron una ráfaga de la sensación de aquellos tiempos. El Profesor vio la emoción en sus ojos.

—Yo soy uno de los últimos custodios de la tradición antigua y pondré, junto a vosotros y a los despiertos del mundo, toda la energía para que el estado crístico se active en cada alma.

El Papa se sentía físicamente exhausto.

Se había recostado un momento para recuperarse del estrés al que había sido sometido. Antes de caer dormido, le dijo a su asistente que lo despertara en cuarenta minutos.

El cuerpo físico del Sumo Pontífice se dejó acunar por el confortable colchón de una cama más bien humilde, aunque espaciosa; su espalda y sus huesos necesitaban recobrar las fuerzas. Al cabo de unos pocos minutos se había quedado dormido. Necesitaba recobrar fuerzas para saber cómo actuar frente a todos los problemas que tenía que resolver. Sentía un gran peso en su espalda y, en el fondo de su ser, se mantenía en duda respecto a las decisiones que necesitaba tomar, ya que representaban no sólo una influencia sobre el mundo cristiano sino, tal como mostraba la gravedad de los hechos, sobre el mundo entero.

Mientras su cuerpo comenzó a repararse, su mente en cambio comenzó a soñar.

Desde tiempos inmemoriales, a lo largo de la historia, las civilizaciones habían dado gran importancia a los sueños. Existía múltiple documentación al respecto tanto en la Biblia como en textos egipcios, los antiguos griegos analizaban los sueños y visiones con las pitonisas del oráculo de Delfos, los chamanes de Norteamérica, México y Australia, y los innumerables relatos de santos y místicos también daban gran importancia a los mensajes recibidos en sueños. Coincidían en que era la manera directa para que el hombre accediera a información elevada.

El mundo de los sueños, que muchos místicos decían que era el real, el del alma; en cambio, el de la vigilia habitual era realmente donde estaba la humanidad dormida sin recordar su alma, su origen, allí no tenía tiempo ni espacio.

En ese momento del sueño el Santo Padre comenzó a escuchar nítidas palabras en su mente.

Así como envié un ángel del Señor para que se apareciera en sueños a José y le dijera: Levántate, toma al niño Jesús y a su madre, ve a Egipto y estáte allí hasta que pasen las tribulaciones.

Ahora te digo a ti, como servidor del Cristo iluminado, que serás el encargado de dirigir a los niños que han desaparecido. Ellos son las almas viejas de aquellos niños sacrificados en tiempos de Herodes que vienen a instaurar el nuevo tiempo y a reparar lo que se hizo sobre ellos.

En el tiempo del nacimiento de Jesús, en Judea, Herodes el Grande tuvo miedo de perder su trono debido al rumor de que nacería un Mesías que liberaría al pueblo judío. Como represalia, mandó matar a todos los niños menores de dos años de la zona de Judea, Galilea y Nazareth, provocando una masacre de inocentes almas.

Debido a que la vida inexorablemente funciona con una ley de acción y reacción y causa y efecto, aquellas almas tendrían una glorificación futura por el sacrificio al que habían sido expuestas.

El cuerpo del Papa sobre la cama comenzó a sudar y su mente continuó vivenciando la imagen que veía en el mundo de los sueños.

Tendrás que hacer un triple trabajo.

—¿Un triple trabajo? —preguntó el Papa al ángel que veía frente a su alma.

—Necesitarás revelar por qué Jesús fue enviado a Egipto, encargarte de los niños y hacer públicos los textos encontrados.

El Papa sintió una profunda emoción.

—Sólo sé dónde están los textos encontrados. Desconozco dónde están esos niños. ¿Jesús fue llevado a Egipto para no ser apresado por Herodes?, ¿eso quieres que revele?

El ángel le envió luz directamente a su cabeza y le hizo ver la verdadera causa.

—Ahora sabrás por qué El Maestro de niño tuvo que ser llevado a Egipto.

El corazón físico del Papa comenzó a latir con fuerza mientras su alma escuchaba atentamente las instrucciones del ángel.

—En aquellos tiempos, Egipto era el único lugar donde ese niño especial podría seguir evolucionando en su cuerpo físico. Sus órganos, su piel, su cerebro, necesitaban ser tratados en el mejor de los laboratorios terrestres: las pirámides.

Jesús fue llevado al interior de Keops donde avanzados místicos maestros en ingeniería genética junto a los tres reyes magos y sabios entrenaron sus sentidos para que creciese de forma diferente al resto. La sangre del niño que iba a ser Cristo el Iluminado no era la que hasta entonces tenía el ser humano. Con Jesús se inauguró un nuevo grupo sanguíneo, el AB. Poseía sangre venida del cielo para mejorar la raza humana. Jesús fue programado en su nacimiento y en su devenir hasta su muerte. Tuvo necesariamente que ir a Egipto en la primera etapa de su vida, para que la siembra genética de su poderoso ADN recibiera los nutrientes necesarios que sólo la energía piramidal de tan poderosas estructuras podía otorgarle. Todos sus actos fueron dirigidos por la inteligencia del Padre. Sólo en la crucifixión fue dejado para su iniciación final y, fue allí, cuando sintió abandono y desprendimiento del Padre. Ahora el Padre, La Fuente Origen de todas las cosas, quiere que las almas despierten del sueño al que fueron sometidas, ahora es el tiempo para un ascenso en la evolución de las almas.

El corazón del Papa sintió una ola de alegría al comprender semejante propósito.

—¿Qué puedo hacer yo para colaborar en ese plan divino?

El ángel le tocó con su mano etérica llena de amor.

—Comenzarás devolviéndole a la humanidad la cara visible del Padre en esta casa.

—No te comprendo. ¿La cara visible del Padre?, ¿a qué te refieres?

—La luz de todos los días. La fuerza de la vida. Lo que los ancestros veneraban y les fue quitado.

El Papa supo de inmediato a lo que se refería.

El cristianismo había declarado pagano el culto al Sol, y era precisamente la referencia del Sol Invictus lo que Jesús representaba.

—Los seres humanos están recibiendo la caricia del Padre cada día a través del Sol. Esto produce una aceleración en la frecuencia de la emisión de la luz de sus células y su formación interna *a través de la magnética luz solar —el Papa se mostró asombrado de que el ángel le pidiera aquello.*

—*El Sol es un espejo de Dios, el que programa la vida en el planeta. Es el Sol el que puede alterar la genética y la conciencia humanas, mejorándolas. La tecnología del Padre será ahora tu nueva teología. Los Ancianos Guardianes de los secretos han creado un plan por el cual cuarenta y dos generaciones de seres terrestres habrían sido activadas mediante una mejora genética progresiva; siendo María, la virgen, quien fuera la última de dichas mejoras. La sangre de Jesús era sangre solar sagrada, distinta, superior, más perfecta. Es por esto que hubo tanto impacto en torno a la leyenda de su sangre real, porque las células sanguíneas del ADN se potencian en su totalidad.*

—*Dime cómo hacer la voluntad del Padre.*

—*Para poder ayudar a la humanidad y que todos tengan la misma oportunidad, los custodios del Padre saben que el Sol desde hace algunos años está emitiendo fuertes disparos de plasma. Esto genera una fuerte aceleración vibracional para activar el ADN biológico humano y poder reflejar la imagen y semejanza con el Padre que es pura luz.*

El ángel dejó que la mente humana del Papa procesara la información antes de seguir.

—*Así es como el Padre se inserta en el hombre. La Tierra recibe la luz del Sol que muchos quisieran ocultar, y va a acelerar la evolución del cuerpo y el alma de los 144,000 elegidos despiertos. Cada mañana los rayos del Sol bañan de nueva información a todo ser viviente en el planeta.*

—*¿Entonces? ¿Cómo puedo yo ayudar?*

—*Procede.*

—*¿Cómo?*

—*Los ángeles te guiarán, los niños se revelarán ante tí. El Padre pondrá el mundo en tus manos y en las de ellos.*

—*¿Quién me ayudará?* —*el Papa sintió ganas de llorar—. ¿Cuándo regresará Nuestro Señor?*

El ángel comenzaba a desvanecerse de su visión.

—*Cristo es el perfume en el alma de los hombres. No volverá como envase, volverá como fragancia. Un perfume que podrán percibir en la conciencia los humanos que hayan despertado.*

El Papa se sobresaltó en la cama de roble e hizo una inhalación profunda, como si tomase conciencia del aire vital que entraba en sus pulmones. Quería llorar, reír, saltar…

Impactado, despertó con gotas de sudor en toda su cara y su cuerpo, como si hubiera sido expuesto a un gran fuego. Su ser estaba lúcido y claro.

"¡Dios mío! ¿Qué fue esto?".

No daba crédito a lo que había vivido. Un torrente de entusiasmo y júbilo corría por su alma como oro líquido. Aquel encuentro había sido la experiencia mística más fuerte que había tenido en toda su vida.

Al tomar conciencia de la realidad de la experiencia, el Papa miró por la ventana al cielo, el sol se iba ocultando detrás de la plaza de San Pedro. Esbozó una amplia sonrisa. Las lágrimas le resbalaban por las mejillas como una cascada de agua viva.

Mateo Toscanini estaba sediento.

Las húmedas catacumbas emitían su calor y la presión física y psicológica se cernía sobre Mateo y el obispo, que sudaba grandes gotas sentado en la única silla que había. Mateo estaba sentado en el suelo con la pistola apoyada en las rodillas.

"Debo ganar tiempo".

Había mirado varias veces su celular debido a que ya faltaban pocos minutos para que se cumpliera el plazo que le había dado al Papa.

—Creo que será mejor que abras la puerta para que corra el aire.

Mateo le dirigió una mirada seria al obispo.

—Usted es el que debería dejar de respirar por todo el daño que ha hecho.

—Yo no he secuestrado a tu familia. Si no me haces caso, pronto quedaremos aquí debajo como dos cadáveres. El oxígeno se está agotando. La humedad y el moho de las paredes genera un efecto venenoso para los pulmones.

—Si hemos de morir, ¿qué más da? ¿Acaso ha dejado de creer que irá a un paraíso futuro, señor obispo? —la voz de Mateo estaba cargada de ironía y cinismo.

—No es eso, ¿tú no quieres ver a tus hijos y tu esposa?

Mateo pensó en ellos. Los sintió lejanos en el tiempo. ¿Qué había pasado?, se preguntó. ¿Cómo había llegado hasta ese punto? Hacía poco disfrutaba de su vida en familia, carentes del dinero que necesitaban pero unidos. ¿Y ahora? La mente de Mateo veía todo el panorama oscuro, sin salida. ¿Qué sucedería al revelar esos textos? Mateo sintió que muchas personas los ignorarían, seguirían viviendo sus vidas con la cabeza agachada en sus teléfonos celulares, sus hipnóticos programas de televisión, sus apuradas agendas que corrían hacia un futuro que sólo auguraba tener cosas, sin preocuparse de los actos más significativos en la vida de una persona: su propia iluminación espiritual, el destino de su vida y el momento de su muerte.

El tiempo que llevaban allí abajo le hizo tomar conciencia de que si revelaba los textos se produciría un momento de auge mediático, los medios de comunicación harían entrevistas y al poco tiempo todo el mundo seguiría igual. Presintió que las transformaciones del caos que vivía el mundo no serían por un supuesto salvador que tocase con la varita mágica el alma de las personas, ni leyendo un texto antiguo, por más auténtico que fuese, sino que las personas eran las únicas que debían activar el enorme poder que tenían. Respiró profundo dejando que ese pensamiento cobrara fuerza en su mente. Trató de imaginar un mundo donde incluso el mismísimo Jesús descendiese nuevamente a la Tierra. Aquello sería un revuelo total para miles de personas que no podrían dominar sus emociones frente a otras que se sentirían excluidas por no ver a sus religiones representadas.

Sería siempre una hipótesis sin comprobación, cómo la humanidad asumía la aparición de naves extraterrestres en el cielo, las tragedias o la inexplicable desaparición de aviones. Un poco de asombro y de nuevo a las actividades diarias. Mateo sintió que el narcisismo en el que el hombre actual estaba sumido sólo le hacía pensar en su propio *selfie* existencial; todos querían lo mejor para sí mismos, viviendo en un autismo emocional, sin que les importara un bledo lo que necesitaban los demás. Mateo sintió asco por ser uno de los que dejaba los asuntos de su propio dios personal y exclusivo para los ritos del sábado o el domingo, dependiendo de la religión.

Mateo reflexionó más profundo aún, ¿dejaría cada persona en los tiempos actuales todo lo que estuviera haciendo por seguir a Jesús? ¿Se desprenderían así de fácil de sus ocupaciones, sus computadoras, sus cuentas bancarias y sus familias? ¿Cuántos de los que decían amar a Jesús sabían cinco o seis de sus enseñanzas? ¿Celebraban por la tradición de celebrar o realmente sentían ese amor? ¿Lo harían decididos o su fe era sólo una fachada para ocultar su vacío y sus miedos? ¿Realmente los fieles amaban a los demás igual que a sí mismos, como había enseñado Jesús, o los otros no importaban en lo más mínimo para la mayoría de las personas? ¿Podría la humanidad salvarse por un solo hombre o sería necesaria una fórmula como la de los antiguos mosqueteros, "todos para uno y uno para todos"? ¿Tendrían aquellos textos no sólo archivos históricos sino profundas y transformadoras enseñanzas secretas de Jesús?, ¿fórmulas esotéricas, reservadas sólo para los iniciados despiertos capaces de comprenderlas? ¿Qué tan poderosos eran esos documentos para poner en marcha una cruzada tan grande durante generaciones? ¿Sería ese conocimiento que la iglesia había ocultado, un conocimiento que el mismísimo Jesús había compartido, una clave secreta en el interior del cerebro y el corazón para que un buscador espiritual pudiera descubrir la verdad de su propia naturaleza?

Mateo había visto la cubierta de algunos de los antiguos hallazgos. Le llamaron la atención especialmente unos con los títulos al parecer del mismo texto original traducido al hebreo, arameo, griego y latín, y que tenían el mismo color carmesí en la vieja cubierta cocida a mano.

Mateo leyó מיהולא לש ודוs, Το μυστικό του Θεού, *Est mysterium regni Dei*. Lo que para él era un texto indescifrable era la traducción de *El secreto de Dios*.

Mientras Mateo trataba de poner en orden sus alborotados, aunque para él razonables pensamientos, su garganta seca pedía agua, tragó saliva para sentir algo líquido en su boca. Le picaba. Comenzó a toser.

—Los efectos han comenzado. Pronto quedarás desvanecido por el moho y luego yo seguiré con esos síntomas. Moriremos aquí sin lograr lo que quieres. El oxígeno se acaba. Piénsalo muchacho. ¡Salgamos de aquí!

Mateo estaba totalmente decepcionado en lo que para él era un engaño en su fe, se giró con la mirada marcada por el cansancio.

—Usted se quedará acá. Ya tengo la filmación con su confesión —Mateo ya había comprobado varias veces que su teléfono había grabado correctamente cada palabra del obispo—. Usted es un farsante y toda la estructura que representa no cumple las enseñanzas de Cristo. Si el Papa no me habla pronto, se quedará aquí solo y yo me iré con todos los textos que pueda. Después de todo será la falta de oxígeno, y no yo, quien se encargue de eliminarlo.

Estaba ocultándose el sol en Roma aunque hacía rato que Ariel Lieberman había dejado de ver cualquier tipo de luz. Su mente y su corazón destrozado sólo veían una oscura realidad.

Por su rostro resbalaban las lágrimas sin cesar. Sentado sobre un viejo sofá, estaba devastado. Dee había llegado hacía unos minutos luego de salir del Vaticano y por orden de Rachel Z debía volver con él.

—¿De qué me sirve tener tanto poder si no puedo tener a los seres queridos a mi lado?

Dee sostenía con su mano el hombro de Ariel que no entendía la tragedia y la súbita muerte de su familia. La chica dueña de casa les había hecho unos bucatini de queso para comer con uvas y destapó una botella de ron para que bebieran algo fuerte, aunque nadie podía probar bocado. La televisión encendida seguía exacerbando las trágicas noticias. Mostraba las ruinas luego de la explosión y cómo los bomberos seguían buscando restos de víctimas.

—El momento es duro, lo sé, pero tienes que sacar lo mejor de ti frente a esta adversidad. Tus padres sabían que tú los representarías con gran orgullo porque ellos tarde o temprano se irían —Dee trataba de darle ánimos.

—Lo sé, es la ley de la vida pero, ¿por qué irse de esta manera? Es injusto. Es una barbarie. Estoy cansado de esta maldita guerra entre Israel y el pueblo musulmán. ¿Creen que a base de bombas y guerra lograrán la paz? Nadie cosecha nada bueno sembrando semillas envenenadas.

Estadísticamente eso era cierto, el conflicto bélico por idealismos religiosos había cobrado víctimas mortales durante siglos, sin importar si eran niños, ancianos, mujeres o gente inocente que no tenía ningún afán por pelear. Para Ariel Lieberman, ambos grupos jalaban las vestiduras de un dios que creían su propiedad privada. Lo cierto era que la historia mostraba que, a pesar de la fe en sus creencias, éstas no le estaban ayudando a ser más amables, amorosos o compasivos a ninguno de los bandos religiosos.

Por un lado, Israel se declaraba el pueblo elegido por Dios y, por el otro, el pueblo musulmán se autonombraba la voz de Dios sobre la Tierra, asimismo los cristianos se llamaban embajadores de Dios y únicos intermediarios y herederos en base al único hijo que Dios había tenido; por otro lado, el hinduismo se había sostenido durante milenios con ofrendas, cánticos y mantras a multitud de dioses. Ariel le parecía que todos no habían hecho más que escribir con sangre, muerte y dogmas una gran parte de la oscura historia religiosa del ser humano.

—¿Se matan, se asesinan y se mutilan en nombre del "dios del amor"? Eso jamás lo pude entender. ¿Qué creen que sucederá al final para el que sea vencedor, creen que vendrá Dios y los premiará diciendo "Siempre he estado de vuestra parte, menos mal que los mataron a todos"?

Dee asintió.

—Tienes razón, Ariel, pero muchas veces los intereses económicos de los gobiernos encubren las guerras religiosas para aumentar los ingresos mediante armas y conflictos para dividir a la gente. Si todo el mundo sintiera al mismo Dios en su interior no habría necesidad de religiones. Ése era uno de los motivos del simposio cancelado, promover la unidad de todos.

Ariel lo miró con húmedos ojos.

—No les interesa tener a la gente unida sino dividida para reinarlos.

La chica miró a Ariel y a Dee con admiración y empatía. Estiró su brazo y les acercó el vaso con ron. Ambos bebieron un buen sorbo.

—En mi universidad ya no creemos esas mentiras de los fanáticos religiosos, sean de la religión que sean —dijo la chica con cierto enojo—. Los jóvenes no nos tragamos esos cuentos, ésas son fábulas que los viejos agarran como un salvavidas de ignorancia y terquedad porque no han sabido qué mierda hacer con sus vidas ni han descubierto a Dios en sus corazones. Ahí es cuando lo suplantan con creencias y rituales secos. Buscan un salvador en cualquier lado. No son valientes. No son compasivos. No son amorosos. Sólo creen en lo que les han dicho. Viven con mentes programadas durante generaciones.

A juzgar por su juventud, la chica pensaba con determinación.

—Quiero agradecer que aparecieras en mi vida. No sabes cuánto me ayudas ofreciéndome tu casa. Siento que no sólo he perdido a mis padres, he perdido mi sensación de hogar.

La chica le regaló una sonrisa.

—No estás solo, Ariel —agregó Dee—. Además, tu padre te ha dejado una misión.

Ariel pensó en lo que su padre había trabajado con tanto empeño, el proyecto *Mesiáh*. Hacía menos de tres horas estaban discutiendo para que su padre no actuara precipitadamente dando a conocer uno de los avances científicos que podrían revolucionar el mundo. El proyecto era ambicioso y revolucionario: activar los genes, las células y el ADN en el interior del ser humano para que su cerebro captase la vida como una unidad sin divisiones imaginarias, para que cada persona sintiera permanentemente a Dios como parte de sí mismo, produciendo en la conciencia de las personas una totalidad cósmica infinita. Sería como una gran droga espiritual irrevocable. Aquello podría cambiar el curso de la humanidad.

Al carecer ahora del simposio y de sus padres, la mente de Ariel estaba cambiando.

Tomó una profunda inhalación y vio un tenue hilo de luz en su interior.

—Yo tengo ahora en mis manos algo para que estas masacres se terminen.

Dee lo miró con expresión de asombro.

—¿A qué te refieres?

Ariel los miró a los ojos. Se quedó en silencio e hizo una pausa. Eran ahora las únicas personas con las que tenía ganas de hablar debido a que eran quienes lo estaban apoyando en ese momento tan difícil.

Ariel se secó las lágrimas con el dorso de su mano, se incorporó sobre el sofá y tomó una amplia inhalación.

—Les contaré todo desde el principio.

79

Roma, Italia.
En la actualidad

Hans Friedrich tomó su teléfono con avidez.

Su rostro serio y tenso cambió la expresión al escuchar las palabras de su interlocutor.

—Señor, hemos dado con dos del grupo.

—¿La tienen a ella?

—No nos han revelado el nombre ni han dicho ni una palabra. Las hemos encontrado en una biblioteca y ya las tenemos dentro de la camioneta.

Hans saboreó aquel momento que tanto esperaba. Encontrar a la espía que estaba hackeando sus computadoras, nada menos que su propia hija que había rechazado años atrás. Le daba un sabor especial a su triunfo.

—¿Dónde las llevamos señor?

Hans hizo silencio para pensar con rapidez. Quería un lugar seguro para verse cara a cara con ella.

—Iremos a un depósito de maderas en la zona vieja de Roma. En un momento les enviamos la dirección. Nos encontraremos allí. Sean discretos. No queremos llamar la atención de la policía italiana.

—De acuerdo, señor. Pero también hay otra novedad.

Hans frunció el ceño.

—¿De qué se trata?

El sicario cambio el tono de voz.

—Los dos extranjeros que nos encomendaron han sido seguidos hasta otro hotel donde están reunidos con uno de los invitados al simposio. ¿Quiere que procedamos a su captura?

—¿De quiénes se trata?

—El hombre con el que están reunidos ha sido identificado como un profesor francés llamado Jean Claude Garder. Los otros dos son, de acuerdo a nuestros cómputos, ciudadanos con doble nacionalidad, griega y estadounidense.

La tecnología que la empresa de Hans Friedrich manejaba era altamente sofisticada. Con sólo una fotografía a distancia aparecía todo tipo de información de cualquier individuo, sus antecedentes genéticos, su conducta, su nivel de vibración personal, incluso sus gustos y deseos.

—Si bien es extraño porque no sale demasiada información sobre ellos, la computadora ha revelado que sus nombres auténticos son Adán Roussos y Alexia Vangelis. Los otros dos miembros de nuestro equipo que los han seguido y los tienen en la mira me informaron que no pudieron escuchar lo que hablaban, aunque dijeron que su lenguaje corporal demostraba que era algo importante y serio.

Hans estuvo pensativo.

"Los franceses no vinieron al simposio. El profesor Garder es un pez gordo en la ciencia. ¿Qué hay detrás de esa reunión privada? ".

—No actúen todavía. Mantengan la vigilancia hasta nuevo aviso, pidan refuerzos y contacten con la policía italiana. Debemos dejar que pongan la mira sobre ellos. Involúcrenlos con el atentado de la bomba. No les pierdan pisada. Ahora vamos a ver qué dice nuestra invitada. Y pongan más gente buscando al obispo.

Hans Friedrich no había vuelto a tener noticias sobre su hermano, Martin Scheffer, luego de haber sido evacuado del Vaticano. Lo que sí tenía claro era que el obispo estaba envuelto en asuntos turbios.

"Martin, no me has hecho partícipe de tus negocios. ¿Dónde te has metido? Quiero saber en qué andas", pensó. "No puedo dejar ningún detalle librado al azar para ganar esta batalla".

El alemán sentía muchos hilos sueltos. Sus ojos emitieron una mirada cínica cargada de ambición y venganza.

80

Roma, Italia.
En la actualidad

Por las calles de Roma, una camioneta Range Rover con vidrios polarizados llevaba a gran velocidad a Adán, Alexia y al Profesor.

—¿Dónde vamos ahora? —Alexia le preguntó al Profesor Garder. Ella y Adán iban sentados detrás y el Profesor al lado del conductor, que era uno de sus asistentes.

—A las afueras de la ciudad. Quiero que conozcan a más gente que nos ayudará con la parte científica.

— Profesor, Adán y yo hemos activado cuarzos en Roma para elevar la frecuencia donde fue el epicentro de tanta barbarie. ¿Qué tiene en mente? ¿Cuál será el plan para activar la memoria de nuestras células con toda la información de nuestra línea genética hasta el origen?

—Nuestro propósito será liberar esa información del subconsciente de la mente y activar el ADN como si fuera un programa operativo muchos años olvidado que emerge en la pantalla mental del presente.

—¿Buscaremos activar la apoteosis colectiva?

—Así es, Alexia.

Ella se refería a la reconexión y transformación del ser humano en ser divino, la búsqueda suprema del hombre. La palabra venía del griego *Apo*, lo que será; *Theo*, Dios; *Sis,* acción, la acción o elevación de ser Dios.

—Sentir la iluminación colectiva de La Fuente del Origen en el interior de cada persona que se despierte, eso significará el fin de los problemas mundiales.

El Profesor se giró y habló con firmeza:

—Sí, el despertar colectivo será inminente si actuamos con exactitud y los despiertos generarán más fuerza vibratoria. Entonces los dormidos perderán lo que está cubriendo sus ojos abarrotados con teorías, teologías, dogmas, credos... ¡Ellos no pueden ver!

—Somos como un espejo, Profesor —intervino Adán, mientras miraba por la ventana la gente—. El espejo acumula polvo, hay que limpiarlo diariamente. Las partículas de polvo se acumulan en el espejo diariamente. Tenemos que estar alertas con la mente, el espejo interno. A cada momento tenemos que limpiar el polvo, así el espejo permanece claro. Este espejo es puro; no es hindú, ni budista, ni cristiano, ni judío ni musulmán. Simplemente refleja la imagen de Dios.

El coche aceleró y tomó una vía de doble sentido atravesando un viejo puente, ya casi no quedaba luz del sol, la noche iba a ser estrellada.

—Es una fortuna contar con vosotros dos para esta obra de tal magnitud. Al no tener el simposio podemos tener más enfoque, estar más preparados.

Adán soltó una risa.

—Parece que Dios no elige a los preparados, prepara a los elegidos.

—Así es, amigo. Si el destino nos ha puesto en esta situación será que podremos hacerlo. Las pruebas son desafíos para evolucionar.

—¿Entonces? —preguntó Alexia—. ¿Qué tiene en mente?

El Profesor sacó una carpeta con anotaciones y leyó:

—En realidad, Dios habla una vez, y luego otra, pero el hombre no entiende. Por un sueño, en una visión nocturna, cuando un profundo sueño invade a los hombres y ellos están dormidos en su lecho, entonces él se revela a los mortales y les da instrucciones.

—¿De quién es ese texto? —preguntó Alexia.

Adán se anticipó, tenía una memoria de elefante.

—Job, 33.

—¿Eso figura en la Biblia?

Adán y el Profesor se miraron en complicidad.

—Así es, querida, Dios se comunica mediante los sueños.

—En el plano astral, el mundo real —agregó Adán.

Alexia frunció el ceño.

—No acabo de comprender el plan. Me falta algo.

—Querida, las verdades siempre están reveladas a los ojos de los hombres sólo que no las ven o no quieren verlas. El que tiene ojos que vea, dijo Jesús. Todo el mundo lo ha experimentado sólo que no le han dado el valor que tiene.

—Sigo sin entender. ¿A qué se refiere Profesor?

Adán se anticipó.

—Corríjame si me equivoco… Creo que el Profesor está pensando en reajustar la conciencia desde el sueño, no desde el estado de vigilia. ¿Es correcto?

—Correcto, Adán. En la vigilia la mente interfiere con sus creencias, miedos y limitaciones. No hay que olvidar que nosotros no somos el cuerpo físico que vemos diariamente sino el alma eterna que lo habita.

—Y el alma regresa a la libertad cada noche cuando el cuerpo duerme —agregó Adán.

El Profesor soltó una risita ahogada. Adán recordó una frase que aclaraba aún más aquel conocimiento.

—Cuando estamos dormidos en este mundo estamos despiertos en el otro —parafraseó Adán—. Lo dijo Salvador Dalí hace muchos años atrás.

—¿Dalí? ¿El genio español de la pintura? —preguntó Alexia, con expresión de asombro.

—Así es. Muchos artistas lo han plasmado en sus obras. Aunque más que pintor, él mismo se declaraba metafísico e interesado por la evolución espiritual.

Poca gente sabía que Dalí afirmaba aquello sobre los sueños y el ADN, aunque en Youtube había extensas entrevistas donde lo exponía.

Alexia sentía que las partes de la comprensión se unían.

El Profesor sabía que aquello era oficialmente aceptado a nivel académico, aunque recién estaba en los primeros pasos de su difusión.

—Ya ha sido comprobado por un equipo de científicos de la Universidad de Northwestern —aseveró El Profesor con voz firme—, ellos demostraron que durante el sueño se pueden eliminar o implantar pensamientos en las mentes humanas. De este modo, utilizando esta técnica, los especialistas pudieron revertir prejuicios raciales o de género.

—¿Cómo lo hicieron? —preguntó Alexia.

—Durante el experimento, mostraron a un grupo de voluntarios una serie de imágenes de rostros de mujeres junto con palabras referentes a ideas científicas. Las palabras estaban acompañadas por sonidos especiales, acordes al concepto que se pretendía modificar.

En la siguiente fase del experimento, los participantes durmieron una siesta de una hora y media, durante la cual escucharon los mismos sonidos seleccionados. Cuando despertaron, según pudieron constatar los especialistas, los prejuicios arraigados desde la infancia se habían reducido de manera drástica.

Alexia frunció el ceño, algo no le encajaba.

—Profesor, este logro parece muy noble pero algunas personas podrían debatir sobre su implementación, ya que podría dar lugar a manipulaciones de la conciencia aprovechando el estado de vulnerabilidad que alguien tiene durante el sueño.

—Todo es neutro, querida Alexia. El fuego usado en exceso genera un incendio pero dosificado calienta en invierno. Nosotros aplicaremos estos conocimientos para la evolución.

—¿Entonces a través del sueño llegaremos a que mucha gente pueda activar su alma, reprogramar su mente y así liberar el poder en su ADN?

—Piensa un momento, querida. ¿Cuando eras niña tenías un amigo imaginario?

Alexia recordó su infancia.

—Sí, claro. Como casi todos los niños.

—¿Y luego qué pasó?

—Supongo que uno crece y lo olvida o le hacen olvidarlo.

—Ése es el *quid* de la cuestión, Alexia. Esa desconexión con el amigo invisible, tu propia alma, es lo que ha generado tantos problemas en el mundo. Si el hombre conservara la conciencia de que tiene esa alma eterna, y que ese amigo cósmico nos brinda información espiritual trascendente, viviría toda su vida conectado a La Fuente.

Adán asintió e intervino:

—Luego la educación de los colegios se encarga de que no quede ni rastro de ese vínculo, programando a los niños como si fuesen robots.

—En cambio ahora con los nuevos niños ya no podrán hacer eso —al Profesor se le iluminaron los ojos.

—¿Se refiere a los niños desaparecidos? —preguntó ella.

—Estoy seguro que son niños índigo y algo sucederá con ellos de un momento a otro. No es posible que tantos niños de esas edades desaparezcan así como así.

—Pero son sólo niños.

—De acuerdo con los ojos que lo mires, Alexia. Son almas viejas en cuerpos jóvenes. Eso les da un poder inmenso.

Hubo un silencio.

Alexia pensó en cuántas veces en su niñez había visto al amigo imaginario. ¡Era su propia alma!

—¿Entonces conectaremos a la gente en los sueños nuevamente con su yo real? ¿Por qué medio?

Adán intuyó pero guardó silencio.

El Profesor se giró hacia atrás en su asiento y los miró a los ojos.

—El amigo imaginario es algo mágico, celestial. ¿Te imaginas tener un alma y no saber que existe? ¿No saber que vive fuera del tiempo y puede crear el futuro que quieres desde esta realidad presente?

Ellos pensaron en eso un instante.

El Profesor agregó:

—Si una sola persona tiene un amigo imaginario lo llaman loco pero, en cambio, si muchas personas tienen el mismo amigo imaginario lo llaman religión.

81

Roma, Italia.
En la actualidad

El presente no es más que el regreso de un futuro que cada uno ha creado en el pasado.

—¿Cómo dice, Profesor? —preguntó Alexia que veía desde la ventanilla del Range Rover, que encendió las luces altas y se encontraba ya fuera de Roma, circulando por un camino de tierra donde sólo se veían tenues rasgos oscuros de campos y aldeas.

—Los hombres no son prisioneros de su destino, son prisioneros de las creencias antinaturales dentro de su propia mente. Cada pensamiento que cada uno tiene prepara nuestros futuros resultados.

—No hay culpables —agregó Adán.

—Claro, estoy de acuerdo —terció Alexia—. Preparar el futuro que cada uno desea vivir en su vida está en sus manos.

—Exacto, querida. Somos artífices de nuestro destino. La mayoría de las personas, lo crean o no, no saben que su mente y sus pensamientos son tan poderosos que se materializan constantemente, de acuerdo con la determinación de sus pensamientos dominantes y su frecuencia. Eso ha hecho que muchas cosas cambien en la humanidad.

—Así es, Profesor. Muchos no saben todavía que crean con su mente su futuro personal y, como consecuencia, el futuro global de la humanidad.

—Todos somos antenas —agregó Adán—. Cada persona es una antena emitiendo una frecuencia personal que genera a su vez una frecuencia colectiva. Desde hace años han sucedido muchos cambios energéticos, físicos, emocionales y espirituales en las personas por la gran carga energética que está llegando a la Tierra.

El Range Rover tomó un camino más amplio, al final se veía una aldea más rural y al fondo un imponente castillo iluminado con tenues luces.

El Profesor se giró sobre su asiento y les mostró un documento en su iPad.

—Así es Adán. La Tierra está cambiando fuertemente, hay terremotos, volcanes en erupción, cambios en el cielo. Muchas señales. Ahora debemos expandir la información para que la gente conozca la forma de generar un futuro prometedor en su vida aplicando la ley de leyes.

Alexia sonrió.

—La ley de atracción. Ya muchas personas saben cómo funciona y la aplican.

—Sí, querida. Saben cómo funciona de día.

—¿De día? ¿Qué quiere decir?

—Que la ley de atracción es más efectiva por la noche, cuando el doble la utiliza. El doble, o sea nuestra alma, el amigo imaginario de los niños, es quien puede viajar hacia delante en el tiempo, puede crear el futuro que nosotros queremos vivir.

—¿No cree que eso puede ser un conocimiento elevado para algunas personas, Profesor?

—La gente aprende lo que siente. Además, todo el mundo va a dormir por las noches, no hay escapatoria de ello. Es algo muy simple. Ahora estamos en un momento en que el alma de las personas está despertando más y más. No es algo nuevo, querida Alexia, es algo que ya tenemos desde que hemos nacido y sólo hay que quitar el velo para que todo se vea claro. Es el tiempo de dejar de poner la confianza en las medallitas, imágenes, crucifijos y amuletos y ponerla más en uno mismo.

—Entiendo.

Adán intervino:

—Muchas veces lo sentimos como un *dejá vu* ¿verdad? Es una experiencia que ya habíamos vivido.

—Exacto. Un recuerdo del futuro.

Hubo un silencio.

—Un recuerdo del futuro —repitió Alexia lentamente—. ¿Pero cómo hacerle llegar esta información a todo el mundo?

—No a todo el mundo querida, sólo a todo el que quiera usarla —enfatizó el Profesor Garder—. Recuerda que…

—Hay libre albedrío.

—Así es.

—¿Entonces? ¿Cuál es el plan?

El Profesor tenía una enigmática sonrisa.

—Nunca te vayas a dormir sin hacer una petición a tu subconsciente.

—Thomas Alva Edison —agregó Adán.

—¿El autor de esa frase?

—Sí, Alexia —confirmó el Profesor—. Él, como muchos de su época y otros más antiguos, sabía que por las noches es cuando el alma es libre.

—La noche del cuerpo es el día del alma —Adán era un experto para recordar citas y mucho más con las oleadas de energía que estaban recibiendo.

—Eso no lo conocía —dijo el Profesor.

—Un antiguo proverbio tántrico con más de cuatro mil años de antigüedad —afirmó Adán.

—Ustedes son sabios, amigos; me alegro de poder compartir esta cruzada con ustedes.

—En estos tiempos de tanta movilización, el camino de la sabiduría es la única elección posible, Profesor.

Alexia intervino con cierta insistencia:

—Explíqueme el plan completo.

—Muy bien. Sabemos que nuestro pensamiento modifica instantáneamente nuestra memoria y la memoria de todas nuestras células. Y, como consecuencia, el ADN. Al saber esto ya no sólo somos responsables de nuestro destino sino, por intercambio de energía, también somos responsables del destino total de las personas.

—Eso está claro, Profesor. Uno a uno es lo que hace el todo.

—Las personas que por libre elección ejecuten la decisión de trabajar con su alma, con el doble que se manifiesta libremente por las noches, crearán un futuro iluminado en su vida al activar la partícula divina.

—¿El gen de Dios?

El Profesor asintió.

—Efectivamente, así es como comúnmente se le menciona en la ciencia.

Adán trató de aclarar el punto.

—¿Se refiere a que cuando la mente está en estado de sueño, es decir, cuando el subconsciente aflora, se hará la programación colectiva para activar a Dios?

—¡Bingo!

Adán y Alexia se miraron. El plan era sintonizar las mentes individuales con la mente colectiva.

El Profesor tenía brillo en sus ojos.

—La creación de hombres-dioses.

—Lo que la mayoría de los creyentes de cualquier religión del mundo espera.

—Sí, Adán. Pero las creencias han sido un obstáculo que los ha frenado.

Tanto Alexia como Adán sabían que muchas creencias antinaturales habían alejado a las personas de Dios. Las creencias de los cristianos luchaban con la de los musulmanes y a su vez lo que ellos creían era distinto de las judías.

—Ya conocen la máxima, desde tiempos de mis ancestros en Alejandría se sabe: "Todo es mente, el universo es mental. Todo contiene el principio de generación, todo tiene su doble" —el Profesor citó una de las enseñanzas antiguas de El Kybalión.

—Estamos de acuerdo en eso —agregó Adán—. La mente es una fábrica, lo que se fabrica se recibe. Ideas positivas generan futuros positivos.

—Sí, amigo. La mente de toda la humanidad actúa de la misma forma. Ahora bien, tanto el gobierno secreto como los gobiernos oficiales con los que operan, y las sociedades secretas poseen estos conocimientos ancestrales. Y buscan formar una mente colectiva de densidad, o sea, ponen el énfasis en la mente que emite oscuridad, el ego. El objetivo de la élite de control es mantener distraída a la humanidad en su avance espiritual en todos los aspectos, para que el hombre aún dormido no pueda elegir por sí mismo. De esta forma mantienen atados de pensamiento y acción a las personas; ellos venden, a través de las programaciones, sus creencias, ideas, violencia, dolor, miedo, lujuria, guerras, sufrimiento —el Profesor hizo una pausa—. Y ya saben por qué medios lo hacen.

No hacía falta que Adán y Alexia respondieran que los argumentos de las películas, series, canciones y telenovelas estaban basados en esas realidades para que la gente las repitiera en su propia vida.

El Profesor siguió aclarando su teoría.

—Promueven la idea y les enseñan a los dormidos que a través del sufrimiento o mediante una falsa felicidad de dependencia externa llegarán a un lugar futuro llamado "cielo".

Alexia intervino:

—Nadie siembra maíz pretendiendo cosechar rosas.

—Eso es verdad, querida Alexia. Hablé de este tema muchas veces con tu padre. Pero la humanidad dormida está acostumbrada a ser guiada como un rebaño de ovejas, el pensamiento del cardumen que sigue lo que todos hacen y considera que quien se sale está loco.

—O el síndrome del avestruz —añadió Alexia—. Las personas que ocultan la cabeza para no ver lo que tienen frente a sus ojos.

—Esto es ciencia, no es una creencia, es comprobable. Incluso debemos tener en cuenta que hasta las estrellas son binarias, en su mayoría, tienen su doble. No son una sola, tienen su contraparte. Esto está comprobado por la ciencia más rigurosa. Incluso el reconocido físico Stephen Hawking habló sobre el tiempo real y el tiempo imaginario. Él menciona que el tiempo real es el que puede ser medido por el reloj, el tiempo que pasa en el cual el ser humano envejece. En cambio, el tiempo imaginario es una idea, un concepto matemático bien definido. Se puede concebir como una dirección temporal perpendicular al tiempo real ordinario, en cierto sentido. El tiempo imaginario no tiene principio ni fin como el tiempo real. Stephen Hawking también señaló que las partículas individuales pueden viajar en un "tiempo imaginario" y llegar a un "tiempo real anterior", aunque él no creyó que la gente pudiera viajar en el tiempo.

Adán y Alexia se miraron. Ellos eran almas gemelas, estaban profundamente unidos en todos los tiempos y conectados como dos estrellas con luz propia.

—Cada mañana nacemos de nuevo trayendo nueva información, pero poca gente le da importancia o utiliza esa información —sostuvo el Profesor Garder—. Seguramente conocieron muchas personas que tenían la capacidad para desdoblarse por las noches y lo dejaron de hacer o dejaron de tener confianza en su alma.

—Por miedo seguramente —agregó Adán.

—¿Miedo? ¡Pero si es una puerta abierta a todo el universo!

—Profesor, perdone mi insistencia. ¿Cómo llegar con esta práctica a todo el mundo?

—Por reacción en cadena.

—Explíquese.

Adán intuyó a qué se refería el Profesor.

—La información con nuestro doble se intercambia mediante aperturas entre los distintos tiempos. Estas aperturas temporales imperceptibles son aceleradores del transcurso del tiempo que nos arrastran hacia otros espacios a velocidad prodigiosa. Nuestro "doble" es verdaderamente el "yo real eterno". De esta manera podemos decir que el doble nocturno, el alma, informa a nuestro cuerpo físico y nuestra personalidad con información de planos superiores por las mañanas. Desde tiempos antiguos se realizó. Por ejemplo, el Oráculo de Apolo era un sitio de consulta sobre lo que las pitonisas soñaban respecto del futuro, ellas traían información al presente. En la actualidad, con la ciencia, sabemos que toda partícula emite y recibe ondas. Todo cuerpo recibe informaciones de esos planos superiores para vivir, sobrevivir y crear...

—... el homo universal, un nuevo ser humano, libre, consciente y espiritual —dijo Adán, con brillo en los ojos.

—Hay miles por todo el mundo —afirmó Alexia—. Por cierto Profesor, ¿dónde está su equipo?

Garder miró por la ventanilla, la noche ya había caído como un oscuro manto sobre Roma.

—Ya casi hemos llegado —el Profesor señaló un antiguo e imponente castillo, tenía la apariencia de haber sido construido en la época del Renacimiento—. Allí —dijo esperanzado—, allí es donde comenzaremos nuestro trabajo.

A riel Lieberman se sintió un poco mejor.

La presencia de Dee y de aquella chica que la vida le había puesto a su paso para darle una mano de ayuda le reconfortaba.

La joven estudiante italiana, cuyo nombre era Andrea, había traído una tortilla que había comprado en una rotisería y algunos bocadillos. La botella de ron estaba ya por la mitad; el alcohol había hecho que Ariel se relajara un poco, también apoyó sobre la mesa una botella de agua, jugo de naranja y una botella de Fernet Branca.

—Hay una guerra secreta —dijo Ariel, a bocajarro.

—¿Guerra secreta? —preguntó Andrea, mientras se sentaba en el otro sofá frente a él.

Dee lo miró con el ceño fruncido.

—Así es. Y desde hace siglos. Es un secreto litigio religioso.

—Lo sabía —exclamó Andrea—. Siempre en la universidad hablamos de que hay muchas cosas que no sabemos. Muchos de mis compañeros tienen razón porque…

Dee la interrumpió con amabilidad.

—Dejemos que Ariel nos cuente.

Ariel se inclinó hacia delante en el sofá.

—Es una guerra entre sociedades ocultas. Los bandos son múltiples y tratan de hacerse con el poder religioso a través de pruebas históricas que resulten irrefutables, también con adelantos de teo-tecnología. El litigio es de todos contra todos en un hermético campo de batalla. Los judíos ortodoxos contra descendientes templarios, católicos, musulmanes, *illuminatis*, masones, esenios, rosacruces, el Opus Dei, la Orden del Temple, la Hermandad de la Serpiente, Los Caballeros de Malta, la Logia Montecarlo, la Orden Templo Orientalis, el club de Roma, el Priorato de Sión y muchas más.

—¡Vaya legión! —exclamó la chica, mientras bebía el resto del ron que le quedaba—. En internet hay mitos y miles de bytes de información.

—Claro que no todo es correcto. Mi padre estaba en medio de esta batalla secreta. Al parecer acosado por el sionismo judío, que no es lo mismo que el Priorato de Sión, para escapar de sus partidarios se alió herméticamente con un grupo liderado por un obispo de la iglesia católica. Al poseer un descubrimiento tecnológico-religioso, nuestra empresa Technologies for the Future, y con ello los cripto-judíos, pasarían a tener gran poder de aquí en adelante una vez que le dieran validez a su patente.

—¿Y el priorato que quiere? ¿Cuál es su objetivo?

—El objetivo de esta logia iniciática en un principio era convertirse en un movimiento dedicado a la restauración de la antigua nobleza y la monarquía en Francia, mediante los derechos de realeza de Pierre Plantard. Para ello, la familia Plantard tendría que validar sus derechos mediante unos antiguos pergaminos que el padre Bérenger Saunière había descubierto mientras arreglaba su iglesia. En estos documentos se hablaba de la existencia de un linaje legendario del Priorato de Sión, al parecer fundado en Jerusalén durante la Primera Cruzada, por Godofredo de Bouillon. Así, con estos documentos, pretendían mostrar la supervivencia de la dinastía merovingia de los reyes francos.

—Pero concretamente, ¿cuál es la meta última del priorato? —preguntó Dee.

—Tal como mi padre me dijo en privado, ellos quieren la fundación de un Santo Imperio Europeo que se convertiría en la siguiente superpotencia, promotora de un nuevo orden mundial de paz y prosperidad obviamente regido bajo sus normas.

—Más de lo mismo —dijo Andrea, con tono irónico.

—El poder —añadió Ariel—, todos quieren el poder de dominar el mundo y lo harían mediante la suplantación de la iglesia católica romana por una religión estatal ecuménica y mesiánica gracias a la revelación del Santo Grial. Lo que ellos consideran su más valiosa herramienta es un texto original, que funcionaría como el comodín que cambiaría las cosas. Me refiero al testamento de Judas, que demostraría las causas reales de los seguidores de Juan el Bautista y sacaría a la luz pública a los descendientes de Jesús y María Magdalena.

—Escuché en una reunión con mis compañeros de universidad que querían la reinstauración del rey ungido de Israel, el descendiente del rey David. ¿Qué hay de eso?

—Al parecer ellos estuvieron cerca de hacerlo en la época de la Alemania nazi. Este texto, conocido como los Protocolos de los Sabios de Sión, era el que sus partidarios consideraban como una de las pruebas más persuasivas para demostrar la existencia y las actividades del Priorato de Sión. Este manuscrito, supuestamente, sería un compendio de registros de las sesiones secretas mantenidas por los grandes sabios de la nación judía, exponiendo en ellos sus supuestos planes del potencial para gobernar el mundo.

—¿Por eso Hitler…?

Ariel asintió.

—Una de las mayores causas de la persecución que emprendió Hitler contra ellos fue que sus servicios de inteligencia investigaron esta trama. Repito, por parte de un minoritario grupo de élite que no representa a todos los judíos. Pero también, al parecer, los propios judíos ricos querían librarse de los judíos pobres, y obviamente al no poder hacerlo por ellos mismos, aprovecharon la vía pública a través del general nazi sin que el mundo supiera quién estaba detrás realmente.

—¡Eso es muy *heavy*! —exclamó ella, con los ojos abiertos, como si estuviera viendo una película de terror.

—Hay muchas cosas turbias que la historia oficial oculta. Aunque no podemos afirmar que sea verdad ni mentira.

Dee trató de recapitular la conversación:

—Según tengo entendido, del otro lado también hay una línea de seguidores de una doctrina cristiana de lo que llaman "El fin de los días", quienes vieron el Priorato de Sión como un cumplimiento profético del Libro de la Revelación y la supuesta prueba de una hipotética conspiración anticristiana de grandes dimensiones.

—Una cosa es cierta —enfatizó Ariel—, el mensaje original se ha tergiversado y ya saben el proverbio, "a río revuelto, ganancia de pescadores". Los líderes se encargaron de revolver el río de la información y así desinformar y dejar en la luz pública una versión estándar, mientras ellos peleaban en secreto, con textos verídicos y otros falsos; también con armas psicológicas para adoctrinar a las personas dormidas que creen todo por tradición o miedos a rajatabla.

—Continúa —le pidió Dee.

—Mi padre me contó de unas supuestas reuniones de los llamados Sabios de Sión, en la que estos personajes detallaron los planes de una conspiración judía, la cual estaría en control de una alianza con un sector de la masonería ocultista extendida por todas las naciones de la Tierra y tendría como fin último el hacerse con el poder del Nuevo Orden Mundial.

—¿O sea que ellos son los "malos"? —preguntó Andrea.

Ariel le dirigió una mirada noble.

—Me temo que para todas estas logias el bien y el mal son distintos al concepto tradicional. Comerte un helado para ti es bueno pero para un diabético es malo, por la azúcar que contiene. Entonces ellos pelean secretamente por imponer sus ideologías lo que para uno es bueno para otros no lo es. El Priorato de Sión dice surgir de los restos de la Orden de Sión, de los antiguos templarios medievales; en cambio, el sionismo es un movimiento político para establecer la voluntad institucionalizada de que Israel siga siendo un estado libre e independiente. Su nombre deriva de Sión, palabra hebrea y bíblica, que hace referencia al monte Sión, cercano a Jerusalén. Si bien en muchos textos bíblicos los israelitas son llamados hijos de Sión, hay judíos sionistas y otros que no lo son. Por ejemplo, los ultraortodoxos se oponen a la organización estatal de Israel. El rabino que aconsejaba a mi padre lo impulsaba a seguir sus ideales.

—¿Entonces?

—De la misma manera que dos personas de la misma raza, del mismo equipo de futbol o partido político se pelean, también hay una guerra de inteligencia con judíos versus judíos, o cristianos contra católicos, dependiendo de su orientación e ideas. De todos modos, el mundo ha escuchado muchas mentiras sobre los judíos, continúan circulando hoy en día, especialmente por internet. Hay individuos y grupos que están unidos por un propósito común: diseminar el odio a los judíos. Otros se encargan de hacerlos ver como víctimas y así tener aliados que los protejan.

—Horribles conspiraciones. En la universidad aprendí que la mente pasa de ver a la gente como víctima, perseguidora o perseguido. Ese triángulo psicológico se da en todas las personas y cambia constantemente. A algunas personas se las persigue mientras que con otras se adopta el papel de víctima.

—Misterios de la mente, Andrea. Muchos conocen los funcionamientos a gran escala y lo aprovechan.

Andrea y Dee hicieron una pausa para analizar la situación.

—De todos modos —continuó explicando Ariel, quien sentía la lengua y la sangre caliente por el ron—, los historiadores, tras haber analizado todo lo relacionado al Priorato de Sión, indicaron que los ancestros de la antigüedad y los escritos sobre éste son falsos y llegaron a la conclusión de que los manuscritos presentados por Pierre Plantard, que indicaban que provenían del padre Bérenger Saunière, habrían sido realmente escritos por él mismo y fabricados por su amigo Philippe de Cherisey. Al parecer Plantard manipuló las actividades de Saunière en Rennes para demostrar sus reclamaciones relacionadas con el Priorato de Sión.

—¿Plantard manipuló a Saunière?

—Eso es lo que algunos historiadores creen. No sabemos si tienen alguna mano solidaria detrás para afirmar eso. Así, se calcula que entre 1961 y 1984 Plantard habría inventado el linaje legendario del Priorato de Sión. Al parecer para mantener su engaño, en 1989, Pierre Plantard intentó decir que el Priorato de Sión fue fundado en 1681 en Rennes-le-Château. En esta ocasión no pudo avalarlo y conservar su reputación y sus proyectos.

—¿Y qué pasó al final?

—Un tribunal francés ordenó registrar a fondo la casa de Plantard, requisando muchos antiguos documentos, incluyendo la falsa proclamación de Plantard como rey legítimo de Francia. Conforme al juramento, Plantard admitió que había ideado todo.

—¿Y ahí terminó todo?

—Al menos para él. Las autoridades ordenaron a Plantard desistir de todas las actividades relacionadas con la promoción del Priorato de Sión y vivió en el anonimato hasta su muerte el 3 de febrero de 2000, en París.

—¿Así quedó todo zanjado finalmente? —preguntó Dee.

Ariel lo miró con ironía y negó mediante un movimiento de cabeza.

—Como les dije, ésa fue la versión oficial. Al parecer otra poderosa familia francesa, los Sinclair, podrían tener documentos y evidencias o, mejor dicho, parte de ellas, ya que muchas pruebas estarían diseminadas en manos de varias logias, que afirman ser descendientes directos de Jesucristo. Pero éste es otro frente.

—El otro equipo —dijo Andrea, que sentía su cabeza dando vueltas entre tantas teorías y alcohol.

—Todo por el poder religioso —agregó Dee.

Andrea se incorporó.

—Para las tradiciones, "su dios" es la materia prima más barata para adquirir y hacer dinero. Miles de millones en venta de medallitas, estampitas, cruces, portavelas, banderines, camisetas, suvenires, claro está, sin contar los millones en donaciones.

Ariel trató de llevar un poco de equilibrio.

—Debemos tener en cuenta que lo que les conté es sólo una pequeña parte de un gran rompecabezas que cada uno tiene que componer en su entendimiento, si es que investiga y no se queda con lo que le dice el *status quo*. A pesar de que los historiadores certificaron que lo de Plantard y el Priorato era un fraude, mi padre sostenía que no habían contado toda la verdad y que habían omitido datos concretos.

—¿Tú sí crees que existen? —le preguntó Dee.

Los ojos de Ariel mostraron una expresión de suspicacia.

—Yo creo en todo y no creo en nada.

—¡Ajá! ¿Pero qué partido tomas? —le preguntó Andrea.

—La verdad es que sí creo que hay posibilidades de que un grupo del priorato exista. Mi padre, como les dije anteriormente, fue perseguido por ellos para detener las investigaciones sobre el ADN que nuestra empresa estaba concretando.

Hubo un silencio.

—Entonces la existencia del Priorato de Sión está en entredicho, no se sabe si existe realmente; pero, en cambio, el sionismo al parecer sigue operando. ¿Cómo se comunican entre ellos? ¿No tienen una sinagoga, grupo, iglesia, fraternidad, o una forma de unirse y contactarse? —preguntó Andrea.

—Ahí viene el punto en cuestión. Para tener el poder hay que llegar con sus ideales a la mente de la masa.

—¿Entonces, cómo llegan? ¿Tú crees que pueden hacerlo?

—Claro que sí. A la vista de todos. Sus fieles y no fieles concurren diariamente sin saberlo.

Tanto Dee como Andrea lo miraron con asombro.

—¿Qué iglesia es ésa? —preguntó Dee.

—Una que les permite dominar la mente a voluntad. Desde allí, sin que la gente lo sepa, inyectan mensajes, publicidades, ideologías, información subliminal…

Hubo un silencio.

Ariel soltó una risa ahogada.

—La iglesia más poderosa de estos tiempos, la televisión.

Inmediatamente Dee y Andrea se miraron en silencio. Algo encajó sus piezas mentales.

—¿La televisión? —repitió Andrea tragando saliva.

—En realidad —continuó diciendo Ariel— es mucho más que un medio de llegar a la mente de la gente, es la unión de dos palabras sobre Israel y el movimiento de Sión.

—¿O sea…? —preguntó Andrea.

Ariel proyectó una sonrisa enigmática.

—Tel Aviv unido a Sión es televisión.

Catacumbas del Vaticano, Italia.
En la actualidad

A Mateo Toscanini le pesaba el cuerpo.

Sostenía el revólver en su mano derecha, sentado y con la espalda apoyada contra la pared, su rostro se mostraba cansado y los ojos vidriosos. Sintió que su mente entraba en un extraño sopor.

El obispo, con los ojos cerrados, respiraba lentamente y con dificultad debido a la pesadez del ambiente. La humedad y el calor eran insoportables. El obispo Scheffer sabía algo vital y, aunque lo había mencionado, Mateo lo ignoró.

Mateo se sintió confuso y presa de un nublamiento mental que le iba dificultando la atención. Comenzó a tener problemas para concentrarse y sus reflejos se tornaron lentos y distantes. La habitación se le hizo estrecha y lo invadió una extraña desorientación y mareo.

En aquellas húmedas y añejas catacumbas, acechaba un peligro vital. El moho tóxico negro, cuyo nombre técnico era *Stachybotrys chartarum*, causaba síntomas graves y problemas de salud. Los efectos más devastadores sobre el ser humano eran un extraño retraso mental, problemas respiratorios, daños en órganos internos y, a veces, si la exposición era prolongada, incluso la muerte. Las esporas del moho negro eran tóxicas y generaban alergias. Lo más grave era que las toxinas podían ser respiradas, ingeridas o absorbidas por la piel de una persona o por los ojos sin percibirlo en lo más mínimo. Finalmente, las toxinas encuentran el camino hacia la sangre de la persona, lo que provoca desmayo, daños en el corazón, problemas en la coagulación de la sangre y hemorragias internas o externas.

Mateo tosió y sus ojos se fueron hacia arriba, dándole un aspecto fantasmagórico. La tos le hizo respirar más profundamente. Allí, el obispo Scheffer, con un hilo de atención muy suave, lo veía desvanecerse. Aprovechó las pocas fuerzas que le quedaban y trató de ponerse en pie.

El cuerpo de Mateo cayó hacia un lado, como una pesada bolsa perdiendo el conocimiento.

El obispo sabía los efectos del moho en las vías respiratorias y la sangre. Un poderoso hormigueo le corrió en los brazos, pesados, inertes. Y luego una sacudida involuntaria de las manos y los pies.

"Si no salgo de aquí, estaré muerto en poco tiempo".

Trató de moverse pero cayó al suelo.

"Estoy perdido".

Se incorporó a duras penas y volvió a caer al suelo sobre su hombro. Trató nuevamente de ponerse de pie e ir hacia la puerta. El cuerpo ahora era una montaña, sus sentidos estaban anestesiados. Todo se le volvió confuso.

"Es todo o nada".

El aire pasaba por su nariz como en cámara lenta. Se impulsó con esfuerzo y llegó a la puerta.

"¡No están las llaves!".

El obispo vio negro su futuro.

Retrocedió trastabillando hasta el cuerpo inerte de Mateo. En su bolsillo derecho estaba la llave. En un último movimiento instintivo, Mateo reaccionó atontado por el vaho que había respirado pero no pudo oponer resistencia y volvió a desvanecerse.

El obispo cogió la llave y, con gran esfuerzo, la introdujo en la cerradura. Abrió la puerta casi con el último aliento que le quedaba. Una ráfaga nueva se coló por la habitación. Salió de allí, arrastrándose como un animal herido, hasta poder tomar el corredor, donde pudo llevar más aire a sus pulmones.

No pudo pensar en nada, ni en los cofres ni en Mateo.

Dejó la puerta abierta y salió de aquellas catacumbas como pudo.

En la mortal habitación, el teléfono celular de Mateo comenzó a sonar. El obispo lo escuchó lejano, pero no le quedaban fuerzas para pensar en ello.

Necesitaba con urgencia tomar el aire puro de la superficie.

La noche estrellada se marcaba tras los amplios ventanales.

El Papa dejó sobre la mesa de roble el teléfono con el que había dejado grabado un mensaje a Mateo.

"No atiende. ¿Qué estará sucediendo allá abajo?".

"Señor, ayúdame a elegir el bien mayor para todos".

Le había prometido ayuda y no había podido comunicarse durante la tarde con él.

El Papa se encontraba indeciso luego del sueño que había tenido en la tarde. Su mente estaba entre la espada y la pared.

¿Se podía predecir realmente el futuro a través de los sueños? Si hacía oídos sordos y actuaba con escepticismo las cosas seguirían ocultas. En cambio, si decidía actuar más allá de cualquier limitación, él podría encarnar un caso más de sueños proféticos que se hicieron realidad, aunque sabía con certeza que una parte del clero se iría en su contra con furia.

El Sumo Pontífice conocía, gracias a sus intensos estudios de teología, historia y mitología, que en los registros históricos de la humanidad existía una amplia documentación de sueños premonitorios, muchos de los cuales se presentaron en forma simbólica.

En la Biblia existían cerca de setecientas menciones de sueños, de hecho el sueño aparecía como una de las formas elegidas por Dios para transmitir su palabra a algunos de sus hijos mortales.

Más que populares eran, por ejemplo, los relatos de José interpretando los sueños del faraón y los de Daniel y Nabucodonosor. Incluso un sueño premonitorio que marca la exactitud de dicha facultad fue el de la esposa del gobernador Poncio Pilato, en el marco de la Pasión de Cristo. El evangelista Mateo, en 27, 19 escribió que cuando Pilato juzgaba a Jesús sentado en la gabatha o tribunal, su esposa le envió un mensaje diciéndole: "No te metas con ese hombre justo, porque anoche tuve un sueño horrible por causa suya".

Algo similar le había ocurrido al emperador romano Julio César, quien hizo caso omiso del sueño de Calpurnia, su mujer. Su esposa había soñado que lo sostenía en sus brazos, acuchillado y sangrante, así como otros avisos acerca de la conspiración por la cual finalmente fue asesinado.

La historia narraba que eran muchos los sueños que habían sido la antesala de la realidad física. Algunos fueron ignorados con graves consecuencias, mientras que otros se trataban de mensajes procedentes del más allá.

Había un amplio archivo de evidencias y el Papa lo sabía.

Albert Einstein le confesó al poeta francés Paul Valéry que la fórmula que revolucionaría más tarde la ciencia y, con la que posteriormente desarrolló la Teoría de la Relatividad, la soñó durante una siesta en el campo.

Alejandro Magno, durante el asedio a la ciudad fenicia de Tiro, en el año 332 a. C., soñó con un sátiro danzando sobre un escudo. Su interpretador de sueños, Aristandro, reconoció este sueño como un ingenioso juego de palabras: *satyros* (sátiro en Griego), podía ser tomado como *sa Tyros*, cuyo significado sería "Tiro es tuyo". Alejandro prosiguió la campaña y conquistó la ciudad.

La lista era extensa como para ignorarla.

Era voz popular en los pasillos de intelectuales y eruditos que Napoleón Bonaparte, en los días previos a la batalla de Waterloo, soñó en dos ocasiones con un gato negro, símbolo tradicional del infortunio. La batalla terminó para él con una estrepitosa derrota.

Incluso John Lennon, el mítico cantante de los Beatles, había declarado que compuso "Imagine" después de haber escuchado la melodía en un sueño. De igual manera, Paul McCartney, confesó en el programa de televisión de Larry King que la melodía del tema "Yesterday" la había escuchado primero en un sueño.

El Sumo Pontífice sabía también que, por un lado, la física aseguraba que el tiempo es una dimensión como las otras, a lo largo de la cual se puede viajar en cualquier sentido, ya sea hacia el pasado o hacia el futuro, en forma muy parecida al espacio. Y que los sueños, en estos casos, nos permiten aproximarnos a las imágenes del tiempo futuro.

En la vereda de enfrente, las teorías religiosas y ocultistas aseguraban que, cuando una persona duerme, el alma sale del cuerpo y tiene un contacto con el más allá, de donde puede extraer imágenes de acontecimientos que aún están por venir.

"Cristo es el perfume en el alma de los hombres. No volverá como envase, volverá como fragancia".

Aquello daba vueltas en la cabeza del pontífice.

El Papa hizo llamar a dos soldados de la Guardia Suiza.

En menos de tres minutos ambos estaban golpeando la puerta.

—Su Santidad, qué bueno verlo, pero ¿no debería estar durmiendo?

—Ya he dormido.

Al guardia le sorprendió debido a que recién eran las nueve y media de la noche.

—Necesito que me acompañen.

—Su Santidad, ¿va a salir a estas horas?

El Papa asintió.

Era *vox populi* que habían sido varias las veces que había aparecido en los comedores del Vaticano comiendo con simples curas o empleados, o que les permitía sentarse a los soldados estando de guardia o que incluso había salido de improviso fuera del Vaticano a visitar gente.

—¿Dónde quiere ir?

—Vamos a bajar a los infiernos, hijo mío.

El guardia se sorprendió.

—¿Qué quiere decir?

—Acompáñenme a orar a las catacumbas. Tengo un trabajo que hacer.

"Voy a seguir la intuición de mi corazón".

—Con todo respeto, ha pasado usted por una situación de mucho estrés. ¿Por qué no espera mañana a que las cosas estén más en calma para solucionarlas? —le dijo uno de los guardias.

El Papa lo miró a los ojos con dulzura pero con firmeza.

—Si la montaña no va a Mahoma, Mahoma va a la montaña.

El guardia se asombró de que el Papa repitiera una frase aludiendo al líder musulmán, pero él desconocía que dicha frase había sido, en realidad, escrita por sir Francis Bacon, filósofo inglés y canciller del reino, precursor del método científico experimental y uno de los más firmes adversarios del conocimiento dogmático y supersticioso de la Edad Media.

Los guardias no tuvieron ni tiempo para pensar y seguirle el paso al Papa cuando ya se encontraba a más de tres metros de la puerta de salida.

E l teléfono de Alexia sonó cuando ya estaban instalados dentro del antiguo castillo.

El interior era añejo con un aura mística en cada rincón. Gruesos ladrillos color granate con inscripciones grabadas, columnas dóricas y suelos de mármol blanco habían recibido, desde hacía siglos, a los caballeros, sacerdotes y científicos tratando de descubrir la verdad de la existencia, debatiendo asuntos políticos y confrontaciones religiosas. Aquellas paredes habían visto parte de la historia plagada de acuerdos, pactos y secretos.

Adán se encontraba hablando varios metros detrás de unas gruesas columnas con el Profesor y con varios científicos miembros de su equipo. A Adán le había llamado la atención que varias paredes tuvieran incrustados enormes espejos y unos amplios escritorios llenos de sofisticadas computadoras. De uno de los espejos salía un extraño brillo magnético lo cual llamó su atención. Parecía que el espejo estuviera programado. ¿Qué significado tenía que estuviesen allí dentro? Aquello se asemejaba a una central de telecomunicaciones que transmitía datos, bytes, corrientes eléctricas e información. Al parecer era lo que los científicos y el Profesor le estaban explicando.

Alexia tenía el teléfono en su oído varios metros detrás.

—¿Dónde están? —la voz de Evangelina sonó cansada.

—Hemos venido con nuestro contacto, donde tiene su equipo científico. No pudimos avisarte, porque estuvimos ocupados coordinando muchos detalles por el camino y además las montañas impedían bastante la cobertura de la red de teléfono.

—Entiendo. Philippe y yo vamos a descansar en el hotel. Tenemos que vernos.

—¿Podrán mañana venir hacia aquí?

—Hablaré con él. ¿Está muy lejos ese castillo?

—Cuarenta minutos de camino. A las afueras de Roma.

—De acuerdo. Seguimos en contacto. Es importante ver qué haremos.

—¿Han tenido nuevas noticias?

—Después de entregar el crucigrama completo no hubo más contacto. Estamos impacientes.

Alexia se mostró pensativa.

—¿Ningún mensaje? ¿Los secuestradores saben que ustedes dos han viajado? ¿No habrán dejado más sobres en París?

—Ellos mismos nos pidieron viajar. Hemos llamado a Francia, no han recibido nada.

—Lo único que podemos hacer es tener paciencia. No se desesperen.

—Philippe ha estado hablando con detectives privados para rastrear cualquier indicio, huellas digitales en los sobres, pistas… pero nada concreto aún.

—Bueno. Descansen y mañana nos llamamos a primera hora.

* * *

Evangelina cortó y fue al baño de su habitación. Necesitaba una ducha caliente y dormir toda la noche. Tenía pendientes varios asuntos.

Se quitó los tacones, el vestido y la ropa interior, cogió una toalla blanca y caminó desnuda hacia el baño. Su cuerpo proyectó su femenina sombra sobre la pared.

Cuando el agua caliente de la ducha salió, el pitido de su celular la alertó de un nuevo mensaje. Tomó el aparato y lo abrió.

TENEMOS A DOS DE TU EQUIPO, FRANCESITA.
SI NO QUIERES QUE SE DESMORONE TODA TU RED
DE HACKERS TENDRÁS QUE VENIR TÚ MISMA A
SALVAR SU PELLEJO.
TENEMOS QUE NEGOCIAR.

Se le erizaron los pelos y la piel. Sintió un frío por todo su cuerpo, la antítesis de lo que sentía cuando se deslizaba por él el placer de un orgasmo sexual. Un frío seco, impotente, paralizante.

"¿Qué ha pasado?".

Se le cruzaron mil cosas en la cabeza.

"¿Atraparon a la red de Rachel?".

"¡Eso no puede ser verdad! Hablé con ella hace un par de horas".

"¿Francesita?".

Los mensajes de Evangelina con Rachel Z siempre eran en francés, aunque ella no había nacido en Francia.

"¿Tendrán su teléfono?".

Trató de serenar la mente. Respiró profundamente, el corazón había subido sus pulsaciones. Llamarla sería un error igual que responder el mensaje porque delataría su posición. Philippe no podría darse cuenta de eso. Afortunadamente él todavía estaba en el lobby del hotel haciendo llamadas. Pero el mensaje venía del mismísimo teléfono celular de Rachel Z. Lo comprobó una vez más. ¿Qué estaba sucediendo? Su cabeza trató de ver más objetivamente. El mensaje decía que a toda la red. Ellos no aplicaban el mismo lenguaje que usaban anteriormente.

"¿Qué está pasando aquí?".

Después de varios minutos de reflexión tomó su celular y se sentó en el excusado con las piernas cruzadas.

Marcó un número.

La llamada se demoró en ser atendida y se escuchó una voz después de más de quince segundos.

—¿Diga?

Dee Reyes se excusó frente a Ariel Lieberman, saliendo al balcón del pequeño apartamento.

—*Dee, Rachel vous avez des nouvelles?*

Dee escuchó la inconfundible voz de "La jefa". Aunque él no la conocía en persona habían sido frecuentes las veces que la había escuchado hablando con Rachel Z.

—No, no tengo novedades. Lo último fue cuando ella me pidió que saliera del Vaticano.

—He recibido un extraño mensaje. No te comuniques con ella. Dicen que atraparon a dos miembros de la red. Cuidado porque si tienen su computadora y su teléfono querrán dar con más miembros. Activa la alerta general.

—Así lo haré. Ahora estoy con el heredero del imperio Lieberman. El proyecto de su empresa es demasiado grande y ambicioso.

Su familia entera estaba en el hotel en el momento de la bomba. Han muerto todos. Está solo.

—Quédate con él y mantente en contacto conmigo en el más riguroso hermetismo. Investiga y localiza qué pasó con Rachel. Trata de llamar desde un teléfono externo para saber si es verdad que ha sido capturada. También envíame un informe cuando sepas qué pasos tomará esa empresa.

—D' acord.

Dicho esto, ambos terminaron sus llamadas. Dee volvió hacia el interior del apartamento y Evangelina dejó el teléfono en el lavamanos.

Se apoyó sobre el frío mármol y se observó a sí misma frente al espejo, desnuda de cuerpo y alma, en medio de un conflicto que se le hacía cada vez más grande.

La tenue luz le iluminaba el rostro. Vio en la profundidad de sus ojos; era una mujer fuerte y decidida, ahora tendría que poner toda su astucia para salir de aquella situación.

Respiró profundo y entró en la ducha.

Pensó que quizás, igual que el sabio griego Arquímedes, ella también podría encontrar, bajo el agua, el Eureka frente a tantos problemas.

E l cuerpo sudoroso de Rachel Z estaba atado con una gruesa soga en los talones, sobre una silla, con las piernas abiertas y las manos en la espalda. La fuerte luz de un reflector le cegaba la vista obligándola a bajar la cabeza.

La habitación olía a añejas maderas rancias. El grupo de Hans Friedrich había dejado la puerta cerrada y dentro sólo estaban Hans y dos de sus sicarios.

En el rincón opuesto de la habitación, frente a Rachel Z, la otra chica estaba en la misma posición sólo que su rostro había sido golpeado.

—De ti dependerá que sea una noche corta o muy larga.

La voz provenía de Hans, oculto en la penumbra.

Rachel Z guardó silencio. Inmediatamente le vinieron varios recuerdos al escuchar la voz de su padre y todas las discusiones que había tenido con él.

Hans caminó con lentitud por las sombras como si fuese un general nazi con un prisionero de guerra y volvió a repetir la frase, esta vez con más ímpetu.

Hizo un gesto con la cabeza a uno de sus sicarios.

Inmediatamente éste le dio una descarga eléctrica e hizo que el cuerpo de Rachel Z se arqueara como una pesada rama.

—¡Aahhhh! —gritó aguantando estoicamente el impacto.

Hans volvió a dar otra orden con su cabeza.

El sicario mantuvo el voltaje más tiempo.

—¡Aaaaaaaahhhhhhh!

La respiración de Rachel Z se aceleró igual que su corazón.

—¡Hijos de puta!

—Eso sólo es cierto en tu caso —respondió Hans con cinismo, quien había tratado a su ex esposa con la misma profundidad emocional que un desconocido a una prostituta—. Tu madre bien podría llamarse así. ¿Después de todo, qué es una puta? Alguien que cobra por sexo, ¿verdad? Pues, con lo que cobró por el divorcio y por el poco sexo que mantuvo conmigo diría que tú eres la hija de una puta cara.

—Tú eres un monstruo.

—Depende cómo lo mires, querida Rachel. Yo trabajo por mis intereses y tú trabajas por los tuyos que no son otra cosa que meter las narices donde no debes.

Rachel Z sintió ganas de vomitar. Estar en manos de su padre al que tanto aborrecía le generaba una mezcla de impotencia y odio.

—Repito la pregunta: ¿vamos a estar toda la noche? El cuerpo tiene una tolerancia frente al dolor. ¿Quieres sufrir o quieres colaborar?

—Por más que te diga lo que te diga siempre serás una sombra en mi vida, un enemigo.

Hans fingió empatía bajando el tono de voz y le susurró al oído.

—Sólo quiero saber dónde están los demás integrantes de la red y para quién trabajas. ¿Te parece que te exijo mucho? —Rachel Z sentía pesada la cínica voz de Hans como el veneno de una serpiente corriendo por las venas.

Hans salió de su postura cerebral y reaccionó como un inesperado Doberman.

—¡Habla! —gritó.

Rachel Z levantó la cabeza y escupió al aire. Un hilo de saliva quedó colgando de su boca, eso excitó a uno de los sicarios que practicaba el sexo sadomasoquista en varios clubes privados de Alemania. De buena gana se hubiera arrodillado a lamer, tragarse la saliva y tocarle todo el cuerpo.

Hans dio tres pasos con rapidez, fue detrás de ella y jaló de su larga melena roja con furia. La cabeza de Rachel Z quedó mirando el techo.

—Dirás hasta la última palabra —la amenazó apretando los dientes.

Rachel Z giró su cabeza tratando de zafarse.

Hans miró hacia los lados. Con desprecio dio varias zancadas hasta la compañera de Rachel Z.

—¿Hablas o me cargo a tu compañera?

Rachel Z, como todo el mundo, tenía su talón de Aquiles. Si bien ella podía resistir no podía permitir que nadie de su equipo pagara el precio, no podría vivir con el remordimiento.

El sicario que estaba excitado sacó un cuchillo y lo acercó al rostro de la otra chica. Lo colocó en la yugular y apretó con su mano derecha. Un hilo de sangre se deslizó por el cuello.

—¡Rachel no digas nada!

La chica recibió una violenta bofetada que sonó como un eco en aquellas viejas paredes.

—¡Déjenla! Ella no tiene nada que ver en esto. Sólo es una amiga —mintió.

—¿No es parte de tu equipo? Pues bien, negociemos. Tú hablas y ella sale en libertad. ¿Te parece un acuerdo justo?

Rachel Z guardó silencio. Necesitaba pensar. Sabía que su teléfono estaba activado para toda la red de integrantes de su equipo con un GPS con clave privada que mostraba las coordenadas donde cada uno se encontraba activando un código especial mediante símbolos ilegibles para quien no lo conocía.

—¿Qué quieres saber?

—¿Cuántos miembros hay en tu equipo, para quién trabajas y cómo has podido obtener la información confidencial de mi empresa?

—En tu empresa hay traidores. Comencemos por ahí.

Hans y los dos sicarios se acercaron a Rachel Z, ella necesitaba ganar tiempo.

—¿Traidores en mi empresa?

—Eres un idiota que cree ser inteligente. ¿Piensas que trabajan para ti y que el gobierno alemán te apoya?

La mente de Hans comenzó a trabajar como una sofisticada computadora. Rápidamente hizo un escáner mental de los posibles traidores.

"Mordió el anzuelo", pensó Rachel Z.

Hans hizo un gesto de desprecio. No soportaba la traición. En sus genes germánicos se activó una furia de años, un sentimiento de odio contra el mundo, quizás por ello quería dominarlo porque no podía dominarse a sí mismo. El mismo sentimiento nazi descontrolado que había arrasado con todo lo que se ponía enfrente suyo.

—¿Quiénes son los traidores? ¿Hay más de uno? ¡Hablaaaaa!

—Hagamos una apuesta... ¿Tres, dos o uno? ¿Tú cuántos crees que son? —Rachel Z ahora sonaba burlona al ver que tenía a su padre fuera de sí, sintió que dominaba por el momento la guerra psicológica.

Hans la golpeó con fuerza en la cabeza, fue tan violento el impacto que Rachel Z cayó de la silla.

Casi en el mismo momento en que ella cayó, tres disparos secos se escucharon uno tras otro. Provenían de una mano experta. Los dos sicarios cayeron al suelo. A uno la primera bala le impactó en el pecho y lo mató al instante, al otro se le incrustó en el abdomen mientras veía incrédulo cómo sangraba su hígado y le salía sangre por su boca. A Hans la tercera bala le había rozado el hombro.

Rachel Z sintió que le volvía el alma al cuerpo cuando vio a dos miembros de su equipo.

Las transmisiones de la noche en las principales cadenas de Italia y el mundo daban más caldero a las dos noticias predominantes. La RAI y la CNN decían que el mundo seguía en shock a medida que se divulgaba la cruenta explosión de la bomba y la creciente desaparición de niños.

Por otro lado, el grupo musulmán seguía enviando mensajes amenazadores en contra del avance científico, mostrando intolerancia hacia otras religiones.

Algo de paz daba a los católicos saber que el Papa se encontraba en el Vaticano y que daría un mensaje desde la plaza de San Pedro al día siguiente.

Saliendo de las catacumbas, el obispo Martin Scheffer, que ignoraba todas las noticias, al fin tomó una bocanada de aire fresco. Miró al cielo estrellado y se sostuvo con la otra mano en la pared. Estaba cansado. Necesitaba recuperar fuerzas y pensar.

"Ese loco ha quedado debajo con mi filmación y con los cofres".

Pensó rápidamente. Seguramente ya estaría muerto por la inhalación del moho, pero tendría que protegerse recuperando el teléfono y la grabación en la que le había hecho confesar, y sobre todo poner a salvo los antiguos documentos. Pensó en contactar a dos guardias para que lo fueran a apresar. Y ver dónde estaba el Papa para hablar con él urgentemente. También le inquietaba un asunto que era como un aguijón en su mente.

"Debo ponerme en contacto con Lieberman".

El obispo ignoraba que Isaac Lieberman había sido una de las víctimas del atentado por terroristas islámicos. Tenía cosas importantes que decidir con él ya que estaban aliados en un asunto secreto.

Decidió ir hacia su habitación y desde ahí telefonear a todo el mundo. No quería caminar, sus rodillas crujían y su espalda llevaba el dolor de haber estado en una posición sumamente incómoda, tanto como el peso psicológico por confabular con unos y con otros.

Caminó por el oscuro corredor saliendo de la Plaza de San Pedro. Miró su reloj, que marcaba las 9.45 de la noche, apuró el paso como pudo hacia sus aposentos. Quien lo viera a esas horas pensaría que habría salido a dar un paseo o una caminata para orar bajo la luz de las estrellas. Se detuvo un par de veces agitado para tomar aire antes de llegar.

Cuando estuvo dentro de su vivienda sintió que tenía nuevamente el control de las cosas. Se lavó la cara y bebió casi medio litro de agua. Estar bajo las catacumbas lo había dejado sediento. No tenía hambre, su sistema digestivo estaba alineado con el resto de su cuerpo por todo lo que emocionalmente no podía digerir.

Fue hacia el teléfono y llamó a Isaac Lieberman.

La línea estaba silenciosa.

"¿Qué extraño?".

Intentó nuevamente sin respuesta.

"Llamaré a su hijo".

Marcó inmediatamente en su celular.

Del otro lado, Ariel ya estaba tumbado intentando dormir sobre el sofá de la sala de estar.

Cogió el teléfono de una pequeña mesa donde lo había colocado. Esperaba llamadas de su compañía en Israel y el rabino de la familia en Nueva York.

—Diga.

—Ariel, disculpa la hora. Soy el obispo Scheffer. Estoy en una situación que requiere la ayuda de tu padre. No he podido contactarlo.

—Obispo, ¿dónde está usted?

—He podido liberarme de ese loco italiano. Estoy a salvo.

—¿Y el Papa?

—Su Santidad fue liberado previamente.

Ariel frunció el ceño, pensativo.

—Entonces, ¿qué buscaba aquel hombre?

—Ni él mismo lo sabía. Lo importante es que ambos estamos a salvo. Ha sido un susto para olvidar —quería cambiar la conversación—. Ahora necesito ponerme en contacto con tu padre. ¿Estará ya durmiendo?

Ariel hizo una pausa para no llorar.

—Obispo, ¿usted no ha sabido las noticias?

El obispo tragó saliva.

—¿A qué te refieres?

—Hubo un atentado terrorista. Toda mi familia estaba dentro del hotel cuando explotó la bomba.

Al obispo Scheffer se le heló la sangre.

—¡Dios mío! ¡Eso no puede ser posible!

—El mundo está convulsionado con lo que está pasando.

—Ariel, imagino cómo te sientes. Es terrible. ¿Qué puedo hacer por ti?

—Mañana tengo que dar testimonio a los *carabinieri* y ponerme en contacto con gente del equipo de mi padre para…

El obispo le interrumpió.

—Ariel, debemos reunirnos antes tú y yo. Sabes que tengo una alianza de asuntos privados con tu padre. Ahora debemos ver cómo lo resolvemos. Son temas importantes que tenemos que discutir antes de que hables con alguien más. ¿Podemos vernos mañana a primera hora?

A Ariel le pareció que el obispo pasaba por alto el dolor que él sentía por perder en un instante a toda su familia.

—Veré cómo me siento, señor obispo. Mañana le llamaré.

El obispo hizo una pausa para insistir con sutileza.

—Entiendo, entiendo hijo, debes estar devastado. Sabes que los misterios de la vida se entienden y aceptan luego de un tiempo y las causas de por qué han sucedido las conoce nuestro Señor. Creo que sería muy positivo si pudiésemos desayunar juntos y hablar.

Ariel no quiso entrar en debates religiosos. Su mente estaba saturada.

—Necesito dormir. Mañana hablaremos.

—Claro, hijo. Descansa.

A Ariel la palabra "hijo" le molestó viniendo de boca del obispo. Era justamente la palabra que más dolor le daba ya que no la oiría nunca más de boca de sus padres.

El obispo colgó la comunicación y fue hasta la ventana, pensativo.

"Si Lieberman está muerto, tendré que seguir solo con el plan que teníamos".

Comenzó a pensar en otras alternativas. Su ambición era más fuerte que su lealtad.

El Papa y los dos soldados de la Guardia Suiza llegaron a la puerta frente al corredor donde se bajaba a las catacumbas.

—Su Santidad, éstas son las puertas de los pasadizos subterráneos del Vaticano. ¿Qué haremos aquí a estas horas?

—Necesitamos ayudar a dos hermanos.

Los guardias se miraron sorprendidos.

—¿Está usted seguro, Su Santidad? ¿Por qué no lo dejamos para mañana temprano?

—Es ahora cuando tenemos que ayudar, quizás mañana sea tarde.

Viendo la determinación del Papa, los guardias abrieron las puertas.

—Síganme.

Bajaron las escalinatas y los tres se dirigieron al oscuro corredor. Los guardias encendieron las linternas que llevaban en los bolsillos.

El Papa se adelantó y los guardias notaron que conocía el camino. Dieron vuelta a la derecha y luego bajaron otra serie de escalones: allí la humedad y el calor comenzaban a sentirse mucho más. El corazón del Papa se agitó.

"Padre, guíame".

Uno de los guardias pensó en detener al Papa.

—Su Santidad, es peligroso, el camino está resbaladizo por la humedad. Por favor, tenga cuidado.

El rebelde pontífice hizo oídos sordos y siguió caminando.

Enfilo directamente hacia donde recordaba que estaban los textos, Mateo y el obispo Scheffer. Caminó los diez metros que le separaban y llegó a la puerta. Notó que estaba entreabierta. Al bajar los escalones, su corazón se aceleró aún más.

"¿La puerta abierta? ¿Qué ha pasado aquí?".

El Papa pasó su mano por la frente, sudaba a raudales.

—Muchacho, ¿estás ahí? He venido tal como te prometí.

El Papa corrió la puerta y ésta emitió un agudo sonido.

—Iluminen aquí —les pidió a los guardias.

La luz entró a la habitación. Al fondo, el Papa vio los pesados cofres pero ni el obispo Scheffer ni Mateo estaban allí.

"¡Dios mío, ya no están aquí!".

—¿Quiénes?

—Los dos hermanos que hemos venido a ayudar.

—Su Santidad, aquí no baja casi nadie. Es un área prohibida. ¿Cuáles dos hermanos?

El Papa no respondió. Su mente trató de imaginar lo que podría haber sucedido.

"El muchacho habrá reflexionado y tuvo que salir presionado por el calor y la humedad". El Papa se sentía confundido.

"Si ambos se han ido, ¿por qué no se ha comunicado ninguno?".

—Su Santidad, por el amor de Dios, usted debe descansar. Salgamos de aquí.

El Papa tocó los cofres y se aseguró de ver los textos dentro.

—Cierren la puerta. Volvamos.

Los guardias hicieron lo que les pidió. Con esfuerzo subió las escalinatas para regresar.

Se adelantó unos metros mientras los guardias cerraban las puertas. El Papa trataba de sacar conclusiones. Seguramente Mateo habría llevado al obispo hacia fuera por el insoportable calor. Eso lo tenía claro, pero no entendía la ausencia de comunicación. ¿Se habría quedado sin batería su teléfono? Respiró el aire espeso y supuso que al día siguiente se comunicaría. Los guardias lo alcanzaron e iluminaron el camino. De improviso, las dos linternas al mismo tiempo se apagaron súbitamente.

El corredor quedó sumido en una profunda oscuridad.

—¿Qué ha pasado?

—No lo sé —respondió un guardia, preocupado—, son linternas nuevas. No pueden haberse quedado sin carga las dos.

En menos de un minuto una fuerte luz iluminó todo el corredor. El Papa sintió cómo se aceleraba su corazón. Aquella no era una luz de este mundo, era sutil, poderosa, inmaculada. La luz emitía un extraño sentimiento de unidad, un arrebato místico. Tanto el Papa como los dos guardias se detuvieron en seco.

—¿Qué es esto? —preguntó un guardia.

—Quietos, sólo quédense quietos —les pidió el Papa, quien parecía comprender que aquello tenía un origen sobrenatural. Luego de unos instantes que le parecieron siglos, desde el otro extremo del corredor comenzaron a revelarse una multitud de niños, todos sonrientes. Estaban envueltos por ese extraño halo rodeándoles como un aura el contorno de sus cuerpos. Niños y niñas de diferentes razas frente a él, mirándolo con ojos penetrantes y felices.

"¡Los niños!", pensó el Papa emocionado. "¡No puede ser que estén aquí!".

Después de un instante que le pareció interminable la visión comenzó a diluirse y tanto la luz como los niños se desvanecieron. El corredor volvió a quedar a oscuras y las linternas volvieron a funcionar.

—¿Qué ha sucedido? —preguntó uno de los guardias que parecía desorientado.

El Papa sintió que sus lágrimas le caían por el rostro.

—Su Santidad, ¿está usted bien?

—¡Estos niños traen la gloria! —dijo emocionado.

Los guardias estaban confusos.

—¿Qué niños, Su Santidad?

El Papa recordó las palabras de la tarde que volvieron a retumbar en su mente como un eco.

Los ángeles te guiarán, los niños se revelarán ante ti. El Padre pondrá el mundo en tus manos y en las de ellos.

Se dio cuenta de que los guardias no habían visto lo que él vio. El Papa se giró sobre sí mismo, sintió la fuerza sobrenatural que había recibido en el sueño de la tarde y comenzó a llorar.

Cuando el reloj de la pared marcaba las 10:27 de la noche, el obispo Scheffer llegó a su habitación dentro de Santa Marta, la residencia para varios eclesiásticos en el interior del Vaticano. Había convocado una reunión de urgencia con cuatro eclesiásticos, que integraban el bloque opositor.

El obispo italiano Paolo Troglio, el obispo inglés Keith Wilson y el poderoso cardenal africano Peter Ottmar Baal habían llegado casi al mismo tiempo. Ellos lideraban el frente que le ponía difíciles las cosas al Papa en las decisiones más liberales y trasgresoras. Pugnaban por mantenerse conservadores de una iglesia estricta y severa.

—¿Qué ha pasado, obispo Scheffer? Sabíamos que la Guardia Suiza estaba buscándolo por un altercado con un intruso en el Vaticano.

—Ahorremos detalles —respondió tajante—. Estoy bien. Tengo que explicarles en detalle lo que está sucediendo.

Hubo un silencio.

—Algo muy grande está a punto de desencadenarse y debemos evitarlo.

—¿Qué quiere decir? Explíquese con claridad —pidió el obispo Troglio.

—No ha sido casualidad el atentado para suspender el simposio de científicos y religiosos. Al parecer hay muchos cabos sueltos detrás de esto. Pero lo más importante ahora es que conozcan que por medio de mis contactos he podido dar con un hallazgo sin precedentes —el obispo hizo una pausa para mirarlos a los ojos—. Seré directo. Se trata de los antiguos textos que han sido buscados durante siglos por el clero y por la curia vaticana. Ahora están en mi poder.

—¿Se refiere a...?

El obispo Scheffer asintió.

—Los textos originales. Ya los han comprobado los peritos.

Los tres obispos se persignaron con actitud mecánica con expresión tensa en el rostro.

—¡No puede ser cierto! ¿Dónde los ha encontrado?

—En el sótano de una vieja casa en Roma.

Uno de los magistrados se sirvió una copa de cognac. Los otros dos hombres caminaron nerviosos hacia la biblioteca.

—¿Dónde están los textos?

—Por el momento se encuentran protegidos, pero debemos sacarlos rápidamente de allí.

—¿Exactamente dónde están? —inquirió el cardenal Peter Baal, quien sintió resbalar una gota de sudor por su piel canela.

—En las catacumbas.

—¿Cómo los ha llevado ahí?

—Con tres guardias.

—¿Lo sabe el Papa?

El obispo Scheffer asintió de mala gana.

—¿Qué propone obispo Scheffer? —preguntó el obispo Wilson con el vaso de cognac ya casi vacío.

—Retirar los textos. Es probable que el Papa quiera revelar el hallazgo y además existe otro grave problema.

—¿Cuál?

—El loco que nos secuestró a mí y al Papa tiene a su mujer y sus tres hijos en la lista de las personas desaparecidas.

—No entiendo. ¿Y dónde está este sujeto entonces?

—Perdió el conocimiento allí abajo por inhalar el moho de las paredes. Yo pude escapar. Él quizás ya haya muerto.

—Mandemos a los guardias a certificar y asegurarnos —espetó Wilson.

—Así lo haremos, porque lo más grave es que me forzó a declarar en su teléfono celular y grabó un video mostrando también los textos. Me amenazó con enviarlo a las cadenas televisivas. Es importante recuperar su teléfono.

—Seguramente tratará de vincularlo con la desaparición de gente. Eso sería la ruina para nuestro plan —el obispo Wilson se puso de pie.

—También hay otro grave incidente. Isaac Lieberman estaba en el hotel en el momento del atentado. Ya no podemos contar con nuestra alianza.

—No han dado aún la lista de muertos y heridos, obispo Scheffer, ¿está usted seguro?

—He hablado con su hijo hace un momento.

—Perder la alianza con el grupo hebreo nos debilitará —remarcó el cardenal africano mientras se apoyaba sobre la mesa.

La mirada del obispo Scheffer brilló con un destello de cinismo.

—El hijo tiene sus puntos débiles. Yo me encargaré de él mañana.

—Bien. Entonces esa parte del plan está bajo control. Señores —razonó el cardenal Baal—, tenemos grandes posibilidades de ganar esta batalla. Nuestra cruzada podrá por fin ver la victoria.

Los otros tres hombres asintieron.

—Si al fin conseguimos la tecnología de los Lieberman tendremos el triunfo definitivo.

"La victoria", pensó el cardenal. Estaban luchando para impulsar al primer Papa de raza negra de la historia. De subir Peter Baal, él ascendería a los tres obispos como cardenales.

—¿Hay nuevas noticias sobre los niños desaparecidos? —preguntó Scheffer.

—Nadie sabe nada sobre ese tema. Eso es algo que no podemos controlar.

—No se qué pensar al respecto, ¿qué dice usted cardenal Baal?

—Sobre los niños desaparecidos nadie sabe nada. A cada momento son más los reportes. Ahora debemos encontrar al secuestrador en las catacumbas y ocultar los textos en otro sitio esta misma noche, ya que mañana el Papa tiene programado hablar en la plaza de San Pedro ante la televisación mundial. Él ganará más puntos de popularidad calmando a la gente. Debemos evitarlo. Hay mucha tensión —agregó el cardenal africano—. Mandemos ya mismo a dos o tres guardias.

—Tendrá que ser en el más estricto secreto —agregó Wilson.

—Déjenlo por mi cuenta, hablaré con los mismos guardias que llevaron los cofres allí. Ahora mismo los contactaré —respondió Scheffer con seguridad—. Yo me ocuparé de los textos y del hijo de Lieberman. Ustedes encárguense mañana temprano de que algo inesperado le suceda al Papa.

90

Roma, Italia.
Amanecer del día siguiente

Adán fue el primero en despertar.

El reloj marcaba las 7:01 de la mañana y por las ventanas de la habitación del castillo donde estaban alojados se filtraba el sonido de la lluvia, grandes nubes grises tapaban el cielo.

Alexia dormía todavía. Adán se puso de pie con sigilo y elevó los brazos al firmamento formando una copa con sus manos para recibir la energía del cosmos e hizo su agradecimiento por otro día de vida.

Había soñado mucho y lo recordaba. En el sueño él, Alexia y el Profesor estaban compartiendo ideas.

"Recuerdos del futuro", la frase le vino súbitamente, mientras se dirigió hacia el baño.

En menos de veinte minutos ya se había duchado. Al regresar al dormitorio notó que Alexia estaba despertando.

—Buenos días amor, ¿cómo has dormido? —la besó en la boca con delicadeza.

—Soñé mucho —respondió ella—. Estoy recordándolo.

—Yo también. Hablábamos sobre "el gen de Dios", eso lo recuerdo perfectamente.

—Sí. De eso se trataba el sueño, yo también lo recuerdo.

No era la primera vez que ambos soñaban lo mismo y hacían el mismo viaje astral.

Adán sonrió.

—Me preparo y lo hablamos abajo, ¿de acuerdo?

—Perfecto, necesitamos organizarnos, hoy tendremos un día intenso. ¿Puedes llamar a Evangelina y a Philippe?

—Ya les envié la dirección anoche, ahora seguramente estarán en camino o a punto de llegar.

—Qué previsora cariño. Entonces nos vemos abajo en diez minutos.

Alexia caminó desnuda hacia el baño y encendió la ducha mientras Adán salió de la habitación y rápidamente bajó las escaleras rumbo a la cocina. Caminó por el estrecho pasillo y luego dio varios pasos hacia la segunda puerta de madera de roble maciza.

El Profesor ya estaba allí con dos asistentes.

—Buenos días, Adán —lo saludó con entusiasmo.

—Buenos días.

—Toma asiento. En un momento estará listo el desayuno.

—Gracias.

Adán observó por la ventana, el cielo estaba cada vez más oscuro. La habitación retumbó por un trueno.

El Profesor se sentó a su lado y le dio una palmada en el hombro.

—Tienes buena cara. Se ve que has dormido bien.

Adán notó que el Profesor tenía cierta picardía en sus palabras.

—De eso estaba hablando hace un momento con Alexia. Ambos hemos soñado mucho.

—¿Ah, sí? ¿Soñaron algo sobre… el gen de Dios?

Adán lo miró sorprendido.

—¿Cómo lo sabe?

El Profesor soltó una risita ahogada.

—Me he tomado un atrevimiento como genetista y físico, querido amigo. Yo he programado ese encuentro en los sueños.

Adán frunció el ceño.

—¿Cómo?

—Así es, Adán. Quería que comprobaran por experiencia propia que es posible programar al doble y enviarlo a realizar tareas en el futuro para que luego sucedan aquí, en este plano de conciencia.

Adán lo miró a los ojos mientras le servían agua caliente para prepararse un té.

—Un hombre sin una visión de su futuro siempre tendrá que retornar a su pasado —interrumpió Alexia, quien apareció con el cabello húmedo cayendo sobre un vestido blanco de lino.

—Así es, querida Alexia. ¡Qué bella estás esta mañana!

—Gracias Profesor, al parecer entonces hemos estado en el mismo sueño.

—Mejor dicho en la misma realidad, querida. Este plano es donde se sueña y aquel plano es el real —señaló tres veces con el pulgar hacia arriba.

Hubo un silencio.

Se sentaron a la mesa cuando uno de los asistentes les acercó el desayuno.

—La vida real —pronunció el Profesor—, si la gente supiera...

—Los iniciados ya lo saben, Profesor —agregó Adán.

—Digamos que la mayoría está despertando y que debemos activar el despertar mayor para que sea una realidad diaria.

—¿Cuál será el plan? —terció Alexia tratando de poner en orden las ideas mientras recibía un plato de frutas, un batido de proteínas y media docena de tabletas con vitaminas y minerales.

—De acuerdo con varios experimentos de nuestro equipo, hace años que se llegó a la conclusión de que los seres humanos vivimos en una *Matrix*, una red de ilusión que cubre la auténtica realidad espiritual eterna que está detrás de toda forma de vida. Esto es, un mundo regido por leyes y principios concebidos que la mayoría de las personas ignora, y que ha sido creado por un gran diseñador inteligente. Una especie de vida holográfica en varias dimensiones.

Adán y Alexia asintieron con conciencia, ellos lo sabían.

—Analizando el comportamiento de la materia a escala subatómica —agregó el Profesor—, hemos comprobado que, con toda probabilidad, existe una fuerza desconocida que lo gobierna todo.

—Así es —afirmó Adán—. Recuerdo que alguien le hizo una vez a Einstein la gran pregunta: ¿Hay un Dios? Y Einstein respondió que, en primer lugar, para ser científico había que especificar bien lo que se entendía como Dios. Si se entiende a Dios como una figura a la que se le reza, una figura que otorga e interviene, entonces la respuesta es no. Pero él creía en un Dios representado por el orden, la armonía, la belleza, la simplicidad y la elegancia.

—Un Dios que está en nosotros, esperando manifestarse desde las células a los pensamientos —agregó el Profesor—. El universo es bello, simple y regido por reglas matemáticas sencillas.

—¿Se refiere a la teoría de las cuerdas? —preguntó Alexia.

—Así es, querida, los científicos lo llamamos "la música de Dios".

El Profesor se refería a la famosa "teoría de las cuerdas", modelo fundamental de la física que asumía que las partículas materiales aparentemente puntuales eran, en realidad, "estados vibracionales" de un objeto extendido más básico llamado "cuerda" o "filamento", lo que convertiría a un electrón, por ejemplo, no en un "punto" sin estructura interna y de dimensión cero, sino en un amasijo de cuerdas minúsculas que vibraban en un espacio-tiempo de más de cuatro dimensiones.

—Desde hace mucho tiempo que con mi equipo trabajamos en esta teoría —el Profesor señaló hacia los asistentes.

A Adán le llamó la atención las avanzadas computadoras cuánticas con pantallas de neón, no eran como las computadoras sólidas, sino que tenían la pantalla en el aire, conectadas a una computadora madre que las regía a todas. Estaban instaladas estratégicamente frente a los espejos.

—Esta teoría se basa en pequeñas cuerdas vibrantes que nos dan las partículas que vemos en la naturaleza. El universo, así, sería una sinfonía de estas cuerdas vibrantes y "la mente de Dios", sobre la que Einstein escribió ampliamente, sería música cósmica resonando a través del estado de nirvana por las once dimensiones hiperespaciales.

Alexia frunció el ceño.

—Como es arriba es abajo, querida Alexia. Si podemos tocar las cuerdas de una realidad paralela, inmediatamente influimos en esta realidad. La idea sería…

—¿Modificar esta realidad tridimensional desde el plano de los sueños?

—Exacto, Alexia.

—¿Por qué medio?

Adán se giró hacia las computadoras y los espejos.

—Me imagino que aquello será el punto de apoyo.

—Exacto. Este descubrimiento permitirá que cada ser humano se gobierne a sí mismo. Está basado en la ley de la intención. Si muchas personas conectan con esta realidad espiritual en los sueños cambiarán el plano tridimensional y el despertar será masivo.

—Interesante.

—Lo es, Adán. En nuestro equipo contamos con expertos biólogos, físicos matemáticos, físicos cuánticos, teólogos y otros genetistas como yo. Queremos que la gente encuentre las respuestas a las preguntas cósmicas de nuestra existencia y el significado de nuestra presencia en el planeta. Integramos la ciencia y la religión para determinar nuestro lugar y nuestro verdadero rol en el universo.

—Y ésa es la causa de que los fundamentalistas de todas las religiones rechacen la fusión de la ciencia con la mística —afirmó Alexia.

—Los dormidos tienen miedo de que la fe se suplante por la certeza —añadió Adán.

Terminaron de desayunar y los tres se pusieron de pie. Uno de los científicos los saludó y el Profesor se dirigió a la puerta.

—Vamos a la sala de computadoras. Es hora de empezar a trabajar.

—¿Y esos espejos Profesor? —Alexia estaba curiosa, los espejos estaban puestos unos frente a otros.

—Pronto sabrán cómo funcionan.

Ya había media docena de científicos con delantales blancos trabajando sobre las computadoras. Sus manos se deslizaban ágiles sobre las grandes pantallas aéreas. Aparecían extraños datos, símbolos y códigos matemáticos. El Profesor se acercó a los espejos.

—Los tres ya sabemos cuáles son las actividades en las que los electrones de una persona se modifican, ¿verdad?

—Cuando más vibran y alcanzan octavas energéticas superiores es cuando practicamos meditación, Profesor —respondió Adán con certeza.

—¿Cuándo más?

Adán pensó.

—En el sexo, en la risa y en el uso de la imaginación.

—Correcto, amigo mío. Tres de las funciones que mayormente todas las religiones han censurado. Son atributos divinos y los han degradado a cosas triviales.

—¿Cómo encaja eso aquí?

—Hay dos mundos, el de arriba y el de abajo, su sombra. De la misma forma que el cuerpo físico y su sombra proyectada en la pared. A otro nivel lo que se quiere modificar en la sombra en el plano físico, primero hay que cambiarlo en el mundo de arriba, el plano superior, el mundo de las causas, las sombras son los efectos. De esa forma la sombra se modificará. Será estéril querer cambiar la sombra sin cambiar el origen de la sombra. El mundo vive a través de la sombra del ego, de la personalidad que ven reflejadas en los espejos, eso es un espejismo, una ilusión.

Adán volvió a observar todos los espejos, su propia imagen se proyectaba en múltiples imágenes en los octágonos.

—¿Ven vuestra imagen sobre los espejos? Así funciona el universo. El universo cuántico ofrece miles de posibilidades, se fija a la que nosotros ponemos más atención, la que observamos con una emoción, con la fuerza mágica que todo ser humano posee... que es la intención —El profesor remarcó esa palabra—. Eso es lo que crea la realidad que cada persona elige vivir sobre este mundo físico aunque no sea consciente de ello.

—Donde va el pensamiento va la energía. Cosecharás tu siembra —agregó Adán—. Eso lo enseñaron Jesús y Buda hace más de dos mil años.

—Sí, Adán, pero sólo una pequeña parte lo comprende. La intención y los pensamientos son semillas.

Hubo un silencio.

—Éste será nuestro trabajo ahora —dijo el Profesor—. Estamos en el momento de lanzar la activación global del despertar a través de los espejos.

—¿Cómo será eso exactamente? —preguntó Alexia.

—Por conciencia. La pregunta sería, ¿vamos a usar la exigente lupa para ver a los demás o el espejo para vernos a nosotros mismos? El espejo ha sido el aliado de muchas personas pero también su enemigo.

—Explíquese.

—Los espejos creados aquí previamente fueron programados por las computadoras cuánticas y generan un poderoso electromagnetismo que potenciará las partes dormidas del cerebro de los seres humanos durante los sueños, e inevitablemente despertará el alma de cada persona. Sabemos que el gen de Dios está inactivo en el interior de la mayoría de las personas. Ocultándolo bajo creencias y costumbres que desvían a una persona de su objetivo.

—¿Entonces?

El Profesor sonrió, tenía todo el entusiasmo en aquella cruzada.

—Los hombres no son prisioneros de su destino, son prisioneros de las creencias antinaturales dentro de su propia mente. Cada pensamiento que cada persona tiene hoy prepara sus futuros resultados. Preparar el futuro que alguien desea vivir en su vida está en sus manos. Aunque una persona lo crea o no, su mente y sus pensamientos son tan poderosos que se materializan constantemente de acuerdo con la determinación de sus pensamientos dominantes y su frecuencia.

—Intención, sentimiento y acción —sintetizó Alexia.

—La gran fórmula para que una persona recuerde.

Los tres se miraron con complicidad.

—Nosotros ayudaremos a preparar un futuro prometedor en la vida de cada persona cuando recuerden que cada pensamiento modifica instantáneamente la memoria y la memoria de todas las células que tienen el código interno desde el origen de la vida hasta nuestros días.

Alexia imaginó la repercusión de aquella misión.

—Cuando iniciemos hoy el programa —remarcó el Profesor—, cada noche las personas serán impulsadas a soñar con su doble, a recordar quiénes son en realidad y cada mañana cuando se vuelvan a mirar al espejo lo tendrán presente.

—Una especie de imagina-acción, la acción de lo que una persona imagina —agregó Adán.

—¡Brillante! —exclamó Alexia.

—El objetivo será armonizar el mundo espiritual con el mundo material para eliminar la interferencia y la discordia y así generar la concordia entre el mundo de arriba y el mundo de abajo, entre una dimensión y la otra. Eso producirá una reconciliación del ser humano, desnudo de creencias, con la vivencia personal de saber que porta dentro suyo al único Dios.

Adán sonrió.

—Un Dios sin religiones.

El Profesor asintió.

—Eso será el mayor impacto a escala global en la conciencia humana. Una especie de whatsapp donde cada persona recibirá —no en su teléfono sino en su cerebro— el mismo mensaje durante el sueño.

—Bien Profesor, estamos listos —afirmó Adán.

El Profesor se mostró melancólico al escuchar aquella frase. Alexia lo captó.

—¿Qué siente, Profesor? —preguntó Alexia.

—Éste es un tributo a los ancestros. Para mí, ser descendiente de los antiguos custodios del conocimiento es un honor, ahora podré honrar a todas las generaciones pasadas. Los antiguos ya veían el amanecer de una nueva civilización, querida Alexia, y el peligro de las religiones ha sido comprobado después de tantos años de muertes, luchas y conflictos teológicos. Este proyecto es el desprendimiento del hombre de su vanidad, de su ego narcisista, de sus creencias impuestas para dominarlo y de su personalidad egocéntrica; así estará desnudo frente a su auténtico rostro, cada persona recordará en los sueños y frente al espejo al ser eterno que lleva dentro.

Adán y Alexia se miraron.

El Profesor observó hacia los lados de la sala con orgullo.

—Estamos en el gran salón de los espejos, en el tiempo de las revelaciones. Las religiones han alimentado el elitismo espiritual narcisista creando diferentes clases de ser humano: los fanáticos religiosos, los fanáticos de una imagen, los que se apoyan en creencias, los que esperan un salvador, los que olvidaron el poder mágico del amor y del sexo, los que culpan, los que temen, los que critican, los que juzgan y prejuzgan, los que reciben órdenes, los que apuestan todo en manos de un cielo futuro, los que se pasan tratando de ganar la vida a cambio de perder su valioso tiempo terrestre y así sucesivamente... la lista de fallas de programación es extensa.

El Profesor hizo una pausa, caminó hacia un espejo, se giró y los miró a ambos. La imagen reflejada de los tres se proyectaba en incontables formas.

—Ahora mismo iniciaremos la activación del poder espiritual en el corazón y el cerebro de la gente. Las personas tendrán que elegir.

—¿Elegir? —preguntó Alexia, con cierto asombro.

—Así es. No se puede servir a dos señores. Será el reflejo en el espejo de Dios o en el espejo de Narciso.

—¿A qué se refiere, Profesor?

El científico se giró nuevamente hacia los espejos.

—Buscaremos la victoria del gen de Dios en el interior del ADN humano para desactivar, después de muchos siglos, la *Matrix* o, mejor dicho, el ilusorio espejo de Narciso.

Roma, Italia.
En la actualidad

Rachel Z salió corriendo a toda velocidad una vez que le quitaron las sogas que tenía en las muñecas y los tobillos.

Sintió el apoyo de los dos hackers que, a punta de pistola, se habían asegurado que ella y su otra compañera estuvieran dentro de una vieja furgoneta color azul con un cartel en letras blancas, "Arreglos de televisión y electrodomésticos", que ellos habían robado. Hans no daba crédito a semejante sorpresa. Sus dos sicarios muertos en el suelo y él herido. El chirrido de los neumáticos a toda velocidad hizo que la otra parte del equipo de Hans saliera a ver qué pasaba.

—¡Vayan tras ella! ¡Rápido! —Hans Friedrich sentía el veneno de la impotencia corriendo sin freno por su sangre.

Los sicarios estaban sorprendidos.

Tres sicarios fueron tras ellos en un poderoso Mercedes Benz. Dos personas se quedaron con Hans.

—Señor, ¿qué ha pasado? No hemos visto ni escuchado nada.

—¡Se metieron por el subsuelo! Salieron debajo de aquella bodega —Hans señaló hacia uno de los rincones.

Al parecer aquel viejo galpón tenía varias entradas y poseía un almacén subterráneo usado desde épocas antiguas como bodega o refugio en tiempo de batallas.

—Tranquilo que los atraparán. Por suerte, usted está bien.

—¿Bien? ¡No estoy bien! ¡Tenemos que tenerlos aquí ya mismo! ¡Ahhhh! —Hans se quejó de la bala que le había rozado el hombro.

—Déjeme ver.

El sicario comprobó que la bala no había dado en ningún área vital.

Hans se incorporó y sacudió el polvo que su traje había cogido al caer al suelo. Se pasó la mano por los mechones de cabello y recobró la compostura. Se sentía humillado. Su poder había sido puesto a prueba. Mostrarse vulnerable ante un grupo de jóvenes le disparó la ira como la lava de un volcán en erupción. Su rostro germánico normalmente pálido cogió un repentino enrojecimiento.

—¡Que los sigan hasta el fin del mundooo!

—Así se hará señor, cálmese. Ahora necesitamos pensar con claridad.

—Deshágense ya mismo de estos dos cuerpos sin despertar sospechas de los *carabinieri*.

Los fuertes sicarios cogieron los cuerpos de sus compañeros y los subieron a los baúles de los coches como si fuesen pesadas bolsas, dispuestos a enterrarlos a las afueras de la ciudad.

Ariel Lieberman casi no había podido dormir, en parte por la tragedia que estaba viviendo y en parte por la incomodidad del viejo sofá.

Despertó cansado y sin haber resuelto nada en su interior. Luego de haber tomado un jugo de naranja estaba despidiéndose en la puerta del departamento de Andrea.

—No sabes cuánto valoro lo que has hecho por mí.

La chica sonrió.

—Estamos para ayudar.

—De verdad que te recompensaré una vez que esté mejor.

—No tienes que preocuparte. Ahora lo importante es que estés sereno y que elijas lo mejor para ti y para…

La chica iba a decir "tu familia" pero se frenó en seco.

Ariel le sonrió con tristeza en su mirada.

—Además tu buen amigo te seguirá apoyando.

Ariel miró a Dee.

—Sí, él es ahora para mí una columna de apoyo en mi vida.

Se miraron y compartieron una sonrisa marchita. Salieron del apartamento y la chica cerró la puerta. La ciudad desde temprano tenía un movimiento vertiginoso. Olía a café expreso, a pan recién hecho y a dulces.

—¡Un momento! —exclamó la chica cuando llevaban más de diez metros afuera—. Se van a mojar.

Les entregó un viejo paraguas.

—Gracias. Eres muy amable.

—*Arrivederci* —respondió la chica, mientras volvía corriendo a su casa bajo la leve llovizna.

Ariel y Dee caminaron menos de cien metros y entraron a un café, la lluvia se intensificó.

—¿Y ahora qué piensas hacer? —le preguntó Dee.

—No lo sé. Supongo que hablaré a Israel y a Nueva York con los directivos de la empresa y con el rabino de la familia.

Dee lo miró a los ojos.

—¿Pondrás tu decisión en sus manos?

—¿Qué crees que debo hacer?

Ariel estaba vulnerable y confuso.

—Lo primero es ver qué es lo que sientes tomando una decisión u otra. Tú has discutido con tu padre porque tenían puntos de vista diferentes, ¿verdad?

—Ya te lo dije. Él quería que este importante descubrimiento fuese sólo para el pueblo judío. Yo le dije que no estaba de acuerdo, que el mundo seguía sumido en un caos y en guerras por decir que unos eran el pueblo elegido mientras los otros lanzaban bombas matando gente inocente... Creo que el precio es muy caro por sentirse en la primera fila de la película que supuestamente Dios proyecta. Tal como en el cine, todos pueden ver la misma película tanto atrás como delante.

—Si tú eres igualitario hacia toda la especie humana es por tu gran sensibilidad. Te apoyaré en eso. Yo pienso igual que tú.

Allí Dee sintió que los ideales que proponía Rachel Z y todo el equipo con el que trabajaba coincidía con ello. Tener a Ariel de su parte sería el brazo tecnológico que faltaba para aportar soluciones a los problemas de la humanidad.

—¿Te imaginas qué pasaría si el descubrimiento de la empresa de tu padre, ahora en tus manos, estuviese al alcance de todos? ¿Imaginas ese mundo donde todos pudieran sentirse mesías de sí mismos?, ¿donde cada persona gobernara su destino con conciencia y fundamentos espirituales sin dogmas ni conflictos religiosos?

Ariel respiró hondo.

—¿Quieres que te diga la verdad?

—Adelante.

El camarero los interrumpió cuando se acercó hacia su mesa.

—*Due espressos, per favore.*

—*Subito* —replicó el camarero.

Un trueno se escuchó a lo lejos mientras, en el televisor, la gente miraba las últimas noticias.

—No lo puedo imaginar tan bien —dijo Ariel. El mundo ahora está…

—No pienses cómo está ahora sino cómo *estaría* si ordenaras que tu avanzada teo-tecnología fuera puesta en acción.

Ariel trató de imaginar aquello cuando sonó su teléfono.

—*Pronto.*

—Ariel, buenos días —dijo el obispo Scheffer—. ¿Cómo estás?

Ariel Lieberman respiró con fastidio.

—Recuperándome del impacto, si es que alguien puede recuperarse de algo así.

—Lo harás, lo harás. Eres un hombre con un alma poderosa, Ariel. Quisiera ayudarte y que podamos reunirnos para hablar.

—La verdad, obispo Scheffer, es que no estoy de ánimo para hablar.

—Entiendo, pero hay muchos temas que tenemos que dejar cerrados. Ariel, tú sabes que tu padre y yo teníamos muchos importantes proyectos y deberíamos discutir de qué manera continúan.

—No puedo pensar en negocios ni en política. ¿A qué se refiere? ¿No podemos hablarlo por teléfono?

—Esto es mejor personalmente. Los muros tienen ojos y oídos. No te quitaré mucho tiempo. ¿Puedes venir al Vaticano o prefieres otro sitio?

Ariel soltó otro suspiro de agobio.

—No lo sé, no creo poder regresar al Vaticano después de lo que ocurrió con ese extraño personaje. Por cierto, ¿cómo se ha liberado? ¿Lo apresó la Guardia Suiza?

—Ya te contaré, hijo. Debemos reunirnos. Ven en una hora y dejamos todas las cosas claras. Ahora incluso en el estado en que estás corres peligro.

—¿Peligro?

—Eres el heredero de un imperio. Debes tener custodia y asesoramiento. Muchas responsabilidades recaerán sobre ti. Déjame ayudarte —el obispo trató de fingir un tono de voz amigable.

—De acuerdo.

Ariel colgó y miró a Dee a los ojos.

—Esto se complica cada vez más.

El Papa recién había terminado de orar cuando su secretario privado, Genaro Montefiore, entró a coordinar la agenda del día.

—*Buongiorno*, Su Santidad.

—*Buongiorno*, Genaro.

—Espero que haya descansado. Hoy tendrá un día ajetreado.

El Papa se sentó en una silla de terciopelo rojo frente a su escritorio. El secretario hizo lo mismo en una pequeña silla contigua con ornamentos simbólicos, al tiempo que sacó su bolígrafo y su agenda.

—¿Cómo están hoy los horarios?

—Su agenda comienza con una llamada confidencial prioritaria, en treinta minutos, que fue solicitada con carácter urgente anoche por el ex secretario de estado de Israel, junto al secretario general de la ONU y el presidente de los Estados Unidos.

—Lo suponía. La situación está desbordada.

—Posteriormente, Su Santidad se dirigirá a los fieles en la plaza de San Pedro con un discurso televisado a nivel mundial. El objetivo es que brinde tranquilidad al mundo entero —el secretario le pasó varias hojas del discurso que había sido previamente elaborado por el C9.

El Papa sintió que le quemaban las manos. Por un lado, sabía que todavía no era el momento de anunciar los descubrimientos, por el otro la presión gubernamental de la iglesia, sumada ahora a la llamada con los altos líderes mundiales, generaba un peso en su moral y su alma, como si tuviese incrustada la espada de Damocles.

"El sueño fue real. El ángel me pidió que lo divulgue".

El secretario notó al Papa sumido en sus pensamientos.

—Su Santidad, lo dejo solo para que se prepare para la llamada múltiple. Será desde su teléfono.

El secretario señaló un aparato blanco sobre el escritorio a la derecha del Papa.

—Gracias Genaro.

El secretario hizo una reverencia con su cabeza y se marchó.

Al cerrar la puerta la mente del Papa se abrió de par en par, buscando pensar con claridad.

El teléfono sonó y el Papa escuchó la voz de un secretario.

—Su Santidad, los tres asistentes a la llamada están listos. ¿Puede usted comenzar?

El Papa respiró profundo.

—Adelante.

Dicho esto, el secretario cerró su línea y abrió la de los cuatro líderes.

—Buenos días a todos —dijo el Papa—. Espero que estén bien y que podamos establecer un diálogo constructivo.

—Buenos días —respondió el secretario de la ONU—. Me gustaría comenzar diciendo que en este momento de gran sufrimiento y alarma alrededor del mundo, con los temas que nos competen, debemos tomar medidas inmediatas a partir de esta llamada y ejecutar soluciones.

—Comience usted, señor secretario.

—Gracias. Como todos sabemos, la cancelación del simposio que estaba previsto ha sumado una gota de tinta negra más en nuestros proyectos conjuntos. Sumado a la creciente desaparición de niños y niñas, además de la tensión en Medio Oriente, vivimos en una situación que en las Naciones Unidas hemos catalogado de alarmante y peligrosa para nuestros intereses. Mi intención es que ustedes como líderes puedan dar a conocer las nuevas medidas.

El secretario de Israel intervino.

—Estoy de acuerdo. Y debe ser con mano dura porque nuestra nación ha pagado un precio muy caro enviando al simposio a nuestro poderoso grupo de científicos involucrados en el plan. Una vez más, somos víctimas de un atentado. Toda la familia, menos el hijo, pereció a manos de los terroristas. Nosotros estamos decididos a lanzar con urgencia las medidas. Ya no podemos esperar más.

—Quiero dejar claro que el interés de nuestro país —replicó el presidente de Estados Unidos— es rematar a las sectas de grupos terroristas. Nosotros no estamos peleando con el verdadero islam, sino con los rebeldes que suponen una grave amenaza para la paz y la seguridad mundial.

El Papa escuchaba atentamente. Escribió dos renglones de notas.

—La estrategia de estos extremistas —agregó el presidente— está diseñada para polarizar y aterrorizar, provocar y dividir a la gente. Para hacerles frente necesitamos tener la cabeza fría, sentido común. No podemos permitir que avancen, creo que para frenar el extremismo es crucial ganar la batalla en las mentes de las nuevas generaciones y todo comienza en las escuelas. Allí tenemos que poner el énfasis. De los mayores se ocupará Su Santidad.

Todos ellos sabían que uno de los objetivos apuntaba, tal como la palabra *"government* lo indicaba", a la unión de las palabras en inglés "govern" gobierno y "ment" mente y, para ello, debían poseer las armas para obtener el gobierno de la mente de las personas, o sea gobernar la materia prima de las mentes, las creencias y los pensamientos.

La cruzada era fuerte debido a que en Estados Unidos había una libertad de expresión en la que casi en cada esquina convivían diferentes iglesias, ministros, mezquitas y sinagogas.

—El simposio ha sido frenado porque los fundamentalistas no quieren una globalización de la religión y la creación de una autoridad política mundial que controle la espiritualidad del mundo. Le temen. La ira es la consecuencia del miedo. Actuaremos con mano dura con los extremistas —sentenció el presidente.

—Cuando el Papa y yo nos reunimos —dijo el ex secretario de Israel— para proponer la formación de una nueva Organización de Religiones Unidas, una ONU de las religiones, habíamos quedado en alejar a los fundamentalistas islámicos. Pero sabemos que varias organizaciones comenzaron a fusionar el cristianismo y el islam creando varias iglesias llamadas "CrisLam". Esto es contrario a nuestro proyecto.

—Tengo conocimiento de ello —respondió el Papa—, pero tal iniciativa no tiene ninguna relación con la iglesia. Se trata de una pequeña minoría sin escrúpulos.

—Con o sin escrúpulos, no debemos dejar que la tierra se junte en nuestras alfombras —replicó el israelí.

—Estoy de acuerdo —remató el secretario de la ONU.

—Es inminente el lanzamiento activo de la organización —prosiguió el líder israelí— para ejercer una autoridad incuestionable que nos permita proclamar "qué es lo que Dios quiere y qué es lo que no quiere".

—Tenemos la causa puesta en la mesa —agregó el presidente de Estados Unidos—, será una alianza con el objetivo de combatir el extremismo religioso.

El ex secretario de Israel volvió a tomar la palabra.

—Sabemos que 84 por ciento de la población mundial tiene una fe de algún tipo, por lo tanto, incluso los ateos, necesitamos hacernos con la mayoría, establecer los… mmm, digamos, nuevos mandamientos.

Entre las religiones cristiana, musulmana, hindú y budista había algo más de cinco mil trescientos millones de personas, de los siete mil millones de habitantes en el mundo. Controlar la mente religiosa equivalía a controlar el mundo.

—Los únicos que están fuera de nuestro control —sentenció el israelí con un dejo de preocupación en su tono de voz— son las logias del Priorato de Sión, el frente Masónico y la Orden del Temple. Ellos siguen aún tras las pistas perdidas.

Se escuchó cómo el presidente comenzó a toser.

—Aunque lo que más me preocupa son los llamados "espirituales sin religión" —remarcó el israelí—, ellos poco a poco aumentan. Estos grupos de individuos pueden conectarse directamente con un estado de conciencia más alto. Aunque aún son minoría, no podemos dejar que eso crezca. Son rebeldes a las creencias, practican meditación y eso escapa a nuestros controles.

—Tiene razón. Tampoco debemos olvidar los nuevos niños —agregó el presidente—. Nuestros servicios de inteligencia están casi seguros de que son niños que vienen con otro código genético. Nosotros, por ese medio, aplicaremos medidas más rígidas en los colegios para adoctrinarlos y que no sean un problema en el futuro.

Los mandatarios también estaban alarmados debido a que necesitaban establecer la figura de un único nuevo líder, un mesías que englobara a todos debido a que sabían que cuando el tiempo pase la gente se preguntaría por qué no venía de una vez el *Meshiá* judío si llevaban más de cinco mil años esperando o el regreso de Jesús con más de dos milenios de espera.

Se produjo un silencio tenso.

Los mandatarios no habían escuchado al Papa.

—¿Qué piensa Su Santidad? —preguntó el secretario de la ONU.

—Señores, el asunto es el más difícil hasta el momento en mi mandato como Papa, estamos tratando ni más ni menos que "del futuro de Dios" —aquellas poderosas palabras impactaron en la mente de los cuatro líderes—. Saben de antemano que estoy de acuerdo con seguir un modelo similar al de la globalización económica, política y comercial, extendido al campo de la religión. Debemos reponernos de la cancelación del simposio y unir nuevamente las fuerzas de todos los invitados que quedan aún en Roma. Apoyar a todas las personas poderosas de las élites mundiales que han venido al Vaticano, que busquen el control hegemónico sobre las creencias espirituales del mundo para influir a las religiones y a sus seguidores a través de una autoridad central. Necesitamos decidir quién será esa autoridad mundial, yo casi ya tengo ochenta años, tiene que ser alguien con futuro y que sienta las bases de los nuevos ideales.

Al Papa inmediatamente le vinieron las palabras del ángel.

El regreso de Cristo será como un perfume esparcido entre muchos.

El Sumo Pontífice sintió la encrucijada, la hora de decidirse por cuál de los lados. Salirse de aquel pacto era algo difícil, los líderes más fuertes del mundo estaban allí dentro. Por el otro, las fuerzas sobrenaturales que lo habían sorprendido le hacían ver la otra cara de la moneda.

El Papa se preguntó a sí mismo:

¿Eran realmente nobles las intenciones de los impulsores de esta idea? Un examen más detallado del asunto sugería que dentro de aquel proyecto se escondían elementos altamente sospechosos, que formaban parte de una agenda mucho más amplia. ¿Sería la mejor manera de combatir a estos terroristas que seguían matando en nombre de la fe? Había muchos cabos sueltos que el Papa sabía y consideraba incompatibles, no era lógico que Israel siguiese vendiendo armamento —menos las armas nucleares— incluso a sus enemigos.

El Papa tampoco había sido visto con buenos ojos por los mandatarios israelíes ni por el grupo de la oposición dentro del Vaticano, no les gustó que calificara al presidente palestino de "ángel de paz" ni que lo recibiera en la Santa Sede, donde los dos líderes hicieron un llamado para combatir el terrorismo y favorecer el diálogo interreligioso.

Si bien no se habían dado detalles de aquella conversación, un comunicado difundido por el vocero de la Santa Sede afirmó que el Papa y el presidente palestino conversaron sobre el proceso de paz con Israel bloqueado, deseando ambos que se produjeran negociaciones directas entre las dos partes, con el fin de encontrar una solución justa y duradera para el conflicto. Aquel año había recibido a un enorme grupo de gente palestina que viajó a Roma con motivo de una doble canonización de santas provenientes de territorios palestinos y de Jordania.

—Es mejor que evite las reuniones con gente palestina —remarcó el mandatario israelí—. Después del reciente atentado a manos del terrorismo islámico no es bueno tener ningún contacto.

—Con todo respeto —respondió el Papa con voz firme—, el terrorismo religioso islámico, como el israelí, no tienen nada que ver con los verdaderos ideales de paz de las religiones. Son los fanáticos que no entienden el mensaje de los maestros los que actúan con violencia.

—Eso lo sabemos nosotros y una minoría, Su Santidad —reviró el israelí—, pero la masa mete todo en una misma bolsa.

—Pagan justos por pecadores —respondió con voz baja el Papa.

El presidente intervino para rematar aquella idea.

—En el pasado, la mayoría de las guerras fueron motivadas por la idea de nación y patriotismo —argumentó el presidente—. Hoy, en cambio, las guerras se desatan sobre todo con la excusa de la religión.

—Así es. Nuestra iniciativa de crear la Organización de Religiones Unidas —agregó con ímpetu el secretario de la ONU— debe estar construida con o sin simposio, y debe ser de arriba hacia abajo, que concentre en sí mucho más poder y autoridad de forma centralizada.

—Por ahora, sugiero que debería ser el Papa el líder de la organización —replicó el líder israelí—, hasta que busquemos un sucesor, porque en estos momentos es el único líder religioso que se respeta verdaderamente.

El presidente trató de apoyar aquella moción.

—Lo apoyaremos para cambiar la política de los gobiernos: debemos empezar a tratar el extremismo como un tema tanto religioso como político; atacar la raíz del asunto del extremismo, que promulga una falsa visión de la religión. Es el mejor momento para comenzar a tener el poder absoluto en términos religioso-políticos. El objetivo será que se convierta en un punto importante en la agenda de los líderes mundiales, para que colaboren eficazmente para combatir este problema.

—Ésta es una lucha que lleva siglos —replicó el secretario de la ONU—. Ejecutemos un nuevo código de mandamientos o, mejor dicho, normativas religiosas pactadas en conjunto.

—Tenemos que actuar con una propaganda eficaz y extrema cautela. Promover que el extremismo religioso es la causa fundamental de los conflictos globales actuales permitirá el nacimiento de una autoridad política mundial, que debe ejercer control sobre todas las religiones —subrayó el presidente.

—Nosotros tendremos bajo perfil —agregó el ex secretario israelí—. Y debemos frenar esa ola de información que está corriendo por los medios y que involucra algunas de nuestras operaciones.

El líder hebreo se refería a los documentos que el grupo de hackers de Rachel Z había enviado a los medios. Lo dejaban en entredicho y abrían las brechas sombrías de su pasado turbio repleto de puntos oscuros, entre los que se podría incluir el estar asociado con crímenes de guerra, actuar como un importante arquitecto del programa secreto de armas nucleares y la posesión de un arsenal de destrucción masiva no revelado.

—Usted ahora es la persona indicada, Su Santidad. Si convocamos al mundo para una globalización religiosa que promoverá la paz mundial, nosotros no debemos figurar.

—¿Entonces iniciamos una PRS? —preguntó el secretario de la ONU.

El mandatario se refería a la fórmula que llamaban "Problema, Reacción, Solución", la cual describe un proceso en el que los mismos gobernantes crean un problema; provoca una reacción del público que exige que se haga algo al respecto y eso permite a los gobernantes imponer su "solución" prediseñada, para resolver lo que ellos mismos han creado sin que la gente se entere.

—Apoyo la moción —dijo el presidente.

—Yo también. Es hora de actuar —agregó el israelí.

La tapadera de la guerra contra el terrorismo permitía mantener encendido el fuego del extremismo, que sostiene la maquinaria económica. Esto justificaba el gasto militar continuo, las intervenciones extranjeras, la reducción de las libertades civiles en el frente interno y el control sobre la población.

—Señores, para finalizar —terció el secretario de la ONU—, generaremos una unificación política y económica global a través de este acuerdo religioso. Les haré llegar entonces la agenda global que vamos a crear según lo expuesto en este concilio, hacia la única religión en busca de la paz aunque sea mediante la guerra contra el terrorismo en beneficio del Nuevo Orden Mundial.

—Celebro el nacimiento de la nueva autoridad religiosa a nivel global —dijo el israelí.

—Manos a la obra —cerró el secretario de la ONU.

—Entonces estaremos en contacto. Buenos días, señores. Debo atender el inicio de nuestro acuerdo y otros asuntos —se despidió el presidente de los Estados Unidos.

Se escuchó el click de todos los teléfonos.

El Papa se quedó con el teléfono en la mano, pensativo y preocupado. Observó las nubes oscuras tras los amplios ventanales.

* * *

A más de quinientos metros, en otra ala del poderoso edificio del Vaticano, el obispo Martin Scheffer estaba hablando por teléfono desde su oficina.

La voz del interlocutor del otro lado de la línea se escuchó áspera y firme.

—Obispo Scheffer, el plan está en marcha.

Hubo una pausa y los ojos del obispo brillaron de ambición.

—Excelente. ¿Eso significa que es hora de ejecutar la obra?

—Correcto.

—¿Está todo previsto?

—Así es. Tal como hemos organizado previamente, al fin tenemos el aval.

94
A las afueras de Roma, Italia.
En la actualidad

El Profesor Garder había hablado con varios de los integrantes de su equipo quienes imprimieron una mayor actividad a las avanzadas computadoras.

Se giró hacia Adán y Alexia.

—¿Están listos para pasar por los espejos?

—A eso hemos venido Profesor, es nuestra misión.

—¿Con qué nos encontraremos primero? —preguntó Alexia.

—Ni más ni menos que con vuestro yo futuro, querida Alexia. Desde allí ustedes pondrán en marcha los portales de cuarzo para que los espejos que se encuentran en cada sitio de la faz de la Tierra se puedan activar. Y nosotros desde aquí potenciaremos el magnetismo a través de las computadoras. Esto está basado en los principios que legó Nikola Tesla.

El Profesor Garder se refería al científico de origen serbio quien fue un revolucionario ingeniero electricista y físico, el promotor más importante del nacimiento de la electricidad. Se le conoce, sobre todo, por sus numerosas e innovadoras invenciones en el campo del electromagnetismo, desarrolladas a finales del siglo XIX y principios del siglo XX. Las patentes de Tesla y su trabajo teórico formaron las bases de los sistemas modernos de potencia eléctrica por corriente alterna, incluyendo el sistema polifásico de distribución eléctrica y el motor de corriente alterna, que tanto contribuyeron al nacimiento de la Segunda Revolución Industrial. Con ello había inventado la corriente, la radio y muchos otros hallazgos que transformaron los años venideros.

—¿Los espejos tienen relación con el electromagnetismo? —preguntó Alexia.

—Sí. Tesla además de científico era un místico como Einstein. Los espejos activados además de proyectar la imagen pueden proyectar al individuo más allá del tiempo. Al mirar el espejo durante más de diez minutos el rostro comienza a cambiar. Mi trabajo de investigación con mi equipo —añadió— es el aporte para que pronto lo vean en acción. Al activar desde aquí, se activarán todos los espejos del mundo, tal como cualquier elemento de una misma índole se comunica. Así funciona la energía y el magnetismo en cualquier principio de vida desde una colonia de delfines, aves, árboles, toda la tecnología inhalámbrica, las ondas de radio, el wifi, el bluetooth...

—O los cuarzos —agregó Adán, tocando el talismán de cuarzo blanco que colgaba de su pecho—. La comunicación por la misma frecuencia a la que pertenecen. Es un principio de la Ley de Sheldrake, los iguales se atraen.

En ese momento Alexia recibió una llamada. Tomó su teléfono y vio la pantalla.

—Es Evangelina.

Alexia miró al Profesor.

—Responde.

Activó el manos libres para que todos pudieran escuchar.

—Hola Evangelina. ¿Qué ha pasado?

—Estábamos saliendo con Philippe cuando recibimos un mensaje sobre Victoria —la voz de Evangelina sonaba preocupada.

—¿Un mensaje?

—Sí. Ellos dijeron lo siguiente: "Hoy a las 11:11 de la noche haremos el intercambio. Será en la galería del museo Borghese".

Adán frunció el ceño, pensativo.

—¿Eso es todo? ¿No dijeron algo más?

—Sí —respondió Evangelina—. Antes de colgar dijeron *"Et in Arcadia ego"*.

Hubo un silencio.

—¿*Et in Arcadia ego*? —repitió Adán.

—Eso mismo. ¿Sabes qué significa? Philippe me dijo que es un anagrama del Priorato.

Adán buscó información en su memoria.

—*Et in Arcadia ego* se menciona como la supuesta divisa oficial tanto de la familia Plantard como del Priorato de Sión. La frase en latín aparece inscrita en una tumba dibujada en un cuadro de alrededor de 1638.

—¿Te refieres a *Los pastores de Arcadia*? —agregó Alexia.

—Así es.

Hacían referencia a la famosa obra del pintor francés Nicolas Poussin, en la que tres pastores de la Antigüedad se hallaban inclinados sobre una tumba y a su lado aparecía una enigmática mujer.

—¿Pero, exactamente qué significa?

—Literalmente quiere decir "Y yo en Arcadia".

—No le encuentro sentido —replicó Evangelina.

—Desde hace siglos Arcadia fue para las sociedades secretas un idílico lugar imaginario donde reinaban el éxtasis místico y la alegría —Adán inhaló profundo—. Sin embargo, según esta leyenda, existe un borrón añadido que no estaba en el cuadro original de Poussin, el cual sugiere que falta una palabra.

—¿Una palabra?

—Sí. En los pasillos esotéricos del mundo del arte se ha especulado que la frase completa es *Et in Arcadia ego sum*, la cual… mmm, cambiando de lugar las palabras sería un anagrama de *Arcam dei tango Iesu*.

—Eso, eso ¿qué significa?

Adán hizo una pausa.

—Traducido quiere decir: "He tocado la tumba de Jesús".

—¡Dios mío! —exclamó Evangelina.

El Profesor intervino:

—He escuchado esa historia en las reuniones intelectuales de Francia. Esto implicaría que la tumba contendría el osario de Jesús de Nazaret. Una impresionante teoría, hipotética aún, claro está, pero impresionante.

—Nada está claro, lo único que sabemos es que Philippe tiene que estar en la Galleria Borghese a esa hora.

—¿Por qué habrían de citarlo allí? —preguntó Alexia.

La Galleria Borghese era uno de los museos de visita obligada en Roma. Contenía la extraordinaria colección de obras de arte reunida por el cardenal Scipione Borghese, quien vivió hacia el año 1600, y otros miembros de esa poderosa familia a lo largo de tres siglos. El museo poseía obras universalmente conocidas de los mejores artistas del renacimiento y del barroco: Caravaggio, Rafael, Tiziano, Bernini, Rubens, Domenichino y otros grandes maestros. El museo se encontraba ubicado en el parque de Villa Borghese, era el segundo en extensión de Roma.

—Si mal no recuerdo, el cuadro está en el Louvre de París. ¿Qué piensa, Profesor? —preguntó Adán.

—Sí. La he visto anteriormente en mis visitas al Louvre.

Hubo un silencio.

El Profesor se dirigió rápidamente hacia una de las computadoras y colocó en el buscador de Google, "Pastores de Arcadia" "Colección".

Inmediatamente aparecieron varias páginas y la fotografía del cuadro.

El buscador le reveló más de cien mil enlaces. Los más recientes decían: "Obras del pintor Poussin serán expuestas durante dos meses en Roma." "La Galleria Borghese recibe el genio de Poussin por primera vez."

—Al parecer, actualmente el cuadro está en exposición en Roma.

—¡No puede ser! —exclamó Evangelina, que sintió que se iban acomodando las piezas del rompecabezas.

—¿Dónde está Philippe, Evangelina? ¿Qué sabe al respecto? —preguntó Adán.

—Ha estado muy callado y extrañamente tranquilo. Luego de lo que vivió en el quirófano es una persona diferente. Indudablemente el priorato necesita de los textos heredados que posee Philippe para corroborar la hipótesis de su teoría sobre Jesús y Magdalena.

—¿Qué van a hacer? ¿Hablaron con la policía?

—Me ha dicho que irá solo al museo esta noche, como le han pedido. Le advirtieron que si iba con alguien se olvidase de su hija. Él ya no puede estar sin Victoria.

—¿Profesor, qué piensa? —preguntó Adán.

Hubo una pausa.

—Tanto tú como Alexia tienen ahora un trabajo importante que realizar. Por lo que me dijeron creo que ya es tiempo de que Philippe Sinclair arregle sus acuerdos. Al parecer los descendientes de las familias Sinclair y Plantard tendrán que encontrarse cara a cara para arreglar el pasado. Nosotros estamos aquí para crear un nuevo futuro.

—Tiene razón. Adán, ya no hace falta que se tomen más tiempo en nosotros. Tú y Alexia nos han ayudado mucho. Ahora depende de Philippe entregar lo que piden y recuperar a Victoria. Por cierto, no he podido entregártelo personalmente Adán, pero les he enviado con un mensajero de gran confianza un paquete que contiene algo muy valioso. Estén atentos porque llegará de un momento a otro. En vuestras manos estará mejor que en las mías. Avísenme cuando lo hayan recibido. Los mantendré informados de lo que pase con nosotros.

—¿Un paquete? Pero podemos… —Alexia quiso hablar cuando Evangelina ya había colgado.

El Papa se recostó un momento porque sintió que todo le daba vueltas en su habitación.

Su cabeza estaba congestionada con tantas cosas a resolver.

Se volvió a incorporar, caminó unos pasos con dificultad para sentarse en la silla tras el escritorio, cogió el teléfono e hizo una llamada.

Del otro lado, el obispo Scheffer tenía su teléfono en la mano sonando.

—Es el Papa —le dijo Scheffer al obispo Wilson.

—No atienda. Nuestros enviados ya deben de haber actuado. No debería durar tanto.

—¿Y si es su secretario para informarnos de que algo le sucedió?

—Primero llamarían al C9, no a nosotros.

El obispo Scheffer sintió curiosidad. ¿Qué estaría pasando?

—Si atiendo no despertaremos sospechas.

—No —le dijo el obispo Wilson colocándole la mano en la muñeca de Scheffer—. Dejemos que las cosas tomen el curso que diseñamos.

Los tres obispos más el cardenal Ottmar Baal habían diseñado un plan.

—Tenemos que esperar que todo salga a la perfección.

—¿Se comunicó con su hermano? —le preguntó el obispo Wilson.

—Ya he pensado en eso también. He enviado un grupo de *carabinieri* tras su pista. No podemos dejar que avance ningún grupo que tenga una tecnología que tire por tierra nuestra cruzada.

La llamada dejó de sonar.

Del otro lado, el teléfono cayó de las manos del Papa y el cuerpo de Sumo Pontífice se desvaneció sobre el suelo.

Roma, Italia.
En la actualidad

Rachel Z había recibido horas atrás el llamado de Evangelina Calvet y la orden de llevar un importante paquete y entregarlo en mano a Adán Roussos en las afueras de Roma.

Habían coordinado rápidamente un plan de urgencia porque las cosas no estaban saliendo del todo como ellos querían.

El coche era conducido por el mismo ayudante que liberó a Rachel Z de las manos de su padre. Delante iba otro joven y detrás Rachel Z con su amiga. La tarde iba cayendo cuando los cuatro hackers se dirigían por el camino de tierra a bastante velocidad, a pesar de que la lluvia seguía con la misma intensidad. El GPS del coche marcaba que faltaban quince minutos para llegar.

—¿Qué se supone que haremos aquí? —preguntó el conductor a Rachel Z.

—Entregar el paquete.

—¿Qué hay dentro?

—No lo sé.

—¿Transportamos algo sin saber que és? Con las cosas que están pasando deberíamos ser extremadamente cautos.

—No discuto las decisiones de "La jefa". Ella sabe lo que hace y yo también —respondió Rachel Z.

El joven hacker quedó en silencio.

—¿Cómo sigue tu mano? —le preguntó Rachel Z a la chica.

—Mejor. Ya no me duele.

—Cabrones —dijo el chico que conducía—. Los tomamos por sorpresa.

—¿Cómo supieron dónde estábamos?

—Por el GPS global que compartimos. Y además, Dee mandó la alerta a todos.

—¿Dónde están los demás miembros? —preguntó la chica.

—Ocultos en Roma. Están coordinando lo que está pasando con todo el material que hemos enviado a los medios de comunicación. Por el último mensaje que me enviaron, las noticias están al rojo vivo con los videos y la información clasificada. Dicen que desde Wikileaks nadie había sacado tantos trapos sucios —afirmó Rachel Z.

—Tiempo de revelaciones —susurró el chico.

El coche se iba perdiendo entre el bosque y las montañas. Las nubes negras dejaron entrever en el lejano horizonte un cielo morado y gris. En lo alto, la imagen del castillo se vio nublada por la cortina de agua.

—Allí debe ser —dijo el chico que iba en el asiento del acompañante.

—Bajaré yo sola —dijo Rachel Z—. Espérenme aquí. Si en diez minutos no llamo para confirmar que todo está bien, vengan.

—De acuerdo.

El chico que conducía se bajó del auto y fue hasta la cajuela del coche. La abrió y extrajo una caja un poco más grande que una caja de zapatos. Estaba envuelta cuidadosamente. Rachel Z abrió la puerta cuando lo vio. El chico sacó un paraguas y se lo dio.

—¿Quieres que te acompañe?

—Está bien. Iremos nosotros dos. Ustedes estén atentos.

Los otros dos tomaron el coche y lo estacionaron bajo un árbol mientras Rachel Z y su compañero se dirigieron hacia el castillo.

Las cosas estaban saliendo tal como el obispo Scheffer y sus aliados ocultos querían, los hechos escritos con la tinta de una mano maquiavélica.

Por un lado, el Papa estaría convaleciente varios días, fuera de juego debido al brebaje que pusieron en su comida. A los ochenta años necesitaría recuperarse y eso le obligaba a cancelar el discurso y las importantes reuniones que tenía. Eso les daba tiempo para tomar nuevas medidas. Además, así el obispo Scheffer detenía cualquier nuevo contacto entre el Papa y Mateo Toscanini, a quien la Guardia Suiza seguía buscando por cielo y tierra por expreso pedido de él.

La puerta que Scheffer necesitaba cerrar, luego de la muerte de Isaac Lieberman, era con su hijo Ariel para sellar y continuar los acuerdos que tenía con su padre. El obispo e Isaac Lieberman tenían entre manos el objetivo de implantar genéticamente la teo-tecnología al servicio de sus intereses.

Había pasado más de una hora del mediodía.

Ariel Lieberman se dirigió rumbo al Vaticano para la reunión con Martin Scheffer, como habían acordado. Se había ido a escondidas de Dee, quien le advirtió que no fuera. A Ariel no le hacía gracia reunirse con Scheffer, pero sabía que era necesario ya que estaba al corriente de la importante fusión que su padre y él habían realizado, necesitaba dejar eso zanjado antes de reunirse con los empresarios de Israel y Nueva York.

La puerta del despacho del obispo recibió el golpe de alguien que anunciaba su presencia.

—Adelante —gritó el obispo mientras se ponía de pie.

La puerta se abrió y un secretario acompañaba a Ariel.

—Hijo —le dijo el obispo de inmediato—, lamento verte en estas circunstancias. Te acompaño en el sentimiento. Lamento mucho lo que pasó a tu familia. Créeme que te ayudaré en todo lo que esté a mi alcance.

—Gracias —respondió Ariel como mera formalidad—. Las cosas están así y tengo que afrontarlo.

—Valor. Valor, hijo mío. Es lo que distingue a los líderes —el obispo rodeó el hombro de Ariel con su mano derecha.

Ariel quería cambiar de tema.

—Por favor, ¿tiene agua natural?

—Claro que sí, faltaba más.

El obispo le hizo seña con la cabeza a su secretario para que se fuera y caminó para abrir él mismo una botella de Perrier que tomó de la mesa de alimentos al lado de su escritorio.

—Siéntate.

Ariel se sentó en un sofá de terciopelo. El obispo se quedó de pie.

—Me alegro de que estés mejor.

—He venido para saber qué haremos con el acuerdo que mi padre tenía firmado con usted.

—Ése es justamente el motivo de nuestra reunión.

Ariel bebió de un sorbo el agua.

—¿Cuál será tu posición? ¿Seguirás los lineamientos que tenía tu padre o…?

—Creo que en ese asunto, mi padre y yo teníamos puntos de vista diferentes. No veo por qué la patente de tal descubrimiento debería beneficiar a unos y no a todo el mundo.

—Querido Ariel —respondió el obispo con una forzada voz paciente—, el mundo necesita que la gente buena tome los beneficios primero. No podemos entregar tal descubrimiento y ponerlo en práctica con todos, eso sería…

Ariel le interrumpió.

—¿Quién determina quién es bueno y quién es malo? Esa manipulación ha sido causa de graves consecuencias en la historia de la humanidad. Lo que es bueno para unos puede no ser bueno para otros.

—Estoy de acuerdo —mintió el obispo—, pero los buenos siempre son los que hacen las cosas buenas a los ojos de Dios.

—Las cosas buenas, las cosas buenas… —repitió Ariel con cierta ironía—. Los ojos de Dios son los mismos y únicos a pesar de que los hombres los vean a través de diferentes miradas religiosas.

—Entiendo cómo te sientes en estos momentos. Quizás tu juicio está nublado por el dolor y la impotencia de haber perdido a tu familia entera. Pero la gente buena es ahora tu familia. El legado que tu padre dejó te hará responsable de un avance que posibilitará la conexión con la puerta de los misterios, con la posibilidad de desvelar el secreto de Dios.

El obispo sabía que si se hacía con la teo-tecnología que poseía la empresa de Lieberman, además de los textos que había hallado, quitando del medio al Papa y subiendo a Ottmar Baal como nuevo pontífice, tendría el mundo a sus pies.

Ariel percibió la ambición oculta del obispo.

—¿Dime qué quieres hacer y lo haremos? —Scheffer jugó la carta del sumiso para que Ariel sintiese que tenía el poder.

—Por el momento, mi posición será revelar el descubrimiento a todo el mundo y no a una parte elegida. No creo que el pueblo llamado a sí mismo "el elegido" sea el único beneficiado. Además, no entiendo usted como católico cómo se ha fusionado con mi padre y el pueblo hebreo.

—Hijo, Nuestro Señor era judío. No lo olvides —replicó el obispo con voz irónica.

Ariel hizo una pausa.

—Donde hay soberbia hay ignorancia y donde hay humildad, habrá sabiduría.

—Una cita de san Agustín en la boca de un hebreo.

—Se equivoca. Lo dijo el rey judío Salomón, novecientos años antes de Cristo, señor obispo.

—Puntos de vista similares con san Agustín. ¿Lo ves, hijo? A eso me refiero, a interactuar filosofías.

Ariel permaneció en silencio. El obispo fue hacia el mini bar. Sirvió dos copas de jugo de piña.

—Te has bebido toda el agua. Bebe este jugo, es mejor para calmar la sed.

Ariel cogió la copa y bebió un buen sorbo.

—Como te iba diciendo, Jesucristo fue el hijo elegido como representante de Dios y del pueblo judío. Las cosas han cambiado mucho desde aquellos tiempos. Mi alianza con tu padre representa el nuevo ideal de fusionar las creencias en una sola y poder al fin darle al mundo un nuevo enviado. El *Meshiá* esperado.

Los ojos de Ariel proyectaron una mirada de desconfianza.

—Activar el ADN por medio de la tecnología para que las personas despierten me parece un poderoso adelanto, en eso estoy de acuerdo. Lo que no acepto es que se elija a dedo y de manera proselitista a quién sí y quién no. Mi posición es firme. Después de perder a mi familia, quiero terminar con las estúpidas guerras religiosas, beneficiaremos de una vez a todos o a nadie.

Hubo una pausa. La mente del obispo se movía con la velocidad de una liebre y el sigilo de una serpiente.

—Entiendo. Tienes que verlo como un primer intento. Si conseguimos la patente oficial, en realidad sería una prueba piloto. ¿Estarías en contra de eso? —el obispo trataba de ser diplomático y ocultar su malestar. Se giró y le dio la espalda.

Ariel tocó su estómago. Sintió una punzada en el abdomen.

—No habrá acuerdo de esa manera. Repito, para todos o para nadie.

El obispo se giró. Observó la cara de Ariel, quien hizo una mueca de malestar. Al verlo decidido, el obispo contraatacó.

—Me temo, Ariel, que entonces no verás ninguna de las dos cosas. Los años y la astucia me han hecho conocer a las personas. Tu obstinación te ha hecho pagar un precio muy alto. Es una pena que no hayas manejado bien la levadura de este negocio.

Ariel percibió un tono de voz del obispo totalmente distinto. De pronto, como agua que comienza a hervir, sintió un extraño calor que inició su recorrido por su sistema linfático, su sangre estaba más caliente de lo normal. Se aflojó la camisa. Le faltaba el aire. Comenzó a sudar, se incorporó dando dos pasos desesperados hacia el obispo mientras éste retrocedió como un sagaz predador.

El cuerpo envenenado de Ariel Lieberman cayó al suelo, se retorció llevando las manos a la garganta, su mirada se nubló tal como se empañan los espejos con la humedad y, en menos de dos minutos, abandonó la vida en el planeta Tierra. Muy pronto el alma de Ariel iniciaría el viaje para encontrarse con su familia en el otro mundo.

En el último momento de lucidez se arrepintió de no haber escuchado las advertencias que le hizo su amigo Dee Reyes respecto al obispo, resultaron ser mortales.

—Los tiempos cambian pero el veneno es el mismo —susurró el obispo, desde lo alto y con expresión cínica, al joven postrado a sus pies.

Al morir Isaac Lieberman y su único hijo, por los acuerdos firmados, el obispo Scheffer pasaba a ser el único representante legal y apoderado de la empresa.

El clima dentro del laboratorio era de máxima concentración. Todo el equipo del Profesor estaba ultimando detalles para la activación de los espejos. Los científicos ocupaban los puestos en sus computadoras, otros caminaban hacia los archivos para que todo estuviese preparado.

El Profesor Garder se acercó a Adán y Alexia.

—Llegó la hora de la verdad.

—Adelante.

—Antes debo darles las recomendaciones finales. Esta iniciación que están a punto de realizar no es producto del azar. Nada de lo que estamos viviendo es casual, todo tiene su función y fue planeado hace mucho tiempo.

Adán y Alexia asintieron lentamente.

El Profesor se acercó a ellos.

—Estamos transitando por un momento muy especial en nuestra evolución como raza. Muchas personas están sintiendo cambios internos a nivel mental y emocional, viendo a su alrededor cómo su vida está cambiando. Todos sabemos que el sol estuvo y está emitiendo grandes fulguraciones desde sus manchas que son portales de ascensión espiritual con una impresionante lluvia de fotones que contienen información elevada que activa las células y el ADN. Las capas de la ilusión del espejo de Narciso que envuelve al planeta están debilitándose. La luz del sol es como un espejo de conciencia cósmica que saca a la superficie de las personas la verdadera imagen original.

Adán asintió.

—Todo se encuentra amplificado en las personas de todo el mundo en estos días —agregó Adán—, ya sea la oscuridad, la enfermedad, la ira, el desgano, el odio y el miedo, como también la luz, el poder personal, la salud, la armonía, la creatividad y el amor.

—Tal como afirma la física cuántica, todo es mental, todo parte del observador, es una perspectiva de la conciencia. Todo en el universo existe en la mente del que lo percibe —agregó el Profesor.

—Una vez que pasemos por los espejos activaremos la luz —dijo Alexia.

—Exacto. Ustedes sentirán en su interior "Yo soy luz". Y la luz viaja a 300,000 kilómetros por segundo. Si se reconocen como luz... ¡podrán rodear siete veces y media a la Tierra en un solo segundo! Eso será lo que comenzará a pasar con los espejos de todos lados. Y vosotros, como mujer y hombre, el sagrado femenino y el sagrado masculino, emitirán una enorme corriente eléctrica y magnética en las almas tal como Nikola Tesla hizo con la luz eléctrica para iluminar las casas.

El Profesor tenía brillo en sus ojos.

—Ya saben lo que sucede al enfrentar dos espejos...

—Se forma un portal infinito de energía —respondió Adán.

—Exacto. Cuanta más pureza y equilibro espiritual alcancen en su vibración durante la activación, más cerca estarán de convertirse en un espejo de toda la humanidad. El espejo arquetípico que tenemos aquí —el Profesor señaló hacia los dos espejos donde sería el experimento— tiene la acción de reflejar imágenes, duplica energías y las amplifica. Este estado de luz que lograrán pasando por los dos espejos derrumbará en las personas las creencias que separan, las dudas, los engaños, las mentiras, los miedos, la inseguridad, las vergüenzas, las culpas, la ignorancia, la ilusión de creer como creyó Narciso que sólo son una imagen física. Vosotros dos, al ser el espejo complementario del otro, reflejarán la realidad de la luz a todo el mundo. Es una obra colosal y sé que podrán hacerla.

En aquel preciso momento, Adán sintió que venían a su memoria palabras de Jesús.

—Pondremos todo de nuestra parte —respondió Adán, tomando la mano de Alexia—. El Maestro enseñó: "En verdad os digo: el que cree en mí, las obras que yo hago, él las hará también; y aún mayores que éstas hará, porque yo voy al Padre".

El Profesor sonrió.

—Somos espejo de los maestros. Esa confianza es clave. Activando la imaginación dentro del espejo multiplicarán el deseo de iluminación en cada espejo del mundo. Activarán en cada ser humano al mirarse al espejo la oportunidad de elegir con conciencia su propio cambio.

—El plan es perfecto —añadió Alexia—. Que cada persona al mirarse al espejo pueda recordar su misión de vida y que a través de los sueños conecte con su doble, me parece brillante.

—Todos los rostros del mundo son espejos, querida Alexia. Cada persona tiene que decidir cuál rostro llevará por dentro para reflejar su interior. Ese será el reflejo de las ondas y partículas que activará de regreso hacia sí mismo por la frecuencia de sus emociones, pensamientos y acciones.

—Cada cual, como dijeron los ancestros sabios, entrará al gran salón de los espejos para verse a sí mismo —añadió Adán—. Estos son los tiempos. La iluminación no representa ni al Dios de las religiones ni a nadie, es la luz eterna recordando su origen. Esta será la intención de los despiertos hacia la humanidad, volver a La Fuente, lo que siempre fuimos, somos y seremos.

—Luces encendidas que se recuerdan a sí mismas —añadió Alexia.

El Profesor continuó explicando:

—Al pasar por los espejos atravesarán primero las primeras capas de conciencia. Ya saben que la conciencia es la causa y las acciones son el efecto. Primero verán los espejos turbios de aquellos que les cuesta ver o no quieren ver. La confusión de los dormidos que no saben cómo hacer para descubrirlo. Al elegir el espejo de la conciencia los llevarán al reflejo de lo bajo invitándolos por ley de atracción a hacer cambios, abandonar costumbres, creencias obsoletas, apegos emocionales, contaminaciones energéticas. Al principio quizás las imágenes serán confusas, como un descenso a los infiernos, tal vez se mezcle todo de tal forma que se empañe el espejo; luego, cuando aparezcan imágenes más nítidas, les permitirá ver más claro y hallar con meditación el poder de observar y ver el otro lado del espejo para cortar con lo ilusorio.

—Alexia y yo estamos preparados para esta iniciación espiritual. Provocaremos que el rostro verdadero del Yo Soy sea la causa y se refleje en el espejo como su efecto.

—Una vez completado el viaje alrededor de toda la Tierra, las personas que se miren al espejo tendrán dos opciones: ver el Yo Soy de su verdadero rostro o, en cambio, seguir anclados en el ego de Narciso, la personalidad limitada.

Otro de los científicos se acercó:

—Estamos listos, Profesor. Los voltajes de energía en los espejos y las computadoras están sincronizadas.

El Profesor le colocó a Adán una mano en el hombro.

—Por aquí —dijo, mientras los acompañaba a la sala principal deteniéndose frente a dos grandes espejos encontrados.

Justo cuando estaban listos para entrar al ritual, uno de los científicos franceses de raza negra entró a paso veloz por la puerta.

—¡Gerard! —exclamó el Profesor, sorprendido—, estamos a punto de iniciar el procedimiento. ¿Qué pasa?

—Han llegado estos dos jóvenes. Dicen que tienen un paquete para Adán Roussos y Alexia Vangelis.

—¿Un paquete?

—Así es —respondió Rachel Z—, es un encargo de Evangelina Calvet. Me pidió que viniese hasta aquí para entregarles esto.

—Pero...

Adán se adelantó hacia ella.

—Está bien Profesor, yo me encargo.

—No creo que sea el momento adecuado.

Rachel Z observó a Adán a los ojos.

—¿Tú eres Adán Roussos?

Él asintió y le estrechó la mano. Rachel Z sintió una corriente de energía por todo su brazo.

Adán tomó el paquete y lo puso sobre una mesa.

—Gracias.

—Puedes retirarte —le dijo el Profesor a Rachel Z, que pensaba que la chica era una mensajera de alguna compañía privada.

—Trabajo para Evangelina —respondió Rachel Z—, no me iré hasta ver qué contiene la caja.

—Seguramente será un souvenir o un regalo. Insisto, no es el mejor momento —el Profesor se sintió invadido.

Adán comenzó a abrir cuidadosamente el paquete. Tenía doble papel plateado como envoltura.

Al cabo de unos segundos, Adán Roussos abrió sus ojos y su boca con expresión de asombro. Sintió una corriente eléctrica que le maravilló el corazón al ver lo que contenía la caja. Alexia se le acercó. Inmediatamente ambos se miraron casi incrédulos.

Aquello era un milagro enviado por el cielo.

A las siete en punto de la tarde, las cadenas televisivas emitían los primeros telediarios informativos y agregaban al panorama mundial un ingrediente espeso y difícil de digerir al recibir extrañas noticias.

Los comentaristas de las principales televisoras declaraban con estupor:

Luego de la explosión en Roma están saliendo a la luz misivas y documentos que un grupo de hackers ha enviado a la prensa.

Otra explosión, pero de información.

Grupo de hackers logra revelar información confidencial de varios gobiernos, logias y sociedades secretas.

Documentos confidenciales que comprometen a varias empresas privadas salen a la luz.

Detrás de cámaras, en la oficina de la RAI, la radio y televisión italiana, el director de noticias le pidió a la secretaria del vicepresidente de la cadena una reunión urgente por un tema de extrema prioridad.

La puerta de la oficina se abrió y el director de noticias entró con dos personas al despacho del alto mandatario. El director estaba bajo presión por los puntajes de rating y la competencia, ya que, al parecer, los hackers habían enviado el material a muchos otros medios.

—*Buona sera.* Tengo sólo diez minutos, ¿de qué se trata la reunión urgente? —preguntó el vicepresidente del canal con marcado estrés.

—Hemos recibido un video.

—¿Un video?, ¿qué contiene?

—Algo que comprometería a un obispo del Vaticano. Por favor, quiero que lo vea. Es demasiado comprometedor. No puedo enviarlo al aire sin autorización.

—¿Otros hackers?

El director de noticias negó con vehemencia.

—Al parecer fue enviado por un ciudadano anónimo.

El vicepresidente arqueó las cejas.

—No tengo mucho tiempo. Muéstreme de qué se trata.

El ayudante del director de noticias apoyó la computadora portátil en el escritorio.

El video comenzó a correr y se veía a un obispo declarando haber encontrado documentos sobre la parte oculta de la vida de Jesús y sus hermanos. Afirmaba, además, que aquellos textos hablaban de su vínculo marital con María Magdalena.

Los límites de la mente del vicepresidente crujieron como una vieja puerta que se abre.

—¿Qué…? ¿Qué es esto?

—La declaración de un obispo. Acaba de llegar el video a mi email.

—¿Se cercioró ya de que no esté en YouTube o en otra cadena?

—En YouTube no está aún pero en el link del email que recibimos figura con copia a muchos medios de prensa.

—Es demasiado fuerte.

—¿Qué quiere que hagamos?

—¡*Ma vaffanculo*! Si lo han enviado a otras televisoras es cuestión de tiempo para que salga al aire con nosotros o en otro lado. ¿Ha comprobado eso?

—Aún nadie lo ha publicado. Ni bien lo he visto he venido para acá. Dura poco menos de diez minutos.

El vicepresidente hizo una pausa para pensar. Tenía todo el poder de decisión ya que el presidente de la cadena estaba en Indonesia invitado por empresarios para una alianza de negocios.

—Si no damos la primicia otros lo harán —dijo el director de noticias.

—Sí, lo sé —respondió el vicepresidente—, pero se trata del Vaticano. *E' molto rischioso*. ¿Quién es el cardenal?

—Se llama Martin Scheffer. Es un influyente mandatario de la iglesia.

—Lo mejor será hablar con el vocero papal y preguntar qué está pasando.

—Un asistente está llamando en estos momentos. ¿De todos modos nos arriesgamos a perder la primicia?

El vicepresidente suspiró profundo. Esa noticia levantaría un escándalo sin precedentes y le daría grandes puntos de rating, quizás el más alto de toda la historia de la RAI.

—Evidentemente no podemos ir contra el Vaticano en un tema de esta magnitud y menos sin comprobar que sea verdad la declaración del obispo —respondió tajante, el vicepresidente.

Al momento otro de los asistentes del director de noticias abrió la puerta.

Todos se giraron hacia él.

—¿Qué ha pasado? —le preguntó el director.

—Llamé al vocero papal y le informé del video. Dijo que no tienen idea de ningún video y que el Papa está bajo observación por su estado de salud y en descanso obligatorio ordenado por sus médicos durante al menos un par de días debido a una intoxicación estomacal. Tampoco han podido hablar con el obispo. Al parecer algo extraño está sucediendo.

Hubo un silencio.

—¿*Che cosa faremo?*, ¿enviamos el video al aire? La puntuación con el material de los hackers y la bomba islámica nos da material suficiente, pero esto sería un incremento poderoso.

El vicepresidente de la RAI giró la cabeza y miró el cuadro de Jesús que estaba colgado en una de las paredes. Parecía mirarlo directamente a él. Informar al mundo de boca de un obispo de un hallazgo histórico que confirmaba la vida y los secretos de Jesús con una versión diferente a la oficial de la iglesia era un paso muy arriesgado. Podría costarle el puesto si no resultaba ser un video verdadero. Aunque por otro lado, ser el causante de que la cadena televisiva tenga los puntos más altos de rating de toda su historia lo posicionaría para ascender a presidente. Los ojos de aquella imagen del sagrado corazón de Cristo se le clavaron con fuerza en su mente. Sintió moverse su sangre italiana como un volcán inactivo que de pronto entra en erupción.

El vicepresidente se frotó las manos.

—¡*Subito!* Manos a la obra. Editen el video y mándenlo rápidamente al aire.

Al escuchar esa orden, los tres asistentes junto al director de noticias salieron velozmente de la oficina. El corazón de los periodistas latía con fuerza.

El vicepresidente se quedó mirando el cuadro de Jesús, sabía que aquella decisión activaría una reacción en cadena que le daría un giro total a la mente de miles de personas en todo el mundo.

El obispo Martin Scheffer se vio obligado a llamar a la policía italiana.

Los *carabinieri* acudieron de inmediato al despacho del obispo, quien había denunciado que uno de sus invitados había sufrido un paro cardiaco producto del estrés que estaba viviendo por la pérdida de su familia, en el preciso momento en que estaba reunido con él.

Mientras más de media docena de policías y dos paramédicos estaba en el despacho, un agente le preguntaba al obispo sobre los detalles.

—Es una tragedia, pobre muchacho —dijo el obispo al policía con fingido tono de angustia—. Estaba hablando y dándole consuelo cuando de repente se llevó las manos a su corazón y cayó fulminado en el suelo.

El policía lo observaba con atención y tomaba apuntes. El obispo caminó hacia la ventana.

—Luego intenté reanimarlo pero fue en vano.

—Entiendo señor obispo. ¿Alguien más estaba con ustedes?

—Sólo nosotros dos. Vino acompañado por mi secretario —el obispo señaló a su ayudante, quien estaba al otro lado de la habitación en aquel momento—. Yo era amigo de su padre y de su familia. Lo llamé para darle orientación y apoyo moral.

El policía respiró con dificultad, pues tenía el tabique torcido desde una pelea callejera. El obispo encendió gran cantidad de incienso para ocultar el olor amargo del veneno que estaba en el ambiente.

—¿Conoce a algún otro familiar para dar parte de su muerte?

El obispo negó con la cabeza.

—No creo que en Roma haya más nadie.

—¿Entonces no tenemos quién reclame su cuerpo? ¿Hijos? ¿Hermanos? ¿Primos?

—Lo desconozco.

El obispo temía que los servicios de inteligencia del Estado de Israel pidiesen una investigación más a fondo.

—Si toda su familia se perdió en el atentado, lo más adecuado sería darle sepultura en el cementerio de Roma.

—Parece lógico, señor obispo —dijo el policía, quien también quería salir de aquel procedimiento cuanto antes, ya que Roma era un cúmulo de malas noticias y exceso de trabajo—. Haré los procedimientos para que así sea.

En ese momento, sonó el teléfono del obispo.

—Si me disculpa.

—Adelante.

El obispo cogió el auricular mientras el policía daba la orden de llevar el cadáver a la morgue para iniciar los procedimientos.

—Obispo Scheffer, ¿qué está pasando ahora? Las noticias corren a la velocidad de la pólvora dentro y fuera del Vaticano. ¿Está al corriente de la situación? —la voz del cardenal Peter Ottmar Baal sonaba tensa, áspera y preocupada.

—Sí, cardenal, estamos haciendo los trámites pertinentes.

—¿Ha visto el último noticiero?

—No he podido.

—Su situación está embarrándose ahora mismo. Están pasando un video suyo haciendo declaraciones que nos van a perjudicar mucho.

Aquello no podía ser verdad. Aunque el obispo había enviado a dos guardias detrás de Mateo Toscanini no lo habían encontrado ni en las catacumbas ni en ningún rincón del Vaticano.

El obispo pensó rápidamente, eso era un problema grave.

—De todos modos, el Papa mismo vio cómo nos llevaba amenazados frente a varios testigos. Lo tomarán como una declaración sin validez cuando el Papa hable.

—Supongamos que alegue que su declaración fue inducida por extorsión. Lo grave es que, al parecer, filmó los textos y se ha llevado varios libros con él.

Aquella situación sí que se volvía más difícil de blanquear para el obispo.

—¿Habló usted con el Papa?

—Está incomunicado por sus médicos. Parece que su intoxicación estomacal lo tendrá fuera de la vida pública varios días.

—Hay que mantener al Papa en silencio por ahora. Lo mejor será que yo dé la cara y mi versión de los hechos. Un obispo y un Papa tendrán más credibilidad en la opinión pública que un ciudadano italiano sin trabajo que intentó extorsionar y poner en riesgo nuestras vidas a punta de pistola. La opinión pública sabrá que me hizo declarar lo que él se inventó por el gran dolor de no encontrar a su mujer y sus hijos.

El cardenal Baal esperó en silencio.

Aquella era la única posibilidad que él también veía para salir del problema.

—Obispo, sea convincente frente a las cámaras. Si usted cae, caeremos todos los implicados.

—Jugaré bien esta baraja. Cuando alguien asume el papel de víctima la mayoría se muestra de su parte, la gente tiene empatía con quien pone la otra mejilla también.

El cardenal se despidió y colgó el auricular mientras el obispo Scheffer veía cómo, a varios metros, los paramédicos y los policías abandonaban su despacho llevándose el cuerpo de Ariel Lieberman.

* * *

Dee Reyes se encontraba en un café frente a una pequeña plazoleta.

Allí enfrente, más de media docena de artistas callejeros vendían sus cuadros a los turistas, aunque por la situación de tensión en el mundo no tenían impulso para pintar.

Dee llevaba más de cinco intentos llamando al teléfono de Ariel sin éxito. Se había comunicado con Rachel Z, quien le pidió que se quedase en la ciudad reuniéndose con los dos miembros que estaban dispersos por los suburbios romanos, hasta que ella terminase el encargo que "la jefa" le había pedido.

Cuando ya habían pasado más de tres horas de que Ariel se había marchado, alguien le respondió.

—¿Ariel? ¿Dónde te has metido?

Del otro lado hubo un silencio incómodo.

—¿Quién habla?

Dee notó que era una voz extraña.

—Perdón, creo que me equivoqué de número.

—Habla el teniente Dandretta. Marco Dandretta de la patrulla de los *carabinieri*. ¿A quién busca?

—¿Éste es el teléfono de Ariel Lieberman?

—Correcto.

—¿Me pasa con él por favor?

—Me temo que Ariel ha tenido un problema.

A Dee se le hizo un nudo en la garganta.

—¿Un problema? Explíquese. ¿Dónde está?

El oficial estaba tenso por más situaciones caóticas.

—¿Es usted familiar del señor Lieberman? ¿Qué parentesco tiene?

—Es mi amigo. Estaba con él antes de que se fuera sin avisar. Lo último que supe es que tendría una reunión en el Vaticano.

—Será mejor que se presente inmediatamente en el cuartel de la policía del centro de Roma.

El corazón de Dee comenzó a latir más intensamente.

—¿Pero qué ha sucedido?

—No puedo tocar este tema por teléfono. Venga aquí para hablar.

—De acuerdo.

Dee anotó la dirección en su libreta y salió caminando velozmente por la vieja acera de adoquines. A lo lejos, el fuerte estallido de un relámpago iluminó por un instante parte de los antiguos edificios. Negros nubarrones encapotados se erguían victoriosos como un manto que aprisionaba el cielo de Roma. Al llegar a la esquina, Dee hizo seña con sus manos y detuvo un taxi.

—Al cuartel de los *carabinieri*, *per favore*.

—*Subito*.

El taxista italiano lo miró por el retrovisor. Supuso que, a juzgar por la expresión del rostro, el joven estaba en problemas. Llevaba su mochila, el celular, una pequeña libreta y un sobre cerrado de papel color madera que Ariel le había dejado en la mesa antes de irse.

En la portada del sobre estaba escrito del puño y letra de Ariel.

"Abrir sólo en caso de que algo grave me pase".

Dee no quería abrirlo.

"No puede ser".

"Le dije que no fuera".

"¿Por qué estará arrestado?".

Su mente era un torbellino de pensamientos acelerados.

Dee no aguantó la curiosidad.

"¿Qué habrá dentro del sobre? ¿Y si es una trampa para arrestarme?".

No podía ir así, sin más. Abrió con cuidado el sobre desde sus esquinas, despegando lentamente las puntas. Extrajo un papel blanco con membrete y la firma de Ariel.

Al parecer, Dee era la única persona en quien Ariel confiaba, debido al amor y a la confianza que le tenía. El papel certificado daba constancia legal de que, en caso de que él perdiera la vida, sería Dee quien estuviera a cargo de asumir el manejo en el revolucionario proyecto *Mesiáh*, con la cláusula de que no sólo fuese dirigido al pueblo judío, sino libremente a todo el mundo.

"¿Qué es esto?".

"¿Me ha firmado un poder legal?".

Una extraña ola de emoción removió el corazón de Dee Reyes. Si bien él tenía como misión espiar los planes de la familia Lieberman, nunca pensó que el vínculo de aquel complot iba a calar tan hondo en los sentimientos de Ariel. A pesar de que Ariel nunca supo el motivo real de Dee, estaba demostrando el amor que le tenía.

Volvió a leer el documento como si no creyese lo que tenía en sus manos.

Giró la cabeza y comenzó a observar por las ventanillas, viendo las viejas casas pasar rápidamente frente a sus ojos. Reflejaban tanta historia, tantas familias, tantos sentimientos encontrados…

Sintió emoción. Su corazón se ablandó debido a que Ariel le dejaría algo más que el legado de una empresa, le dejaría una lección de fidelidad que él nunca tuvo.

En ese instante, Dee comenzó a llorar.

Lo sintió injusto.

Él no estaba allí para demostrar amor por Ariel sino para obtener información confidencial. Sólo allí comprendió que lo único que libera realmente al alma humana no era el poder, sino el amor. El amor que da, el que comparte y que confía.

Faltaban menos de cinco minutos para llegar al cuartel de policía donde se enteraría de la noticia. Dee sólo conocería la versión oficial: muerte por paro cardiaco.

Las noticias de los telediarios de la noche tenían de dónde sacar punta.

La salud del Papa aquejaba a muchos fieles que esperaban los detalles que el vocero vaticano daba cada hora.

El último parte médico decía: "el Papa sufre una intoxicación estomacal empeorada por un pico de fatiga física debido a un elevado nivel de estrés".

La complicación estomacal había puesto de cabeza a sus médicos para investigar la causa, pues hacía tiempo que el Papa había mejorado su forma de alimentación. Su doctor ya le había suministrado un leve sedante con un té de manzanilla.

El Santo Padre se encontraba durmiendo.

Por otro lado, el conflicto por el estallido de la bomba era fuente de un gran movimiento de enojo y miedo; aquella noche los italianos ya habían terminado de hacer grandes colas de protesta en las calles frente a la inseguridad que se vivía en la ciudad.

Los corresponsales de los diferentes países efectuaban los reportes sobre la desaparición de las personas. Si bien ningún niño o adulto había aparecido, tampoco se habían recibido nuevos reportes de personas desaparecidas.

La pantalla de la RAI explotó los niveles de audiencia cuando el obispo Martin Scheffer apareció deslindándose del extraño video que había empezado a circular. Su argumento a mucha gente le parecía convincente, sobre todo a los católicos y cristianos de primera fila que, si hiciese falta, darían un riñón por un miembro de la iglesia aun sin conocerlo, pero a mucha otra gente le parecía que se seguían destapando y revelando los trapos sucios de asuntos delicados dentro de la Santa Sede.

Como si fuera poco, la iglesia ya cargaba sobre sus hombros las cruces de los sacerdotes pedófilos, las críticas al enorme caudal de manejo de dinero y otras acusaciones, como para ahora luchar con un obispo que había declarado que se descubrieron textos en los que Jesuscristo enseñaba cómo lograr la apoteosis con Dios a través de secretas técnicas compartidas en privado con algunos discípulos y no a través del sufrimiento como sostenía la Santa Sede.

El obispo había expuesto sus argumentos.

"Me obligó a mentir".

"Es un muchacho con problemas psicológicos".

"Hay un sólo Cristo y es el que la iglesia oficialmente viene amando hace siglos".

"No hay más textos de Jesuscristo que los evangelios canónicos".

Aquellas habían sido algunas de las frases que dijo frente a las cámaras.

Si bien había resultado convincente la forma de armar su discurso, al cardenal Baal y sus aliados, quienes lo veían desde su habitación en Santa Marta, les pareció que dejaba entrever algo para que mucha gente desconfiase del mensaje de Scheffer, que comenzase a investigar otras alternativas e hilar más fino en su fe.

Por fortuna para el equipo de Baal, Scheffer y la oposición, había más noticias que distraían la atención.

El comentarista continuó hablando de la pérdida millonaria causada por la bomba y de las múltiples personas que alegaban haber perdido a sus seres queridos.

* * *

La noche parecía camuflar a los veloces coches de la comitiva de Hans Friedrich.

Se encontraban con refuerzos recién llegados de Alemania; media docena de sicarios dispuestos a todo, de sangre fría y con la obediencia de un Doberman.

Hans había sido informado del altercado en la televisión y prefirió no llamar a su hermano, el obispo Scheffer, ya que también tenía que resolver delicados asuntos. Su sistema nervioso estaba bajo presión y hacía lo posible por no perder el control o tener una crisis.

Acababa de hablar por teléfono con un representante del gobierno alemán.

"No queremos un nuevo Wikileaks en nuestra contra. Borren todas las pruebas", dijo con enfado el alto mandatario gubernamental.

La realidad era que Hans Friedrich había quedado muy preocupado. El punto a favor para él era que los expertos en rastreo e inteligencia de su equipo en Roma ya habían dado con la pista de Rachel Z por medio de sus propios hackers.

—¿Alguna novedad? —le preguntó Hans al sicario que iba sentado detrás.

—Se confirma la muerte de la familia Lieberman, señor. Al parecer fueron víctimas del atentado en el hotel y posteriormente su único heredero sufrió un infarto.

Hans se giró con vehemencia.

—¿Está eso confirmado?

—Así es. Si la gente de Technologies for the Future está fuera de juego estamos a un paso de hacernos con el monopolio.

—Eso juega a nuestro favor —respondió Hans, secamente—, ahora nosotros tenemos que detener los envíos de los hackers y obtener la patente.

—Señor, falta algo todavía —respondió otro miembro, con voz gruesa—, quedan aún los franceses.

—Lo último que sabemos de ellos es que han venido a Roma. ¿Saben si se han entrevistado con el Papa? —preguntó Hans.

—Los dos nuevos integrantes del equipo están rastreando a los franceses para quitarlos del camino.

Hans se giró hacia atrás.

—¿Los han encontrado?

—Todavía no, señor. Pero no tardarán mucho en hacerlo. Los enviados por el gobierno traen tecnología de avanzada para rastrear su paradero.

En la era actual de las telecomunicaciones y el espionaje cibernético casi todo el mundo sabía que la localización de una persona en cualquier lugar del mundo era cuestión de poco tiempo.

—Ya hemos dado la orden de que si los localizan se encarguen de ellos.

—Correcto —respondió Hans, con una chispa de esperanza.

Estar a sólo un paso de hacerse con la supremacía absoluta de la tecnología en el ADN le daría al gobierno alemán vía libre para dominar la mente de las nuevas generaciones.

"Cálmate Hans", pensó. "Tienes a tu equipo trabajando, están tratando de encontrar a los franceses, ya tienen las coordenadas de los hackers y están tratando de frenar los envíos que hicieron".

Miró por la ventanilla hacia el paisaje montañoso y sintió cómo los tres coches aumentaban la velocidad, por los embarrados caminos, rumbo al castillo donde estaba Rachel Z.

* * *

Al mismo tiempo, en una pequeña plazoleta a dos calles de su casa, Mateo Toscanini deambulaba con un fuerte dolor de cabeza por la tensión. No había probado ni agua ni comida. Se sentó en un banco bajo un fuerte y añejo árbol de raíces que sobresalían bajo sus pies. Estaba exhausto. Su rostro era el rostro de un indigente, sin techo, un paria abandonado a la desgracia.

Dejó a su lado la pesada mochila con los cinco o seis textos que había podido llevarse antes de salir de las catacumbas del Vaticano. Los apoyó a modo de almohada, sabía bien que esas eran las únicas armas que tenía para pelear. Aquello casi le había costado su vida ya que, milagrosamente, había podido salir cuando estaba a punto de desvanecerse por inhalar el moho.

"Mañana enviaré a todos los medios de prensa a ese lugar y además mostraré los textos que aquí tengo", pensó. "Ésa será la forma de comprobar que es verdad, aunque esto no me devuelva a mi familia hundiré a esos impostores".

Imaginó que, a esas alturas, ya habría soldados de la Guardia Suiza montando un puesto de vigilancia o bien escondiendo aquellas reliquias.

Se quitó los zapatos y pisó la hierba. Estaba fría. Un escalofrío le recorrió toda la columna. Aquello lo conectó con la tierra y se permitió tomarse un momento de reflexión. No tenía dónde dormir. A lo lejos veía su casa, estaba protegida por varios coches con las luces rojas y azules de la policía italiana. Su situación se agravaba porque había cometido un delito doble irrumpiendo disfrazado en el Vaticano y secuestrando al obispo Scheffer y nada menos que al Papa. La policía lo buscaba por toda Roma. Había causado tensión y sanciones dentro de la Guardia Suiza.

Por otro lado, él era quien estaba esa noche agitando el avispero televisivo y la moral cristiana al haber enviado el video, horas antes, con las declaraciones del obispo a los medios de prensa.

No tenía fuerzas. Sentía un picor constante en la garganta, tosía con dolor y respiraba con dificultad. Mateo estaba confuso y cansado. Sintió que la noche era su única aliada, con su oscuridad lo protegía de ser visto. Cada minuto que pasaba le costaba más respirar, trató de evadirse de las fuertes emociones que lo atormentaban durante ya un día y medio.

En aquellas horas su vida había dado un vuelco completo. De ser un padre y marido cansado de trabajar pero con su familia a su lado, ahora se encontraba agotado, sin dinero, sin familia y sin fe.

Un patrullero pasó con la sirena encendida y Mateo llevó sus manos hacia la cara para no ser visto. Luego que pasó el coche, elevó sus ojos al cielo. Un espacio sin nubes se había abierto y observó una parte del inmenso y estrellado firmamento.

Por un instante, a Mateo Toscanini le pareció que una estrella iluminaba más de lo normal.

Philippe Sinclair estaba decidido a negociar y zanjar aquel conflicto.

Faltaba sólo una hora para presentarse e intercambiar la información que poseía y obtener el regreso de su hija.

—No puedes ir sólo a la Galleria Borghese. Déjame acompañarte —le pidió Evangelina.

Philippe negó con la cabeza.

—Será lo que tenga que ser, estoy cansado de esta tensión. Ellos han sido claros en las órdenes. Si ven que voy con alguien, todo se estropeará.

—¿Por qué te has vestido de blanco?

Philippe llevaba un pantalón y camisa de lino.

—Es una parte de los rituales ancestrales, un símbolo de que mi intención es pura. Quiero recuperar a Victoria. Si es hora de que estos manuscritos ya no estén conmigo, la historia se encargará de escribir los detalles futuros.

Philippe miró su reloj. Eran las 10:25 de la noche. Tenía pocos minutos para llegar desde el hotel al museo. En sus manos llevaba una mochila negra con papeles, libros, documentos originales y una llave que abría el cerrojo de una caja de seguridad en Suiza que le permitiría a los secuestradores acceder a los documentos.

—Philippe, hay algo que no termino de entender —dijo Evangelina—, Adán me ha hablado sobre la inscripción que pronunciaron los secuestradores.

—*Et in Arcadia Ego... sum* —dijo lentamente Philippe como si repitiese un conjuro mágico—. Todo el que tiene información sobre lo ocurrido con Jesús y María Magdalena sabe que es un anagrama incompleto. Mis ancestros participaron en un secreto monumento situado en las afueras de Rennes-le-Château, el cual sirvió de modelo para el cuadro pintado en Italia por Poussin. Éste y muchos otros enigmas vinculan al abate Saunière con historias de tesoros religiosos ocultos.

—¿Por qué ahora, Philippe? ¿Por qué en Roma?

—Por la historia y los símbolos. Ellos saben que los tiempos son cíclicos. Quieren unir todas las piezas del rompecabezas para argumentar frente al mundo la verdad.

—Su verdad, querrás decir.

—Todo el mundo cree que "su" verdad es la Verdad con mayúsculas. Pero esa Verdad es un misterio revelado sólo a los iniciados. Mientras tanto, la gente se apaña con la religión.

—¿Qué quieres decir?

—Desde mi punto de vista las religiones son una muleta transitoria.

—Mucha gente las ve como un camino hacia Dios —agregó Evangelina.

—No se han conocido muchos iluminados actualmente debido a las religiones —respondió Philippe—. Napoleón dijo que la religión es la que evita que los pobres asesinen a los ricos.

Hubo un silencio.

—No me respondiste sobre la cita que mencionaron y el cuadro de Poussin.

Philippe terminó de alistarse y se acomodó la camisa.

—En realidad, hay dos versiones del cuadro de Poussin, *Los pastores de Arcadia*. Este cuadro plantea algunos problemas misteriosos. La primera versión pertenece en la actualidad a la colección de Chatsworth House, en Inglaterra, parece probable que el Papa Clemente IX compusiera la famosa frase *"Et in Arcadia Ego"*.

"En el primer cuadro, dos pastores han encontrado un cráneo humano apoyado en un bloque de piedra en el que está grabada la inscripción; se ve a dos pastores y una pastora leyendo la inscripción en una tumba ornamentada al estilo clásico. El cráneo, que forma parte de la decoración de la tumba, es apenas visible, y se cree que era la representación del mito que circula referente a que la historia de la humanidad y los secretos de Dios están grabados dentro de un cráneo de cuarzo de una sola pieza. Este cráneo figura en la mitología popular tanto de los mayas e incas, como de otras culturas antiguas.

—Continúa.

—La segunda versión del cuadro, que pertenece al Louvre, pero ahora está expuesto en la Galleria Borghese, es visiblemente distinta. Allí el cráneo ha desaparecido, Alfeo ha sido sustituido por un tercer pastor, y las posiciones de las figuras han cambiado. En cuanto a la tumba, ha perdido toda su elegancia y decoración que tenía en el primer cuadro y ahora constituye un bloque casi cúbico de piedras, y la parte superior tiene la característica inclinación de una tumba solitaria. Parece imposible que Poussin eligiera como modelo semejante monumento a menos que el original le resultara familiar.

—¿Qué razones pudo tener el pintor Poussin para realizar una segunda versión de un tema así?

—Este tema parece haber tenido un significado especial en la vida de Poussin, incluso su tumba que está aquí en Roma fue restaurada en 1829 y se le agregó un relieve con los pastores de Arcadia.

—¿La tumba de Poussin está en Roma?

Philippe asintió.

—Es voz popular que Poussin quiso representar en ese cuadro que existió la tumba de Jesús.

Evangelina negó con la cabeza.

—Si existiese una tumba de Jesús obviamente se vendría abajo la fe cristiana. ¿Tú qué crees que ocurrió?

—Tanto en los círculos masónicos como en las logias, la versión es que los documentos originales llegaron a manos de Bertrand de Blanchefort, el primer Gran Maestre templario, y con los Fleury fueron pasando los textos como herencia familiar. En 1644, François de Hautpoul, barón de Rennes, hizo su testamento y le agregó documentos. El testamento y los documentos se extraviaron durante más de ciento treinta años. Cuando fueron recuperados en el despacho de un notario y un Blanchefort quiso verlos, recibió la siguiente respuesta: "No sería prudente por mi parte hacer público un testamento tan importante". Luego de eso los papeles volvieron a desvanecerse.

—¿Ésos son los documentos que tú tienes?

—Una parte.

—Necesito saber qué alegan esos documentos.

Philippe la miró como si Evangelina hubiese golpeado la puerta del cielo.

—Es complicado.

—No son horas de ocultarme nada, Philippe —respondió Evangelina con vehemencia—. Te encontrarás con personas peligrosas. Necesito que confíes en mí, no puedes vivir siempre encerrado en ti mismo.

Philippe respiró con cansancio y miró su Rolex en la muñeca izquierda. Ya tenía que irse.

—Los documentos hablan de muchas cosas. Del linaje sagrado, de rituales y cultos ancestrales que han sobrevivido en toda Francia en grutas subterráneas, dedicadas a la antigua diosa madre.

—¿La diosa? ¿Te refieres al culto del matriarcado?

Philippe asintió.

—Ni más ni menos. Al parecer, la parte femenina de Dios quedó en el olvido y eso es lo que los secuestradores persiguen también, encontrar los avales para destronar la fuerza patriarcal, o sea las religiones, las fuerzas militares, cambiar la fuerza masculina por la delicadeza y profundidad femenina, la madre cósmica o La Fuente como le llaman también. Al quitar el divino femenino, el poder pasó a manos de los hombres y no de las mujeres.

—¿Por miedo?

—Más que claro. Miedo a perder el poder.

Evangelina escuchaba en silencio.

—Muchas logias creen que Jesús necesitó de la femineidad de Magdalena para completar su misión de iluminación. Al parecer Jesús recogió información sagrada de la India, que se refiere en términos de energía sexual y con propósitos de ascensión espiritual. Un tema delicado.

—Ocultismo espiritual con connotaciones sexuales. Me suena familiar —respondió Evangelina acomodándose el cabello.

—Sexo, poder y energía. Lo que mueve el mundo actualmente, Evangelina. Al mundo actual y al antiguo. Aunque el sexo y la energía antiguamente se usaban con propósitos espirituales y no sólo como placer. Ten en cuenta que en los tiempos de Saunière, después de la ascensión al poder de la masonería en Francia, no pasó mucho tiempo antes de que se afirmara que existía una conexión legendaria entre los antiguos secretos de los constructores del templo de Salomón, los caballeros templarios y la masonería escocesa. Cuando Béranger Saunière llegó a París en enero de 1893, se encontró en medio de una disputa por el poder espiritual, religioso y esotérico entre la

Orden Kabbalistique en la Rose-Croix y la Orden de la Rose-Croix Catholique du Temple et du Graal.

—¿Los kabbalistas rosacruces y los católicos del Templo del Grial?

—Así es. Aunque el rosacrucianismo y la Rose-Croix no eran nuevos en Francia. Ya en 1623 se dijo que el filósofo Descartes era rosacruz. Pero la francmasonería fue prohibida en tiempos de la Revolución francesa. Aunque Napoleón revivió el interés por el movimiento, hubo que esperar a la restauración de la monarquía para que volviera a florecer, combinado con un creciente interés por el ocultismo.

—¿Crees que los secuestradores son rosacruces, masones, esenios o del Priorato de Sión?

Philippe fue categórico.

—Ni lo uno ni lo otro.

—¿Entonces quiénes son?

—Lo sabré en un momento.

Hubo una pausa para pensar.

—El hilo del pasado espiritual de la humanidad está enredado, Evangelina. Si en la antigüedad, los templarios, rosacruces, masones o el Priorato de Sión hubiesen poseído información secreta, ésta podría haber pasado a los herederos de generación en generación a través de las familias supervivientes. Quizá sea cierto que los rosacruces poseían un secreto, como pretendían ellos; quizá la francmasonería tiene realmente la clave del enigma Rosacruz; quizá algún ocultista de París reconoció en los papeles que traía Saunière la clave de algo perdido y muy preciado que Poussin habría dejado en clave en el cuadro de *Los pastores de Arcadia*. No se sabe… lo que sí es cierto es que los servicios de inteligencia de Francia, Alemania, Inglaterra y Estados Unidos están, desde hace siglos, tras las pistas de los secretos antiguos.

Evangelina sentía que algunas piezas comenzaban a encajar.

—Entiendo.

Philippe cogió su mochila y la billetera.

—Así están las cosas, por el momento, Evangelina. Todavía no sabemos —y probablemente no sabremos nunca al menos si no se unen todas las piezas— qué fue lo que pasó en tiempos de Jesús. El misterio empieza con el descubrimiento de los manuscritos apócrifos que detallarían, de puño y letra de otros apóstoles más iniciados, las palabras más profundas de Jesús. Una parte de esos evangelios fueron encontrados en Nag Hammadi, pero siempre se supo que había más.

—Entonces los documentos que tú tienes son lo que a ellos les falta.

—Si la pieza que faltaba son algunos de mis documentos, entonces, presumiblemente, la tumba real que pintó Poussin en su cuadro contenía alguna clave, razón por la cual fue posteriormente cubierta de cemento.

—Ahora concéntrate en traer a Victoria sana y salva.

El reloj marcaba las 10:35 de la noche. Philippe se sintió invadido por una intensa emoción por su pequeña hija. Caminó dos pasos y se fundió en un largo abrazo con Evangelina, luego retrocedió y apoyando la mano derecha en el hombro de ella la miró con ojos húmedos. Sin articular palabra, Philippe trató de comunicar lo que no puede ser dicho cuando la cúspide de la emoción embarga los ojos, la piel y el corazón.

Con un nudo en la garganta Philippe Sinclair, uno de los herederos de un legado ancestral, salió por la puerta rumbo a lo desconocido, como si los Caballeros y Maestres Iniciados del pasado estuviesen, en este plano y en el otro, a punto de saldar cuentas.

103

C asi inmediatamente después de que Philippe se retiró, Evangelina fue en busca de sus teléfonos celulares.

En uno de ellos tenía mensajes de una amiga de París. En el otro, el que usaba para comunicarse con Rachel Z y el equipo de hackers, tenía dos llamadas perdidas de Dee.

Ella no iba a quedarse de brazos cruzados. Era una mujer implicada con una organización secreta de hackers.

Trató de poner en orden su mente.

Tal como había ordenado, suponía que en aquellos momentos Rachel Z y los tres hackers estarían a salvo y lejos de los sicarios alemanes, entregando la caja que envió a Adán. Debía saber cuál era la posición de Dee y qué impacto mediático estaba generando el envío de información a los medios.

Cogió el celular.

En menos de diez segundos escuchó la voz del otro lado.

—Hola, ¿cuál es la situación?

—Hay novedades. Al parecer nuestros envíos han llegado y varios medios de prensa están divulgándolos.

A Evangelina le gustó escuchar eso. La información le daría libertad a mucha gente.

—¿Qué han pasado en la CNN, la BBC y la RAI?

A Evangelina le interesaba llegar a los medios más poderosos.

—Estoy viendo los informativos. No tengo dónde ir a dormir, supongo que me quedaré en algún hotel pequeño. Por lo que veo están pasando demasiadas noticias.

Dee estaba en medio de un pequeño café con una veintena de personas que bebían cerveza y cenaban. Las impactantes novedades de los televisores se escuchaban a un fuerte volumen.

—Corremos el riesgo de que los envíos hechos queden en un segundo plano —respondió Dee—. La RAI está dando partes con la salud del Papa, las personas desaparecidas y siguen con las consecuencias internacionales del atentado. También se suma una denuncia sobre el obispo secuestrado dentro del Vaticano, hablando sobre un hallazgo que encontró en una vieja casa. Al parecer serían unos supuestos textos sobre la vida de Jesús.

Evangelina se mostró pensativa.

—¿Más textos que salen a la luz?

—Al parecer, el secuestrador del obispo, que ayer logró infiltrarse en el *meeting* del Vaticano, los encontró en su casa y luego el obispo se los habría robado. El secuestrador lo grabó en video obligándolo a declarar. Hasta el momento, los sondeos de las estadísticas indican que no hay consenso sobre la veracidad de esta declaración. Lo toman despectivamente casi como un *reality show*. El obispo alega que es mentira y que le apuntó con un arma.

Evangelina frunció el ceño, preocupada.

—Seguramente manipularán esa información y rápidamente quedará en el olvido.

—Quizás nuestros envíos refuercen y apoyen el rompecabezas.

—Tenemos que dejar que la gente que ha visto las noticias las digiera y tome partido. Mañana por la mañana generarán más impacto. ¿Qué más sabes? ¿Te comunicaste con Rachel?

—Traté de comunicarme con ella pero sus teléfonos están fuera de cobertura. Ahora quiero hablarte de algo muy importante.

—¿Qué ha pasado? Explícate.

Evangelina notó que la voz de Dee mostraba euforia.

—Me llamaron de la policía los *carabinieri*, al parecer Ariel Lieberman dejó un documento legal firmado por si a él le pasaba algo. Es un documento con los derechos sobre la patente de su tecnología para activar el ADN.

Hubo un silencio.

—¿Estuviste en la policía sin avisarme?

—He salido hace casi media hora. Traté de llamarte inmediatamente pero dejé dos llamadas y no tuve respuesta.

—¿Te han interrogado? ¿Qué dice el documento?

—Dice que en caso que la vida de Ariel tuviese problemas me dejaba a cargo. He reconocido el cuerpo sin vida de Ariel en la morgue. Alegan que fue un paro cardiaco, pero creo que quieren ocultar algo. Lo cierto es que lo han sacado del medio, intuyo que nadie se espera que haya dejado su empresa en mis manos para supervisar que su maestro de Kabbalah haga las cosas bien con ese poder.

Evangelina sabía muy bien que existían tres empresas tratando de apoderarse de esa patente sin importar usar cualquier medio. Una era la empresa de Philippe, otra de Alemania y otra la hebrea que Dee acababa de recibir inesperadamente.

—Eso es… demasiado potente.

—Lo sé. Lo sé. Al parecer los sentimientos de Ariel hacia mí eran más fuertes de lo que suponía y al verse en esta situación me vio como la única persona de confianza.

—Ahora es importante que mantengas a salvo ese documento. Yo intentaré comunicarme con Rachel Z. Tengo que pedirte un trabajo más esta noche. Reúne a los dos miembros del resto del equipo que están en Roma y vayan a esta dirección.

Dee cogió con una mano la mochila que llevaba el documento y efectos personales. Sacó un bolígrafo para anotar, mientras con la otra sostenía su teléfono.

—Escucha con atención. Te diré lo que haremos.

Evangelina le pasó la dirección de la Galleria Borghese, explicando la situación de Philippe y también las coordenadas del lugar a las afueras de Roma donde estaba Rachel Z.

Sabía que necesitaba refuerzos en los dos lugares al mismo tiempo.

104

A las afueras de Roma, Italia.
En la actualidad

Qué es esto? —preguntó el Profesor frente a la mirada asombrada de Adán, Alexia y Rachel Z.

—Yo no sabía lo que había dentro —respondió la hacker.

El resto del equipo de científicos se apresuró para aproximarse. Adán fue el primero en levantar la mirada.

Aquello era algo que muchos investigadores, arqueólogos, paleontólogos y museos habían tratado de hallar sin éxito.

—Pero... ¿qué está pasando aquí? —inquirió el Profesor.

—Esto es un cráneo de cristal —respondió Adán, con firmeza.

—Yo he visto uno igual en el Museo Británico de Londres —agregó Rachel Z.

—¿Por qué te la ha enviado ahora y aquí? ¿Cómo supo usted, jovencita, que ellos se encontraban en este lugar? —le preguntó el Profesor a Rachel Z—. Creo que ha llegado en mal momento.

—O todo lo contrario —comentó Alexia—. Como bien sabes, Adán, mi padre y el tuyo tenían un listado de objetos sagrados de la civilización de la Atlántida y las calaveras de cristal son uno de ellos.

—Ella tiene razón —afirmó Adán—. Al parecer fueron heredadas por los mayas, la leyenda dice que cuando todas las calaveras se reúnan, será el comienzo del nuevo mundo.

—Los mayas han quedado desvalorizados después del 2012. No sucedió nada —respondió con ironía uno de los científicos franceses.

Adán se giró con ímpetu.

—Se equivoca. Han sucedido y están sucediendo muchas cosas a todo nivel, geológico, espiritual, religioso, político, energético, místico e incluso económico. Si usted esperaba la ola gigante que iba a arrasar al mundo, lamento desilusionarlo. Lo que ha sucedido es que más personas se han despertado espiritualmente y están pasando por el portal energético de su propia conciencia más allá de la ignorancia, donde se puede ver claramente el propósito de la vida de cada uno. Los mayas no hablaron de destrucción del mundo físico sino de destrucción de las creencias dogmáticas del mundo —hizo una pausa—. Hablaron de un tiempo de unidad entre los despiertos. No hay que desvirtuar el mensaje si no se entiende.

—Es cierto —añadió Alexia—. Como geóloga le puedo certificar que, desde esa fecha, la energía que el planeta está generando es mucho más intensa. Es algo que científicamente se puede constatar. Esto ha producido muchos cambios internos en la gente —Alexia observó al científico francés directo a los ojos—. ¿Le parece poco?

—Al parecer la gente esperaba otra cosa —retrucó el científico.

—Algunas personas pudimos ascender la conciencia a otro plano y muchos están haciéndolo ahora mismo, mientras que quienes todavía están dormidos se mantienen atrapados por la ilusión de la *Matrix*. Allí es donde debemos poner el énfasis. Eso es lo que cuenta —agregó Alexia con vehemencia.

—Lo sé, lo sé, por ello estamos aquí —terció el Profesor, para salvar el agrio comentario que realizó el otro científico.

—Estamos en el mismo equipo —dijo Adán con voz potente—. Ciencia y espiritualidad tienen que unirse para que más personas salgan de la coraza de la ignorancia.

—Ése es mi camino también —respondió Rachel Z.

—Todos estamos aquí para poner nuestra parte en el plan de evolución —agregó Alexia—. Mi padre sabía que los mayas dispersaron por el mundo trece calaveras talladas, que heredaron de los habitantes de la mítica civilización. Y que cuando éstas se hallen reunidas en un solo lugar, será el tiempo en que la sabiduría de los atlantes será transmitida a la humanidad.

Adán recordó los crucigramas.

El 11:11 será la señal.
Los ancestros harán oír su voz.

Alexia caminó en torno a la caja y continuó explicando:

—Al parecer los cráneos de cristal fueron repartidos por toda la Tierra para responder las preguntas de nuestra existencia. En la actualidad, existen varios de ellos exhibiéndose en las vitrinas de distintos museos del mundo, y según tengo entendido ya han sido descubiertos por lo menos ocho de los trece. Están en distintas manos. La más conocida es la llamada "Calavera del destino" o "Cráneo del destino". Su aspecto y medidas son casi réplicas exactas de la calavera humana. Está hecha de una sola pieza del más puro cristal de cuarzo y tiene la mandíbula articulada; casi no tiene imperfecciones. Por su forma y tamaño, se presume que es un cráneo femenino.

Adán observó a Alexia con admiración.

"El divino femenino", pensó él.

—Se sabe de otro investigador llamado Frederick Mitchell-Hedge, un aventurero británico que viajó a Belice. Cerca de esa ciudad descubrieron un área arqueológica entre las ruinas de Lubaantun. Escudriñando entre las ruinas de un templo, Anna, la hija de Mitchell, detectó un haz de luz entre las piedras. Al mover los bloques, pudieron desenterrar una fascinante calavera de cuarzo. Dicha experiencia es narrada por Mitchell-Hedge en su sitio web.

—Yo había leído eso hace años —dijo el Profesor—, en un artículo que colegas científicos publicaron en revistas.

—Creo que aun hoy no tienen respuestas claras sobre la forma tan perfecta —agregó Alexia—. En 1970, Anna y la familia Mitchell-Hedges entregaron el cráneo a los laboratorios de la empresa Hewlett Packard para un extenso estudio científico. Ese laboratorio, luego de largos exámenes, demostró que la calavera estaba hecha con un solo bloque de cristal de cuarzo y que incluso hoy, con toda la tecnología actual, sería imposible realizar otra igual. Al parecer, el veredicto del estudio dijo que no existe ninguna herramienta capaz de esculpir semejante pieza porque fue hecha con un sólo trozo del más puro cristal, y tallada en contra del eje natural de la roca. Los historiadores piensan que ambas calaveras de cuarzo fueron hechas por las mismas manos. El Museo Británico la adquirió al joyero Tiffanys de Nueva York en 1998. Tiffanys no supo (o no quiso) explicar de dónde la había sacado. No hay evidencia ni rastro alguno que haga pensar que se hubiera utilizado alguna herramienta metálica. Por eso hay personas que atribuyen su confección a seres de otras partes del universo.

—Me alegra saber que hay científicos de mentalidad abierta —respondió Rachel Z.

El Profesor le dirigió una mirada paternal.

—¿Usted qué cree? —le preguntó Rachel Z al Profesor.

—Estoy abierto a todo, querida. Abierto a la investigación, la comprobación y los cambios.

Alexia puso su mano en la calavera.

—Según tengo entendido, la información espiritual saldría a la luz pública cuando los 144,000 despiertos estuvieran preparados.

Rachel Z miró a Alexia, sintió que allí todos estaban usando el mismo lenguaje que ella y su grupo.

—¿Dónde están las otras? —preguntó la hacker.

—Otra calavera se encontró en México en 1995 —respondió Alexia—. Al parecer usaron técnicas psíquicas para conocer el lugar donde estaba.

—¿Cuántas más existen? —preguntó Rachel Z.

—Al parecer las otras se han descubierto en Guatemala, Perú, Mongolia, Amazonia, Texas y Ucrania.

—¿Pero concretamente para qué sirven? —volvió a preguntar Rachel Z.

Adán se puso a su lado. Ella sintió la fuerza y el magnetismo que salía de su presencia. Rachel Z se sintió intimidada.

—Muchas personas insisten en las propiedades paranormales que poseen. Aun así, quedan muchas incógnitas sin resolver —respondió Adán, quien iba atando cabos en su mente.

—¿Quién la envió? ¿Por qué aquí? ¿Por qué ahora? —preguntó el Profesor, que estaba asombrado de que hubieran dado con el castillo a las afueras de la ciudad.

—Evangelina Calvet es amiga mía —respondió Adán—. Ella es de mi confianza.

—De acuerdo, pero la pregunta es, ¿por qué llega esto ahora? —preguntó el Profesor, intrigado.

—A juzgar por el lugar, quizás sea para ponerla a prueba —respondió Rachel Z, quien echó una mirada a toda la infraestructura de computadoras, tecnología y científicos que había en aquella habitación.

Hubo un silencio.

—Profesor, ¿si este cráneo de cuarzo tuviera poderes podría ayudar en nuestro proyecto? —preguntó Adán.

El Profesor se llevó la mano al cuello.

—Es arriesgado. No sabemos que hay allí ni cómo "leer" la información que tenga dentro, si es que la tiene.

Los cuatro se miraron. El otro científico alzó las cejas.

—¿Qué proyecto? —preguntó Rachel Z.

—Eso no podemos comentártelo —respondió Adán con amabilidad.

El Profesor tenía la mirada fija en el cráneo.

—Si va a aportar algo no lo podemos descartar. Recuerdo las palabras de uno de los científicos más relevantes y destacados que la Tierra tuvo en todos los tiempos, que era también un místico. Dijo que "la ciencia no es sino una perversión de sí misma a menos que tenga como objetivo final el mejoramiento de la humanidad".

—¿Quién dijo eso?, ¿Einstein? —preguntó Rachel Z.

El Profesor negó con la cabeza.

—Nikola Tesla.

En ese momento, sonó el teléfono de Rachel Z. La bella hacker atendió de inmediato.

—Es Evangelina.

—Contesta, por favor —le pidió Adán.

Rachel Z llevó el auricular a su oído.

—¿Cómo estás? —preguntó.

—Bien. ¿Has podido entregar lo que te pedí?

—Estoy con ellos.

—La situación está muy tensa. Manténganse ocultos. Comuníquame con Adán.

Rachel Z le pasó el teléfono a Adán.

—Evangelina, ¿cómo está todo?

—Difícil. Philippe ha ido al encuentro con los secuestradores.

—¿Solo?

—Ya me encargué de buscar protección.

—¿Qué significa este cráneo de cuarzo que has enviado?

—Lo recibí en Teotihuacan hace años.

—¿Y qué ha pasado todos estos años que lo tuviste?

—Muchas cosas mágicas, Adán. Aunque el poder al parecer se desprende cuando se conecta con otros cuarzos. Yo no he sabido cómo activarlo.

En un instante, Adán pensó en los cuarzos que había enterrado estratégicamente, junto a Alexia, en diferentes lugares del planeta. Su objetivo era generar una red subterránea de energía-conciencia que los conectara con la intención de despertar a la iluminación espiritual a los seres capaces de lograrlo. Los cuarzos programados y enterrados generaban constantemente una comunicación bajo tierra, sin importar la distancia a la que se encontrasen, ya que para los cuarzos (y todos los elementos naturales de la Tierra) no había distancia, sino unión por un trayecto más largo.

Aquella había sido una manera que Adán y Alexia habían encontrado para llegar a mucha gente y traspasar ilusorias fronteras y límites.

—¿Qué quieres que haga con este cráneo?

—Debido al peligro que estoy viviendo con Philippe lo mejor es que lo tengan tú y Alexia. Ustedes sabrán qué hacer con él, son expertos en el uso de cuarzos.

Hubo un silencio. Adán pensó un instante.

—¿Dónde citaron a Philippe?

—En el museo Borghese.

—¿Por algo especial?

—Al parecer para ellos es muy importante por la frase esotérica, *"Et in Arcadia Ego sum"* inscrita en el cuadro de Poussin.

—Si mal no recuerdo, ese cuadro… ¿no tuvo una versión anterior?

—Sí. Hay dos versiones.

Adán recordó.

—¿Qué tenía la primera versión diferente de la segunda?

Evangelina había hablado hacía minutos de ello con Philippe.

—En la primera hay una tumba y un cráneo que no está en la segunda versión.

—Poussin ha quitado el cráneo en el otro cuadro, ¿verdad? Al parecer el cuadro sería una similitud con el cráneo de Cristo, donde albergaría los conocimientos supremos del Padre Cósmico.

Adán pensó por un momento en la famosa frase de Shakespeare, "ser o no ser, ésa es la cuestión", que Hamlet pronunciaba mientras sostenía un cráneo humano. ¿No haría referencia también a ese conocimiento oculto? Adán sintió que "ser o no ser" equivalía a decir "despierto o dormido", ése era el *quid* de la cuestión, la gran pregunta en la existencia humana.

—La función del cráneo es una especie de memoria externa, similar a la que se usa en las computadoras para guardar datos —aportó Evangelina—; en los cráneos de cuarzo es donde estarían guardadas las coordenadas espirituales para que todo iniciado recupere la conciencia de Dios.

—La iniciación final. La gran apoteosis, la iluminación buscada por los místicos —Adán hizo una pausa e inhaló profundo—. Creo que también es un simbolismo que representa a cualquier persona común, iniciada o no, que sintonice su cráneo con el universo por medio de la meditación, de esa manera el cerebro humano se activa y se vuelve brillante como el cuarzo. Así se recibe la información directamente canalizada.

Evangelina sabía que Adán y Alexia tenían esa facultad.

—Así es.

—De acuerdo, Evangelina, veremos qué podemos hacer aquí. Será conveniente que busques ayuda para proteger a Philippe en el museo.

—Ya me he encargado de eso.

—De acuerdo. Entonces seguiremos en contacto.

Dicho esto, Adán le devolvió el teléfono a Rachel Z y miró primero hacia Alexia, y luego al Profesor; se alejó y caminó hacia el cráneo de cuarzo.

—Algo me dice que tenemos que activar este cráneo con los espejos. Si llegó en este momento es por sincronía y debemos aprovecharlo.

El Profesor se mostró entusiasmado.

—Así es mi amigo. Hay un tiempo para dejar que sucedan las cosas y un tiempo para hacer que las cosas sucedan.

Adán y Alexia cruzaron una mirada en complicidad, tocaron el colgante con el cuarzo personal que llevaban en el pecho, estaban pulsando, calientes, encendidos.

—Profesor, ¡manos a la obra ya mismo!

Philippe Sinclair había llegado a la puerta del museo.
Caminó hacia la esquina, se detuvo y miró hacia los lados.
Las puertas estaban cerradas. Observó su reloj, marcaba las
once de la noche en punto. Levantó la mirada hacia el cielo, cubrían
toda Roma oscuros y densos nubarrones. El suelo húmedo por la lluvia estaba resbaloso. Philippe estaba tenso. De pie, frente al enrejado
que separaba de la entrada principal donde se erguían dos enormes
gárgolas en lo alto, observó que la segunda puerta de rejas estaba sin
candado. Caminó con cautela por los jardines rodeado de multitud
de árboles y piedras blancas. Se encaminó hacia la entrada del museo
a paso veloz. Llegó a la entrada lateral de la galería, precedido por
un pasillo de añejas piedras de pesados bloques y una enorme fuente
de agua con una estatua femenina en el centro y ocho maceteros de
piedra a su alrededor, como si protegiesen aquel enigmático edificio
cultural. El pasillo se prolongó casi más de diez metros, hasta que, al
final del camino le pareció ver la luz de una linterna haciendo señales
intermitentes. Apretó los ojos para enfocar mejor su mirada, estaba
oscuro. La luz otra vez parpadeó tres veces. Caminó hacia allí ahora
más lento, con precaución. A medida que se acercaba le pareció ver
la figura de una persona encapuchada que volvió a hacer las mismas
señas con las luces. El corazón de Philippe comenzó a bombear más
sangre. Venía de una operación. Respiró profundo.
"Victoria", pensó emocionado. "Quiero ver a mi hija".
Llegó a lo que parecía una entrada secundaria a la izquierda
del estrecho pasillo con una hilera de fuertes rejas de hierro, hasta
llegar frente a una puerta de madera de unos tres metros de alto
como las que fabricaban antaño; subió varios escalones más y entró
a una sala pequeña. Atravesó una cortina de gruesa tela de terciopelo
color granate y entró al ornamentado corredor principal plagado

de estatuas de mármol, rodeadas de barrocas paredes pintadas de manera exquisita. Olía a incienso y mirra. Philippe alzó la mirada al techo, un fresco con imágenes místicas bordeaba toda la bóveda con relieves en las esquinas. Salió de ese pasillo y apuró el paso hacia donde estaban las obras de arte del museo.

El eco del sonido de sus zapatos en el suelo retumbaba por la gran galería.

Philippe se frenó en seco. No volvió a ver a la figura encapuchada ni las señas de luz.

"Iré hacia el cuadro de Poussin como lo pidieron".

El reloj en su muñeca marcaba las 11:07.

Apuró su andar y acomodó la pesada mochila en su espalda.

Atravesó otro corredor más pequeño y observó la cartelera de ubicaciones.

Leyó las indicaciones en varios idiomas.

SEGUNDO PISO

Exposición especial: "Los pastores de Arcadia".

Giró la cabeza hacia una espaciosa escalera en caracol con suelo de mármol. Comenzó a subir lentamente, le pesaban los pies. Sus pulsaciones se aceleraron.

"Respira Philippe, respira".

Cuando había llegado a la cúspide se sintió agitado y una gota de sudor resbaló por la frente.

—¡Alto! —el eco de aquella orden retumbó en las paredes.

Philippe se detuvo en seco.

Hubo un silencio.

El aroma del incienso venía del final del pasillo desde donde apareció la figura de una persona encapuchada como si fuese un monje del medioevo. Hizo tres señas con las luces y con la mano derecha le indicó que se acercase.

Philippe se aproximó a unos seis metros de distancia.

—¿Has traído lo que te pedimos? —preguntó el encapuchado con voz tronante.

Philippe se quitó la mochila de la espalda.

—Acércate y déjala sobre el suelo debajo del cuadro.

Philippe dio varios pasos hacia la obra de Poussin y depositó la mochila.

—Retrocede lentamente —le ordenó el encapuchado.

Al momento que Philippe se había alejado de la mochila, media docena de encapuchados salieron detrás de las cortinas de terciopelo. Todos vestían igual, largas túnicas color púrpura y a ninguno se le veía el rostro.

Uno de los encapuchados caminó hacia la mochila. Era el más alto de todos. Se alejó de Philippe.

—¡Un momento! —exclamó Philippe con fuerza—. El trato es que yo entregaba los documentos y ustedes me devuelven a mi hija.

—¡Sinclair! ¡No estás en condiciones de exigir nada! —espetó la voz de un encapuchado.

—¿Quiénes son ustedes? —preguntó Philippe.

Silencio.

El encapuchado que se llevó la mochila caminó al lado de otro integrante y sacó los documentos. Los dos examinaron el contenido del interior. El hombre extrajo gruesos pergaminos, libros y papiros. Después de un momento, uno de ellos hizo una seña afirmativa con la cabeza. El otro encapuchado se aproximó a Philippe.

—*Et in Arcadia Ego Sum* —dijo el hombre con firmeza—. Los ancestros están comenzando a celebrar del otro lado.

Philippe trataba de ver el rostro del hombre sin éxito.

—No hay necesidad de llegar a este punto —argumentó Philippe.

—Las necesidades están así, es como ellos han querido.

—¿Quiénes son ellos? ¿Dónde está mi hija?

El encapuchado guardó silencio.

—¿Por qué has venido vestido de blanco, Sinclair? ¿Crees que eso te da pureza? La luz sin la sombra carece de valor. Nosotros llevamos túnicas oscuras pero la luz va por dentro.

—Una señal de respeto.

—¿Respeto dices? Tu familia y las trece familias dominantes han hecho pactos con el poder de los gobiernos, con las logias, hasta con un sector del clero vaticano para ocultar la verdad.

—Tu verdad, querrás decir.

—La verdad de los Maestros —respondió el encapuchado.

—Hay muchas formas de ver las cosas.

—Y ustedes han elegido que la gente vea la verdad más manipulada, la falsa verdad, la que genera fieles ovejas y no liberadas águilas.

—No puedo pagar deudas ajenas.

El encapuchado soltó una risa.

—¿No puedes pagar deudas pero sí puedes quedarte con las ganancias?

—¿A qué te refieres? Ser custodio de este conocimiento no me hace...

—¡Te hace cómplice de la mentira! ¿No has aprendido nada del crucigrama que te enviamos? Hacer ver al Maestro como un crucificado, ¡por favor! Un hombre que domina la materia, que está en varios lugares al mismo tiempo, que camina sobre el agua, que multiplica panes y peces, que comparte el vino sagrado, que sana, que reconecta... ¿Y quieres que lo veamos crucificado y no libre?

—No soy religioso —respondió Philippe tajante—, soy un librepensador y he traído lo que han pedido.

—Un hombre religioso sin ciencia es tan peligroso como un científico sin alma. Sinclair, las deudas antiguas se saldarán y el mundo conocerá lo que tiene que saber. Tus manuscritos se suman a los que ya hemos conseguido por otros lados. El Maestro y su compañera serán lo que siempre han sido, una pareja de luz.

El encapuchado se refería a una amplia gama de pruebas científicas que habían logrado demostrar un fragmento de un papiro original donde se leía: "Jesús les dijo: mi esposa...". La investigación de un grupo de expertos que estudiaron la autenticidad del antiguo papiro, conocido como el "Evangelio de la esposa de Jesús", había sido publicado por la revista *Harvard Theological Review*. La publicación afirmaba que se trataba de un documento antiguo que databa de entre los siglos VI y IX, no de una falsificación moderna como sostenía el Vaticano.

El documento había sido descubierto en 2012 y creó un debate que pronto fue minimizado entre los católicos. Se discutía el hecho de si las mujeres tenían derecho a convertirse en sacerdotisas católicas, puesto que, supuestamente, el mismo Jesús no estaba en contra de ello.

El encapuchado sabía que, tras el descubrimiento del papiro, el Vaticano no tardó en pronunciarse y sostuvo que podía tratarse de una falsificación moderna. Sin embargo, confiables e imparciales investigadores de la Universidad de Harvard, junto con especialistas de las universidades de Columbia y el Instituto de Tecnología de Massachusetts, habían examinado cuidadosamente el fragmento y afirmaron que se trataba de un manuscrito auténtico que se conservó hasta la actualidad desde hacía muchos siglos.

No obstante, la autora principal del estudio, Karen King, profesora de Teología en Harvard, trató de enfriar el hallazgo diciendo que no creía que la autenticidad del papiro demostrara que Jesús realmente tenía una esposa. Según ella, el hallazgo era que se trataba de un documento histórico, del tiempo en que los primeros cristianos ya empezaban a debatir sobre el papel de la mujer en la sociedad; sobre si era mejor para los cristianos ser vírgenes célibes o casarse y tener sexo y descendencia. Los investigadores estimaban que el manuscrito, que podía verse en páginas de internet, procedería de Egipto ya que estaba escrito en lengua copta, la última etapa del idioma egipcio antiguo, utilizado por los cristianos a partir de la época imperial romana de Constantino.

—Aquí tienen los textos que heredé, ¿qué más quieres de mí?

El encapuchado se le acercó un poco más, Philippe adivinó una barba en el rostro del hombre.

—Sinclair, ¿cuánto tiempo crees que tiene que pasar para que la gente despierte? ¿No te parece una exageración más de dos mil años de cruzadas, luchas, muertes y azotamientos? ¿Cuántas generaciones deben seguir cayendo presas de la ignorancia? ¿Cuántas mutilaciones más tiene que padecer el conocimiento? ¿No crees que se le quita el poder espiritual al hombre al hacerlo pensar en un paraíso futuro cuando tiene que hacer las cosas ahora mismo? ¿No crees que Jesucristo estaría feliz de que las personas encuentren el camino completo y no sólo atajos que los distraen de la auténtica razón de la existencia? ¿Crees que lo seguirán haciendo mediante represión, miedo, culpa y látigo? ¿O por el veneno de la ignorancia que se compensa con la anestesia de la hipocresía? ¡No, Sinclair! Ya es tiempo de revelaciones.

Philippe sintió mareo. No sabía si eran aquellas fuertes palabras, el incienso o la taquicardia que aceleraba su corazón.

—Han conseguido...

El encapuchado lo interrumpió.

—Sinclair, no descansaremos hasta que se sepa la verdad y la gente pueda hacer lo que el Maestro hizo. Jesús nos dejó abierta la puerta a ser como él, superdotados, no crucificados —la voz del encapuchado era firme pero amorosa. Hay que sacar a la luz el poder divino dentro de cada uno, no vivir de la ilusión, en la cruz y ficción.

Él hizo milagros junto a su compañera, como otros tantos Maestros que vinieron de las estrellas...

—Terminemos con esto. Devuélvanme a mi hija.

—Tranquilo, Sinclair. Tu hija ha sido atendida como una reina. Tu hija es otra más de los nuevos mensajeros. Tu hija...

—¡No me diga más nada y devuélvamela!

—Las personas como tú, ciegos por el poder, no valoran lo que tienen hasta que lo pierden.

Philippe sintió impotencia. No podía explicarle a aquel grupo que él había cambiado; que había experimentado en la operación del hospital la certeza de que el alma continuaba viva más allá del cuerpo.

—¿Quiénes son? —preguntó Philippe una vez más.

El encapuchado hizo una pausa como si estuviese pensando en la larga lista de generaciones que habían protegido el conocimiento.

—Somos custodios del saber.

—¿Qué es eso, una logia, una secta?

El encapuchado negó con la cabeza.

—¿Qué más da quiénes somos? Nosotros no queremos hacer alarde de nuestro trabajo, buscamos llegar a las personas que duermen el sueño de la ignorancia.

—Al menos quiero saber con quiénes estoy tratando. ¿Cristianos, católicos, masones, esenios, illuminatis? —Philippe hizo una pausa para tomar aire—. ¿O acaso los herederos del Priorato de Sión?

—Ni unos ni otros, Sinclair. Dios no está ligado a pequeñas religiones del planeta Tierra sino a incontables planetas del inmenso universo. ¿Todavía sigues pensando como un limitado humano mortal con la sabiduría que te ha sido legada? Todos los que has nombrado son precisamente varios de los que han tapado el aire puro de la sabiduría. Nosotros somos de un tiempo anterior a las religiones. Somos herederos y custodios del legado que salvaron los sabios de la biblioteca de Alejandría.

Philippe había escuchado el mito de un linaje hermético y secreto.

—¿Los custodios de Alejandría? ¿Entonces es cierto? Pero veo que tienen métodos poco ortodoxos. ¿Protegen vuestros fundamentos con secuestros?

—Tu hija no fue secuestrada. Tu hija ha sido *entrenada*.

—¿Qué le han hecho? ¿Entrenada para qué?

—Entrenada para recordar.

Philippe estaba sudando, las pulsaciones se aceleraron.

—Ella no necesita ser entrena...

—¡Nadie se mueva!

En ese instante, varias voces se escucharon en dirección contraria a donde estaban los encapuchados y hubo un rápido despliegue de tres hombres altos, armados con pistolas con un largo silenciador en la punta. Los hombres estaban vestidos con sacos oscuros, corbata y zapatos, parecían empresarios. Eran muy corpulentos.

Los encapuchados se miraron sorprendidos.

—¡Llamaste a la policía, Sinclair!

Los encapuchados no iban armados. Philippe se giró y vio la cara de los hombres, le parecieron policías de civil pero su acento no era italiano.

—Yo no he llamado a nadie.

—¡Cállense!

Los tres hombres eran los nuevos sicarios de Hans Friedrich, las pistolas emitían un láser rojo con la mira. Un punto se dirigía a la cabeza de Philippe y otro al pecho del encapuchado.

—¡Tú contra la pared y las manos en la cabeza! —ordenó uno de los sicarios a Philippe.

—¡Todos ustedes al suelo! —gritó otro.

Philippe se arrodilló contra la pared.

El encapuchado que tenía la mochila trató de ocultarla tras de sí.

—¡Eh, tú! —le gritó un sicario que tenía una gran cicatriz en la cara—. ¡Deja esa mochila en el suelo!

El encapuchado dudó un instante y lentamente se agachó y apoyó con extremo cuidado el paquete. El sicario alemán se acercó sin dejar de apuntarle y tomó la mochila. Desde un rincón, debajo del cuadro de Poussin, Philippe, impotente, observaba cómo se llevaban el paquete que necesitaba para que le devolvieran a su hija.

Los encapuchados tenían las manos en alto y, al no llevar armas, estaban a merced de los sicarios. En aquel momento los herederos de los Sabios de Alejandría sintieron que todos los esfuerzos de una búsqueda de años de sigiloso rastreo se estaban perdiendo.

Los sicarios comenzaron a retroceder sin dejar de mirar y apuntar a todos. Estaban a metros de la escalera que les daría la posibilidad de escapar. De pronto, dos encapuchados del otro lado del ornamentado salón salieron con impulso detrás de las cortinas. Uno de ellos golpeó con fuerza en el pecho de un sicario alemán y, luego, con un preciso movimiento de aikido en la yugular del sicario, hizo que éste cayera inconsciente al suelo. El otro sicario armado se giró al ver las dos inesperadas presencias detrás de las sombras y disparó tres veces sin éxito. Los dos encapuchados se movieron y se trenzaron en una lucha contra ellos. Uno de los encapuchados recibió un disparo en el hombro. Un sicario alemán veía cómo su revólver caía al suelo por una precisa patada del encapuchado. Al ver que un sicario estaba en el suelo y el otro desarmado, Philippe Sinclair se aproximó corriendo a la mochila con los textos. Se movió con coraje y decisión y se abalanzó por detrás sobre el sicario que estaba armado.

Éste, al ver un bulto a su lado, disparó a tientas. La bala dio en el cuerpo de Philippe que sintió un potente espasmo cayendo al suelo. Se tumbó de espaldas e inmediatamente se llevó las manos al abdomen. Un hilo de espesa sangre comenzó a asomarse por su boca. Philippe no podía creer lo que estaba pasando. Iba decidido a regresar con su hija y, en cambio, recibía un balazo en el abdomen. Al verse en superioridad de número y siendo expertos en defensa personal, los encapuchados se abalanzaron sobre los dos sicarios que quedaban. Los dejaron inconscientes al aplicar golpes en el pecho y la yugular.

Uno de los encapuchados recuperó la mochila con los textos y rápidamente se fue detrás de las cortinas.

—¡Llévate los textos! —ordenó—. ¡Ustedes aten a estos! —rápidamente estaban atando las manos de los sicarios alemanes.

El líder de los encapuchados, al ver a Philippe herido, fue corriendo hacia él. Al ver la camisa blanca de Philippe llena de sangre, le desgarró la tela y vio el impacto de la bala sobre el hígado.

Se miraron a los ojos.

—¿Qué tan grave es?

—Es grave. Tu cuerpo está perdiendo mucha sangre. Llamaré a una ambulancia.

El encapuchado tomó su teléfono celular y rápidamente marcó el número para emergencias.

—¡Envíen una ambulancia al segundo piso del museo Borghese, urgente! ¡Hay un hombre con una grave herida de bala!

Colgó y rápidamente discó el 112 de la policía italiana. El encapuchado dio la alerta.

—¡Tres delincuentes han venido a robar al museo Borghese! ¡Manden unidades!

Philippe perdía sangre a borbotones. El encapuchado guardó su teléfono y le tomó la mano, con la otra en la espalda le dio un impulso y trató de incorporarlo para que la sangre no le ahogara la respiración.

—¿Primero me amenazas y luego intentas salvarme la vida? —preguntó Philippe.

—Nunca te hemos amenazado. Hemos apelado a tu inteligencia y a tu comprensión. Lo que queremos es recuperar lo que fue robado o quemado. No tenemos odio en nuestros corazones.

Philippe hizo una mueca de dolor.

—Mi… hija

—Quiero que estés tranquilo, pase lo que pase.

—Victoria. Quiero ve…rla. Eva…ngelina —el aire entraba con dificultad en sus pulmones.

Mil cosas comenzaron a pasar por la mente de Philippe.

—Tu hija no está aquí. Tu hija está a salvo y muy bien. Esperando el momento con otros niños. Ella es… es muy especial. Ha venido a reivindicar el pasado y a crear un nuevo futuro.

—¿Qué dic…es? ¿Dón…de está?

—Está bien. Trata de no hablar. La ambulancia no tardará en llegar.

Philippe trató de hablar y no pudo. Un nuevo torrente de sangre salió lentamente por la boca. Al ver eso, el hombre se quitó la capucha. Philippe miró su rostro, sorprendido. Jamás había visto una cara como aquella. El hombre tenía unas facciones angelicales, como si no fuese de este mundo. Sus ojos de prístina luz estaban llenos de amor y compasión. Llevaba barba y bigotes y el cabello corto. Su aspecto era similar al de los antiguos griegos.

Aquellas enigmáticas facciones fueron lo último que Philippe Sinclair vio de este mundo material, antes de exhalar su último suspiro.

En el momento exacto en que Philippe dejó de respirar, el hombre alzó su propio brazo y colocó la mano derecha justo en el entrecejo, el tercer ojo de Philippe y la izquierda en el pecho.

—Hermano, regresas a La Fuente. Disfruta el viaje. Ten paz en tu corazón. Desde allí podrás ver que tu niña está diseñada como una maestra y compartirá una gran verdad al mundo.

Del otro lado, el alma inmortal de Philippe vio tendido a su doble físico sin vida, y escuchó, con profunda emoción, las palabras que el otro había pronunciado.

Los encapuchados se agruparon y con veloces movimientos, como si no tocasen el suelo, desaparecieron detrás de las cortinas escapando por una salida secundaria.

En menos de diez minutos comenzó a escucharse la sirena de la policía.

Cuando la policía iba entrando al museo, los hackers que Evangelina había enviado se dieron cuenta de que habían llegado tarde.

106

A las afueras de Roma, Italia.
En la actualidad

El profesor Garder dio la orden para comenzar la activación. Todo el grupo de científicos comenzó a teclear los programas y una luz azul se proyectó sobre uno de los espejos.

—Me temo que ahora deberás dejarnos solos. Esto es privado —le dijo el Profesor a Rachel Z.

—De acuerdo.

Adán se acercó hacia ella y la miró a los ojos con franqueza.

—Gracias por tu ayuda.

Rachel Z no conocía a aquel hombre y, sin embargo, sentía una extraña sintonía positiva con su energía.

—Espero que el cráneo de cristal pueda ser de utilidad.

—Así será.

Rachel Z se estrechó en un breve abrazo con Adán y luego hizo lo mismo con Alexia.

—Hasta pronto.

Dicho esto, salió por la puerta principal.

—Comencemos —pidió el Profesor.

Otra luz, esta vez de color morado, se fundió con la luz azul. Los espejos generaron un reflejo intenso de color violeta.

—Hay dos formas de proyectar la luz. Ser la lámpara que la irradia o el espejo que la refleja. Ahora ustedes dos tienen ambas —les dijo el Profesor.

Adán y Alexia se aproximaron al espejo.

Se veían como dos antiguas estatuas griegas. Adán colocó el cráneo de cuarzo entre ellos. Los dos tocaron el pequeño cuarzo blanco que llevaban colgado del cuello, latían con un intenso calor.

—Activen las computadoras y los espejos —ordenó el Profesor. De inmediato, los científicos desde sus computadoras a menos de diez metros apretaron teclas y códigos.

Adán y Alexia dieron varios pasos y se colocaron frente a los dos espejos.

Al ver ya la imagen proyectada, uno de los científicos activó una palanca que hizo deslizar otros dos espejos perpendiculares, lo cual dejó a Adán y Alexia dentro de una especie de tubo hermético. La imagen real de sus cuerpos se multiplicó holográficamente en miles de imágenes, reflejadas detrás, delante y a los costados.

"Somos muchos, somos uno", le dijo Adán a Alexia.

Ella sonrió y le cogió la mano.

—Ya saben lo que tienen que hacer, amigos —replicó el Profesor, con voz amable—. Ésta es una gran oportunidad para la humanidad. Que la luz esté con ustedes.

Por encima de los espejos salió proyectado un tubo lumínico, un poderoso rayo de luz que giraba en tonos azules y morados. Adán y Alexia sabían que el azul era el color de lo masculino y el morado profundo el color de lo femenino. Los colores se hacían uno y danzaban a gran velocidad. Se escuchaba casi como un fino viento en espiral reflejando las imágenes en los espejos.

El Profesor y su equipo aplicaban la holografía, una técnica avanzada de fotografía que consiste en crear imágenes tridimensionales basada en el empleo de la luz. Para esto se utiliza un rayo láser que graba microscópicamente una película fotosensible. Ésta, al recibir la luz desde la perspectiva adecuada, proyecta una imagen en tres dimensiones.

Científicamente la holografía había sido inventada en el año 1947 por el físico húngaro Dennis Gabor, que recibió por esto el premio Nobel de Física en 1971. Poseía la patente GB685286 por su invención. Sin embargo, se perfeccionó años más tarde con el desarrollo del láser, pues los hologramas de Gabor eran muy primitivos a causa de las fuentes de luz tan pobres que se utilizaban en sus tiempos.

El profesor Garder había utilizado ese sistema anexado a los avanzados programas de computación. Al aplicar la luz holográficamente sobre los cuerpos de Adán y Alexia, hacía que las células recibiesen un impacto de luz y generasen mayor velocidad de movimiento en sus átomos. Se intensificó la potencia lumínica y de pronto ésta comenzó a atravesar los espejos del holograma; cada espejo comenzó a crear ondas semiesféricas que se propagaron por los cuerpos de Adán y Alexia.

Todo receptor de ese voltaje se convertiría en luz. Luego, como luz-conciencia, podría moverse a cualquier sitio. El experimento del profesor Garder era la punta del iceberg que explicaría científicamente la bilocación de la que eran capaces Jesús, Siddhartha Buda y miles de yoguis anónimos.

La luz generada sobre los espejos activó un juego de zonas claras y oscuras mezcladas. Se proyectaron varios hologramas con diferentes símbolos. La velocidad produjo un agudo zumbido. Ya casi no se distinguía la forma física de Adán y Alexia, comenzaron a verse reflejados como ondas y puntos.

El profesor Garder sabía que todo objeto grande no era otra cosa que un conjunto de puntos de luz. Los rayos láser parecían sacarlos del actual espacio-tiempo. Se propagó una imagen virtual de Adán y Alexia sobre los múltiples espejos. Observaron sus ojos en el espejo central sin dejar de prestar atención a las demás imágenes. Vieron su reflejo como luz, dejaron de ver su cuerpo físico.

En ese momento, el tubo de luz se acrecentó como una espiral.

"Yo soy luz".

"Yo soy luz".

"Yo soy luz".

Repitieron mentalmente estas palabras Adán y Alexia cuando la luz alcanzó su máxima vibración y aumentó la velocidad de giro de los fotones en sus células. Multiplicaron la sensación como si cayesen al vacío en el carrusel de un parque de diversiones.

Inmediatamente los pensamientos de Adán y Alexia se detuvieron. Fueron invadidos por una profunda calma. Estaban acostumbrados a sentir paz por la práctica diaria de la meditación, pero el impacto de aquella luz fue inigualable. Se volvió blanquísima irradiando sus coronillas, como si tuvieran el sol quemándoles dentro. Esa radiación intensa se mantuvo casi dos minutos y luego se escuchó un sonido grave. La luz se abrió como si fuese una flor. Múltiples pétalos de colores giraban a gran velocidad. En ese momento, dejaron de estar visibles a los ojos de los científicos.

Adán y Alexia se sintieron en otro tiempo y espacio, se reconocieron como luz y conciencia.

"¿Quién soy?".

"¿Hacia dónde voy?".

"¿Cuál es mi misión en la vida?".

Ambos tuvieron los mismos pensamientos.

Su energía y cuerpo de luz salieron dirigidos con tremendo impulso hacia un lugar desconocido.

Parecía subterráneo. Oscuro. Húmedo.

Adán y Alexia estaban en las entrañas de la Tierra.

* * *

Del otro lado, el Profesor y los científicos comenzaron a celebrar. Adán y Alexia habían desaparecido.

—¿Cuánto tiempo activamos Profesor? —preguntó uno de los científicos.

—No pongan todavía el tiempo de regreso. Quizás necesiten más de lo previsto.

El Profesor caminó hacia una pequeña nevera para servirse agua. Se sentó y bebió. Cerró los ojos.

"Les deseo todo lo mejor queridos. Sé que podrán activar las almas de los dobles".

Los científicos seguían atentos a las señales de las computadoras, todo indicaba que estaban teniendo éxito.

En la entrada se escuchó un golpe seco detrás de una de las puertas de madera.

El Profesor se sobresaltó.

En menos de un minuto, vio cómo Rachel Z regresaba apresada del brazo por un desconocido. Tras ellos, media docena de hombres irrumpieron frente a los científicos.

El Profesor dio un brinco de la silla. La botella de agua cayó al suelo.

—¿Qué…? ¿Quiénes son ustedes?

—¡Silencio! —gritó un hombre blanco, alto y de cabello rubio.

Era Hans Friedrich.

Se veía cansado, tenso, desencajado.

—¡Ni un movimiento! ¡Todo el mundo quieto!

Rachel Z miró al Profesor con cierta culpa en los ojos. Sin querer, el GPS que compartían con Dee, su equipo y Evangelina había sido la causa de que los alemanes descubrieran su ubicación.

—Al parecer nos estamos perdiendo de algo importante —le dijo Hans al Profesor con ironía.

—¿Qué quieren?

Hans giró la cabeza y observó toda la habitación.

—Interesante —dijo Hans mientras observaba con detenimiento—. Veo que tienen muchas computadoras, consolas, espejos… ¿Qué están haciendo?

—Nada que sea de su incumbencia. Ésta es una propiedad privada.

Hans lanzó una sonora carcajada.

—¿Propiedad privada? Estos son tiempos donde la vida de todo el mundo es pública.

Los sicarios fueron hacia los científicos y, les apuntaron con las armas.

—¡Contra la pared, de espaldas!

Hans se acercó al Profesor y un sicario le apuntó a la cabeza.

—Al parecer ha descubierto algo importante, Profesor. Pero esta tecnología me suena familiar. ¿Nos ha robado algo?

—No sé de qué habla.

Hans se dirigió hacia Rachel Z.

La tomó violentamente del cabello. Rachel Z trastabilló. Hans sacó una pistola y apuntó a la cabeza de ella.

—¿Tú le pasaste información, soplona?

—¡Suéltame!

—Dime ahora mismo qué está pasando aquí o esta malnacida morirá.

Si bien el Profesor no conocía a Rachel Z no iba a permitir que en aquel espacio hubiese un asesinato. Tampoco que pasase nada con las computadoras. Si algo sucedía con los programas, Adán y Alexia no podrían regresar.

—Tiene diez segundos…

Hans comenzó a contar apuntando a Rachel Z a la cabeza.

—Nueve, ocho, siete, seis, cinco…

Hans le dirigió una mirada fría al Profesor.

—Cuatro, tres, dos, uno…

Hans sabía que el Profesor quizás necesitaba una amenaza diferente. Disparó sobre una computadora. Un chispazo salió de la pantalla.

—¡No! —gritó El Profesor.

—¿No vas a proteger la vida de ella y de tus computadoras, Profesor? —la voz de Hans estaba cargada de ironía y furia.

—¿Qué es lo que quiere? —preguntó el Profesor apretando los dientes.

—Sabemos que estás tras algo grande, Garder. Trabaja para mí —Hans fingió cambiar el tono de voz—. Podemos hablar como civilizados hombres de negocios.

—Estos no son los modos.

—Tienes razón, tienes razón —repitió Hans como si no prestase verdadera atención a lo que escuchó. ¿Cuánto dinero quieres?

—Este proyecto no está en venta y mucho menos para que esté en las manos equivocadas.

—Si no vas a negociar, entonces nos lo queda...

Hans no terminó la frase.

Se escucharon dos disparos.

El sicario que tenía de rehén a Rachel Z cayó al suelo y ella se soltó. Otro de los sicarios también cayó, mientras los cuatro que quedaban apuntaron sus armas hacia las ventanas.

Desde allí los sicarios vieron varios bultos sobre los altos ventanales del castillo. Los tres hackers que se habían quedado en el coche esperando a Rachel Z les dispararon.

—¡Mátenlos a todos! —gritó Hans con furia.

Al ver que Rachel Z quería escapar por la otra puerta, la que daba a la salida de servicio, Hans disparó sin compasión.

El impacto le llegó a Rachel Z a la altura del hombro izquierdo a poco menos de diez centímetros del corazón. De inmediato, un intenso cruce de disparos llenó de ruido y pánico aquel lugar. El Profesor se protegió bajo un mueble y los otros científicos también corrieron. Los sicarios alemanes buscaron protegerse, se ocultaron detrás de las altas consolas y las computadoras.

Los balazos se intensificaron.

Al ver que los disparos venían detrás de las ventanas y que ellos iban a ser presa fácil, Hans se alarmó.

—¡Allá arriba! —gritó.

Un disparo alcanzó una de las piernas de Hans cuando estaba corriendo. Trastabilló y arrastrándose se deslizó tras una puerta. Los sicarios le protegían disparando sin cesar hacia las ventanas. Hans, herido en su orgullo, trató de salir de allí. La puerta estaba cerrada.

Giró la cabeza, había otra puerta secundaria. Corrió como pudo. Giró la manilla. También estaba cerrada. Disparó en la cerradura y ésta se hizo añicos. Presa de la ansiedad, molesto, con ira en su corazón, corrió hacia uno de los coches.

Tenía vía libre para escapar.

Encendió el motor del coche y aceleró. El suelo estaba empantanado por el barro que se había formado tras la lluvia. Aceleró unos cien metros cuando por el frente, en sentido contrario, fuertes luces provenientes de cinco coches encandilaron la visión de Hans. Igualmente aceleró y trató de escapar. La sirena de los patrulleros de la policía italiana sonaba con intensidad. Habían sido alertados por Dee, quien había recibido la orden de Evangelina de ir hacia Rachel Z.

Los patrulleros le cerraron el paso a Hans, apresándolo, mientras los policías uniformados entraban en el castillo.

—¡*Tutto il mondo mani in alto!*

Los *carabinieri* cargaban la presión del mundo por atrapar a los ejecutantes de la bomba que había explotado en Roma y rastreaban a todo aquel que pareciese sospechoso. Un helicóptero policial apareció a gran velocidad encima del castillo.

Dee había conseguido hacerles creer que los alemanes tenían algo que ver con el atentado.

Los sicarios que quedaban dentro del castillo tiraron las armas al suelo viéndose superados en número.

Dee bajó corriendo del coche hacia el castillo.

Entró rápidamente. Olía a pólvora. Los científicos salieron debajo de la mesa y el Profesor apareció detrás de un mueble con los brazos en alto.

—¡Rachel! —gritó Dee—. ¡Raaaachel!

—¡Por allá! —señaló uno de los hackers desde la ventana.

Dee alcanzó a ver el cuerpo de Rachel Z en el suelo. Corrió con todas sus fuerzas y le dio vuelta lentamente.

—¡Rachel! ¿Qué ha pasado?

Ella trató de hablar e hizo una mueca de dolor. Dee vio el impacto de la bala. Un policía se acercó hacia ellos.

—¡Está herida! ¡Llamen una ambulancia urgente! —gritó.

Rachel Z miró a Dee con ojos nostálgicos.

—Estarás bien, tranquila.

—No pude hacer más…

—Cálmate —repitió Dee, quien quería mantener consciente a Rachel Z porque había visto que la bala había penetrado por la espalda en un lugar delicado.

—Tranquila, tranquila —le dijo Dee, mientras la abrazaba—. Todo irá bien.

—Dee... yo... perdóname...

—No hay nada que perdonar.

—Has hecho un gran trabajo... yo...

—Rachel, no hables.

Los policías esposaron a los sicarios y a los otros hackers. Dee se volvió a Rachel Z.

—La policía italiana ha capturado a tu padre —le dijo Dee

—¿Y qué le has dicho de nosotros?

—Somos estudiantes, Rachel. Nadie sabe nada de nosotros.

A Rachel Z le dolía el pecho.

—No puedo respirar...

—¡Rachel, no te vayas! ¡No! ¡Noooo!

Rachel Z tenía lágrimas en los ojos. Dee sentía que el mundo se le venía encima.

—¡Rápido! ¡Necesita una ambulancia!

Dos paramédicos policiales que venían en el helicóptero llegaron corriendo, apartaron a Dee y comenzaron a atender a Rachel Z.

Dee sentía impotencia.

—¡Rachel!

Las lágrimas de Dee resbalaron por sus mejillas. Los paramédicos cargaron a Rachel Z en una camilla, la subieron al helicóptero e inmediatamente la llevaron hacia el hospital.

El impacto holográfico de la luz fusionada con los espejos transportó a Adán y Alexia hacia un sitio oscuro, húmedo, como si estuviese construido hace siglos.

Los sentidos se intensificaron.

Una poderosa levedad energética recorría su mente.

Escucharon veloces pasos a lo lejos. Caminaron por un pasillo estrecho de paredes grises, añejas, subterráneas.

—¿Dónde estamos? —preguntó Alexia.

—No lo sé. Mantente enfocada.

Adán se adelantó unos metros.

—Se acerca alguien.

—Sí. Los pasos vienen de aquel lado —respondió Adán agudizando el oído.

—No sabemos quiénes son, Adán, ten cuidado.

Adán Roussos caminó por el pasillo hasta la desembocadura de otro pasillo. A lo lejos, divisó tres hombres. Parecían antiguos soldados. Uno de ellos llevaba los hábitos de un hombre religioso y los otros dos uniformes de gendarmes. Los soldados tenían armas cruzadas en sus espaldas y dos grandes bidones de agua en cada mano. Adán se ocultó. Los veía venir desde lejos. Al llegar a la puerta, los tres hombres bajaron varios escalones, uno de ellos apoyó los bidones en el suelo y cogió una llave de su bolsillo. Abrió una pesada y antigua puerta que tenía candado de seguridad.

Una vez abierta, se escuchó un chillido y los tres hombres ingresaron a lo que parecía una bodega.

—Por aquí —le dijo Adán a Alexia.

Ambos se dirigieron sigilosos hacia donde habían entrado los tres hombres. Se acercaron a la puerta.

—¡Ábranlos! —ordenó la voz del hombre religioso a los dos soldados.

Adán y Alexia se ocultaron en la entrada para escuchar.

—Esto será lo mejor. Nadie deberá saberlo nunca, ¿entendieron? —ordenó con énfasis, el hombre de hábito religioso a los soldados.

—Seremos como tumbas.

—Procedan.

Los soldados tomaron los bidones y comenzaron a echar el líquido dentro de unos grandes cofres.

—¿Qué están haciendo? —susurró Alexia a Adán.

—No lo sé.

—Están echando algo dentro —dijo Adán.

El hombre religioso dio un paso hacia atrás. Llevaba una caja de cerillas en su mano derecha.

Adán lo supo de inmediato.

—¡Van a encender fuego!

Los soldados esperaron que el hombre religioso diese la orden.

—*Hoc est mysterum Fidei* —repitió en voz alta el religioso—. Éste es el misterio de la fe que mantiene nuestra iglesia en pie. Estos textos no podrán ver la luz. *Introibo ad altare Dei*, el *Corpus Christi* deberá seguir siendo un enigma. Entro al altar de Dios —dijo el hombre religioso, con la boca seca mientras se persignaba con la mano sobre los cofres—. *In nomine Patris, et Filii, et Spiritus Sancti, Amen.*

Adán y Alexia, afuera de la bodega, observaban sorprendidos la extraña ceremonia.

—¿Van a quemar libros? —le preguntó Alexia, preocupada.

—Eso parece —respondió Adán, sin dejar de mirar hacia dentro.

—¡Debemos evitarlo!

Ajenos a ellos, el hombre de hábito religioso dirigió la mirada hacia arriba como si hablara con alguien invisible.

—Al eliminar estos documentos nuestra fe se hará más fuerte y el patrimonio de Cristo siempre será nuestro tal y como lo hemos creído.

Adán y Alexia percibieron las ondas emocionales del hombre religioso, su frecuencia era baja y oscura, no tenía luz.

—Procedan —ordenó con autoridad a los soldados. Inmediatamente los dos soldados rociaron de nuevo con el líquido el contenido de aquellos cofres.

El hombre religioso dio un paso adelante y arrojó un fósforo dentro de cada caja. El contacto de la gasolina con los textos que estaban dentro provocó una llamarada que se elevó proyectando las sombras de los soldados en las paredes de la bodega.

—¡Tenemos que impedirlo! —le dijo Adán a Alexia.

—Ten cuidado, están armados —respondió Alexia.

Adán bajó rápidamente los escalones.

—¡Un momento! —gritó Adán, entrando con ímpetu en la bodega.

Los tres hombres se giraron sorprendidos.

—¿Qué está haciendo aquí? ¿Quién es usted?

—Por lo que veo piensan quemar libros.

Los soldados sacaron las armas y apuntaron a la cabeza de Adán Roussos.

—Eso no es asunto suyo. ¿Cómo llegó aquí? —preguntó el religioso, confundido y con la mirada llena de furia.

—Eso no importa. Apague el fuego.

—Tengo órdenes de quemar estos documentos —dijo el religioso.

Adán percibió la mentira en sus expresiones y en su aura.

—Eso no es cierto. ¡Apague ya mismo el fuego!

—No sé quién es usted y qué hace dentro del Vaticano sin autorización —respondió el hombre, adoptando una posición de superioridad—. Yo soy el obispo Martin Scheffer, encargado de este trabajo sagrado. ¡Guardias!

—¿Quemar textos es un trabajo sagrado?

Uno de los soldados se aproximó hacia Adán con actitud amenazante.

—Si quiere salvar los textos, sálvelos —respondió el obispo, con ironía, al tiempo que hacía una seña con la cabeza a los soldados para que lo dejasen encerrado. Scheffer no podía dejar testigos vivos.

Alexia vio el peligro desde fuera.

—¡Noooo! —gritó ella, y se abalanzó sobre el obispo Scheffer quien, debido al empujón, cayó de espaldas al suelo.

Uno de los soldados se giró con precisión hacia Adán y le asestó un fuerte golpe con la culata del arma en la cabeza, dejándolo inconsciente; el otro soldado de la Guardia Suiza tomó con fuerza los cabellos de Alexia. El obispo Scheffer se incorporó con dificultad. Debido al golpe que Alexia le propinó, la cadena con el crucifijo del obispo se rompió y cayó al piso partida en varios pedazos.

El otro soldado de la Guardia Suiza empujó a Alexia con fuerza y ella cayó encima de Adán. El fuego se incrementaba cada vez más. Alexia tuvo que empujar el cuerpo inconsciente de Adán y alejarlo porque las llamas estaban a menos de dos metros de ellos. Sobre las paredes, se proyectaron las sombras de los rápidos movimientos de los tres hombres. Alexia sintió el calor quemando su piel. Los tres hombres retrocedieron, ya era tarde para apagar el fuego que había crecido y no tenían ninguna intención de hacerlo.

Los dos soldados y el obispo Scheffer subieron rápidamente los escalones y con fuerza cerraron la puerta colocando el candado.

Las llamas consumían los textos. El humo se acrecentaba en la pequeña bodega.

El obispo Scheffer y los dos soldados salieron a paso veloz por los estrechos y oscuros pasillos de regreso al Vaticano.

—Jamás hablen de esto con nadie. ¿Me oyeron?

Los dos soldados asintieron con obediencia.

—Lo que quedó ahí dentro será declarado un accidente y quedará en el más estricto silencio.

Volvieron a asentir.

De pronto, al obispo Scheffer le pareció escuchar pasos a lo lejos, en dirección contraria.

Se divisó un pelotón con más soldados de la Guardia Suiza.

—¿Qué hacen los soldados aquí a estas horas? —le preguntó el obispo Scheffer a uno de los guardias.

—No lo sé. No hemos hablado con nadie.

"No puede ser", pensó cuando vio cómo se aproximaba el jefe de la Guardia Suiza con diez hombres.

—Obispo Scheffer —dijo el jefe de la guardia—, por orden de Su Santidad el Papa queda usted detenido.

—¿Cómo…? ¿Cómo se atreve? —graznó furioso el obispo Scheffer, cuando uno de los soldados le colocaba las esposas—. ¿Qué está haciendo? ¡Suéltenme!

—Ustedes dos —le dijo el jefe de la guardia a los dos soldados que iban con el obispo—. ¿Qué hacían aquí?

—Cumplíamos ordenes, señor —los guardias cayeron en la cuenta de que por haber aceptado el soborno del obispo, perderían más de lo que Scheffer les había prometido ganar.

—¿Qué órdenes? ¡Ustedes están a mi cargo! Por no informarme y hacer maniobras a espaldas mías han cometido el delito de desobediencia militar y traición a las órdenes de la Guardia Suiza y del Papa. No voy a permitir maniobras ocultas dentro de mis filas.

Uno de los guardias volvió corriendo desde el ala Norte.

—¡Hay fuego dentro de una bodega!

El jefe de la guardia le clavó la mirada al obispo Scheffer. Vio un juego de llaves en la mano del obispo. Se acercó rápidamente y se la arrebató con fuerza.

—¡Ustedes abran la bodega! ¡Ustedes vigilen a estos tres! —ordenó el jefe quien salió corriendo con los otros soldados en dirección a la bodega.

Rápidamente, llegaron y al abrir las puertas, los soldados retrocedieron. El calor era abrasador. Toda la bodega estaba incendiada. Nada que estuviese dentro de ese lugar podría haber quedado ileso.

Tardaron varios minutos en ir corriendo a la superficie y volver con extintores de incendio.

Los guardias dispararon fuertes llamaradas de gas espumógeno seco que se utilizaba para combatir fuego clase A, para combustibles sólidos, líquidos y gaseosos.

Les llevó varios minutos para poder controlarlo y apagarlo. Toda la habitación era una chimenea humeante. Tuvieron que esperar a que la cortina de humo se fuese disipando. Cuando se deshizo parcialmente al jefe de la Guardia Suiza le pareció ver varias cajas y cofres de metal.

Antes de que las llamas le alcanzaran, Alexia había podido bajar la tapa de los cofres, y así dejarlos herméticamente cerrados para salvar los textos del fuego.

Los libros estaban incinerados sólo en las tapas, donde las llamas habían llegado, pero las páginas interiores se habían mantenido legibles.

El jefe echó un vistazo por la humeante bodega.

Todo lo que había allí se había quemado para siempre.

El jefe de la Guardia Suiza levantó la vista y caminó lentamente hacia el otro lado, a un costado de los cofres, observó algo sobre el suelo.

Era un crucifijo quebrado al lado de dos cadáveres calcinados. Los cadáveres llevaban un colgante con dos piedras blancas.

"¿Dónde he visto yo estas piedras anteriormente?", se preguntó.

Juraba haber visto hacía poco tiempo que alguien las llevaba colgadas.

Se agachó. Los cuerpos estaban irreconocibles. Lo único visible fueron aquellas piedras, en parte también porque su mujer tenía varias por toda la casa.

Eran dos cuarzos blancos.

El jefe tocó los cuarzos calientes sobre el pecho de los dos cadáveres.

"¡La pareja que interrogué!", recordó al momento.

Y en aquel momento le vino a la mente lo que Adán le había dicho sobre recordar su primera bicicleta.

"¿Qué hacían aquí?", volvió a preguntarse con cierta compasión por su trágico final.

Los cuerpos calcinados de Adán Roussos y Alexia Vangelis habían pagado un precio muy caro por salvar del fuego aquellos ancestrales libros sagrados.

Estaban cogidos de la mano. Parecía como si las poderosas brasas pudieran quemar sus cuerpos pero no apagar la infinita llama de su amor.

Eran las 6:23 de la mañana cuando unos fuertes ruidos de voces y gritos despertaron a Mateo Toscanini.

Había pasado la noche exhausto en la pequeña plazoleta, durmiendo como un vagabundo.

"¿Qué está sucediendo?".

Se restregó la cara con la mano, bostezó y estiró los brazos hacia arriba, al tiempo que se sentaba sobre el incómodo asiento de hierro sobre el que había dormido. Sintió el sol naciente sobre su rostro.

Varias personas corrían con inusual apremio. Si bien Roma a diario era una ciudad bulliciosa, con mucho tránsito y gente, a Mateo aquello no le parecía normal. En el aire percibió una ola emocional de angustia, una rara emoción. Se quitó los periódicos que tenía encima, lo único con lo que pudo cubrirse para dormir; se puso de pie y cogió la mochila con los libros. Caminó hacia la calle, pisó el empedrado y se acercó a unas personas que salían dentro de un café observando al gentío que corría en la misma dirección.

—*Ma, cosa sta succedendo? Perché tutto il mondo correre?*

—*Non sappiamo.*

Esas personas tampoco sabían por qué todo el mundo estaba corriendo. Mateo se alejó del café caminando rápidamente. Un hombre corpulento que corría a gran velocidad pasó a su lado. Con los ruidos de la gente se mezclaba la música que provenía del interior del café donde se escuchaba "O sole mio" en la voz de Pavarotti.

A Mateo le pareció surrealista, veía a esa gente correr como si llegase el fin del mundo. Había una mezcla de desesperación y alegría en el ambiente.

"¿Qué es esto?".

Por detrás de Mateo pasó corriendo a paso más lento una mujer italiana con el cabello revuelto. A juzgar por su respiración agitada, llevaba corriendo varias calles. Mateo la detuvo tomándola del brazo.

—*Perché correré?*

La cara de la mujer estaba desencajada por la emoción.

—*I bambini. I bambini stanno emergono!*

"¿Apareciendo los niños?", la mente de Mateo se electrificó por escuchar aquello. Parecía una broma de mal gusto.

—*Sei sicuro... I bambini? Dove? ¿¡Dove!?*

—*In Piazza! In Piazza!* —repitió la mujer.

—*Quale Piazza?* —Mateo gritaba, sus ojos se abrieron asombrados, gesticulaba con las manos.

—*¡San Pietro, in Vaticano! Subito! Uoglio vedere miei figli!*

A la mujer también se le había desparecido un hijo. Se soltó y salió corriendo al tiempo que gritaba.

—*Mio figli, mio figli!*

Mateo no sabía si gritar o llorar. Parecía estar dentro de un sueño. Se calzó la mochila al hombro y comenzó a correr. La plaza de San Pedro estaba a poco más de siete calles. Sintió un río de esperanza avanzando por sus venas.

Mientras corría por esas añejas calles romanas comenzaron a desfilar por su mente todos los momentos que había vivido con sus hijos y con su mujer, Rosario. Todas las mañanas, las risas, las veces que los había llevado a la escuela. Cuando jugaban al futbol, cuando los acostaba por la noche. Cuando les leía cuentos e historias de Emilio Salgari, Julio Verne y Homero, mientras los niños le pedían una y otra vez otro capítulo antes de dormirse. Recordó cuando los llevó al doctor por la varicela, cuando hicieron la comunión, cuando iban al parque, cuando les compró su primera bicicleta.

Eso era su vida.

Sus sueños.

Sus emociones profundas.

Las vivencias de su historia personal.

Mateo corrió. Corrió con todas sus fuerzas.

Por un momento dudó. "¿Es real?".

A su lado iban varias personas más. Aquello parecían las fiestas de San Fermín en España, cuando la multitud corría delante de los toros.

"Estoy sangrando de la nariz. No puede ser un sueño".

Un coche que se pasó un semáforo en rojo a gran velocidad le pasó a pocos centímetros de su cuerpo.

Mateo gritó con fuerza.

— *Mio bambinos, mia moglie, Rosario!*

La gente seguía gritando y corriendo. Roma sudaba la desesperación de aquellos padres y familiares que sentían el corazón a punto de salirse del pecho. En las primeras noticias de la mañana anunciaron que miles de niños, adolescentes y adultos estaban agrupándose en la plaza de San Pedro.

Al correr, Mateo sintió como si en ese esfuerzo se borrase la impotencia que había sentido por su mala situación económica, por su falta de trabajo, por sus angustias existenciales, por las fuertes emociones que había vivido en los últimos días con el descubrimiento en el sótano de su casa. Aquel espejo, aquellos textos, aquel secuestro del obispo y del Papa. Aquella filmación entregada a los medios de prensa. Corría para alejarse de todo y acercarse a su familia. Las palabras del anterior sermón del Papa sobre la familia retumbaron en su mente.

"¡Quiero verlos!".

"¡Mi familia es lo más valioso que tengo!".

"¡Mis hijos, mi compañera!".

Mateo jadeaba y respiraba con la boca abierta, faltaba una calle, resbaló con los viejos adoquines, cayó al suelo y rápidamente se levantó. Recordó que siempre le había dicho a sus hijos que con el mismo pie que uno se caía se tenía que volver a levantar en la vida.

"Más. Más".

Dobló la esquina y recorrió las dos cuadras que le faltaban... Allí estaba, la imponente plaza de San Pedro.

Estaba repleta de personas en júbilo. Era extraño porque nunca a esas horas había tanta gente. Ni siquiera el Papa estaba en el balcón. Toda la gente llevaba ropas blancas y se abrazaba con sus familiares. Al parecer allí estaban las personas desaparecidas que habían tenido revolucionado al mundo.

"¿Dónde están mis hijos y mi esposa?".

Una mezcla de terror helado y cálida esperanza recorrió su columna vertebral.

109

Ciudad del Vaticano, Italia.
En la actualidad

El personal dentro del Vaticano estaba tan sorprendido como cualquiera.

Quien se asomase por alguna de las ventanas veía la plaza de San Pedro llena de niños y niñas vestidos de blanco; desde lo alto parecían diminutos puntos de luz.

El sol se levantaba por el ala Este, detrás de la poderosa infraestructura ornamentada con imágenes de apóstoles, profetas y del mismo Jesús en el centro.

—Debemos avisar al Santo Padre —la voz del secretario del Papa sonaba sorprendida.

—Nadie sabe lo que está pasando —respondió otro ayudante papal—. No tenemos ningún acto oficial en la agenda para que esta gente esté aquí, y mucho menos tan temprano.

Diariamente el Papa se levantaba a las seis de la mañana a rezar y organizar su jornada. Debido al diagnóstico médico le habían recetado varios relajantes musculares y eso hacía que durmiese una hora más de lo habitual.

Mientras su secretario personal debatía si despertarlo o no, en su habitación el Papa, con la frente perlada de sudor, estaba en medio de un sueño.

—¡Pietro! Despierta —le decía el ángel.

—¿Por qué me llamas Pietro?

—Porque eres ahora la piedra blanca que rodará sobre el mundo.

El cuerpo físico del Santo Padre giró en la cama. Al momento, la imagen del ángel lo llevó a una especie de pórtico iluminado. El Papa llevó las manos a los ojos cegado por la potencia de la luz.

Una presencia de varios metros de altura se le presentó frente a él.

—¿Quién eres? —preguntó el Papa.

—Yo soy el que soy.

Inmediatamente el Santo Padre sintió el recorrido de una ola de emoción por sus venas.

—¿Mi Señor?

La poderosa y enigmática figura le enviaba luz desde el centro del pecho. Una poderosa ola de energía y magnetismo que perforó el corazón y el alma del Sumo Pontífice. Ante la emoción que sentía en el alma, el Papa se arrodilló frente a la imagen del Maestro.

Al momento de postrarse a sus pies, la luz del hombre alcanzó su máxima intensidad y el Papa vio frente a sus ojos cómo la imagen de Cristo se partía en miles de pedazos. Una lluvia de luces, como una supernova, estrellas brillantes cayendo por la cabeza del Papa y del mundo. El Sumo Pontífice vio esas radiantes semillas que descendían sobre la Tierra.

—¿Dónde estás? —preguntó el Papa.

Silencio.

Nuevamente volvió a sentir la presencia del mismo ángel que se le manifestaba con frecuencia.

—El trabajo está hecho. Ha llegado la hora de que des conocer a las semillas estelares.

El Papa observó la belleza del ángel, su altura, sus alas, sus largos y rubios cabellos, el destello de bondad en la mirada.

—¿Qué semillas?

—El espíritu crístico ya no puede regresar a la Tierra en una sola persona para cambiar el mundo. Ahora Cristo se ha multiplicado como las estrellas en el firmamento, como perfume en el alma de los nuevos niños.

—¿Los niños?

—Ya están prestos para la verdad. Ellos son los elegidos para traer la semilla. ¡Pietro, levántate y recibe la buena nueva!

En ese instante, varios golpes en la puerta del dormitorio del Papa regresaron su conciencia a la vigilia habitual.

El Papa se sobresaltó acalorado y bañado en sudor.

Se restregó los ojos, se incorporó sobre la almohada y vio una figura borrosa aproximarse. Estiró la mano hacia la mesa de noche y se puso los anteojos.

502

—Buenos días, Su Santidad —dijo su secretario con voz suave.

—Genaro. ¿Qué haces aquí? ¿Qué ha pasado?

—Disculpe que lo despierte Su Santidad, pero tiene que ver lo que está sucediendo.

* * *

Mateo Toscanini se abría paso entre la multitud en éxtasis.

Cientos de familiares lloraban emocionados al reencontrarse con sus hijos perdidos.

Mateo giraba la cabeza hacia los lados y gritaba con fervor.

"¡Rosario! ¡Rosario! ¿Dónde están? *Bambini*!".

El gentío se abrazaba, lloraba y gritaba.

"¿Qué hace toda esta gente aquí?".

Cuando caminaba con desesperación, sintió una presencia que corría hacia él. A menos de diez metros, distinguió el rostro de su mujer, quien también lo había identificado.

"¡Rosaaaaaaario".

"¡Mateeeeeeeeo!".

Corrieron con impulso hasta que se estrecharon en un profundo abrazo. Las lágrimas brotaron como un manantial en el rostro de Mateo.

Después de lo que le pareció una eternidad, con la piel impregnada de lágrimas, Mateo retrocedió para ver a su mujer. El rostro de Rosario estaba como transfigurado, era una mujer en paz, sonriente, con las pupilas de los ojos radiantes y llenas de vida.

—¿Dón... dónde has estado? ¿Dónde están los *bambini*?

Mateo no podía hablar por la emoción. Su garganta estaba atascada de amor, de una sublime emoción de gratitud.

Rosario lo miró a los ojos, con una sonrisa enigmática.

—¿Dónde has estado? ¡Explícame! ¿Cómo es que desaparecieron? —repitió Mateo.

—Todo está bien —respondió Rosario, mientras acariciaba con dulzura la cabeza de su esposo—. Todo está bien.

Mateo necesitaba respuestas.

Rosario lo tranquilizó.

—Los niños... —dijo Rosario con suavidad—, ellos son las semillas...

Mateo frunció el ceño.

—No entiendo. ¿Qué quieres decir?

—No sé qué pasó. No lo sé exactamente. De pronto estábamos tras un espejo y una sucesión de espejos en un lugar extraño pero amoroso. He visto a nuestros niños, junto a miles de ellos y a seres que no son de esta Tierra, Mateo. Ellos nos dijeron muchas cosas. Ellos existen. Son hermosos y llenos de amor. Nos han entrenado, nos han dicho que los niños son las semillas del Maestro. Niños índigo les llaman. Ahora la Tierra está llena de ellos para ayudar a toda la humanidad. El Maestro está en ellos, ellos traen el espíritu crístico, traen la luz.

—¿Qué dices? ¿Qué el alma de Jesús se ha dividido en los niños?

Rosario negó con la cabeza.

—No se ha dividido Mateo. ¡Se ha hecho más grande! Así podrá estar nuevamente con nosotros pero en muchas formas, no en una sola. ¡No habrá un sólo hijo de Dios sino miles! ¡Es un Cristo multiplicado!

Mateo sintió un nudo en la garganta, soltó un suspiro y volvió a llorar.

Rosario lo abrazó con fuerza.

—Ellos son los 144,000 elegidos… ellos son el nuevo futuro.

Entre la multitud había gente de todas las razas y edades, se abrazaban, se miraban a los ojos con lágrimas, sonreían con éxtasis en el rostro.

—Nos enseñaron muchas cosas, Mateo. Es hermoso, es todo tan… brillante, donde hemos estado. Allí todo el mundo sabe que Dios vive dentro de nosotros, vive dentro de ti, de mí y de todos, no hay que buscarlo en otro lugar.

Mateo alzó la vista. Miró a la multitud y al cielo. Trató de serenarse respirando profundo.

—¿Por qué ustedes aparecieron aquí, en el Vaticano?

Rosario sonrió.

—Éste será el punto de apoyo para hacer girar el mundo.

—¿El Vaticano?

Rosario negó con la cabeza.

—Roma. Éste ha sido el foco donde se ha enviado una parte del mensaje del Maestro. Todo está cambiando y cambiará más cuando cada persona se reconecte con el niño que lleva dentro, ése es el Maestro en cada uno.

—¿Pero cómo las personas comenzarán a cambiar?

Rosario sonrió.

Mateo hacía las mismas preguntas que ella le había hecho a los seres de luz, a los ángeles con los que había hablado.

—El gran espejo del Padre se reflejará en los espejos de los hombres.

A Mateo le sorprendieron tanto aquellas palabras como tocar a su mujer. Estaba cambiada, sensible, radiante.

Mateo la miró a los ojos.

—¿Dónde están? ¿Dónde están los *bambinos*?

Rosario sonrió y cerró los ojos. Comenzó a recitar unas palabras con voz suave.

—Dijo Jesús, "Te alabo, Padre, Señor del cielo y de la tierra, porque estas cosas las escondiste de los sabios y de los entendidos y las revelaste a los niños".

Rosario le volteó la cabeza con suavidad y Mateo vio, a pocos metros, cómo se acercaban corriendo Giovanni, Luca y Marcos para fundirse en un abrazo.

Cuando los cinco se abrazaron, el tiempo y el espacio dejaron de existir para Mateo. Su alma comprendió lo que antes no entendía, lo que ignoró por tanto tiempo. El sufrimiento se borró de su conciencia.

110

Roma, Italia.
En la actualidad

Evangelina recibió una llamada de la policía italiana y estaba desde las cinco de la mañana en la jefatura porque había tenido que reconocer el cuerpo de su esposo.

Estaba devastada al enterarse de que Philippe había sido encontrado sin vida en el museo y que su hija no estaba allí. Los hackers también lo estaban por no haber llegado a tiempo.

Firmó la declaración y los papeles reglamentarios para expatriar los restos a Francia.

Por otro lado, ver en las noticias que las personas desaparecidas estaban en la plaza de San Pedro la llenó de esperanza.

—Debo irme —le dijo a los *carabinieri* cuando terminó de dar declaración.

"¡Victoria! ¡Tienes que estar allí!".

Salió a gran velocidad hacia la calle y cogió un taxi.

En menos de diez minutos llegó a la abarrotada plaza. La multitud había crecido en número por los familiares que estaban llegando a encontrarse con las personas que habían desaparecido.

Comenzó a caminar entre el gentío.

—¡Victoria! ¡Victoria!

Veía rostros jubilosos, personas abrazadas, llantos, risas…

Caminó girando la cabeza hacia un lado y a otro buscando a la niña. Luego de varios minutos, miró hacia el obelisco central de la plaza. Allí le pareció ver a una niña de cabellos dorados que hablaba y reía con otros niños.

La niña también percibió su presencia.

En el momento en que la vio corrió hacia Evangelina.

"¡Victoria!".

Las dos se estrecharon en un largo abrazo.

—¿Estás bien?

Victoria tenía una sonrisa radiante.

—Estoy muy bien. Mejor que nunca.

Evangelina la besó en la frente y volvió a apoyarla contra su pecho, junto a miles de personas que sentían cómo el corazón se abría de par en par.

La niña se giró hacia Evangelina y le dijo:

—Hubo un tiempo en el que el hombre conocía su origen y su linaje, conocía a Dios, lo sentía en su corazón. Hubo un tiempo en que el hombre sabía esto. Pero, cuando los hombres dejaron de saber que eran divinos e inmortales y que poseían todo el poder y todo el conocimiento, el ego comenzó a hacer que el hombre olvidara a Dios, la fuente de su conocimiento. Eso generó la competencia y buscaron elevarse unos encima de otros, hasta el día de hoy.

Evangelina la observaba con admiración. Victoria hablaba con firmeza y decisión, como si aquellas palabras no fueran de una niña sino de una maestra de siglos.

—El Padre y el reino de los cielos están dentro de cada uno. Ésta es la verdad más grande de todo el universo. Y estamos aquí para recordarle a todos que cualquiera puede conectarse con Dios y conseguir la iluminación. Todos los niños reunidos aquí hemos recibido un regalo especial que late en el interior de las células y también la misión de liberarnos de dogmas, religiones y rituales muertos, porque cuanto más haces estas cosas, más convences a tu alma de que no eres aquello que ya eres, que estás muy lejos del amor de Dios siendo que cada hombre tiene el infinito y la eternidad en la palma de su mano.

Evangelina comenzó a llorar.

Victoria le sonrió y le dijo:

—Yo he vuelto para recordarle a cada ser humano que nunca ha estado solo y también está dentro de Dios.

Alrededor de ellos, los demás niños se unían en interminables abrazos con los familiares.

Ya estaban comenzando a compartir el elevado espíritu crístico que traían dentro.

* * *

Dee se encontraba al lado de Rachel Z en la cama del hospital, donde ella estaba recibiendo atención.

Pasó toda la noche durmiendo al lado de ella, en un sofá contiguo a la cama, mientras Rachel Z había salido de la operación por el impacto de la bala. Cuando ella despertó, Dee la miró con ojos húmedos.

—Rachel —susurró mientras le tomaba la mano—. ¿Cómo te sientes?

—Duele el hombro.

—Todo saldrá bien, los médicos dicen que te recuperarás.

—¿Has llamado a "la jefa"?

—No todavía. Primero debes recuperar tu fuerza.

Dee le alcanzó un vaso con agua, mientras apretaba el botón para llamar a la enfermera.

—Necesitas comer algo.

Rachel Z miró por la ventana. El sol acababa de elevarse por las viejas construcciones de Roma.

Hizo una pausa.

—¿Qué ha pasado con los alemanes?

—La policía italiana los tiene detenidos.

—¿Y nuestro equipo?

—En un hotel cercano. Están bien.

Rachel Z tenía la mirada fija en los viejos edificios que se veían por el amplio ventanal.

—Dee, esta ciudad es tan caótica pero al mismo tiempo tan mágica —dijo Rachel Z.

—¿Por qué lo dices? ¿A qué te refieres?

Rachel Z hizo una pausa, pensativa.

—¿Te has dado cuenta de que Roma al revés es amor?

Dee sonrió y pensó en esa curiosidad lingüística.

La miró a los ojos con el corazón lleno de admiración.

—Sí, Rachel. Es amor. La respuesta para todo en la vida es amor. Por amor Ariel me eligió para estar a cargo de un gran descubrimiento y por amor nosotros lo compartiremos al mundo.

Dee Reyes y Rachel Z se miraron a los ojos. Sabían que tendrían un gran trabajo por delante.

* * *

El obispo Martin Scheffer y el grupo de los cuatro clérigos que conspiraba para obtener beneficios ilegales fueron detenidos por las autoridades civiles bajo cargos de corrupción, malversación de fondos, obstrucción a la justicia y atentar contra los hallazgos arqueológicos e históricos.

Al obispo también se le inculpó por homicidio culposo por el envenenamiento de Ariel Lieberman y por iniciar el incendio que terminó con la vida del profesor Adán Roussos y la geóloga Alexia Vangelis.

Fue excomulgado de la iglesia por complot y conspiración. Terminó sus días encarcelado y angustiado, presa de sus bajas emociones.

* * *

Hans Friedrich y varios miembros de sus organizaciones fueron detenidos y acusados de múltiples delitos de espionaje tecnológico, gracias a las pruebas y revelaciones que el grupo de hackers de Rachel Z había podido difundir.

También se le vinculó con el atentado de la bomba de Roma que había terminado con la vida de la familia Lieberman, además de cientos de víctimas.

* * *

Una vez que el Papa fue informado de que la multitud de niños y adultos estaba apareciendo en la plaza de San Pedro, sintió que su esperanza estaba más viva que nunca.

Cuando caminaba hacia el gran ventanal desde donde hablaría para agradecer el milagro del retorno de los desaparecidos, el Santo Padre tomó conciencia de las palabras del ángel que se le apareció en sueños.

"Ha llegado la hora de la verdad".

Con los años, el Papa sería recordado como el hombre que inició el cambio y aceptó recibir un consejo de niños sabios, encargado de dar las indicaciones para las futuras generaciones del planeta. Los niños con el ADN activo al completo, que traían semejante poder en su interior, serían la voz que el Papa oiría para tomar decisiones.

Con el paso del tiempo, cuando el consejo de niños creciera y tuviera la fuerza necesaria, haría que el Vaticano dejase de ser un centro religioso para convertirse en el más grande museo y escuela de artes, impulsando a las nuevas generaciones de jóvenes hacia la espiritualidad a través de las artes, las ciencias, el desarrollo personal, la meditación y la activación del ADN crístico.

* * *

En pocos meses, los herederos de la Orden de Sabios de Alejandría harían la gran revelación al mundo sobre los antiguos textos. Le entregarían a los hombres de búsqueda espiritual una parte de la verdad oculta durante siglos.

Los sabios expusieron documentos legítimos que custodiaron por generaciones con el saber sagrado que abría las puertas de regreso a lo supremo. Los secretos que los antiguos místicos y filósofos compartieron milenios atrás volvían a ver la luz para combatir la oscuridad que la ignorancia y la mentira habían difundido durante siglos sobre la mente humana.

* * *

Mateo y Rosario entregaron los textos que hallaron en el sótano a la nueva biblioteca fundada por el consejo de niños. Crearon una plataforma en internet donde cada persona podría acceder en todos los idiomas a las enseñanzas que los libros contenían.

Los tres hijos crecieron. Cuando se hicieron adultos trajeron al mundo nuevas respuestas. Giovanni se especializó en el campo de la astronomía, descubriendo nuevos planetas habitables, como un moderno Galileo.

Luca se especializó en actualizar y promover las enseñanzas de los textos encontrados sobre los temas que Jesús había enseñado a los iniciados. Enseñó sobre la espiritualidad en pareja y cómo usar el poder de la energía sexual para la iluminación espiritual.

Marcos impulsó una escuela para la evolución celular y la ingeniería genética. Con sus métodos, millones de personas podrían despertar el potencial espiritual en sí mismos.

* * *

El profesor Garder popularizó la técnica para reprogramar el subconsciente por las noches y activar la facultad de conexión con el alma.

Él recibió los dos cuarzos que habían quedado en el interior del Vaticano, los únicos efectos personales que pertenecían a sus amigos Adán Roussos y Alexia Vangelis.

111

Tres días más tarde.
El fin es también un nuevo comienzo

El poder del ave Fénix estaba emergiendo de las cenizas.

En un renacimiento místico, Adán y Alexia, ungidos por el impacto del fuego, fueron elevados en la iniciación final accediendo a la puerta que se abre a la eternidad.

Adán y Alexia se vieron a sí mismos, poseían un sutil cuerpo de luz, radiante, poderoso, indestructible. Frente a ellos estaban rodeados por frondosos árboles de una selva virgen; a lo lejos se veía un extenso camino de árboles desde donde caía una hermosa cascada de agua.

Con la misma fuerza que el agua caía por la montaña, ellos sentían un torrente de amor infinito el uno por el otro y por Dios.

Todo cobró sentido desde aquel lado de la existencia, las horas de investigación, las horas de riesgo, las horas de soledad, las persecuciones, los acertijos, el sacrificio de entregar su cuerpo por salvar los documentos de la vida de Jesús.

Amaron la vida, amaron su conexión, se amaron a sí mismos, amaron la Creación y el regreso al origen. Sutiles vibraciones establecían una conexión telepática entre ellos y con todo el entorno.

Sentían la emoción de estar vivos.

Vivos para siempre.

—Estamos en un paraíso —fue lo primero que Alexia pensó.

Adán caminó hacia el borde de un sendero y clavó la vista hacia la majestuosidad del valle.

—¿Sabes qué creo?

—Dime.

—Creo que Dios no expulsó a Adán y Eva del Paraíso, ellos expulsaron a Dios. Ellos perdieron la dimensión y la conciencia espiritual para verlo y sentirlo. Dios siempre ha estado aquí, allí, por todos lados, en todos los caminos.

Alexia caminó hacia él y lo abrazó por detrás, con ternura, dirigiendo la mirada hacia la misma dirección.

—El mayor templo ha estado a la vista de todos —dijo Alexia, apoyándole el pecho y mirando hacia la naturaleza—. Hemos cumplido nuestro destino en la Tierra.

—Nuestro destino era descubrir nuestra verdad y salvar el testimonio de las enseñanzas secretas de El Maestro. Todos somos uno, somos la mismísima Creación en diferentes formas —hizo una pausa, Adán sentía que su memoria también se había intensificado—. Hay un refrán que dice: "Allí donde se queman los libros, se acaba por quemar a los hombres".

—Los hemos salvado —afirmó Alexia con emoción.

Adán asintió y luego señaló hacia la selva.

—Ahora tenemos que seguir nuestro viaje.

Alexia se giró y lo miró a los ojos, estaban iluminados.

—Antes de eso, dime, ¿quién crees que envió los acertijos del crucigrama?

Adán reveló una enigmática sonrisa.

—En el fondo, Alexia, creo que siempre hemos sido nosotros mismos. Nuestro yo futuro respondiendo las preguntas de nuestro yo pasado. Siempre es así. Cuanto más vivimos, más sabios somos, más crece nuestra luz y experiencia. Cada noche morimos y cada mañana renacemos para aprovechar todas las oportunidades.

—¿Nuestros dobles futuros atrajeron ese enigma?

—Eso creo, Alexia. Nuestro futuro ha sido antes nuestro pasado. Cada uno tiene que responder a sus propias preguntas. Volverse maestro de sí mismo.

—¿Qué quieres hacer ahora? —preguntó ella, sonriente.

Adán se giró hacia atrás, caminó varios pasos, se agachó y recogió el cráneo de cristal de cuarzo.

—Vamos a crear un nuevo mundo.

Ella lo miró con el cuarzo en la mano.

—¿Una nueva humanidad?

Ambos sonrieron.

—Podemos crear el mundo tal como queremos que sea, Alexia, y siempre ha sido así. Este cráneo de cuarzo representa nuestro cerebro, nuestro potencial de hacer de la vida una obra maravillosa. Toda persona tiene en su mente la constante elección de crear una vida con el cerebro oscuro y negativo o, en cambio, usar el infinito cerebro divino que cada uno ha recibido.

—Dios siempre da a todos la oportunidad de crear su propio paraíso o su infierno.

Adán asintió, emocionado.

—Así es mi amor, depende cómo usemos el poder de pensar y crear. En el fondo, todos somos humanos, todos somos divinos, somos Cristos, somos Budas, somos mortales, somos eternos.

Se produjo un silencio. Estaban invadidos por la belleza y majestuosidad que los rodeaba.

—Estoy feliz, Adán. Feliz porque hemos ayudado a que las almas dormidas despierten y luego ayuden a otras a que se reflejen en el espejo de la sabiduría. Un espejo que permite recordar el origen. ¡Mira! —exclamó Alexia señalando la inmensidad del cielo—. ¡Ahora estamos conectados a múltiples espejos cósmicos!

La sonrisa iluminó todo el rostro de Adán. Se veían maravillas por doquier. Ellos tenían la posibilidad de hacer lo que quisieran.

—El espejo de Dios refleja su presencia en todos lados.

Las lágrimas comenzaron a caer por las mejillas.

Ella le tomó la mano y caminaron varios pasos.

—Alexia, la vida es un espejo que devuelve lo que pensamos y lo que sentimos.

Adán elevó sus brazos y decretó con voz poderosa:

—Yo soy el que soy, el que fui y el que seré.

La voz de Eco repitió sus palabras en las montañas como siempre había hecho desde el desplante de Narciso.

Lo que parecía un final, era para ellos un nuevo comienzo. Habían logrado la suprema iniciación, ser un espejo que refleja una parte del Todo, dejar el mundo mejor que lo habían encontrado.

Ahora tenían la constante conexión con el origen de todas las cosas, tal como Adán y Eva en los inicios, como Jesús y Magdalena en las iniciaciones espirituales.

Adán y Alexia eran otro espejo del alma original proyectando la luz que revela el secreto de Dios.

Epílogo

Biblioteca de Alejandría, 352 d. C.

El sol caía por el horizonte de la poderosa ciudad, la cual se había convertido en el epicentro del dolor, la confusión y la muerte.

En las calles se escuchaban gritos desesperados, por las ventanas de la Biblioteca el Consejo de Sabios veía alarmado cómo la gente corría por las calles escapando de los caballos y los soldados armados de un ejército que obedecían las órdenes del emperador Constantino y las jerarquías cristianas.

Las llamas del fuego iban creciendo en intensidad en casas de adobe, en los barrios más pobres, detrás de los más ornamentados edificios.

—¿Qué locura está pasando allí afuera? —preguntó Sotiris el Justo.

—Lo que temía —respondió Filón el Sabio—. Están aquí antes de lo que esperaba.

—¿Qué es lo que están haciendo? ¿Dónde está nuestro ejército? —preguntó el más anciano, Atenágoras.

—Nuestro ejército está en parte en misión en Grecia y otra en las riberas del Nilo. Aprovecharon la disminución de nuestro flanco. Ellos tenían este plan en mente bien elaborado.

—¿Qué haremos ahora? —preguntó Sotiris.

El Consejo de Sabios permaneció en silencio. Necesitaban pensar.

—Les dije que salvé en cofres los textos más valiosos que estaban en la biblioteca —respondió Filón—. Ahora estarán a buen recaudo en las casas de místicos que valoran el conocimiento; una parte lo envié hacia Atenas, otra parte a Roma. Estarán seguros allí hasta nuevo aviso. Ellos tienen la orden de mantener los cofres con los textos a salvo para cuando pase esta guerra.

515

—¿Lo has hecho sin pedir el apoyo general de todos nosotros? —espetó Atenágoras.

—¿Hubieses preferido que el enemigo destruyera lo más valioso? Por si no lo sabes, ahora también vienen por nosotros, es sólo cuestión de tiempo.

Los sabios tomaron conciencia. Además de la multitud de textos, papiros y libros que allí estaban, peligraba su propia vida.

—No tenemos miedo de morir —agregó Filón con voz tronante—, pero nuestra vida tendrá aún más sentido si preservamos el conocimiento.

Sotiris se asomó a la ventana.

—Los soldados ya están aquí. ¡Trabad las puertas! —gritó.

—¿Y qué haremos?, ¿huir? —respondió Atenágoras.

Los sabios del consejo se miraron en torno a la mesa.

—Ustedes vayan por el pasadizo secreto. Traten de salvar vuestras vidas. Sotiris y yo iremos por la cámara secundaria para distraer a los soldados —dijo Filón.

En ese momento, cuando el Consejo de Sabios comenzó a movilizarse, apareció desde una puerta trasera Athalexia, la mujer de Filón. La elegante y fuerte fémina iba vestida con una larga túnica blanca, el pelo negro y largo, en trenzas, un valioso brazalete en su mano derecha y sobre su cuello un collar con un cuarzo blanco.

—Athalexia, ¿qué haces aquí? —preguntó Filón.

Ella se acercó y lo miró a los ojos.

—El ejército ha quemado nuestra casa y han matado al personal de servicio.

Filón inhaló profundo. Ver a su mujer lo hizo sentir más fuerte aún. Los sabios comenzaron a salir a paso rápido por los pasadizos secretos.

—Iban gritando como poseídos —dijo Athalexia—. ¡Quemaremos a los infieles! Los soldados están arrasando con Alejandría.

Se escucharon ruidos en la puerta. Iban a derribarla.

—Salgamos ahora —le dijo Sotiris a Filón. Eran los únicos que habían quedado en la sala.

—Por aquí —dijo Filón.

Cogió a su mujer de la mano, mientras Sotiris se adelantó.

Cuando los sabios se habían marchado. Filón se frenó en seco y miró a los ojos de su mujer.

—Es digno morir por preservar la verdad de la sabiduría.

En un instante, ella comprendió que le aguardaba el mismo destino que a su compañero.

Únicamente quedaron ellos dos cuando cayó la pesada puerta de madera de la cámara. Más de dos docenas de soldados comenzaron a correr hacia ellos. Llevaban antorchas encendidas en las manos que arrojaron a las maderas de las mesas y las sillas. Rápidamente, la sala se tornó caliente y las llamas se alzaron varios metros. Retrocedieron hacia una puerta de madera que los condujo a una sala secundaria llena de libros y papiros. Uno de los soldados empujó a Filón y Athalexia dentro y otro soldado arrojó una antorcha que rápidamente encendió el papel de los libros. Más de dos centenares de valiosos manuscritos que durante años los mejores escribas y expertos en arameo, hebreo, griego antiguo, jeroglíficos egipcios y babilónicos y simbologías místicas habían dedicado a traducir el conocimiento sobre los misterios de la vida y la muerte, se perdían para siempre.

El soldado cerró la puerta dejando encerrados a Filón y su mujer.

—¡Morirán junto a los libros impuros! ¡Blasfemos! —gritó el soldado poseído por la ira y la ignorancia. Su uniforme llevaba una cruz en el pecho.

Una vez cerrada la puerta, Filón y Athalexia caminaron hacia un rincón. Las llamas crecían en intensidad y ellos veían, con tristeza, cómo se comían aquellas palabras capaces de liberar almas y despertar mentes.

—No tengo miedo —dijo Athalexia—. Estando contigo lo tengo todo. Estaremos juntos ahora y más allá.

—El tiempo no podrá separarnos. Nuestro amor es fuerte y el amor por el conocimiento nos unirá aún más. El alma no muere nunca, sólo cambiaremos de forma, seguiremos nuestro destino unidos.

—El paso de los años hará ver la injusticia que aquí se cometió —dijo Athalexia.

—Tranquila. La vida es un espejo que refleja lo que tienes dentro. Hemos salvado el conocimiento para que los iniciados de generaciones futuras puedan acceder y descubrir el secreto de Dios. Estoy en paz.

Filón tomó la mano de Athalexia con fuerza. Las llamas estaban a sólo metros de ellos. Con profundo amor y confianza observó la profundidad de sus ojos. Por las mejillas de la hermosa mujer resbalaron las lágrimas. Estaban cargadas de esperanza, de amor y confianza. Antes de que el fuego terminara con sus cuerpos, Filón, con el infinito en el brillo de sus pupilas, pronunció sus últimas palabras:

—Nos vemos en la próxima vida.

FIN

¿Acaso no os dije: "Todos ustedes sois dioses"?
(Palabras de Jesús en Juan 10:34)

Ejercicio 1.
Activación de la presencia Yo Soy

Este ritual se hará frente a un espejo que previamente fue limpiado y energizado. Puede ser un espejo que usas en el baño, en tu despacho o tu dormitorio.

Lo primero es tapar el espejo con una manta o pasmina de color azul o preferentemente oscura durante un día para que descanse de la proyección de imágenes. Déjalo así toda la noche.

A la mañana siguiente, limpiarás bien el espejo con agua previamente energizada, para esto necesitas dejar reposando un recipiente con un cuarzo y agua al sol durante el día anterior. Humedecerás un paño en esa agua y limpiarás bien el espejo.

El objetivo de la activación del espejo será triple.

1. Revelarte tu rostro original
2. Proyectar tu imagen limpia y consciente para tu despertar y el de todas las personas que se reflejen en él.
3. Activar la presencia del Yo Soy en el espejo.

El espejo develará tu rostro original.

Sentados en posición de yoga, en una silla o bien, si el espejo está alto, de pie, con el cuerpo desnudo, observa la imagen que proyectas en el espejo.

Desarrolla la conciencia impersonal y observadora, enfoca la mirada en los ojos y la cara hasta que la imagen se desvanezca. Siempre mira los ojos y el contorno de tu rostro hasta que tu mirada quede suspendida, como si tuvieses los ojos cerrados pero estando abiertos, "una mirada blanda".

La respiración será suave y llevará el control en esta meditación. Una vez que sientas paz y quietud repite con plena convicción, tres veces:

"Yo Soy el que Yo Soy".

Permanece unos minutos contemplando la imagen y la energía personal, hasta que tu rostro comience a difuminarse. Es muy probable que si estás en paz y quietud comiences a ver diferentes rostros a tu rostro actual. No te asustes ni detengas la experiencia, observa y contempla el paso del tiempo en tu rostro.

Luego de unos minutos de ver estos rostros, cierra los ojos y medita en silencio sobre el poder que tiene tu actual mirada, tu rostro y tu esencia.

Esta fuerza saldrá proyectada hacia todas las personas que tú veas, al mirarlas a los ojos algo de ese poder transpersonal del espíritu eterno que todos llevamos activará en su interior el recuerdo de quién es. Podrás despertar a muchas personas a través de tu mirada.

Siente la energía proyectada en el espejo.

Podrás enseñar a la gente a activar sus propios espejos.

Recuerda que un espejo es un potenciador, un multiplicador utilizado para que más y más conciencias despierten a la realidad de su conciencia espiritual.

Ejercicio 2
Las tres preguntas

Comienza observando tu rostro en el espejo previamente energizado. Mantén la mirada blanda en tus ojos y tu rostro sin juicio de tu mente. No pienses nada que mejorar, criticar ni alabar. No es el espejo de Narciso que refleja tu belleza o narcisismo, sino tu esencia.

Luego de diez minutos de observación, con la respiración en calma, pregúntate en voz alta y serena:

¿Quién soy yo?

¿Cuál es mi misión en la Tierra?

¿Cómo imagino mi futuro?

Deja la potencia del espejo activado en cada pregunta, cierra los ojos y permite que llegue la respuesta a tu interior. Haz una pausa de cinco minutos en cada pregunta para que tu doble pueda brindarte las respuestas. Es probable que cada vez que lo hagas, el doble, tu alma, te envíe nuevas inspiraciones.

Sé positivo con tu futuro, sé creativo contigo mismo, deja que surja la mejor versión de ti mismo en tu conciencia; el genio (gen-genética) que duerme dentro de la lámpara (cerebro) emergerá en tu genética y se revelará en tu cerebro y tu corazón.

Ejercicio 3
Recordando tu Despertar

Dibuja un círculo de unos quince centímetros de diámetro aproximadamente con la frase "Yo Soy" en color azul dentro y pégala en la zona derecha de tu espejo (puedes hacerlo en todos los espejos que tengas en tu casa o negocio)

También será mucho mejor si puedes duplicar los espejos, colocando uno frente a otro. Esto proyectará tu imagen en miles de imágenes. Este decreto aportará sanación a las partes de tu ser que necesitan ser sanadas (dolores emocionales, estancamiento en tus relaciones, energía baja, etcétera).

Al tener de tu puño y letra el decreto "Yo Soy" adherido en el espejo y viéndolo todos los días, se elevarán tu conciencia, energía y poder que serán retrasmitidos por tus ojos a todo lo que veas.

Luego de que hayas hecho la meditación de los espejos, describe tu experiencia en un mensaje con los detalles para inspirar a otras personas a: www.facebook.com/guillermoferrara

Y visita la web www.guillermoferrara.org donde también encontrarás técnicas para conectarte con tu doble y soñar por las noches.

GUILLERMO FERRARA

BEST
SELLER

EL SECRETO
DE
ADÁN

DEBOLSILLO

GUILLERMO FERRARA

EL SECRETO
DE
EVA

DEBOLSILLO

El secreto de Dios de Guillermo Ferrara
se terminó de imprimir en marzo de 2024
en los talleres de
Litográfica Ingramex S.A de C.V.,
Centeno 162-1, Col. Granjas Esmeralda, C.P. 09810,
Ciudad de México